文學制度

（第二輯）

饒龍隼　主編
上海大學中國古代文學制度研究中心　主辦

上海大學出版社
·上海·

图书在版编目(CIP)数据

文學制度. 第二輯 / 饒龍隼主編. — 上海：上海大學出版社，2021.12
ISBN 978-7-5671-4433-0

Ⅰ.①文… Ⅱ.①饒… Ⅲ.①中國文學—古典文學研究 Ⅳ.①I206.2

中國版本圖書館 CIP 數據核字(2021)第 272125 號

出版統籌　鄒西禮
責任編輯　賈素慧
封面設計　柯國富
技術編輯　金　鑫　錢宇坤

文學制度

（第二輯）

饒龍隼　主編

上海大學出版社出版發行
（上海市上大路 99 號　郵政編碼 200444）
(http://www.shupress.cn　發行熱綫 021-66135112)
出版人　戴駿豪
*
南京展望文化發展有限公司排版
江陰市機關印刷服務有限公司印刷　各地新華書店經銷
開本 710 mm×1 000 mm　1/16　印張 21.75　字數 367 千
2021 年 12 月第 1 版　2021 年 12 月第 1 次印刷
ISBN 978-7-5671-4433-0/I・644　定價 86.00 元

版權所有　侵權必究
如發現本書有印裝質量問題請與印刷廠質量科聯繫
聯繫電話：0510-86688678

編委會成員

主　　編　饒龍隼

編　　委　（以姓氏拼音首字母爲序）

　　　　　陳　飛　陳元鋒　高克勤　何榮譽　李德輝　劉　培

　　　　　盧盛江　羅家湘　孟　偉　饒龍隼　吴夏平　鄒西禮

編　　務　李會康

目　　録

・理論與觀念・

"立言不朽"與"立言爲公"
　　——基於文學與制度潛在聯繫視角的分析 ············· 劉　暢 / 003
文學如何可能
　　——對文學制度觀念及其研究範式的理解 ············· 蔡樹才 / 032
中古文學窮形盡相的藝術表徵 ····························· 呂帥棟 / 061

・制度與文學・

侍御制度與中古文學 ··· 李德輝 / 075
楚地辭賦制度的創建 ··· 李會康 / 09
明融之漸
　　——劉勰的賦體發展觀 ································· 王子瑞 / 113

・創新與實驗・

中國上古神話碎片化探原 ···································· 連　捷 / 125
劉咸炘的諸子散文觀 ··· 黃曉娟 / 143
明代戲曲聲腔流變中的曲本刊刻 ·························· 石　超 / 157

・令規與輯釋・

《舉賢良文學對策》輯釋 ················· 公孫弘撰　趙長杰輯釋 / 171
《論選舉疏》輯釋 ························· 薛　登撰　曹　淵輯釋 / 193

《奏定大學堂章程(節選)》輯釋 …………… 張之洞等撰　何榮譽輯釋／215

·古典與英譯·

莊子·齊物論(中英對照) ……………………………… 趙彥春／237
梁書·武帝紀(上)(中英對照) ……………………… 王　春　王　威／251
葛瑞漢道家典籍英譯本中的政治思想探微 ……………… 劉　傑／322

編後記 ………………………………………………………………／339

徵稿啟事 ……………………………………………………………／340

理論與觀念

"立言不朽"與"立言爲公"
——基於文學與制度潛在聯繫視角的分析

劉 暢*

内容提要 本文試從"主流意識形態"的視角去觀照"三不朽"中的"立言不朽"説,認爲"立言不朽"中的"言"也包括文學在内,而"立言不朽"與"立言爲公"有着密切聯繫。從"文學與制度"研究的視角出發,本文所論屬於"中國古代文學制度"的第三個層面,即"指恒常穩定的文學自身規定性"的"内層制度",如"觀念範疇""審美意識""批評鑒賞"等。考慮到所謂"文學制度",即文學自身的規定性、制約性,或可將"主流意識形態"視爲一種"隱性制度"。制度在規定着、制約着特定主體可以做什麽、不可以做什麽;主流意識形態,也在規定着特定主體可以説什麽,以及怎樣説。因而,也可以將其視爲一種"文學制度"。本文對於"立言不朽"與"(文學)内層制度"關係的基本判斷是"立言依附性"和"立言爲公性"。以往對"三不朽"或"立言不朽"問題的討論中,研究者的精力和目光所集中關注的,是它所藴涵的個體人生態度和價值追求,而對"三不朽"説産生的特定時代和語境背景,及其由此限定的思想内涵往往注意不夠。本文認爲:討論"三不朽"問題,不能脱離産生這一思想的歷史條件和環境。經梳理與分析,可以得出這樣的結論:"立言不朽"説帶有鮮明的"公天下"的色彩,而這種"公天下"的思想核心是以處於宗法制度上一層的利益爲公,下一級的利益爲私,它本能地要求立言緊緊依附於立德與立功。"立言不朽",並非如某些學者所説,獲得了個性的獨立的地位。

關鍵詞 文學制度 三不朽 立言不朽 立言爲公

---

* 作者簡介:劉暢,南開大學文學院教授,博士生導師。主要從事中國文學思想史、中國古代政治思想史、研究,出版專著《心君同構:中國古代政治思想史的一種原型範疇分析》等。
基金項目:本文爲國家社會科學基金項目"中國古代著述思想研究"(12BZW014)階段性成果。

本文試從"主流意識形態"的視角去觀照"三不朽"中的"立言不朽"說。按照傳統的分類,它似乎屬於"政治與文學"的範疇,而如從新的學術視角觀照,它或可歸入"文學與制度"這一大門類,即屬於政治思想領域的"主流意識形態"怎樣影響了文學觀念。按"三不朽"之說源出於《左傳》襄公二十四年:

> 二十四年春,穆叔如晉。范宣子逆之,問焉,曰:"古人有言曰,'死而不朽',何謂也?"穆叔未對。宣子曰:"昔匄之祖,自虞以上,為陶唐氏,在夏為御龍氏,在商為豕韋氏,在周為唐杜氏,晉主夏盟為范氏,其是之謂乎?"穆叔曰:"以豹所聞,此之謂世祿,非不朽也。魯有先大夫曰臧文仲,既沒,其言立。其是之謂乎!豹聞之,大上有立德,其次有立功,其次有立言,雖久不廢,此之謂不朽。若夫保姓受氏,以守宗祊,世不絕祀,無國無之,祿之大者,不可謂不朽。"①

這裏所說的"立言",雖然泛指著書立說,但若從宏觀廣義上的泛文學或雜文學的視角出發,它所說的"言",也包括文學在內。王運熙、顧易生在編寫《中國文學批評通史·先秦兩漢卷》時就曾提及:"《左傳》《國語》中還記錄了一些前人關於'言'和'文'的說法,也關係於文學批評。例如《左傳》襄公二十四年記穆叔之論,以'立德''立功''立言'並列為三項不朽的事業。……這種認識,常被後世文學批評用來作為討論文學的地位和作用的理論依據。"②鑒於"立言不朽"說在中國思想文化史上的巨大影響和重要地位,很容易導致在評價和徵引這一思想時,學界已經形成一種認識泛化和思維慣性,使得"三不朽"成為一個無須進一步剖析的常識性思想範疇。在它面前,似乎只有"獲取人生永恒價值""注重主體精神的永存"這一種解讀方法。一說到"三不朽",就要與個體人生價值觀相聯繫。這種認識,顯然不夠全面。沒有回到其產生的原始語境裏去具體理解問題,是造成這種認識上偏差的原因之一。筆者試圖運用"文學與制度"的視角,回到產生"三不朽"的原始語言環境,逐一梳理、分析組成它的各種精神元素,不僅能得出與主流認識不同的結論,而且還可重新辨析先秦的公私觀念。

---

① 《春秋左傳正義》卷三十五《襄公二十四年》,阮元校刻《十三經注疏》本,中華書局 1980 年影印本,第 1979 頁。以下引《春秋左傳》皆據此本,不再一一注明。
② 顧易生、蔣凡《先秦兩漢文學批評史》第二章《詩經〉〈尚書〉〈國語〉〈左傳〉中所反映的文學觀念》,王運熙、顧易生主編《中國文學批評通史》,上海古籍出版社 1996 年版,第 47 頁。

本文這樣的思路，與"古代文學制度"又有緊密聯繫。饒龍隼先生曾指出："(中國古代文學制度)大抵說可分三個層次，即外層、中層、内層。外層制度，是指間接作用於文學的社會建置，社會制度、法律制度、宗法制度、禮樂制度、選官制度、文官制度、科舉制度、薦舉制度、御史制度、樂籍制度、音樂制度、藏書制度、民間秩序、書院教育、科技推廣，等等，這些大都是外在於文學的規約體制；中層制度，是指直接作用於文學的制度設施，館閣制度、翰院制度、侍御制度、出版制度、稿費制度、簽約制度、組織制度、審查制度、獎懲制度、英模制度、文學傳媒、文學社團、文學評獎、文學管制、意識形態，等等，這些大都是中介於文學的動力機制；内層制度，是指恒常穩定的文學自身規定性，本源流別、本體邊界、創制精神、用象形制、文用形態、觀念範疇、功能作用、審美意識、生產消費、批評鑒賞、篇章體式、傳寫形式、傳播交流、撰集收藏、藝術承載，等等，這些大都是内在於文學的自身規制。"①本文的觀照視角是"主流意識形態"，根據這種分類，本文的論題顯然屬於第三個層次，即上引所云"指恒常穩定的文學自身規定性"的"内層制度"，如"觀念範疇""審美意識""批評鑒賞"等。在此要說明的是：可以將"主流意識形態"視爲一種"隱性制度"，因爲"兹所謂制度，就是事物自身的規定性；而文學制度，就是文學自身的規定性"②。制度，規定着、制約着特定主體可以做什麽、不可以做什麽；主流意識形態，也規定着可以說什麽，以及怎樣説。如上所論，"立言"已經涉及了文學，因而，討論"立言不朽"與某種制度的關係，實際上也就牽涉了文學與制度的關係。

　　本文對於"立言不朽"與"(文學)内層制度"關係的基本判斷是"立言依附性"和"立言爲公性"。"三不朽"中的"立言不朽"，其排位在立德與立功之後。這種排序不僅僅顯示出世界觀和價值判斷的先後，還昭示着"立言"不可避免地要受到"立德"和"立功"的影響，所謂"有德者必有言，有言者不必有德"(《論語·憲問》)。曹植在《與楊德祖書》中將此種"等級"觀點表達得更爲清楚明白："辭賦小道，固未足以揄揚大義，彰示來世也。揚子雲先朝執戟之臣耳，猶稱壯夫不爲也。吾雖德薄，位爲藩侯，猶庶幾勠力上國，流惠下民，建永世之業，流金石之功，豈徒以翰墨爲勳績，辭賦爲君子哉！若吾志未果，吾道不行，則將采庶官之實録，辯時俗之得失，定仁義之衷，成一家之言，雖未能藏之名山，將以傳之於同好。"此外，即使同是"立言"，也有價值判斷上的高低優劣，如中國圖書四分法中的經、史、

---

① 饒龍隼《中國古代文學制度論綱》，《學術研究》2019 年第 4 期，第 144—145 頁。
② 饒龍隼《中國文學制度論》，《文學評論》2010 年第 4 期，第 7 頁。

子、集的排序，其中的關鍵在於"立言爲公"，即宣導一種群體、社會價值觀高於個人思想、情感表達的"爲公"的文學思想與觀念。

一 問題的提出

以往在對"三不朽"或"立言不朽"問題的討論中，研究者的精力和目光所集中關注的，是它所蘊涵的個體人生態度和價值追求，而對"三不朽"說產生的特定時代和語境背景，及其由此限定的思想內涵往往注意不夠。於是形成了一種認識上的泛化和思維上的慣性，使得"三不朽"成爲一種無須進一步思考剖析的常識性思想範疇。在"三不朽"說面前，人們似乎只有從抽象的積極意義上引用它這一種解讀方法，也似乎只有肯定其個體生命價值追求這一種思維方式。一說到"三不朽"，就要與個體人生價值觀相聯繫，似乎"三不朽"已成爲古代個體人生價值觀的同義語。

如有學者撰文《傳統的人生價值觀及其現代意義》，第一節標題即爲"最早的人生價值思想——三不朽"，其云："中國古代關於人生價值問題的討論，最早的材料見於《左傳》襄公二十四年……這裏討論的不朽問題，實際上就是人生價值問題。"①也有人認爲，"三不朽"說的價值在於對個體生命的超越："（它）通過垂德後世，建功立業和著書立說，超越短暫而有限的生命，獲取人生的永恒價值，在中國古代文化人士的觀念中，帶有普遍的意義，始終影響着他們的人生態度和價值追求。"②又如："司馬遷繼承發揚的就是'立言'求不朽的生命價值觀。這種價值觀注重主體精神的永存，對後來的文士有着極爲深遠的影響。"③王運熙、顧易生主編《先秦兩漢文學批評史》則從文學角度肯定其獨立的價值，其云："這裏的'言'主要是指表現於言辭的德教、政治而言，當包括著書立說賦詩作誦。穆叔雖然把'立言'的地位次在'立德''立功'之後，但畢竟把'立言'與'立德''立功'區別開來，肯定其獨立地位及垂諸永久的價值。"④

一葉知秋。以上所論，基本可代表現今學界對"三不朽"說的認識及評價。顯然，諸文所側重的，是個人的"主體精神"、個體的"人生價值觀"及"立言"的"獨

---

① 錢遜《傳統的人生價值觀及其現代意義》，《洛陽大學學報》2000 年第 3 期。
② 王紹東《論"三不朽"說對司馬遷及〈史記〉創作的影響》，《内蒙古社會科學》1998 年第 5 期。
③ 陳允鋒《漢賦作家的生命欲望及其創作心理特點》，《武漢大學學報》2001 年第 3 期。
④ 王運熙、顧易生《先秦兩漢文學批評史》，上海古籍出版社 1996 年版，第 47 頁。

立地位"。這說明,以往的討論,多從其積極意義上肯定"三不朽"的價值,而基本沒有顧及分析這一思想其他層面的意義及作用。就承載着"三不朽"那段《左傳》文字内容而論,確實包含了以上諸君所徵引的積極意義。但,這並非全象。筆者認爲,理解和分析"三不朽"説,不能脱離其具體語境。

寧稼雨教授曾指出:"先秦兩漢時期,是中國文化形成的奠基時期,主要體現爲帝王階層的意志和利益。如果説西周時期周禮確立爲帝王文化奠定了社會基礎的話,那麽春秋時期諸子百家思想則成爲帝王文化的上層建築;從秦始皇焚書坑儒,到漢武帝獨尊儒術,都昭示出帝王階層對於國家文化的掌握控馭能力是不可撼動的。因而,先秦兩漢文學深受帝王文化的影響並打上深刻烙印,各種文學形式中都閃現着帝王情結的影子。"①學界普遍認爲,《左傳》叙寫春秋時代史事,約成書於戰國初年②,則其正好處於"帝王文化"時期,各種文化無不受到帝王階層意志和利益的影響,《左傳》也不例外。就其產生的時代及語言背景來看,"三不朽"説强調的更多的是"群體精神""公天下意識"以及"立言爲公"的思想,依附性、群體性、爲公性是它的本質規定。换言之,泛言"三不朽"説强調人生態度和價值追求大體是不錯的,問題在於它所宣導的是什麽樣的人生態度和價值追求?是附麗於群體的,還是張揚個性的? 簡言之,"三不朽"説是一柄雙刃劍,它有其積極的一面,亦有其消極的一面;積極的一面多是後人抽象、闡揚、疊加的結果,而消極的一面則多藴涵在其產生的具體歷史語境之中。就前者而言,古今學界的引用、論證,已較爲充分;而就後者而論,似乎還稀有人提及,尚待挖掘,還有很大的討論空間。而後者之所以長期被忽略,一個重要原因就是忽略了具體的原始語境,其一種表現是,在徵引文本時,只徵引穆叔論述有關"三不朽"的話,而忽略了范宣子之言,如王運熙、顧易生的《先秦兩漢文學批評史》③;另一種表現是,徵引時,只注意抽象出"三不朽"的思想,而没有顧及產生這一思想的具體歷史背景,因此也難以準確把握其内涵。鑒於此,起碼從搞清產生"三不朽"説歷史背景的角度出發,也似乎很有必要回到原始語境,重新做一番文獻和思想的梳理。

討論"三不朽"問題,不能脱離產生這一思想的歷史條件和環境,尤其是不能脱離它所產生的具體語境,否則有些問題難以説清。按"三不朽"之説源出於《左傳》襄公二十四年(引文略),在此,至少有這樣幾個問題值得注意:一是"死而不

---

① 寧稼雨《中國文化"三段説"背景下的中國文學嬗變》,《中原文化研究》2019 年第 2 期,第 54 頁。
② 王守謙等《左傳全譯前言》,貴州人民出版社 1990 年版,第 2 頁。
③ 王運熙、顧易生《先秦兩漢文學批評史》,上海古籍出版社 1996 年版,第 47 頁。

朽"是當時已被廣泛討論的一個命題,否則不會在此提出並作爲一個中心論題;二是穆叔在論證立言"不朽"時特以魯國卿大夫臧文仲爲例,所以搞清臧文仲之"立言"究竟何指極爲重要;三是"三不朽"的思想是在兩種有關"不朽"觀念的辯論中產生的,其中一方爲范宣子的以"世禄"爲不朽,另一方爲穆叔的,即以"立德、立功、立言"爲不朽。以下分節梳理之。

二　"死而不朽"的相關文獻梳理

追求不朽,追求生命的永恒延續,是一種很古老的思想,春秋時代已經很流行。《左傳》中共有幾處提到了"死而不朽":

一爲秦將孟明視之言。僖公三十三年,晉軍打敗秦軍,俘獲孟明視、西乞術、白乙丙三員秦將。晉襄公聽從母親文嬴之言,釋放三人,後悔悟,又派人追趕,此時孟明視等人已在舟中,孟明對來人説:"君之惠,不以纍臣釁鼓,使歸就戮於秦,寡君之以爲戮,死且不朽。若從君惠而免之,三年將拜君賜。"

二爲晉臣知罃之言。成公三年,知罃被楚國俘虜,晉人願以楚公子穀臣換回知罃。事成,楚共王送别知罃,知罃説:"以君之靈,纍臣得歸骨於晉,寡君之以爲戮,死且不朽。若從君之惠而免之,以賜君之外臣首,首其請於寡君而以戮於宗,亦死且不朽。若不獲命,而使嗣宗職,次及於事,而帥偏師以修封疆,雖遇執事,其弗敢違。其竭力致死,無有二心,以盡臣禮,所以報也。"王曰:"晉未可與爭。"重爲之禮而歸之。

三爲楚軍主帥子反之言。成公十六年,子反被晉國軍隊打敗。楚共王遣使安慰他,認爲罪在己,子反説:"君賜臣死,死且不朽。臣之卒實奔,臣之罪也。"子重復謂子反曰:"初隕師徒者,而亦聞之矣!盍圖之?"對曰:"雖微先大夫有之,大夫命側,側敢不義?側亡君師,敢忘其死。"

四爲魯國大臣季孫之言。昭公三十一年,晉臣荀躒指責他沒有盡好臣道,事奉國君,於是"季孫練冠麻衣跣行,伏而對曰:'事君,臣之所不得也,敢逃刑命?君若以臣爲有罪,請囚於費,以待君之察也,亦唯君。若以先臣之故,不絶季氏,而賜之死。若弗殺弗亡,君之惠也,死且不朽。若得從君而歸,則固臣之願也。敢有異心?'"

綜合這幾條資料來看,它們有一共同特點,即均是爲臣之言,其中大部分是敗軍之將,並且均是以死於君命爲不朽。可見,春秋時期,能够爲君盡忠而死便爲"不朽"代表了部分臣子心目中的"不朽"觀念,這些臣子們及主流意識形態在這一點上已達成了共識。它不僅是一般的具體的行爲準則,還是一種更高的抽象的道義原則。除這幾條之外,《左傳》中尚有多處表達了同樣的意思,雖沒有用"死而不朽"之言,如僖公四年載:"凡諸侯薨於朝會,加一等;死王事,加二等。於是有以袞斂。"袞,爲天子國君之服,若死於君命王事,死後入殮便可獲此殊榮。此舉意在宣導忠君之風。又僖公九年載,晉獻公托孤於荀息,"(息)稽首而對曰:'臣竭其股肱之力,加之以忠貞。其濟,君之靈也;不濟,則以死繼之。'公曰:'何謂忠貞?'對曰:'公家之利,知無不爲,忠也。送往事居,耦俱無猜。貞也。'"表達了以死報"公家"君命的意願。文公十八年冬十月,魯卿襄仲秉政,立宣公爲國君,召叔仲入朝欲殺之,"其宰公冉務人止之,曰:'入必死。'叔仲曰:'死君命可也。'公冉務人曰:'若君命可死,非君命何聽?'弗聽,乃入,殺而埋之馬矢之中。"宣公二年,晉靈公不行君道,趙盾屢諫,"公患之,使鉏麑賊之。晨往,寢門辟矣,盛服將朝,尚早,坐而假寐。麑退,歎而言曰:'不忘恭敬,民之主也。賊民之主,不忠;棄君之命,不信。有一於此,不如死也。'觸槐而死。"鉏麑之所以不忍殺趙盾,是由於其"驟諫"而忠於君命;而鉏麑之選擇了"觸槐而死",也恰恰是因爲不能遵君命。矛盾情境之中,他選擇了赴死。而爲君盡忠恰是矛盾的焦點所在。宣公十五年,晉臣解揚,不辱君命,楚王欲殺之,對曰:"謀不失利,以衛社稷,民之主也。義無二信,信無二命。君之賂臣,不知命也。……臣之許君,以成命也。死而成命,臣之祿也。寡君有信臣,下臣獲考,死又何求?"襄公二十五年記晏子言曰:"臣君者,豈爲其口實,社稷是養。故君爲社稷死,則死之;爲社稷亡,則亡之。"定公四年記楚臣鬬辛言曰:"君討臣,誰敢讎之?君命,天也,若死天命,將誰讎?"

綜上可見,"死而成命""死於君命",不僅僅是春秋時期部分臣子的行爲準則,還是一種得到普遍認同的更高層次的道義準則,具有無須論辯、證明的真理性質。其理論概括即爲:"禁主之道,必明於公私之分,明法制,去私恩。夫令必行,禁必止,人主之公義也;必行其私,信於朋友,不可爲賞勸,不可爲罰沮,人臣之私義也。私義行則亂,公義行則治,故公私有分。人臣有私心,有公義。修身潔白而行公行正,居官無私,人臣之公義也;污行從欲,安身利家,人臣之私心也。"①當然,也有人看出君主與社稷的二分,説:"君民者,豈以陵民?社稷是主。

---

① 王先慎《韓非子集解·飾邪》,《諸子集成》本,中華書局1986年版,第93頁。

臣君者，豈爲其口實？社稷是養。故君爲社稷死，則死之；爲社稷亡，則亡之。若爲己死而爲己亡，非其私暱，誰敢任之？"(《左传·襄公二十五年》)君主雖與社稷二分，然而，社稷不是虛的，總要有君主來體現，在沒有找到君主制度之外的社會體制之前，無論如何論證也逃不脫忠君、殉君、以死於君命爲不朽的思維圈子。

　　據學者研究，春秋中期以後，"忠"觀念的內涵發生了重大演變——"作爲政治倫理觀念，'忠'由要求君主'忠於民'轉變爲要求臣下忠於社稷、忠於公家之事、忠於君主。據載，晉獻公疾，召大夫荀息，要求他輔佐奚齊，荀息要示要以'忠貞'的態度對待此事，獻公與荀息對何爲'忠貞'有個討論：公曰：'何爲忠貞？'對曰：'公家之事，知無不爲，忠也；送往事居，耦俱無猜，貞也。'"(《左傳》僖公九年)可見，春秋中期以後，作爲政治倫理觀念的'忠'已經不是對君主而是對臣下的規範和要求了，因而它也就成爲對臣下評價的標準了。"①又："在戰國時期的實際政治活動中，'忠'是對臣下的單方面的絕對要求，它要求臣下對君主知無不言，言無不盡，一切都以君主的利益、願望爲中心，絕對恭順，而君主却可以爲所欲爲。對於君主的任何要求，臣下只能是絕對地服從。……在忠的對象上，社稷、公家之事退居於次要地位，以至幾近於無，只有君主作爲忠的對象被做了極端強調，臣下對君主的'忠'是無條件的、絕對的。這種轉變是極其深刻的。"②當然，"主上"的概念是可以移換的，可以是君主，也可以是卿大夫或大臣、重臣；而當二者發生矛盾之時，家臣必須效忠於自己的直接主子，不得有貳心。據《國語·晉語》記載，晉人辛俞是欒盈的家臣，欒盈出奔逃往楚國的時候，晉國國君下令不許欒氏的家臣跟從，否則死罪，而欒氏的家臣辛俞還是誓志跟從，結果導致被捉問罪，在晉君面前受審時，辛俞辯解說："臣聞之曰：三世事家，君之；再世以下，主之。事君以死，事主以勤，君之明令也。自臣之祖，以無大援於晉國，世隸於欒氏，於今三世矣，臣故不敢不君。今執政曰：不從君者爲大戮。臣敢忘其死而叛其君，以煩司寇。"③(《國語·晉語八》)在此，辛俞巧妙地偷換了"忠君"的概念，把"忠"的對象從晉國國君移換到了卿大夫欒盈，所依據的就是家臣必須效忠於主上、不得有貳心的基本原則。這些，對上面所引幾條把"忠君""死於君命"作爲"死而不朽"的核心問題所在，也是一種佐證。

　　對於先秦不朽觀念的源流、嬗變軌跡及其內在的邏輯關係，有劉明《論先秦

---

①② 曲德來《"忠"觀念先秦演變考》，《社會科學輯刊》2005 年第 3 期。
③ 左丘明《國語·晉語八》，《國語譯注》，吉林文史出版社 1991 年版，第 564 頁。以下引《國語》皆據此本，不再一一注明。

時期"不朽觀"的嬗變及其在思想史中的地位》及宋小克《春秋戰國時期的"不朽"觀念及其新變》兩篇文章,對展開有關"死而不朽"的討論很有啓發。據二位學者研究,先秦時期的"不朽觀"先後經歷了三種主要形態:

一是靈魂不朽。劉文認爲:"最早的不朽觀念起源於原始人類的靈魂信仰。考古資料證明,最晚至舊石器晚期人們就有了靈魂的觀念。考古人員在上古人類的墓葬中發現了塗硃和隨葬品現象。北京周口店發現的山頂洞人有意識地在死者身上和周圍撒上許多赤鐵礦粉;在西安半坡遺址的屍骨上也有用朱砂塗染的痕跡。在仰韶文化遺址,如北首嶺、王灣、元君廟等的墓葬中也多撒有氧化鐵礦粉;陶寺龍山文化的屍骨上撒有朱砂。考古學者推測,紅色象徵生命,撒赤鐵礦粉和朱砂是生者對亡靈不死的最美好祝願。在半坡遺址甕棺葬的陶盆上,其下部有一個小孔;在雲南元謀大敦子等新石器時代遺址出土的甕棺上也有類似的小孔,有學者認爲這可能是爲靈魂出入預留的通道。還有半坡遺址、浙川下王崗遺址、陝西廟底溝遺址、大汶口遺址等同一氏族墓葬方向基本一致,説明同一氏族的人對於靈魂的歸宿都有一致的認識,而且墓葬的方向還可能是通向死後世界的路標。這些考古發現表明上古人已經有了靈魂不朽的觀念和死後世界的思想。"① 而宋文則認爲:"周族人持'魂魄兩分'觀念,認爲人的肉體必將消亡於地,而靈魂則可以升天。周族人雖有靈魂升天的觀念,但真正能升天的只有少數帝王、君主。對於一般人來説,靈魂的歸宿不是天堂而是祖廟。死後靈魂歸於宗廟,世代享受祭祀,便是古人的'不朽'。"②

二是家族世禄不朽。劉文指出:"在三代時期,祖宗有靈的意識和祖宗崇拜的氣氛顯得格外熾熱與濃郁。人們仍然在崇奉靈魂不朽,但是這一觀念已開始世俗化、血緣化了,它屬於已死去的祖宗。這種祖宗有靈的宗教信仰和宗法制度、孝道觀念的結合,又賦予了祖先崇拜更爲豐富的内涵。在這種熾熱濃郁的祖宗崇拜的氛圍籠罩下,生活的最高價值和最大目的,乃在於保有家族的宗廟,延續祖宗禋祀。因此,人們才會認爲不朽就是能夠保持家族繁衍,世不絶祀,自己死後能夠配享宗祊。這種家族不朽觀念正是以宗教信仰爲基礎、同宗法制度相結合演變的結果,並且在春秋時期成爲人們普遍的不朽觀念。"③ 劉文列舉了孟明視、知罃、子反、季孫氏等人的言論,總結道:"根據這些材料,所謂'死而不朽'的意思是讓他們死在自己的國家,死後的精神魂魄可以與自己家族祖先的魂魄

---

①③ 劉明《論先秦時期"不朽觀"的嬗變及其在思想史中的地位》,《雲南社會科學》2007年第2期。
② 宋小克《春秋戰國時期的"不朽"觀念及其新變》,《河南大學學報》2010年第3期。

在一起，可以在宗廟裏享受祭祀。可見，當時人們的不朽觀念是以祖先崇拜觀念和宗族祭祀爲基礎的，僅屬於宗教意義和祭祀範疇之內。"①宋文也指出，所謂"'死而不朽'是在宗廟祭祀中實現的。……其實，范獻子所謂'死而不朽'並不是談個體'名'的不朽，而是屬於靈魂歸宿的問題。就孟明、知罃、子反、季孫氏、椒舉等人面臨死亡的情況看，孟明、知罃是戰俘，子反戰敗，季孫氏和椒舉是戴罪之人。五人均没有可以稱述的德行、功業，可見韋昭'身死而名不朽'的説法不能成立。相反，五人希望死後回歸宗廟的傾向則非常明顯。孟明云：'使歸就戮於秦，寡君之以爲戮，死且不朽。'知罃説：'首其請於寡君而以戮於宗，亦死且不朽。'子反云：'君賜臣死，死且不朽。'季孫氏曰：'若以先臣之故，不絶季氏，而賜之死，死且不朽。'季孫氏言：'不絶季氏。'即希望自己靈魂能在宗廟世代享受祭祀；椒舉云：'若得歸骨於楚，死且不朽。'知罃説：'戮於宗。'即在宗廟被殺，靈魂歸於宗廟，椒舉言'歸骨於楚'，即希望靈魂回到故土，回歸宗廟。孟明、子反，雖未明言，其言外之意已非常明顯。"②由此可知，所謂"家族不朽"不僅是一個抽象的概念，是通過"宗廟祭祀"和"宗廟血食"的具體途徑來實現的。此外，理解"世禄"，還可以參考上文所引"襄公二十四年"中范宣子所謂"昔匄之祖，自虞以上，爲陶唐氏，在夏爲御龍氏，在商爲豕韋氏，在周爲唐杜氏，晉主夏盟爲范氏"，也被穆叔稱爲"此之謂世禄，非不朽也"。

三是個體價值不朽。即前文所引用的《左傳》襄公二十四年所提到的"立德、立功、立言"的"三不朽"。有了以上"家族不朽"的鋪墊和對比，才顯出"三不朽"的價值所在。恰如劉文所分析的："可見，當時人們的不朽觀念是以祖先崇拜觀念和宗族祭祀爲基礎的，僅屬於宗教意義和祭祀範疇之內。所以范宣子才會以爲'死而不朽'是指一個氏族世職世禄的傳衍，並就此問題向叔孫豹請教。……家族不朽觀念之中已包含着兩層含義，其一是通過喪葬祭祀等儀式，人人都可以活在其子孫後代的記憶之中，這是家族不朽的第一層含義；其二是通過繁衍子孫後代，自己的生命也得到了延續……然而，這樣的家族不朽只能是在一個比較狹小的範圍內，正如叔孫豹所説的那樣'世不絶祀，無國無之，禄之大者，不可謂不朽'。……所謂死而不朽，是指一個人在道德、事功、言論的任何一個方面有所建樹，受世人所景仰，爲後代所傳頌，雖死而其名永立世人心中，這才能稱之爲不朽。這樣就把原來局限在宗族記憶範圍內的不朽

---

① 劉明《論先秦時期"不朽觀"的嬗變及其在思想史中的地位》，《雲南社會科學》2007年第2期。
② 宋小克《春秋戰國時期的"不朽"觀念及其新變》，《河南大學學報》2010年第3期。

觀念轉變爲存在於整個社會記憶中的不朽觀念,把祭祀文化中的不朽觀念轉變成一個完全人本主義的不朽觀念,賦予了不朽觀以新的價值内涵,從而實現了不朽觀念的根本轉變。"①宋文也指出:"至春秋戰國時期,世卿世禄制瓦解,祖先神靈系統面臨危機,'不朽'觀念也發生新變。靈魂歸於宗廟的'不朽觀'顯得老化,立足於個體的'不朽觀'開始出現。叔孫豹的'三不朽'通過'立德''立功''立言'實現個體'名'的不朽;老莊通過道破生命的本質,把生命融入自然,實現了個體精神的不朽;楊朱一派把生命局限在肉體本身,推崇世間的享樂和安逸,追求生命之花的短暫綻放;方仙道則希望延長人生,從而追求肉體的不朽。以上三類生命觀念,價值取向雖大相徑庭,然着眼於個體的不朽乃是其共同之處。"②劉、宋二文將先秦時期關於"不朽"觀念的起源、發展、嬗變做了細緻的梳理和分層,不僅對於理解"死而不朽"觀念本身的發展和演進大有裨益,對理解"三不朽"的産生和價值也是一種鋪墊——正是由於脱離了"家族不朽"這種血緣聯繫的狹隘範疇,而追求更高層次的道德、事功、立言的不朽,才顯示出其價值所在。

但是,也應看到,以上所舉的《左傳》幾個例證中對"死而不朽"的認識强調以身殉君,屬於"三不朽"的"立功"之列,是臣子們默契達成的一種集體無意識,將自己的個體生命價值依附於君主的利益和意志,基本談不上什麽個人的自由和追求。换言之,所謂"立功不朽",很難脱離王權主義及君主意志,因而也談不上什麽具有個體獨立性。

三 臧文仲其人其言

承上,穆叔既然把臧文仲作爲"立言不朽"的典範,所以搞清臧文仲"既殁,其言立"的内涵究竟是什麽十分重要。按臧文仲爲魯國高官,爲春秋政壇上活躍人物。其名在《論語》中凡兩見。一爲《公冶長》:"臧文仲居蔡,山節藻棁,何如其知也?"一爲《衛靈公》:"臧文仲其竊位者乎?知柳下惠之賢而不與立也。"《禮記》中凡一見,《禮器》:"孔子曰:'臧文仲安知禮?夏父弗綦,逆祀而弗止也。燔柴於奥。"③均是孔子對臧文仲的批評之言。另外《左傳》中也記有孔子對他的批評:

---

① 劉明《論先秦時期"不朽觀"的嬗變及其在思想史中的地位》,《雲南社會科學》2007年第2期。
② 宋小克《春秋戰國時期的"不朽"觀念及其新變》,《河南大學學報》2010年第3期。
③ 戴聖《禮記·禮器》,《十三經注疏》(影印本),中華書局1980年版,第1435頁。

"仲尼曰:'臧文仲,其不仁者三,不知者三。下展禽,廢六關,妾織蒲,三不仁也。作虛器,縱逆祀,祀爰居,三不知也。'"(《文公二年》)所謂臧氏"祀爰居"的故事亦見於《左傳》:"海鳥曰'爰居',止於魯東門之外三日,臧文仲使國人祭之。展禽曰:'越哉,臧孫之爲政也!夫祀,國之大節也,而節,政之所成也。故慎制祀以爲國典。今無故而加典,非政之宜也'"(《僖公二十年》)。這些批評有一共同特徵,即所針對的都是臧氏爲政的不足之處。據程樹德《論語集釋》引《群經義證》,臧氏世爲魯國司寇,"古者仕有世官,文仲蓋居是位而子孫因之"①。據《國語》和《左傳》的記載,其言辭活動爲如下四類。

（一）執掌國政,長於辭令,魯君對其言聽計從。據《國語·魯語》記載,魯國大饑,臧文仲以爲,國家鑄名器、收寶物,本來就是以備不時之需;現今國家有難,應獻上所藏寶物去齊國買糧,並主動請求擔當此任。到齊國後,他説:"天災流行,戾於弊邑,饑饉薦降,民贏幾卒,大懼乏周公、太公之命祀,職貢業事之不共而獲戾。不腆先君之幣器,敢告滯積,以紓執事,以救弊邑,使能共職。豈唯寡君與二三臣實受君賜。其周公、太公及百辟神祇實永饗而賴之!"結果"齊人歸其玉而予之糴"。充分顯示了他的口才和辦事能力。《國語·魯語》中還記載了他説服魯僖公向晉侯説情,使衛國君王免於死罪之事,結果晉國和衛國都對魯國很好。又據《左傳》僖公三十三年:"齊國莊子來聘,自郊勞至於贈賄,禮成而加之以敏。臧文仲言於公曰:'國子爲政,齊猶有禮,君其朝焉。臣聞之,服於有禮,社稷之衛也。'"

（二）知識淵博,諳熟典章,常對列國時政發表個人見解。如《左傳》僖公二十四年所載:"冬,王使來告難曰:'不穀不德,得罪於母弟之寵子帶,鄙在鄭地汜,敢告叔父。'臧文仲對曰:'天子蒙塵於外,敢不奔問官守?'王使簡師父告於晉,使左鄢父告於秦。"又《左傳》文公五年:"冬,楚公子燮滅蓼,臧文仲聞六與蓼滅,曰:'皋陶、庭堅不祀忽諸。德之不建,民之無援,哀哉!'"有時記載其言的形式頗像《論語》,如《左傳》僖公二十年:"宋襄公欲合諸侯,臧文仲聞之曰:'以欲從人,則可;以人從欲,鮮濟。'"

（三）有識見和判斷力。如《左傳》莊公十一年:"秋,宋大水。公使弔焉,曰:'天作淫雨,害於粢盛,若之何不弔?'對曰:'孤實不敬,天降之災,又以爲君憂,拜命之辱。'臧文仲曰:'宋其興乎!禹、湯罪己,其興也悖焉;桀、紂罪人,其亡也忽

---

① 程樹德撰《論語集釋》,中華書局1990年版,第1096頁。

焉。且列國有凶,稱孤,禮也。言懼而名禮,其庶乎!'既而聞之曰:'公子禦説之辭也。'臧孫達曰:'是宜爲君,有恤民之心。'"臧氏從宋國國君責己、罪己之言推測到其國將興,可謂有一定識見。又《左傳》僖公二十一年:"夏,大旱。公欲焚巫、尪。臧文仲曰:'非旱備也。修城郭、貶食、省用、務穡、勸分,此其務也。巫、尪何爲?天欲殺之,則如勿生;若能爲旱,焚之滋甚。'公從之。是歲也,饑而不害。"據裘錫圭先生考證:"焚燒巫尪以求雨,在魯僖公的時代一定仍是一種相當普遍的現象。據上引《左傳》下文,僖公由於臧文仲的諫止没有焚巫尪。這是特殊情況,所以《左傳》才會記載卜來。"①又《左傳》僖公二十二年:"邾人以須句故出師。公卑邾,不設備而禦之。臧文仲曰:'國無小,不可易也。無備,雖衆,不可恃也。《詩》曰:'戰戰兢兢,如臨深淵,如履薄冰。'又曰:'敬之敬之,天惟顯思,命不易哉!'先王之明德,猶無不難也,無不懼也,況我小國乎!君其無謂邾小。蜂蠆有毒,而況國乎?'弗聽。"臧氏援引《詩經》説明人不可無敬畏之心,邾國雖小,不可無備。僖公不聽,終遭敗績,"邾人獲(僖)公胄,縣諸魚門。"於此可見臧氏之識見過人。

(四)其言廣爲流傳,爲人徵引。臧氏長於辭令,他自己的文辭,當有文獻垂世,使《國語》《左傳》的作者得以徵引。如《左傳》文公十七年:"襄仲如齊,拜穀之盟。復曰:'臣聞齊人將食魯之麥。以臣觀之,將不能。齊君之語偷。臧文仲有言曰:'民主偷,必死。'"又《文公十八年》,莒國太子僕殺其國君、竊其寶玉,來投奔魯國,"季文子使司寇出諸竟,曰:'今日必達。'公問其故。季文子使大史克對曰:'先大夫臧文仲教行父事君之禮,行父奉以周旋,弗敢失隊。曰:'見有禮於其君者,事之如孝子之養父母也;見無禮於其君者,誅之如鷹鸇之逐鳥雀也。'先君周公制《周禮》曰:'則以觀德,德以處事,事以度功,功以食民。'作《誓命》曰:'毁則爲賊,掩賊爲藏,竊賄爲盜,盜器爲奸。主藏之名,賴奸之用,爲大凶德,有常不赦。在《九刑》不忘。'"這裏所徵引的臧氏之言,有形象化的比喻,運用了近乎駢儷的修辭手法,有較强感染力,易於記誦。引用者將其言與周公相提並論,而周公則被儒家列入聖賢譜系之中,可見臧氏其言在當時有一定影響。

那麽,若問臧文仲究竟"立"了什麽"言"而有如此之大的影響呢?若逐條縷析材料,就會發現,臧氏所言多是其從政生涯中發表的議論、見解,與魯國的國事

---

① 裘錫圭《説卜辭的焚巫尪與作土龍》,《甲骨文與殷商史》,上海古籍出版社1983年版,第212頁。

緊密相關,如禁燒巫尪之議、"衆不可恃"之論,對於治國爲政來説,它們具有概括性和普遍指導意義,所以在諸侯國間廣爲流傳。換言之,臧氏的所謂"立言",與"立德""立功"這兩個不朽有着千絲萬縷的聯繫,如果抽去"立德""立功"的成分,其"立言"的大廈就會瞬間坍塌,頃刻瓦解。也就是説,臧氏並無"成(自己獨立)一家之言"的"立言"欲望,也没有自己關於人生及個體生命價值的獨到理解,其"立言"的價值所在,還緊緊地依附於"立德"和"立功",不能獨立存在,如果再對照一下《左傳》中對於"死而不朽"的普遍理解,這一點會看得更清楚——"皮之不存,毛將焉附?"明乎此,就會明白,至少在《左傳》的具體語境中,"立言"並没有獲得獨立地位,事情並不像前文所引《先秦兩漢文學批評史》所言:"穆叔雖然把'立言'的地位次在'立德''立功'之後,但畢竟把'立言'與'立德''立功'區別開來,肯定其獨立地位及垂諸永久的價值。"問題並不僅僅在於"立言"的名次排在"立德""立功"之後,而在於"立言"就是"立德""立功"本身,是"立德""立功"在話語或輿論層面的實踐和操作,或曰從政記錄,而看不見任何獨"立"的成分。因此,説"三不朽"是生命個體"超越短暫而有限的生命,獲取人生的永恒價值",顯然是缺乏實際歷史語境根基的。對此,已有學者指出,其云:"按照'三不朽'的價值觀,個體必須通過服務於群體、社會來展現自我存在的意義。爲君、爲臣、爲民、爲物、爲事,爲他人而活着而奮鬥而犧牲,是人生的最高境界。古代許多文人都把這樣的境界作爲人生的最高目標與文學創作的最高追求。用歷史的眼光看,這當然有值得商榷的地方。……在這樣的文化語境中提倡個體的高境界,就極有可能把個體的奉獻變成富於諷刺意味的無謂犧牲。"[①]

實際上,若從"三不朽"產生的實際歷史語境來考察,"立言不朽"誕生之初,就隱隱透出後世"文以載道""言以明道"的味道,它注重的是正統意識形態的群體社會價值觀,而非"注重主體精神的永存"的個體生命價值觀。所以,至多只能説,從語言區分層面上,立德、立功、立言似乎已經分開,但若從精神實質上分析,所謂立言還依附或附屬於前二者,並未獲得真正的獨立地位。歷史地看,若不脱離其產生的具體語境來看,"立言不朽"的本質,是"立言爲公",而在以宗法制爲基礎的傳統社會中,所謂"爲公"都具有以群體價值觀排斥個體獨立選擇的意涵。

---

① 李生龍《"三不朽"人生價值觀對古代作家文學觀之影響》,《衡陽師範學院學報》2005年第4期。

四 "三不朽"中"公天下"的價值取向

除《左傳》外,關於"三不朽"的對話還見於《國語·晉語》,文字略有出入。從二者提供的文獻資料來看,"三不朽"說是在論辯中產生的,其對立面是范宣子以家族"世祿"爲不朽的思想。范宣子,名士匄,晉國名臣。他歷數自己的祖先從唐虞以上的陶唐氏一直到晉國的范氏,認爲自己的宗氏家族一直綿延至今,這恐怕就是所謂的"不朽"。關於范氏祖先"保姓受氏"的傳說見於《左傳》昭公二十九年:

> 秋,龍見於絳郊,魏獻子問於蔡墨曰:"吾聞之,蟲莫知於龍,以其不生得也。謂之知,信乎?"對曰:"人實不知,非龍實知。古者畜龍,故國有豢龍氏,有御龍氏。"獻子曰:"是二氏者,吾亦聞之,而不知其故。是何謂也?"對曰:"昔有飂叔安,有裔子曰董父,實甚好龍,能求其耆欲以飲食之,龍多歸之。乃擾畜龍以服事帝舜。帝賜之姓曰董,氏曰豢龍。封諸鬷川,鬷夷氏其後也。故帝舜氏世有畜龍。及有夏孔甲,擾於有帝。帝賜之乘龍,河、漢各二,各有雌雄,孔甲不能食,而未獲豢龍氏。有陶唐氏既衰,其後有劉累,學擾龍於豢龍氏,以事孔甲,能飲食之。夏后嘉之,賜氏曰御龍,以更豕韋之後。龍一雌死,潛醢以食夏后。夏后饗之,既而使求之。懼而遷於魯縣,范氏其後也。"①

這其中雖不無神秘色彩,但其勾勒的大體過程與范宣子所言多有吻合,且清楚說明了什麼是"賜姓""賜氏",故不憚其煩而錄之。而穆叔則認爲,這只是"世祿",即一姓一氏的繁衍不絕。這種"保姓受氏,以守宗祊""世不絶祀"的現象"無國無之",只是傳宗接代意義上的血緣氏族延續,並無個人的努力建樹在內。這種現象,哪一國都有,對治國建邦並無普遍的參照及指導意義,所以不能稱爲"不朽"。實際上,春秋時的所謂諸侯國都從早先一姓一氏的原始氏族發展而來,都帶有"世祿"的特徵,只不過其規模有大小之別。

《左傳》隱公八年:"天子建德,因生以賜姓,胙之土而命之氏。諸侯以字,爲

---

① 《春秋左傳正義》,第 2122—2123 頁。

諡因以爲族;官有世功,則有官族;邑亦如之。"孟子曰:"三代之得天下也以仁,其失天下也以不仁。國之所以廢興存亡者亦然。天子不仁,不保四海;諸侯不仁,不保社稷;卿大夫不仁,不保宗廟;士庶人不仁,不保四體。今惡死亡而樂不仁,是猶惡醉而強酒。"(《孟子·滕文公章句下》)據趙伯雄先生《周代國家形態研究》:"最初的姓,應當是指原始社會中的氏族。姓起源於母系氏族社會,不同的姓代表着不同的母系氏族。"那麽,氏與族的關係如何呢? 至於氏是一種怎樣的族組織,文獻材料表明,氏是比姓範圍要小的、父家長制的宗族組織。我認爲,楊寬先生對氏的理解是正確的,他說:"氏是姓的分支。天子、諸侯分封給臣下土地,就必須新立一個'宗',即所謂'致邑立宗',新立的'宗'需要有一個名稱,就是氏。"趙先生在大量文獻分析的基礎上得出結論:"從先秦文獻中大量出現的姓字的辭例來看,先秦的'姓'實在是表示一種出自共同祖先的血緣團體。"這種"血緣團體"隨着歷史的進程而發展爲"邦"和"國","本來一姓居於一地,但隨着人口的繁衍和氏族的遷徙,一姓可以分裂爲若干血族集團,每一集團後來都自成一邦,於是也就有了一姓數邦的現象。這正如姬姓的古國不只周邦一樣"①。甲骨文、金文、《尚書》《詩經》等古代文獻中常有"萬邦""多邦""多方""庶邦"等提法,茲不贅引。據《國語·晉語》載:"凡黃帝之子,二十五宗,其得姓者十四人爲十二姓:姬、酉、祁、己、滕、箴、任、荀、僖、姞、儇、依是也。唯青陽於倉林氏同於黃帝,故皆爲姬姓。"又據《國語·鄭語》載,祝融之後分爲己、董、彭、禿、曹、斟、羋八姓。《左傳》僖公二十四年提到周初封國:"管、蔡、郕、霍、魯、衛、毛、聃、郜、雍、曹、滕、畢、原、酆、郇,文之昭也。邘、晉、應、韓,武之穆也。凡、蔣、邢、茅、胙、祭,周公之胤也。"《左傳》襄公十一年載有"七姓十二國",據杜預注,晉、魯、衛、曹、滕,爲姬姓;邾、小邾,爲曹姓;宋,爲子姓;齊,爲姜姓;莒,爲己姓;杞,爲姒姓;薛,爲任姓。另據成書於戰國時代的《世本》,此書對周代邦國的姓有較爲詳細的記載。除見於經傳的姬姓諸國外,《世本》所載其他各姓之國共有姜、己、任、姒等 16 姓,向、謝、彤、舒庸等 47 國(《周代國家形態研究》,第 52 頁)。又據嚴毅沉《周代氏族制度》考證梳理,西周時大小封國之數,按《左傳》昭公二十八年説:"昔武王克商,光有天下,其兄弟之國者十有五人,姬姓之國者四十人。"到成王時又封了武王、周公的後代。《左傳》僖公二十四年説:"邘、晉、應、韓,武之穆也;凡、蔣、邢、茅、胙、祭,周公之胤也。"按照此説,則是姬姓國已有五十個。所以《荀子·儒效篇》説:

---

① 趙伯雄《周代國家形態研究》,湖南教育出版社 1990 年版,第 53—55 頁。

周公攝政時已"立七十一國,姬姓獨居五十三人焉",二者吻合。而《禮記·王制》說:九州之内共大小國千七百七十三個。《逸周書·世俘》説:武王征四方,凡服國六百五十有二。《吕氏春秋·觀世》説:周之所封四百餘,服國八百餘。若照春秋時代還存在的大小諸侯二十餘國,加上被大國並滅的一百二十餘國,總共有名可查的不超過一百五十國①。每個封國的名稱,就是一個氏族的名稱。而"氏族名稱創造了一個系譜……這種氏族名稱,現在應當證明具有這種名稱的人有共同世系"。如晉是姬姓氏族、宋是子姓氏族等。因而每個封國都有個國姓,凡是共國姓的人都稱爲國人。如春秋時代所稱的楚人、秦人、陳人、鄭人等就是指的芈姓的楚國人、嬴姓的秦國人、嬀姓的陳國人、姬姓的鄭國人等。凡是國人都有共同世系。周代的氏族世系包括周王和各封國諸侯的世系,從始祖的始封祖算起,代數和代傳人名是很清楚的。周王世系從共和以來代有年數,諸侯世系如魯國自第二代起即紀年數。到了春秋時代,各諸侯國内的胞族(世卿),也都有世系可查,如齊之高氏、國氏、欒氏、崔氏、管氏等,魯之臧氏、仲孫氏、叔孫氏、季孫氏等,晉之欒氏、士氏、韓氏、趙氏、魏氏等。由於氏族的世系同氏族顯貴的官位世襲繼承是聯繫在一起的,一旦氏族失去官守,無人繼承,氏族世系也就中斷了。所以世卿的世系和諸侯的世系一樣,世卿滅了族,等於諸侯亡了國,絶了宗廟祭祀,世系也不復存在了。所以氏族成員的共同世系是氏族制度的一個特徵。所謂"世不絶祀"就是氏族世代繼承官守的世襲制,是氏族世系存在的條件。

　　隨着時間推移,生齒日蕃,支脈蔓延,宗法制家庭内部就會發生分化。於是,在氏族姓氏分化之外,又出現了大小宗的分化。據學者梳理和分析,這是因爲:"在氏族時代,由於人口增多,往往會從氏族分化出新的氏族,舊的氏族成爲母親氏族,新的爲女兒氏族,它們成爲胞族,它們之間有一定的聯繫,但很難有明確的權利和義務關係。大小宗則是宗法制下的分化形式,是從嫡庶制分化出來的,其内部有着特殊的結構。按照宗法制的原則,嫡長子繼承宗子之位,别子就應該另立宗族,每一級宗法家庭都按此分化,於是形成不同層次的大小宗系統。關於大小宗的分別,《禮記·大傳》這樣描述:'别子爲祖,繼别爲宗,繼禰者爲小宗。有五世而遷之宗,其繼高祖者也。是故祖遷於上,宗易於下。有百世不遷之宗,有五世則遷之宗。百世不遷者,别子之後也,宗其繼别子之所自出也,百世不遷者也。宗其繼高祖者,五世則遷者也。'所謂'别子',就是'自爲其子孫爲祖',也就

---

① 嚴毅沉《周代氏族制度》,黑龍江人民出版社2001年版,第39頁。

是说，凡别起一支而成為這支之祖的，就是别子。這表示了一種比較簡單明確的觀念：只要在親屬關係中别開一支，即成為本支後世的始祖。由立祖而立宗，但所立之宗有兩種，即大小宗。大宗即'繼别為宗'的一支，即嫡長子的一支，這一支把祖當作别子來繼承；另一支即'繼禰者為小宗'，即支子的宗族，他們不能把祖當作别子來繼承，只能把别子即自己的父親當作禰來祭祀，也就是説他們自己必須又成為别子，成為新的祖，開創自己的宗族，於是他們這些小宗又成為自己宗族的大宗。如文王死，武王成為繼别者，成為大宗；武王死，成王又成為繼别者，大宗；以後康王、穆王，代代都是繼别者，都是大宗，這叫作'百世不遷'。"①例如，周公封魯，則成為繼禰者，成為小宗，相對於周來說，魯永遠是小宗；但周公作為文王的别子，又建立魯國之宗，成為魯宗的祖，所以魯國有周公廟，稱祖廟，又有文王廟，稱周廟。周公一直在周王室服務，實際没有之國，子伯禽代替周公封魯，伯禽成為周公的繼别者大宗，他的嫡長子也世世成為魯國的繼别者，大宗；而在諸侯國内又實行分封，諸侯的支子又成為繼禰者小宗，可是在他們自己的采邑内成為别子——始祖，他們的嫡長子又成為繼别者大宗，支子又成為繼禰者小宗，成為士階層，士還是别子為祖，他們的嫡長子又成為繼别者大宗，支子成為繼禰者小宗，再往下就無法再分封，因此也就無法再序宗法了，因為，士以下，已經没有可以不加分割地"傳重"的東西了。從立宗之始的角度來説，一大宗四小宗，如周天子為大宗，周族的諸侯、大夫、上、士之子弟為四小宗；然而從宗的發展演變角度來看，反過來，四大宗一小宗，如同天子、諸侯、大夫、士又都是大宗，只有士之子弟為單純的小宗身份，這是從兩個角度看問題，都是對的，因為中間三個等級在宗法上的身份都是雙重的，既是大宗又是小宗②。

　　總之，恰如以上學者所梳理、描述的那樣，出於共同祖先血緣親族的大大小小的"國""邦""宗"等按照血緣親疏的遠近，構成了一個井然有序的金字塔等級秩序結構，"西周、春秋間貴族的統治，就是以周天子為首的姬姓貴族為主，聯合其他異姓貴族的統治體系。周天子分封同姓諸侯之時，又封異姓諸侯，諸侯也分封同姓和異姓卿大夫。由於實行同姓不婚制和貴族的等級内婚制，異姓貴族都成為姬姓貴族的姻親。周天子稱同姓諸侯為伯父、叔父，稱異姓諸侯為伯舅、叔舅，諸侯也稱異姓卿大夫為舅。周天子與諸侯，諸侯與卿大夫，固然有着政治上

---

① 施治生、徐建新《古代國家的等級制度》，中國社會科學出版社 2003 年版，第 15—16 頁。
② 施治生、徐建新《古代國家的等級制度》，中國社會科學出版社 2003 年版，第 16 頁。

的組織關係,同時也存在着宗法和姻親的關係,以加強彼此之間的團結和聯合"①。這些以姓氏爲基本單位的、出自共同祖先的"邦"和"國"由於錯綜複雜的原因,命運大不相同,其中的强者活躍在政治舞臺上,成爲諸侯强國;弱者則淪爲附庸,甚至被吞併,所謂"《春秋》之中,弑君三十六,亡國五十二,諸侯奔走不得保其社稷者,不可勝數"。(《太史公自序》)但無論大小,它們都有一本質特徵,即爲"地緣組織與血緣組織的統一體"。徵引這麽多文獻,無非是想説明,無論是晉國范宣子的氏族,還是魯國國君的家族,皆是從遠古一姓一氏的血緣共同體發展而來,都有自己宗族"保姓受氏,以守宗祊,世不絶祀"的目的。一姓一氏,是縮小了的"國";而一邦一國,無非是放大了的"姓"或"氏"。從本質上看,二者都屬於"世禄"之列,因爲它們所維護的,都是一姓一氏的以父權嫡長子繼承制爲特徵的"私利"。因爲"宗法制度確是由父系家長制變質和擴大而成。氏族制末期的祖先崇拜,此時擴展爲宗廟制度;氏族的公共墓地,此時變爲族墓制度;氏族成員使用氏族名稱的權利,此時發展爲姓氏、名字制度;氏族的族外婚制,此時變爲同姓不婚制和貴族的等級内婚制;氏族的相互繼承權,此時變爲嫡長子繼承制;氏族長掌管本族公共事務的制度,此時變爲族長(宗主)主管制;氏族所設管賬等人員,此時變爲家臣制度,實質上成爲貴族的基層政權組織。至於氏族'彼此予以幫助、保護及支援的相互義務',此時變爲宗族内部以及大小宗族之間相互幫助、保護及支援的義務"(《西周史》,第450頁)。這種以宗法制爲核心的政治制度反映在文化上,就是構成了"帝王文化"或"官本位"文化:

  先秦兩漢時期,是中國文化形成的奠基時期,主要體現爲帝王階層的意志和利益。如果説西周時期周禮確立爲帝王文化奠定了社會基礎的話,那麽春秋時期諸子百家思想則成爲帝王文化的上層建築;從秦始皇焚書坑儒,到漢武帝獨尊儒術,都昭示出帝王階層對於國家文化的掌握控取能力是不可撼動的。因而,先秦兩漢文學深受帝王文化的影響並打上深刻烙印,各種文學形式中都閃現着帝王情結的影子。②

綜上可知,先秦統治政權的特徵是以宗法制爲基石的"家天下",其公私觀念

---

① 楊寬《西周史》,上海人民出版社1999年版,第451頁。
② 寧稼雨《中國文化"三段説"背景下的中國文學嬗變》,《中原文化研究》2019年第2期,第54頁。

也有着鮮明的等級特徵,可簡單表述爲:大宗爲"公",小宗爲"私"。洵如學者指出的那樣:"在宗法制度支配下,宗子有保護和幫助宗族成員的責任,而宗族成員有支持和聽命於宗子的義務。大宗有維護小宗的責任,而小宗有支持和聽命於大宗的義務。唯其如此,大宗和宗子對宗族組織起着支柱的作用,所以《詩經·大雅·板》說:'大邦維屏,大宗維翰,懷德維寧,宗子維城。'而小宗對大宗起着輔助的作用。"(《西周史》,第450頁)比如,對諸侯而言,天子之事爲"公",諸侯之事則爲"私";而對卿大夫而言,諸侯之事爲"公",士之事則爲"私"。所謂"三公者,所以參五事也;九卿者,所以參三公也;大夫者,所以參九卿也;列士者,所以參大夫也。故參而有參,是謂事宗;事宗不失,外内若一。"①在宗法系統中所佔據的地位越高,其"公"的程度也就越高。所以,若從其本級來看,晉國范氏和魯國姬姓所維護的,都是自己一姓一氏的利益,從"保姓受氏""世不絕祀"的意義上看,如果維護一國一邦的利益可稱爲"不朽",那麼,維護一姓一氏的利益亦可稱爲"不朽"。因爲如前所述:一姓一氏,不過是縮小了的"國";而一邦一國,無非是放大了的"姓"或"氏"而已。再進一步分析,從范宣子的立場看,自己家族能維持"世不絕祀",已經可以稱爲不朽了,這同魯國君臣努力使魯國"世不絕祀"並無本質區別。所以,范宣子這樣說,自有他的道理,對他的話,我們不能只當作可有可無的陪襯,而此前學界大多數人正是這樣做的;那麼,穆叔的話,也有其道理,這道理就在於:首先,他是站在臣子的立場上說話,其次,他所奉爲"不朽"楷模的臧文仲,也是魯國大夫。然而,若從更高一級的宗法制層次來看,一國之利益也屬於"私"的範疇,如《商君書·修權》所言:"今亂世之君臣,區區然擅一國之利,而管一官之重,以便其私,此國所以危也。"這是秦國重法家耕戰說的典型言論,其最終目標在於滅掉六國,所以除秦國之外的任何一國的利益都屬於"私"。於是,我們看到了春秋戰國時期的"公私"具有相對性、流動性、靈活性。公私是要講,關鍵是看站在什麼角度去講、對誰講,以及在什麼情勢下講。錢穆先生曾比較過中西公私觀念之悖論,得出結論說:"今再要而言之,西方人多私,故貴公,乃重於物而輕於人;中國人多公,故貴私,乃厚於人而薄於物。東西文化相異略如此。"②

至此,問題似乎逐漸清楚了:原來,在所謂的"三不朽"說的背後,潛藏着一種是否"爲公"的價值判斷標準,它構成了一種由"一姓一氏"到"卿大夫",再到

---

① 劉向《說苑·臣術》卷二,光緒元年刻本,第2頁。
② 錢穆《晚學盲言》,生活·讀書·新知三聯書店2010年版,第643頁。

"諸侯列國",最後到"天下共主"這樣由低到高的等級判斷臺階,它表現出社會強勢統治群體對"公"資源的佔有欲望,越往級層的上面走,爲公的程度就越高,不朽的程度自然也就越大。於是,范宣子和被穆叔奉爲典範的臧文仲,一爲私,一爲公;一爲一己姓氏之繁衍不絶,一爲國君社稷之千秋大業。何者不朽?判然可分。換言之,只有脱離了自己一姓一氏之私利,爲某一國的君主盡忠、爲某一國的政事操勞,這才稱得上"不朽";而若從更高一層的利益看,一國之社稷、利害,同樣是"私",因爲它妨害統一,達到更高一級的君主集權。

　　進行了以上三個層面的思想梳理之後,依次就梳理結果作一小結,看看"三不朽"的思想内涵究竟是什麽?從梳理一可知,春秋時代,"死而不朽"的思想主要指爲君盡忠,死於君命,骸骨回歸故國,獲得宗廟血食和祭祀;從梳理二可知,臧文仲的所謂"立言"多依附於"立德"和"立功",缺乏個人獨立的判斷和見解;從梳理三可知,產生"三不朽"之説的具體語境中藴含着濃厚的"公天下"或的群體價值取向。綜合以上三點,可以得出這樣的結論:"三不朽"之説中所包含的"立德""立功""立言"均帶有鮮明的"公天下"的色彩,而這種"公天下"的思想核心是以處於宗法制度上一層的利益爲公、下一級的利益爲私,它本能地要求立言緊緊依附於立德與立功。"立言不朽"也同"立德""立功"一樣,並非如某些學者所説,獲得了獨立的地位,"肯定其獨立地位及垂諸永久的價值"①。

五　立言不朽與立言爲公

　　古代思想家論證"立言爲公"的合理性,是從觀察天道運行的"無爲""無己""無私"等特徵中類比、抽繹出來的,所謂"天道無私,是以恒正;天道常正,是以清明"(《申子》)是也。"天道至公"的奥義在於"不得不"三字:"天不得不高,地不得不厚,萬物不得不昌,此其道歟?"(《莊子·知北遊》)《左傳》已有這樣的話:"竊人之財,猶謂之盜,況貪天之功以爲己力乎?"(《僖公二十四年》)天道的最大特點就是無私,它養育萬物,變理陰陽,却從不炫耀自己的功勞,是人類社會要學習的好榜樣。天道這種"公"的特質可以類比一切,所謂"蓋聞古之清世,是法天地。……上揆之天,下驗之地,中審之人,若此則是非可不可,無所遁矣。……夫私視使目盲,私聽使耳聾,私慮使心狂,三者皆私設精,則智無由公。智不公,則

---

①　王運熙、顧易生《先秦兩漢文學批評史》,上海古籍出版社 1996 年版,第 47 頁。

福日衰、災日隆,以日倪而西望知之。"①於是,就自然由天之"公"類比推理到人之"公",據載"荆人有遺弓者,而不肯索,曰:'荆人遺之,荆人得之,又何索焉?'孔子聞之曰:'去其"荆"而可矣。'老聃聞之曰:'去其"人"而可矣。'故老聃至公矣。"(《吕氏春秋·貴公》)聖人治理天下的秘訣也是一個"公"字,所謂"昔先聖王之治天下也,必先公,公則天下平矣"②。於是,又從人之"公"聯繫、過渡到言之"公"。這樣,天之公——人之公——言之公,天之無言——人之無言——言者無言,就構成一個完整的思維邏輯鏈條。

聖人大都是這方面的楷模。試看——"夫文字之用,爲治爲察,古人未嘗取以爲著述也。以文字爲著述,起於官師之分職、治教之分途也。夫子曰:'予欲無言。'欲無言者,不能不有所言也。孟子曰:'予豈好辨哉?予不得已也。'……夫道備於六經,義蕴之匿於前者,章句訓詁足以發明之。事變之出於後者,六經不能言,固貴約六經之旨,而隨時撰述以究大道也。太上立德,其次立功,其次立言,立言與立功相準。蓋必有所需而後從而給之,有所鬱而後從而宣之,有所弊而後從而救之,而非徒誇聲音采色,以爲一己之名也"③。孔子雖很重視言辭,曾說過"君子疾没世而名不稱焉"(《論語·衛靈公》)"一言可以興邦,一言可以喪邦"(《子路》)這樣的話;但據《論語·陽貨》載:"子曰:'予欲無言。'子貢曰:'子如不言,則小子何所述焉?'子曰:'天何言哉?四時行焉,百物生焉,天何言哉?'"聖人之不"立言",猶如天之默默"無言",天雖無言,却控制四時,孕育萬物,無所不生,却從不自矜爲己有;聖人雖不立言,却規範着社會的典章制度、行爲規範,雖無言,却又無所不言,所謂"有德者必有言"也。例如《六經》之"立言",並非有意爲之的私家著作,而是維護社會運轉的文獻記録,所謂"道不離器,猶影不離形。後世服夫子之教者自六經,以謂六經載道之書也,而不知六經皆器也。《易》之爲書,所以開物成務,掌於《春官》太卜,則固有官守而列於掌故矣。《書》在外史,《詩》領大師,《禮》自宗伯,樂有司成,《春秋》各有國史。三代以前,《詩》《書》六藝,未嘗不以教人,不如後世尊奉六經,別爲儒學一門,而專稱爲載道之書者。……夫子述六經以訓後世,亦謂先聖先王之道不可見,六經即其器之可見者也。後人不見先王,當據可守之器而思不可見之道。故表章先王政教,與夫官司典守以示人,而不自著爲説,以致離器言道也。夫子自述《春秋》之所以作,則云:

---

① 《吕氏春秋·序意》,嶽麓書社 1996 年版,第 359 頁。
② 《吕氏春秋·貴公》,嶽麓書社 1996 年版,第 9 頁。
③ 章學誠著、葉瑛校注《文史通義校注》,中華書局 1985 年版,第 139 頁。

'我欲托之空言,不如見諸行事之深切著明。'則政教典章,人倫日用之外,更無別出著述之道,亦已明矣"(《文史通義校注》,第132頁)。對"立言爲公"進行系統論述的集大成者是清代的章學誠,他的《文史通義》專辟《言公》篇,分上中下三章,系統分析了"立言爲公"的歷史合理性,同時批駁了"立言爲私"的荒謬性。其核心思想即爲"古人之言,所以爲公也,未嘗矜於文辭,而私據爲己有"這幾句話,簡直是一個"立言爲公"的經典式總結。總之,私家、個人、自我一旦有自立新異、自成一家的念頭,就是"私念",就是將"言"這種公器"私據爲己有",就會被傳統群體道德體系所不容。無意爲之,是"公";有意爲之,則屬於"私"的領域。而任何形式的"私"——私心、私欲、私情、私念、私言、私學、私議、私名、私譽、私門等等,與公心等涇渭分明,是歷代聖賢們力加撻伐、壓抑的對象。這些話語在《韓非子》《荀子》中幾乎俯拾皆是,兹不贅舉。

總之,在傳統政治思維中,所謂真正的、原裝的"立言",就像天生育萬物那樣,並非是有意爲之,而是不得已而爲之,起初並非爲一己之名而作,所謂"天無私覆也,地無私載也,日月無私燭也,四時無私行也"①。名者,乃天下之公器,不得據爲私有;言者,也屬於"天下公器"之列,不得竊爲己有。這是因爲,"竊人之美,等於竊財之盗,……其弊由於自私其才智,而不知歸公於道也"(《文史通義校注·言公》)。任何"立言爲公"式樣的初衷,並没有絲毫的私人目的——"古之所謂經,乃三代盛時,典章法度,見於政教行事之實,而非聖人有意作爲文字以傳後世也"。(同上)又:"古人之言,所以爲公也,未嘗矜於文辭,而私據爲己有也。志期於道,言以明志,文以足言。其道果明於天下,而所志無不申,不必其言之果爲我有也。"(《文史通義校注》,第169頁)一旦不小心寫出些東西來,也有辦法解釋,謂之爲"不得不""不得已",使之儘量向"公"字上靠,舉例來説,"孟子、莊子皆自言不得已。不得已三字,是論文論著述之要義。"(同上)那麽,什麽是"立言不朽"呢,也應該是一個自然而然的過程,所謂"學者莫不有志於不朽,而抑知不朽固自有道乎?言公於世,則書有時而亡,其學不至遽絕也。蓋學成其家,而流衍者長,觀者考求而能識別也。孔氏古文雖亡,而史遷問故於安國,今遷書具存,而孔氏之《書》,未盡亡也。韓氏之《詩》雖亡,而許慎治《詩》兼韓氏;今《説文》具存,而韓嬰之《詩》,未盡亡也。"(《文史通義校注》,第184頁)

可見,立言不是一種孤立的超社會行爲,追求立言不朽、價值不朽,最終必然

---

① 《吕氏春秋·去私》,嶽麓書社1996年版,第12頁。

也要落入"天下爲公"的社會監控器之中。

劉澤華先生指出:"中國傳統道德的本質和核心是'無我''無私''無欲'。它是天下之大公能够進行和實現的必要的倫理和邏輯前提,又是崇公抑私所採用的重要的道德手段。公天下其實完全是一個道德化、政治化的社會,任何人的一舉一動舉手投足無不在這個社會體系之中。"①而所謂"公天下"的本質在於對於個人的控制,試看:"專制君主主持和主控下的公天下的一切社會生活,在内容上就表現爲古聖先賢爲世人指定的一切生活的方式和程式體系。每一個人的社會生活的每一個方面都必須嚴格按照一整套方式和程式去做,才算是合乎天下爲公的本意,否則公天下的主持者就會以種種公的口實打擊、壓制、扼殺任何人的'非分'之想。"②明乎此,也就明白了歷史上許多文史巨擘大家對"作"敬畏而遠之的根本原因,也可以解釋許多貌似矛盾的現象。例如顔氏對所謂"私家之作"的文學之士大加撻伐,而他本人對文學並不持完全反對的態度,他曾引劉逖之語"既有寒木,又發春華"反駁官僚"嗤薄文學"的迂腐態度(見《顔氏家訓·文章》);又如司馬遷一方面説要"通古今之變,成一家之言",另一方面又極力表明自己是在"述",而不是在"作"。因爲一旦説是"作",不僅有僭聖的嫌疑,還有吞"公言"據爲私有的危險,就會成爲衆矢之的,況且司馬遷本人就是專制淫威的犧牲品。以至於使慎言緘默形成一種普遍的社會心態。據載:"孔子之周,觀於太廟,右陛之前,有金人焉,三緘其口,而銘其背曰:'古之慎言人也,戒之哉!戒之哉!無多言,多言必敗;無多事,多事多患。'"③多言招致禍患,是社會的普遍共識,以至於對"出言"形成一種敬畏之情——"口者,關也;舌者,機也。出言不當,四馬不能追也。口者,關也;舌者,兵也。出言不當,反自傷也。言出於己,不可止於人;行發於邇,不可止於遠矣。夫言行者,君子之樞機。樞機之發,榮辱之本也。可不慎乎!故蒯子羽曰:'言猶射也,栝既離弦,雖有所悔焉,不可從而追矣。《詩》曰:'白珪之玷,尚可磨也;斯言之污,不可爲也。'"④

古代政治家早就對"私"心存戒心:"嗚呼,敬之哉!民之適敗,上察下遂信。何嚮非私?私維生抗,抗維生奪,奪維生亂,亂維生亡,亡維生死。"(《逸周書·文儆》)出言尚需如此謹慎,況且立言乎!?寫文章不僅屬於"言"的範圍,而且白紙

---

① 劉澤華《中國傳統政治哲學與社會整合》,中國社會科學出版社 2000 年版,第 257 頁。
② 劉澤華《中國的王權主義·王權主義各論》,上海人民出版社 2000 年版。
③ 劉向《説苑·敬慎》卷十,第 8 頁。
④ 劉向《説苑·敬慎》卷一六,第 7 頁。

黑字，要留下證據，就更要謹慎，不要墮入"私"的陷阱。於是，在著述這種文化行爲中，我們也能看到"公"那敏感、銳利、苛刻的監視目光。對此，已有學者指出："儒家'三不朽'的價值觀不僅對古代作家的人生觀影響極大，而且深刻地影響着古代作家的文學觀。立德、立功、立言都是要求個體通過服務於群體、社會來展現自我的意義。把立德放在立言之先，要求道德與文章統一。……同是立言，也有不同的價值標準，以功利劃分，經、子、史的價值高於辭賦等純文學作品的價值。"①寧稼雨先生曾指出："先秦時期影響和促進散文繁榮的兩個重要因素均與帝王文化背景有關。一是史官文化，二是士文化。史官文化促生了史傳散文，士文化促生了諸子散文。得力於史官文化作用的史學發達是中國文化一大亮點，而史學發達的主要動力是帝王文化鞏固和延續權力統治的需求。正是這一需求催生和締造出中國史傳文學的發展和繁榮。從《尚書》《左傳》到《國語》《戰國策》，形成了先秦史傳散文的豪華陣容。以時爲序的《左傳》和以國爲別的《國語》《戰國策》，各逞所長，有很高的藝術性。而從西周'學在官府'走出的士人秉承了爲帝王文化服務的基因，繼續建言獻策。在這個過程中，'百家爭鳴'成爲以追逐帝王文化主流來證明其社會價值的管道。"②而"立言爲公"，恰恰就是帝王意志在文化立場、著述思想和文學觀念方面的體現。

那麽，具體到著述、寫作，究竟什麼屬於"公"的範圍呢？顏之推有一定義："夫文章者，原出《五經》。詔命策檄，生於《書》者也。序述論議，生於《易》者也。歌咏賦誦，生於《詩》者也。祭祀哀誄，生於《禮》者也。書奏箴銘，生於《春秋》者也。朝廷憲章，軍旅誓誥，敷顯仁義，發明功德，牧民建國，不可暫無。"③據此爲文，才是"公"，問題似乎出在後之學者莫不有志於不朽，拋棄了"言公"之旨，所謂"然則後之學者，求工於文字之末，而欲據爲一己之私者，其亦不足與議於道矣"。（《文史通義·言公》）無論是"述"是"作"，其間均有"公""私"之分。洵如章學誠所述："是以後人述前人，而不廢前人之舊也。以爲並存於天壤，而是非失得，自聽知者之別擇，乃其所以爲公也。君子惡夫盜人之言，而遽鏟去其跡，以遂掩著之私也。"（《文史通義·言公中》）只要是摻雜個人見解和情感，就誤入了屬於"私"的誤區。記錄個人觀念之"私"、抒發個人情感之"私"，不僅要排在"公"之後，還不可避免地與"公"發生慘烈的碰撞，最後被所謂的"公"所絞殺，試看：

---

① 李生龍《"三不朽"人生價值觀對古代作家文學觀之影響》，《衡陽師範學院學報》2005 年第 4 期。
② 寧稼雨《中國文化"三段説"背景下的中國文學嬗變》，《中原文化研究》2019 年第 2 期，第 55 頁。
③ 顏之推撰、王利器集解《顏氏家訓集解·文章篇》，上海古籍出版社 1980 年版，第 221 頁。

至於陶冶性靈，從容諷諫，入其滋味，亦樂事也。行有餘力，則可習之，然而自古文人，多陷輕薄。屈原露才揚己，顯暴君過；宋玉體貌容冶，見遇俳優；東方曼倩，滑稽不雅；司馬長卿，竊貲無操；王褒過章《僮約》；揚雄德敗《美新》；李陵降辱夷虜；劉歆反覆莽世；傅毅黨附權門；班固盜竊父史；趙元叔抗竦過度；馮敬通浮華擯壓；馬季長佞媚獲誚；蔡伯喈同惡受誅；吳質詆忤鄉里；曹植悖慢犯法；杜篤乞假無厭；路粹隘狹已甚；陳琳實號粗疏；繁欽性無檢格；劉楨屈強輸作；王粲率躁見嫌；孔融、禰衡，誕傲致殞；楊修、丁廙，扇動取斃；阮籍無禮敗俗；嵇康凌物凶終；傅玄忿鬥免官；孫楚矜誇凌上；陸機犯順履險；潘岳乾沒取危；顏延年負氣摧黜；謝靈運空疏亂紀；王元長凶賊自貽；謝玄暉侮慢見及。凡此諸人，皆其翹秀者，不能悉紀，大較如此。①

顏氏此說，用語嚴厲，標準苛刻，相對於此後不絕如縷的文字獄，它只是一個雛形、一個警告、一個序幕。顏氏此說，完全代表當時社會制度及正統意識形態對述作的要求，其評價標準只有一個：是否與以"公"的名義存在的專制制度發生衝突。雖然他剖析了其中原因——"每嘗思之，原其所積，文章之體，標舉興會，發引性靈，使人矜伐，故忽於持操，果於進取。今世文士，此患彌切，一事愜當，一句清巧，神屬九霄，志凌千載，自吟自賞，不覺更有傍人。加以砂礫所傷，慘於矛戟，諷刺之禍，速乎風塵，深宜防慮，以保元吉。"（同上）而實際上，細玩文史，就會發現上述諸位翹楚大多與時政發生了尖銳矛盾，實為當局所難容。尤其是魏晉之際的阮籍和嵇康，學者論之已多，無須贅述。這幾乎是一部因私家之言而獲罪的袖珍斷代文禍史，如果抽去上述十幾人，隋唐之前的中國文學史不僅不成片段，實際也就不存在了。

要之，正統意識形態對"言"與"作"的要求具有鮮明的倫理政治色彩，不僅將其界定於狹窄的"聖"的範圍內，還力圖使其納入"公"的軌道，使得百家騰越，終入環內。

六　立言不朽：原始義、引申義與外延泛化

那麼，又該如何解釋從"獲取人生永恒價值""注重主體精神的永存""追求個

---

① 顏之推撰、王利器集解《顏氏家訓集解·文章篇》，上海古籍出版社1980年版，第221頁。

人價值不朽"這一視角解讀"三不朽"及"立言不朽"呢？這種視角是否還有價值呢？在此，似乎有追溯"具體原始義"與辨明"普遍引申義"之必要，然後可以指出：這只是看待同一問題視角的不同，可以同時並存，而不是相互否定。

所謂追溯"原始義"，即回到產生"三不朽"這段話的先秦原始語境之中，對組成三不朽尤其是立言不朽的各種資料元素進行認真的辨析，從而得出符合具體歷史語境的結論。正如本文以上所做的梳理和辨析一樣。

所謂辨明引申義，即基本不細究或完全忽略產生"三不朽"的原始語境，通過歷史比較，看到"三不朽"及立言不朽的歷史進步價值，將"不朽"這個概念抽象出來，進行思考的延伸。

在此，所謂"歷史比較"是説，與其前的"不朽"觀念相比，"三不朽"或"立言不朽"有了哪些新的内容。在"三不朽"之説產生之前，社會流行的主要是"家族不朽"的觀念，主張不朽是通過繁衍後代、宗族祭祀以永存子孫記憶之中，依靠血緣關係來維繫，局限在宗族範圍之内。而"三不朽"的最大貢獻是在"祭祀不絕、家族不朽"之外找到了"價值不朽"這條思路，認爲不朽是强調通過高尚人格、建功立業、著書立説爲世人所敬仰，依靠的是個體生命對社會群體的價值貢獻及對歷史的作用與影響，從而永存於整個社會的群體無意識記憶之中。如有學者就指出："春秋是一個社會巨變時期，伴隨着這種巨大變化，人們的價值觀念也發生了根本變化。叔孫豹的不朽論正是價值觀念變化的直接產物，他否定了范宣子那種以血緣家族爲標準的宗教性的不朽觀，提出了以立德、立功、立言爲核心的價值不朽觀，認爲只有符合'三立'標準的人才能稱之爲死而不朽，才能進入人類社會的歷史記憶之中。這在當時無疑是一個巨大的思想進步，這種不朽論到孔子那裏又得到了進一步的發展和完善，成爲構建儒家價值觀體系的基本核心。"① 顯然，從"家族不朽"到"價值不朽"是一種歷史進步。

在此，所謂"抽象"是説，論者不顧及其產生的具體語境、條件及確切所指，而是關注"三不朽"這個概念本身，把它從歷史語境中抽象出來，使其外延泛化，從而使其具有一種普遍意義。應該説，這是長期以來對於"三不朽"的一種主流認識，如云："無論是靈魂不朽還是家族不朽抑或是價值不朽，前提是承認個體死亡的存在，人們關注的焦點是生命個體存在的轉換方式，探求的是死後如何不朽，還不是現世生命個體的不朽，然而，'對生的普遍重視，最終會自然導向對個體生

---

① 劉明《論先秦時期"不朽觀"的嬗變及其在思想史中的地位》，《雲南社會科學》2007年第2期。

命的特别關注',當不朽觀念和人們追求生命長壽的渴望結合在一起的時候,就出現了追求個體不朽的觀念。"①顯然,這種分析有得有失——其"得"在於:把個人不朽從家族不朽中剥離出來,開始追求自我的生命價值;其"失"在於:没有看到在以宗法制爲基礎的社會中,即使是强調"立德、立功、立言"的"三不朽"也難以擺脱"爲公"、依附於群體價值觀的命運,難以真正實現所謂的"個體價值不朽",立言不朽的本質,是立言爲公。而這種内涵,是潛藏在其産生的具體的歷史語境之中的。

不細究或完全忽略産生"三不朽"的原始語境,看到"三不朽"及立言不朽的歷史進步價值,將"不朽"這個概念從具體的歷史語境抽象出來,進行思考的延伸,是對待"三不朽"的一種很普遍的方法。胡適先生就曾指出,"三不朽"之説影響很大,但却有三個缺點:一是不朽者僅限於墨翟、耶穌、哥倫布、華盛頓、杜甫、牛頓、達爾文等少數有道德、有功業、有著述的偉人,是一種精英式的"寡頭的不朽論";二是這種不朽論僅從積極方面着眼,而缺乏消極的裁制,不如宗教的靈魂不朽論兼顧積極和消極兩方面,天國的快樂和地獄的苦楚並存;三是這種不朽論之"德、功、言",其範圍過於含糊。胡適提出了"社會不朽論",他認爲:"'小我'是會消滅的,'大我'是永遠不滅的。'小我'是有死的,'大我'是永遠不死、永遠不朽的。'小我'雖然會死,但是每一個'小我'的一切作爲、一切功德罪惡、一切語言行事,無論大小、無論是非、無論善惡——都永遠留存在那個'大我'之中。那個'大我',便是古往今來一切'小我'的紀功碑、彰善祠、罪狀判決書,孝子慈孫百世不能改的惡謚法。這個'大我'是永遠不朽的,故一切'小我'的事業、人格、一舉一動、一言一笑、一個念頭、一場功勞、一椿罪過,也都永遠不朽。這便是社會的不朽、'大我'的不朽。"②細究之,其實"社會不朽"是"三不朽"的另一種表述形式,因爲如上所述,立德、立功、立言這三不朽都與社會和群體價值觀息息相通。

要之,"三不朽"説在中國文化史上影響至巨,在評價和徵引這一思想時,學界已經形成一種認識泛化和思維慣性,使得"三不朽"成爲一個無須進一步剖析的常識性思想範疇。在它面前,似乎只有"獲取人生永恒價值""注重主體精神的永存""追求個人價值不朽"這一種解讀方法。一説到"三不朽",就要與個體人生價值觀相聯繫。這種認識,顯然不全面。没有回到其産生的原始語境去具體理

---

① 劉明《論先秦時期"不朽觀"的嬗變及其在思想史中的地位》,《雲南社會科學》2007年第2期。
② 陳獨秀、李大釗、瞿秋白主編《新青年》第6卷,中國書店出版社2011年版,第88頁。又見胡明選編《胡適選集》,天津人民出版社1991年版,第73頁。

解問題,是造成這種認識上偏差的原因之一。

在進行了以上幾個層面的語境、文字、文獻和思想觀念、價值判斷等多層面的梳理之後,依次就梳理結果作一小結,看看"三不朽"及"立言不朽"的思想内涵究竟是什麽? 從梳理可知:第一、春秋時代,"死而不朽"的思想主要指爲君盡忠,死於君命,骸骨回歸故國,獲得宗廟血食和祭祀;第二、臧文仲的所謂"立言"多依附於"立德"和"立功",缺乏個人獨立的判斷和見解;第三、産生"三不朽"説的具體語境中藴含着濃厚的"公天下"的群體價值取向;第四、先秦公私觀念有一個從個人身份地位到價值評價觀念的發展過程,在其中"公"對於"私"有絶對的控制、制約權力;第五、立言不朽與立言爲公有着密切的聯繫。綜上,可以得出這樣的結論:"三不朽"之説帶有鮮明的"公天下"的色彩,而這種"公天下"的思想核心是以處於宗法制度上一層的利益爲公、下一級的利益爲私,它本能地要求立言緊緊依附於立德與立功。

"立言不朽"説是一柄雙刃劍,它有具體義,有抽象義。具體義藴含於具體的歷史語境之中,抽象義是後人闡揚、發揮、想象的結果。在運用引證它時,不能只强調抽象義,更應該注意回到原始語境,注重具體義,剖析組成"三不朽"的每一個精神元素,這樣去理解三不朽,似乎能更全面一些。在一個多元複雜、思想自由的時代,需要的是獨特的視角和包容性的思維,對同一個問題,也許 A、B、C、D 的解釋都有道理,都可以自圓其説,差異只在於視角的不同。A 没有必要爲了論述自己的正確而必須將 B、C、D 統統否定,D 也没有必要爲了證明自己的合理而將 A、B、C 像秋風掃落葉一樣一掃而光——需要的是包容的態度和並存的思維。

對"三不朽"及"立言不朽"之説,亦應作如是觀。

文學如何可能

——對文學制度觀念及其研究範式的理解

蔡樹才[*]

内容提要 傳統上人們把文學看作是一種社會意識形態、個人的主觀體悟或自由的"純粹審美",呈現爲主觀主義和建構主義、客觀主義和結構主義的兩種傾向,其本質都是尋找最終本質和實體的主客二元思維。二十世紀的哲學與學術打破了各種形式的簡單化做法與宏大叙事,追問事物、存在以及文學如何可能的思潮,以及傳統中國哲學都促使人們回到生活和實在本身。因而文學既不能化約爲某一絕對的本質,也非主觀任意的産物,文學是存在的,也並未消亡;文學之爲文學並區别於其他事物的關鍵,是其相對整體性的運化制度和規範,而非内涵永恒確定的實體。作爲一種自然的實在和制度化的事實,文學是自然的自我塑造過程中生成和顯現的。相應的文學言説與研究也應關注:文學相對獨特的自身内在"整體性"和規範性,每一文學現象和文學活動乃至整個文學在不同場域中的發生、生成過程和機制,跨學科地理解文學自身内在制度、規範同外部社會意識與場域相互聯動的過程、脉絡和機制。

關鍵詞 本質 文學性 自然實在 實踐感 文學制度 自我塑造

古今存在各種各樣的對於文學的描述或研究,追問下去最終都會涉及一個問題,即人們之所以如此描述、解釋文學,其背後所持有的或隱含的文學觀念到底是什麽;這些不同的個體或文化群落對文學的最終回答到底是什麽,其間有何不同,有没有一個爲古往今來所有人認可的文學本質。如果從非本質主義的哲學來看,我們可以换一個提問的方式,人們對文學的不同描述、研究和闡釋,涉及

---

[*] 作者簡介:蔡樹才,閩南師範大學文學院副教授,主要研究先秦兩漢文學文獻、古代文論與文學批評史,發表《從出土文獻看先秦"聖"觀念的起源與演變》《先唐"形似"考論》等論著。
基金項目:本文爲國家社會科學基金重大項目"中國古代文學制度研究"(17ZDA238)階段性成果。

的是文學如何可能的問題。也就是説,按照我們通常的理解,我們必然會追問的是:文學到底是什麽?文學自身和内在到底有什麽規定性?有没有一個或一些大家都認可甚至一致接受的"文學性"?但假如我們像伊格爾頓所得到的答案一樣,没法給出一個明晰的且確定(永恒固定)的文學性質素集或有關文學本質的描述,那麽,人們仍然可以在内心裏自問:人們視之爲文學的東西或現象到底是如何生成或形成的?换句話説,文學是如何在相應的場域下自然生成和自我塑造的?

一　被摧毁的文學及其哲學

事實上人們對具體文學現象的想象、描述和闡釋都是在一種或顯或隱的有關文學的理念下進行的,而這些文學觀念及其理論反過來又或明或暗地影響甚至决定着文學研究範式、方法的選擇。考察發現,傳統的文學觀念、理論和文學研究,可分爲以下三大類型:

(一)把文學視爲一種社會意識形態,文學被化約爲意識形態鬥爭的場地或形式,不注意或者説忽視文學的自身獨特性和相對獨立性,文學欣賞或批評相應地也被看成是一種對其内在思想、情感和價值系統的理解和領悟。即使認識到其中存在某些"寫得好""有吸引力"的原因和具體表現,也往往在簡單地表達個體感悟之外,更多地則是如同對待其内在的思想、價值觀念等一樣進行歷史的、知識的、文獻的考古,尋找這種"寫得好"的背後的社會意識根源,例如宗教的、節慶的、人類學的、民俗的、民族志的、階級的等文化淵源。弗洛伊德或榮格借助於俄狄浦斯情結或集體無意識來解釋文學的本質,有時精神分析家會把文學的最終動力歸結於某些本能,如性本能,但他們仍意識到這些個體的内在本能或衝動,還是同社會意識與文化密切關聯,就像弗洛姆那樣將精神分析同馬克思主義結合。盧卡契、戈德曼等往往把作者或者文本簡化爲某個社會集團的無意識代理人,將文學的發生發展簡化爲政治經濟力量的間接或直接作用。不可否認,這種文學理念對現實主義特别是一度繁榮的批判現實主義的理解頗爲有效,但若把一切文本都解釋爲社會集團意識(包括無意識)的投射,則不免有些生硬和簡單化。

(二)把文學及其欣賞、批評完全視爲個人的主觀體悟,認爲文學純粹是個人的生命體悟或閲讀感受。文學就是抒情的、表現的,這種個人化的主觀主義,廣泛存在於古今各種形式的文獻和實際的個人閱讀中,他們用書信、筆記、序文等文體表達之於文學的個體生命經驗,不願意、不相信真實的寫作和文本背後還有什麼其他支配性的或者說根源性的東西。當中又可區分出作者中心主義和讀者中心主義。例如浪漫主義流派高揚作者的獨創才能,視之爲天才,將作者視爲獨創者,有時簡直等同於重樹新神。與此相對,接受美學、讀者反應批評等則把讀者視爲文學的上帝和真正的創造者。又如薩特宣揚"人除了他自己認爲的那樣以外,什麼都不是,這是存在主義的第一原則。"是"人的選擇造就了他自己"[1]。在傳記資料中尋求作者的個人特性,並將它與文學作品中所呈現的特性混爲一談。這種文學觀念,把一切都歸結到最後的本質,即作者或欣賞者主體。但不管多麼重視作者或讀者情感的社會化或集體性制約因素,最終都可能難免陷入主觀主義和相對主義,甚至以個體的生命感悟難以交流而導致取消對於文學作更深入的理論思考和辨析。

(三) 文學在個體感受或群體的意識與無意識之外,是一種自由的"純粹審美"。這種觀念認爲個體或社會的意識或無意識都是無足輕重的,只是用來表現和追逐文學自身藝術性、審美性的工具或橋梁。總之,文學是一種純粹美學的形式。這種文學理解,在近代以來的文化分類中已經成爲了一種普遍的信仰,甚至許多思想家想讓文學、審美取代宗教以拯救在現代工具理性和異化生存中的人。康德的哲學和美學無疑爲這種"純粹文學"論提供了最早的系統論證和合法性辯護[2]。近現代的許多學者、思想家深信美只涉及對象的形式,美感是直接單純的快感。但二十世紀後半葉以來的哲學和人文社科研究大體認爲,這種美學包括追尋本原的種種知識或理論系統,背後實際上是近現代以來的主客分離的科學主義思維,即主張我們可以超越性地站在世界之上而非置身其中或被世界、萬物所浸潤、充實,深信我們可以采取"不偏不倚的觀察者"視角和態度,進而形成、得到有關對象的客觀感受、認識和判斷。這種科學主義的態度或許有助於我們獲得對於對象和環境的某些知識性的認識,但問題是我們同世界、外物的感受能不能由此而獲得?科學主義能不能帶來自由的審美?審美能在世界之外嗎?審美

---

[1] 轉引自趙敦華《現代西方哲學新編》,北京大學出版社 2001 年版。可參[法]讓·保羅·薩特著、陳宣良等譯、杜小真校《存在與虛無》,生活·讀書·新知三聯書店 2007 年版;讓·保羅·薩特著,周煦良、湯永寬譯《存在主義是一種人道主義》,上海譯文出版社 2012 年版。

[2] [德]伊曼努爾·康德著、鄧曉芒譯《判斷力批判》,人民出版社 2002 年版。另外,以俄國形式主義、英美新批評以及結構主義爲代表的文學批評與研究同樣在努力尋找和發掘一種或幾種獨特的"文學形式"或所謂"文學性"。

有這種完全的自由嗎？有關某對象的抽象知識會不會只是一種邏輯上的產物或"學究式的謬誤"？

當然，事實上很多人可能同時接受其中的兩種觀點，在不同的話語環境表現出不同的文學理解，即使他們明白這裏面存在矛盾，他們也不以爲意。

上述三種文學觀念中的前兩者更多地呈現出主觀主義和建構主義的傾向，無論是個體的還是社會集團的。由此導致主觀任意和相對主義，或者純粹的立場之爭，而忽視對複雜的文學現象與文學活動做更多、更豐富的探討。第三種看法則屬於客觀主義和結構主義，即把世界、社會現實、實踐視爲一種客觀的存在實體，認爲一切文學現象背後都存在一些確定的、不同於其他事物的本質實體，一些或一項再也無法也不必追問的"純粹"實體，即"純粹審美"，這是保證文學之所以爲文學而區別於其他事物的終極根源。但如果再進一步，我們會發現，無論是主觀主義還是客觀主義、建構主義或者結構主義，都試圖爲文學尋找和確立一個最終的本質，差別只在於主觀主義和建構主義將主體、主觀意欲樹立爲文學甚至一切社會現實的最終根源或新神，而客觀主義則儘量爲世界和文學想象、發現某個抽象的、客觀終極實體，它們的目標都是儘量把文學化約爲唯一的終極本質或實體。這種要尋找最終本質的主客二元對立思維和理論理性，長期以來支配着人們對於現實世界和文學的看法。

用主觀、客觀二元對立的思維方式來分析和解釋世界，並由此形成客觀主義和主觀主義兩種解釋現實的範式①。主觀主義認爲社會世界是社會行動者（行動、認知、決策）建構的產物——即依照個體知性、理性、意圖或衝動所建構的客體、客觀實體，他們關注的是行動者的直接體驗——無論是不帶感情的科學主義認識，甚至理性算計的外化，還是抒情的、自我表現外化的文學與藝術——文本則是主體意識和情感的客觀表現與如實反映；並把行動描繪成具有明確方向、自覺意圖和自由設計策略的展開，將客觀結構與心智結構相契合視作主觀智力的產物，將人們爲解釋實踐構建的模型、理論、概念當作實踐與現實本身，以及實踐的根由。即使是文學和藝術也一樣被視爲是具有統一意圖和中心主題的構造物。這種主體主義和中心主義，不僅呈現出理性與感性生活的分裂，而且並沒有

---

① 布迪厄也認爲，傳統學術，包括文學研究和美學理論，要麼是主觀主義的，要麼是客觀主義的。[法]皮埃爾·布迪厄著，蔣梓驊譯《實踐感》，譯林出版社 2012 年版；[法]皮埃爾·布迪厄著，高振華、李思宇譯《實踐理論大綱》，中國人民大學出版社 2017 年版；[法]皮埃爾·布迪厄、[美]華康德著，李猛、李康譯《實踐與反思——反思社會學導引》，中央編譯出版社 2004 年版。

反思這類體驗爲何成立。客觀主義則把社會現實、世界、對象視爲客觀的"結構"或一切內涵都已確定的實體,甚至唯一的"本質"——深信對象乃至整個宇宙都有一個永恒固定、有待去認識的內涵或本質,無視人所具有的自由意志和社會世界的人們各自的看法,或者把人的行動理解成"沒有行動者"的機械反應,采取一種在環境之外甚至萬物之外的"公正觀察者"視點,使這個視點或位置完全客觀化①。不說這種萬物之外的"客觀""公正"到底存不存在,即使它存在,也是把世界唯一化、確定化,把通過客觀化工作獲得和構成的東西——甚至超驗的實體——當作實踐活動的客觀原因,將僅僅屬於科學的、邏輯的東西投射或等同於現實②。無疑,客觀主義同樣是與原初經驗決裂,形成結構實在論。這種客觀主義和結構實在論,僅僅把文本封閉爲一個客觀的有既定中心和目標的完成物,即客體,我們只是去發現、找到這個既存物。然而,用一種對象化關係來代替人們在社會中的實踐化關係,用理論邏輯取代人們在現實生活中的原初經驗與實踐邏輯,對於文學來說尤其顯得不合適。因此,用一種絕對的客觀實體或者各種形式的定義來研究文學,也是需要反思的。

　　人們爲了身心內外的秩序和平衡③,試圖爲每一個流變的事物乃至整個宇宙都找到、確定一項本質或終極實體。這種從複雜繁多的事物中尋找本質或終極實體的形而上學思維和對理論的興趣一直是學術分類發展、取得各種成就的重要原因之一。可事實上二十世紀的西方哲學主流,無論是提倡回到自然的事物本身和回歸具有主體間性的生活世界的現象學,講究邏輯實證的分析哲學,追求從研究存在者轉變到研究存在的存在論哲學,深入進行社會學的精神分析和主體揭秘的福柯,試圖擺脫傳統精神分析"本能""情結"等概念的簡單化處理而提出想象界、象徵界、現實界三元論解說的拉康哲學,對知覺現象學和身體深入研究的梅洛-龐蒂④,還是堅持邏輯語言或日常語言的語言分析哲學及其對自然邏輯的揭示,或者對一切既定結構、實體都不滿的解構主義,重視解釋項、提出不

---

① [法]皮埃爾·布迪厄著、蔣梓驊譯《實踐感》,譯林出版社2012年版,第40—42頁。
② [法]皮埃爾·布迪厄著、蔣梓驊譯《實踐感》,譯林出版社2012年版,第48頁。
③ 威廉·詹姆斯的心理學研究認爲人總是尋求和諧而想辦法解決各種身心內外的矛盾或問題,包括意識流都是這樣一種方法與裝置。參見[美]威廉·詹姆斯著、方雙虎譯《心理學原理》,北京師範大學出版社,2017年。拉康發現,即使是嬰幼兒,在同母體的分離以及同世界的一體化分離中産生的失衡和不安感是他們以鏡像爲形式建立自我主體的內在原因。當然,後來的人本主義心理學和薩特等存在主義哲學也認爲人有自由意志,有時會主動打破和諧和平衡,而追求更大價值。[法]雅克·拉康著、褚孝泉譯《拉康選集》,華東師範大學出版社2019年版。福原泰平著,王小峰、李濯凡譯《拉康鏡像階段》,河北教育出版社2002年版。
④ [法]莫里斯·梅洛-龐蒂著,姜志輝譯《知覺現象學》,商務印書館2001年版。

同於結構主義二元論語言學的三元論符號學說的皮爾士①；抑或始終以經驗爲研究核心的形形色色的實用主義，對科學史進行反思和回顧的波普爾與庫恩，打破文本和現實界限去理解作者的自我塑造和自身生成的新歷史主義，都對給哲學或學術進一步前進自我設限的各種本原論、絕對主義、基礎主義等形而上學及其宏大叙事表示厭惡，也意味着二十世紀後半葉的學術與思想試圖擺脱心靈與外部世界二分、主客二元分離的思維範式。如果接受他們對無意識、性情的分析，我們就有理由相信，包括性意識、接受與認可權威、主體等等，都是由社會化的知識、教育、各種各樣習以爲常的無意識規訓作用在我們的腦神經乃至整個身體的神經末梢而生成的。福柯宣稱那個主導一切的、有自由意志的主體也死了，心理學家、實用主義哲學的重要代表威廉·詹姆斯也將自我區分爲被認知的客體、認知的主體和經驗的我②。

更重要的是，這種反唯一本質論的哲學與學術潮流之所以可貴，就在於它不把任何既定的觀念、概念、理論或者本質論描述當作理所當然、無須證明的真理加以接受，而是秉持現象學、佛學等不斷掃除既存觀念遮蔽的精神，將各種存在和歷史存而不論，放進括號，不斷反思它們之所以如此構成、生成的全部過程和必要條件，從而把研究推進到下一個新階段。

---

① 索緒爾區分能指與所指，一般語言學區分内涵與外延（可參［瑞士］費爾迪南·德·索緒爾著、高名凱譯《普通語言學教程》，商務印書館 1980 年版；索緒爾著、屠友祥譯《索緒爾第三次普通語言學教程》，上海人民出版社 2007 年版）。皮爾士的符號理論，一般指符號、客體對象、解釋項的三元説，不過皮爾士的符號三分存在多組，他也意識到各種類型的符號並非獨立存在、互不相干的，它們總是處在一種相互補充的關係之中（查爾斯·S·皮爾士著、徐鵬譯《皮爾士論符號》，上海譯文出版社 2017 年版）。
② 米歇爾·福柯關於性、精神病史、瘋癲史等方面的研究有《性經驗史》《瘋癲與文明》《古典時代瘋狂史》《精神疾病與心理學》《臨床醫學的誕生》等著作，中文譯本亦可見。關於主體之死的研究著作很多，如：［法］米歇爾·福柯著、莫偉民譯《詞與物：人文科學考古學》，上海三聯書店 2001 年版；福柯著、佘碧平譯《主體闡釋學》，上海人民出版社 2010 年版；莫偉民《主體的命運》，上海三聯書店 1996 年版；劉永謀《福柯的主體解構之旅》，江蘇人民出版社 2009 年版；畢爾格著，陳良梅、夏清譯，《主體的退隱》，南京大學出版社 2004 年版；多爾邁著，萬俊人、朱國均、吳海針譯，《主體性的黄昏》，上海人民出版社 1992 年版；瓦爾特·舒爾茨《後形而上學時代的主體性》，普福林恨：内斯克出版社 1992 年版。卡爾·波普爾著、傅季重等譯，《猜想與反駁》，上海譯文出版社 2005 年版；其《歷史決定論的貧困》《科學發現的邏輯》《開放社會及其敵人》以及托馬斯·塞繆爾·庫恩《科學革命的結構》（金吾倫、胡新和譯，北京大學出版社，2012 年）均可參看。布迪厄相關著作後文可見。斯蒂芬·格林布拉特《文藝復興時期的自我塑造——從莫爾到莎士比亞》（Renaissance Self-Fashioning, 1980；社會科學文獻出版社 1993 年版）、《莎士比亞式的協商》（S. Greenblatt, *Shakespearean Negotiations*, Berkeley：University of California Press, 1988.）、《俗世威爾——莎士比亞新傳》（*Will in the World: How Shakespeare Became shakespeare*, London：Jonathan Cape, 2004. 辜正坤等譯本，北京大學出版社 2007 年版）、《哈姆雷特之死與哈姆雷特的塑造》[*The Death of Hamlet and the Making of Hamlet*, the New York Review of Books, Volume 51, Number 16（October 21, 2004）]、《煉獄中的哈姆萊特》（*Hamlet in Purgatory*, Princeton：Princeton University Press, 2002.）等亦可參看。

二十世紀後半葉越來越多的哲學和學術研究還表明,在傳統視爲是實體的東西,例如主體、自我、作者、國家、民族、工人階級等等,事實上都首先或者在主要的本質上是一種"想象的共同體",是在主客二元結合或尚未分離的關係中自然生成的暫時性產物。福柯的主體生成與死亡理論、拉康等的研究對作爲鏡像而把他者確立爲自我的主體宣布和上帝一樣已經死去,巴特則宣告"作者之死"[1],格林布拉特則努力探討作爲作者的那個主體在同社會力量以及自己寫作的文本互動中是如何被塑造的[2],甚至是時間,也不是古希臘傳統以及牛頓、萊布尼茲的絕對實在,或康德設定的主體內在的先天直觀形式,而是叙事的模仿功能所塑造的時間經驗[3],英國歷史學家湯普森則系統探討了"工人階級"這一主體是如何在歷史意識中被生成的,本尼迪克特·安德森則在全球性的視野中發現諸如"民族""現代國家"一類的概念也是現代以來人們逐步想象性建構的共同體[4]。一直以來,人們把近現代科學與哲學所建立、派生的文學觀念、文學實踐當作理所當然、永恒不變的現實加以接受,而完全忽視了這種種看起來根深蒂固的東西在人的頭腦中賴以構成的社會、歷史條件和淵源,或者被其基礎主義的本根性等級結構所震撼,忘了進一步挖掘和剖析其更多關聯。就是說,以前我們以爲完全可靠、確定的東西,都應該加以反思,弄清楚它們真正的生成、演化過程,而不是停留在某個觀念的高牆或豐碑面前止步不前,文學領域的本體論和基礎主義也不例外。

主客二元論、實體論與本質主義文學觀的典型表現就是"純粹審美"理念。

---

[1] 1968年,羅蘭·巴特發表短文《作者之死》,提出"一件事一經叙述……聲音就會失去其起因,作者就會步入死亡。""讀者的誕生須以作者的死亡爲代價。"可參其《批評與真實》(溫晉儀譯,上海人民出版社,1999年)、《文之悦》(屠友祥譯,上海人民出版社2002年版)、《羅蘭·巴特文選》(全6册,汪耀進、屠友祥譯,上海人民出版社2016年版);以及趙毅衡《符號學——文學論文集》,百花文藝出版社2004年版,第512頁。1969年福柯發表《什麽是作者》,從作者轉到作者功能,認爲作者並不先於作品,這個作者功能也不穩定,可能會消失(選自王嶽川編《後現代主義文化與美學》,北京大學出版社1993年版)。

[2] 格林布拉特在他的系列著作中闡發了作者"自我形塑"的理論。

[3] 保羅·利科《時間與叙事》三卷集(1983—1985),中譯本《虛構叙事中時間的塑形:時間與叙事》(第2卷),王文融譯,生活·讀書·新知三聯書店2003年版。伏焰雄《保羅·利科的叙述哲學——利科對時間問題的"叙述闡釋"》,蘇州大學出版社2011年版。康德主客二元對立的形而上學思考方式,把時間與主體都看作爲某種現成的存在者。柏格森《時間與自由意志》時間是"純粹的綿延"或"內的綿延",是純粹意識的東西。海德格爾《存在與時間》區分了本真的時間和流俗的時間;通過對"此在"的分析而將時間實在化,並以此去逼現存在。

[4] 許多在傳統哲學和知識界視爲實體的東西,例如主體、自我、國家、民族、工人階級、作者等等,事實上都首先或者在主要的本質上都是觀念和想象的共同體。這方面的研究除了福柯、拉康等人的哲學成果,還有:E.P.湯普森著、錢乘旦等譯《英國工人階級的形成》,譯林出版社2013年版;本尼迪克特·安德森著、吳叡人譯《想象的共同體》,上海人民出版社2011年版。事實上馬克思、韋伯等社會學大家的研究也都具有對傳統視爲堅固實體的解構意義。

康德哲學和美學還將之論證爲具有普遍價值的特性。康德認爲個體有一種不受欲念或利害計較壓迫的審美判斷力,美是一種具有普遍性且必然性的感官愉悅,相應地也存在一些單純的美的形式。於是有人試圖把美、文學約簡爲與社會無關的某一或某些固定審美要素和定義,諸如自由的、表現性、形象性、情感符號等各種定義或規定。波德萊爾、福樓拜、王爾德等人也提倡爲藝術而藝術的純粹美學和超然客觀的純藝術態度,追求特殊的"藝術之愛"與純粹的欣賞,希望確證一種同廣闊社會以及看待世界的一般態度決裂世界觀與藝術坐標,一樣認爲存在一種純粹的不帶任何功利的自由審美。就其本質而言,這種純粹的審美同絕對的自由、公正、超然和客觀性追求一樣,都是科學主義及其形而上學哲學所標榜、希冀的主客分離和"不偏不倚的觀察者""旁觀者"視點的一種表現。它們都主張並假定,可以站在世界之上或世界之外而不是沉浸其中,不是被世界所預先占有和充實(pre-occupied),並試圖將之理想化爲全知的上帝視角。必須承認,這的確是獲取有關某一事物或對象的碎片化知識的良好方法,但是,它却不是理解事物之整體及其存在過程的基本姿態——它無法把握事物本身——康德自己一開始就意識到知性、理性的偏好者無法理解和認識"物自體",或者說它依然只是一種看待事物的角度和態度,而沒必要非得把它看成是獲取真理的唯一正確方式①。不管人類的知性分析和邏輯推理等形式研究的能力有多強,人們的認知與同世界的關聯起碼都是從與經驗世界的互動和以身體爲基礎的知覺開始的,不論是梅洛-龐蒂的知覺現象學研究,還是拉康對嬰幼兒想象界的揭示,抑或皮亞傑的發生認識論,都證明這一點。而無論是布迪厄的藝術社會學,還是拉康、福柯等結合精神分析與社會學、語言學的人學分析都對康德等所標榜的純粹或完全自由的審美哲學進行了批判。

即使是一直堅持要爲人們的精神和認識確立純粹科學的胡塞爾,最終還是發現,不管他如何一層層還原,可一旦回歸主體間性的生活世界,他對意向性的設定和他堅持的純粹認識論科學都將土崩瓦解。換句話也可以說,如果他不能從生活世界出發,那麼他想要面對的有關精神如何成立以及個體同外在世界如何互動關聯的問題就無法解决。因而,傳統科學所謂的客觀和對對象的絕對全知,以及與此相關的既定、封閉性的真理觀,嚴格說都是不存在的,或者說只是一

---

① 《莊子·齊物論》等篇把從任何單一角度和坐標所得到的智慧稱爲片面的小知,其中也包括主客分離的科學主義方法論。可參王先謙《莊子集解》,商務印書館1984年版。

种理论或逻辑预想的、可能存在的理想状态和希望获得的存在状态，是一种二元论思维和处世态度的体现。换一个角度说即属于理性迷信和逻辑崇拜时代的"学究式谬误"。布伦塔诺、胡塞尔都清楚，意识总是指向某个对象的，意识一定是对某个对象的意识，人的意识是凭借"意向性"呈现、构造和意象性建构能力而同世界发生关联的——通过意向把对象包含在自身中，而非被动的记录或复制既存的事物和意义①。这已经不是单纯的心理、认识问题了，而是试图用意向性将以往认识论中互相分裂的主客体统一起来。也正因此，罗曼·英加登才会意识到文学艺术是一种纯粹的意向性行为②。海德格尔的存在论哲学和伽达默尔哲学阐释学也提醒我们，即使不能依靠以身体为基础的知觉去获得在同身外之物（场域）一体化过程中的意向性和意象性把握，起码那些早已在我们大脑深处和身体知觉系统中的"前见"，也的确在时刻"左右"甚至决定着我们的认识和同场域、外物的关系，甚至说这样的"前见"正是我们对事物能有所知觉、认识的基础，没有诸多有意无意、这样那样的"前见"，我们甚至都不会产生任何知觉、判断、认识③。至于梅洛-庞蒂等人的触觉、听觉等知觉研究，则进一步揭示了意识的意向性和前见的发生过程和身体基础，而布迪厄的"实践感""习性"理论又帮助我们把身体、意识的秘密同社会资本、社会地位和阶级关系紧密联系了起来，从而把人在同世界的统一关系中如何获得、理解、把握世界与事物的过程展现了出来，也让我们明白传统主客分离的认识论与科学主义存在哪些问题。事实上，《管子》四篇中的"白心"之说、荀子的"虚壹而静"理论也坚持以"道"论为指导，从物我的互动统一、协调中解释"物"与世界的自然生成、呈现和获得的基本过程。庄子也主张站在万物角度，而不是在万物之外。中国传统"以物观物"的态度同样不是主客二元分离的客观主义，而是站在事物自身的角度，采取完全浸润、进入事物，与事物一体的态度，实际也是庞蒂所谓的"世界肉身化"的态度。而艺术之所以为艺术，恰恰就在于它就是对这种同事物相互浸润、相互激活的"身体化

---

① ［德］弗兰兹·布伦塔诺著、郝亿春译《从经验立场出发的心理学》，商务印书馆2017年版。［德］埃德蒙德·G. A. 胡塞尔著、倪梁康译《逻辑研究》，商务印书馆2015年版；胡塞尔著、倪梁康译《现象学的观念》，商务印书馆2017年版。
② ［波兰］罗曼·英加登著、陈燕谷、晓未译《对文学的艺术作品的认识》，中国文联出版社1988年版；罗曼·英加登著、张振辉译《论文选作品》河南大学出版社2008年版。英加登还从现象学入手讨论过"实在论"，见其《关于"观念论—实在论"难题的几个说明》（见倪梁康编《面对实事本身——现象学经典文选》，东方出版中心2000年版）亦可注意。另外杜弗海纳关于审美经验的现象学研究亦可参考（［法］米盖尔·杜弗海纳《审美经验现象学》，韩树站译，文化艺术出版社1992年版）。
③ ［德］汉斯·伽达默尔著、洪汉鼎译《真理与方法》，商务印书馆2007年版。

態度"的符號表徵。

傳統所謂的無功利,只是說沒有明確的、有意識的現實目的或功利,康德自己也是主張藝術是無目的的合目的性以及有功利與無功利的統一。那種自然的、無意識的寫作,以及"卮言""寓言""重言",它仍然是社會場域中的,人們傳統以爲的純粹美學性情也是歷史的產物,寫作者的立場、位置會以無意識的形式在其中顯現出來。布迪厄社會學調查、統計顯示,美學性情首先與教育水平密切關聯,其次與社會出身相關。其實踐感與習性理論更直接揭示,審美判斷完全不是對個體獨特的先天的或內在情感本能的表達,而是一種社會性才能,它產生於階級教養和教育;任何趣味和個人實踐都不是自然的、純粹的,人們的趣味、藝術習性與審美都不是天生的,並不來自於無法解釋的先天天賦或某種不受環境影響的內在天才,而是一種後天習得的可資"區隔"與"賞識"的性情,是習性、資本和場域相互作用的產物:"科學考察反對將合法文化方面的趣味看作是天賦的超凡魅力觀念,它指出文化需要是教育的產物。"①我們之所以能夠欣賞一首詩或一幅畫,是因爲我們能夠掌握、熟悉相應的象徵符碼,這自然要求具備適當的文化資本形式。這樣的才能得之於以家庭爲代表的環境熏陶和以學校爲代表的教育,而這需要家庭、父母等能夠提供相應的經濟、文化等資本。現實裏這樣的藝術才華通常會被解釋爲一種個人天賦或天生的愛好。不管如何,人的確可能有來自遺傳的某些傾向性,但這種傾向性要發展成爲相應的才能,包括藝術方面的所謂"判斷力",則必然要借助同環境的互動和環境對於個體的塑造——無論是拉康、龐蒂還是福柯對此都有過深入研究和描述。判斷力是我們藉由知覺環境中的意象而建構、生成的。進一步說,包括對於藝術的感受在內的一切"實踐感"以及實踐本身都是由習性(habitus,或譯"慣習")、資本(capital)和場域(field)相互作用的產物。所以布迪厄的藝術社會學最終認爲,爲藝術而藝術的純粹審美、超然客觀的自由態度、不爲任何目的純粹態度,其實只是人們的特殊生活經驗,即波希米亞生活方式(Bohemian lifestyle)的"風格化",是資產階級的"區分感"、趣味(taste)與階級習性的關鍵表徵。這種"藝術之愛"最終要歸功於他們優越的社會地位和生活條件——就是文學場中有關哪個文學觀念或文學定義準確的合法性爭論本身,在社會學家看來也是一種符號鬥爭和資本爭奪。換句話說,這種

---

① [法]皮埃爾·布爾迪厄著、劉暉譯《區分:判斷力的社會批判》,商務印書館 2017 年版,第 1 頁。

自由審美和超然判斷即使表面存在，也只是有限的階級趣味①。而不同社會位置生活風格與趣味的人，最終會形成不同的生活或藝術觀念與實際審美習性。任何形式、美學性情都是歷史地、社會地被建構的。這種由教育再生產出的"眼光"，不是純粹靜觀的"審美判斷力"。因而也不可能具有脫離社會規制、文學制度的所謂審美或確定不變的文學本質。

另外，社會學、心理學、精神分析以及語言分析哲學也表明，人們所具有的各種能力——包括判斷力和審美力，以及辨識各個語詞與概念的意義，不是來自它所具有的某種先天禀賦或不變的內在特徵，而是因為對社會差異和距離的經驗性領悟與表示，源於它在相似的對象和實踐體系中所處的位置，即相互關係。而語詞的意義也不是因為它有嚴格、固定的內涵或定義，而是它在使用的語言系統中的位置，以及其話語系統在彼此差異化與分類慣習中的切分。審美判斷力和與此相關的生活風格、趣味的確立是基於彼此對立、否定和差異化的"區分"的無意識之上的。語言學在走出封閉的結構主義之後就意識到，事物以及語詞的"意義"不是來自一個封閉、確定的內在即內涵，而是通過在一個相對開放而又穩定的系統中同他者的差異化關係來確定自身的。維特根斯坦、蒯因等在突破傳統的邏輯實證主義語言分析哲學之後都為此提供了相應的哲學支持，這也是德里達要講意義總是滑向、延異向他者的內在原因。而在社會學家看來，這種"差異"的哲學和語言學意義理論就具體化為人的社會位置、社會地位、社會關係及其所掌握的資本和占有的資源條件上——布迪厄在肯定馬克思主義對經濟領域的生產關係的分析之外，接受馬克斯·韋伯的影響而着重分析消費關係特別是文化、休閒等領域的社會關係對於人的實踐感、品味、能力養成的意義，即社會位置是由兩個區分原則組織起來的，即經濟資本和文化資本原則。個體的性情、無意識習性等的生成最終都來自於社會空間、相互關係的劃分與資本分配。換句話說，"差異"不是別的，正是人們實際據有的社會關係和社會位置。如此，我們可以

---

① 在《區隔》（或譯"區分"）和對文化實踐的相關研究中（特別是在《論攝影：中層藝術》和《藝術之愛：論歐洲博物館及其觀眾》《藝術的法則：文學場的發生和結構》），布迪厄不僅提出一種激進的對"趣味判斷的社會批判"（《區隔》的副標題指涉伊曼紐爾·康德的著名的判斷力批判），還對文化和權力在當代社會中的運作做出了生動的說明，並且提供了使用慣習、資本和場域這三合一的概念組的實例性的證明。布迪厄超越主觀主義和客觀主義的實踐理論將馬克思主義對經濟決定論價值的堅持，韋伯對文化和社會意識的獨特性的強調，以及塗爾幹對等級分類的關注很好地結合了起來。布迪厄不獨關注經濟領域，根據人們在生產關係中的位置來定義階級，而是認為人們的實踐行為以及最終階級的產生是由在場域中所在的位置和在消費領域中實際的性情或趣味一起決定的，決定人們如何行為的，是社會地位和習性、趣味的聚合——最終階級的生成也是如此。

説,人們是通過否定、區分於他者來定義自身的;任何用於區分的概念都只是暫時性的、變動的,而非永恒的定義,更沒有世界之外的終極本體或上帝般的主體。就文學而言,當一些或某一類語言形式大量呈現並逐漸被確立爲"好"的語言形式——被模仿、被解釋而被經典化、被納入規範化的文化體系的過程,這就意味着一種文學及其場域,還有特定的文學觀就在生成。差異是意義的來源,社會個體正是通過社會關係和位置來獲得相對確定的身份、內涵與意義的。主體以及每個事物的意義都不是單純内在化的、確定的或先天的。

這些都表明,自由而本真地、客觀地面對世界的物我二元分立,只不過是把人們在現實中的位置、情境以及身體完全甩開的前提下由理性預設的結果和理性偏愛者的一種願望。在理智主義和主客分離的思維之下,人們停留在理念與邏輯的玄思中,得到的只是一系列自己設定的、而常人難以理解的抽象概念和知識,儘管看起來邏輯嚴謹,有時也有一定的解釋力,但其實從一開始就脫離了原初經驗和社會現實,這樣的理性話語系統不過是和實踐問題無關的自說自話,因而無法解决那些困擾人們生活的實際問題。因爲理論邏輯和概念邏輯雖然想盡力貼合實踐的邏輯,也可能對於實踐活動具有極強的解釋力,但人們的實踐活動或者說現實自身的邏輯是一種"模糊邏輯",人們在社會中孕養的"實踐感"——對實踐的前認知把握,是不受邏輯的嚴格控制和不一定具備有意識的或理性的反思的。嚴格合邏輯的、理性化的社會過程是不存在的,具體的、活生生的人,乃是首先憑借着直覺的模糊感受生活在社會之中的,真實存在的實踐活動和社會歷史演變首先是受"前邏輯"或"前理性"的實踐感支配的。人之所以如此迷信那些終極基礎和不變的本體,說到底還是那種主客二元分離的形而上學思維在作怪。

概而言之,傳統建立在主客二元分離思維基礎上的有關文學的觀念與理解,以及在這一存在態度下對文學的研究,還有由此建立起來的種種文學定義和信仰,都在二十世紀後半葉的哲學與學術之下遭到摧毀;我們需要在超越和重新融合主客二元的基礎上獲得一些對於文學的新認識,尋找那些能吻合於實際文學事實的新文學理解、新文學觀念。

二 回到經驗和作爲自然事實的文學本身

到底該如何看待文學呢? 文學存在嗎? 文學死亡了嗎? 文學,可能嗎? 又該如何面對和言說人們直覺中早就承認的事實性的文學呢?

實用主義哲學自一開始就繼承了經驗主義傳統,將學術研究對準元氣淋漓的生活世界和經驗。例如從心理學入手推動實用主義的威廉·詹姆斯雖然有時給人主觀主義的傾向,但他却明確批判了傳統經驗主義以心靈與外部世界二分爲根基而對自我的人爲割裂,認爲主我與客我的界限是模糊的,重要的是經驗的我①;並把自我界定爲個體所擁有的意識、身體、特質、能力、抱負、家庭、工作、財産、朋友等的總和,涉及情緒、情感和由此産生的行爲,是個體所擁有的事物或關係,而不是某些固定的組成要素。很顯然,他是從社會生活的角度來理解自我的,是人這一生物實體的内在活動與社會生活所産生的現象的總稱。他很早就通過研究身體和知覺將精神、意識同社會聯繫起來,注重意向性,認爲知覺經驗是没有主客觀問題的。詹姆斯重視經驗,首先就是要"把我們從知者和所知之間的關係的一種人爲的觀點這一大陷阱裏挽救出來"②。在他看來,命題、學説、理論等等,都非事物、現實的本來面目,而是次生性的。他的徹底經驗主義就旨在反對主客之間的割裂與二分、反對心理主義。這同後來的梅洛-龐蒂的知覺現象學幾乎是一致的。在《信仰的意志》一文中,詹姆斯還對恪守經驗實證與價值中立的科學主義原則進行了批判。而宇宙在他看來就像是難以盡數的、非永恒的事物變化過程的多元體,並以如此衆多的特殊和具體的方式聯繫在一起,怎麼可能只用抽象的思辨加以解釋。詹姆斯的"經驗"就是我們直接把握的、日常所理解的、滲透着概念的實在。它體現爲三個要素:第一要素是混亂的純經驗,它給我們提出問題;第二要素是一套久已印入我們的意識結構的、幾乎不可能改變的基本範疇,它爲一切答案圈定了大致範圍,有點相當於伽達默爾所説的"前見""成見";第三要素則是以最符合我們當前需要的形式給我們具體答案的。在這裏没有純客觀的事實,實在滲透了人的價值觀念③;但也並不絕對排斥人們的意識甚至邏輯、理性所專門建立、推演出來的範疇。詹姆斯之所以要在"經驗"一詞之前加上"純粹的",不是想和康德一樣追求一個同社會決裂的主觀或客觀領域,而是恰恰要表明有一種原始的、模糊的狀態存在於主體與客體的區分之前④。當人們返回原初經驗或純粹經驗時,便消除了主客、身心以及精神與物質的對

---

① [美]威廉·詹姆斯著、唐鉞譯《心理學原理》,商務印書館1963年版,第291頁。
② [美]威廉·詹姆斯著、龐景仁譯《徹底的經驗主義》,上海人民出版社1987年版,第28頁。
③ [美]威廉·詹姆斯著、陳羽綸等譯《實用主義——一些舊思想方法的新名稱》,商務印書館1979年版。
④ [美]威廉·詹姆斯著、龐景仁譯《徹底的經驗主義》,上海人民出版社1987年版,第49—50頁。

立，一切都在此得到統一。有時他主張無論是知識、真理還是意義，都應解釋爲一種自然的過程或一種功能的混合物。實用主義哲學開創者的這種經驗實在論，對後來受過邏輯實證主義和分析哲學影響的普特南提出"自然實在論"無疑有着直接影響。

　　超越絕對主義與相對主義的對立也是普特南哲學的內在追求。因此，事物在晚期普特南看來既不是一種標準永恒不變的邏輯主義、科學化的實在，也不是一種内在的實在論或實用主義實在論，而是在日常語言和自然的生活世界中的、主客和合的自然實在①。普特南的"自然實在論"不僅否定了事物、真理的實體論，而且拒絕了心靈的實體論，而認爲心靈只是一種有點類似於電腦的能力或功能系統，"心靈既不是一種物質的也不是一種非物質的器官而是一種由多種能力構成的系統。"②心靈"不是上演了諸如思考、回憶等劇目的實體，而就是這些活動本身"③，是人在與環境長期交互作用的過程中逐漸自然形成的，是人的自然史的一部分。這一點同詹姆斯對"意識"的看法基本一致。

　　普特南的自然史和自然實在論既主張世界不是獨立於概念與心靈的外在的物質實體，又堅持認爲概念也不是外在於世界、只用來整理世界的工具，概念也不是世界之外的外來物，它本身就是世界的一部分，是人和世界自然史的一部分。所以普特南不主張我們去尋找、執着於什麼前認知的世界，"接近常識的實在並不是要求接近某種前概念的東西。"④因爲設定前概念的世界本身也是一種形而上學實在論的表現。我們參與了這個世界的建構和對這個世界的概念化，我們的認識也是這唯一的實在世界的一部分。如此，普特南同樣要求我們放棄傳統的哲學預設和那種"旁觀者"的視點假想，回到自然的生活世界，但並不認爲我們需要拋棄諸如"實在""客觀""真理""表象"之類的概念："放棄某種有趣的形

---

① 普特南曾經在否定以科學實在論爲代表和以二元論爲基本思維模型的形而上學實在論後，曾提出過一種不脫離人的概念選擇、在特定的概念框架内的内在實在論；後來他又吸收日常語言哲學與實用主義而轉向了自然實在論。總體而言，普特南既堅持實在論的信念，而否定各種形式的相對主義和主觀建構論，又拋棄絕對主義和傳統客觀主義的形而上學包袱。參見：[美] 希拉里·普特南著，馮豔譯《實在論的多副面孔》，中國人民大學出版社 2005 年版。普特南著，童世駿、李光程譯《理性、真理與歷史》，上海譯文出版社 1997 年版。H. PUTNAM: Words and Life [M]. Harvard University Press, 1994. H. PUTNAM: Pragmatism: An Open Question [M]. Blackwell Publishers Ltd., Oxford, 1995. H. PUTNAM: Threefold Cord Mind, Body and World [M]. Columbia University Press, 1999.
② H. PUTNAM: Words and Life [M]. Harvard University Press, 1994. P292.
③ 陳亞軍《超越絕對主義與相對主義——普特南哲學的終極命意》，《廈門大學學報》(哲社版)，第 55 頁。
④ H. PUTNAM: Pragmatism: An Open Question [M]. Blackwell Publishers Ltd., Oxford, 1995. P12.

而上學的東西並不要求我們放棄生活中使用並必須使用的概念。"①"困惑的根源在於一種共同的哲學錯誤,即認爲'實在'一詞必定是指某單個的超級事物,而不是認識到,隨着語言和生活的發展,實在概念也是在不斷改變的。"②按照普特南的邏輯,我們也沒有必要把那些出自某個學者、思想家個人設定的概念統統加以拋棄,因爲其中有不少仍然屬於從自然語言中提取出來的,其源頭仍在人們的實踐感和現實生活。例如,我們仍然可以使用"本質"這一語詞,而沒有必要像伊格爾頓那樣對之加以徹底否定或唯恐避之不及③。若只是自然地、經驗性理解和接受它的基本含義,即在自然的語言和經驗之下,有關事物的自身規定性或區別於其他事物的核心特性、內涵與意義,而不是像在形而上學的衆多邏輯語言、人工語言中那樣,把它視爲是事物恒定不變的堅固質料,那麼我們仍然可以討論文學的本質。換言之,它能否成立,要看在什麼樣的語境或文學場域。因而我們應當"改造這些概念,使其脫去形而上學的色彩,在生活中獲得新生。"④換句話說,我們的概念必須也是自然化生成、習得的術語和純真話語,而非個人化的生硬規定或邏輯定義,我們自身也要擺脫掉那些由工具主義的語言和是非、尊卑、上下等二元論概念系統所塑造的形而上學實踐感、習性乃至身體⑤。這也就是先秦道家所主張的"自然語言"。

　　先秦道家並不一定都主張回到去社會化的自然界和原始動物式生存狀態,或者都追求無政府主義,更多的是希望我們的身心,還有塑造我們身心的社會關係與生活場域都保持在自然而純真的境界。無疑,語言問題是其中的一大關鍵。因爲不獨我們的精神意識,甚至是我們的無意識、身體都被語言、知識所塑造——福柯看到知識、現代規訓制度同權力機制是如何一起作用於我們的大腦和神經末梢的,而不只是在規範、訓導着我們的有形生活;拉康研究認爲人的無意識就是由語言所塑造的。先秦道家發現,對社會之"名"和人爲概念之"名"的

---

① H. PUTNAM: Threefold Cord Mind, Body and World [M]. Columbia University Press, 1999. P70.
② H. PUTNAM: Pragmatism: An Open Question [M]. Blackwell Publishers Ltd., Oxford, 1995. P9.
③ 特里·伊格爾頓:"在《文學理論引論》(Literary Theory: An Introduction)中,我作爲一個堅定的反本質主義者辯論了有關文學本質的問題。我堅持強調文學毫無本質可言。那幾篇文章清算了'文學'沒有任何獨特的固有性質甚至連相互之間的共同性質都沒有。我如今更清楚的是,我當時的唯名論並不是唯一應對本質主義的選擇。"參見:伊格爾頓《文學事件》(The Event of Literature)第二章《什麼是文學?》第一部分(Yale University Press, New Haven and London, 2012. p. 19.)。
④ 陳亞軍《超越絕對主義與相對主義——普特南哲學的終極命意》,《廈門大學學報》(哲社版),第56頁。
⑤ 是否能做到暫且不說,前面我們提到,普特南更認爲形而上學語言已經是自然事實的一部分和我們的意識乃至身體的一部分,因此我們只能接受它,而非陷入新的二元對立。

趨附或屈服,用一種工具主義、符號性的人爲語言甚至定義的辦法對待自然如此的實在事物和人自身,不僅無法把握實在事物,產生物我的對立和分離,而且最終會導致人本身的異化、人的相互對立以及人最終的不自由、不自在。先秦道家並不信仰一個終極本原或唯一的實體,"道"並不是也不應該成爲世界、宇宙的終極本體——無論是宇宙論還是語言論,先秦道家的主流都不是形而上學的。"道"這一比喻詞的提出就是要提示,即使在語言爆炸和人與人之間相互敵視達到頂點的戰國時代也應努力回歸自然自在的存在之境,並指明如何回歸自然的實在狀態。

因此,文學首先就是這樣一種自然的實在,是自然實在的自身生成、澄明與自然顯現,"文學乃自然化生,而不由外物主宰,是謂自然而然,而非他物使然。"①

在保羅·利科博學的理論框架中,不僅叙事和實際發生的事件之間具有某些對應的故事性,他還相信"人類行爲本身具有叙事性,從而可以被視作准文本。人類行爲與自然界的運動不同,置身歷史中的人的活動是一種意向性活動,行爲者不但賦予其行爲以特定意義,並且關於其行爲的展開與結局亦抱有一定的預期或理性的設計。這樣,用叙事的語言説,我們的行爲是有情節的。"②人的行爲本身就具有叙事性,人的存在本身就是一種故事或准情節,因而叙事也是一種"自然而然的"身體行爲和人類經驗交流方式,叙事成爲人的本質和最本真、基礎的生存方式,"叙事等於生命,没有叙事便是死亡。"③漢娜·阿倫特也説過:"人的本質——不是一般意義上的人性(它不存在),也不是所有個人優缺點的總和,而是某人是誰這一本質——只有在生命已逝時才能形成,除了一個故事再没有什麽東西留在世上——只有通過超越生活的延續性(在這種生活歷程中,我們逐

---

① 饒龍隼《中國文學制度論》,《文學評論》2010 年第 4 期,第 8 頁。業師饒龍隼先生論文還指出:"從本原來説,文學是自生的。""從主體來説,文學是自性的。""從本體來説,文學是自足的。""從通變來説,文學是自化的。"參前揭第 11、12 頁。羅宗強先生也一再主張順應,"文學自身發展的規律",説初唐人"從文學自身的特徵中找到了清除淫麗文風的途徑",認爲"隨着歷史的發展,隨着文學創作的發展,文學思想也就自然而然地這樣那樣地發展變化"(《隋唐五代文學思想史·隋唐五代文學思想發展中的幾個理論問題》,第 450、453、465 頁)也就是主張從文學自身而非外在主體的立場,去審視文學在其場域下自然自在的"銜接"與"發展"。
② 周建漳《歷史及其理解和解釋》,社會科學文獻出版社 2005 年版,第 230 頁。當然,像福柯、海登懷特等則更傾向於主張現實中發生的事情本身並不具有叙事性的,只是一些零散的、無意識的事件或片斷,祇有經人的叙述後才會變成故事,儘管他們也意識到事實同語言的不可分離,以及語言對於事實、實在的生成、建構作用。
③ 學者以《一千零一夜》作爲生命與叙事間本質關聯的一個隱喻。參見耿占春《叙事美學》,蘇州大學出版社 2002 年版,第 15 頁。

步地展示自我),通過僅有的一項業績來對一個人的整個生命歷程作出概括,……這樣,這一行動的故事才同生命一道走向終點。"①阿倫特將活着的意義和叙事的功勞歸功於詩人或歷史學家,而非世界之外的上帝、基督的審判與賞罰,但我們完全可以像利科那樣進一步歸因於本真意義上的叙事和一般人的生活本身。從利科的研究我們知道,叙事關乎時間和存在——叙事通過對行爲的模仿而展現時間和存在。身體、行爲的生活意義籌劃與意向性投射、解釋在一定程度上就是通過叙事來實現的——不一定需要符號性、邏輯性語言,而是身體行爲本身就能够"辨認""解釋"和"塑形"②,所以叙事是回歸"具象化"(configurative)"生活世界"(lifeworld)的通衢,也是實現自我(以及自我與他人相互)理解和解釋的必由之路。這種身體、行爲的叙事性也因此構成了叙事對生活、行爲模仿的内在原因③。也就是説,我們回歸自然語言和自然、自在生活的一種道路就是叙事。活着作爲一種本真、自然的實在事物的自身呈現和自我叙事本身,就是文學的。自然地活着本身,就是文學的。所以,文學存在嗎?

如果我們從索緒爾能指與所指二元論語言學困境走出來,轉而接受伽達默爾、福柯、保羅·利科等的哲學化解釋學,以及皮爾士三元論的符號學與語言學理論並稍作引申,可能就會明白,語言學的真正問題,不是語言與實在(傳統意義上的)的關係,而是語言與我們關於實在者的經驗的關係④,即言意關係——中國人所講的"意"並不局限於概念、意識層面,而是以身體知覺爲基礎的全部體悟和經驗;語言學問題不是主客分離後的物我關係問題,不是解釋者對對象的認識,人在現實中的經驗性關係不能簡單化約爲主客分離的物我關係。只有當物與我之間不僅僅是交集,而是齊一、重合、一體化了,主體與客體的分立也消失了,即物我、世界"肉身化"了,物我通過"象"和身體經驗性、知覺性的"意"消融了——言與意、物與我都消融於"象",以及身體性的語言、自然的語言——"語

---

① [美]漢娜·阿倫特著、竺乾威等譯《人的條件》,上海人民出版社1999年版,第194頁。
② 利科在《叙事與時間》(Temps et récit)中專門研究過"叙事塑形"(narrative formation),提出"三重模仿"說:實踐領域的"預塑形"(prefiguration)、文本的"塑形"(configuration)以及接受的"再塑形"(refiguration)。參:Paul Ricoeur, Time and Narrative, Vol. II, III, trans, K. Mclaughlin and D. Pellauer, Chicago: University of Chicago Press, 1985/1988.
③ 保羅·利科(Paul Ricoeur)《叙事與時間》(Temps et récit),參:Paul Ricoeur, Time and Narrative, Vol. I, II, III, trans, K. Mclaughlin and D. Pellauer, Chicago: University of Chicago Press, 1984/1985/1988.;保羅·利科著、夏小燕譯《從文本到行動》,華東師範大學出版社2014年版。
④ 莫漢蒂《語言與實在》,車銘洲編、李連江譯《西方現代語言哲學》,南開大學出版社1989年版,第5頁。事實上利科也注意到,索緒爾本人曾說"語言符號並不將事物與名稱統一起來,而是將概念與聽覺印象統一起來"。就是說,語義學對於索緒爾來説是一門關於顯現的性質的學問。見保羅·利科著、汪堂家譯《活的隱喻》,上海譯文出版社2004年版,第170頁。

言"既有可能是人工的,也可能是自然的,世界和事物才如其所是地本真存在着。因而,"道",可道①,但非"常道"(定義式的永恒之言説)。因此,人在現實中的關係不能簡單化約爲主客分離關係,而應該努力維持自然、天真的自在自由狀態。那麼,作爲語言藝術的文學,恰恰就應該是直面並凸顯這一天地萬物存在境界的重要形式,是自然的實在即存在、真理自身顯現的恰當方法——作爲一種"活的隱喻"系統②,文學乃是"道"與自然的實在自身生成、自身澄明的理想途徑,是存在論的真理的自行綻放——藝術和文學會揭示我們的存在③;是的,有詩意的話語能够揭示和解釋"我們無法操縱的現實",並"讓我們成爲我們的真理",生成、重塑我們的歷史和生命。

和普特南試圖超越主觀主義和客觀主義二元論的哲學立場一樣,布迪厄通過對身體實踐、時間性、生成性的强調和"實踐感""習性""場域"這些勾連主觀和客觀、溝通人和環境的概念,讓我們直面自身所在的原初現場和實踐本身。他充分意識到實踐和現實所具有的模糊邏輯和唯智主義的理論邏輯完全不同,布迪厄把現實行動者的實踐活動看成是一種社會"實踐感"的産物,而"實踐感"又是被社會所建構的"遊戲感"。就是説,人們參加社會實踐好比進入社會生活的遊戲,通過加入各種生活遊戲,人們在親身體驗了遊戲並在其中獲得相應的遊戲感和生活經驗之後,才能真正地理解遊戲規則和生活的滋味,並最終將這種生活理解,體現爲恰當地參與生活遊戲活動能力的獲得和塑造。隨着久而久之的重複和熟悉,對生活遊戲活動及其規則的學習與理解在潛移默化中逐漸形成,這種個人不斷社會化和成長的過程,也正是將各種社會規則銘刻進身體,内化生成自我,形成肉體記憶、無意識和前反思的意向性的過程。這種活動參與者與社會遊戲之間的先於判斷與表述的、前認知性的契合與統一就是實踐感,它具有模糊性,並不存在有意識的反思或邏輯思維的控制。用亞里斯多德的話講,通過模仿

---

① 《老子》首章首句的句讀歷來存在爭議,近現代以來的主流看法是采納:"道可道,非常道。"解釋爲"道"如果可道,那就不是永恒的"常道"。其核心意思是受西方本體、本原論的形而上學影響而堅持要把《老子》的"道"理解爲宇宙、萬物的終極本原,認爲這樣才能顯出《老子》的哲學性和高深。隨着帛書《老子》的出土,對這一看法進行反思的做法也多了起來。我的意見是:"道,可道,非常道。"即:"道"可以道説,它不是恒定不變的道。把《老子》的"道"理解爲終極本原或本體,恰恰是對《老子》哲學的貶低和誤解。"道"是象喻性的"道路",以及"道路"比喻一切事物自己呈現自己的過程與痕跡。可參拙著《〈老子〉"道,可道"試説(一)》,2019 年 12 月 14 日—15 日中國社會科學院中哲所、暨南大學哲學所"多元視域下的諸子學研究"學術研討會論文。

② 保羅・利科同福柯《詞與物》一樣,都揭示了真理以及語言與存在間的隱喻性本質。參見保羅・利科著、汪堂家譯《活的隱喻》,上海譯文出版社 2004 年版。

③ 海德格爾、伽達默爾都在他們的著作中提示了這一點。

(dia mimeseos),人獲得其最初的不是知識的知識,且並不需要額外給予自己或他人任何理由。而個體的"習性"——由積澱在個人身體內的一系列歷史關係所構成的知覺、評判和行動的身心綜合圖式,同樣是模糊性、開放性、不確定性和前認知性的。人們在社會中,首先就是在這種無意識的實踐感和習性的影響下做出行爲選擇的。因此,如果說實踐有一種邏輯,那就是一種不是邏輯的邏輯,它只是一種實踐感,你不能把一種牽強的連貫性強加給它①。簡單說,行動者是通過長期沉浸於社會世界,從處身的世界獲得一系列實踐的能力,養成一系列的社會參與"習性""趣味"②,如前反思的下意識把握能力、沒有意圖的意向性、沒有認知目的的知識,包括個人的身份意識和個人身份感。那些經由嚴密邏輯推導得來的理論模型或假說,雖然對於實踐活動可能具有極強的解釋力和令人歎服的思辨說服力,但那並不是實踐活動的真正邏輯,它們用邏輯的事物代替了事物的邏輯。事實上福柯對權力、知識如何作爲社會規訓作用於人的身體和無意識的分析可能更加震撼人心;而且他還發現,由無數看起來有意志的個人組成的歷史也是無意識的,甚至是碎片的,不是什麼有機的或有中心、有目標的總體史③。文學、藝術的審美感也是如此生成、塑造的。把"在相同格律條件下,爲表達一定的思想而經常使用的"語詞序列即"套話"組合起來即興作詩的能力,是通過簡單的熟悉,"經常聆聽一些詩歌"來獲取的,學藝者本人從不意識到自己在習得和運用這個或那個套話;節奏或韻律約束,與音樂性及意義同時被內化④。包括藝術品位、趣味在內的一切個人實踐感的生長、變化既然受制於社會位置與社會關係——布迪厄不僅再次闡述了個體、文學受到政治經濟因素的制約,特別是作爲元場域的權力場的支配,而且深入剖析文化資本、消費習性與趣味的主導,那麼,行動者就很難超脫地理解現實,人往往只能透過自身位置帶來的視域、在某種意識形態中想當然地認識現實,形成"誤識"(misrecognise)⑤。而我們的文學和審美,首先就是這樣一種實踐感,或者說這種實踐感的一部分,是對前認知性的"實

---

① [法]皮埃爾·布迪厄著,蔣梓驊譯《實踐感》第五章《實踐邏輯》,譯林出版社 2012 年版,第 133 頁。
② 趣味不是來自於天賦的超凡魅力,而是與個體的受教育水平和社會出身有關。[法]皮埃爾·布爾迪厄著,劉暉譯《區分:判斷力的社會批判》(上),商務印書館 2015 年版,第 1—2 頁,第 17—18 頁。
③ [法]米歇爾·福柯著,劉北城、楊遠嬰譯,《規訓與懲罰》,生活·讀書·新知三聯書店 1999 年版。在《性史》等其他作品中也多少涉及這一話題。
④ 布迪厄在此借鑒了阿伯特·B·洛ησ對南斯拉夫民謠歌手(Guslar)研究的"套語"成果。參見[法]皮埃爾·布迪厄著,蔣梓驊譯《實踐感》第四章《信念與身體》,譯林出版社 2003 年版,第 115 頁。
⑤ 也正是因此,海登·懷特才會研究歷史叙事中的意識形態嵌入的種種路徑與模型,並描述歷史話語的隱喻、轉喻、提喻、諷喻四種詩性表達方式。見海登·懷特著,陳新譯《元史學:19 世紀歐洲的歷史想象》,譯林出版社 2004 年版。

践感""遊戲感"的記述和解釋。這意味着：文學同樣不存在確定、單一的本質，在文學領域也不可能具有脱離社會關係、社會場域的純粹審美感受或自由判斷的。人們之所以會產生超越了明晰社會功利的、相對一致的審美感受和自由判斷，恰恰也是由於社會塑造了我們某些共同的社會遊戲感和實踐感。當然，文學不是一般的實踐感，而是"風格化"(stylization of life)①、有品位的實踐感的話語場域，是對"實踐感"的風格化表達。

因此，文學首先面對的是一種實踐感，文學也是一種實踐感，是遵循實踐的模糊邏輯的，是一種對實踐感的風格化言語叙説，是風格化、有品位的實踐感的言語場域；也是一種自然的實在和道的自身顯現，或者説就是自然實在與道的一種形式。從這個意義上説，文學也是一種制度性的事實——聯結心靈、身體與社會關係的制度。

三 作爲制度化事實的文學及其研究範式

或許對什麽是文學，人們無法給出一個固定的答案——即使有人自負地提出了一個標準，也會被後來的説法所推翻或取代，科學都是這麼被證僞的②。按人類自身的某種願望去推測，文學不會、也不應該只有一個永恒、確定的本質。伊格爾頓的意思是，古今諸多對文學的本質性的看法和定義，事實上都只是一個檢索，類似於圖書目録和歸類的檢索。他在概括出人們對於文學的五種常見界

---

① 韋伯提到"生活的風格化"，就是形式被賦予高於功能的優先性，這種優先性導致對功能的否認。人們將形式優先性賦予藝術與文化消費物品，這些物品則越來越遠離其自身的物質功利與客觀必然性，其所擁有的象徵意味也越來越具有風格化。[法]皮埃爾・布爾迪厄著、劉暉譯《區分：判斷力的社會批判》(上)，商務印書館2015年版，第91頁。關於趣味與階級區分的概念，鮑德里亞與布迪厄的觀點也是類似的。可參：[法]讓・鮑德里亞著，劉成富、全志鋼譯《消費社會》，南京大學出版社2008年版。韋伯提到並討論過古代如古希臘、中世紀時期在貴族們、騎士、平民之間生活方式的區别，以及中國古代官員們所受的人文教育與生活，甚至現代分工的、領薪資的、專業的生活方式，例如"在中世紀，外在生活方式的一種特徵在很大程度上是構成等級特性的：騎士的生活方式"。(馬克斯・韋伯著、林榮遠譯《經濟與社會》下卷，商務印書館1997年版，第621頁。其他如649、717、720、752頁都有論及。)另參：Marx weber, 1978, *Economy and society: An outline of interpretive sociology*, Edited by Guenther Roth and Claus Wittich, Berkeley, LosAngles, London: University of California Press, p. 936.
② 卡爾・波普爾在其著作《猜想與反駁》提出了科學和非科學劃分的證僞原則，認爲科學的就是能被證僞的。唯理論和經驗論都承認，知識起源於一個不變的基礎。唯理論認爲這個基礎是普遍必然的原則，而經驗論認爲它是人的經驗感覺。波普爾對二者同時加以批判。不過他認爲，一切理論和原則都可以被證僞，而經驗雖然不是知識的來源和基礎，却是檢驗知識的標準。其實波普爾還認爲，知識即是猜想或假説；不存在終極的知識源泉。參卡爾・波普爾著，傅季重等譯《猜想與反駁》，上海譯文出版社2005年；其《歷史決定論的貧困》《科學發現的邏輯》《開放社會及其敵人》以及托馬斯・塞繆爾・庫恩《科學革命的結構》(金吾倫、胡新和譯，北京大學出版社2012年版)均可參看。

定之後，指出"没有任何單一的品質能够保證一部作品的文學身份。什麼算作虚構、非實用、措辭別出心裁等等性質將因時因地而變化。文學寶石的所有晶面正如我想要論證的那般，在其邊緣皆是可渗透的、不穩固的、朦朧的，並且都易於相互融合乃至融入其對立面。實際上，在鑒別文學的這五個維度之後，我將花大量時間來展示它們在人們手中是如何輕易就能崩潰瓦解的。""形而上學父親害怕没有天衣無縫的定義，我們將深陷混亂之淵。"①不惟文學史的不斷更新否定了這樣那樣的唯一本質化的文學觀——小説史事實上是在不斷殺死小説，以前定義小説的所有方面，情節、行動、英雄、環境等等，都被後來的小説一一"清除"了。又例如，最初人們並不把遠古神話視爲文學，很長一段時期裏的文學主流也不把民間歌謡接納爲文學。南朝蕭統所代表的一批文人從"事出於沉思，義歸乎翰藻"的理念和標準出發，把經書、史書和子學文本一般排除在文學之外；可近現代的文學史和文學理論界却自有一套或多套説法，大體而言，他們一方面認爲古人持有的是一種"大文學"或"雜文學"觀念，進而把經、史、子部的部分經典作爲文學作品加以剖析，另一方面却依據源自西方的"純文學""純審美"的標準，只認可它們具有部分或某種程度的"文學性"，就其整體而言則未必視爲文學作品。看起來蕭統和《文選》的編纂者所持有的"文學觀念"，恰恰是同時兼顧到個人偏好、閱讀感受與文學自身價值、文學圈與文學史效應、社會效用等多箇方面，並在提倡作爲統治者所要求的典雅標準的同時也能采取多元主義；相反倒是信賴傳自西方的純審美論和浪漫主義派別之抒情論的現代學者，面對豐富複雜的古代文學史陷入自我的矛盾和分裂。再比如對待明清以來許多根本没有創新性和個體生命感的陳陳相因的格律詩，更具體一點例如乾隆的大量格律詩，以及今天許多古體詩愛好者的仿作——我们無意於將明清以降的格律詩都加以否認，人們的文學觀念再次發生自我分裂，一方面大家依據固有的文體標準和形式規範，認爲這些詩依然是詩，甚至是好詩，因爲不僅形式優美，辭采也不差，不是現代人能輕易做到的；但另一方面，學界以及普通人都讀得出來，它們早已没有了詩味，也不能令人感動了，不僅内在情思和感觸同前人高度雷同，而且語詞也大同小異——只不過是從這幾類詩化用或挪用到那一類詩，這樣的所謂詩所内含的實在秖剩

---

① ［英］特里·伊格爾頓《文學事件》(The Event of Literature)第二章《什麼是文學?》第一部分(Yale University Press, New Haven and London, 2012, p. 28、29.）。另參其《文學原理引論》（文化藝術出版社 1987 年版），伊格爾頓提到："如果説，把文學看作一種'客觀的'、描述性的樣式是不正確的話，那麼，説文學就是人們異想天開地稱爲文學的東西，也是不正確的。"(龔國傑譯，第 19 頁）

下一種寫詩的慣性和文字遊戲了，因此人們甚至根本不會提及它們——不能因爲過去叫作"詩"，現在就一定也要承認它們是"詩"。人們總是在不斷自我否定或相互否定，文學總是不斷尋找新的區別於非文學的"區隔"原則來表現自己的活力，可以說文學越來越變成了對文學自身的否定或反思。因而堅定的反本質主義者伊格爾頓只願意用維特根斯坦在《哲學研究》(*Philosophical Investigations*，1953)提出的"家族相似"(family resemblances，一個家族成員之間的相似性)的比喻來理解事物之間的差異和密切關聯，(維特根斯坦)邀請我們去思考所有遊戲的共同點，並得出它們之間沒有共享同一種獨特要素的結論。相反我們發現的是"一個相似點縱橫交錯的複雜網路"①。他還提到查爾斯·L·斯蒂文斯(Charles L. Stevenson)、莫里斯·威茨(Morris Weitz)、羅伯特·L·布朗(Robert L. Brown)和馬丁·施泰因曼(Martin Steinmann)、約翰·R·塞爾(John R. Searle)、克利斯朵夫·紐(Christopher New)、彼得·拉馬克(Peter Lamarque)都訴求家族相似的概念來討論詩或文學的本質問題，認爲"任何作品都不需要靠顯示一組什麽固有的性質來使它們贏得文學的尊號。"②

不去追問、確立文學的唯一、固定、永恒本質，並不是說就沒有"區分"文學與非文學之界限的可能，也不是說就沒有一個可以同其他事物區分開來、可以叫作"文學"的事物，不是說文學不存在，文學並未如那些理論憂慮症患者擔心的那樣消亡③。文學沒有確定的本質，但它仍然可以從其他事物中把自己凸顯出來並爲人們所知覺到。

按照海德格爾的意思，當人們去問"什麽是文學"的時候，實際上已經預先在

---

① 查爾斯·L. 斯蒂文斯(Charles L. Stevenson, 1908—1979)，美國哲學家，擅分析哲學，代表作有《倫理學與語言》(*Ethics and Language*，1944)。轉引自[英]特里·伊格爾頓《文學事件》(*The Event of Literature*)第二章《什麽是文學?》注 4(Yale University Press, New Haven and London, 2012, p. 20.)。
② [英]特里·伊格爾頓《文學事件》(*The Event of Literature*)第二章《什麽是文學?》注 5—11(Yale University Press, New Haven and London, 2012. p. 21.)。
③ 尼采、達爾文、弗洛伊德、福柯、德里達等讓各種曾被固執的事物或信念，如上帝、人、主體、結構、意義等遭到質疑和瓦解，或者反過來在宣布歷史已經終結中重新把自由民主制定義爲永恒(如弗朗西斯·福山的"歷史終結論"，見其《歷史的終結與最後的人》，陳高華譯，廣西師範大學出版社 2014 年版)；特別是新的傳播技術和媒介使人們對傳統的東西更加失去信心，文學死亡論竟然成了一時熱點，或者竟又因此產生各種所謂"後"理論。可參：[美]希利斯·米勒著，秦立彦譯《文學死了嗎》，廣西師範大學出版社 2007 年版(原版書名爲《論文學》，2002 年版)；希利斯·米勒《全球化時代文學研究還會繼續存在嗎?》《文學評論》2001 年第 1 期。有學者提到薛華《黑格爾與藝術難題》(中國社會科學出版社 1986 年版)討論過黑格爾關於藝術終結的論點，章國鋒《文藝的衰亡——九十年代初的一次討論》一文(載《世界文學》1994 年第 1 期)介紹了德國 1990 年代初關於文藝衰亡問題的討論，還有埃爾文·科南很早就出版有《文學的消亡》一書。更多相關討論可參見崔海峰《由來已久的文學消亡論》(《文藝爭鳴》2010 年第 7 期)一文。

腦子裏確立了一個叫做"文學"的東西,它在我們之前或之外早已完成和確定存在,只不過我們自己可能還沒有明確意識到而已。同時,受過《老子》影響的海德格爾還發現,相比於開示過程與痕跡,不斷自我否定、不斷追問時間性的中國道家,傳統西方哲學習慣於追問上帝、第一推動力等各種形式的最終本體的做法,其所關心的依然只是實體性的"存在者",而非"存在",更非爲活生生的"此在"操心。換句話說,本體主義、確定的本質論不僅難以成立,而且本身總是自我設限、自負也自欺。既然如此,那麼"be"的提問方式本身就存在問題①。即使我們承認某些事物的核心特質或本質可以暫時性成立,例如接受、認可"美"和"文學性"②是存有的,哲學和學術的進一步發展也要求我們必須繼續追問:該本質、該事物如何可能,文學性如何生成,而不是停留在這一"本質"之牆的前面沾沾自喜和逡巡不前——我們沒有到達終點,設想存在終點本身就存在問題。我們要問"美"如何可能,"文學性"如何生成?海德格爾要求我們的態度和思維能從"be"轉到"being",從問"什麼是文學",到追蹤文學如何"是",即"文學如何可能""如何存在"。這樣的哲學和致思方式的轉變,它意味着:一是承認"文學"是存在的,並非不存在或純乎虛構;二是但沒有傳統哲學和美學所設想、以爲的確定不變的文學。也正因此,海德格爾預見到只有像荷爾德林的詩那樣的文學才可以讓真理與存在自行進入光明之地。

順着拉康、布迪厄的理論我們引申下去——"文學場就是圍繞着對於文學的幻象(illusion)而被組織起來的。處在文學場之中的全部行動者,不管是支配者還是被支配者,其唯一相同之處即是對於這一遊戲的信念的集體性執着,而文學

---

① [德]馬丁·海德格爾著,陳嘉映、王慶節譯《存在與時間》,生活·讀書·新知三聯書店 2014 年版;馬丁·海德格爾著、王慶節譯《形而上學導論》,商務印書館 2015 年版;馬丁·海德格爾著、趙衛國譯《形而上學的基本概念》,商務印書館 2017 年版。
② 事實上雅各布森對"文學性"的解釋也不是固定的、質性的,而是由詩性功能占主導地位在語言程式中的體現,當然他自身對這個問題上的看法前後也有變化,越來越圓通。可參:Roman Jakobson, "Modern Russian Poetry", in Edward J. Brown, ed., *Major Soviet Writers: Essays in criticism*. New York: Oxford University Press, 1973. Roman Jakobson, *Selected Writings*, Vol. 2/3, "Word and Language, Poetry of Grammar and Grammar of Poetry", ed., Stephen Rudy, The Hague: Mouton Publishers, 1971/1981. Roman Jakobson, "The Dominant," in Krystyna Pomorska and Stephen Rudy, eds., *Language in Literature*, Cambridge: The Belknap Press of Harvard University Press, 1987. Roman Jakobson and Krystyna Pomorska, Dialogues, New York: Cambridge University Press, 1983. Roman Jakobson, "Linguistics and Poetics," in Krystyna Pomorska and Stephen Rudy, eds., *Language in Literature*, 1987. Roman Jakobson and Jurij Tynjanov, "Problems in the Study of Language and Literature," in Krystyna Pomorska and Stephen Rudy, eds., *Language in Literature*, 1987. Richard Bradford, *Roman Jakobson: Life, Literature, Art*, London and New York: Routledge, 1994. 江飛《"文學性"的語言學探索——論羅曼·雅各布森結構主義語言詩學思想》,《中國文學批評》2015 年第 1 期,第 110—120 頁。

场上永无宁日的符号斗争其功效在於对此幻象进行了无意识的持续再生产。""执着游戏、相信游戏及其筹码的价值的某种形式,使得玩此游戏值得不辞劳苦,乃是游戏得以运作的基础。而在幻象中的行动者的共谋,是使他们彼此对立的竞争的根源,以及制造游戏本身的竞争的根源。"①布迪厄在这里把文学视爲对文学幻象的信仰或审美的乌托邦当然不对,文学作爲一种有关文学的想象和情感,需要在人们中间孕育出有关文学的"社会意识",并生长成爲一种集体普遍认可或群体主导知觉系统加以接纳的集体意识和无意识。这个是实在的,和诸如"国家""民族""工人阶级""树木""红色"等任何事物一样,首先需要非理性的情感体验和知觉去把握,而不是理智认识的对象。这些自然的实在事物是没有任何永恒的规定性的,就是"无",但"无"不是什麽都没有、不是绝对的不存在,而只是理智认识的不存在,在我们的体验中它们是存在。换句话说,我们正是通过"无"而体验存在。传统形而上学哲学总是假设有一个不变的实体,而世界万物皆从此而来,或者固执一个理性认识的"我思",以爲从"我思"可以发现、推论出一切存在。然而二十世纪的哲学研究都承认,存在先於本质、体验先於"我思"与认识②。我们整体的情感和知觉体验的确证不是感官,也不是理智认识所能够代替或取消的。因而虽然不会是恒定不变的绝对客观实体,但也不会是一种简单的主观幻象。作爲一种意义性的存在,世界和事物既非绝对客观,也非完全主观,而是主客自然和合的产物。一句话,世界和万物乃是自然的事实。文学也不例外。

当一种"好"的语言形式大量出现并被认可,那就意味着有一种相对独立的文学场域和相应的有关文学的社会意识,即文学观已经诞生了,文学也就有了自己的内在的规定性和相对独立性,这和其他任何社会场域一样。当然,不同时代、群体和文明圈会生成不同的对於文学的想象和情感。

文学虽然没有,也不应该有唯一、恒定的本质,但自从人们把文学视爲一种独立的社会和文化现象,人们感觉到世界存在并相信存在一种叫作"文学"的东

---

① 引自朱国华《文学场的逻辑:布迪厄的文学观》(《文化研究》,2003年第4辑,中央编译出版社);後转载於人大复印资料《文艺理论》。伊格尔顿提到:"如果说,把文学看作一种'客观的'、描述性的样式是不正确的话,那麽,说文学就是人们异想天开地称爲文学的东西,也是不正确的。"([英]特里·伊格尔顿著、龚国杰译《文学原理引论》,文化艺术出版社1987年版,第19页。)

② 马克斯·舍勒不仅肯定价值先於认识,而且对爱等情感进行广泛的现象学分析。如《先验与形式》《现象学与认识论》《爱的秩序》《爱与认识》《同情的本质与形式》等等。可参[德]马克斯·舍勒著、刘小枫选编《舍勒选集》(上下),生活·读书·新知三联书店1999年版。另:北京师範大学出版社出版有刘小枫、林克主编《舍勒作品系列》(全七册),商务印书馆自2019年起陆续出版《舍勒全集》。

西,並且它就擁有自身的內在規定性甚至某些可以被視爲"文學性"的質素——區別於非文學的事物,人們只要從事物之間的比較化差異中,即它的對立面就能領悟到該事物——事實上人們根本不需要有精確的定義,或者把某個種類或概念定位到一個難以實踐的理想化層面,而依然能夠感受、察覺到這一事物以及它同其他事物的差別。

　　二十世紀後半葉的許多西方哲學一再提到一個比喻,那就是洋葱——他們都把事物的存在比喻爲洋葱,而我們對事物的追問就好比剥洋葱,一瓣一瓣剥去後發現中間没有"心"——事物没有我們想象的唯一本質。如果非要用形而上學的話語來解釋,那就是說,過程即本質,事物存在的過程即事物本身,也即事物的自我顯現,真理即在事物的自身顯現的過程與路徑裏。不是説洋葱瓣就是本質,洋葱瓣就是洋葱,而是説洋葱瓣一片片自我聚合並歸趨於一個不存在的"中心"的這個過程,以及諸多洋葱瓣一起趨向一個空心所構成的場域和所達成的制度與規範。也就是説,事物和世界不是有一個終極的、唯一本質——世界不能簡單地化約爲一個本體,每一個事物都各不相同,且不斷在相互的關係中彼此成全、自然演化。事物也不能簡單地看成是其構成部分的總和——事物的部分之所以如此和合、演化的那些原因即整體化規範也是該事物區別於其他事物的地方。該事物之所以該事物,事物有其不同於他者的自身規定性,即自我生成、存在的制度與規範。

　　既然事物和世界既不是某種確定的實體或擁有恒定本質、自我圓滿的單子,也不是主觀任意的構成物,變動不居的世界的事物都是變化的、有時間性的,既然文學只是一種自然的實在和制度性的事實,而我們又仍然需要並能夠思考諸如"本質""現象"之類的東西,那麽,如何打破主客二元論對於確定本體和基礎的迷信與執着,如何對時間中的文學事實加以描述和致思?我們該怎麽研究文學和研究什麽呢?

　　第一、探討每一個文學現象、每一種文學活動中的文學自身規定性,把握文學相對獨特的"整體性"。這需要從對文學現象和文學活動的考察中去理解文學作爲制度性事實的獨特規範性,而不是抽象地討論所謂的本質或純理論性地思辨文學——理論來源於對文學現象自身規定性的歸納和自然提升。

　　所以中外學者從不同角度去研究文學自身的特性與存在制度。如前引羅宗强先生一貫主張要把握文學自身發展的自然規律,饒龍隼先生則乾脆揭櫫文學制度論,用"制度"來表述文學的內在固有形質規制,就是希望我們把研究的焦點集中在"文學自身的規定性"上面:"兹所謂制度,就是事物自身的規定性;而文學制度,就是文學自身的規定性";"節以制度就是遵從文學自身規定性,修飾以文就是體現文學自身規定性";"文學並非出於作家的創造,而是得自對文學制度認同"①。

而"制度"是處理經驗與原初生活的,是聯結個體與社會、精神與身體、心理與社會歷史,乃至純物質世界的,即把心靈、意識同身體、無意識,以及社會關係與歷史文化三者整合關聯,作爲一個整體來看待的思考機制。這就是知覺與情感體驗,以及它在具體文學現象中的表現。相較於布迪厄的實踐感、習性概念更多地從個人着眼去理解社會作用於個體的機制,以及解釋社會生活與實踐是主客聯結與統一關係,"制度"論則更傾向於從"關係"中把握主體與客體、有意識的個人與無意識的歷史或社會之間的互動過程。它不僅注意文學內在的質性的整體感,而且注意到那同外部場域互動關聯、自身生成的文學整體性。

唯一本質觀,特別是"純粹審美"論,引導人們對文學的理解和研究,是把文學視爲具有與社會無關的某一或某些固定審美要素和定義——人們總是懷抱着把古往今來種種互不相同的文學現象都用一項或幾項確定的要素、實體去概括或定義的理論衝動,國內文學史和文論學者的主流看法是文學是抒情的、形象的等等要素。"當人們稱某一段文字是文學之時,他們通常在大腦中會有如下五種想法之一或者其中幾種的組合體:他們的'文學'意味着虛構作品,或是與報導實證事實完全不同的個人對人類經驗洞察的作品,或是極爲鮮明地、隱喻性地或自覺性地運用語言的作品,或是不像購物清單那樣實際性的作品,或是一段被高度評價的文字。"②問題在於,種種小有差異的文學界定和文學研究模式一經出現,就被諸多教科書加以推廣成爲牢不可破的經典,並日漸演化成了人們推進和更新對文學更多理解的束縛,文學被禁錮在某個或某些概念系統中不得前進——好像從此以後文學和文學研究一直如此,所增加的只是一個個不斷證明既定文學觀念和文學研究範式永恒正確的文學文本。然而不惟文學史自我的不斷更新否定了這樣那樣的唯一本質化的文學觀——文學從來不會按照人們的定義去生長,而且人們事實上仍不相信可以找到爲所有人所認可的恒定的文學本

---

① 饒龍隼《中國文學制度論》,《文學評論》2010 年第 4 期,第 7、8、11 頁;饒龍隼《中國古代文學制度論綱》,《學術研究》2019 年第 4 期,第 142—151 頁。西方如海德格爾、巴特、格林布拉特等理論家也都看到擺脫長期以來主體中心論,而從聯結主體和文化史的整體"制度"上去審視文學自身的必要。

② [英]特里·伊格爾頓《文學事件》(*The Event of Literature*)第二章《什麼是文學?》第一部分(Yale University Press, New Haven and London, 2012. p. 25.)。

質——試圖對尚未完成甚至永遠無法完形的事物進行定義,實在是"致命的自負",特別是作家們總是力圖在"影響的焦慮"中尋求對既定文學寫作範式和審美範式的突破與否定。

另外,這樣的文學觀,要麼是把文學的諸多社會化構成成分排斥在文學之外,要麼是只能把思想内容、價值觀、道德甚至情感等成分都作爲一種外部性因素——視爲是敘事、書寫、語言等審美要素存在和呈現的手段和媒介,它們並不構成文學本身或審美的部分——而把寫作方法與特點、敘事、修辭、語言技巧等視爲文學本質和純粹審美的體現;或者把對作者、世界、社會背景、思想内容、意識形態以及文本情感等方面的考察視爲真正的文學研究——審美研究的外部準備,只對審美研究起到一定的輔助作用。又或者呈現爲作者、社會背景、文本思想情感等研究同書寫、語言等審美研究二者成爲相互分離、互不相干的兩張皮。恰恰是没有將上述兩方面整合起來,對作爲一個整體的文學本身進行研究——文學到底如何生成——文學不是意識形態和審美的簡單相加。在這個方面,西方形式主義、結構主義、新批評、叙事學的某些典範之作,無疑在融合内容與形式、語言與情感做了有益嘗試。如果我們仍然強調直覺,始終停留在印象主義的直覺體悟,或者千篇一律地對文學使用:作者與社會背景分析,加道德、意識形態、社會政治傾向、個體生命情感解説,加語言修辭與技法分析的三張皮模式,或者説審美加意識形態模式,則文學依然只是社會文化的普通一種,而没有明白其自我指涉的意味到底在哪裏。

第二、自然實在論的文學觀需要的是對每一種文學現象和文學活動乃至整個文學在不同時空、場域中的發生、生成過程和機制能夠清晰闡釋。抽象、理論地討論文學脱離了文學事實本身,真正的文學研究應該是能夠理解具體的文學現象的,把握、梳理、描述清楚那個叫做"文學"的事物的生長、變化過程,從過程中領悟相應的特性和效應,就像叙述每一個歷史"事件"。事物,不是實體,而是在時間中的存在與"事件"。新的實在論要多我們對諸多實在的發生、存在過程做一種細緻入微的、"事件"性的追述和深描。

第三、制度化和場域中的整體文學觀籲請一種跨學科地理解文學自身内在制度、規範同外部社會意識與場域相互聯動的過程、脈絡和機制,理解文學場域和非文學的文化場域、經濟場域、乃至權力場域的相互作用——相互成全與彼此否定的過程與條理。格林布拉特的莎士比亞研究的示範意義首先就在於,他是在平視、綜合文本與現實,在一種跨學科的視域中去理解諸如莎士比亞這一主體的"自我塑造"過程,並把多學科領域的知識與研究成果都自如地運用在研究真正的文學自身問題上來,取得了一種在文化的"整體"與"互動"中理解文學的新成就。

文學家固然應把關注的焦點之一放在文學本身,但這並不意味着文學對社會的道德、價值、情感置若罔聞,或美其名曰保持中立,祇遵守藝術内部的特殊法則。人們有關文學的意識、集體感、集體無意識等等同時又祇是一個場域,它是開放的,通過與其他事物進行交流進而不斷自我變動的系統和空間,它並不是一個一切已經完成(既定)的、恒定的"本質"。换句話説,文學是一個既有自身内在規定性,又相對開放的制度化場域,是在社會場域中的制度化事實與自然生長的文化形態,既存在又不固定,既仰賴於人們的社會情感與社會意識的不斷發育和發展,又作爲一種自然的社會事實而存在。

第四、當然,作爲制度性事實和自然實在論的文學觀,就像普特南所説的那樣,並不絕對排斥傳統的研究方法和成果,我們仍然可以運用主客二元分離的客觀主義思維和抽象理論思辨去弄明白文學的構成,獲得跟文學密切相關的那些知識。但需要指出的是,這樣的研究祇是輔助研究和外部研究,目的是爲真正的文學研究做好準備。真正的文學研究或者説文學内部研究是對文學自身的整體性的研究,是發現、揭示、描述、闡釋文學的發生、生長、演變過程、特性及其痕跡的研究。例如,關於作者研究,如果這一研究是圍繞某一歷史人物的創作意識與創作人格的形成與演變來研究的,那就屬於内部研究,而非外部研究。倘若僅僅是描述、研究歷史中的某個人物,不能把這個人物的經歷、道德、思想、學術生涯等描述同他的寫作人格的生成以及文本創作、文學接受等文學問題緊密結合,那就祇是一種爲文學研究所做的準備,屬於外部研究。畢竟生活中多面的莎士比亞和作爲某部文本作者的莎士比亞是不同的。有時作爲寫作者的莎士比亞只是某一文學活動或文學現象發生中的一個功能性角色,並不是操縱一切的主體;有時反倒是生活中的莎士比亞被某一寫作過程和某一文本重新形塑和改造了。是否以"文學"本身爲研究的出發點和目標,是區分内外部研究的關鍵。傳統上有些庸俗社會學的研究、歷史與文化背景介紹,以及哲學或心理學研究,很可能並没有形成"文學問題意識",所以並未構成、並不屬於文學研究的一部分[1]。

第五、要讓文學研究語言儘可能經驗化,成爲自然化的語言,而不是始終只

---

[1] 傳統的内外部研究的區分是以文本爲中心的,並且視文本爲最終、唯一的文學作品,研究文本的稱内部研究,研究作者、世界等的稱外部研究。

是個人化的人工語言。對自然實在和制度性事物的研究與言説最好是從社會的集體無意識和經驗中生長出來的語言，在淺顯中達到深刻。如此的文學評説與研究就像創作一樣，方可成爲文學自身的自然顯現。就像老子、朱熹或維特根斯坦的哲學。

　　概而言之，要研究現實的實在事物和事實性的文學，首先就是要回到事物和事實本身，回到真正的實踐、生活世界和原初的經驗中來——這並不意味着文學創作和文學研究只能處理簡單、粗糙的原始事實，不再陷入主觀主義和客觀主義，擺脫各種形式的結構實在論、唯一本質論、本原主義、基礎主義，擺脫對理論、概念的過分執迷，遵循原初的文學經驗、文學事實自身"生長"的路徑，進而衍生出相應的研究、言説文學的方法與理論。如此，除了要運用主客分離的對象化思維去分析、解釋文學並由此形成相關文化"知識"，以便幫助人們更好地理解文學，爲真正的文學研究做好準備，更要設法弄明白文學自身生成和如其所是的那些制度或規範——當然，這些規範並非純粹的形式或規則——事物之所以爲事物，事物之所以有意義，就在於這些讓事物成其爲事物的制度是功能性的，而純形式或規則是抽象出來的，本身並無意義，也不等於就是事物本身。

　　擺脫長期以來把文學視爲主體創造物的主體中心主義視角，從文學自身自然的存在立場出發，研究文學自身的某種内在規定性和自我存在方式，理解在場域化環境中的文學發生、存在的制度和機制，從變動的場域和變動的制度方面去把握文學。當然，不管是文學制度論研究，還是其他類似研究路徑，都並不希望成爲建構固定文學結構的結構主義。

中古文學窮形盡相的藝術表徵

吕帥棟*

内容提要 中古文學窮形盡相，是以心物交感爲前提，通過神與物遊的創作機制，來極盡所能地描寫事物形貌，以期達到淋漓盡致的效果。其藝術表徵主要體現在音聲文字、用象形制、事典形態三方面。從音聲文字上說，追求細膩精巧、節奏跌宕、音韻和諧、辭藻雕琢。從用象形制上説，物象選擇注重捕捉實物、寫實逼真；意象營構注重情景融合、不留痕跡。從事典形態上説，總體呈現出濃縮凝練、意態繁密的趨向。

關鍵詞 中古文學 窮形盡相 藝術表徵

魏晉南北朝時期，文學趨於獨立，文論飛速發展，誕生了不少文學理論著作。大量文學概念、文學範疇應運而生，比如神思、體性、通變、窮形盡相等，涵蓋了文學本體、文學創作、文學鑒賞諸方面。窮形盡相論關涉時人對事物認知和創作狀態的描述，具有較高的理論價值。

窮形盡相出自陸機《文賦》："體有萬殊，物無一量。紛紜揮霍，形難爲狀。辭程才以效伎，意司契而爲匠。在有無而僶俛，當淺深而不讓。雖離方而遯員，期窮形而盡相。故夫誇目者尚奢，愜心者貴當。言窮者無隘，論達者唯曠。"①該句指出創作存在困難，但並未否定言能窮象的可能。其不但要求技巧運用應以語言爲中心，還認爲窮形盡相可不受表達形式的限制。只要爲象服務，即便脱離書寫規矩也被允許。

除了極盡所能地描摹事物形貌，窮形盡相論還自有其內在邏輯。錢鍾書《管

---

* 作者簡介：吕帥棟，上海大學文學院博士研究生，主要研究方向爲中古文學制度，發表《試論劉鳳誥〈杜工部詩話〉的評詩特色》。
  基金項目：本文爲國家社會科學基金重大項目"中國古代文學制度研究"（17ZDA238）階段性成果。
① 陸機著、張少康集釋《文賦集釋》，人民文學出版社2002年9月第1版，第99頁。

錐編》云:"形者,完成之定狀;象者,未定形前沿革之暫貌。"①客觀事物之形態爲"形",藝術加工之物象爲"象"。前者爲客觀事物,後者則投射了作者的情感。窮形,即通過心物交感,使心與物和諧交融,這是盡象的前提;盡象,可借助神與物遊,生成描摹精巧的意象,此爲窮形的結果。窮形盡相,實是以心物交感爲前提,在神與物遊的創作機制之下,來極盡所能描寫事物形貌,以期達到淋漓盡致的效果。

中古文學窮形盡相的藝術表徵,是指它在魏晉南北朝文學理論與文學作品中所呈現的美學意蘊,主要體現在音聲文字、用象形制、事典形態三方面。

一　細膩精巧的音聲文字

窮形盡相首先要呈現在文學語言上,具體指富有審美特徵的音聲文字。《文賦》云:"其會意也尚巧,其遣言也貴妍。暨音聲之迭代,若五色之相宣。"②"遣言貴妍"則辭藻華麗;"音聲迭代"則聲律和諧,均符合語言細膩精巧的特徵。

(一) 講求聲韻和諧

聲韻和諧,是魏晉南北朝文學的重要特徵。《宋書·謝靈運傳》云:"至於先士茂製,諷高歷賞,子建'函京'之作,仲宣'灞岸'之篇,子荆'零雨'之章,正長'朔風'之句,並直舉胸情,非傍詩史,正以音律調韻,取高前式。"③其以曹植《贈丁儀王粲》、王粲《七哀詩三首》、孫楚《征西官屬送於陟陽候作詩》、王贊《雜詩》爲例,將音韻和諧之起始上溯至建安時期。再如《梁書·庾肩吾傳》稱"齊永明中,文士王融、謝朓、沈約文章始用四聲,以爲新變"④,視四聲爲文學變革,說明時人已意識到聲韻的重要價值。《南齊書·陸厥傳》說得更爲具體:"永明末,盛爲文章。吳興沈約、陳郡謝朓、琅琊王融以氣類相推轂,汝南周顒善識聲韻。約等文皆用宮商,以平上去入爲四聲,以此制韻,不可增減,世呼爲'永明體'。"⑤這不但介紹了四聲之由來,還將具備該特徵的詩歌命名爲永明體。

文學藉助辭采描摹物象。《文心雕龍》就數次論及聲律與辭采之關係。比如

---

① 錢鍾書《管錐編》,生活·讀書·新知三聯書店 2007 年 10 月第 1 版,第 933 頁。
② 陸機著、張少康集釋《文賦集釋》,人民文學出版社 2002 年 9 月第 1 版,第 132 頁。
③ 沈約《宋書》卷六十七,中華書局 1974 年 10 月第 1 版,第 1779 頁。
④ 姚思廉《梁書》卷四十五,中華書局 1973 年 5 月第 1 版,第 690 頁。
⑤ 蕭子顯《南齊書》卷五十二,中華書局 1972 年 1 月第 1 版,第 898 頁。

《情采》視"形文""聲文""情文"爲立文之道。其中"形文"是指刻畫形象,"聲文"是指音聲之美,二者地位並列。再如《附會》曰:"夫才量學文,宜正體制。必以情志爲神明,事義爲骨髓,辭采爲肌膚,宮商爲聲氣。然後品藻玄黄,摛振金玉,獻可替否,以裁厥中。斯綴思之恒數也。"①劉勰用人體構造比喻文學要素,指出情感、事理、辭采、聲律是文章的重要組成部分,再次說明辭采與聲律關係密切。《明詩》云:"晉世群才,稍入輕綺。張潘左陸,比肩詩衢,采縟於正始,力柔於建安。或析文以爲妙,或流靡以自妍,此其大略也。"(《文心雕龍注》,第 67 頁)"流靡以自妍"是指音聲流利;"析文以爲妙"則指詞藻雕琢。這說明在晉人觀念中,音韻和辭藻是創作的基本要求。從兩漢文學不自覺運用音韻,到魏晉文學結合辭采合理製韻,體現出作者對音韻和辭采的日益重視。

《宋書·謝靈運傳》提出"一簡之內,音韻盡殊;兩句之中,輕重悉異"②的創作原則,強調不同聲韻要高低錯落、交疊運用。永明體中部分詠物詩篇,正是音韻和諧與物象描摹的完美結合。比如沈約《咏芙蓉詩》云:"微風搖紫葉,輕露拂朱房。中池所以綠,待我泛紅光。"③其中紫葉、朱房、池綠、紅光,抓住了景物的特徵,刻畫精準。此外,這些物象兩兩相對、節奏分明。再如王融《臨高臺》曰:"遊人欲騁望,積步上高臺。井蓮當夏吐,窗桂逐秋開。花飛低不入,鳥散遠時來。還看雲棟影,含月共徘徊。"(《先秦漢魏晉南北朝詩·齊詩》卷二,第 1389 頁)飛花、歸鳥、夜月、雲影,描摹細膩,物象清新。"臺""開""來""徊"四字均押"灰"韻,讀起來朗朗上口。"五字之中,音韻悉異,兩句之內,角徵不同"④,永明體詩歌有意識地製韻,有利於更好地描摹物象。

此外,運用虛字也有助於和諧音韻、描摹物象。正如《文心雕龍·章句》所言:"據事似閑,在用實切。巧者迴運,彌縫文體,將令數句之外,得一字之助矣。"(《文心雕龍注》,第 572 頁)虛字的運用,不僅能彌合文體之疏、促進聲韻和諧,而且也有利於寫景狀物。以謝朓爲例:"池北樹如浮,竹外山猶影"(《先秦漢魏晉南北朝詩·齊詩》卷四《新治北窗和何從事詩》,第 1442 頁)、"餘霞散成綺,澄江靜如練"(《先秦漢魏晉南北朝詩·齊詩》卷三《晚登三山還望京邑詩》,第 1430 頁)、"綠草蔓如絲,雜樹紅英發"(《先秦漢魏晉南北朝詩·齊詩》卷三《王孫遊》,第

---

① 劉勰著、范文瀾注《文心雕龍注》卷九,人民文學出版社 1958 年 9 月第 1 版,第 650 頁。
② 沈約《宋書》卷六十七,中華書局 1974 年版 10 月第 1 版,第 1779 頁。
③ 逯欽立《先秦漢魏晉南北朝詩·梁詩》卷七,中華書局 2017 年 9 月第 1 版,第 1658 頁。
④ 李延壽《南史》卷四十八,中華書局 1975 年 6 月第 1 版,第 1195 頁。

1420頁）……以上諸例均加入了虛詞"如"，使四字變爲五字，吟誦更有節奏美。此外，"如"連接本體與喻體，讓物象描摹更加生動逼真。

（二）注重辭藻雕琢

兩漢時期，漢賦描寫物象已比較繁複。如枚乘《七發》云："龍門之桐，高百尺而無枝。中鬱結之輪菌，根扶疏以分離。上有千仞之峰，下臨百丈之溪。湍流溯波，又澹淡之。其根半死半生。冬則烈風、漂霰、飛雪之所激也，夏則雷霆、霹靂之所感也。朝則鸝黃、鳱鴠鳴焉，暮則羈雌、迷鳥宿焉。獨鵠晨號乎其上，鵾雞哀鳴翔乎其下。"①此段着力鋪陳桐樹的生長環境，刻畫了不同季節下桐樹的不同形貌。劉勰評論"腴辭雲構，誇麗風駭"（《文心雕龍注》，第254頁），說的就是這一情狀。再如司馬相如《子虛賦》亦極盡誇張能事，魯迅評價爲"相如獨變其體，益以瑰奇之意，飾以綺麗之詞"。②

魏晉南北朝文學對漢賦雕琢辭藻、刻畫形貌的吸收，體現爲煉字。較之漢賦簡單羅列義象，魏晉文學已有較爲自主的煉字琢句意識。《文心雕龍·煉字》稱："自晉來用字，率從簡易；時並習易，人誰取難。今一字詭異，則群句震驚；三人弗識，則將成字妖矣。後世所同曉者，雖難斯易；時所共廢，雖易斯難，趣捨之間，不可不察。"其呼籲選詞用字應遵循簡易原則。此外，魏晉文學煉字琢句還講求新意。《文心雕龍·明詩》云："情必極貌以寫物，詞必窮力而追新"，選用語詞不但要契合事物形貌，而且應兼顧創新。方東樹評價謝朓"玄暉不尚氣而用意雕句，亦以雕句故傷氣也；然有典有句而思新"③，就是肯定其作品雕句與創新兼備。

劉宋時期大量出現的山水、咏物、仕女等詩歌題材，給煉字帶來了新要求。正如沈德潛《說詩晬語》云："性情漸隱，聲色大開，詩運一轉關。"④形貌聲色是雕琢詞句無法忽略的一點。比如王融《四色咏》："赤如城霞起，青如松霧澈。黑如幽都雲，白如瑤池雪。"（《先秦漢魏晉南北朝詩·齊詩》卷二，第1405頁）全詩以"城霞""松霧""幽都雲""瑤池雪"四種典型物象指代赤、青、黑、白四色，形象逼真，創意新奇。再如徐陵"綠柳三春暗，紅塵百戲多"（《先秦漢魏晉南北朝詩·陳詩》卷五《洛陽道二首》，第2525頁）、"榜人事金槳，釣女飾銀鉤"（《先秦漢魏晉南

---

① 蕭統編、李善等注《六臣注文選》卷三四，中華書局1987年8月第1版，第636頁。
② 魯迅《漢文學史綱要》，上海古籍出版社2005年8月第1版，第50頁。
③ 方東樹著、汪紹楹校點《昭昧詹言》卷七，人民文學出版社1961年10月第1版，第188頁。
④ 沈德潛《說詩晬語》卷上，見王夫之《清詩話》中華書局1963年9月第1版，第532頁。

北朝詩·陳詩》卷五《山池應令詩》,第2531頁),庾信"寒沙兩岸白,獵火一山紅"(《先秦漢魏晉南北朝詩·北周詩》卷二《上益州上柱國趙王二首》,第2356頁),均以色調艷麗之詞描摹物象,以達到強烈的視覺效果。又如蕭綱《咏內人晝眠》有"夢笑開嬌靨,眠鬟壓落花。簟文生玉腕,香汗浸紅紗。"①"嬌靨""眠鬟""玉腕""紅紗"等物象,色香交融,鮮美工巧。其所呈現的"清辭巧製,止乎衽席之間,雕琢蔓藻,思極閨闈之內"②的特徵,正是窮形盡相論注重煉字的表現。

聲韻和諧與物象描摹關係密切。時人結合文采、運用虛詞來有意識地製韻,為窮形盡相服務。此外,煉字逐句追求簡易、關注聲色、兼顧創新,均是中古文學物象描摹的新要求。

二 靈動超逸的用象形制

"象",包括物象和意象。袁行霈認為物象經過作者審美經驗的淘洗篩選和思想感情的化合點燃,才能轉換為意象。③ 可見,物象是尚未滲入作者情感的客觀事物;意象則經過挑選加工,投射了作者的審美情趣。前者是後者的基礎,後者是前者的藝術體現。在心物交感、神與物遊創作機制的共同作用下,窮形盡相論用象靈動超逸,體現為描繪物象之寫實逼真與意象營構之匠心獨照。

(一) 寫實逼真的物象

窮形盡相論的關鍵,在於"形"與"象"。劉宋時期,伴隨着山水詩和咏物詩的產生,"文貴形似"觀念應運而生。它源自客觀、注重寫實,力求逼真再現事物形貌。客觀物象是窮形盡相論的前提,追求形似是描摹客觀物象的目標。《文心雕龍·神思》有"物沿耳目,而辭令管其樞機"之說。"物沿耳目"是指感官對物象的接納,"辭令管其樞機"是指用語言描摹物象。因此,選納物象和語言描摹是感知成象的兩大關鍵要素。

較之漢賦的誇張,太康詩賦的書寫物件多為實物。左思不滿班固《兩都賦》和張衡《兩京賦》的虛而不實、大而無當,於是收集史料,研摩十年,創作了《三都

---

① 張溥輯《漢魏六朝百三家集》卷83,《景印文淵閣四庫全書》,台灣商務印書館1986年版,第1414冊,第615頁。
② 魏徵《隋書》卷三十五,中華書局1973年8月第1版,第1090頁。
③ 袁行霈《中國詩歌藝術研究》,北京大學出版社1996年6月第1版,第52頁。

賦》。其《蜀都賦》云:"於前則跨躡犍牂,枕輈交趾……於後則却背華容,北指昆侖……于東則左綿巴中,百濮所充……於西則右挾岷山,涌瀆發川。"(《六臣注文選》卷四,第 91—93 頁)不同方位的物象依次羅列,皆可一一指實。與之類似的還有傅玄《猿猴賦》、陸機《瓜賦》、陸雲《寒蟬賦》等,均選擇實物作爲描摹對象。謝靈運筆下的山水亦體現了這一點。比如同是寫雲,曹丕與謝靈運就明顯不同。曹丕《雜詩二首》曰:"西北有浮雲,亭亭如車蓋。惜哉時不遇,適與飄風會。吹我東南行,行行至吳會。吳會非我鄉,安能久留滯。"(《先秦漢魏晉南北朝詩·魏詩》卷四,第 401 頁)雲是其思鄉之寄托,以飄泊的雲彩比喻離家的遊子。謝詩之雲,則有"雲日相輝映,空水共澄鮮"(《先秦漢魏晉南北朝詩·宋詩》卷二,《登江中孤嶼詩》,第 1162 頁)、"日末澗增波,雲生嶺逾疊"(《先秦漢魏晉南北朝詩·宋詩》卷二,《登上戍石鼓山詩》,第 1162 頁)、"春晚緑野秀,岩高白雲屯"(《先秦漢魏晉南北朝詩·宋詩》卷三《入彭蠡湖口詩》,第 1178 頁)……雲是客觀景物,真實自然。正如袁行霈《中國詩歌藝術研究》評價:"寫風就是風;寫月就是月;寫山就要描盡山姿;寫水就要寫盡水態。"[1]客觀獨立的物象,體現出謝詩清新自然的特徵。

  不僅物象選擇注重捕捉實物,物象描摹亦强調真實具體。對於這一點,《文心雕龍》屢有論述。比如《詮賦》肯定了賦體"寫物圖貌,蔚似雕畫"(《文心雕龍注》,第 136 頁)的特點,要求"擬諸形容,則言務纖密;象其物宜,則理貴側附"(《文心雕龍注·詮賦》,第 135 頁),即圍繞物象,細緻入微,窮形盡相。再如《明詩》將建安文學總結爲"驅辭逐貌,唯取昭晰之能"(《文心雕龍注》,第 66—67 頁),肯定了曹植、王粲等對描摹物象的努力。又如《物色》認爲文貴形似的關鍵在於"體物爲妙,功在密附"(《文心雕龍注》,第 694 頁),即描摹重在體物,才能達到瞻言見貌的效果。在這一方面,"二謝"堪稱典範。比如謝靈運《石壁精舍還湖中作》:"林壑斂暝色,雲霞收夕霏。芰荷迭映蔚,蒲稗相因依。"(《先秦漢魏晉南北朝詩·宋詩》卷二,第 1165 頁)其以所見景物之順序進行描摹,從近處林壑漸暝到遠處雲霞消散,從滿池荷花到池邊蒲稗,呈現出一幅生動的黄昏圖景。再如謝朓《咏鸂鶒》有"蕙草含初芳,瑶池曖晚色。得厠鴻鷺影,晞光弄羽翼"(《先秦漢魏晉南北朝詩·齊詩》卷四,第 1154 頁),抓住了環境特徵和動作特點,將傍晚霞光中鸂鶒擺弄羽翼的畫面描繪得淋漓盡致。正如劉克莊《江西詩派小序》評價:"余以宣城詩考之,如錦工機錦,玉人琢玉,極天下之巧妙,窮巧極妙,然後能流轉圓美。"[2]

---

[1] 袁行霈《中國詩歌藝術研究》,北京大學出版社 1987 年 6 月第 1 版,第 201 頁。
[2] 劉克莊《江西詩派小序》,見丁保福《歷代詩話續編》,中華書局 1983 年 8 月第 1 版,第 485 頁。

（二）匠心獨照的意象

意象，是指主觀心意投射於客觀事物所形成的具象。它具有兩個特點：一是真實具體。意象以具體事物爲前提，僅有情感無法生成意象；二是情感附着。物象要融合作者情感，客觀物象不屬於意象。兩項結合，即爲匠心獨照。匠心獨照語出《文心雕龍·神思》："玄解之宰，尋聲律而定墨；獨照之匠，窺意象而運斤。"（《文心雕龍注》，第493頁）即内在想象感觸外在事物，然後對其進行加工改造，並選用適宜的語言來表達，便形成了獨特的意象。

内心與外物交接，使情感與物象融合，如此景中帶情、情景融合，匠心獨照而呈意中之象。這個意中之象便是意象，是魏晉以後持有的，此前則未達此境。雖然魏晉之前已有關涉客觀事物的書寫，比如《秦風·蒹葭》"蒹葭蒼蒼，白露爲霜。所謂伊人，在水一方"①，《周南·漢廣》"南有喬木，不可休思。漢有遊女，不可求思"（《詩經譯注》，第18頁）等；但它們只是起興物，而非獨立的審美對象。再如《離騷》中頻頻出現的香草、美人，王逸《楚辭章句》對之早有論斷："善鳥香草以配忠貞，惡禽臭物以比讒佞，靈修美人以媲於君，宓妃佚女以譬賢臣。"②這些事物雖已作爲象徵物獨立存在，却尚未達到景中帶情的圓融關係。晉宋之際，山水等客觀事物成爲創作的新題材。在心物交感、神與物遊的共同作用下，客觀事物的功用逐漸由名物起興、背景渲染轉向情感寄托，創作就進入移情於景、借景抒情之狀態。這樣一來，創作觀念也發生了改變。比如宋玉《九辯》認爲秋之悲氣是情感觸發物，而潘岳《秋興賦》却持有不同意見："夫送歸懷慕徒之戀兮，遠行有羈旅之憤。臨川感流以歎逝兮，登山懷遠而悼近。彼四戚之疚心兮，遭一塗而難忍。嗟秋日之可哀兮，諒無愁而不盡。"（《六臣注文選》卷一三，第248頁）其認爲"送歸""遠行""臨川""登山"等均有情感寄托，並非只是行爲和景物的簡單書寫，可見潘岳創作已有借景抒情的意識。其《悼亡詩》表現得更爲明顯："望廬思其人，入室想所歷。"（《先秦漢魏晉南北朝詩·晉詩》卷四，第635頁）"思""想"即聯想，由亡妻舊物而聯想其人其事，此即所謂睹物興情。潘岳情之深、思之苦，已非單一物象所能寄托；故連用"廬""室"等一系列意象。正如陳祚明所評："安仁情深之子，每一涉筆，淋漓傾注，宛轉側折，旁寫曲訴，刺刺不能自休。"③此詩既是意象窮形盡相的體現，也是情感淋漓盡致的展露。再如何遜《與胡興安夜別詩》

---

① 程俊英《詩經譯注》，上海古籍出版社2004年7月第1版，第257頁。
② 黄靈庚《楚辭章句疏證》，中華書局2007年9月第1版，第10—11頁。
③ 羅宗强、陳洪主編《中國古代文學史》，華東師範大學出版社2000年10月第1版，第198頁。

"路濕寒塘草,月映清淮流"(《先秦漢魏晉南北朝詩·梁詩》卷九),皎然評價"物色帶情句"①,也是情景融合的範例。

匠心獨照,還表現爲意象工巧而不留雕琢之痕跡。《文心雕龍·物色》評價晉代文學"巧言切狀,如印之印泥,不加雕削,而曲寫毫芥"(《文心雕龍注》,第694頁)。劉勰認爲語言不僅要精巧生動,還要圓融自然。葉夢得《石林詩話》云:"古今論詩者多矣,吾獨愛湯惠休稱謝靈運爲'初日芙蕖',沈約稱王筠爲'彈丸脱手'兩語,最當人意。'初日芙蕖',非人力所能爲,而精彩華妙之意,自然見於造化之妙,靈運諸詩,可以當此者亦無幾。'彈丸脱手',雖是輸寫便利,動無留礙,然其精圓快速,發之在手,筠亦未能盡也。然作詩審到此地,豈復更有餘事。"②一方面,"作詩審到此地",要求仔細構思,精雕細琢;另一方面,希望作品能如彈丸脱手,造化自然,雖精雕細琢而不留痕跡。謝朓《晚登三山還望京邑》"餘霞散成綺,澄江靜如練"(《先秦漢魏晉南北朝詩·齊詩》卷三,第1430頁)就是例證:一是霞如紅綺,江似白練,比喻恰當,色彩鮮明;二是霞散則有"餘霞",江靜方能"如練",邏輯清晰;三是"散""靜"互相對照,動靜結合。再如陰鏗《江津送劉光禄不及》亦爲這方面的代表作:"依然臨送渚,長望倚河津。鼓聲隨聽絶,帆勢與雲鄰。泊處空餘鳥,離亭已散人。林寒正下葉,晚釣欲收綸。如何相背遠,江漢與城闉。"(《先秦漢魏晉南北朝詩·陳詩》卷一,第2452頁)鼓聲絶、帆船遠、船舶少、行人散,以濃重的秋意襯托黃昏的清冷,將凄清環境與悵惘心緒完美融合。

窮形盡相論之内在邏輯,是要求選擇真實的物象加以創作,然後在心物交感、神與物游創作機制的共同作用下,形成匠心獨照的意象。因此,窮形盡相論之用象是靈動超逸的。

三 濃縮繁密的事典形態

事典由用事和用典構成。用事又稱引事、事類③,所謂"據事以類義,援古以證今"(《文心雕龍注》,第614頁)便是。因此,用事實爲引用古事,源頭可追溯至"稽古"。用典,則指引用古書的成語或典故。二者之差別,主要體現爲引用對象的不同。用事主要引用古代事件,用典則側重引用成語、俗語、典故。事典擁有

---

① 李壯鷹《詩式校注》,齊魯書社1986年3月第1版,第268頁。
② 郭紹虞《中國文學批評史》,商務印書館2010年12月第1版,第449頁。
③ 殷學明《用事:一種中國特色的詩法》,《山西師大學報》2013年第3期,第56—59頁。

漫長的形成過程,而在魏晉南北朝被最終定型,①並在窮形盡相論的引導下,總體呈現出濃縮凝練、意態繁密的趨向。

(一)用事之濃縮凝練

較之前期作品,魏晉南北朝文學用事更加濃縮凝練。這與思維發展狀態密切相關。晚周時期,人對事物的認知把握還處於初期階段,抽象能力不足,用事呈現以類相從的特點;兩漢時期,氣類相推,義象彙聚,用事表現爲義類相聚的特色;魏晉南北朝時期,心物交感促使意象形成,思辨能力提高,用事自然更爲濃縮凝練。

晚周用事主要表現爲引詩。正如勞孝輿《春秋詩話》所言"引詩之説以證其事也。事,主也;詩,賓也"②,即引用詩名或詩句傳達旨意,程式煩瑣。比如《左傳》昭公元年鄭伯款待趙孟,賓主對話就頻頻引詩:"禮終乃宴,穆叔賦《鵲巢》,趙孟曰:'武不堪也。'"③《鵲巢》有"維鵲有巢,維鳩居之;之子於歸,百兩御之"(《詩經譯注》第 24 頁),原指新人成婚歡快熱鬧,此處表現趙孟入鄭的和諧氛圍。此外,以鵲喻鄭伯,以鳩喻賓客,展現了鄭國對趙孟的熱情款待。只有結合詩篇內容和應用場景,層層推導,方能理解引詩的用意。可見,晚周用事尚無簡明格式,比較煩瑣晦澀。

漢代,氣類相感的觀念主導認知,用事呈現出義類相聚的特點,即集聚同類事例,形成篇幅龐大的表義單元。比如《淮南子》云:"夫仇由貪大鐘之賂而亡其國,虞君利垂棘之璧而禽其身,獻公豔驪姬之美而亂四世,桓公甘易牙之和而不以時葬,胡王淫女樂之娛而亡上地。"④此句羅列仇由、虞君、晉獻公、齊桓公、胡王五位國君因貪欲而亡國之事,構成了完整的表義單元,傳達約束本性、捨棄欲望之旨。較之春秋煩瑣的引詩,漢代用事已有進步。但所引事例中人物、緣由、結果等要素俱在,且須聚合諸多同類事例來表達旨意,不夠凝練。

晚周用事煩瑣的程式和兩漢用事偏大的篇幅,在魏晉南北朝時期已比較少見。《文心雕龍·事類》云:"綜學在博,取事貴約,校練務精,捃理須覈,衆美輻輳,表裏發揮。"(《文心雕龍注》第 616 頁)這是強調用事簡約、抓住要領。再如

---

① 相關論述見邵遠靜《事典的生成》,上海大學碩士論文 2015 年。
② 勞孝輿撰,毛慶耆點校《春秋詩話》,廣東高等教育出版社 1996 年 9 月第 1 版,第 41 頁。
③ 阮元校刻《十三經注疏》卷四十一,中華書局 1980 年 10 月第 1 版,第 2021 頁。
④ 劉安等著,何寧撰《淮南子集釋》,中華書局 1998 年 10 月第 1 版,第 552—553 頁。

"事得其要,雖小成績,譬寸轄制輪,尺樞運關也。或微言美事,置於閑散,是綴金翠於足脛,靚粉黛於胸臆也"(《文心雕龍注》第 616 頁),要求用事得當,不可隨意。在此基礎上,劉勰還提出"雖引古事而莫取舊辭"(《文心雕龍注》第 615 頁),即用事以融化前人而不露痕跡爲佳。這説明:一方面,用事發展到魏晉南北朝階段,已有一定的熟練度和熟知性;另一方面,用事融化改造前人語言,顯得更爲精練。

用事之濃縮具體表現爲字數減少、語言凝練。如王粲《登樓賦》曰:"鍾儀幽而楚奏兮,莊舄顯而越吟。"(《六臣注文選》卷一一,第 208 頁)"鍾儀楚奏"和"莊舄越吟"分別出自《左傳》成公九年和《史記·張儀列傳》。較之典源的詳盡描述,此處僅濃縮爲六字,語言更加簡潔明快。再如葛洪《抱朴子》云"刻舟以摸遺劍"①,源出《吕氏春秋·察今》:"楚人有涉江者,其劍自舟中墜於水,遽契其舟曰:'是吾劍之所從墜。'舟止,從其所契者入水求之。舟已行矣,而劍不行,求劍若此,不亦惑乎?"②典源五十三字,葛洪僅用六字,直截明了。除了縮減字數,化用前人語言亦是用事濃縮凝練的一種方法。錢基博《中國文學史》説"庾信《哀江南賦》、徐陵《與楊僕射書》,驅舊典以入新杼,隱時蹤於攬古躅,極衰颯事,寫得奕奕,内無乏思,外無遺物。如此等篇,亦復氣體恢宏,從漢文出"③,對庾信、徐陵創作化用舊事而不留痕跡給予了高度評價。

(二) 用典之繁密堆砌

用典繁密,是指較之以往作品,單位文段或語句中用典密度更大、頻率更高,以及多條典故並用的狀態。

兩漢用事有義類相聚的特點。此種通過堆疊同類事例來表義的用事方式,恰恰説明兩漢典故的不成熟。比如鄒陽《於獄上書自明》云:"昔者荆軻慕燕丹之義,白虹貫日,太子畏之;衛先生爲秦畫長平之事,太白蝕昴,昭王疑之。"(《六臣注文選》卷三九,第 727 頁)其中所引"荆軻刺秦""長平之戰",起因、人物等要素俱在,是爲典源而非濃縮之典故。劉師培《中國中古文學史》評價説:"雖多反復申明之詞,然不以隸事爲主,亦不徒事翰藻也。"④是以漢代用事所呈現的義類相

---

① 葛洪著,楊明照撰《抱朴子外篇校箋》,中華書局 1991 年 12 月第 1 版,第 357 頁。
② 許維遹、梁運華《吕氏春秋集釋》,中華書局 2009 年 9 月第 1 版,第 393 頁。
③ 錢基博《中國文學史》,上海古籍出版社 2015 年 8 月第 1 版,第 212 頁。
④ 劉師培《中國中古文學史 漢魏六朝專家文研究》,商務印書館 2017 年 12 月第 1 版,第 28 頁。

聚形態,實爲反復申明的鋪陳之詞,並非嚴格意義上的繁密用典。

繁密用典始于齊梁。《文心雕龍·明詩》云:"宋初文咏,體有因革,莊老告退,而山水方滋,儷采百字之偶,争價一句之奇,情必極貌以寫物,辭必窮力而追新,此近世之所競也。"(《文心雕龍注》,第 67 頁)劉勰認爲山水題材的加入,讓創作有了窮形盡相的可能。語言對偶、出新出奇促進了用典的繁密。近人黄侃《文心雕龍札記》論及這一點:"爰至齊梁,而後聲律對偶之文大興,用事采言,尤關能事。其甚者,捃拾細事,争疏僻典,以一事不知爲恥,以字有來歷爲高。"①因此窮形盡相與用典繁密關係密切。

謝靈運詩文用典已比較繁密。顧紹柏《謝靈運集校注》收録謝詩九十七首②,僅有《登廬山絶頂望諸嶠》《初發入南城》《夜發石關亭》未用典故。因此,方東樹評價它是"學者之詩,無一字無來處"。③ 不過,謝詩用典尚未密集到抄書的地步,明代王世懋《藝圃擷餘》就讚揚它"剪裁之妙,千古爲宗"④。鮑照也是用典繁密的代表人物,其《代苦熱行》共二十四句,極盡描摹環境酷熱之能事,其中"赤阪""鳥墮"等十六句均引用典故,⑤因此方回評價此詩"以十六句言苦熱,一句用一事,富哉言乎!"⑥

及至顔延之,用典才真正進入高峰期。《詩品》評價顔延之"喜用古事,彌見拘束"。⑦ 宋張戒《歲寒堂詩話》亦云:"詩以用事爲博,始於顔光禄,而極於杜子美。"⑧此外,明吴喬《圍爐詩話》也有"用事之密,始於顔延之,後世對偶之祖也"⑨之説。比如同是侍遊蒜山的應制詩,謝莊與顔延之就存在不同。謝莊《侍宴蒜山詩》(《先秦漢魏晉南北朝詩·宋詩》卷六,第 1251 頁)共八句。首句"龍旌拂紆景,鳳蓋起流雲"和尾句"調石飛延露,裁金起承雲",描寫龍旗鳳蓋和宫廷音樂,

---

① 黄侃編《文心雕龍札記》,商務印書館 2017 年 12 月第 1 版,第 178 頁。
② 顧紹柏校注《謝靈運集校注》,中州古籍出版社 1987 年 8 月第 1 版,第 38 頁。
③ 方東樹著,汪紹楹校點《昭昧詹言》,人民文學出版社 1961 年 10 月第 1 版,第 131 頁。
④ 王世懋《藝圃擷餘》,見何文焕輯《歷代詩話》,中華書局 1981 年 4 月第 1 版,第 774 頁。
⑤ 鮑照《代苦熱行》云:"赤阪横西阻,火山赫南威。身熱頭且痛,鳥墮魂來歸。湯泉發雲潭,焦煙起石圻。日月有恒昏,雨露未嘗晞。丹蛇踰百尺,玄蜂盈十圍。含沙射流影,吹蠱病行暉。瘴氣晝薰體,菵露夜霑衣。飢猿莫下食,晨禽不敢飛。毒涇尚多死,度瀘寧具腓。生軀蹈死地,昌志登禍機。戈船榮既薄,伏波賞亦微。爵輕君尚惜,土重安可希。"見《先秦漢魏晉南北朝詩·宋詩》卷七,第 1266 頁。其中赤阪、火山、鳥墜、湯泉、焦煙、日月、雨露、丹蛇、吹蠱、毒涇、生軀、戈船等句均有用典,具體見上海古籍出版社編《先秦漢魏六朝詩鑒賞》,上海古籍出版社 1998 年 12 月第 1 版,第 333—334 頁。
⑥ 方回撰《文選顔鮑謝詩評》,上海古籍出版社 1993 年 8 月第 1 版,第 1473 頁。
⑦ 鍾嶸著,曹旭集注《詩品集注》,上海古籍出版社 2011 年 10 月第 1 版,第 351 頁。
⑧ 羅根澤《中國文學批評史》,商務印書館 2017 年 12 月第 1 版,第 949 頁。
⑨ 吴喬《圍爐詩話》,見郭紹虞《清詩話續編》,上海古籍出版社 1983 年 12 月第 1 版,第 522 頁。

襯托皇家威嚴。中間"轉蕙方因委,層華正氤氳。煙竟山郊遠,霧罷江天分"四句寫清新自然之山景,語言簡潔明了,沒有引典用事。而顔延之《車駕幸京口侍遊蒜山作詩》共二十六句①,僅篇幅就是謝詩的三倍。其中"元天高北列"化用"闟奕之隸,與殷翼之孫、遏氏之子三士,相與謀致人於造物,共之元天之上"(《六臣注文選》卷二二,第 412—413 頁)。"邑社總地靈"出自《漢書》:"今所爲初陵者,勿置縣邑,使天下咸安土樂業,亡有動摇之心。"②"周南悲昔老,留滯感遺氓",則用司馬談滯留周南、無法侍奉漢武帝封禪之事,來反襯自己有幸隨駕。繁密的用典,使顏詩比謝詩更晦澀難懂。顏延之用典繁密,對王儉、任昉、王融、沈約等齊梁文人均有影響。

綜上所述,中古文學窮形盡相,是以心物交感爲前提,通過神與物遊的創作機制,來極盡所能描寫事物形貌,以期達到淋漓盡致的效果。其藝術表徵主要體現在音聲文字、用象形制及事典形態三個方面。語言是窮形盡相論最直觀的媒介,追求細膩精巧、節奏跌宕、音韻和諧、辭藻雕琢。心物交感、神與物遊的創作機制,使用象窮形盡相,更靈動超逸:一方面,物象選擇注重捕捉實物、寫實逼真,此爲窮形盡相論的前提;另一方面,意象營構注重情景融合、不留痕跡。而在窮形盡相論影響下,定型於魏晉南北朝詩文中的事典,密度更大、頻率更高,總體呈現出濃縮凝練、意態繁密的趨向。三者相輔相成,極大地豐富了文學的表現技巧,使窮形盡相論由抽象趨於具體。

---

① 顔延之《車駕幸京口侍遊蒜山作詩》全詩爲:"元天高北列,日觀臨東溟。入河起陽峽,踐華因削成。巖險去漢宇,襟衛徙吳京。流池自化造,山關固神營。園縣極方望,邑社總地靈。宅道炳星緯,誕曜應辰明。睿思纏故里,巡駕币舊坰。陟峰騰輦路,尋雲抗瑶甍。春江壯風濤,蘭野茂萋英。宣遊弘下濟,窮遠凝聖情。嶽濱有和會,祥習在卜征。周南悲昔老,留滯感遺氓。空食疲廊肆,反税事巖耕。"見《先秦漢魏晉南北朝詩・宋詩》卷五,第 1231 頁。
② 班固撰《漢書》卷九,顔延之注,中華書局 1962 年 6 月第 1 版,第 292 頁。

制度與文學

侍御制度與中古文學

李德輝[*]

内容提要 侍御制度是中古時期一項重要政治制度,其工作牽涉到宫廷政治施爲與文學創作。侍御指侍從帝王、以常在帝王左右供其驅遣而得名。這套制度在商周,是王權制運作的結果;秦漢以下,則是皇帝制度的伴生物。商代及西周時在宫廷掌記的左史右史,是最古的殿廷侍御。春秋戰國時帝王身邊記王之言動的御史,也是一種重要侍御。至漢代,朝官中又分化出若干種人,皆有侍御之名或實。西漢時作爲加官的侍中、中常侍、給事中、給事黄門侍郎,魏晉在宫中掌詔敕和臣僚奏事的尚書,都出入禁中、佐理政務,是重要侍御。兩晉南北朝隋唐官制演變,侍御者變化出多個種類,有在中書或門下省草詔的西省、散騎省官員,有侍候帝側、聽候召見的文學待詔;有常在館閣,帶有館職的各類文館學士;有作爲政府職能部門職員,以圖書管理和編校爲業的秘書省學士。這些人在中古殿廷都很活躍,距離帝王較近,是宫廷宴會聚談的常客。以其和帝王常年保持密近的關係,故常被目爲帝王寵臣、天子私人。其設置和運作,體現了政事與文體的對應關係;故可以從職官制度與文學創作的關係角度,對其成因、意義、價值做出評判。

關鍵詞 侍御 制度 中古 文學

"侍御"一詞,本有二義。其一是作爲人物類名,指皇帝侍從、駕前行走;其二是作爲事物名稱,指侍從皇帝、從事文字工作,備顧問應對。這樣的人,商周以下各朝都有,只是所用名目不同,意義有別。侍御指帝王身邊的各種侍從,以常在王之左右供其驅遣,而得名侍御。漢代的朝官,有居内廷的中朝官和在外廷的外

---

[*] 作者簡介:李德輝,湖南科技大學中國古代文學與社會文化研究基地教授,出版專著《唐代文館制度及其與政治和文學之關係》等。
基金項目:本文爲國家社科基金重大課題"中國古代文學制度研究"(17ZDA238)階段性成果。

朝官兩大類別，侍御者指其中的中朝官。先秦的古御史在漢代，分化爲御史大夫、御史中丞和侍御史、監察御史，其中御史中丞和侍御史在西漢初，亦爲重要侍御。自魏晉到隋唐，官制演變，職能分化，侍御者變化出多個種類，和文學的關係不一樣。其中距離文學最近、在殿廷表現最突出的是掌管宮中文字的詞臣，以富於文學才華、主司文書典籍和文史撰述而有是稱。論品類，有侍候於帝王所居宮殿之側、隨時聽候召見的文學待詔或待制；有常在館閣、帶有館職的各類文館學士；有作爲政府職能部門職員，以圖書管理和編校爲業的秘書省學士。這些人在中古殿廷都很活躍，距離帝王較近，是宮廷宴會聚談的常客，典籍常稱之爲近臣、近侍、侍臣、侍從，均爲士林清選、一時人望。以其和帝王保持密近的關係，故常被目爲帝王寵臣、天子私人，而不盡是君臣關係那麼簡單。鑒於其來源多途、職能不一，其存在和施爲牽涉到政治和文學的多個領域，對這類人群尤當引起高度重視。作爲一項制度史研究，有必要梳理辨析其源流，對其做沿革研究，就其由來、名目、職掌、意義加以論述。

一　先秦到唐代之侍御制度沿革

這套制度在商周，是王權制運作的結果；秦漢以下，則是皇帝制度的伴生物。商周實行以君主爲核心的王權制和分封貴族的政體，侍御者主要是國王身邊掌管言語文字的史——左史和右史，都在王之左右。其分工一般説法是左史記言，右史記事。但具體到商周各國及其各時段，可能有變化，未必如此簡單明確。只是從文學角度言，却不必要做深細探究，只取其大體即可。其關鍵不在分工上，而職掌上，如唐初名臣于志寧所説，秦漢以來君主，皆重視朝政記録，"左有記言之史，右立記事之官，大小咸書，善惡俱載，著懲勸於簡牘，垂褒貶於人倫，爲萬古之範圍，作千齡之龜鏡"（《舊唐書》卷七八《于志寧傳》），表明左右史從一開始就是爲了載國史、存鑒戒而備，是一種有政治、歷史雙重擔當的文字工作者，其工作也牽涉到政治和文學雙重境域。《唐會要》卷六四《史館雜録下》：元和"八年十月，宰臣以下，候對於延英殿，上以時政記問於宰臣、監修國史李吉甫。對曰：'是宰相記天子事，以授史官之實録也。古者左史記言，今起居郎是也；右史記動，今起居舍人是也。'"可見直到唐之中葉，宮廷仍保持有此制，而且在繼續發展之中。其制度之詳，則見《唐六典》卷八起居郎條："起居郎二人，從六品上。起居郎，因起居注以爲名。起居注者，紀録人君動止之事。《春秋傳》曰：'君舉必書。'《禮》

云：'動則左史書之，言則右史書之。'又曰：'左史記事，右史記言。言爲尚書，事爲春秋。'皆其事也。宋衷《世本》云：'沮誦、蒼頡，爲黄帝左、右史。'《周書》：'穆王時，有左史戎夫，書前代存亡之誡。'諸侯之國亦立之。晉武帝時，得汲冢書，有《穆天子傳》，體制與當時起居注正同，蓋周左、右史之所録也。漢武有《禁中起居注》。後漢明德皇后撰《明帝起居注》，然則漢時，起居注似在宫中，爲女史之職。魏晉已來，皆中書著作兼修國史。元康二年，著作隸入秘書，別名著作省。歷宋齊梁陳，皆掌國史。後魏及北齊，集書省領起居注，令史之職，從第七品上。後周春官府置外史，掌書王言及動作，以爲國志，即其任也。又有著作二人，掌綴國録，蓋起居、著作，自此分也。隋省内史舍人四員，而始置起居舍人二員。皇朝因之。貞觀二年，省起居舍人，移其職於門下，置起居郎二員。顯慶中，又置起居舍人，始與起居郎分在左右。"卷九起居舍人條："起居舍人，二人，從六品上。起居舍人，因起居注而名官焉。古者人君，言則右史書之，即其任也……起居舍人，掌修紀言之史，録天子之制誥、德音，如記事之制，以紀時政之損益。"可見隋唐以後，起居郎和起居舍人才變成外朝官，此前一直在禁中，除了漢代禁中起居注用女子，在後宫外，其餘均用士人。《漢書》卷九七下《外戚列傳·孝成班婕妤傳》引班婕妤《自悼賦》："陳女圖以鏡鑒兮，顧女史而問詩。"《後漢書》卷一○上《皇后紀上序》："頒官分務，各有典司。女史彤管，記功書過。"李賢注："《周禮》云：'女史，掌王后之禮，書内令，凡后之事，以禮從'也。鄭玄注云：亦如太史之於王也。彤管，赤管筆也。"所載即此制，西漢時期實行，後改用文士。這些宫中史官所編撰的記言記事之書——各種日曆、起居注，成爲日後修撰國史和正史的第一手資料。然而因爲秉筆者皆爲名手，故其所修撰必有文采，包含有敘事之體和載言之體的多種文學性在内。

國家既設有記言記事之官，勢必就有記言記事之體，政事與文體是有對應關係的。蓋古來官場文體，都是從職官制度中派生出的，是任職者及其職業的自然延伸，與政治展開和權力運作有莫大的關係。政府爲了展開政務，勢必設官分職，文體也由此而派生出多種。北魏史官高祐云："典謨興，話言所以光著；載籍作，成事所以昭揚。然則尚書者，記言之體；春秋者，録事之辭。尋覽前志，斯皆言動之實録也。夏殷以前，其文弗具。自周以降，典章備舉。史官之體，文質不同。立書之旨，隨時有異"（《魏書》卷五七《高祐傳》）。他的這番話，即指明了職官和文體的内在關聯，表明話言之所以作、載籍之所以興，很大程度上是由於典謨興、制度立，二者具有因果關係。據他所說，則"尚書"不僅是五經中最古那部書的書名，還是先秦史官修史的載言之體的通稱；"春秋"也不僅是孔子所著的記春秋歷史的斷代史書的專名，而是上古時流行的以編年體紀事的史書體裁，作爲專書的《尚書》和《春秋》，均爲後起之義。

春秋戰國時帝王身邊負責記王之言動的御史，記載國王的言語和行動，也是一種重要侍御。《史記》卷八一《廉頗藺相如列傳》："秦王飲酒酣，曰：'寡人竊聞趙王好音，請奏瑟。'趙王鼓瑟。秦御史前書曰：'某年月日，秦王與趙王會飲，令趙王鼓瑟。'藺相如前曰……於是秦王不懌，爲一擊缶。相如顧召趙御史，書曰：'某年月日，秦王爲趙王擊缶。'"卷五六《陳丞相世家》："高帝南過曲逆，上其城……顧問御史曰：曲逆戶口幾何……乃詔御史，更以陳平爲曲逆侯。"卷九六《張丞相列傳》引司馬貞《史記索隱》："周秦皆有柱下史，爲御史也，所掌及侍立，恒在殿柱之下。"所載史事表明，御史的本義就是皇帝身邊記國家政事的史官，他們在戰國、秦及西漢初一直在皇帝所居宮殿裏面，侍從於帝王身邊，掌記言紀事之職，是這一時段最重要的侍御者。

先秦的古御史在漢代，分化爲御史大夫、御史中丞和侍御史、監察御史，其中御史中丞和侍御史在西漢初，亦爲重要侍御。如《唐六典》卷一三所説："謂之中者，以其列在殿中，掌蘭臺秘書，外督部刺史，内領侍御史，受公卿奏事，舉劾按章。"表明御史中丞平時就在皇帝所居宮殿中辦公，既掌秘書，又受公卿奏事，擔負了後世在宮中受領文書的尚書的職務。又曰："侍御史四人……以其在殿柱之間，亦謂之柱下史。秦改爲侍御史。《史記》：'張蒼自秦時爲御史，主柱下方書。'"可見侍御史也是殿廷官員，是侍御的史官，並不管糾察。宋王與之《周禮訂義》卷四五："吕氏曰：御史之名，見於《周官》，以中士下士爲之，特小臣之傳命令者耳。至於戰國，其職益親，故獻書多云獻書於大王御史。"《通典》卷二四："御史之名，周官有之，蓋掌贊書而授法令，非今任也。戰國時，亦有御史。秦趙澠池之會，各命書其事，又淳于髡謂齊王曰：'御史在前'，則皆記事之職也。"前人的這些話，都很好地詮釋了戰國秦及西漢初御史的侍御性質，表明其皆爲記事之官；到漢武帝以後，始爲糾察風憲之官。

秦漢以下實行皇帝制度，皇權不斷得到強化，一切權力運作、職位安排都要以皇帝爲中心。原則上講，是距離君王越近，越能對帝王發生實際影響。然而因爲古來帝王，都有侍從陪同和參預謀議及文學言語方面的需要，而這幾個方面，要數文人最擅長，故而侍御制度和中古文學結下了不解之緣。隨着王權制度和皇權制度的形成、發展和完善，侍御制度也不斷完善。

秦漢的皇宫，按照功能設施的不同，分爲前殿後殿兩個部分。前殿是皇帝受朝和議政之地，其中設有多種名目的中朝官，爲君主佐理政務。後宫是皇帝、皇后的居住地，稱禁省，不允許一般人進出，只限定極少數有特殊身份的人出入。由於宫省有内外的區别，臣僚與皇帝的關係也就有了親疏遠近之分，在内廷的爲近臣，時常輔佐皇帝，協理政務；在外廷的被隔開，輕易見不到皇帝，只能處理一般政務。可是政務處理分層過多，又不利於及時處理，君主便將機要事務轉移到内廷，使用在殿廷主收發文書的尚書來掌管機要。中朝官和尚書郎在宫中值守，代表皇帝頒佈詔令，承傳奏章，尚書的權力增重，外朝大臣的輔政權力多被尚書侵奪。由於中朝官的地位提高，政令文書、機要事務多通過尚書，故時人目爲中朝。漢武帝晚年，在禁中增設中書，爲皇帝草詔，將尚書的部分職權移入禁中，歸中書掌管。因而漢宣帝以後，中書又成爲"百官之本，國家樞機"（《漢書》卷九三《石顯傳》），變得重要起來，漸漸有取代尚書之勢。

漢代的中央官制從武帝起，有了中外朝官之分。《漢書》卷七七《劉輔傳》顏師古注引孟康曰："中朝，内朝也，大司馬、左右前後將軍、侍中、常侍、散騎諸吏，爲中朝。丞相以下至六百石，爲外朝也。劉奉世曰：按文，則丹、永皆中朝臣也，蓋時爲給事中、侍中諸吏之類。"《文選》卷六左思《魏都賦》劉淵林注："中朝，内朝也。漢氏大司馬、侍中、散騎諸吏，爲中朝。丞相六百石以下，爲外朝也。文昌殿東有聽政殿，内朝所在也。"可見，所謂中朝官主要是以所在位置分，在内禁宫殿、皇帝左右者，謂之中朝官。漢武帝、宣帝重用侍中、大夫等侍從之臣，又使用原在宫中收發文書的尚書掌機要，將一些朝官用爲加官，使他們在宫中行走，漸次形成中朝官體系。

這樣一來，漢武帝以後，就出現了多種新的侍御者：

其一是宫中的尚書。帝王詔敕和臣僚奏事，多要通過中朝的尚書傳達。《通典》卷二二尚書省條就此叙曰："秦時，少府遣吏四人在殿中，主發書，謂之尚書。尚猶主也。漢承秦置。及武帝遊宴後庭，始用宦者主中書，以司馬遷爲之。中間遂罷其官，以爲中書之職。至成帝建始四年，罷中書宦者，又置尚書五人，一人爲僕射，四人分爲四曹，通掌圖書、秘記、章奏之事及封奏，宣示内外而已，其任猶輕。至後漢，則爲優重，出納王命，敷奏萬機，蓋政令之所由宣，選舉之所由定，罪賞之所由正。斯乃文昌天府，衆務淵藪，内外所折衷，遠近所稟仰。故李固云：'陛下之有尚書，猶天之有北斗。斗爲天喉舌，尚書亦爲陛下喉舌。'"可見從漢成帝起到東漢，尚書一直是宫廷最重要的侍御者之一，從秦代主管收發文書的普通官員上升爲漢代掌詔奏的機要大臣,尚書臺成爲國家政務中樞,"侍中、尚書,綜理萬幾"(《三國志》卷一四《魏書·程昱傳》),衆人矚目。漢武帝見尚書臺事務繁多,遂以左右曹諸吏分平尚書奏事,知樞要者始領尚書事,領尚書省者權勢始重。張安世以車騎將軍、霍光以大將軍、王鳳以大司馬、師丹以左將軍,並領尚書事。後漢章帝太傅趙憙、太尉牟融,並録尚書事,這就使得録尚書事也作爲皇帝身邊的中朝官存在,部分取代了宰相職權,其重要性日益突出。

其二是散騎常侍、中常侍,在漢代爲殿廷的内朝官。《漢書》卷一九上《百官公卿表》載:"侍中、左右曹、諸吏、散騎、中常侍,皆加官……侍中、中常侍得入禁中,諸曹受尚書事,諸吏得舉法,散騎騎並乘輿車(師古曰:並音步浪反,騎而散從,無常職也)。給事中亦加官(師古曰《漢官解詁》云:掌侍從左右,無員,常侍中)。所加或大夫、博士、議郎,掌顧問應對,位次中常侍。"這些人,都被皇帝加上帶有"侍"或"中"字的官號,得以自由出入禁中,因爲接近帝王,對朝政也有明顯的影響。

自曹魏起,西漢時作爲中朝官署的尚書臺,轉爲外廷行政機構,中書省則移入宮中,草詔布詔、披閲奏章,作爲禁省官,地位很突出。門下省以侍中爲首長,也輔助皇帝決策,駁回詔書奏章,與尚書省、中書省形成對峙態勢。而漢代居於政務中樞的尚書,到魏、晉則逐漸失勢,並無參決機要的實權,其權勢被移入禁中的中書省官侵奪。《唐六典》卷九就此叙曰:魏、晉以中書監、令"掌贊詔命,記會時事,典作文書。舊尚書並掌詔奏。既有中書官,而詔悉由中書也。故荀勖從中書監爲尚書令,人賀之,乃發恚曰:'奪我鳳凰池,何賀之有?'東晉朝更重其職,多以諸公領之。中興之後,以中書之任併入散騎省,後復置之。宋、齊置監令,品秩並同晉氏。"《資治通鑒》卷八二晉武帝太康十年:"勖有才思,善伺人主意,以是能固其寵。久在中書,專管機事;及遷尚書,甚罔悵。人有賀之者,勖曰:'奪我鳳皇池,諸君何賀邪!'"表明魏、晉間,中書侵奪了尚書裁決政務、作詔發詔的權力,晉升爲新的侍御者。原來在禁中的尚書臺則被遷到宮外,成爲獨立的政府機構。曹魏又改秘書監爲中書監,移入宮中,出納政令。這樣,這個在東漢主管圖書文字的部門也變成禁中的政治參謀機構,協助帝王理政。後又在宮中設中書省,以中書監、中書令掌詔命,"以其地在樞近,多承寵任,是以人因其位,謂之鳳凰池"(《通典》卷二一)。中書省因執掌機密,接近皇帝,地位日趨重要。"魏黃初,改秘書令典尚書奏事,爲中書令。又置監與令各一人,秩並千石。以秘書左丞劉放爲中書監,右丞孫資爲中書令,二人用事,權自此重矣。魏置監,右於令,故孟康自中書令遷中書監,時以爲美也。魏中書典尚書奏事。若密詔下州郡及邊將,則不由尚書"(《唐六典》卷九)。西晉初,中書省置舍人、通事各十人。南朝將舍人、通事合爲一官,謂之通事舍人,掌呈奏案,後省,而以中書侍郎一人直西省,掌詔命。這些人在魏晉南北朝,成爲新的侍御者。其在帝側,能幹的可以很好地協理政務,平庸的則不能勝任其職。《通典》卷二一就同時載有這兩類典型,其文曰:司馬師"命中書令虞松作表,再呈,不可意。松竭思,不能改正,鍾會視其草,爲定五字,松大悦服。又荀勗爲中書監,使子組草詔。傅祇爲監,病風,又使息暢爲啓。華廙爲監,時戎事多不泄,廙啓武帝,召授子薈草詔,前後相承,以子弟管之,自此始也。又王獻之爲中書令,啓琅琊王爲中書監。表曰:'中書職掌詔命,非輕才所能獨任。自晉建國,嘗命宰相參領。中興以來,益重其任。故能王言彌徽,德音四塞者也。'又後魏孝文時,蠕蠕有國喪,帝遣高閭爲書與之,不叙凶事。時孝文謂曰:'卿爲中書監,職典文辭,若情思不至,應謝所任。'又曰:'崔光爲中書令,敕光爲詔,逡巡不作。'"表明能否作詔成爲重要的衡量標準。隋唐以後,將中書省移出禁中,變成外廷政務機構,中書舍人才脫離中朝官的秘禁色彩,不在禁地,變成外朝官。

　　西漢時,作爲加官的侍中、中常侍、給事中、給事黃門侍郎等中朝官常常出入禁中,皇帝不上朝時,便由這些人佐理政務,權勢日重。據《後漢書》卷九《獻帝紀》引《續漢志》,侍中在秦,爲丞相史,往來殿中,故謂之侍中。東漢屬少府,與中官俱止禁中。給事黃門侍郎,掌侍從左右。給事中,關通中外。自誅黃門後,侍中、侍郎出入禁中,稱侍中省,綜理政務,與中書省形成制衡之勢。魏文帝黃初元年,置散騎省於禁省,以散騎常侍主之。二省並侍從左右,關通內外。東晉哀帝時,在禁中的侍中、散騎二省合併爲門下省,設侍中、散騎常侍、給事黃門侍郎、給事中等,"掌侍從左右,擯相威儀,盡規獻納,糾正違闕。監、令嘗御藥,封璽書"(《隋書》卷二六《百官志上》)。接近皇帝,"萬機大小,多管綜之"(《通典》卷二一)。因而在魏晉南北朝,門下省的地位要比中書省高,在三省中居於首位,門下省首長侍中的權力極大,凡任此官者均爲重臣。門下省從東漢起,就在禁中,因而其主官可以自由出入禁中。

　　魏晉南北朝,門下省還有一個專管詔書和表疏的專職機構,謂之散騎省。東晉南朝,又在中書中增設一個草詔機構,以其在宮禁的西頭,而稱爲西省①。這

---

①　西省的詳情,參見李德輝《西省與東晉南朝文學》,《蘇州科技學院學報》2014年第1期。

兩個要害部門都在禁中,其任職官員也是重要侍御者。《晉書》卷五九《趙王倫傳》:"時司馬馥在秀坐,(王)輿使將士囚之於散騎省,以大戟守省閣,八坐皆入殿中,坐東除樹下。"這是記西晉末的散騎省。《宋書》卷七九《武昌王渾傳》:"爲後軍將軍,加散騎常侍……元兇弒立,以爲中書令。山陵夕,臝身露頭,往散騎省戲,因彎弓,射通直郎周朗,中其枕,以爲笑樂。"這是記劉宋時的散騎省。《梁書》卷四九《到沆傳》:"時文德殿置學士省,召高才碩學者,待詔其中,使校定墳史。詔沆通籍焉。時高祖燕華光殿,命群臣賦詩,獨詔沆爲二百字,二刻使成。沆於坐立奏其文,甚美。俄以洗馬管東宮書記、散騎省優策文。三年,詔尚書郎在職清能或人才高妙者爲侍郎,以沆爲殿中曹侍郎。"這是記梁代的散騎省。表明從東晉到南朝,隸屬門下省的散騎省一直都在禁中,是個半獨立的省署,專爲草詔而備,在其中任職的官員,爲擅長表章誥命的中朝官,潘岳、到沆等名士就以這類名目而供職其中,因而與魏晉南北朝文學還頗有牽連。《通典》卷二一:魏、晉間的散騎常侍"雖隸門下,而別爲一省。潘岳云:'寓直散騎省。'自魏至晉,共平尚書奏事。東晉乃罷之,而以中書職入散騎省,故散騎亦掌表詔焉。宋置四人,屬集書省,齊散騎侍郎、通直散騎侍郎、員外散騎侍郎,並爲集書省職,而散騎常侍爲東省官。"這些史事都表明,魏晉南北朝的散騎省一直設在禁中,在其中任職的散騎常侍等,爲帝王近侍,甚承寵遇。鄭默爲散騎常侍,晉武帝出南郊,與侍中陪乘。傅玄爲散騎常侍,與皇甫陶俱掌直諫。華嶠晉武帝時,加散騎常侍,班同中書,寺爲内臺。中書、散騎著作及治禮、音律、天文、數術、南省文章、門下撰集,皆典掌統之。《藝文類聚》卷三引晉潘岳《秋興賦序》曰:"晉十有四年,余春秋三十有二,始見二毛。以太尉掾寓直於散騎之省。高閣連雲,陽景罕曜。珥蟬冕而襲紈綺之士,此焉遊處。"五臣注《文選》卷一三吕向曰:"寓,寄也,時岳任中郎將。郎將,省官,故云寓直。"吕向所說的省官即禁省官,中朝官以其居禁中當直,而有是稱。潘岳作爲太尉的掾屬,竟然可以入直散騎省,這是亂世規章,太平之時並不如此。庾信《周大將軍聞嘉公柳遐墓志》:"祖叔珍,宋員外散騎常侍、義陽内史。有徐邈之應對,居於散騎之省。"《晉書》卷九一《徐邈傳》:邈"博涉多聞,以慎密自居……及孝武帝,始覽典籍,招延儒學之士,邈既東州儒素,太傅謝安舉以應選。年四十四,始補中書舍人,在西省,侍帝,雖不口傳章句,然開釋文義,標明指趣,撰正五經音訓,學者宗之。遷散騎常侍,猶處西省,前後十年,每被顧問,輒有獻替,多所匡益,甚見寵待。"從徐邈的事例看,居其職者並不止於供奉文辭、草擬表詔,還要被帝王顧問政事,"輒有獻替,多所匡益",只有如此,才能"甚見寵待"。這樣的人,相當於唐代的翰林學士,一般要求爲人慎密,長於應對,敏於辭命。

唐以中書、門下、尚書三省輔政,擬定詔敕之權歸於臣下,限制了皇權發揮。所以唐高宗上元中,就出現了北門學士,讓其駕前承命,不受宰相、尚書、侍郎等外朝官的制約,行事自由得多。武后正是基於這一考慮,才將弘文館學士劉禕之,著作郎元萬頃,左史范履冰、苗楚客,右史周思茂、韓楚賓等文辭之士皆召入禁中,命其共撰《列女傳》《臣軌》《百僚新誡》《樂書》等書,前後千餘卷。高宗又密令其參決朝廷奏議及百司表疏,以分宰相之權。以其不從南衙進出皇宫,而於宫城北門出入,故時人謂之北門學士。這個機構,相當於初唐版本的翰林學士院。天子選擇一些有文才的人在這裏待詔,將其變成設在禁中的秘書機構,在其中任職者,成爲新的侍御者。"則天朝,蘇味道、韋承慶(草制),其後上官昭容獨掌其事。睿宗(朝),則薛稷、賈膺福、崔湜。玄宗初,改爲翰林待詔。張説、陸堅、張九齡、徐安貞,相繼爲之,改爲翰林供奉。開元二十六年,劉光謹、張垍乃爲學士,始別建學士院於翰林院之南,又有韓紘、閻伯璵、孟匡朝、陳兼、李白、蔣鎮,在舊翰林院,雖有其名,不職其事。至德宗已後,翰林始兼學士之名"(李肇《翰林志》)。從初唐的北門學士到盛唐的翰林學士院,都是專用的侍御機構。帝王出於理政的需要和行事的方便,不斷增設新的秘書人選,讓其陸續以不同的名目進入內廷,承命奏復,部分取代了中書門下的職能。特別是翰林學士這個新設的秘書機構,始終在君主左右,與帝王的近密程度,有過於前代。如《玉海》卷一六七引《舊唐書》所説:"天子在大明宫,則翰林院在右銀臺門內。在興慶宫,則院在金明門內。若在西內,則院在明福門內。若東都、華清宫,皆有待詔之所,取其穩便。大抵召入者,或一二人,或三四人,或五六人,鴻生碩學,頗列其中。"又引李肇《翰林志》:"院在左右銀臺門之北。入門直西,爲學士院。其北爲翰林院。漢制:尚書郎主作文書,起草,更直建禮門內明光殿、神仙殿,與此同。凡學士無定員,皆兼他官充,下自校書,上至諸曹尚書,皆得爲之。既入院,與班行絶跡,亦不拘本司,不繫常參。守官三(二之誤)周爲滿,歲則遷知制誥。德宗雅尚文學,乘輿每幸學士院,顧問賜賚,無所不至。御膳珍羞,輒賜之。召對浴堂門,移於金鑾殿,對御起草,賦詩習射,或旬日不出。"從中可見,翰林學士制度是個高度文學化且又帶有濃厚政治參謀色彩的機構,其職能性質很不單一,整合了多個前代侍御制度的職能,中古侍御制度發展至此,已極其變。

從漢到唐,還有一種通貫性的特殊侍御制度,曰待詔。入唐以後避武后諱,改名待制。其一般做法是,從臣僚或平民中專門挑選有專業特長的人士,讓其御前行走,爲皇帝提供文詞、經學、琴棋書畫、天文術數、醫藥方面的服務。起源於西漢,完善於六朝隋唐。西漢不純用士人、官僚,也有自平民入宮爲待詔者。其中以精通天文、曆法、讖緯、方術的社會雜流居多,到後來才雜以士流,讓其在待詔之所著書校書作文,作爲職官制度的補充,有職官候補意味。至於待詔地點則變化無常,但有一個總規律,即跟隨天子足跡,始終與其相伴。凡天子所至,皆爲待詔之地。西漢著名的待詔之所有金馬門、承明廬、丞相府、五柞宮、靈臺等。東漢魏晉國力衰頹,又是亂世,待詔較少。南北朝則爲朝廷正員官在殿廷待詔,主要集中在南朝的梁代,陳代偶有,但已不及梁代之盛。梁代的士林館、文德省、壽光閣、華林園,都是著名的文儒待詔之地,同時還是文學活動集中開展的場所,已具文苑、詩苑性質,大量詩文寫成於此。又帶學術研究意味,不少史籍、類書、子書、小說、總集、別集、經疏,都曾在此編撰。梁代前後有二十多位知名文人,都被用爲待詔,一般自臺省官中遴選,在某座文館兼任學士,而又賜以待詔之名,讓其在殿廷行走。以文辭、經學、史學之士居多。由於是臺省官,待詔又只是其仕途的一個階段,待詔遂具有仕途中轉意義,相當於一個由士人中下層躍升到中上層的中轉站,因而很受重視。隋代改革官制,未用此名,但隋煬帝身邊的百餘位秘書學士,其實也是駕前待詔。唐代從初唐到晚唐,殿廷都有待詔,弘文館學士、北門學士、集賢院學士、翰林供奉、翰林學士,都稱待詔,其實本人是朝廷命官,而且帶有學士頭銜。這樣一來,唐代的待詔就不是一個專名了,而是一個兼帶的表示殿廷侍從身份的頭銜,與文館制度、翰林學士制度合流,失去了獨立性。待詔者一般都是文館學士或史館修史學士,來自某座館閣,奉帝王之詔而受其驅遣,本人爲朝廷官員,只是帶有待詔的頭銜。

二 中古侍御制度的五個特點和規律

中古侍御制度變化雖多雖大,但有一個總的特點和規律,即基本的運動趨勢是由内到外,從内廷秘禁機構變成外朝政府機構,一步步實現權力的遷移,人員也從皇帝隨從到政府官員,名目由權擬走向正規。當漢魏六朝的這些禁署在隋唐間都變成外臺以後,從前的内臺、内寺、内省也就失去了固有的秘禁色彩,紛紛變成外臺、外寺、外省,臺省制度也就基本建立,皇帝身邊的侍御者相應減少。這固然會給皇帝決策和施政帶來諸多的不方便,但也有利於減少決策的專斷與謬誤。政務既歸於臺閣,辦事也更公開化。

要理解侍御制度,"侍""御""中"是三個關鍵詞。"侍"即侍奉、跟隨、從屬之意,用於表明侍御者的身份,説明其爲皇帝隨從、帝王服務者性質。"御"表明其侍奉物件爲當朝皇帝。"中"表示其任職地點在内廷,居禁地,非一般的廷臣。侍御者的身份、隸屬、來源不一,典籍往往統稱之爲侍臣、近侍、黃門郎,其官號中常帶一"侍"字。漢魏兩晉南北朝官員中,侍中、侍郎、中常侍、散騎常侍,是最常見的侍御者。其職責,一是以政事、言語、文學三事備顧問應對,作爲帝王諮訪問政的對象。天子日常讀書之時,也要爲其析疑答問。行幸征戰或臺殿遊宴,亦陪同隨從。二是受帝王派遣,外出辦理某項具體事務。秦漢官號中,凡帶有"侍""御""中"三字者,原來多數都是侍御者,在殿廷,爲中朝官,居禁地。到後來,又被帝王以某種理由從禁中移出,被別的侍御者取代,變成在外朝上班的政府官員。其中帶"御"字的,較著名的有御史、侍御史、御史中丞三種;帶"中"字的,主要有侍中、給事中兩種;帶"侍"字的,常見的有中常侍、散騎常侍兩種。這是規律之一。

官署方面,秦漢魏晉間,凡稱某某省者,均爲禁署,在大内,不是面向社會開放之地,不作爲外朝官,任職者要接受宮禁制度的嚴厲約束。尚書省、中書省、門下省這三省,在西漢、東漢、魏晉都曾以位居禁殿、掌管朝政而烜赫一時,成爲國家政務的中樞,侵奪宰相之權。但進入唐宋,紛紛變成外朝官,且是京朝官的主體部分,失去了中朝官的神秘色彩。察其來源,發現原來都是從禁署演變過去的,後來是由於某個制度弊端,帝王才改變施政意圖,將其從殿廷遷移出去。秘書省、散騎省、集書省等機構亦然。不僅如此,漢魏六朝官署,凡帶有"臺""寺""卿""監"者,十之八九原來都是禁署,後來才遷出殿廷,別居一地,管理庶務,變成一般的外朝官署。又,省、臺、寺,三者在漢魏時,爲朝廷官曹之通名,有時可以互相通用;雖然内外都有,但以在内廷者居多。漢代的御史府就在内廷,而亦謂之御史大夫寺,後漢謂之御史臺,亦謂之蘭臺寺。尚書省,東漢時期在内廷之時,稱尚書臺。南朝的尚書臺,多達二十曹,爲内臺,隋唐才改名省。《初學記》卷一一《尚書令》曰:"尚書爲中臺,謁者爲外臺,御史爲憲臺,謂之三臺。《齊職儀》云:'魏晉宋齊,並曰尚書臺。'《五代史志》云:'梁陳後魏北齊隋,則曰尚書省。'"可見直到梁代才改爲省,隋唐才變成在外朝的政府部門。秘書省在東漢三國,原名秘書監,是個禁署。故魏秘書丞薛夏曰:"蘭臺爲外臺,秘書爲内閣,臺閣一也。"(《北堂書鈔》卷五七引《魏略》)晉惠帝別置秘書寺,掌中外二(三之誤)閣圖書;梁代初年,改寺爲省,在禁中,緊鄰梁武帝所居宮省,日常有人當直其中。天監初,呂僧珍"加散騎常侍,入直秘書省,總知宿衛。天監四年冬,大舉北伐,自是軍機多事,僧珍晝直中書省,夜還秘書。"(《梁書》卷一一《呂僧珍傳》)唐龍朔中,改爲蘭臺;光宅中,改爲麟臺;神龍初,復爲秘書省。可見臺、省、寺,三者一也,而一直在禁中。其他侍御官署可依此類推。這是規律之二。

名目雖多,但其基本性質如歐陽修所說:"學士之職,本以文學、言語被顧問,出入侍從,因得參謀議、納諫諍,其禮尤寵。而翰林院者,待詔之所也。唐制,乘輿所在,必有文詞、經學之士,下至卜醫伎術之流,皆直於別院,以備宴見,而文書詔令,則中書舍人掌之。"(《新唐書》卷四六《百官志序》)到開元二十六年以後,又在翰林中別置學士院,專掌內命,當其職者對宸揮翰,無限榮光。其中最重要的拜免將相、號令征伐之事,統歸翰林學士撰寫,稱爲翰林制誥或翰林制詔,其體尤爲莊重。《文苑英華》中,屬於翰林制誥的文章多達五十三卷,內容分別爲赦書、登極、立儲、節鎮、命相、九錫,無一不是大事。可以發現,確與中書舍人所擬詔令不同,中書舍人所寫都是一般化的官員任命文書,《文苑英華·目錄》稱爲中書制誥,四十卷,盡爲授官拜爵而發,故稱制誥,即以皇帝名義發出的拜官授職文書。而無論內制還是外制,都採用文學化的語言形式和文章體式,去承載政治化的內容,其寫作因而是政治化的文學、文學化的政治,即體現政治意圖的文學,以文學方式展開的政治。這是規律之三。

總此三事,可以認定,侍御是政治和文學結合最緊密的部位,侍御制度是高度政治化、文學化的制度。魏晉以後,以政治-文學雙棲型人才爲主。魏晉南北朝屬於亂世,用人自有亂世特點,那就是崇尚簡單節儉,實用爲主。皇帝施政,以政令下行、下情上達兩者最重要,居王者喉舌之任,管司詔命章疏的侍御最切時用,故而中古侍御多爲布政作詔而備,特別需要文辭敏速、行文得體的政令文章高手;至於言語應對、參議朝政,那都不是非依靠侍御者不可,還有其他人選可用,因而都退居次要。由此,侍御的人才遴選,必須以文學居於首位。這是規律之四。

但這有一個過程。西漢的侍御者多爲政治而備,並不以文學見長。東漢魏晉南北朝,則以門下省的侍中在各類侍御者中地位最高,尚書省的左右僕射次之。其時史籍所稱侍臣,多指帝側的侍中、侍郎、僕射等高官,爲政治型人才,日常主要處理政務,也不長於文學。真正以文學見長的,一類是漢魏六朝在內廷作詔的尚書郎或中書舍人,必須長於此道;二類是設在禁中的秘書學士,廣泛分佈在各種館閣臺殿乃至王府私門的帶有學士或待詔頭銜的文士。這兩類人,以務文修文的居多，一般稱爲文學侍從、皇帝侍文或者侍臣。又因以文辭供奉禁中，故習稱詞臣。唐代則三省官員及文館學士、秘書學士、翰林學士，只要在帝王巡幸、遊宴之際侍從追隨，都不管職位身份，統稱侍臣，以其常在帝側之故，其實並不一定是供職內廷的真正的侍御者。其中在內禁的翰林學士，和帝王尤爲親近，朝夕相處，他們才是標準的詞臣、侍御。《北齊書》卷二一《高季式傳》："黃門郎司馬消難，左僕射子如之子，又是高祖之婿，勢盛當時。因退食暇，尋季式，與之酣飲，留宿。旦日，重門並閉，關鑰不通，消難固請云：'我是黃門郎，天子侍臣，豈有不參朝之理。'"他的話，倒是說出了侍臣的一項基本職能——協助皇帝處理政務，參謀朝政。典籍中關於侍御者的史事，以這方面的記載最多。《宋書》卷二二《樂志四》也有"侍臣省文奏"的話，意即替帝王審看臣僚奏章和其他宮中文字，提出意見，亦其日常職掌的一項。此外還有諮訪，也屬於其擔負的政治職能的一項，即《新唐書·百官志》述翰林學士角色、職掌時所謂"言語"。《魏書》卷三九《李韶傳》："高祖將創遷都之計，詔引侍臣，訪以古事。韶對：'洛陽九鼎舊所，七百攸基，地則土中，實均朝貢。惟王建國，莫尚於此。'高祖稱善。"這裏的帝王諮訪，帶有瞭解歷史、豐富知識、聽取建議等多重意味。從侍臣的角度言，則是獻可替否，諫諍朝政，替人主出謀劃策。這些行爲，也是侍御者政治職能的重要體現。北魏孝文帝之所以決計遷都洛陽，就與李韶的建議有關。由此看來，雖然歷代侍御者未有定名，其侍御之所也不恒一地；但深謀密詔，往往從中而出，政治作用很大。侍御制度從根本上說是一項政治制度，政治作用始終居於首位。侍御者在帝側，起到的作用主要也是助理政務、提出建議、匡贊獻替，而不是其他。這是規律之五。

三　侍御制度與中古文學之關係

　　侍御制度在文學方面的作用，頗有值得一提之處。略加歸納，其要有五：
　　首先，侍御機構作爲京城文學的創作陣地、作家培養基地而存在，培育出一批批的臺省作家，構成中古宮廷文學的中堅。古代文學，分爲臺閣與山林兩大陣營，向來體性不同。而臺閣文學，其發源地和創作陣地，就是設在內廷的各種宮殿，以及裏面的各種以臺省寺監爲名的官署。大大小小有數十個，其中又以文館、秘書省爲主力。中古時期帝側作詔的中書、門下諸省，遴選本朝最傑出的文章作手充職，其人其文，均爲天下士林所瞻望，數百年來，培育出數以百計的著名作家;因而這兩個部門也具有京城文學陣地、臺閣文學樣板的性質和意義。漢代詔書,歸尚書草擬。魏晉以下,則權歸中書門下,因而魏晉南北朝在中書省任過中書令、侍郎、舍人,在門下省任過侍中、散騎常侍、給事中的,都是出身侍御的臺省作家、文壇中堅。從《册府元龜》卷五五〇《詞臣部·選任》、卷五五一《詞臣部·恩獎》所列史事看,魏晉以下的帝王詔命,都是帝側侍臣所作,當其職者均爲本朝最著名作家,皆以文章見長,而弱於詩。漢王褒、劉向,魏劉放、孫資、邯鄲淳,晉劉超、孔衍、徐邈,北齊李德林,隋薛道衡,唐蘇頲、徐安貞、于邵、陸贄、權德輿、張仲素、令狐楚,後唐王仁裕,均莫非名士,他們受帝王恩顧,置之近密,居處禁中,潤色鴻業,宣行大事,在政事和文學上都可不朽。魏劉放爲太祖記室,文帝、明帝時晉升中書令,曹魏詔命,多出自其手。宋傅亮在劉宋初直西省,掌詔命,終武帝一朝表策文誥,皆亮之辭。南齊謝朓以文章清麗,掌中書詔誥,尋拜中書郎;出爲宣城太守,後以選官,復爲中書郎,前後掌詔命十餘年。梁江淹初爲南齊太祖驃騎參軍,軍書表記,皆使具草;建元初,參掌詔册。任昉長於刀筆,遷中書侍郎,梁武帝初之禪讓文誥,多昉所具。裴子野爲員外郎,梁武帝普通中,大舉北伐,軍中書檄,皆其所爲。陳徐陵初仕梁,爲吏部郎,掌詔誥;有陳創業,文檄軍書及禪授詔策,皆陵所制,號爲一代文宗。北魏袁翻,以文學擅美;孝昌中,爲中書令,領給事黃門侍郎,與徐紇俱在門下,並掌文翰。北齊邢邵"孝昌初,與黃門侍郎李琰之對典朝儀……雕蟲之美,獨步當時。每一文初出,京師爲之紙貴,讀誦俄遍遠近。"(《北齊書》卷三六《邢邵傳》)北齊文壇另一名家溫子昇文章清婉,爲文敏速,長於碑頌表疏;先在王府掌軍國文翰,後累遷中書舍人、中書侍郎,所作詔書,文體甚爲莊重嚴密。其文章流傳到江左,梁武帝"蕭衍使張皋寫子昇文筆,傳於江外。衍稱之曰:'曹植、陸機,復生於北土。恨我辭人,數窮百六。'陽夏太守傅標使吐谷渾,見其國主牀頭有書數卷,乃是子昇文也。濟陰王暉業嘗云:江左文人,宋有顏延之、謝靈運,梁有沈約、任昉。我子昇足以陵顏轢謝,含任吐沈。楊遵彥作《文德論》,以爲古今辭人,皆負才遺行,澆薄險忌。唯邢子才、王元景、溫子昇,彬彬有德素"(《魏書》卷八五、《北史》卷八三《溫子昇傳》),可見其才名之高、文德之美。魏收的文才在北朝又要高於溫子昇,文襄帝以爲其文"乃是國之光采",敏速精工,更爲邢、溫所不逮。國家大詔命,軍國文詞,皆收所作。李德林在北齊北周,文章即有大名,"譽重鄴中,聲飛關右。王基締構,協贊謀猷,羽檄交馳,絲綸間發,文誥之美,時無與二。"周武帝平齊,謂臣下曰:"我常日唯聞李德林名,及見其與齊朝作詔書移檄,我正謂其是天上人,豈言今日得其驅使,復爲我作文書,極爲大異。"(《隋書》卷四二《李德林傳》)這些文學人才,都是從臺省走出來的,作爲臺閣文學典範存在;其成長與任職,都與侍御有很大的關係。

　　由於學養和職業的關係,中古侍御機構的任職者,大都文章典麗,才藻之美,獨步當時,從而建立起臺閣文章的審美風範。進入唐代,又強化和加速了這種趨勢。中唐以來,由於翰林學士院的成立,政令草擬和傳發,有經中書門下頒發的外制和翰林學士院發出的内制兩途,輕重有別。如《詞林典故》卷三所云:"按古以學士爲内制,謂事不由中書,而出自上意者。其詔命皆學士掌之,大政令、大廢舉與大除授,皆在焉……詞頭謂之誥命……唐宋輪日秉筆,職有專司。"其中重要的文書詔誥,都出自侍御者之手,不惟唐代,從西漢起即是如此。西漢的尚書郎就是主作文書之官,下筆爲詔策,出言爲詔命,爲王喉舌。"後漢因之。魏以中書監、令並管機密,掌贊詔命,典作文書。屬官通事郎,掌草詔,即漢尚書郎之任。蜀初,劉巴爲尚書令。先主諸文誥、策命,皆其所作。則尚書之職,典詔命矣。吳有中書令,頗與魏同制,而國初文誥之類,皆出侍中胡綜,則門下兼其事矣。晉制,以省郎一人管司詔命,任在西省,謂之西省郎。宋、齊因之。梁世,中書舍人用人殊重,專掌詔誥,故裴子野以中書侍郎、鴻臚卿,常兼中書通事舍人,別敕知詔誥。初,魏晉已降,中書令、侍郎即聯掌其事,至是,舍人始專之。又梁集書省,置散騎常侍而下,爲諸優文策文,平處諸文章詩頌。後魏初,多尊晉制,中書令而下,掌爲文詔。北齊因之。後周依《周禮》,建六官,大宗伯之屬,有内史外史典命,蓋其職也。隋有内史舍人,專掌詔誥。唐循梁陳故事。初,中書舍人專掌詔誥,其以他官領者,謂之知制誥……有以他官特詔草制者,然未有名號。乾封已後,始名北門學士。自永淳已來,天下文章道盛,中書舍人爲文事之極任、朝廷之盛選。中宗朝制詔,多出宮中。明皇始置麗正殿學士,又改爲集仙、集賢,以典治書籍,然亦別草詔書。後置翰林待詔,又改爲翰林供奉。開元二十六年,乃爲學士,別建學士院於翰林院之南,專掌内命……夫代王言,頒憲度,或以襃功德,或以出爵祿,或以撫郡國,或以制刑辟,皆萬方之瞻仰,百世之流布,必在其言雅正,其理流暢,可以發揮於治體,可以感動於人心,與典誥而同風,將流俗而殊貫,然後謂之稱職,協乎得人矣。在於兩漢,其人未顯,獨相如視草而已。其後魏有衛覬、劉放,晉有張華、和嶠,宋有傅亮,南齊有丘靈鞠,梁有朱异,陳有姚察、蔡立景,北齊有祖瑩、魏收,後周有李德林,隋有虞世基,唐有李伯藥、岑文本、李嶠、蘇頲之類,皆其彰灼聞名於世者也。復有不察職務,近居侍從,獨以文義受乎知奬,因而受詔,俾乎屬辭,則有陸賈之書、嚴助之賦、枚皋之祝、揚雄之贊、王融之序、蘇綽之誥、虞綽之銘。其文也，或以典雅，或以温麗，或以敏速，或以體要。其人也，或以忠讜，或以鴻博，或以時名，或以舊德。雖爲用不一，而擅美攸同。"(《册府元龜》卷五五〇《詞臣部・總序》)這段話，梳理出歷代詞臣的發展簡史、制度演變，概括了歷代帝王詞命與侍御制度的對應關係。從中可知，歷代王言，皆係侍御官署所出，"其言雅正，其理流暢，可以發揮於治體，可以感動於人心，與典誥而同風，將流俗而殊貫"，是歷代廟堂文學的最高典範，同時具有政治和文學雙重性質和作用。後面又將侍御者之文分爲兩類：當其職者之文和臨時以文義受知獎而受詔作文者。指出儘管任遇有别、文風不一，但是擅美攸同，故而從選任、恩獎、器識、文體、文風諸方面論次揭示其文學價值，亦爲題中之意。

其二是侍御者作爲聲譽頗高的文章名手，寫出一批批世人看重的駢儷文，樹立起文學典型，起着文學教材、時文讀本作用。由於歷代侍御文士的努力，爲我們留下了一筆存量頗豐的文學遺産，但由於種種原因，迄今未經深入研究。唐代詔敕，分内外兩制，内命由内廷的翰林學士起草，詞藝學識比一般朝臣要高，故其文章也要高於時人。自唐肅宗起，"凡赦書、德音、立后、建儲、大誅討、免三公、宰相、命將，曰制，並用白麻紙"(李肇《翰林志》)。"故事：中書以黄白二麻，爲綸命重輕之辨。近者所由，猶得用黄麻。其白麻皆在此院，自非國之重事拜授，於德音赦宥者，則不得由於斯矣"(《唐會要》卷五七《翰林院》)。禁廷之外的一般誥命，則中書掌之，按典故起草即可。此外，中晚唐時，尚書省的前行郎官加知制誥者，亦掌外制。由翰林學士起草的詔令，稱爲内命，成於内廷，不經中書門下審核，即直接下傳。其文學性主要體現在駢偶文體上，而不是散體上。這是因爲，侍御者的作品除了侍從所作各體詩歌外，其大宗就是各種詔敕表疏，都用駢偶文體寫成，别具措辭對偶文氣之美，由於文學觀念的關係，最能獲得讀者認同。如洪邁《容齋隨筆・三筆》卷八《四六名對》所云："四六駢儷，於文章家爲至淺，然上自朝廷命令、詔册，下而縉紳之間箋書、祝疏，無所不用。則屬辭比事，固宜警策精切，使人讀之激卬，諷味不厭，乃爲得體。"《苕溪漁隱叢話・後集》卷三五引《四六談麈》云："四六全在編類古語。李義山有《金鑰》，宋景文有一字至十字對句，司馬文正有《金桴》……宣和末《罪己詔》，如'天變譴見而朕不悟，百姓怨懟而朕不知'，乃用陸宣公語，宇文叔通詞也。"可見其文學性主要在對偶、隸事和文氣上。

其三，侍御者起草的布政詔敕，能從文學角度發揮輔政作用。侍御都爲朝政而備，其文學作品帶有政治性，因而政治功能不容忽視。《唐會要》卷五七《翰林院》云:"建中四年十月,德宗幸奉天。時祠部員外郎、翰林學士陸贄隨赴行在。天下騷擾,遠邇徵發,書詔日數十下,皆出贄。贄操筆持紙,成於須臾,不復起草。初若不經思慮,既成,無不曲盡事情,中於機會,倉卒疊委,同職皆拱手嗟歎,不能有所助。常啓德宗云:'今書詔宜痛引過罪己,以感動人心。'德宗從之。故行在制詔始下,聞者雖武人悍卒,無不揮涕感激。議者或以爲德宗之克平寇難,不惟神武成功、爪牙盡力,蓋亦文德廣被、腹心有助焉。貞元初,李抱真來朝,因前賀曰:'陛下之幸奉天山南時,敕書至山東,士卒無不感泣思奮者。臣當時見之,即知諸賊不足平也。'"陸贄此文以德宗的口吻發出,以自責自省的口氣深刻檢討,並號召天下諸侯起兵勤王。由於措辭得體、感情真摯,起到了顯著的號召鼓舞作用。奉天之難之所以得以較快地平定,不能説與德宗虛懷罪己的態度和陸贄此文的感召力毫無關係。此文所特具的激勵士氣、鼓舞人心之作用,是其他作品所無法相比的,可見侍御制度在某些關鍵時刻能够起到獨到作用,這也表明翰林制詔在文學方面的典型意義。《資治通鑒》卷二二九興元元年云:"赦下,四方人心大悦。"可能不是誇張之詞。《舊唐書》卷一二四《李納傳》:"納遂歸鄆州,復與李希烈、朱滔、王武俊、田悦合謀皆反,僞稱齊王,建置百官。及興元之降罪己詔,納乃效順。"《新唐書》卷一三八《李抱真傳》:"希烈既竊名號,則欲臣制諸叛,衆稍離。天子下罪己詔,並赦群盜,抱真乃遣客賈林,以大義説武俊,使合從擊滔。"這兩條記載,又從史實角度印證了陸贄此文在分化瓦解敵對陣營方面的獨到功效。陸贄此文爲唐代最著名的詔敕,宋以下文獻中,有多種不同的傳本和題目,《唐大詔令集》卷五曰《奉天改興元元年赦》,《資治通鑒》卷二二九曰《興元元年春正月赦天下改元制》,《文苑英華》卷四二一題曰《奉天改元大赦制》,以"致理興化,必在推誠;忘己濟人,不吝改過"開頭,以口氣誠懇而贏得人心。陸贄《翰苑集》卷一《制誥》即以此文開篇。自從陸贄此詔以後,中國詔令文學史上就多了一個獨特的類型,曰"罪己詔",均以駢體行文,情采動人,用典貼切,特別能够打動讀者,國難之際,每每有之,宋代尤多。

其四是爲皇帝賦頌、代筆、視草。這幾項職能是侍御者自帶的,向來都有。蜀王褒漢宣帝時,與張子僑等待詔金馬門,所幸宫館,輒爲歌頌。王融爲中書郎,永明九年,齊武帝幸芳林園禊宴朝臣,詔融爲曲水詩序,文藻富麗,當世稱之。這是較早的賦頌方面的例子,此後歷代都有。潤文的例子,中古時期有不少,單《晉書》中就有兩個,事例都很典型。卷七九《謝邈傳》:"頗有理識,累遷侍中。時孝武帝觴樂之後,多賜侍臣文詔。辭義有不雅者,邈輒焚毁之,其他侍臣被詔者或宣揚之,故論者以此多邈。"卷九一《徐邈傳》:"遷散騎常侍,猶處西省,前後十年,每被顧問,輒有獻替,多所匡益,甚見寵待。帝宴集酣樂之後,好爲手詔詩章,以賜侍臣。或文詞率爾,所言穢雜,邈每應時收斂,還省刊削,皆使可觀,經帝重覽,然後出之。是時侍臣被詔者,或宣揚之,故時議以此多邈。"卷一一〇《慕容儁傳》:"儁雅好文籍,自初即位至末年,講論不倦。覽政之暇,唯與侍臣錯綜義理,凡所著述,四十餘篇。"這些文字雖然號稱出自帝王之手,但都經過了帝側侍臣的潤色加工、審看把關,此亦其顧問、獻替、匡益的重要表現。正是有了這些人朝夕入見、參綜朝政、修飭文詔,事情才能圓滿。視草方面,更是學士侍從帝王的職分。《漢書》卷四四《淮南王劉安傳》提道,漢武帝每爲報書及賜,就"常召司馬相如等視草,乃遣(師古曰:'草謂爲文之稿草')。"唐初上官儀在內廷,爲弘文館直學士,以文章過人,太宗每遣其視草,又多令繼和,凡有宴集,儀必預焉。開元初,張九齡以詞學過人,常被召入內廷視草。徐安貞開元中,爲中書舍人、集賢學士,玄宗每屬文作手詔,多令安貞視草。這類作品,不過利用職位之便,順勢爲之。雖然文學價值不高,但其文化意義卻不可忽略。

其五是作爲君臣唱和詩的主要作者,與帝王作詩唱和,在斷斷續續的宮廷文事中研練賦詩作文技巧,維繫宮廷文風,促進詩體發育和文風演進。自魏晉以下迄於隋唐的應制應詔詩,或曰奉和聖制,多出侍御者手。此類事例極多,少部分帶有檢核人才高下的意味,甚至不無寓教於詩的考量,大部分則並無政治意圖,純粹是一種文學行爲,滿足君臣的文學愛好。君臣唱和萌芽於漢代,自曹魏始多,到梁陳隋代及初盛唐,形成持續兩百多年的盛況和高潮。即使安史之亂以後國勢下降、時局不穩,也只是在肅宗、代宗朝短暫消歇,到德宗、文宗朝,又多了起來。真正消沉下去是唐宣宗以後到五代末,然而到宋太宗朝,又多起來。這也可見君臣唱和的有無多少,很大程度上還和君主是否好文有關。如遇好文之主,時局又相對平穩,則宮廷文風一定很昌盛,否則就會消歇於無形。梁武帝、陳後主、隋煬帝、唐太宗及中宗、玄宗、德宗、文宗,都是這樣的典型。中間之所以連不起來,是因爲被不好文之主所隔斷。從《玉海》卷二九《聖文·御製詩》這種君臣唱和的歷史沿革、代際變化,可以看得一清二楚。《隋書》卷七六《王胄傳》:"大業初,爲著作佐郎,以文詞爲煬帝所重。帝常自東都還京師,賜天下大酺,因爲五言詩,詔胄和之。其詞曰:'河洛稱朝市,崤函實奧區。周營曲阜作,漢建奉春謨。大君苞二代,皇居盛兩都。招搖正東指,天駟乃西驅。展軨齊玉軑,式道耀金吾。千門駐罕罼,四達儼車徒。是節春之暮,神皋華實敷。皇情感時物,睿思屬枌榆。

詔問百年老,恩隆五日酺。小人荷鎔鑄,何由答大爐。'帝覽而善之,因謂侍臣曰:'氣高致遠,歸之於冑。詞清體潤,其在世基。意密理新,推庚自直。過此者,未可以言詩也。'"這裏所舉雖然只是一例,但把中古朝廷君臣唱和的發生、展開、寫作要求、審美標準都講清楚了,具有典型意義。像這樣的詩,稱爲學士詩、詞臣詩、侍御詩,都可以;也都能認識侍御者作爲詞臣和君主的特別關係,看出其文學的特殊質性。這類詩,題目、寫法、風格趨同,多有"應詔""應制""賦得""侍宴"等字眼,屬於集體創作中的君臣唱和,學界研究較多。《文苑英華》編錄應制詩十一卷,應令、應教詩一卷,中古侍御者所作占去半數以上。詩之外,還有賦和雜文。這類作品漢代以下歷朝都有,但以中古表現最顯著,作爲中古宮廷文學的突出特徵存在。要談論中古宮廷文學,就繞不過這個話題。

楚地辭賦制度的創建

李會康[*]

内容提要 伴隨宗周詩禮制度自身的衰變，諸侯紛紛開始了對詩禮制度的探索。河濟間諸侯形成了"子産有辭，諸侯賴之"的新形態，楚地則以其相對獨立的人文環境，開啓了基於巫靈傳統的"樂語"——辭賦制度的創建。通過對宗周"三恪"之一的陳地巫禮體系進行吸納，以時行的各類文獻和言辭形態爲標的，歷經莊王、靈王、懷王等數代國君的下意識構建，楚地樹立起了同宗周詩禮比肩的辭賦系統。這包含了獨特的祭祀場所、"樂語"形態以及官守職務，成爲上代以來巫禮祭祀中"樂語生詩"的另一個注腳；不僅爲楚地辭賦揭開了序幕，也爲漢代的一統學術制度奠定了基礎。

關鍵詞 楚地 辭賦 制度 樂語

　　如同宗周"樂語""風""雅"生"頌"的體系，在蘭陵令的言辭實踐中，出現了更富有戰國時代特色的《賦篇》，這爲後世楚文化中大放異彩的賦體文提供了一種形態奠基。在楚地，這種文辭實踐不同於鄭、晉"大隧"內外之對句以及"狐裘尨茸"之短章[①]，有《騷》之自成一體，而同楚地對《詩》的慣用特徵不同於中原有着十分緊密的聯繫。荆楚王國用《詩》，既對宗周文化體系有直接再造，又對楚漢帝國的精神文明轉生提供了基本制度理念。這一過程既是"《詩》亡然後《春秋》作"的實踐注腳，也是楚漢帝國建構"斯文"闡釋體系的文化淵源。

---

[*] 作者簡介：李會康，上海大學文學院博士後，發表《"諸子出於王官"學術源流考辨——亦談"諸子出於王官"説與漢家學術話語》等論文。
基金項目：本文爲國家社會科學基金重大項目"中國古代文學制度研究"(17ZDA238)階段性成果。

[①] 《左傳》卷二僖公五年載，鄭國内亂之後，莊公迎接母親武姜返歸王室，二人相見和好如初時對賦，"公入而賦：'大隧之中，其樂也融融。'姜出而賦：'大隧之外，其樂也泄泄。'"，《左傳》卷十二隱公元年載，士蒍面對晉國統治者不同的立場和政治考量，以"狐裘尨茸，一國三公，吾誰適從"短章賦言自己對晉國政統的不滿。以上見《阮刻春秋左傳注疏》，浙江大學出版社 2015 年版，第 146、814 頁。

一　詩境的移用與共用

　　平王東遷之後，周王朝開啓了諸侯爭伯的文化發展模式，詩禮不可避免地隨之衰變。至春秋末戰國初，河濟間諸侯已經在長期實踐中探索出了詩禮制度的新形態。隨着河濟間各諸侯國的文化分工日益顯著，鄭國作爲河濟諸侯間文化主峰的身份成爲執禮行人及有識賢達間的共識。江淮之間的楚則關注於更加獨立的文化體系再造，開啓了辭賦制度的構建。這既爲詩禮制度提供了迥然不同的注脚，也爲後世楚漢王朝建構禮樂體系提供了先導。

　　鄭國作爲敏鋭把握文化動向的伯主，其文德制度建構中自然地體現出了"文辭"優長，因而爲諸侯所倚仗。《左傳》昭公二十五年載，趙鞅向素以"美秀而文"稱的游吉詢問"揖讓周旋之禮"，遭到"此儀也，非禮也"的批評教育（第1620—1622頁）。晉作爲宗周的北地屏障，有重要的軍事地位。但子大叔避"儀"而談"禮"，與王孫滿對楚莊時所謂"在德不在鼎"相似。作爲中原文化大國，鄭並不認爲晉有修成禮樂制度的能力和必要。

　　在宗周禮樂體系中，晉作爲"唐叔之所受法度"的守護者，同楚國相仿，雖有類似"篳路藍縷"之功，却並不具備法定中原的文化基礎。晉之所長，更多在於屏藩邊界的"夷之蒐"。問禮遭拒後的第四年（昭公二十九年），趙鞅將范宣子新定的條令鑄於鐵鼎之上，意欲同子産鑄刑書相匹，在辭令制度上有所建樹。但這樣的行爲並未得到知禮賢達的認可。孔子聞之而言"晉其亡乎！失其度矣"。認爲晉所以能爲民衆尊崇，在"貴是以能守其業"。指出晉國的文化使命僅在於標榜四夷、輔佐周室而已。從歷史事實看，不僅晉、楚之强未曾真正使其得到過其自身期許的文化地位，在宗周文化立場之下，即便孔子所直認"微管仲，吾其披髪左衽矣"①，也難逃他本人"管仲之器小哉"的論斷（《論語·八佾》，第123頁），秦孝的被迫改革更説明了這一點。

　　鄭國作爲中原諸侯中的軍事小國，却得獲"子産有辭，諸侯賴之"的文化大國地位。究其根本原因，如叔向自答所問"若之何其釋辭也？《詩》曰：'辭之輯矣，民之協矣。辭之繹矣，民之莫矣。'其知之矣。"（《左傳》襄公三十一年，第1315頁）鄭國地處諸强之中，在政治外交上飽受腹背之苦的同時，擁有了四邊諸國難

---

① 引自《論語·憲問第十四》，見劉寶楠撰《論語正義》，高流水點校，中華書局1990年版，第578頁。

以具備的絕佳文化實踐環境。

一方面，鄭地臨近殷商故國，同衛一樣，有豐厚的聲樂底蘊，樂音和語音有較爲豐富的節律基礎；其次，自殷亡之後，其故地因"三監之亂"飽受周王室壓制，鄭地因未參與其禍而少受波及，鄭文化對聲樂的集體熟知及看重葆有了得天獨厚的傳統；另一方面，平王東遷過程中，鄭桓的早謀以及鄭莊的小伯爲鄭地同宗周文化的接聯打開了大門。隨着"三衛"收入周《詩》，鄭地聲樂得以解放，展現出四維諸侯國所不及的高度。孔子稱"鄭聲淫"（《論語·衛靈公》），是對鄭地用樂節律先於諸侯數倍的客觀描述。《左傳》所錄引《詩》事件中"鄭人所引本國風詩占了引詩總篇數的三分之一，這成爲鄭人引詩與他國人最大的區別"。① 與此同時，隨着宗周禮樂崩壞，不同於魯國對宗周禮儀的職責性恪守，鄭國在長期同天子、諸侯周旋的過程中，對禮樂制度有着更爲多元的理解，形成了基於宗周而別具一格的地域特徵。

在這樣的歷史文化環境下，民衆大多熟知聲樂的意義，因而有"辭之輯矣，民之協矣"之效。得益於執禮者的文化敏感，鄭國在詩用脫離聲樂的過程中率先意識到了"辭令"的重要性。早在襄公二十四年給范宣子的傳書中，子產就明確指出"夫令名，德之輿也"。其本人對《詩》的熟知，最直觀地體現在了對詩禮生出言語的熟練應用。如韓高年先生論："子產功業……最爲顯著的則是他運用'經世之文'的卓越才能。"② 在鄭國同他國的外交中，子產"作書"之才代表了鄭地"詩樂"之用的文化產出高峰，也是官學賦詩所得出最成熟的文化成果之一。

時代的動盪使得諸侯之間的詩禮制度隨之活躍起來，北方屏藩諸侯對《詩》的引用也出現了一定程度新變，呈現出用《詩》表義規制的更多可能。《國語·晉語四》中載秦穆公和晉公子重耳之間的賦贈，通過對《詩》篇的異名而實現了與"斷章賦詩"不同的"更名賦詩"。作爲祭祀"樂語"，"詩三百"的語辭大多同宗周歷史進行了緊密結合，但在不同行人用《詩》時，都以"斷章賦詩"形態脫離了"樂語"所附着的意義環境。在送重耳歸國時，秦穆公爲重耳賦《小雅·小宛》篇，這在宗周《詩》體系中本爲諷刺周幽王而"兄弟相誡"之用。但在秦穆公的賦用中，更名以《鳩飛》，不同於原題《小宛》對"教誨爾子""惴惴小心"的側重，而更強調"宛彼鳴鳩，翰飛戾天"之義。秦穆公賦用此詩，表達了對重耳歸國後光明前途的

---

① 參見曾小夢博士論文《先秦典籍引〈詩〉考論》，陝西師範大學 2008 年，第 26—27 頁。
② 韓高年《子產生平、辭令及思想新探——以清華簡〈子產〉〈良臣〉等爲中心》，《中原文化研究》2019 年第 3 期，第 58—64 頁。

美好祝願。與之相應,重耳回贈《邶風·新臺》時稱作《河水》,以兩國共賴之水爲題,改換了舊題對衛宣築新臺的怨刺,更加强調了姻親之好。同時借《詩》言自身年邁,以及對懷嬴之與的感念,消解了"沃盥之揮"的誤會。秦穆公最終賦以《六月》,表明了兩國之間的深厚情誼①。這種由國君更名而改義的賦詩,可謂對"斷章賦詩"的認可。"更名表義"實現了對"樂語""借音表義"功能從固定祭祀場合到固定儀式環境的遷移,《詩》三百作爲"樂語"參與祭祀時所記録的意義,在諸侯"更名"導向下實現了對周《詩》制度的變作。這種詩用方式的顯露爲楚莊在隨後的改革中大膽用《詩》提供了更爲充足的借鑒。

在河濟屏藩諸侯紛紛自我樹立的制度創新環境下,楚地自然地加入了詩禮探索的浪潮。因不同於河濟間諸侯依托宗周文化架構的新變,楚地用《詩》在不同層次"樂語"的引取上顯示出更爲爛漫的巫樂特徵。如李笑笑整理所見,楚人"賦詩引詩的傳播場合並不固定……總體上有郊外、燕享、朝堂和臺榭四種場所"②。這些用詩大多看上去同宗周諸侯間行人用詩一般,但在單個諸侯國中呈現出更能夠媲美宗周詩禮的整體風貌。既與河濟間的語詞資料相似,又顯示出楚地"樂語"制度的迥然不同。足見楚地移用和豐富詩禮資料的同時,在詩禮制度層面作出的探索和貢獻。《左傳》中載有兩例,直接體現了楚王在借周禮用《詩》時對本土巫樂制度的彰示。

一是宣公十二年楚莊賦《大武》。這次賦詩發生在鄭楚外交場合,乍看同河濟間諸侯賦《詩》言志無異;但從楚文化視角看,因關聯祭祀大統,賦《詩》顯示出强烈的制度推送意義。邲之戰結束後,楚莊王拒絕了潘黨"收晉屍以爲京觀""示子孫以無忘武功"的諫議。他引《時邁》之"頌",説明自己"求懿德"的發兵目的,同時以《大武》之樂爲引取單位,斷其中三章説明自己舉兵是不得已然的環節,楚文化體系修成才是最終目的,意識到服晉、鄭之兵與自己"爭諸侯"所需的"德"治意義體系建構並無必然因果關聯。

楚莊所引,俱是接通人神的"頌"詩,是以楚地巫王身份對《詩》的取用。作爲宗周"德"治體系中的一方諸侯,相較之下,其他諸侯國君引詩在史可考的,均在"雅"中。如傅斯年先生所論:"《南》之不同與《風》而同與《雅》者既如此多,則説《南》《雅》當是出於一地之風氣,可以信得過去了。"③此一地《詩》用中,《周頌》

---

① 這一賦《詩》事件詳鮑思陶點校《國語》卷十《晉語四》,齊魯書社 2005 年版,第 175—176 頁。
② 詳參李笑笑碩士學位論文《〈詩三百〉在楚地的傳播研究》,山東大學,2019 年,第 34—52 頁。
③ 傅斯年《詩經講義稿》上海三聯書店 2017 年版,第 91 頁。

《雅》《南》大致對應"宗廟""朝廷""大夫士""民間"諸人文使用環境①,《南》《雅》均用於朝堂以下的人文活動。從《國語》《左傳》《戰國策》所錄國君引《詩》看,除《戰國策》錄主張改革的趙武靈王引逸詩一首,其餘君主引詩均無出"風""雅"②。不同於"行人"作爲執禮的"士君子"對"頌"的探討引用,"楚莊"反復徵"頌",是借河濟間話語系統對楚文化中"天子"身份的彰示,有宣佈楚地詩禮的明確意圖。

這一身份在正式引詩活動之前,即楚莊初圍鄭地時已經體現出來。鄭伯"肉袒牽羊以逆",如賈逵言,是"服爲臣隸"③的表現。"肉袒迎牲於門"見載於《禮記·明堂位》,作爲宗周新生文化探索區的君主,鄭襄公以諸侯國君迎天子的禮節恭請楚莊王。這同兩年前"諸侯之師伐鄭,取成而還"性質大不相同,是將包含了"詩禮"在内的察祭體系轉向楚國的表現。如前論,鄭作爲平王東遷之後文化最爲活躍的區域,是宗周"風""雅"文化的新生代表。從音聲紀錄系統上看,鄭地的"新聲"匯通殷、周之舊樂,而在同諸侯環接的優越地理位置中獨得"中聲"的必然生出環境,這也是河濟間諸侯同楚在數年之間反復爭奪鄭國之意圖所在。"諸侯伐鄭"之前,"鄭及楚平",諸侯"取成而還"之後的楚莊伐鄭時,楚國同樣展現出立盟而使"陳、鄭服"的德治實力。楚莊王引"頌"詩,不僅以其對宗周"詩禮"體系的熟知表現出其同河濟文化體系交流的熱切意願,更用"天子之樂"明確標榜出新文化制度構建之意圖。

從鄭襄公"肉袒牽羊以逆"的態度看,楚以"漢陽諸姬"設縣是衆所周知的規劃性事件,鄭、楚聯合因而也是深思熟慮之後的歷史必然。早在宣公元年,鄭穆公就有"晉不足與也"之論。這一年,晉國仍作爲屏藩伯主,對内"討不用命"之重臣,對外伐"弑昭公"之諸侯,所"會""盟"處,"皆取略而還",陷入制度僵局。鄭國自小伯起,一向熟悉諸侯於宗周"群""類"之功而能準確把握文化動向。鄭穆公敏銳感覺到了楚國在新時代的意義制度建構意圖,"遂受盟於楚"。楚的文化建構目的,在對本土意義制度的新造,因而最初對周所存"三恪"之一的"陳"不以爲意,"陳共公之卒,楚人不禮焉",導致了陳靈公"受盟於晉"。但鄭穆公深知陳地保留的舊時巫風對楚地詩禮制度的重大意義,提醒了楚對陳的管控。《春秋》經載"楚子、鄭人侵陳",如楊伯峻言,"楚國征伐而書'楚子',自此始"④。楚莊王的

---

① 詳傅斯年先生製表,見《詩經講義稿》第63頁。
② 曾小夢《先秦典籍引〈詩〉考》對諸侯國君引《詩》有詳細的統計,詳曾文第66—71頁,第93—94頁,第113—114頁。
③ 洪亮吉撰《春秋左傳詁》,李解民點校,中華書局1987年版,第413頁。
④ 楊伯峻《春秋左傳注》,中華書局2016年版,第706頁。

詩禮制度建構,得到了辭令最盛的鄭國支持和輔佐,開始成爲有意爲之的進程而爲史家認可。

陳國這一子產口中"我先王賴其利器用"和"我周之自出,至於今是賴"(《左傳》卷三十六,襄公二十五年,第 2455—2456 頁)的詩禮重鎮,爲楚莊的詩樂制度建設宏圖提供了重要借鑒。孫嘉明看到"《宛丘》一詩所描繪的應是陳國巫女進行巫祀祈雨活動的情景",且"這種活動是長期性的⋯⋯只能是由國家主持的"①。不論《禮記·樂記》言"武王克殷反商,未及下車⋯⋯封帝舜之後於陳"②,還是《左傳》襄公二十五年子產言"我先王⋯⋯與其神明之後也,庸以元女大姬配胡公,而封諸陳,以備三恪"(《左傳》卷三十六,第 2455 頁),都體現出陳地"詩禮"制度偏重早期祭祀的原生形態。這既是宗周"樂語"得以闡釋"志意"之活體文化實證,也是孔子謂"禮失而求諸野"之"野"所在,同樣還是後世漢王朝復禮之所本。至宣公十一年,楚莊對陳地巫風甚重的"樂語"體系求之有甚。夏徵舒之亂爲楚莊北上提供了契機,"遂入陳,殺夏徵舒,轘諸栗門,因縣陳",見其心切。後在申叔時"以討召諸侯,而以貪歸之,無乃不可乎"的靜諫之下,"乃復封陳"(《左傳》卷二十二,第 1515—1516 頁)。作爲文化重鎮,陳的數次滅國和復建也一直同楚國文化制度相聯,見證了楚國的政權替變。

楚公子棄疾在弒楚靈之前,滅陳而重設縣公,爲得到諸侯認可,隨即復封陳、蔡③。此後,楚靈王同大夫子革於昭公十二年進行了意義重大的"乾溪之對",論中涉及了宗周察祭系統早期生出的"樂語"詩作之用。楚自莊王起銳意修禮,靈王時的禮樂已有較成熟的建構理念。對先君歷史的思考和對"九鼎"意義的討論,已經從楚莊時對宗周的追問轉入了國內君王和君子之間。不同於楚莊圍鄭而用《大武》之前借晉人之口對"楚自克鄘以來"的歷史追溯,楚靈對文化生成的意義討論也在史家筆下進入了君臣問答中。在楚靈王退守乾溪而對制度建構進行炫耀時,子革直言"臣聞其詩而不知也,若問遠焉,其焉能知之",以諷諫楚靈王對先王陳跡——"《三墳》《五典》《八索》《九丘》"這些言辭成果的貪迷。聞聽"以止王心"的《祈招》,"(楚靈)王揖而入,饋不食,寢不寐,數日,不能自克,以及於難"(《左傳》卷四十五,第 3129 頁)。史家借《祈招》逸詩對楚靈王未能明瞭制度建構重心的認知進行了評斷,也同時描述了楚國所具有的中原"詩"學底蘊。趙

---

① 孫嘉明《從〈詩經·陳風〉看陳國巫文化》,《名作欣賞》2018 年第 17 期,第 79—80 頁。
② 朱彬《禮記訓纂》卷十九,中華書局 1996 年版,第 596 頁。
③ 載《左傳》卷四十四,昭公八年,《春秋左傳注》第 1445—1446 頁。

逯夫先生據"祭公謀父諫征犬戎",將"祭公謀父作《祈招》之詩"列作同時之作,可謂卓見①。《祈招》的修作,同祭公諫穆王同樣具有意義初成時期的構建活力。這一"樂語"的引用是子革作爲楚之臣子向君王提出的勸諫:意義制度構建所倚重的理路,應當是賴其所存之文獻以見其所生之法則,而並非對意義紀錄體系遺跡的背負。

作爲制度構建的文化活源,陳成爲楚長期經營的重鎮。自楚莊王北上之初的不屑,至楚靈王自我標榜"皆賦千乘"的"大城"之首,陳逐漸由宗周"三恪"之備,經由鄭的引導,成爲楚國的文化建構中重要的參照。加之"陳在楚夏之交,通魚鹽之貨"②,至頃襄王被迫遷都時,陳以文化之長成爲楚國退據的新郢都。依城址考古所見,"楚頃襄王徙陳後大規模築城……應當是拓建,而非全部變動"③。早期陳地人文之"法"於楚國之"類"的參照地位,由此可見一斑。陳地以所守舊禮作爲文化新生的觸媒,爲頃襄王穩住族類陣腳提供了可靠環境。但陳地作爲南北樞紐,雖有人文法備,却缺乏新時代的人文構建所需的楚地族類活力。自陳爲郢至楚王朝潰散的五十五年(前278—前223)中,楚都在陳國舊地時間長達三十七年④。這一段長時間的盤踞中,陳既爲楚國的恢復提供了可靠的人文再生模式,同時也限制了其進一步改革和發展。

任何一種禮儀,一旦生成就意味着其滯後性。故有效制度的構建,並非描述和陳設某個獨立事物的短暫合理性,而是試圖還原其生成過程以形成隨後運作的可靠性。這不僅是儒家諸賢在學理探索中對意義生發體系的堅持,也是楚國在本土文化體系構建過程中得出的實踐真知。"詩禮"體系在楚文化中的粲然成章,也並不止在對中原"詩"的熟習和外交專對上,而更在於對"樂語"言辭生成體系的構建。也正是在"江山之助"的"詩禮"構建中,楚地的文化才顯示出獨有的辭采特徵,爲楚漢王朝全新"詩禮"體系的構建提供了更多的實際義理支撐。

二 騷體的借位與還釋

祭祀系統中產生的樂語、文辭所記錄的"斯文"本質,是人類對現世生活中可

---

① 趙逵夫《先秦文學編年史》,商務印書館2010年版,第286頁。
② 司馬遷《史記》,中華書局2014年版,第3964頁。
③ 高介華、劉玉堂《楚國的城市與建築》,湖北教育出版社2017年版,第115—116頁。
④ 郭德維《試論郢徙陳對楚國後期的影響》中對這一過程有詳細探討,兹不贅述。詳郭著《楚史·楚文化研究》,湖北人民出版社2013年版,第93—103頁。

把握穩定速率的編輯。不同族類之新生影響着不同"斯文"之域的速率形態,改變着整個人文體系不同時期的制度形式。宗周樂語作爲察祭制度之一種形態而對意義生發體系的複刻,爲人文基於不同自然時期和人文時代的分節提供了回顧和預演。"詩禮"制度的存在,保證了新生的自然和人文速率變化不斷由"頌"和"風"導入"雅"中,從而保證了"天""人"和協共處的穩固①。這一"樂語"系統,是先聖以人德爲基礎,對"氣"過人"竅"而產生的"聲響"進行記録,並同自然諸"物"之"竅"因"氣"而生之"聲響"進行對應所得。"樂語"這一闡釋工具的統一,是宗周用《詩》的首要目的和文化預期。而楚地正式開啓"樂語"建構時,宗周"雅言"已經在諸侯國之間通行。楚地"樂語"的編輯,不得不在宗周言語體系的基礎上進行再豐富。

　　鐵器在春秋時期出現,爲人類文化體系運作的變更揭開了帷幕,成爲諸侯渴求新生文化體系的直接動力。"春秋晚期至戰國早期仍是中國冶鐵技術發生史上最爲重要的一個階段……正是在這個階段,許多地方,特别是長江流域第一次出現了鐵器。似乎可以説,到春秋戰國之際,東方的兩河流域才普遍閃現早期鐵器的星星之火。"②"利者,義之和也",在"禮"的體系中,"適宜"的集合無疑會使"節文"產生新變。鐵作爲禮義實踐中的新生利器,率先被運用到了對人文生存造成直接威脅乃至覆滅的軍事活動中。春秋末諸侯賴以維護周禮而稱"伯",以及戰國時代諸侯賴以自建新禮而成"霸",都離不開崇"祀"的同時對"戎"功的倚重。面對鐵器於生產力可能造成影響,諸侯紛紛尋求文化體系的新變,爲新生速率尋求適當的"斯文"體系。在鐵器由貴族兵器、禮器飾品向農耕器轉向之前,楚莊王以"江山之助"而不再同蚩尤一般爭器物之先,開始有意識地學習宗周"禮樂"。從急於打破中原"斯文"的解構性進攻,轉而開始積極探索新時期人類意義生成的另一種制度形態。

　　在新時代到來之際,楚地一反青銅時代之初的面目,而憑藉"寬柔以教,不報無道"成爲"南方之強"(《禮記》卷三十一《中庸》,第773頁),在根基方向上以意義構建的初衷客觀上優於"袵金革,死而不厭"的解構意圖。故"其始作也簡",而

---

① 祭祀之禮並非宗周獨有,各諸侯國自有的"風詩"作爲本國"樂語",不僅包含了富有本國特色的文化行進方式,且同宗周"頌詩生書"一般,具有對本國言辭習慣的引導、生發之用。因而匯"風"詩入宗周,從諸侯國看來是對天子"樂語"制度的臣服和對本國語料的進貢,在周天子則是對各國"樂語"察祭之"頌"的納入和吸收;而"雅"詩因祭祀得以成爲宗周王室"頌詩"的語料和語法之預備,同樣在接收"四方風"詩的過程中爲朝堂正樂提供了王室祭"頌"之外的"樂語"參照。各國"風"詩所具有的祭祀性質,前論《陳風》之重巫祀已有論及,"風"詩在各國自生"言辭"之事,見前論"子產有辭,諸侯賴之"部分。
② 鍾少異《中國古代軍事工程技術史·上古至五代》,山西教育出版社2008年版,第206頁。

"其將畢也必巨",爲楚文化在後世的絢爛奠定了堅實基礎。齊、楚在這一時代的文化構建中各顯其長,對當世經濟體系和歷史人文制度進行了富有本土特徵的構建。較之齊對族類政治制度的學術化,楚受鄭、陳影響,顯示出對"文辭""樂語"構建的特別偏重。

齊桓之伯後,齊同晉一樣,在對維護宗周生存的實踐中有較多的發力空間,這使得齊對"禮樂"的關注中,也多側重於舊有"樂"禮的實際效用,而並不十分看重禮儀制度在實踐根源上對文化的分節。孔子斥"管仲之器小哉"的重要原因之一,即是"不知禮";至孟子時,"寡人非能好先王之樂也,直好世俗之樂"①,同樣是把"樂"當作娛樂消遣工具;從出土齊國樂器看,"自春秋晚期到戰國末期,其中相同級別的墓葬出土的鐘、磬數量多不相同,無一定之規"②,亦證實了齊地重經濟實踐而不以"禮樂"爲制度探索重心的態度;在《管子》這部"大部分篇幅都涉及社會經濟問題"的"經邦治國的百科全書"③中,《地員》篇對"音"的系統運用,也是工具性地借以述錄四方水土之"理",並不涉及"情"尤其"人情"的措置。

在對宗周"樂語"的使用中,齊地更多地注重宗周已成熟的"言辭"的應用。叔向爲代表的執禮行人對《詩》義的炫學傳道式疏解④,在齊國產生了專門的"經解"體文章。不同於之前史學"經傳"試圖對歷史不同側面的還原,也不同於隨後諸子"説""解"之體試圖對學理的儘可能完善,《管子》中的"經解體"更多立足於禮法實踐,是"執禮"行人"解詩"的士君子"詩禮"實踐在君主治國中的文化建構應用。這種應用是"風"詩將族類實踐導入"雅"詩而與"頌"詩中的自然節令相合之理念在"詩禮"衰變中的新形態;隨後的戰國"策士"行人論説,同樣作爲"言辭"開始獨立"説理"時代的義理之"風",則在《管子》中產生了更爲"雅"正的君臣"問答體",記錄了治國實踐立場中的專題對答論述⑤。

周勳初先生言"先秦時期的學術界存在着産生經説體的良好土壤"⑥,史學和子學上的"經傳"和"經説"體得以有活躍土壤,離不開《管子》所本的實踐。孔子所感言"微管仲,吾其被髮左衽",實際還包含着他所斥"不知禮"的管仲對禮在新時期形態的探索保存。這種探索成齊桓之伯業,直接關聯着史家"經傳"的形

---

① 焦循《孟子正義》,中華書局 2017 年版,第 108 頁。
② 米永盈《東周齊國樂器研究》,山東大學出版社 2015 年版,第 139—140 頁。
③ 池萬興《管子研究》,高等教育出版社 2004 年版,第 7 頁。
④ 《國語・周語下》載叔向疏《昊天有成命》時將詩句逐字疏解,在褒揚單子的美好品德時顯示了個人豐厚的文化積纍。語見《國語》卷三,第 55 頁。
⑤ 《管子研究》第十章第三、第四節對"經解體"和"問答體"有中肯論述,兹不贅言。
⑥ 周勳初《韓非子劄記》,江蘇人民出版社 1980 年版,第 216 頁。

成,同时也爲諸子"經説"提供了理論素材,以至"境内之民皆言治,藏商、管之法者家有之"(《韓非子·五蠹》)。在人文保存的意義上,齊地的經説體爲"言辭"應用的"經解"形態提供了最爲直接的可行性證明。但在"言辭"應用之先的"樂語"制度構建中,楚國則因長期無緣周室禮樂的直接參與,而據"江山之助"進行了對"經説"之大國的開拓。

如子革在乾溪之對時引起楚靈的顧慮,穆王"周行天下"之願在當時條件下並不可能真正達成,楚靈"盡納天下之人"的意圖也不可能真正實現。但這一舉措,使宗周遺德滋生出的諸儒所摒棄的"一曲之士"們"不足以舉之"的"一隅"奇辭得以大放光彩。如同穆天子爲後世留下的西行傳奇,楚靈同樣以君王之重,爲隨後的辭賦成爲一代"樂語"形態鋪就了章華神話。

章華之事未竟,隨後的楚國對靈王完全獨立的激進文化意圖進行了調整,仿照"西河""稷下",成立了"不治而論"的學理探討中心。與魏、齊不同的是,"蘭陵"既非"西河"承舊學而欲挾新世的守學之處,又非即時濟世救民的"納學"之所。在"詩三百"作爲"樂語"第一次被集結又第一次隨"王者之跡熄"散落之後,楚王對承宗周"樂語"而用之的文化狀態不能完全信任,因此試圖對"言辭"進行開拓。"蘭臺"之作,應當在很大程度上繼承了楚靈對"章華臺"的構建理念,而與之相應的"蘭陵",則是在繼承"蘭臺"文化生發理念的基礎上對河濟"學宫"的借鑒。可以大膽判定,"蘭臺""蘭陵"的修成,使得魏、齊文化制度各自偏長的"體系性"和"應時性"得以突破國界,在南方開啓了當時最爲完備的獨立意義生成制度。屈原即是這一體系中參與楚地"樂語"生成的"蘭臺"重臣之一。

"蘭臺"承"章華臺"巫祀通神的"樂語"生成之用,是"作楚聲、紀楚地、名楚物"之"楚辭"①的生發之所,也是楚地巫賢的彙聚之處,屈原即是其中代表之一。屈原生時,正是楚地之"伯夷""伯翳"這種能"禮於神""議百物"的巫賢開始少衰旁落出"樂語"體系的時代。"過渡階段的宗教"性質,使得"楚辭""原始的自發產生的自由精神表現地更爲強烈"②,加以"江山之助",楚地文辭本身顯示出更爲繁富的特點。同時,以"稷下"爲代表的新時代文化傳學制度已經成熟並同"蘭陵"有所互通,屈原作爲"蘭臺學士"更數次使齊,同"隆禮義而殺《詩》《書》"的稷下之學有直接接觸。策士之間的騁辭以及學士之間的雄辯,使得《詩》言志"脱出了"雅正"的桎梏,將辯麗横肆之風推向了楚地。一如師延奔至濮水之濱而殷

---

① 黃伯思《新校楚辭序》,載李誠、熊良智主編《楚辭評論集覽》,湖北教育出版社 2003 年版,第 139 頁。
② 李澤厚、劉剛紀《中國美學史》,安徽文藝出版社 1999 年版,第 376 頁。

樂傳，屈原開始就楚地"樂語"之生出架構作爲"言辭"，《九歌》即體現了其對"楚語"樂風的熟知。如馬積高先生所論，"《九歌》應是巫歌，屈原雖改做或潤色其辭，但不可能改變原有樂曲的體制；"①同時，從"樂語"生發的角度而言，"從古老的楚聲歌辭演變爲《離騷》這樣的長篇詩賦，《九歌》是首先應該注意的重要環節"（《賦史》，第22頁）。從祭祀體系生出，"蘭臺樂語"所構建的"楚聲"在屈原筆下成型。在楚莊、楚靈的大力建設之下，楚地"樂語"逐漸形成了可同宗周"詩禮"媲美的架構，而在屈原等"詩人"的創作實踐之下有了自己的優長特色。

孟子時已經有"詖辭知其所蔽"（《公孫丑上》）的"知言"義理總結，"言辭"開始有獨立的表義和理解範疇。在"王者之跡熄"的時代，"《詩》言志"這種借樂語以移人情的方式已經不能滿足志意的表達。至"稷下"學宮成，孟子指出的"知言"理論被付諸言辭實踐。荀子始遊學稷下時，"作《荀子·賦篇》前半五首'讔'"（《先秦文學編年史》，第1134—1135頁）以及"荊莊王立三年，不聽而好讔"（《吕覽·審應覽》）都是明證。與此同時，說理論述更跳出行人諫議的"一隅之言"，開始成篇出現。諸子間"著書言治亂之事，以干世主"（《孟子荀卿列傳》）的行文使得申明己見成爲"言辭"運用目的，"談天衍"這樣的極辭之士應運而生。而這樣的能辭之士在屈原生時同楚國頗有交互，"淳于髡爲齊使於荊"（《吕覽·報更》）是明證，加之楚地能士自申叔時起頗有使齊經歷，"極辭以盡理"的語用特徵開始浸染"蘭臺"，大篇幅的特徵在楚地詩作中逐漸生成。

這一時期，不僅"楚辭"特有"樂語"曲制下的《九歌》，河濟之間的"言辭"至楚地後也因更爲自由的文化土壤，顯示出富於時代特徵的形態。趙逵夫先生以詩人爲觀照單位，從屈原自身創作的歷程對屈賦各篇章進行了編年，詳述了《橘頌》同《儀禮》錄《士冠辭》以及《孔子家語》錄《成王冠頌》之間深刻的文化關聯，並指出"屈原的《橘頌》借物寫志，不是賓祝的祝頌詞，但却是仿士冠頌而作，故亦稱之爲'頌'"（《先秦文學編年史》，第1049—1050頁）。不論是否冠禮時作，《橘頌》都如趙先生所論，是脱胎於"冠禮頌辭"的楚人作品，是楚地"樂語"系統中對中原詩歌的學用。同時，楚靈王時子革諫說所引"招"體，也在楚地產生了更加豐滿磅礴的形態，而有《招魂》之長篇巨制。更爲顯著的是，作爲"過渡階段宗教"的"樂語"生發系統，楚地對宗周"詩樂"的教習材料中出現了《周公之琴舞》這種大幅篇章。姚小鷗先生和孟祥笑先生在探討《琴舞》的文本性質時，證出"《周公之琴舞》中周

---

① 馬積高《賦史》，上海古籍出版社1987年版，第23頁。

公和成王所作兩組詩篇從内容講,與今本《詩經》之'頌'詩並無本質區别"①。從"蘭臺樂語"生成體系的原始特徵看,姚、孟二先生所見"'亂曰'等樂舞術語的存留,是先秦詩家未將樂工標記語全部剥離所致",所述正是"蘭臺"詩人們在傳習"樂語"過程中,對舊時未有的大量成熟"言辭"在新生"樂語"體系中的夾用現象。如二先生言,"《周公之琴舞》的文本特徵及其性質,決定了它在《詩經》學史上具有重要意義"。

這樣的"樂語"制度之下,屈原作爲"蘭臺"學士,在"楚語"創作中實現了《詩》境在楚地的還原和再闡釋。

除内容之外,從屈原留作的形態上,也可見"楚辭"同《詩》的豐富聯繫。不僅"頌詩"有《橘頌》之作,與風詩相對,同樣有《離騷》之篇。董静怡通過考察"兮"字作爲"語所稽"的樂用功能,綜合前人之見,看到"《詩經》與《楚辭》在遣詞造句中有一定的關係"②。從樂用形式看,《文心雕龍·章句》有"詩人以'兮'字入於句眼,楚辭用之,字出句外"之論,又如黄生《字詁》中言"兮"字,有"凡風雅頌多曳聲於句末……楚辭多曳聲於句中"之見。如董静怡對《離騷》一八八句基本句式的統計,"兮"字皆在單句之末③,可知《離騷》制體同《橘頌》《大招》一般,取自宗周《詩》體系,而有"風"詩之體。

《離騷》内核同於《詩》《書》,劉勰已有詳論。其言"論其典誥則如彼,語其誇誕則如此。固知《楚辭》者,體憲於三代,而風雜於戰國"(《文心雕龍·辨騷》)。《文心雕龍·明詩》中,直以"楚國諷怨,以《離騷》爲刺"序"風人輟采"之後,明以《離騷》爲"風"之繼辭。《離騷》的準確創作時間歷來衆説紛紜④,但創作地點,則有較確切之考證,趙逵夫先生同姜亮夫先生言,推定"總的來説,屈原被放漢北期間,是到過鄢郢的,其地東南距漢北不遠。漢北的荒僻和鄢郢的歷史與舊貌的深切感人,形成了他内心的不平静……《離騷》正是在拜謁楚先王之廟及公卿祠堂之後,心潮洶涌、激情震盪的情况下寫成的"(《屈騷探幽》第92頁)。以此情反諸"樂語",可更見《離騷》之作意非一時驟出。

---

① 姚小鷗,孟祥笑《試論清華簡〈周公之琴舞〉的文本性質》,載《文藝研究》2014年第6期,第43—54頁。
② 董静怡《先秦南北方音樂文化分野下的研究》,蘇州大學出版社2017年版,第191頁。
③ 《先秦南北方音樂文化分野下的研究》第192頁。
④ 趙逵夫先生認爲"應作於懷王朝",鄭文先生認爲"不出襄王一、二、三年",吕培成先生認爲"推定爲懷王十六—十八年之間則是比較合宜的"。趙論見《屈騷探幽》,巴蜀書社2004年版,第62—65頁。鄭論見鄭文著、尹占華編選《隴上學人文存·鄭文卷》,甘肅人民出版社2012年版,第1—11頁。吕論見李誠、熊良智主編《楚辭評論集覽》,湖北教育出版社2003年版,第1131—1134頁摘。

以"樂語"生出之統觀照《離騷》而比照《詩經》,可再察《離騷》命名之内涵,並更知"楚辭"於《詩經》規制之深用。從《橘頌》之作可知屈原深明《詩》之體系。依最近屈原的漢時人之見,"離騷"之"騷",似是"憂愁"之義①,但不甚準確。王先謙注《黍離》"中心搖搖"曰"三家'搖'作'愮'"。先秦借別字言心旁字之情頗常見,《小雅・巷伯》中"勞人草草",同樣有"草"字魯《詩》作"懆"之例(《詩三家義集疏》卷十七,第718頁)。在《詩經》表示心憂之辭彙中,"懆"字三現,另外兩處一在《小雅・白華》,一在《陳風》。在"念子懆懆,視我邁邁"句中,同樣有"邁"字韓《詩》作"怖"之借音,《傳》解釋這種現象作"有諸宫中,必形見於外"(《詩三家義集疏》卷二十,第812頁)。《説文》同作"怖",言"恨怒也"(《説文解字・怖》)。依《傳》之言,知"懆""怖"義近②。《康熙字典・懆》"又《集韻》蘇遭切,音騷。《説文》動也。本作慅",段玉裁謂"騷即慅之假借字也。二字義相近。騷行而慅廢"(《説文解字注・慅》)。知《離騷》之"騷",與"懆"同,在前人所論"不安"之外更有"恨怒"義。反觀《陳風・月出》,以陳地巫風之重,可知詩所描述同《大雅・旱麓》相似,是巫師月下燔燎祀神的緊張場景。

　　由此可知"楚辭"對《詩》禮規制借位之全面,這一"楚聲"系統,整體對應了《詩》由"頌"至"風"的完整"樂語"體系。以屈原爲代表的"蘭臺詩人"對"樂語"體系之熟知,使其在"自鑄偉辭"之時,真正達到了"取熔經義"這種再造"樂語"規制的深度。同時,楚地成熟的"言辭"作品既受"稷下"架構影響,呈現出對答特徵,又將"蘭臺樂語"所記録的楚文化之富麗推向了中原。不僅魯襄公好楚宫而仿作,在言語上更有荀子爲代表,創作出南北文化兼備的《賦篇》。可以説,中原諸子所設想的新時代意義生發和記録、編輯制度,在楚國已初具其形,爲日後漢代一統南北的"樂語"文化構建提供了較完備參照。從意義記録制度的歷史形態看,"楚辭"之初生雖備"樂語"之大體,但對創作者的文學素養有極高的要求。司馬相如論賦之作時所謂"賦家之心,苞括宇宙,總覽人物"之言,正是楚靈王"納亡人"之宫臺所欲達成目的,亦是楚地巫采"斯乃得之於内,不可得而傳",最終成爲一代絶響的重要原因。

---

① 魯迅先生在《漢文學史綱要》中已有梳理。詳見《漢文學史綱要》,北京聯合出版公司2014年版,第18頁。
② 段玉裁在"怖"下引陸德明疏曰:"《小雅・白華》中'念子懆懆,視我邁邁。'毛傳曰,邁邁,不悦也。《釋文》云,《韓詩》及《説文》皆作'怖怖'。"見段玉裁撰《説文解字注》,中華書局2013年版,第516頁。

三　樂語的摹象與習翫①

從歷史紀録看，荆楚王國在江淮文化區的辭賦制度較爲滯後，在宗周詩禮的衰變過程中才逐漸顯現。前文所述楚莊時期對鄭地文辭先行區的爭奪，以及楚靈時期修章華臺對天下亡人的收納，都是史家以河濟間諸侯爲中心進行的闡述。事實上亦如前文所分析，楚地對中原"樂語"的運用富於借鑒性質，更多是基於本土久遠的巫靈傳統對時行質料的編輯再造。這一過程使得楚地葆有了獨特的文化特徵，在完整承襲上代巫祀傳統的同時，爲楚漢帝國隨後的文化制度構建提供了理念先導。

不同於河濟四圍伯主國受宗周禮樂舊統的束縛，楚莊王受王孫滿"在德不在鼎"的感召，開啓了楚地文化根基上的詩樂制度復建。因長期以來偏守江淮之間，楚文化對人文制度的建構較之河濟間諸侯有更爲獨立的思考。楚地辭賦制度的構建雖然有對宗周"樂語"教授法則的學習，也有對時行成熟"言辭"的參照，但更爲重要的是這些成果都作爲構建質料被納入到楚地本土的文化系統中，形成了特有的"樂語"——辭賦制度。這同楚地長久的巫祀傳統密不可分。

早於晉國問禮於鄭將近百年，楚莊王就有了問鼎中原的壯舉，彼時宗周之德尚具完形，王孫滿之言很直白地體現了宗周對"德"的自恃。即便在歸國後問學於士亹時，同樣得到如孔子對周德信仰一般的回復："夫善在太子，太子欲善，善人將至；若不欲善，善則不用"（《國語·楚語上》）。在楚莊好士的誠意之下，申叔時開啓了具有仿照性質而不失楚地生命力的系統皇室教學。在意義體系生成過程上，申叔時完整保留了宗周所承先人祭祀的順序：

> 教之樂，以疏其穢而鎮其浮；教之令，使訪物官；教之語，使明其德，而知先王之務，用明德於民也；教之故志，使知廢興者而戒懼焉；教之訓典，使知

---

① 《三代改制質文第二十三》載董仲舒言"武王受命，作宫邑於鄗，制爵五等，作《象樂》，繼文以奉天"，蘇輿引《墨子·三辨》"武王勝殷殺紂，環天下自立。因先王之樂，又自作樂，命曰象"，説明"象"作爲"樂"名承舊意而立新聲的内涵。姚小鷗先生在討論《周頌·三象》的命名時，申明了作爲樂名之"象""追步先王，效法典型"的意義内涵。此處"象"取此義。蕭子顯在《南齊書·文學傳論》中論世行文章流派對五、七言進行探索時言"習翫爲理，事久則瀆，在乎文章，彌患煩舊。若無新變，不能代雄"。本文所討論楚地辭賦系統的構建，是荆楚王國對《詩三百》作爲"樂語"系統的"習翫"與新變，故借取此義。董仲舒論見蘇輿《春秋繁露義證》，鍾哲點校，中華書局 2015 年版，第 184 頁。姚論參《詩經三頌與先秦禮樂文化的演變》第 107—122 頁。蕭論見周國林等校點《南齊書》，嶽麓書社 1998 年版，第 478—479 頁。

族類,行比義焉。(《國語》卷十七,《楚語上》,第 259 頁)

以聲樂成時令,於時令中定號令,樂成而附以"樂語",進而以成熟"樂語"成其先君故志,在義理上基本對宗周禮樂進行了複刻。所不同的是,在此之前,申叔時冠以中原諸侯的通行之學,以期同北方有所溝通。

  教之《春秋》,而爲之聳善而抑惡焉,以戒勸其心;教之世,而爲之昭明德而廢幽昏焉,以休懼其動;教之《詩》,而爲之導廣顯德,以耀明其志;教之禮,使知上下之則。(《國語》卷十七《楚語上》,第 258—第 259 頁)

在努力組織楚地文化生成系統的同時,對中原已經成熟的文教系統進行了全面借鑒,爲楚地意義生成系統的構建提供了標的。《詩》之爲教,顯然不是借取宗周禮用之"樂語"功能,而是"導廣顯德",借中原專對之載體以"耀明其志";既有孔子時"使之四方"的傳遞之意,又同時蘊含了《荀子》中明確指出的"中聲之所止"之功,充滿了工具性意味。

從晉鑄刑鼎不被中原文化認可的情況看,宗周依托血緣關係之下較爲穩固的地域分封,對禮樂制度進行了分割下放。一方面,諸侯國僅各自奉受"禮"的一部分而加以實踐。即便享有郊祀之禮的魯國,同樣只有各國的"禮樂"形態,而沒有察祭實踐的權力。孔子窮其一生尋求禮樂全貌,晚年"自衛反魯"方得"雅""頌"之正位。另一方面,春秋時期中原諸侯對宗周文德進行分工構建的過程中,鄭、晉同樣顯現出中央地區諸侯的文治和藩屏諸侯的武功各成制度的特點。同時,鄭地"文辭"實踐緩緩輸出而爲"諸侯"所"賴",形成宗周禮制新變體系衍生出的"禮法實驗"先行區域。

與之相映,由於長期相對獨立的文化生發體系,楚地不同於河濟間諸侯在宗周禮樂的衰變過程中產生的地域性層節,顯示出較原始的察祭"樂語"的系統性和整體性。如沈文倬先生所論,"禮不是超現實的東西",各類禮法都是"現實生活中提煉出來的"①,有久遠的歷史。徐文武先生也認爲:"在某種程度上,它(楚宗教)依然具有早期單一神教的特點,從這個意義上講,楚宗教也是一個過渡階

---

① 沈文倬先生在對禮的論述中指出了"禮"的生成、顯現有久遠的實踐,宗周之禮也是承上代而來,只是其落成文典恰在晚周時期。文中引論見《菿闇文存》,商務印書館 2006 年版,第 4 頁。

段的宗教。"①徐先生言"某種程度",實際即指整個楚文化體系的意義生發和編輯角度,而"一個過渡階段的宗教",即指意義生成體系在這一歷史時期的獨特形態。不僅上古時顓頊以巫王的身份"絶地天通"而使"民神不雜",楚靈王時史老言"若諫,則君謂'餘左執鬼中,右執殤宫,凡百箴諫,吾盡聞之矣'"(《國語·楚語上》,第270頁),同樣以群巫形態描述君王聽諫場面。《漢書·郊祀志》中更記載了"楚懷王隆祭祀、事鬼神,欲以獲福助、却秦師"②與周史萇弘輔周靈王、徐福之屬逃秦始皇以及李少翁之輩貴於武帝等事件並陳,足見楚君的巫王身份以及楚地人文制度的一體性。

在楚武王以"克""服""啓"等不同策略對"漢陽諸姬"的一統過程中雖然汲取了宗周文化,但楚地獨特的文化制度並未受其影響。楚國除熊渠當周夷王之微有過短暫的分封史③,隨即轉入了長期的縣制之中。楚縣的設立隨同疆域擴展而生成,基本没有對祭祀制度的分出。這既保證了楚地禮樂的一體性,亦爲其文化改革提供了更爲徹底的新變根基。

如前文論,不論宗周的《詩》還是荆楚的辭賦,"樂語"都是禮樂體系在溝通天人時的直接產物。《尚書·舜典》載"夔:命汝典樂,教胄子。詩言志,歌永言,聲依永,律和聲。八音克諧,無相奪倫,神人以和"④,《史記·五帝本紀》載"以夔爲典樂,教稚子……詩言意,歌長言,聲依永,律和聲,八音能諧,毋相奪倫,神人以和"(第46頁)。宗周大司樂"以樂語教國子、興、道、諷、誦、言、語"⑤的職能是對上代以來"樂語生詩"過程的進一步制度化。申叔時參照大司樂"教國子"而設立的制度,同樣是對"禮樂""和神人"而通天地之效的傳承。文辭的產出因而直接象徵了文化的形態,辭賦制度無疑是脱胎於楚地長久以來的巫王制度。

以鄭地爲文化先行對禮法進行實踐,固然從學理上爲屏藩諸侯後續施行提供了更安全的參照空間,但在春秋這一劇變時代,成熟的分工却無形中延緩了意義的生成和傳播。"西周中晚期以來,列國普遍使用鐵器,説明當時已經有了成

---

① 引自徐文武著《楚國宗教概論》,武漢出版社2001年版,第19頁。
② 班固《漢書》,中華書局1962年版,第1260頁。
③ 《史記·楚世家》載有"熊渠生子三人……'我蠻夷也,不與中國之號謚'。乃立其長子康爲句亶王,中子紅爲鄂王,少子執疵爲越章王……及周厲王之時,暴虐,熊渠畏其伐楚,亦去其王"。見《史記》第2043頁。
④ 孔安國撰、孔穎達正義《尚書正義》,黄懷信整理,上海古籍出版社2007年版,第106頁。
⑤ 載《周禮·春官·大司樂》,見孫詒讓著《周禮正義》,汪少華整理,中華書局2015年版,第2077頁。

熟的冶鐵工藝"①。鐵製品的出現大大提高了實踐的效率,也對意義記錄和編輯的結構提出了新的要求。當"子產有辭,而諸侯賴之"的交互模式顯示出相對滯後性,"文辭"在河濟間諸侯國的生成已不能滿足巨變期的文化更替,楚地"過渡階段"的文化制度便以君王親自參與禮法實踐的特徵,顯示出一體性優長。如荀子所言,"法不能獨立,類不能自行"(《荀子・君道》),一體性既爲言辭制度提供了同快速發展的時代相適應的土壤,也促進了"法""類"相融的文化體系中言辭的新生。

自楚莊起,楚王不僅在引《詩》中顯示出對宗周"詩樂"體系的清晰把握,更在皇室教育上有明確的楚地"樂語"制度構建意圖。申叔時爲楚莊設教傅太子時以"春秋""世""詩""禮"這樣的"雅言"奠基和"語用"標的,爲之後楚國意義生發和記錄系統的構建指明了方向。一方面,在對鄭受降之後,河濟間諸侯日後所賴的"子產有辭",也開始不斷地輸入楚地,爲之提供了源頭活水。楚地的外交辭令不同於齊、晉立禮法而申强權,雖然"也透露了其霸權思想,"却有着同鄭國類似的"剛柔相濟的特點"②。另一方面,在納陳之後,楚對宗周"詩禮"的慣用進入了對其生發過程的瞭解。在"乾溪之對"中,子革引《祈招》所體現出對"樂語"生發制度的深刻把握,已經遠遠超越了執禮行人對《三墳》《五典》《八索》《九丘》的記用。對《詩三百》生成過程中詩篇的引用,説明楚文化已基本掌握了與宗周相同架構的意義記錄體系。

"堋地作壇"是上代以來的祭祀習俗,段玉裁《説文解字注・堋》對原始祭祀過程中"壇高、堋下"的空間關聯進行了詳證(第 697 頁)。"壇"的高臺形態具有深遠的文化生發意義,"臺"同樣如此。趙逵夫先生言,"楚設'蘭臺之宮'在何時,現已難考",見其文化根脈之久遠。徐文武先生對趙先生所見"蘭臺""稷下"之聯繫進行了進一步細化梳理:"楚蘭臺之宮與齊稷下之宮還是有所不同的,前者重文學之士,以論藝作賦爲主業;後者重'遊説之士',以'不治而議論''著書言之亂之事'爲職事"③。從楚文化所具有的"過渡階段的宗教"性質看,"臺"不僅有原始祀事中的察祭功能,更由此衍生出文化生發和議事決斷的功效。《史記・楚世家》中所載"繳射者諫頃襄王"之賦對中,更有"王繳繳蘭臺,飲馬西河,定魏大

---

① 中國社會科學院考古研究所編《中國考古學・兩周卷》,中國社會科學出版社 2004 年版,第 180 頁。
② 李亞男碩士學位論文《春秋時期鄭國辭令研究》第四章《鄭國辭令與其他國的比較》有更具體論述,廣西大學 2017 年。
③ 徐文武《楚國思想與學術研究》,湖北教育出版社 2017 年版,第 19 頁。

梁",以"臺"爲楚文化根基和楚王決事之處。①

更據錢穆先生在《史記地名考》中所論地名的遷徙特徵,可知楚靈所建"章華"之臺是"通天巫樂"生發場所之遷移。不同於莊、荀爲代表的諸子宗師對"聖德""帝師"的理想總結,楚靈賴人君之力,對"蔽於一曲而暗於大理"(《荀子·解蔽》)的衆類人等進行集結,意欲分移鄭地在中原所以"有辭"之文化場域,爲楚地建造更自由的人德探索之地。《左傳》昭公七年載"楚子成章華之臺,願與諸侯落之",即是希冀得到河濟間諸侯支持之舉。依照杜預注,"宮室始成,祭之爲落",孔穎達《正義》曰:"以言其落,必是以酒澆落之,雖不如廟以血塗其上,當祭中霤之神以安之。"認爲"願與諸侯落之"意指以"宮室落成"之禮察之。事實上,楚靈邀約諸侯並非在先起章華宫而"納亡人"時,而是在隨後"成章華之臺"時,因而"落禮"並非作"宮室之成"的祭祀,而當同昭四年"叔孫爲孟鐘……饗大夫以落之"②義,是言與諸侯公成郊祀祭天之禮。《國語·楚語上》載伍員言"不聞其以觀大、視侈、淫色以爲明,而以察清濁爲聰"(第265頁),見其察祭之用;《國語·吳語》載伍員"昔楚靈王不君……乃築臺於章華之上,闕爲石郭,陂漢,以象帝舜"(第401頁)之論,則説明了"臺"爲建築之名,以及其造制"象帝舜"的神聖性。從這個角度看,楚靈王應當是史載第一個從學理上復原了宗周"樂語"所依托祭祀制度並有強烈突破意願的君主。

遲至楚懷王時,楚地的文化學術體系已經完備。郊天祭祀的"蘭臺"成爲接通人神的秘所,更生出了富有楚地特色的"樂語"——辭賦作品。屈原成體系的作品完整對應了《詩》自"頌"至"風"的神聖"樂語",宋玉偏重娛情的作品中楚王的政治宏圖也是重要主題之一③。除了"樂語"辭賦的創制,蘭臺重臣還直接參

---

① 引自《史記》第2084頁。《正義》云"蘭臺,桓山之別名也",誤。此處"蘭臺"當指楚地之"蘭臺"。在《趙世家》武靈王二十一年中,《正義》同樣指出"北嶽有五別名,一曰蘭臺府"。但如裴駰按:"北嶽恒山在定州衡陽縣北百四十里",即今保定阜平的大茂山。北嶽地位至山西渾源縣,是明末清初之事。從射者諫論中的地理次序看,"緟繳蘭臺"是"一發之樂",而論中"北達於燕"是"一發"之後"若王之言弋誠好而不厭,則出寶弓,碆新繳"之更作。知"緟繳蘭臺"不在燕地,則賦中"蘭臺"非指衡陽"蘭臺"山。《楚世家》所論,當是楚國郊天之所、文化之源。《趙世家》引文,見《史記》第2182—2183頁。
② 注言"以貔豬血釁鐘曰落",疏中引"鄭玄云,邦器謂禮樂之器及祭器之屬,此鐘是禮樂之器,故釁也"。楊伯峻同王引之論,言"此'落'與四年傳'饗大夫以落之'之'落'同義,詳四年傳注"。引文見《阮刻春秋左傳注疏》,第2894—2895頁;楊論見《春秋左傳注》,第1424頁。
③ 參拙文《論宋玉賦的娛情屬性》中對"修楚鉤而問周鼎的北躍雄志"論述。載《開封教育學院學報》2016年第1期。

與了文化實踐,在輔佐太子、參擬政令以及外事交通中起到了重要作用①。後收取魯次室邑設縣而命以蘭陵②,考烈王時更吸引了荀子這樣的大儒爲令,成爲另一所楚地文化重鎮。至漢代,"蘭臺"承祭祀神祇之功,成爲"圖籍秘書"和中央辭書詔令的收藏之所③;而作爲荆楚文化重鎮的蘭陵,不僅有荀卿之學成爲楚漢王朝重要的經學淵源,更爲楚漢帝國貢獻了一大批經學的中堅力量④。

總之,隨着楚莊的主動北上,楚地對禮樂制度的構建逐漸開始在同河濟間諸侯交流的過程中顯現出來。申叔時應楚莊王要求設立可與北地溝通的"樂語"教授體系,至楚靈王時右尹子革已熟知教授經典的生成模式,並以此諫楚靈王"納亡人"的認知謬誤。遲至屈原時,楚國已基本完成了本土巫樂體系的制度化。這既包含了接通天人的祭祀蘭臺形制,也包含了富有本地巫樂特色的辭賦形態,自然也有尚不可確知的巫樂職官制度。至荀子時,楚文化體系之盛已不亞於北地,荀子作爲北方學者,其賦作也在對楚文化的瞭解之後呈現出濃厚的楚地特色。楚地制度化的祭祀流程,多得益於陳地留存的祭祀古法;而對言辭的運用,則深鑒齊稷下之學所彙聚的時學侈言之風。在周承殷制之後,從實踐層面再次說明了"樂語"意義記録和編輯體系的可行性。而楚靈王借章華求九鼎之舉的失敗,以及隨後楚國"蘭臺""蘭陵"學術制度的構建,則表明"音樂"作爲意義記録和編輯框架的時代已經過去,人文闡釋歷史地進入到由"言辭"承擔的説理時代。

---

① 王志先生通過"屈原職官與巫"的考察,對諸家論屈原歷任左徒、三閭大夫等職進行了梳理。論中可見雖然屈原歷任官職的具體次序和詳細分工衆説紛紜,但對其巫的獨特文化身份和參與擬政、掌存同姓以及主持教育的文化職能均持不疑的態度。詳王先生博士論文《屈原與巫文化關係研究》第三章内容,吉林大學 2006 年。
② 闞駰纂、張澍輯《十三州志》載"蘭陵,故魯次室邑。其後楚取之,改爲蘭陵縣,漢因之。《烈女傳》曰,魯次室女倚柱而歎曰:'君老,太子幼。'諸女笑之。次室女曰:'君老必愚,太子幼必悖,愚悖之間,其亂必生。'竟如此言。次室即此也《太平寰宇記》。"商務印書館 1936 年版,第 44—45 頁。
③ 吳從祥《漢代蘭臺考辨》中結合近世出土材料對"漢代蘭臺不僅是國家法規和皇帝詔令等的保存之處,也是秘書和圖識等的收藏之所"。載《蘭臺世界》2015 年 12 月上旬刊。
④ 劉向《孫卿書録》中直以"蘭陵多善爲學,蓋以孫卿也"描述這一文化現象。荀子對蘭陵經學的影響,盧永鳳、王福海先生有詳述,其合著《荀子與蘭陵文化研究》中設《荀子與蘭陵文化》專章討論了荀子對蘭陵經學以及經師的培養。山東人民出版社 2013 年版,第 178—193 頁。

明融之漸
——劉勰的賦體發展觀

王子瑞*

内容提要 劉勰《文心雕龍·詮賦》借形容日初昇明融之漸語,來描述特定時期的賦體發展性狀,對賦體演進的認知頗有獨詣。賦體源自"六義"之賦,它是西周政教制度中詩樂演述的一道工序,因其語言功能尚不發達,而使詩、賦不分,賦體"明而未融";晚周時期,賦脫落儀制束縛,在荀况、屈原、宋玉等人的推動下,賦體"與詩畫境",邁入獨立命制的"漸融"階段;兩漢時期,賦在體制、創作等方面臻於全盛,達到"昭明有融"的純熟境地。明融之漸實爲賦體發展的一個極佳象喻。

關鍵詞 劉勰 《詮賦》 賦 明而未融 明而漸融

劉勰《文心雕龍》文體論大盛,其"論文叙筆"的基本套路爲釋名義、溯源流、選文定篇、敷舉文統,這大體上展示了各體文學的發展簡史。準依於此,他在《詮賦》中亦照例提供了賦體發展簡史[1]。該篇用"明而未融"來概括賦體在春秋中期以前的發展性狀,頗爲獨到,且有深意。從語源看,"明而未融"非劉勰之創造,而出自《左傳》昭公五年[2]。後鄭玄《詩·東方之日》箋解曰:"日在東方,其明未融。興者,喻君不明。"[3]故"明而未融"的本義,是指初昇之日,光照明而未朗、昭而尚弱,故可象徵事物的發展尚屬初級狀態。劉勰即借此義,將其與賦體的發展

---

* 作者簡介:王子瑞,上海大學文學院碩士研究生。
  基金項目:本文爲國家社會科學基金重大項目"中國古代文學制度研究"(17ZDA238)階段性成果。

[1] 參見《文心雕龍注》之《序志》《詮賦》,劉勰著、范文瀾注,人民文學出版社1962年版。文中引用《文心雕龍》皆據此本,以下僅標篇目。

[2] 《左傳》昭公五年傳載魯莊叔爲叔孫穆子筮,楚丘解曰:"《明夷》,日也。……日上其中,食日爲二,旦日爲三。《明夷》之《謙》,明而未融,其當旦乎?"以日之位及運動象徵穆子的人生命運。見左丘明傳、孔穎達正義《春秋左傳正義》卷四十三,北京大學出版社2000年版,第1396—1397頁。

[3] 孔穎達又引述曰:"昭五年《左傳》云:'日上其中,明而未融,其當旦乎。'服虔云:'融,高也。'按《既醉》'昭明有融',傳云:'融,長也。'謂日高其光照長遠。日之旦明未高,故以喻君之不明也。"毛亨傳、孔穎達正義《毛詩正義》卷五,北京大學出版社2000年版,第393頁。

階段對應。順着這一思路,在解讀劉勰的賦體發展觀時,就可用"明而未融""明而漸融""昭明有融"來分段描述之,進而把握先秦兩漢賦體的發展進階。

一　詩賦未分,明而未融

劉勰認爲:"賦者,鋪也;鋪采摛文,體物寫志也。"(《詮賦》)"鋪陳""體物"指明賦體之體性:"鋪陳"即鋪排辭采、敷演行文,屬形式層面;"體物"即摹狀,體辨物、事之形、理,而後歸於興發己志,屬內容層面。詩以情志抒發爲要義,賦以陳事體物爲特徵;由此產生"詩緣情而綺靡,賦體物而瀏亮"①的經典表述。這種描述建立在賦體成熟、定型之後,但在春秋中期以前,賦自詩出,它與詩體並不可分。

賦與比、興爲詩之所用,共同保證了西周風教體系的有效運轉。孔穎達《毛詩正義》認爲,風、雅、頌三義本是西周施政之指稱,"人君以政化下,臣下感政作詩,故還取政教之名,以爲作詩之目"。②　因此,《風》《雅》《頌》所作各有體意,鄭玄釋曰:"風,言賢聖治道之遺化也。雅,正也,言今之正者,以爲後世法。頌之言誦也、容也,誦今之德,廣以美之。"③在這樣的政教制度下,賦、比、興才得以區分、定名,"賦之言鋪,直鋪陳今之政教善惡。比,見今之失,不敢斥言,取比類以言。興,見今之美,嫌於媚諛,取善事以喻勸之"(《周禮注疏》卷二十三《大師》,第717頁),且雅、頌亦以賦、比、興爲之。可見,"六義"皆風,臣下感乎政教作詩,用"六義"匡正君主,人君又用詩風化天下,所謂"上以風化下,下以風刺上";在這一過程中,賦、比、興爲詩成辭所用④。賦體導源於此,而後分歧異派,故一般稱"賦者,古詩之流也"(《六臣注文選》卷一《兩都賦序》,第23頁)。

在此政教制度下,賦成爲西周詩樂演述的一道重要工序。"歌詩"傳統要求"詩言志,歌永言,聲依永,律和聲"⑤,周公制禮作樂,公卿大夫獻詩於廷,亦需以曲歌之,即形成一套詩樂演述程式。《風》《雅》《頌》既有體意之不同,所合音律亦

---

① 蕭統著、李善等注《六臣注文選》卷十七陸機《文賦》,中華書局2012年版,第312頁。
② 孔穎達釋曰:"上云'風,風也,教也。風以動之,教以化之'",是風爲政名也。下云'雅者,正也。政有小大,故有《小雅》焉,有《大雅》焉',是雅爲政名也。《周頌譜》云'頌之言容,天子之德,光被四表,格於上下,此之謂容',是頌爲政名也。"《毛詩正義》卷一,第14頁。
③ 鄭玄注、賈公彥疏《周禮注疏》卷二十三《大師》,北京大學出版社2000年版,第717頁。
④ 由此,孔穎達提出"三體三用"說:"然則風、雅、頌者,詩篇之異體;賦、比、興者,詩文之異辭耳……賦、比、興是詩之所用,風、雅、頌是詩之成形,用彼三事,成此三事,是故同稱爲義。"《毛詩正義》卷一,第14—15頁。
⑤ 孔安國傳、孔穎達疏《尚書正義》卷三《舜典》,北京大學出版社2000年版,第95頁。

不同,各有別聲。周官大師"掌六詩之歌,達聲樂之本",故武王得二《南》之風,付大師使之分而國之(《毛詩正義·周南召南譜》,第 13 頁)。大師以"六詩"其義其聲傳樂官瞽矇,瞽矇又受小師教播鞀、柷、敔、塤、簫、管、弦、歌,而有"諷誦詩"的職能(卷二十三《大師》《瞽矇》,第 714、725 頁),故瞽矇是詩樂演述的具體操持者。詩既與宮商之樂相合,則依違咏歌,主文而譎諫;在此"言之者無罪"的情況下,賦由於直陳其事,無所避諱,得爲言詩之正體。《國語》即記曰:"師箴、瞍賦、矇誦",韋昭注"賦公卿大夫所獻詩也","誦以箴刺王之失"①,而瞍、瞽矇實屬一類職官。

可以推知,賦在得名之初,作爲詩成辭方式之一,應用於西周政教制度及與此配套的詩樂程式。劉勰《詮賦》將"詩六義"與"師箴瞍賦"之賦義喻爲枝幹關係,即明賦之源起。

平王東遷前後,王道漸趨衰微,原本風、雅、頌的風教體系傳達受阻,采詩、獻詩之制逐漸停滯;詩樂演述程式也因人員消散而開始遭到破壞,賦所應用的一系列儀制被削弱。且變風、變雅感於世惡而作,"傷人倫之廢,哀刑政之苛,吟咏情性,以風其上"(《詩大序》),詩之文辭在一定程度上較多地承擔抒發怨刺之情的功能,得到一定發展。但在春秋時期,其又尚未脱落儀制内容,故自身功能並未得到完全凸顯。《漢書·藝文志》載,其時"諸侯卿大夫交接鄰國,以微言相感,當揖讓之時,必稱詩以諭其志,蓋以別賢不肖而觀盛衰焉"(《漢書》卷三十《藝文志·詩賦略》,第 1755 頁),相互賦(此爲引誦)詩成爲各國傳遞外交辭令及修飾政治的一種儀式。賦詩亦可指自作詩,如《定之方中》傳言,"登高能賦……可謂有德音,可以爲大夫",賦者"升高有所見,能爲詩賦其性狀,鋪陳其事勢"(第 236—237 頁)。但這種行爲並非關注所賦之文辭,而是從其中考察"感物造端,材質深美,可與圖政事"(《漢書》卷三十《藝文志·詩賦略》,第 1755 頁)的品質,亦是"別賢不肖而觀盛衰"的一種途徑。

正由於此時語言功能尚不發達,賦雖脱離詩樂演述程式的束縛,但其義仍依附於詩,而有所謂"賦詩"之稱。自賦之詩,賦未獨立成體,其義雖顯而仍不著明,故賦體"明而未融"。劉勰《詮賦》標舉《大隧》《狐裘》兩例來説明這一情況。《左傳》隱公元年載,鄭莊公想重修好於母親姜氏,掘地及泉,在隧道中與姜氏相見,"公入而賦:'大隧之中,其樂也融融。'姜出而賦:'大隧之外,其樂也洩洩。'"《左

---

① 韋昭注《國語》卷一《周語上》,商務印書館 1958 年版,第 4 頁。

傳》僖公五年載,晉獻公使士蔿爲二公子築城,士蔿以爲不合臣道,築城不固又遭獻公責備,"士蔿退而賦曰:'狐裘尨茸,一國三公,吾誰適從!'"①孔穎達疏及杜預注皆釋賦詩"謂自作詩也"。《大隧》鋪叙隧内外之氛圍,凸顯歡樂之情;士蔿體狐裘亂貌,以比國政混亂,興發憂憤之志。可見,此兩詩皆由個體自作,體乎物、鋪陳事而寫志。但是,這類作品依舊是詩體,劉勰謂之"結言短韻,詞自己作,雖合賦體,明而未融"。首先,《大隧》四句,《狐裘》三句,皆小文也,蓋隨時有感而作;故賦義雖明却不顯著區別於比、興。其次,《大隧》可分兩章,每章兩句,"融""中"屬冬部、"洩""外"屬月部,分章换韻;《狐裘》一章三句,一韻到底,"茸""公""從"屬東部;其用語用韻皆與《詩》同。因此,春秋中期以前,賦詩已有"詞自己作",初顯賦"體物寫志"的要素;然而,賦、詩不分,體未分化,極大限制了賦體空間。

二　與詩畫境,明而漸融

春秋晚期以後,隨着《詩》文本的固定和語言功能的發展,賦在晚周辭賦家手中與詩體分化而成獨立體式,進入賦體成熟前的體制開拓與積累階段。

由於王澤消竭,綱紀喪亂而不可匡正,故詩不復作,孔子得以删訂成《詩》,將政教制度和詩樂程式下產生的詩篇,以文本的形式保存下來。風、雅、頌依舊作爲詩之名目留存;賦、比、興擺脱了儀制束縛,保留其辭用方面的功能,成爲作《詩》之法的分類。故《毛詩》以風、雅、頌分目,而在具體詩篇的傳箋中常以賦、比、興作解説。爾後,依附文本的賦義基本指向鋪陳叙事,與比、興漸漸區别開來。如《詮賦》:"賦,鋪也,鋪采摛文";《比興》:"比者,附也;興者,起也……比則畜憤以斥言,興則環譬以托諷"。

五霸之末,"周道浸壞,聘問歌咏不行於列國,學《詩》之士逸在布衣"(《漢書》卷三十《藝文志·詩賦略》,第1756頁),此時賦詩已經完全脱落儀制因素,成爲一種自主的語言行爲。語言辭文對表情、叙事的承載佔據主導地位,使得賦詩文本的體制容量失去了客觀限制。另一方面,王道難行、道德敗喪,在極度動盪混亂的生存環境下,賢人胸中鬱結更爲紛雜的情事,如屈原"執履忠貞而被讒邪,憂心煩亂,不知所訴,乃作《離騷經》"②;"大儒孫卿及楚臣屈原離讒憂國,皆作賦以

---

① 左丘明傳、孔穎達正義《春秋左傳正義》卷二《隱公元年》、卷十二《僖公五年》,第64、363頁。
② 王逸撰、黄靈庚點校《楚辭章句》卷一《離騷經章句序》,上海古籍出版社2017年版,第1頁。

風,咸有惻隱古詩之義"①;吕向注《風賦》曰:"時襄王驕奢,故宋玉作此賦以諷之"(《六臣注文選》卷十三《風賦》,第246頁)。

在這樣的境況下,作家極其强烈的傾訴、怨刺欲望,一旦訴諸語言功能佔據主導的詩體,必然導致賦的鋪叙情事功能得以凸顯,篇制容量由此大大增加,賦體便會從詩體中分化出來。詩、賦分流的性狀,表徵於晚周時期荀況、宋玉等人的賦作,以及屈原《離騷》爲核心的《楚辭》。在他們的推動下,賦體由萌芽走向獨立發展。

荀況在文學史上首次以賦名篇,《荀子·賦篇》由《禮》《知》《雲》《蠶》《箴》五篇短賦組成。爾後宋玉亦有名賦之作,如《文選》載其《風賦》《高唐賦》《神女賦》《登徒子好色賦》。晚周相當數量的作品徑標賦名,"爰賜名號"(《詮賦》),表明時人已有與詩之體式、名目區分的自覺認知,賦體始"與詩畫境",由詩體附庸分化成賦體;故清人王芑孫稱賦"單行之始,椎輪晚周"②。

荀、宋賦與《楚辭》基本奠定了賦體體制特徵。荀賦採用當時流行的"隱語"鋪叙手法,文似謎面,繁演其義而後告之;又結合主客、君臣問對這種晚周主流語言方式,結構成五篇短小精悍的體物韻語。如《賦篇·禮》:

> 爰有大物,非絲非帛,文理成章。非日非月,爲天下明。生者以壽,死者以葬,城郭以固,三軍以强。粹而王,駁而伯,無一焉而亡。臣愚不識,敢請之王。王曰:此夫文而不采者歟?簡然易知而致有理者歟?君子所敬而小人所不者歟?性不得則若禽獸,性得之則甚雅似者歟?匹夫隆之則爲聖人,諸侯隆之則一四海者歟?致明而約,甚順而體,請歸之禮。③

荀賦以鋪排體物爲主。但後世多不以隱語體物爲正體,少有賦採用。但劉勰較爲肯定這種"事數自環"(《詮賦》)的敷演方式,認爲"象物名賦,文質相稱,固巨儒之情也"(《才略》)。

至《楚辭》真正開創了一種突破詩體局限、體制似賦的文體,其"本《詩》義以爲騷,蓋兼六義而賦之義居多"④,而能從容鋪展物色形貌的描寫,"觸類而長,物

---

① 班固《漢書》卷三十《藝文志·詩賦略》,中華書局1962年版,第1756頁。
② 王芑孫《讀賦卮言·導源》,《叢書集成三編》輯録,新文豐出版公司1997年版,第61册,第587頁。
③ 荀况著、王先謙集解《荀子集解》卷十八《賦篇第二十六》,中華書局1988年版,第472頁。
④ 徐師曾《文體明辨序説》,人民文學出版社1998年版,第100頁。

貌難盡,故重遝舒狀"(《物色》),賦體"及靈均唱《騷》,始廣聲貌"(《詮賦》)。《楚辭》既有同於《風》《雅》之體,又有詭異、譎怪等異乎經典之事,對後世辭賦產生了極大的影響,班固稱:"其文弘博麗雅,爲辭賦宗,後世莫不斟其英華,則象其從容。自宋玉、唐勒、景差之徒,漢興,枚乘、司馬相如、劉向、揚雄,騁極文辭"①。故《楚辭》爲"《雅》《頌》之博徒,而詞賦之英傑"(《辨騷》);賦則"受命於詩人,拓宇於《楚辭》"(《詮賦》)。正因《楚辭》對賦體發展影響深遠,後世賦家又多擬其體作賦,故漢人常以《楚辭》爲賦②。

宋玉賦綜合了荀賦、《楚辭》的特性:將客主問對納入賦體行文框架;模仿《楚辭》繁雜地描摹聲貌;吸收賢人失志而騁辯明理的行文風格。但又明顯有別的是,宋玉賦進一步加强了《楚辭》言辭形式上的特徵,"宋發巧談,實始淫麗"(《詮賦》),確立誇飾、奢麗之體。在《高唐賦》《神女賦》中,宋玉大量使用增飾性辭藻,對物事性狀的體摹也誇張不切實際。荀、屈諷言情志爲本、體物狀貌爲次的辭賦體制發生逆轉,所謂屈騷"主於幽深",宋賦"宜於瀏亮"③。從宋玉作品本身亦可發現這種分化,一類是《楚辭》收錄的"幽深"之作,一類是以賦名篇的誇飾、淫麗之作。由此可推測,宋玉明確意識到賦體區别於騷體。"客主以首引""極聲貌以窮文"(《詮賦》)作爲賦體的常見體貌和基本要素,在經歷了《楚辭》拓宇、荀賦定名後,於宋玉賦中得到融合;可以說宋玉賦代表了賦體體制的初步成形,程廷祚即判定曰:"騷作於屈原矣,賦何乎始?曰宋玉。"(《青溪集》卷三《騷賦論(上)》)劉勰亦稱諸賢所爲"命賦之厥初"(《詮賦》),顯然是意指,晚周時期賦體已由附着詩體而邁入獨立命制的"漸融"階段。

因晚周辭賦在賦體發展史上至爲重要,後世作賦無不宗法之。論家即梳理出端緒,熱衷構建有本有序的賦體統系。這也從側面體現出晚周辭賦在賦體發展過程中處於文學蓄勢的"漸融"階段。試舉一例:

別子爲祖,荀况、屈平是也;繼別爲宗,宋玉是也。追其統系,三百篇其百世不遷之宗矣。下此則兩家歧出,有由屈子分支者,有自荀卿別派者。昭明序《選》,所云以荀、宋表前,賈、馬繼後,而慨然於源流自兹也。相如之徒,

---

① 引自范文瀾《文心雕龍注》,第51頁。
② 如《史記·屈賈列傳》說屈原"乃作《懷沙之賦》","其後,宋玉、唐勒之徒,皆好辭而以賦見稱。"《漢書·藝文志》載"屈原賦二十五篇"。
③ 程廷祚《青溪集》卷三《騷賦論(上)》,《金陵叢書》影印本。

敷典摛文,乃從荀法;賈傅以下,湛思渺慮,具有屈心。抑荀正而屈變,馬愉而賈戚,雖云一轂,略已殊途。①

荀、屈、宋爲賦體分歧異派的關紐,殆無異議。賈誼賦志意雖似屈原,然談理論説,亦有諸子之風;相如賦善用對問之體,然其辭誇飾淫麗,更屬宋玉一流。據實而言,這樣的統序意識,固然有利於明源流之本末,條序井然;但對作家或作品的溯源、對應容易流於刻板、牽强,不一定符合文學發展實際。

三　蔚然雕畫,昭明有融

經過先秦漫長的創作積累,賦體在兩漢時期達到純熟境地,這爲歷代論家所公認,明人吳訥云:"古今言賦,自騷之外,咸以兩漢爲古,蓋非魏晉已還所及。"②如細分其段,賦體在西漢武帝至成帝時期即逐漸進入鼎盛,劉勰梳理道:"漢初詞人,順流而作,陸賈扣其端,賈誼振其緒,枚、馬同其風,王、揚騁其勢"(《詮賦》)。漢興之初,賦家承先秦餘緒,有陸賈"首案奇采,賦《孟春》而選典誥,其辯之富"(《才略》);賈誼"致辨於情理"(《詮賦》),首作"騷體賦";二人正式拉開一代漢賦帷幕。據《漢書·藝文志》的賦體分類,賈誼賦、枚乘賦、相如賦皆屬屈原賦一類;王褒賦屬屈原賦一類;揚雄賦屬陸賈賦一類;枚皋賦屬陸賈賦一類。枚、馬、王、揚、皋又緊隨陸、賈,"同其風,騁其勢",將賦之發展勢頭推向高潮。

劉勰亦認爲賦體"興楚而盛漢"(《詮賦》),並從創作、體制、體裁、作家等方面綜合論述賦體發展至兩漢時期"昭明有融"的性狀。

武帝以後,以賦入仕成爲一種新興途徑,帶動天下文士爭相獻賦、試賦以求顯達③。例如,武帝以文名徵枚乘不得,其子枚皋主動請見而賦平樂館,拜爲郎;司馬相如因《子虛賦》受詔,當堂獻《上林賦》,拜爲郎;其後王褒、揚雄、馬融等人皆通過這種方式受到皇帝欣賞。朝堂之上,"言語侍從之臣……朝夕論思,日月獻納;而公卿大夫……時時間作"(《六臣注文選》卷一《兩都賦序》,第23頁),以致武帝後賦作數量激增繁積,形成"繁積於宣時,校閲於成世,進御之賦千有餘首"(《詮賦》)的局面。再徵以《漢書·藝文志》,劉向總舉賦七十八家,一千零四

---

① 王芑孫《讀賦卮言·導源》,第587頁。
② 吳訥《文章辨體序説》,人民文學出版社1998年版,第21頁。
③ 參見韋春喜《漢代賦選與大賦文本特徵》,《中山大學學報》2020年第4期。

篇；去除雜賦一類，漢賦數量約占百分之九十，其中絕大多數又是西漢賦作，可見西漢時賦創作已然大盛。

由於作賦、獻賦成風，賦體體制逐漸打磨純熟，漢賦在體裁開拓上也已奠定基本格局。劉勰將其總結爲"京殿苑獵，述行序志"，"草區禽族，庶品雜類"；又可基本對應爲鴻裁雅文、奇巧小制兩大類（《詮賦》）。爾後，蕭統《文選》將賦細分爲京都、田獵、物色、鳥獸、情、志等十五種，又細分品第，討其源流，皆自漢賦體系流出。

武帝朝歷經高、文、景三代休養生息，迎來社會"大一統"的强盛時代，自然需要與政治氣概相適應的文化氣象，故"孝武崇儒，潤色鴻業，禮樂爭輝，辭藻競鶩"（《時序》），考文章、興禮樂。在這樣的文化氛圍中，宮殿、都城、田獵、祭祀等便於誇飾富麗，能集中展現帝國强盛的題材成爲西漢賦主體。至西漢及東漢末期，隨着朝綱壞亂，又衍生出《北征》《思玄》等一批志鬱慷慨、典雅思深的賦作。因此，"京殿苑獵，述行序志"一類賦作在義旨上或宣揚光輝帝業，或立意含宏高遠，"取義光大"，得稱"大賦"。在體制上，大賦十分講究長篇鋪寫技巧，善用時空佈局，似"體國經野"，整蔚有序；首尾"履端於倡序，歸餘於總亂"（《詮賦》）的文體結構基本常態化，形成鴻裁巨制。值得注意的是，多數情況下，賦序並非體制規範的序言，而是由賦中或實或虛的抒叙主人公引述情由。如班固《兩都賦》、王延壽《魯靈光殿賦》等有獨立的賦序，交代作賦背景；《子虛》《上林》即虛擬子虛、烏有、亡是公三人對話以作行文之開端，緊密融入賦篇之中①。大賦末尾一般以亂辭作結，有"亂曰""系曰"等名目，以約指全篇旨趣，這顯然是吸收《楚辭》構造②；而虛擬客主問對之大賦，又往往以人物的神態、行爲變化作尾聲，收束全篇，並無總結之辭。由此看，劉勰言大賦"亂以理篇，寫送文勢"（《詮賦》），應是指大賦慣用以上兩種方式收束全文③。

相比於大賦之誇麗閎鉅，"品物畢圖"的雜類賦因取材庶雜，多"觸興致情"的

---

① 宋玉賦主客問答之體即已體現這種似序非序的行文開端，由此飽受後人爭議，如蘇軾否定宋玉《高唐賦》自"玉曰唯唯"以前爲序的説法；何焯引述而否定曰："一篇之中，引端爲序，歸餘曰亂，猶人身中之耳目手足，各異其名。蘇子則曰'莫非身也'。是大可笑，得乎？"何焯《義門讀書記》卷四十五《文選·賦》，文淵閣四庫全書景印本。
② 劉勰言"按《那》之卒章，閔馬稱亂，故知殷人輯頌，楚人理賦"（《詮賦》），可知賦末亂辭，其體制源於《商頌》，本通過樂舞章節的變亂區分；《楚辭》承其體，文本中徑標明"亂曰"，王逸注："亂，理也，所以發理辭旨，總撮其行要也。"
③ 詳見詹鍈《文心雕龍義證》所引户田浩曉《作爲校勘資料的〈文心雕龍〉敦煌本》及牟世金《文心雕龍的范注補正》的論證，皆以"寫送文勢"爲收束文本之意。上海古籍出版社1989年版，第286—287頁。

即興之作,《賦概》言:"春有草樹,山有煙霞,皆是造化自然,非設色之可擬。故賦之爲道,重象尤宜重興。興不稱象,雖紛披繁密而生意索然。"①因物象體微,則擬諸形容時,篇幅小制,言辭必然奇巧細密,依循物理而法象之,也更加切合物性,故稱其體"言務纖密,理貴側附"(《詮賦》)。齊梁之際盛行的精緻、抒情小賦,即本於此種雜賦。因此六朝以還之賦,尚纖義巧辭,固無崢嶸之雄氣矣。

創作實踐的大量積累必然能沉澱出一批時代精英。摯虞、皇甫謐等人已論及漢賦之高者,如《三都賦序》:"漢逮賈誼……相如《上林》、揚雄《甘泉》、班固《兩都》、張衡《二京》、馬融《廣成》、王生《靈光》……皆近代辭賦之偉也。"(《六臣注文選》卷四十五《三都賦序》,第859頁)劉勰獨具隻眼,在前人基礎上評選出十位第一流辭賦家,兩漢即占八位。其中,相如"繁類以成艷"、王褒"窮變於聲貌"、班固"明絢以雅贍"、揚雄"理贍而辭堅"(《才略》),將賦體"鋪采摛文,體物寫志"之制發揮到極致,故論家言"大抵漢人之賦,首長卿而翼子雲,至是而賦家之能事畢矣。"②以下王粲、徐幹等六位名家,僅爲"魏晉之賦首",才冠一代而已,在數量和品質上都不足以比肩光耀千古的漢賦。至王應麟編著的蒙學讀本《小學紺珠》,即將劉勰所選作爲一種文學常識,供孩童記誦③。

由於立足賦體本源、體制發展及創作實際,劉勰提出較前人更爲公允的賦體創作綱領。李調元《賦話》曰:"鄴中小賦,古意尚存。齊梁人爲之,琢句愈秀、結字愈新,而去古亦愈遠。"④魏晉六朝之賦,語句愈加雕琢纖密,較漢賦更重事形之功,情義之質與事形之文的矛盾凸顯。成公綏、陸機、傅玄、皇甫謐、摯虞等人皆關注到辭采與雅義的關係,他們普遍承認賦體因敷演體物而辭采必然美麗的事實,但在具體論述時,又往往偏向於辭與義對立不容、非此即彼。如摯虞《文章流別論》較典型:"情義爲主,則言省而文有例矣;事形爲本,則言富而辭無常矣。文之省煩,辭之險易,蓋由於此。"⑤劉勰則認爲物事、情義、詞采三者本身互動互利:"原夫登高之旨,蓋睹物興情。情以物興,故義必明雅;物以情觀,故詞必巧麗。麗詞雅義,符采相勝"(《詮賦》);麗辭不會妨礙義雅,兩者可以兼得。由此,辭賦之作應師法《詩經》《楚辭》,即"憑軾以倚《雅》《頌》,懸轡以馭楚篇,酌奇而不失其貞,玩華而不墜其實"(《辨騷》)。明晰此立賦之"大體",既能避免以義害辭,

---

① 劉熙載《藝概》卷三《賦概》,《劉熙載文集》,江蘇古籍出版社2001年版,第130頁。
② 程廷祚《青溪集》卷三《騷賦論(上)》。
③ 王應麟《小學紺珠》卷四《藝文類》,影印文淵閣《四庫全書》,臺北商務印書館1986年版。
④ 李調元《賦話》卷一,中華書局1985年版,第3頁。
⑤ 穆克宏《魏晉南北朝文論全編》,上海遠東出版社2012年版,第79頁。

又可防止賦體創作荒亡失統。

　　劉勰《文心雕龍》藴含着一條明而漸融的賦體發展脉絡。其豐實清晰而便於把握,得益於此文體論模式。魏晉以降的文學自覺時代,文體辨析意識催動各式文論的發展,如西晉傅玄《連珠序》,文雖簡短粗略,却論及連珠體的興起、發展、體制命名和評騭代表作家之風格,已初具規模①。劉勰以前,尚不見成體系的專題賦文體論,且很少從文體層面進行整體觀照,這必然導致論家習慣於依據某種價值標準,對文體流變、作家風格等進行價值框定和評判,易使後人對作家、作品的基本定位發生淆亂而無所適從。比如,針對司馬相如等大賦作家,不同時代、不同價值取向會産生不同評判,西漢時盛讚大賦之"控引天地,錯綜古今",故稱相如賦"典而麗"②;魏晉賦論多受揚雄"詩人之賦麗以則"的影響,約以《詩》之風雅,故稱大賦高者"初極宏侈之辭,終以約簡之制"(《六臣注文選》卷四十五《三都賦序》,第 859 頁);左思《三都賦》盛行之時,左思、皇甫謐、衛權、劉逵等論家宣導"辭必徵實",揚、馬、班、張賦又成"考之果木,則生非其壤;校之神物,則出非其所。於辭則易爲藻飾,於義則虚而無徵"(《六臣注文選》卷四左思《三都賦序》,第 90 頁)的侈麗無驗之作。

　　劉勰《詮賦》作爲賦體專論,採用"囿别區分,原始表末,釋名章義,選文定篇,敷理舉統"(《序志》)的文體論套路。一方面,這明顯吸收、整合了當時辨明文體的路數;另一方面,其儘可能超脱個人或時代風尚帶來的優劣準則,着力呈現文體自身在不同發展階段之客觀性狀。

---

① 嚴可均《全晉文》卷四十六,《全上古三代秦漢六朝文》,中華書局 1958 年版,第 1724 頁。
② 葛洪集,向新陽校注《西京雜記校注》卷二、卷三,上海古籍出版社 1991 年版,第 91、147 頁。

創新與實驗

中國上古神話碎片化探原

連 捷[*]

內容提要 中國上古神話載述了蒙昧時期原始先民的初始想象,也凝結了歷史時期華夏民族的文化氣息。相較於希臘神話的體系嚴密,中國上古神話呈現出一個十分鮮明的特徵,即神話的"碎片化"。"碎片化"特徵是多因素綜合作用的產物:從口頭傳說到書面記載,從上古時期直到魏晉以降,超長的時間跨度讓這一原始文學不斷地發生變異與刪改;從西北內陸到東南沿海,遼闊的地理跨度也讓上古神話的內容沾染上了迥然不同的地域色彩;從經世致用的儒家思想到無爲而治的道家主張,各個學派對神話的改裝也使得其原始面貌不復存在。認識中國上古神話"碎片化"的成因,是探索原始先民的文化生活與中國文學源頭不可或缺的一個環節。

關鍵詞 上古神話 碎片化 時間跨度 地域差異 各學派改裝

神話是一個民族幼年時期的原始想象,不論是東方盤古開天闢地的壯舉,還是西方宙斯諸神的威嚴,這些充滿神秘色彩和浪漫氣息的神話都蘊含着一個民族最初的心靈世界和文學源頭。這些流傳至今瑰麗的上古神話,經過時間長河的淘洗愈加耀眼明亮。後人循着一條條綫索去發掘上古神話時,就會發現東西方存留於今的上古神話呈現出完全不同的狀態。

古希臘神話是西方文學的源頭,它有着完備的神話體系。一是希臘神話文本的完整性,它有專門的著作來保存流傳,其中的神話故事也按照一定的邏輯安排妥當;二是希臘神話擁有完整的血緣譜系,諸神之間的脉絡有跡可循。這一"整齊化"的特徵恰恰是中國上古神話所不具備的。

中國上古神話最鮮明的特徵之一便是"碎片化",主要體現在兩個方面:一

---

[*] 作者簡介:連捷,上海大學文學學士。

是神話文本的零散,中國上古神話分散在後世不同時期的片段記述之中,並沒有專書加以系統載錄,故而呈現出分散化、片段化的特點,未形成嚴密的體系;二是神話系統的缺失,上古神話的故事基本都是獨立的人物角色,彼此之間沒有密切的關聯性,沒有完整的血緣譜系、職能體系,神話體系也存在着斷裂。針對這一特徵,我們將考慮中國上古神話的傳寫時段、地域分佈,以及晚周諸子學派對神話的改裝等因素,對其成因進行綜合分析。

一 傳寫時段跨度大

　　神話的流傳方式主要有兩種,一是口頭流傳,一是書面流傳。早在文字出現之前,神話就已經在原始先民對於整個世界的想象中萌生了。隨着殷商甲骨文的出現,青銅銘文的演化,文字漸漸成熟定型。神話也從口頭傳播轉變爲文字記載,被記入書籍史册,它的流傳方式也演變爲書面流傳。

　　口頭流傳具有極大的靈活性,它往往在傳播過程中發生變異,但它的流傳範圍是十分受限的;相反,書面流傳可以突破流傳時段和地域的限制,大大地擴展神話的傳播地域和流傳時間。從口頭傳播到書面記載的轉變十分漫長,在這個過程中必然伴隨着神話的變異、遺失、增删,使得神話最終呈現的面貌與它的原始狀態大相徑庭,傳寫時段的巨大跨度是上古神話呈現"碎片化"的主要原因之一。

　　(一)春秋戰國時期

　　當我們追尋神話的書面記載軌跡時,就不免要把目光投注在春秋戰國時期。這是一個大變革的時代,經濟政治的巨變導致了思想文化領域的動盪活躍;這也是一個百家爭鳴的時代,諸家各執一詞,此時還沒有形成強勢的強權思想專制,所以思想氛圍處在十分自由寬鬆的狀態中。這樣的時代背景就給了神話發展相對自由的生存空間。

　　這一時期出現了專門記述神話的著作《山海經》,這是中國第一部記錄神話片段與原始思維的奇書,它呼喚着山川靈秀,承載了原始先民馳騁的想象。《山海經》記載的很多故事都成爲了神話的原型,如夸父逐日、精衛填海、女媧補天、黄帝大戰蚩尤等,雖然只有寥寥數語,但故事情節與神話形象躍然紙上。

　　在春秋戰國之際,百家爭鳴,諸子的著作中也保留了大量的神話。它們各自呈現出的面貌不盡相同,如《論語》中孔子對於神話的歷史化解釋;《莊子》的神話故事更是以寓言形式來表達莊子的思想觀念;再如《韓非子》中的神話故事是作爲論辯的例證,以及對於作者觀點更爲形象化的詮釋……對於這一現象我們要看到它的兩面性:一方面,客觀而言,諸子著作起到了對上古神話的記載與流傳作用;另一方面,諸子著作中神話收錄都具有作者的主觀意願,選取的刻意會造成神話文本流傳的碎片化,無法形成完整的體系。

這一時期還有史書對於神話的記載,例如《左傳》與《國語》。它們對神話的記載表現出鮮明的時代特徵,此時期神話的傳播者主要有巫覡、史官、貴族大夫階層的博學者等,身份的不同導致其筆下的神話自然帶有不同的色彩。例如《左傳》記述僖公二十五年,晉文公欲納周襄王,便使巫史和祝卜之官卜之,結果是吉,顯出"遇黃帝戰於阪泉之兆"①,通過和"黃帝在阪泉作戰的徵兆"一樣的兆形,向晉君表明對周天子應有的立場與態度。在這裏,"遇黃帝戰於阪泉"作爲一個神話片段被截取保留在了卜辭之中。再如《左傳》記載文公十八年,太史克爲了向宣公闡明太子季文子驅逐莒國太子僕的緣由,便從歷史教訓入手,通過自高陽氏、高辛氏、帝鴻氏、少皞氏、顓頊氏、縉雲氏一直到堯、舜時期的神話故事來説明(第636頁)。

上述材料分別出自巫覡和史官的記載,各有特色,但都體現出神話靠向核心權力與主流思想的傾向。這種根深蒂固的觀念使神話體系的完備一直以來都沒有得到專門梳理的契機,從而也就呈現出零散的"碎片化"特徵。

(二)秦漢時期

秦相呂不韋召集門人編撰的《呂氏春秋》中就有關於三皇五帝的記載。書中認爲三皇爲伏羲、神農、女媧,五帝爲太昊、炎帝、黃帝、少昊和顓頊。

在《呂氏春秋·仲春》中,有如下描述:

仲春之月:日在奎,昏弧中,旦建星中。其日甲乙,其帝太皞,其神句芒。其蟲鱗,其音角,律中夾鐘。其數八。其味酸,其臭羶,其祀户,祭先脾。始雨水,桃李華,蒼庚鳴,鷹化爲鳩。②

---

① 楊伯峻《春秋左傳注》,中華書局1983年版,第430頁。
② 許維遹撰《吕氏春秋集釋》,梁運華整理,中華書局2009年版,第33頁。

這段文字詳盡地描述了仲春二月的日月位置、音樂、氣味以及生發在這個月份的草木魚蟲等自然生物。但最引人注目的要屬關於仲春之際主宰神靈的描寫,主宰之帝是太皡,佐帝之神是句芒,這意味着此時人們的自然觀還是和神靈崇拜緊密地結合在一起。不同的季節有相對應的守護神,一方面表現出不同月份的特徵;另一方面通過主宰神靈相關的神話以及祭祀儀式也可以看出當時人們的社會生活與精神世界的內容。

漢代的神話記載大大豐富,不僅體現在文獻資料的數量明顯增多,也體現在神話的記載出現在各個領域的文獻中,主要包括以下三類:歷史文獻、文學著作以及經學著作。

首先是歷史文獻中的神話記載,以下主要以《史記》爲例展開叙述。

司馬遷撰寫《史記》時在史料的選取上有自己的標準,我們可以從他對神話資料的選取記述中看出他的史學思想以及他對待神話的態度。《殷本紀》與《周本紀》中分別記載了殷始祖殷契由母親簡狄吞下玄鳥之卵誕生的神話與周始祖后稷由其母姜嫄履大人足跡感孕而生的事蹟。《詩經》中"天命玄鳥,降而生商"的簡短記載在司馬遷筆下被細化:簡狄三人行浴之時偶遇玄鳥以及契長大之後佐助治水有功等情節的增加,讓整個故事完備起來;其次,《史記》有言:"母曰簡狄,有娀氏之女,爲帝嚳次妃"①"姜姬爲帝嚳元妃"(《史記》,第 111 頁),司馬遷明確指出帝嚳爲殷、周始祖的父親。從這一點可以看出司馬遷對於聖人感天而生的解釋是有所懷疑的,但他仍然將其錄入,也許是司馬遷作爲史官對於當時神話流傳現象有意地記載。

從這些史料的選取以及神話的記述中,我們發現司馬遷把感生神話寫入正史中,結合當時的儒學背景,可以看出司馬遷對君權神授、天人感應觀念的承繼,從而建立了一套獨特的帝王神話體系。儒家思想的發展演變致力於將神話歷史化,而司馬遷在某種意義上是將歷史神話化了。

其次是文學作品中的神話記載,以下主要以《淮南子》爲例來説明。

《淮南子》中的人物神話主要是關於三皇五帝、聖賢帝王的神話,其內容和特點也大都保留了原始神話傳承下來的模樣。如黃帝失玄珠的神話:"黃帝亡其玄珠,使離朱、捷剟索之,而弗能得之也,於是使忽怳,而後能得之。"②再如神農氏教民播種嘗百草的神話:"於是神農乃始教民播種五穀,相土地宜,燥濕肥墝高

---

① 司馬遷《史記》,中華書局 1959 年版,第 91 頁。
② 劉安《淮南子·人間訓》,《諸子集成》本,中華書局 1954 年版,第 318 頁。

下,嘗百草之滋味,水泉之甘苦,令民知所辟就"(《淮南子·修務訓》,第331頁)。還有關於倉頡造書、夔制樂、皋陶制獄的神話記載。這些神話人物通常都具有特異的外貌與神異的本領,他們的事蹟都代表着正義或者是爲了萬民生存而施展力量,都屬於英雄神話或是政治神話。

在漢代,天人合一的神權觀念已經十分普及,所以漢代的神話體現出思想的雜駁性。《淮南子》中的人物神話以帝王爲主,主要叙述他們的神勇事蹟以及他們周邊的能臣所作的貢獻,具有一定的儒家思想;而《淮南子》中的自然神話又具有道家思想的特點,對於世界的構造、自然規律的探索均體現了道家順應萬物的觀念。

再次是經學著作中的神話,例如《春秋繁露》與《白虎通義》。董仲舒在"天人感應""君權神授"思想主導下,把君主的統治與天命聯繫起來,賦予了儒學神秘的特徵,使之成爲神學儒學。董仲舒用大量的感應現象來證實自己的天人感應思想,如《順命》篇有言:

> 其祭社稷、宗廟、山川、鬼神,不以其道,無災無害。至於祭天不享,其卜不從,使其牛口傷,鼷鼠食其角。或言食牛,或言食而死,或食而生,或不食而自死,或改卜而牛死,或卜而食其角。過有深淺薄厚,而災有簡甚,不可不察也。①

董仲舒把祭祀活動的結果和神異現象聯繫起來:倘若順應天命,就會無災無害;倘若違逆天命,上天不接受祭品,那麼就會出現異象以示警告。牛口受傷,鼷鼠吞食它的角,上天降下種種異象,君主不可不察覺,要謹記孔子"畏天命,畏大人,畏聖人之言"的訓誡。他把各種現象列舉歸納在一起,進一步論證了天人感應的觀念。要實現天人合一的狀態,可以經由兩種途徑:其一由物觀天,通過萬物的狀態變化來推測天命的狀態;其二由己觀天,通過自己内心的情感思緒變化來反省自身,以順應天道。只有正確地順從天道,才可以實現政權統治的安泰與長久。

《白虎通義》是班固整理的漢代經學文獻,極具文獻價值。其卷九《五經》對伏羲畫卦有所記載:

---

① 董仲舒《春秋繁露》,《諸子百家叢書》本,上海古籍出版社1989年版,第85頁。

> 伏羲作八卦何？伏羲始王天下，未有前聖法度，故仰則觀象於天，俯則觀法於地，觀鳥獸之文與地之宜，近取諸身，遠取諸物，於是始作八卦，以通神明之德，以象萬物之情也。①

伏羲畫卦本來是一個古老的神話，是人們對於鴻蒙之際天地初生的想象：宇宙混沌之初，伏羲一畫開天，成爲世界萬物的締造者。後來伏羲又被認爲是三皇之一，從遠古的上神變成了部落的首領，《白虎通義》中伏羲創八卦便是在此背景之下的記録。伏羲稱王天下之初，一切都處於無序之狀，没有前聖法度可以參循，故而伏羲察覽萬物，始作八卦。這裏的伏羲神話既是後人的附會，也是對於神靈自然的想象，把創作八卦看作代表神的意志的行爲，也符合人之常情。

由上述可以看出，漢代的神話記載内容在繼承上古神話的基礎上也延伸了許多新的内容，但其主要的傾向還是與政權緊密結合，讓神話在某種意義上成爲封建政權存在的神學化解釋。這一點對神話記載所産生的最爲重要的影響就是神話記載的零碎化，只取用自身需要的内容，缺少宏觀整體的整理記録，而且在記述過程中還多加更改，破壞了其原始面貌。

（三）魏晉南北朝時期

魯迅先生説"故自晉訖隋，特多鬼神志怪之書"。② 魏晉時期志怪小説廣爲流傳，專記鬼神怪異之事，這些志怪小説中也吸收保留了不少上古神話的内容。

《列異傳》中講述了定伯捉鬼的故事，情節生動有趣。定伯毫無懼色地與鬼同行，巧妙地從鬼口中套出了制伏鬼的方法，全篇大部分以對話的形式展開，節奏緊湊，引人入勝。這篇故事延續了上古神話中的鬼神題材，但有所不同的是人們對於鬼神的態度發生了明顯變化：從蒙昧時期的盲目崇拜變成一種戲謔。這與魏晉時期人的意識的覺醒聯繫緊密；從整個故事的叙述水準來看，魏晉時期的志怪小説已經相當成熟，人物語言的描繪、形象的刻畫以及情節的構造都體現出對上古神話的繼承與超越。

干寶的《搜神記》共二十卷，書中内容多爲神仙五行、靈異人物變化的傳説。例如漢代周式的故事：周式曾經去往東海，路上碰到一吏，手持一卷書，請周式幫忙看管。吏中途離開時囑咐不可擅自翻閱，但周式耐不住好奇，打開發現這是

---

① 陳立撰《白虎通疏證》，吴則虞點校，中華書局 1994 年版，第 447 頁。
② 魯迅《中國小説史略》，《魯迅全集》本（第九卷），人民文學出版社 2005 年版，第 45 頁。

一部生死簿，自己的名字也在上面。後吏發覺，周式百般懇求，吏告知周式三年內不可出門，方能度過這一劫難。無奈周式閉門第二年時，恰逢鄰家喪事，周父強迫其前去弔唁，周式不得不去，結果碰到原來的吏，周式還家後，果不出三日而亡①。從這則故事我們可以發現很多上古神話的影子：周式前往東海，說明人們對於外界地域的想象是遼闊的，很多神話故事的背景都發生在求仙問道的路途中，古神話中也有周穆王與西王母相會的故事；其次吏保管的生死簿記載了凡人的壽命，且凡人不可翻閱，否則會有不測之災。這一點可以看出是對上古神話中生死觀念的延伸。人們對於生命存在的思考得出的結論便是生命終結的不可測，因此把掌管生死的大權交給鬼，這是原始先民對超人爲的力量的想象；周式的悲慘結局是因爲沒能遵守與吏的約定，這一點可以看出魏晉時期對神話的改造，原本只關注情節內容的神話被賦予了教化意義，這也與文學觀念的發展密切相關。

此外，魏晉時期的詩賦中也保留有神話故事，陶潛便是最突出的代表。他的《讀山海經》中就有兩首有關神話的詩作：

夸父誕宏志，乃與日競走。俱至虞淵下，似若無勝負。神力既殊妙，傾河焉足有！餘跡寄鄧林，功竟在身後。②

精衛銜微木，將以填滄海。形天無千歲，猛志固常在。同物既無慮，化去不復悔。徒設在昔心，良晨詎可待！（《陶淵明詩箋證稿》，第489—490頁）

在陶淵明眼中，夸父逐日是英勇無畏的，他身上所蘊含的力量是無窮的；與日競走"似若無勝負"暗含着作者對夸父精神的讚賞，而夸父最終化爲鄧林的抉擇是最爲動人的，這種"身後名"是永垂不朽的。聯繫陶淵明所處的東晉時期，政局動盪，爲官只爲自身利益，相互傾軋。這樣的時局下，陶淵明對夸父、精衛、刑天這些英雄神話人物的呼籲是內心中對整個社會失落的憂慮，他渴望出現神話英雄般的大人物來振奮整個社會；同時神話人物身上所蘊含的精神力量也是作者對自身人格的期許。

由上可見，魏晉時期的上古神話散落在文人筆下的詩賦小說之中。定伯

---

① 干寶撰《搜神記》，汪紹楹校注，中華書局1979年版，第65頁。
② 王叔岷《陶淵明詩箋證稿》，中華書局2007年版，第488頁。

捉鬼的故事中可以看到源自上古神話的"鬼"的形象,但整部作品的側重點在於"人"。通過定伯的勇敢機智來頌揚肯定人的地位與價值,上古神話的人物形象成了小説構造的素材。周式之死中更是可以看到上古神話的影子,但同樣也是作爲整部作品的構成元素。陶潛詩歌中的英雄人物源自上古神話,他們都被賦予了特定的含義,神話的内容逐漸定型。由此可以發現,魏晉時期的上古神話被越來越多地融入在文人的獨立創作中,與小説、詩歌相結合,逐漸世俗化、歷史化。上古時期神話原本具有的神聖性被消磨殆盡,上古神話更多地作爲創作素材。作家們各取所需,甚至於曲解删改,神話被編織在世俗世界中,成爲工具化的存在。因此,上古神話在這一時期並没有得到有意識的收集整理,形成獨立全面的神話體系,而是分散在各部作品之中。

此後,我們依然可以在唐傳奇中看到對上古神話的分解化用,作者往往利用上古神話的素材和人物使自己的作品更具有神秘氣息和吸引力,但神話的權威性進一步被削弱。例如在《柳毅傳》中,人神之戀的設定使整個故事更獨特,但人神同級,甚至由人來解救神。神話的這一世俗化傾向,暗含了上古神話從魏晉以來保持"碎片化"的内在原因。上古神話不復原始時期的神聖性,就缺少了將其全面梳理記載的根本動力,而且這一傾向在後世更爲明顯。宋明理學誕生後,人們對於宇宙規律、人性終極的探究被歸結於"天理",成爲一種理性主導的思考方式,而像上古神話這樣對於世界的感性認知方式愈來愈不能符合時代潮流,最終成爲"碎片化"的文學寶藏。

二 地域分佈差異大

當我們探究上古神話碎片化的成因時,一定不能忽略的一個重要因素就是地域的差異。自然地理環境有別,其孕育出的文化也各自具有極强烈的地域特徵。中國幅員遼闊,自然地理環境的多樣性導致了文化起源地的多元性與區域文化特徵的豐富性。蒙文通先生在《古史甄微》一書中針對上古文明起源這一問題,提出了古史三系説的觀點。他把傳聞中的三皇五帝時代劃分爲三系,即江漢民族、河洛民族與海岱民族,它們的地理環境、種族、文化等都不相同。從這一點着手對於我們分析上古神話的碎片化特徵也有着極大的啓示作用,下面分別展開討論。

(一) 江漢民族

江漢民族又稱炎族,主要活動範圍在南方的江淮地區,以炎帝、神農、蚩尤、共工、祝融、九黎、三苗等爲代表,崇信鬼神。江淮地區主要以農耕生活爲主,這裏的原始居民靠水而居,依賴平原地區的作物生存,相對安穩和諧的生存環境與生活方式成爲江漢民族神話孕育的基礎。

江漢民族對鬼神十分崇信,缺少嚴密的政治組織,富有浪漫精神。所以在他們的想象中存在着主宰萬物的天神,對自然災害的產生也有神話的解釋;對於外界的想象不僅僅囿於已知的區域,這片土壤使得江漢神話擁有了浪漫與豪爽的特質。因爲農耕民族的本質,所以關於神農氏的神話就顯得尤爲突出,教民播種、教人畜養家禽、遍嘗百草,他早已成爲江漢民族心目中偉大的農業神。共工與祝融相爭,怒而觸不周之山,"天柱折,地維絕。天傾西北,故日月星辰移焉;地不滿東南,故水潦塵埃歸焉"。[①] 這則神話體現了當時人們對自然地理現象的思考,人們用二神相爭的神話,以神話的方式解釋了地勢高低不平的原因;解釋了日月星辰由東而西移動的軌跡;解釋了河流自西向東流淌的原因,可以發現江漢民族對於自然的敏銳認知與充沛的想象。某種程度而言,上古神話也相當於古代先民的科學。此外,二神相爭可以看出江漢民族血液中所涌動的競爭意識,敗而觸山的舉動也蘊含着一種英雄氣魄,這是地域環境給予人們的內在氣質,也是江漢神話特有的豪爽之氣。

江漢民族作爲農耕民族,居所較爲安定,穩定的生活給他們提供了一個良好的創作環境。在長期的勞動生活中,江漢民族積累了大量的生產生活經驗,他們對世界的認知更傾向於實踐所得的事實經驗,缺乏一定的想象力。但這也恰恰成爲了他們獨特的文化異質,故而其神話內容主要以對自然現象的想象爲主,且叙述性強,誇張成分較少。相比較於河洛民族與海岱民族的神話,江漢民族神話主要源於生活經驗,所以神話內容往往瑣碎,不成體系;但隨着生活經驗的代代相傳,江漢神話又具有較爲穩固的流傳性。

(二) 河洛民族

河洛民族也稱黃族,以黃帝、顓頊、帝嚳等爲代表,善制法度、器物;主要活動在現今的河洛地區,"蓋起於河、洛之間,是西北民族"[②]。黃族生活在西北地區,

---

① 劉安《淮南子·天文訓》,《諸子集成》本,中華書局 1954 年版,第 35 頁。
② 蒙文通《古史甄微》,《蒙文通文集》(第五卷),巴蜀書社 1999 年版,第 50 頁。

靠遊獵而生，逐水草而居。河洛民族爲遊牧民族，居無定所，且西北地區的自然條件也更爲艱苦，所以生存成爲這片土地的主旋律。和江漢民族相比，其武力較强且長於政治組織；一些實用性器具的創立也成爲極具特色的一部分，這些地域因素將充分地體現在民族文化之中。

　　首先是關於戰爭的神話。由於黄族居無定所，以及西北地區自然條件的惡劣，爭奪生存空間就成了不可避免的事情，從而關於戰爭的内容就進入了神話記載。最爲著名的便是黄帝大戰蚩尤，這段戰爭描寫不僅僅交代了戰爭經過，更爲難得的是對於戰爭情節的完整化以及細節描寫：詳細地記述了蚩尤散佈濃霧、風伯雨師的參戰、黄帝製造指南車確定方向以及請來天女旱魃助陣取得最終勝利的情節。逐鹿之戰的大獲全勝是河洛神話中最爲輝煌的一篇，這是關於生存的殊死搏鬥，雖然有神化的内容，但是更能反映出那個時期真實的生存狀態。

　　再者就是關於發明創造神話。河洛民族十分注重實用性的器具創造，爲了紀念衆多的發明，他們把很多器物的創造都歸於神話英雄，最爲突出的是關於黄帝的發明創造神話。黄帝一直以來被視爲人文初祖，他發明舟車、創造指南針、教會人們建造房屋、發明機杼教人們紡織、創造兵器，爲人們能夠更好地生活做出了巨大貢獻。此外他的妻子以及臣子也有衆多發明：嫘祖教人們養蠶繅絲、容成製造蓋天以觀天象、伶倫制律吕出現了音樂……

　　因長期生活在荒蠻的西北地區，造就了河洛民族的剽悍與堅韌，生存考驗的磨礪也成爲這個民族堅强的底色。遊牧生活逐水草而居，再加上戰爭的困擾，河洛民族生活長期動盪、屢屢遷徙，這種獨特的生活記憶自然會體現在民族神話中。關於戰爭與發明創造神話的記述成爲整個民族至關重要的事，河洛民族神話内容一定程度上可以視爲上古時期的民族史詩，故而得以長久流傳。

　　迫於生存，河洛民族能征善戰，爲了爭奪資源常常處於戰爭狀態。戰爭帶給他們的不僅是物質上的戰利品，更具影響力的是不同民族文明之間的碰撞交融的機遇。相較於其他民族文明的發展程度，河洛民族由於長期的閉塞和艱難的生存環境，其文明程度較低，所以存在一定的心理落差。這種落差一方面促使河洛民族積極吸收其他民族文化的優點，從而衍生出新的文化内容；另一方面也激發了對本民族文化的保護欲，使他們更堅持本民族傳統的文化習慣。

　　河洛民族神話的零散一方面是由於自然條件的艱難、交通閉塞、戰爭動盪導致；另一方面是出於對本民族文化傳統的捍衛、文化心理落差導致的保守。

（三）海岱民族

　　海岱民族又稱泰族，以伏羲、女媧、燧人、少昊、帝舜、皋陶等爲代表，其文化水準最高，爲中華民族文化中心之所在，主要活動在今天的環渤海地區。這是三族中最爲古老的民族，出行於海上，勤於思考和研究，長於文藝與科學，擅長擬定法令；泰族還創制了禮、樂、武器、醫道、政令等，蒙氏指出海岱民族與古希臘文明頗爲相似。

　　這個與同時期相較具有更發達文明的民族在神話方面的成果也十分奪目。對宇宙初始、人類起源的想象就衍生出十分生動的神話解釋。伏羲一畫開天的神話解釋了世界的起源；而最爲人熟知的是女媧的神話，女媧摶土造人，用自己的靈氣賦予了人類生命與認知；這位遠古上神還具有無限的憐憫之心，在萬民罹受苦難之際挺身而出，煉五色石以補蒼天；還有一說是關於伏羲與女媧本爲兄妹，後接受天意相結合而孕育出人類的神話。總而言之，伏羲與女媧的神話充分解釋了海岱民族對於宇宙與人類生命源起的思考。

　　同樣地，在人類漫長的進化發展史上，原始先民爲了記住那些至關重要的發現與轉捩點，總會以神話的方式記叙想要傳承或者對於這個民族生存至關重要的人或事。燧人氏的神話就記載了人類歷史上關於火的發現與使用，火的出現是人類生存史上的一個高光時刻，這意味着人可以食用熟食、可以抵禦嚴寒、可以驅散野獸，大大地提高了存活率，所以海岱民族的神話中就出現了燧人氏教民鑽木取火的故事。再者就是記錄人類文明的不斷進步（海岱民族尤其突出），皋陶是作爲典獄制度的創始者的形象留存在民族神話之中的，神話雖具有誇張神秘的色彩，但是在上古時期更是民族史詩般的存在。

　　作爲上古時期中國文明中心，各民族文化的交融在海岱民族這裏就顯得尤爲突出，成爲其民族神話最終面貌形成的催化劑。

　　所謂"交融"，就意味着文化交流吸收與排斥兩個方面完美地取得平衡。海岱民族神話一方面吸取了其他神話的內容與藝術特徵，例如關於伏羲女媧結合孕育人類的神話中可以看出江漢民族男耕女織小農生活的剪影；另一方面是對本民族神話特色的發揚廣大，從海岱民族神話中可以鮮明地感受到其特有的浪漫氣息與瑰麗辭藻。他們在創作傳唱過程中通過對本民族神話固有特性的堅守來抵禦、甚至於影響其他民族神話。在這樣的文化衝突與交融狀態下，海岱民族神話也在不斷地發生調整變化，沒有形成完整嚴密的體系，"碎片化"成爲其民族神話的突出特徵。

由上可以看出，上古時期的文化起源不是一元的，不同的地理環境孕育出不同的文化特色，所以地域分佈的差異對於神話內容與風格的迥異有着極爲重要的影響。

　　此外還需要關注到政治地域對於上古神話"碎片化"的重要影響。自炎黃時期到堯舜禹時期，上古神話均有記載。由於他們都屬於不同部落的首領，其事蹟便留存於不同民族的神話之中，呈現出各自獨立的多樣性文化格局。到周朝建立，形成了以中原地區爲核心，少數部落環繞四周的地理格局；同時周朝實行分封制，把整個國土分而治之，等級森嚴，諸侯國各自爲政。這種政治力量所導致的地域"碎片化"一定程度上成爲上古神話"碎片化"的土壤。各部落、各諸侯國之間語言不通，且各自都擁有獨立的文化傳統，從整體角度考量神話呈現"碎片化"也就不難理解。同時也不能忽略各個部落政權之間因征戰、外交、經貿等導致的文化交流，但由於不同的文化相互交錯匯合，而又沒有完全融通，且各自遺失原有的完整性，就會令後人感覺碎片化。自秦朝建立大一統政權之後，地域的極大擴展使文化的多樣性凸顯出來。爲了鞏固統治，政治因素對於神話的影響就更爲突出，神話成爲政權神聖化的工具。此後每次改朝換代統治者都會從神話中尋找自己的神聖起源，這樣的傳統也使得上古神話的記載被不斷地推翻篡改，不復最初面貌。

　　因此，關於地域因素對神話"碎片化"的影響應該從兩個角度考量：自然地理的差異在文化地域特色、交通條件等方面產生重要影響；政治地域的變更在神話的交流以及記述過程中發生作用。

三　各家學派之改裝

　　中國上古神話的記載文本一個重要的來源便是諸子的著作，各家學派對上古神話的摘錄不是出於對神話本身的興趣，更沒有整理融通各方神話的動機。他們載述神話，是出於論學的目的，因此會各取所需，甚至歪曲改造，片斷地割裂地講述神話。而那些被講述的神話以子書爲載體得以保存下來，其呈現給後世的神話文獻，就是自然形態的神話記載。

　　（一）儒家的神話改造

　　儒家一直以來重視禮樂制度，孔子一度宣導"克己復禮"。春秋戰國之際孔子致力於遊説君主施行仁政,提倡積極入世,尊崇君主的開明統治,所以儒家對待文學的態度一直以來十分强調政教作用,注重文學的社會功能。上用以匡正天子作爲,諷喻上諫;下用以教化萬民,維護王權的穩定。在這樣的文學觀念下,儒家對於神話的態度就十分明確了:"子不語怪力亂神"。所以他們總是站在自己的立場對神話進行相應的改造,並不是對神話浪漫的藝術特色進行保留,而是使神話歷史化,讓神話成爲符合儒家思想的文學化表達。

儒家對神話的改造在孔子身上表現得尤爲突出,他往往出於維護王權權威的立場對神話的原始内容進行歷史化解釋,使之成爲政權神化的合理解釋。以下幾個例證便足以説明這一特點:

　　子貢問於孔子曰:"古者黄帝四面,信乎?"
　　孔子曰:"黄帝取合己者四人使治四方,不謀而親,不約而成。大有成功,此之謂'四面'也。"①

在上古神話的原始想象中,"黄帝四面"的基本含義是指黄帝擁有四張面孔。但是孔子在解答學生疑問的時候並不承認這一神話最初的原始意義,在他的解釋中,一個神的四副面孔被説成聖皇派遣四個人去治理四方。不合常理的事被合理化了,奇幻的神話内容也就被歷史合理化了。

　　宰我問於孔子曰:"昔者予聞諸榮伊,言黄帝三百年。請問黄帝者人邪,抑非人邪?何以至於三百年乎?"②

宰我在正常理性的思維下考量關於黄帝三百歲的記載,如此之長的壽命顯然不符合常理,這是神話背景下的誇大。但孔子對"三百年"的解釋就完全立足於對聖人德行的推崇和對仁義的宣揚"……生而民得其利百年,死而民畏其神百年,亡而民用其教百年,故曰'三百年'。"(《禮記集解》,第119頁)於是"黄帝三百年"就變成了黄帝的德行政教産生了三百年的影響之意。

還有一個典型的例子,是關於"夔一足"。關於夔最初的記録説它是一種怪獸,《大荒東經》有載:"狀如牛,蒼身而無角,一足……其聲如雷……黄帝得之,以

---

① 李昉等编《太平御覽》,夏劍欽校注,河北教育出版社1994年版,第679頁。
② 孫希旦撰《禮記集解》,沈嘯寰、王星賢點校,中華書局1989年版,第117頁。

其皮爲鼓,撅以雷獸之骨,聲聞五百里。"①後來隨着神話的流傳演變,夔先是變爲大舜皇帝的樂官,但他還是只有"一足"。一個人只有一只脚,未免"不雅馴",故而面對這一問題孔子以自己獨特的視角來解答。

    魯哀公問孔子曰:"樂正夔一足,信乎?"
    孔子曰:"昔者舜欲以樂傳教於無下,乃令重黎舉夔於草莽之中而進之,舜以爲樂正。……重黎又欲益求人。舜曰:'夫樂,天地之精也,得失之節也,故唯聖人爲能和,樂之本也。夔能和之,以平天下。若夔者,一而足矣。'故曰'夔一足',非'一足'也。"②

  孔子把本來的"夔,一足"解釋爲"夔一,足",這樣既解決了"不雅馴"的一只脚問題;又突顯了夔以音樂教化民衆的重要地位:有這樣的樂官,一名足矣。把神話中不合常理的内容合理化,甚至是根據自己的需要對神話的原始内容進行增删,把神話作爲對自身觀點强有力的佐證史料,這就是儒家對於神話改造最爲突出的特點。儒家對於神話的"歷史化"解釋形成了一個傳統,這對於上古神話的流傳而言影響十分顯著。這意味着上古時期神話的原貌將被有意識地更改,同時神話也成了歷史材料而失去自己獨立的文學價值。中國上古神話的流傳主要依賴於哲學家、文學家和歷史學家,而儒家文化一直以來被統治者奉爲正統,深刻地影響着這些記錄者,他們都受到"歷史化"傳統的影響,對上古神話的記錄都帶有各自的目的,因此導致了上古神話在流傳過程中的"碎片化"。

  神話的歷史化對於神話的原始内容保留有較大影響:一方面是將神話記入史書,有利於更廣泛更長久地流傳;另一方面出於主觀意願的改造也使得神話的原始面貌不復最初;此外對於原始神話有意識地片段化選取,也破壞了神話的原始體系。所以在神話流傳的過程中,歷史化改造所造成的破壞性,在某種意義上要大於它的貢獻,這也成爲致使神話逐漸趨於"碎片化"不可忽視的一個重要因素。

(二)莊子的神話世界

  當我們隨着莊子的視角去觀察萬物、體驗人生的時候,就會發現一個浪漫自

---

① 袁珂《山海經校注》,上海古籍出版社1980年版,第361頁。
② 許維遹撰,梁運華整理《吕氏春秋集釋》(上),中華書局2009年版,第618頁。

由、神奇瑰麗的想象世界。莊子寓言所具有的鮮明獨特的感觸離不開《莊子》對於上古神話的化用以及對上古神話材料的掇拾,袁珂先生對此評論道:"《莊子》的寓言,常有古神話的憑依,是古神話的改裝,並非純屬虛構。"①

對於上古神話的化用,莊子可謂是爐火純青。所有的神話初始都繞不開世界萬物的起源,《山海經·西山經》中記載:"有神焉,其狀如黃囊,赤如丹火,六足四翼,渾沌無面目,是識歌舞,實爲帝江也。"(《山海經校注》,第55頁)這裏的"混沌"是關於天地起源凝練出的一個典型意象,它是對於神面目的描繪,同時也代表着一種狀態:無邊無際、無形無狀、渾然一體、清濁不分,是人們對宇宙初原的想象。一直到三國時期徐整的《三五曆紀》中還沿用了"混沌"的這層意義,可見上古神話中就已經出現了"混沌",並且被賦予特定的意義。

到了莊子這裏,關於"混沌"的神話就演變成了一則新的寓言,雖然被賦予了新的内涵,但仍然可以看到上古神話的影子。

> 南海之帝爲儵,北海之帝爲忽,中央之帝爲渾沌。儵與忽時相與遇於渾沌之地,渾沌待之甚善。儵與忽謀報渾沌之德,曰:"人皆有七竅,以視聽食息,此獨無有,嘗試鑿之。"日鑿一竅,七日而渾沌死。②

關於這則寓言,袁珂先生曾解讀道:"這個有點滑稽意味的寓言,包含着開天闢地的神話的概念。混沌被儵忽——代表迅疾的時間——鑿開了七竅,混沌本身雖然是死了,但是繼混沌之後的整個宇宙、世界也因之誕生了。"(《中國古代神話傳説》,第66頁)從這裏可以看到"混沌之死"與上古"混沌"神話的關聯:"混沌"爲中央之帝對應神的面目,二者均居於中央位置;"混沌"無七竅相應"無面目",可以看出莊子這則神話的源頭。但更應注意的是莊子神話的創新之處,莊子的時代處於社會衰敗與道德淪喪中,當初美好的原始狀態早已不復存在。所以莊子吸取上古神話中"混沌"的外形特徵,又融合自身的哲學思考,創造出了頗有深意的新"混沌"神話。"迅疾的時間"鑿死了渾沌,如同突進的歷史之輪碾碎了原始狀態的完美,當人類社會邁入所謂的文明時期,"渾沌"的死期也就到了③。

莊子神話中還有一類十分具有代表性,在其想象世界中不同物種可以相互

---

① 袁珂《中國神話通論》,巴蜀書社1993年版,第127頁。
② 方勇譯注《莊子》,中華書局2010版,第132頁。
③ 孫俊華《〈莊子〉神話研究》,河北師範大學碩士學位論文(2002年),第9頁。

幻化,稱之爲變形神話。《逍遥遊》有載:

> 北冥有魚,其名爲鯤。鯤之大,不知其幾千里也。化而爲鳥,其名爲鵬。鵬之背,不知其幾千里也;怒而飛,其翼若垂天之雲。是鳥也,海運則將徙於南冥。南冥者,天池也。(《莊子》,第2頁)

很顯然鯤爲水族生物,而鵬爲鳥類,這樣的鯤鵬互化就充分體現了變形神話的特徵。袁珂先生認爲這個神話中的鯤和鵬就是《山海經》中記載的禺強,他既是海神又是風神。人的面貌、鳥的身軀,耳上掛着兩條青蛇,足下又踩着兩條青蛇的神靈形象是禺強以風神身份出現的時候;當他以海神的身份現身的時候,便如同陵魚一般,身體爲魚的狀態却又有手有脚,還驅使着兩條龍。鯤化而爲鵬,就意味着禺強從海神轉爲了風神,也就是由水族生物(魚身)化爲鳥類(鳥身)(《中國古代神話傳說》,第145頁)。從這裏可以看出莊子對古神話的借鑒化用。但莊子的重點不在描寫鯤鵬互化,而是借此來營造一種浩大無際、無邊無垠的時空,極力渲染這種互化所產生的巨大能量,以及能量迸發時所呈現的壯闊景象,以此寄予他超然物外、渴望絶對自由的人生抱負。

在莊子的神話世界中,傳聞中的人物紛紜出場,例如堯、禹、離朱、罔象、羿等,整本書中都可以覓得零散細碎的神話材料。但莊子撰書有自己獨特的構思與主導精神,神話材料只是在需要之時起到補充説明作用。雖然書中材料零碎雜多,但却不成體系;很大一部分神話也不是以其原始狀態呈現。《莊子》一書中對上古神話的記載本身就是"碎片化"的採用,這種"爲我所用"的創作傾向也體現在其他先秦著作中,成爲上古神話流傳"碎片化"的原因之一。

(三) 墨家王權神話的建構

墨家提倡"兼愛""非攻",他們對於統治階級的態度矛盾又複雜:一方面對其統治的黑暗有着深刻的揭露;另一方面又保留着希望,同時對政權統治持有自己的理想理念。所以《墨子》着力於王權神話的構建,他們反對戰爭,但不是普遍意義上的"非攻",而是專門指侵略戰爭與不義之師。《非攻》篇記載了夏禹征討三苗的事蹟:

> 今遝夫好攻伐之君,又飾其説以非子墨子曰:"以攻伐之爲不義,非利物

與？昔者禹征有苗,湯伐桀,武王伐紂,此皆立爲聖王,是何故也?"子墨子曰:"子未察吾言之類,未明其故者也。彼非所謂攻,謂誅也。昔者三苗大亂,天命殛之,日妖宵出,雨血三朝,龍生於廟,犬哭乎市,夏冰,地坼及泉,五穀變化,民乃大振。高陽乃命玄宫,禹親把天之瑞令,以征有苗。四電誘祇,有神人面鳥身,若瑾以侍,搤矢有苗之祥,苗師大亂,後乃遂幾。禹既已克有三苗,焉磨爲山川,别物上下,卿制大極,而神民不違,天下乃静,則此禹之所以征有苗也。"①

墨子一開始就點明"彼非所謂攻,謂誅也","攻"與"誅"大不相同。夏禹誅三苗的"誅"體現的是正義之師對作亂部族的征討,代表着王權的威嚴以及正義。隨後墨子通過一系列的反常跡象來表明三苗的失德與失序;反之,爲了增進禹討伐有苗的合法性,他利用了一系列代表神權的神話意象爲其正名增色。②

墨子在歷史叙事中加入了神話元素,其主要目的都是爲了説明攻伐是受命於天的行爲。承受天命的基礎是"有德",認爲有德之人才能够受命於天。爲了傳遞天命,他又以神物、靈獸作爲連接天人的媒介。經由天命神—神攜物—物賜人一系列過程,實現了天命傳遞的完整儀式,最終創造出了王權神話歷史。③

此外,關於王權神話的構建,墨子極爲看重的一個要素就是"德"。這一點通過《墨子・明鬼》篇可見,其中載"昔秦穆公有明德,上帝使句芒賜之壽十有九年"。句芒即燕子,别稱玄鳥,被秦視爲圖騰守護神。作爲民族的圖騰所象徵的保護神,句芒賜予秦民族後代子孫福壽本是他的"天職"。但在墨子的觀念裏並非如此,這種降福不是出於句芒神的本性,而是出於一種符合人間事理的智性判斷:秦穆公之所以被賜壽十九年,是因他有"明德"。這和"皇天無親,惟德是輔"的天命論有着異曲同工之妙。④

由此可見,在《墨子》中的上古神話成了理論上"非攻"與崇尚"德行"的佐證,是墨家天命論思想的具象表達,是王權神話構建的基石。神話的歷史化與道德化讓原本富有浪漫氣息的文學内容更容易爲統治階級所接受,通過零散分佈於經史之中的形式得以保留;同時這也是造成神話"碎片化"的重要原因。

---

① 孫詒讓撰《墨子間詁》,孫啓治點校,中華書局2001年版,第145—147頁。
② 吴玉萍《"誅""玉"與"德":王權的神話歷史建構——〈墨子〉非攻説新釋》,《文化遺産》2019年第5期,第113頁。
③ 吴玉萍《"誅""玉"與"德":王權的神話歷史建構——〈墨子〉非攻説新釋》,第119頁。
④ 趙沛霖《論神話歷史化思潮》,《南開學報》1994年第2期,第58頁。

以上從神話的流傳時間、分散地域與諸子改裝三個角度對神話"碎片化"特徵的成因進行了分析。從成因出發，我們意識到上古神話"碎片化"既是這一時期神話鮮明的形態特徵，也是上古神話得以流傳至今的原因。此外，我們也要關注上古神話"碎片化"的表徵和影響價值這兩個十分重要的層面。從其表現形式來看，主要體現在神話文本的零散、神話系統的缺失以及神話叙事的歧義。從其影響價值來看，"碎片化"的特徵有利於保存上古神話的原始形態；有利於將神話內容用作文學事典與意象；還反映了華夏族群多元化糅合的狀況。

"碎片化"的中國上古神話注定會是灑落在我國文化長河兩岸的明珠，它們承載了整個中華民族的童年記憶，更留下了永恒不朽的歷史印記。它們所蘊含的頑强抗爭的意志、無限自由的想象和瑰麗浪漫的語言，都是中國文學起源最爲寶貴的元素。

劉咸炘的諸子散文觀

黄曉娟*

內容提要 劉咸炘論先秦諸子散文,反映其哲學思想中的執兩用中與善於貫通兩個特色,主要有三點:其一,劉咸炘受到章學誠的影響,其風格論認爲文學是在一質一文中進行的,在樸素與張揚中發展,即子家和賦家交替把握,這體現了劉咸炘的文質彬彬文學觀;其二,從文體發展來看,諸子散文實則定型了後世之別傳和問答體兩種文體;其三,從文學史的角度看,劉咸炘將諸子進行分類規整,主要側重於諸子散文的格調來談,這是側重於"文"。總而言之,劉咸炘的諸子散文觀帶有其學術思考,始終把握文、質關係,又與時代和地域有關。

關鍵詞 劉咸炘　先秦諸子　散文

自近代以來,諸子研究受到越來越多的學者關注。有從義理的角度進行分析者,有從辭章的角度進行分析者,諸子源流脉絡一一可見,諸子研究蔚爲大觀。然而,目前先秦諸子的文學研究多是個體研究,又少學者關注,諸子文學研究尚有很大的空間。近代學者劉咸炘(1896—1932),字鑒泉,四川雙流人。他深植於中國傳統文化中,出經入史,筆耕不輟,以巨著《推十書》表達了他堅守本國文化與話語的立場。劉咸炘以"辨章學術,考鏡源流"的方法將先秦諸子納入其"推十合一"範疇中,頗有獨特性。其諸子散文研究同樣也是如此,但少有人關注。

目前來看,對劉咸炘的諸子研究多是集中在諸子思想方面。知見所及,尚未有學者關注劉咸炘諸子散文研究。學者往往關注其文學研究,如慈波《別具鑒裁 通貫執中——〈文學述林〉與劉咸炘的文章學》[①],該文認爲劉咸炘的文章學通貫而有條理,梳理劉咸炘對文學及其文學發展等看法。寧俊紅《文體的文學史意

---

* 作者簡介:黄曉娟,南開大學文學院博士研究生。
① 慈波《別具鑒裁 通貫執中——〈文學述林〉與劉咸炘的文章學》,《上海大學學報》2007年第6期。

義——以劉咸炘〈文學正名〉〈文變論〉的觀點爲主》①,該文從文體出發,論格調美,又從史的角度進行分析。其餘研究多從劉咸炘詩文創作、小說觀、曲觀等方面探討,與其諸子散文研究關聯不大,此不贅述。通過爬梳研究現狀,筆者認識到劉咸炘諸子散文研究與其學術思想有一定聯繫,從這一角度入手可觀照其學術思想。

值得注意的是,諸子散文的文學觀視諸子著作爲散文,乃今時文學觀觀照下的看法。實則,劉咸炘對諸子著作並沒有明確的文體概念。因囿於學識,暫且以劉咸炘的諸子散文觀爲題。

一 執兩用中:諸子散文的文質兩端

在劉咸炘的學術構建中,"一"作爲絕對之理與相對之"兩"緊密相連,最終達到以"兩"歸"一",實現"通一"。簡言之,即執兩用中。實際上,劉咸炘也是用此觀念去觀照文學。劉咸炘文學思想一言蔽之,曰:文質彬彬。在劉咸炘看來,"論理者謂之論或辨等,子部所容也"②。其實,對於諸子散文,他亦一分爲二——質與格調。所謂"質",對應的即"理"。所謂格調,即不同之風格。劉咸炘認爲諸子散文在內容上以說理爲主,而風格各異。

(一)諸子散文以"質"爲核心

劉咸炘深受章學誠影響。從"質"來看,這實際上與章學誠的文學思想有關。他繼承了章學誠的質幹之說而又有發揮。

章學誠雖也主張文質相合的文學觀,但實際上側重於現實功用,重視"質",他曾說:"夫文生於質也。"(《文史通義·內篇·砭俗》)③其有文曰:

> 名者實之賓,徇名而忘實,並其所求之名而失之矣;質去而文不能獨存也。(《文史通義·內篇·點陋》,第 426 頁)

> 六經皆史也。古人不著書,古人未嘗離事而言理,六經皆先王之政典

---

① 寧俊紅《文體的文學史意義——以劉咸炘〈文學正名〉〈文變論〉的觀點爲主》,《蘭州大學學報》2014 年第 3 期。
② 劉咸炘著《推十書》(增補全書)戌輯,上海科學技術文獻出版社 2009 年版,第 8 頁。
③ 章學誠著《文史通義校注》,葉瑛校注,中華書局 1985 年版,第 452 頁。

也。(《文史通義·内篇·易教上》,第 1 頁)

記誦之學,文辭之才,不能不以斯道爲宗主,而市且弄者之紛紛忘所自也。(《文史通義·内篇·原道下》,第 140 頁)

章學誠對於文質關係,首先注重的是質,這或許與他的哲學思想有關。其有文曰:

《易》曰:"形而上者謂之道,形而下者謂之器。"道不離器,猶影不離形。後世服夫子之教者自六經,以謂六經載道之書也,而不知六經皆器也。(《文史通義·内篇·原道中》,第 132 頁)

衆所周知,章學誠有"六經皆史"說。在他看來,六經原本是史書,但内含至理,卓然躍於"經"的位置。後世之文,皆以明道爲最重要的事;而道即爲質幹。

劉咸炘發明章學誠質幹之說,他認爲蕭統《文選》不選子家,"以立意爲宗,不以能文爲本"的標準是"深辨文質之言也"(《推十書·〈文選序〉說》,第 22 頁)。這實際上是繼承章學誠的質幹論。其有文曰:

蓋近世文家過重詞勢,往往捨事理以就神韻。以史家之吞吐,爲子家之辨析;以贈序之點綴,爲碑志之叙述。此桐城家之大病也。極煙波鳴咽之致,而不能使人昭晰,復何貴此音樂之文哉?(《推十書·論文通指》,第 13 頁)

作家者,有所以爲言之意者也。所以爲言之意即章先生所謂有物。(《推十書·論文通指》,第 14 頁)

章學誠的質幹論來自其對乾嘉學派的反動,劉咸炘同樣注重經世致用。更進一步的,他認爲諸子散文以質爲中心,諸子之質來自《禮》,"《禮》爲質之宗,諸子之祖也"(《推十書·辭派圖》,第 29 頁)。而諸子與詞賦的分道在於文、質的區分,"凡文體莫不本於《詩》。詞、賦嫡傳,史、子旁取。……凡文勢派別,諸子詞賦,文質分途,經說史傳,亦在其中。合而彬彬,傳於思、荀,著於子政,盛於東漢,美於魏、晉"(《推十書·言學三舉》,第 118 頁)。先秦兩漢時期沒有純文學的概念,而後的魏晉南北朝對文學的概念進一步澄清,劉緫有文筆之分,蕭綱所謂搖盪性情之爲文,那麼子家之質就和嗣後的文學觀不符合。這也説明劉咸炘的一個態度:儘管先秦諸子散文帶有文學性,但是實質上他們創作目的不是純文學性的。在劉咸炘看來,先秦諸子散文仍然以説理爲主要目的。

(二)諸子散文合之以文質

有質無文不可,有文無質亦不可,故而劉咸炘評價諸子時執文質兩端,他説:"縱橫家者流,出於行人之官。行人之學在《詩》。名家者流,出於禮官。斯二家者文質之大較也。戰國諸子皆取資焉。"(《推十書·辭派圖》,第30頁)實則劉咸炘此論亦來自章學誠的觀點。

關於"質",章學誠有言:"九流之學,承官曲於六典,雖或原於《書》《易》《春秋》,其質多本於禮教,爲其體之有所該也。"(《文史通義·內篇·詩教上》,第61頁)所謂禮教,既有恭儉莊敬的儀式規則,又是以質爲本,循循導之。劉咸炘在此基礎上説:

《禮》爲質之宗,諸子之祖也。而《易大傳》與《戴記》則子之大宗也。(《推十書·辭派圖》,第29頁)

《禮》爲諸子之祖,諸子又以質爲本,劉咸炘拈出名家與《禮》的關係,試圖揭示諸子"質"之一脉。這實際上也是繼承了《漢書·藝文志》關於名家出於禮官的看法。

關於"文",劉咸炘特標舉詩教,又以諸子中的縱橫家爲典型,這實際上也與章學誠有關,"戰國之文,既源於六藝,又謂多出於《詩》教,何謂也?曰:戰國者,縱橫之世也。縱橫之學,本於古者行人之官。觀春秋之辭命,列國大夫,聘問諸侯,出使專對,蓋欲文其言以達旨而已。至戰國而抵掌揣摩,騰説以取富貴,其辭敷張而揚厲,變其本而加恢奇焉,不可謂非行人辭命之極也。"(《文史通義·內篇·詩教上》,第60頁)《詩經》有興觀羣怨,又以賦比興緯之,發明溫柔敦厚之風。縱橫家純以氣勢取勝,其取資《詩經》多矣。

劉咸炘善於明統知類,執兩用中,既已釐清兩條綫索,則拈出"文質相對"。其有文曰:

> 禮家固流爲名、法，清辨即墨、苟、公孫之名辨，雖二實一，與縱橫一流，文質相對。（《辭派圖》，第 32 頁）

劉咸炘認爲戰國諸子文風代表先秦諸子文風主流，這也是劉咸炘繼承章學誠的說法："蓋戰國諸子之文，皆取縱橫説家之勢。而縱橫流爲辭賦。"（《推十書·辭派圖》，第 28 頁）更進一步地，劉咸炘認爲縱橫之風莫過於《戰國策》。《戰國策》被視爲歷史散文，也有人認爲屬於子家，如宋代晁公武《郡齋讀書志》歸爲縱橫家，視爲子家。劉咸炘同樣如此認爲，他説："縱橫之詞具於《戰國策》。其鋪張形勢，引喻物類，即賦家之源。"（《推十書·辭派圖》，第 30 頁）鋪張之爲手法，可運用在任何文學體式中，筆者無意探討縱橫之詞是否是賦家之源，筆者更爲注重的是劉咸炘認爲戰國諸子文風以縱橫見長，多鋪排比喻。戰國諸子散文以論辯見長，由此帶來風格上的變化。戰國時齊國稷下學宮各派互相辯論，更爲精細琢磨文字，力圖批駁對方。劉勰《文心雕龍·諸子》評價諸子乃是"飛辯以馳術"[1]，又《文心雕龍·論説》謂"暨戰國爭雄，辨士雲踊；從橫參謀，長短角勢；轉丸騁其巧辭，飛鉗伏其精術；一人之辨，重於九鼎之寶，三寸之舌，強於百萬之師"（第 710 頁）[2]。漢初繼承縱橫遺風，如枚乘《上書諫梁王》、鄒陽《諫吳王書》和《獄中上梁王書》等，其文章皆以雄辯見長，胸中激蕩之情一吐而出。

先秦諸子散文以質爲主，劉咸炘認爲《禮》爲諸子之祖，以質爲主，但又有文學色彩。由文質相對出發，我們可以看到劉咸炘的文學觀是繼承了章學誠的看法。章學誠乃乾嘉學風轉變人物，他的"六經皆史"説指向其史學思想中有益人心、經世致用這一方面。章學誠認爲清代學者失去了對現實社會的關注，要麽空談義理性情，要麽埋首考據紙堆，遠離人事現實。故而在文學觀上，章學誠同樣注重質幹功用。劉咸炘之所以注重諸子的文風，是因爲他始終把握文與質的關係。孔子曾説："文質彬彬，然後君子。"[3]這也是著名的文學理論觀點。劉咸炘繼承並提出了他的觀點："若夫諸子爲質，詩賦爲文，內密外華，氣雄筆斂，則務重繁隱，殊不爲病，只成妍耳。"（《推十書·陸士衡文論》，第 95 頁）這是一種合質實和華美、側重含蓄的文學觀。這是對章學誠的繼承，也是他學術研究的一條綫索。

---

[1] 劉勰著、范文瀾注《文心雕龍注》，人民文學出版社 1958 年版，第 308 頁。
[2] 同上，第 328 頁。
[3] 劉寶楠撰《論語正義》，高流水點校，中華書局 1990 年版，第 233 頁。

相比較而言，劉咸炘把握文與質，而與其並稱"二劉"的劉師培的文學觀則更注重文。揚州學派歷來有主駢文的傳統，劉師培作爲其殿軍，繼承阮元之説，主張："中國古代之時，以文物爲'文'，以華靡爲'文'，而禮樂、法制、威儀、文辭，亦莫不稱爲'文章'。推之，以典籍爲'文'，以文字爲'文'，以言辭爲'文'。其以'文'爲'文章'之'文'者，則始於孔子作《文言》。蓋'文'訓爲'飾'，乃英華發外、秩然有章之謂也。"(《論文雜記·十》)①又曰："貴真者近於徵實，貴美者近於飾觀。至於徒尚飾觀，不求徵實，而美術之學遂與徵實之學相違，何則？美術者，以飾觀爲主也；既以飾觀爲主，不得不遷就以成其美。"(《論美術與徵實之學不同》)劉師培在《文章原始》中，旗幟鮮明地提出"駢文一體，實爲文體之正宗"。這是一種反對經、子、史爲文學的觀點，其目的是嚴守作品文學性特徵。

劉咸炘的"文質彬彬"觀和劉師培的駢文正宗觀相差甚大。二人出發點實則不同，劉師培面對民國文筆之辨時，强調的是文學是一門獨立學科，脱離經史子，與西方文學觀相似。劉咸炘則是在自己學術根基上認爲經史子集互有聯繫，從傳統的文學觀出發進行再闡釋。

二　諸子與文學流變的關係

文學隨着時代變化而變化，即劉勰所謂"文變染乎世情，興廢繫乎時序"(《文心雕龍注》，第675頁)。在劉咸炘看來，文學風格也不過是在一質一文的相互交替中發展的，時代風格和文學文體也隨之發展。

劉咸炘認爲文學不過是一質一文之間變化，最爲理想的狀態是文質彬彬。諸子散文以質爲中心，延至後世，子家之"質"成爲文學作品中的一類風格。劉咸炘認爲在時代的更迭中，子家之質影響文學風格，導致文學風格隨時代變化而變化。那麼，子家風格是如何影響文學的呢？劉咸炘總結："西漢悉是子勢，東漢以降乃會合子與詞賦而成文集之勢。梁後過文，唐後過質，皆不與焉。"(《推十書·辭派圖》，第28頁)文學風格的尋根究底者多矣，如鍾嶸《詩品》之類；而劉咸炘一分爲二，以文和質兩端去分析歷代文學家。其有文曰：

漢世詞賦，枚、東出於荀，馬、揚出於屈、宋。荀賦質而屈賦文，亦猶《禮

---

① 劉師培著《儀徵劉申叔遺書》，萬仕國點校，廣陵書社2014年版，第2095頁。

記·檀弓》諸篇與《子思》諸篇之異也。(《辭派圖》)

自晉以下,嵇康、李康,子家也,質多於文。張華、潘岳,賦家也,文多於質。陸、范則彬彬矣。傅、任疏而存質,江、鮑、劉則密而過文,猶不失質。徐、庾則純文矣。章炳麟謂文章之盛,窮於天監。信矣。(《辭派圖》)

中唐韓、柳諸家,承過文之極弊,參子家之質實以矯之。然猶未失文也。(《辭派圖》)

劉咸炘一分爲二,將文學家分爲子家和賦家,這是因爲子家主質,賦家主文。顯而易見,"文"是一種藝術形式、手法,與內容無關。劉咸炘將重內容之作家歸爲子家,重形式之作家歸爲賦家。這種觀點說明了文學發展的兩個走向以及時代不同導致文學家側重子或賦則不同。

此外,從《辭派圖》中可以得出子學與文學分離和文學之風的轉變,"東漢以降,集盛子衰,文人工述情者多,而擅長條理者少……遂使詞章一門僅爲麗藻之稱矣"(第142頁)。先秦兩漢文學並不獨立,魏晉之後文學漸漸獨立。子學本就蘊含質與文,但《漢書·藝文志》的分類以及後世六分法、七分法、四分法皆不認爲子學爲文,它們是從子家文章內容來談。其實,明清時期產生諸多諸子文學評點的篇章,亦可說明子家實則蘊含文學性。

其次,劉咸炘認爲先秦諸子與文體也有關係。首先是先秦諸子與別傳的關係。其有文曰:

考別傳、雜傳之體,其來甚古。諸子之書本記言行。孔子教化三千,而有《論語》《家語》;齊人傳道管、晏,而有《管子》《晏子》。《管子》有《三匡》,已具別傳之體;《晏子》名《春秋》,已具軼事之體。惟尚承惇史《國語》之體,詳於言而略於行耳。(《推十書·傳狀論》,第48—49頁)

劉咸炘認爲別傳乃是爲"一人備始末",主寫一人之事蹟,而其體的來源之一即諸子。因爲諸子以記錄一子家言行爲主,如《論語》,詳細記載了孔子的言行舉止,粗略勾勒出孔子的性格和人物形象,如《論語·鄉黨》之"恂恂如也,似不能言者""便便言,唯謹爾"(《論語正義》,第363頁),莊嚴恭謹的態度溢於言表。《論語》雖爲記言體,但若與史書比較,亦不遜色多少。這是別傳的雛形。劉咸炘又提及《管子》的《大匡》《中匡》《小匡》三篇,細讀之,會發現三篇以人物對話、故事情況、時間先後順序進行描寫,既記史又展現管子的人物形象,可謂別傳。劉咸炘認爲這些均爲別、雜傳之前身。

再次,是賦和散文的問答體實際也與諸子有關。其有文曰:

> 諸子書多藉問答,問答原不止於賦乃有之。《卜居》自是設詞,《客難》《解嘲》所祖,與《子虛》《上林》自異。鋪張之賦,原於《楚辭》諸篇,不專祖《卜居》《漁父》。唐末及宋之文,問答之體,自出諸子,亦不專祖《卜居》《漁父》。源流各別,何可以其皆問答而混之?(《推十書·文式·賦》,第732頁)

先秦散文初期以語錄體爲主,典型有《論語》,多問答發微哲理。至《孟子》《墨子》《莊子》亦皆如此,到了《荀子》《韓非子》階段才是完整的説理文階段,幾乎没有主客問答形式。然而古人認爲問答出自賦,"於是荀況《禮》《智》,宋玉《風》《釣》,爰錫名號,與詩畫境,六義附庸,蔚成大國。遂客主以首引,極聲貌以窮文"(《文心雕龍·詮賦》,第134頁),"宋玉含才,頗亦負俗,始造對問,以申其志,放懷寥廓,氣實使之"(《文心雕龍·雜文》,第254頁)。元代祝堯《古賦辯體》主張《子虛》《上林》之問答體出自《卜居》和《漁父》。自古多以賦之祖爲《楚辭》,如劉熙載《賦概》:"騷爲賦之祖"①。而劉咸炘應受到章學誠的影響,如《校讎通義》中説:"古之賦家者流,原本《詩》《騷》,出入戰國諸子"。但是劉咸炘進一步地提出賦之問答體與諸子散文之問答有聯繫,且認爲賦之問答和散文之問答皆是問答,但是二者之問答却有不同。

劉師培同樣認爲諸子與文學有密切的關係。從風格上説,劉師培推重諸子之風,"中國文學,至周末而臻極盛。莊、列之深遠,蘇、張之縱橫,韓非之排奡,荀、吕之平易,皆爲後世文章之祖"(《儀徵劉申叔遺書·論文雜記·三》,第2085頁),諸子風格啓後世之文章。從問題上看,劉師培和劉咸炘一樣認爲問答出自諸子,"一曰問答,始於宋玉,蓋縱橫家之流亞也"(《儀徵劉申叔遺書·論文雜記·六》,第2089頁)。但劉咸炘比劉師培更進一步表示賦之問答體與散文之問答體有疆域。劉師培將諸文體與諸子一一對應,稍顯凝滯,"論説之體,近人列爲文體之一者也,然其體實出於儒家……書説之體,亦近人列爲文體之一者也,然其體實出縱橫家……箴體附於儒家……銘體附於道家"(《儀徵劉申叔遺書·論

---

① 劉熙載撰《藝概》,上海古籍出版社1978年版,第81頁。

文雜記·七》,第2090—2091頁)。但劉師培也有妙論,如"連珠始於漢、魏,蓋荀子演《成相》之流亞也"(《儀徵劉申叔遺書·論文雜記·六》,第2089頁),西晉傅玄《連珠序》就曾説過:"其文體,辭麗而言約,不指説事情,必假喻以達其旨,而賢者微悟,合於古詩勸興之義。欲使歷歷如貫珠,易睹而可悦,故謂之連珠也。"①劉師培上溯至荀子《成相》,就是看到其篇之隱喻比興、辭句相續。

由此可見,劉咸炘對文學發展的考察用的是文與質,這是以他的哲學思想框架入手去觀察文學發展情況,拈出文質相對。他所認爲的文學是廣義上的文學,故而他認爲文學家的思想會在作品中有所體現,這就如諸子散文中的質的一面;但作家又因對文學美的追求,易忽視質的存在而僅追求美,即文的一面。劉咸炘善於聯繫,他將諸子與其他文體的起源聯繫起來,彼此對比,又未完全凝滯彼與此的關係上。

三 諸子在文學史中的定位:以風格論之

劉咸炘在《文學史綱目》開宗明義,表達了他對文學史編撰的一些觀點。經過古今對比,劉咸炘認爲古無文學史,歷代只有《文苑傳》;而史家所創作的《文苑傳》大部分爲當代史,既未考察文學源流,又未歸納統系,多是評論之書。近代因專科興起,文學史編撰也差強人意,不過收拾前人語句而已,即劉咸炘所謂"然一二續學者不講體例,更空腹短視,徒數數十著名文人爵里、著述,雜掇前人評論語而已。無論於一代不能詳悉,即著名家數亦復模糊,無面目可見"(《推十書·文學史綱目》,第105頁)。儘管劉咸炘所編纂的僅僅爲文學史的綱目,但已交代出文學發展大致輪廓。

筆者關注的重點在於劉咸炘是如何以"文學史"的眼光看待諸子。

(一)對諸子的分類簡述

我們首先把劉咸炘《文學史綱目》的範圍擴大至先秦文學。劉咸炘大致將先秦文學按照時間順序分爲古記事書、《詩》、周秦諸子、《楚辭》等部分。但是在對諸子進行分類時,劉咸炘不是完全按照時間先後順序,而是另有一套體例。這可以看出他是如何看待諸子文學淵源的。

---

① 嚴可均輯《全上古三代秦漢三國六朝文》,中華書局1958年版,第1724頁。

淵源問題和之前劉咸炘論諸子思想的看法並無不同，均以《老子》《論語》《易傳》《禮記》爲諸子散文之源。經過上文分析，我們可以看出劉咸炘分析諸子以老子和孔子爲首，故而《老子》和《論語》爲首。而《易傳》和《禮記》也是主質之文，所以劉咸炘批注曰："皆弟子記錄。前二皆短節，是記錄語之本體。後二則有長篇，儒家醇厚之文。"（《推十書•文學史綱目》，第 106 頁）《禮記》多儒家論説和禮制探討，《易傳》是對《周易》的哲學化，二書皆是内含實質又少文學性的書，和《老子》《論語》異曲同工，所不同在一爲長篇，一爲短篇。可見劉咸炘意指他們同出一脉。

　　隨後，劉咸炘將周秦諸子一分爲三，在淵源的基礎上又以諸子特色横論之。第一部分是《墨子》《孟子》《莊子》《荀子》《公孫龍》《韓非子》《吕氏春秋》。劉咸炘雖未明確説出爲什麽這樣分，但是從他表述的字裏行間可見看出其觀點。兹列如下：

　　第一部分評之曰："此皆長篇。近《易傳》《禮記》。《孟》以與《論語》相較，一略一詳。《荀》《韓》《吕》用包慎伯説。《莊》最奇宕。《墨》最平實。用其自《論語》。《公孫》附《墨》。於此標文隨學異一大例。"（《推十書•文學史綱目》，第 106 頁）子家的分類總標準是長篇。這部分諸子繼承《老子》和《論語》的主質，與《易傳》和《禮記》長篇又相同，故而劃爲一類。劉咸炘將《墨子》列爲首，這是因爲《墨子》長於名辯，而名家原本出於禮官，故而《墨子》在内容之質的層面上是最接近《禮》的。《孟子》是《論語》的翻版，孟子在書中的對話論辯，其實也就是孔子與諸弟子交談的翻版，都是從對話中透露出主旨，與《論語》不同，在詳略而已。荀子所處時代也後於孟子，所以《孟子》在《荀子》之前。劉咸炘認爲《荀子》外平實内奇宕，開《韓非子》和《吕氏春秋》，蓋《韓非子》得奇宕，《吕氏春秋》得平實。故而《荀子》之後是《韓非子》和《吕氏春秋》。《公孫龍》爲最後，他認爲公孫子和墨子同爲一類，"墨翟、公孫龍亦普及事物"（《推十書•子疏定本•陰陽辯説第九》，第 130 頁）。墨子的辯論善於分析事物，公孫龍同樣如此，他研究名實關係，注重概念的分析，公孫龍著名的"白馬非馬"和墨子"殺盜非殺人"極爲相似。總而言之，第一類的諸子各有風格，區别明顯。

　　第二部分是《孫武》《鶡冠子》《商鞅書》，劉咸炘評之曰："此皆短節，語渾不詳。似《老子》、《論語》。《墨》、《孟》、《莊》、《荀》亦有短節，併入此章。"（《推十書•文學史綱目》，第 106 頁）在形式上與第一部分的長篇不同，皆爲短節。可見，"周秦諸子一"與"周秦諸子二"的區别在篇幅長短上，這是劉咸炘的分類原則。至於"語渾不詳"指的是語言的多義性還是内容的包羅萬千呢？如果與《老子》和《論語》聯繫，我們會發現，應當指的是内容的豐富。《老子》以"道"爲核心而發散，論"道"的運動、狀態、作用等；《論語》則孔子與諸弟子的對話，涉及許多儒家倫理概念。《孫武》《鶡冠子》《商君書》也是散篇積累而成，各篇聯繫不緊密，有"雜"的意味。如《商君書》，兼法家、農家思想，有宏觀的法的解讀，亦有細枝末節的政治措施。我們再不妨將它們與《吕氏春秋》作對比。《吕氏春秋》爲雜家，合衆家説於一書中，以十二紀、八覽、六論爲結構。《吕氏春秋》雜而不亂，體系分明，以天人和諧關係爲核心，以儒道思想爲主體，著書目的是爲了給君王統治提供借鑒，所以在思想主體之外廣泛吸收各家思想。反觀《孫武》《鶡冠子》《商君書》，其書真僞暫且不論，但從其篇章看，雖各篇有主旨，但與《吕氏春秋》嚴密體系不能相提並論。由劉咸炘對周秦諸子的分類，可以看出，劉咸炘就文學史角度看，一是注重其篇幅形式，一是注重其内容。

第三部分是《管子》《慎子》《尹文子》《鄧析》。劉咸炘評之曰："《管》體雜，《慎》殘缺，《尹文》《鄧析》皆非本書，雜湊而成。此皆不能明其格調，故别以一章附論之。"(《推十書·文學史綱目》，第106頁)於此，劉咸炘標出"格調"。"格調"是劉咸炘文學批評的重要概念。劉咸炘文學概念由外形和内實組成，外形分爲格調、規式、體性。格調的意義是：

> 三爲格調，即所謂主觀之文體。此如書家之書勢，樂家之樂調。同一點畫波磔，而有諸家之殊；同一宫商角徵，而有諸調之異。此當分爲四：一爲次。此依内實而定。叙事有先後，抒情有淺深，論理則且有專科之學。二爲聲。有高下疏密。三爲色。有濃淡。此二者皆關於所用之字。四爲勢。有疾徐長短。此皆在章節間。體性規式，乃衆人所同，惟此四者，則隨作者而各不同。藝術之高下由此定，歷史之派别由此成。(《推十書·文學正名》，第7頁)

很明顯，所謂格調，即作家的獨特風格特色。格調一分爲四：次是依照内容決定風格；聲是音律高低起伏；色指的是所選用的字句給人的濃淡體驗；勢指的是章節之間的氣勢。有格調的存在才出現不同藝術特徵、藝術派别。上兩類皆有格調區分，但這一類因成於諸手，造成風格各異。如《管子》集各家之説，出自不同之手，所以諸篇風格不同，如《牧民》運用説理手法，以排比的形式層層遞進，觀點有理有據，令人一步步被説服，乃是説理文；《大匡》《中匡》《小匡》三篇則以叙事爲主，有史料性，乃是史傳文；《乘馬》則圍繞多個主題解決國家的一些重大的經濟、政治問題，語言平實。所以這部分的諸子散文不能明確風格。

可見，劉咸炘雖以質爲諸子散文的中心，但是他並未忽視文的作用。在評價諸子時，他把握文與質兩端，既不偏於文，亦不偏於質。在論述諸子散文的關鍵是，他堅持以質爲主，但在具體地評價評價諸子時，劉咸炘側重於"文"，即關注諸子散文的格調。在共性與個性之間，劉咸炘各有側重、各有思考，體現了他的哲學觀——執兩用中。

（二）以近代文學史角度評價《文學史綱目》

劉咸炘的文學觀是廣義的。他説："惟具體性規式格調者爲文，其僅有體性而無規式格調者，止爲廣義之文。"（《推十書·文學正名》，第 7 頁）在這其中，他對格調十分關注，我們也可以從《文學史綱目》中看出，劉咸炘在論諸子時也是注重格調的。諸子風格的不同，是因爲諸子思想態度各不相同。劉咸炘在論述諸子時或多或少有内容決定形式的看法，如墨家主質，在文風上則同樣如此。其實，這樣的觀點至少對先秦文學來説是適用的。換言之，儘管諸子没有文學觀念，但是他們形成的是一種實用的文學思想。劉咸炘没有明確予以説明，但是從他關注諸子文風和内容的關係上看，他隱約有此傾向。這一觀點確實牢牢抓住了先秦諸子散文的核心。

如果我們將近代的文學史對之對比，則會發現其優劣所在。劉師培有《文章學史序》一文，將墨家和縱横家視爲得文章之正傳者，而視禮官爲巫史祭祀文詞一類，又與劉咸炘觀點不同。劉師培始終以"文"的角度去看待先秦諸子，從史的角度亦是如此。再比如胡適《白話文學史》以朝代和專題爲主，在研究方法上已注意潮流趨勢和時代精神，惜專題不完備。他大體上將中國文學一分爲二，分爲白話文學和古文文學，尚未完全貫通觀照，也未談及諸子散文。胡適是從白話角度看文學史，這自然有時代因素，但劉咸炘能以整體眼光觀照諸子，説明他的眼光獨到。又如林傳甲《中國文學史》一書，範圍太大，對文學的把握不准。劉咸炘則能夠把握住文學的核心。再如 1948 年劉大傑完成《中國文學發展史》時，劉咸炘已經去世，但相去不遠，仍可比較一二。劉大傑的《中國文學發展史》更爲完備，劉咸炘僅設文學史綱目，劉大傑則將文學史縱以時代劃分，横以文體劃分，啓發後之文學史。對於諸子散文，劉大傑先論散文興起的原因，再分析當時社會情况,將散文一分爲二,一爲歷史散文,一爲哲理散文,最後指明諸子其各自特色。劉大傑的文學發展史將諸子散文做了整體概括,能夠考慮社會因素,比劉咸炘更勝一籌。

總的來説,劉咸炘從文學史角度去觀照諸子,解答了諸子散文源流問題。在編寫文學史時,劉咸炘注意到了諸子篇幅長短問題,也將諸子散文按照有無格調進行劃分,這也抓住了諸子散文文學性的核心所在;但是因限於篇幅,劉咸炘僅作綱目,語焉不詳;又未按照諸子所在的時代劃分,令人茫然。

劉咸炘認爲文學的變化其實就是文與質之間的交替進行,時代文風或是主文,或是主質。這會影響到時代的文風,後世文學家或是側重子之質,或是側重子之肆。另外,諸子也影響了文學的文體發展。諸子與別傳、與賦和散文的問答體均有一定聯繫,這種觀念是從章學誠而來的。實際上先秦諸子時代並沒有文體的概念,文學出於渾沌狀態,先秦文學本就可以視爲文學的源頭,加之前人已叙,劉咸炘有這樣的認識也並不奇怪。再次,劉咸炘曾編纂了《文學史綱目》,也將諸子列入。在《文學史綱目》中,他對諸子進行了分類和簡要解説,他對諸子的分類與他在思想上是如何看待諸子的觀點相同,以《禮》爲祖,《老子》和《論語》爲宗。劉咸炘將諸子一分爲三,分類的主要標準是諸子風格與篇幅大小。實際上,劉咸炘諸子散文研究帶有自己的學術思想,其"推十説"善於抓住事物發展變化趨勢,又橫加比較把握兩端,對研究對象可以圓照,這是極具特色的。劉咸炘不是以純文學的眼光去研究諸子,他善於貫通,其實,系統考述先秦諸子也是那個時代的特徵。如錢穆的《先秦諸子繫年》以考證諸子繫年表達自己的觀點,這種通觀貫穿於他的學術生涯。

此外,劉咸炘注重時代流變,上鈎下連,這也反映了近代四川巴蜀學風。他從時代之變遷中抓住變與不變,無論是其學術研究還是其諸子散文研究均是如此。實際上,近代四川經學大師廖平的學術思想同樣善於求變,其著名的經學六變和孔經人學可爲一證。廖平以"變"爲核心,"爲學須善變。十年一大變,三年一小變,每變愈上,不可限量。"(《經話甲編》)[①]另一位蜀學大師蒙文通的大勢變遷論即是在廖平學術思想的基礎上提出來的。由此可見,近代蜀學善於求變。加之劉咸炘十分重視史學,善於秉本執要、縱觀流變,是以劉咸炘從文、質兩端出發,觀照諸子散文,又以時代縱以慮之,諸子以質爲主,賦家以文爲主,而文學在

---

① 廖平著《廖平全集》,舒大剛、楊世文編,上海古籍出版社 2015 年版,第 185 頁。

一文一質交替中變化。文質雖是大略而談，實際上反映了劉咸炘在哲學思想上善於貫通與舉大略而言的特色。這不是個例，宋代蘇洵、蘇軾、蘇轍的"三蘇"對理學的反動，吸收佛教和道家思想，肯定情感人欲；再到清代劉咸炘的祖父劉沅會通三教，不專宗一家；再到廖平倡今文經學對乾嘉學派之反動，強調經世致用，廖平曾說："治經如作室，其前後左右、梁棟門户，所宜熟思籌劃者也。至於一窗一桶，所關甚微，不必苦心經營。"（《廖平全集·經話甲編》，第 174 頁）巴蜀學風始終以融通爲特點，可見巴蜀學術淵源有自。

明代戲曲聲腔流變中的曲本刊刻

石 超[*]

内容提要 明代戲曲聲腔的流變大致經歷了三個時期,首先是南北曲的興替期,其次是南曲的諸腔爭勝期,最後是崑腔的"正聲"崇拜期;與之相應的,是流行聲腔曲本刊刻的盛行與式微。也就是説,當一種聲腔開始在某一地區悄然流行時,書坊主們會敏鋭地捕捉到市場的需求,這一聲腔的戲曲刻本也會隨之而起。從某種程度上説,曲本刊刻的變化也是聲腔流變的另一種寫照。

關鍵詞 明代戲曲 曲本刊刻 戲曲聲腔 流變

　　戲曲的刊刻與讀者的接受息息相關,讀者的接受又與戲曲消費熱潮的步調一致,因此,從某種程度上説,戲曲刊刻是戲曲消費熱潮的反映。也就是説,當社會上某種戲曲消費熱潮開始出現時,作爲書坊主射利工具的戲曲選本也會及時做出反應;反之,我們亦可從戲曲選本刊刻的流變中梳理出戲曲聲腔流變的綫索。從南北曲的興替到北曲的漸趨衰落,再到南曲興盛、諸腔爭勝,最後到崑腔的"正聲"崇拜,從中我們不難發現,在明代戲曲聲腔流變的過程中,其實有一條大致可以依循的綫索,按照時間順序,可以將其大致劃分爲三個階段:南北曲興替期、南曲諸腔爭勝期、崑腔"正聲"崇拜期。筆者從這條綫索出發,以現存明刊曲本爲底本,對各種戲曲選本進行條分縷析,從讀者群體和地域接受的角度,進一步廓清聲腔内部流變的規律,同時對某一種聲腔在各地域的影響及其持續時間做出自己的判斷。

---

[*] 作者簡介:石超,文學博士、博士後,華中師範大學副教授,主要從事明清文學與文論研究。
　基金項目:本文爲國家社會科學基金一般項目"明清戲曲版畫插圖的形態、功能與審美風尚研究"(20BZW086)階段性成果。

一　南北曲的興替與戲曲選本的刊刻

中國幅員廣闊，南與北、西與東，其地域文化差異由來已久。從風俗習慣到方言、音樂，都有各自的地域色彩。戲曲聲腔依托於方言音韻，南北之差異是不言而喻的。宋金與宋元時期的南北對峙，加劇了戲曲聲腔的南北對峙的態勢。南宋末期，在浙江溫州一帶出現的一種戲曲，一般稱之爲"溫州雜劇"或"永嘉雜劇"，由於其根源於民歌小戲，後又吸收了宋詞音樂及其他一些民間伎藝，所以没有宫調，節奏和韻律也比較自由。《南詞叙録》中稱其"即村坊小曲而爲之，本無宫調，亦罕節奏，徒取其畸農、市女順口可歌而已，諺所謂'隨心令'者，即其技歟？間有一二叶音律，終不可以例其餘，烏有所謂九宫？"①在北曲風靡中華大地的時候，南戲還局限於溫州一帶，未有大的發展。

北曲是在諸宫調的基礎上演變和發展起來的，其間匯合了唐宋大曲、唱賺、轉踏等其他藝術形式。南曲和北曲在演唱風格上差異極大，"北曲以遒勁爲主，南曲以婉轉爲主"，"聽北曲使人神氣鷹揚，毛髮灑淅，足以作人勇往之志，信胡人之善於鼓怒也……南曲則紆徐綿渺，流麗婉轉，使人飄飄然喪其所守而不自覺，信南方之柔媚也"。(《南詞叙録》，第245頁)雖然南北曲之間呈現出巨大的差異性，且風格迥異，但並不代表兩者是水火不容的狀態；相反，兩者之間並無截然的界限，元朝統一之後，爲兩大聲腔系統的交融提供了堅實的土壤。從現存最早的三部南戲作品來看，《張協狀元》產生於南宋，全用南曲曲牌，稍晚的《宦門子弟錯立身》和《小孫屠》都是產生於元朝統一以後，兩部作品中都已參雜有北曲曲牌，只是未明確標示。由此可見，元朝時南北曲的交融已初顯端倪。

金元時期，北曲獲得了長足的發展，不僅作家作品衆多，而且影響地域廣闊；由元入明以後，則漸趨衰落。對此，有學者將其發展階段劃分爲三個時期：(1)勃興期(1234—1279)，(2)擴布期(1279—1324)，(3)衰落期(1324—明代)②。北曲在明朝的衰落，可以從明人的記載中得到印證。《南詞叙録》中言："元初，北方雜劇流入南徼，一時靡然向風，宋詞遂絶，而南戲亦衰。順帝朝，忽又親南而疏北，作者蝟興，語多鄙下，不若北之有名人題咏也。"(《南詞叙録》，第239頁)順帝是元朝的最後一個皇帝，説明此時南曲已大興，只是層次不高，但北

---

① 徐渭《南詞叙録》，《中國古典戲曲論著集成》本第三册，中國戲劇出版社1959年版，第239頁。
② 參見廖奔、劉彦君《中國戲曲發展史》(第二卷)，山西教育出版社2000年版，第35—44頁。

曲則是逐漸式微了。祝允明《猥談》中亦言："自國初來,公私尚有優伶供事,數十年來,所謂南戲盛行,更爲無端,於是聲樂大亂。南戲出於宣和之後,南渡之際,謂之'温州雜劇'……以後日增,今遍滿四方,輾轉改益,又不如舊。"①從上述記載來看,北曲衰落、南曲興盛已成爲不爭的事實。這一點還可以從當時北京的刻書中再次得到印證。1967年,上海嘉定出土了明代成化年間（1465—1487）刊刻的説唱詞話,共十六種,出自北京永順書堂,其中就有南曲戲文《劉智遠還鄉白兔記》,説明當時南曲已傳播到了北方,且佔有了一定的市場,否則,從當地書坊主射利的目標而言,他們是不太可能出資刊刻南曲本子的。

從戲曲選本來看,正德十二年,戴賢輯刻的《盛世新聲》問世,此本是南北曲兼收的,《盛世新聲·引》曰："南曲傳自漢唐宋,北曲由遼金元,至我朝大備焉。皆出詩人之口,非桑間濮上之音,與風雅比興相表裏。"②可見此選本中對南北曲評價都較高,但在選曲的比重中却明顯體現出重北輕南的傾向,元雜劇共有三十種,明雜劇八種,而南戲僅二種。稍後的《詞林摘艷》是在《盛世新聲》的基礎上增删改編而成,現存最早的刊本是嘉靖四年原刊本。此本中收元雜劇三十種,明雜劇三種,南戲六種,可見南戲的比重大大增加了。《雍熙樂府》又是在《詞林摘艷》的基礎上改編而成,最早有嘉靖十年王言序刻本,此本收元雜劇四十九種,明雜劇三十五種,南戲十八種。不難看出,在這三部曲選的編選過程中,南曲戲文的比重在逐步加大,説明明代中葉時,宮廷演劇中北曲的比重日漸縮小,而南曲的比重在逐漸增大,慢慢打破了北曲一統天下的格局。與宮廷選本相比,民間選本中南曲的比重更大,如《風月錦囊》中,雜劇僅五種,而南曲戲文有四十四種。除了雜劇和戲文兼有的選本之外,還有專門的南戲選本,如《百二十種南戲文全錦》《玉谷金鶯》等,只可惜今已散佚。

雖説入明以後北曲漸趨衰落,但也並未到一落千丈的地步。根據《明史·樂志一》和《萬曆野獲編》卷二十五《詞曲·北曲傳授》的記載,我們發現,宮廷的日常娛樂一直採用的是北曲雜劇。作爲北曲而言,在很長一段時期内,都是被明代宮廷尊爲"雅樂",一直與民間的流行聲腔相對抗的。直到萬曆時期,内廷纔正式演出正規體制的南戲,説明北曲在明中前期的宮廷是佔主導地位的。除此之外,在很多儀式性的禮樂活動中,也都是採用北曲雜劇。都穆的《都公談纂》中記載了英宗朝時一位吴優在北京的情況,其言："吴優有爲南戲於京師者,門達錦衣奏

---

① 祝允明《猥談》,《歷代曲話彙編》本明代編第一集,黄山書社2009年版,第225頁。
② 戴賢《盛世新聲》卷首《盛世新聲引》,文學古籍刊行社1955年版,第1頁。

其以男裝女,惑亂風俗。英宗親逮問之,優具陳勸化風俗狀,上令解縛,面令演之。一優前云:'國正天心順,官清民自安'云云。上大悅,曰:'此格言也,奈何罪之?'遂籍群優於教坊。群優恥之,駕崩,遁歸於吳"①。這位吳優之所以會被錦衣衛抓捕,是因爲其"以男裝女,惑亂風俗",這一點不符合當時北曲都是以女裝男的慣例。"群優恥之,上崩,遁歸於吳"也説明吳優在當時的京師並不受歡迎,北曲在京師特別是在宮廷演劇中依然佔有霸主地位。

另一方面,當時的中上階層依然愛好典雅、整飭的北曲,而對俚俗、質樸的南曲多持鄙夷態度。如祝允明曾言:"愚人蠢工,徇意更變,妄名餘姚腔、海鹽腔、弋陽腔、昆山腔之類,變易喉舌,趁逐抑揚,杜撰百端,真胡説耳。若以被之管弦,必至失笑,而昧士傾喜之,互爲自漫爾。"(《猥談》,第 225 頁)徐渭也認爲:"宋時,名家未肯留心;入元又尚北,如馬、貫、王、白、虞、宋諸公,皆北詞手;國朝雖尚南,而學者方陋,是以南不逮北。然南戲要是國初得體。南曲固是末技,然作者未易臻其妙。《琵琶》尚矣,其次則《玩江樓》《江流兒》《鶯燕爭春》《荆釵》《拜月》數種,稍有可觀,其餘皆俚俗語也。"(《南詞敘錄》,第 242—243 頁)《潘之恒曲話》則稱:"武宗、世宗末年,猶尚北調,雜劇、院本,教坊司所長。而今稍工南音,音亦靡靡然。"②這種"靡靡然"的狀態正是南曲俚俗特徵的寫照,與明代前期以正統自居者身份極力維護北曲"雅樂"的初衷是格格不入的,所以這一時期的南曲並未在社會上掀起像後期那般大的消費熱潮。作爲傳統的文人士子而言,擁有雅樂情懷的他們,依然是北曲最忠貞的守護者,也正是因爲如此,李開先才編刊了《改定元賢傳奇》③。由此可見,到嘉靖末隆慶初時,北曲還是擁有相當數量的受衆的。

二 南曲的諸腔爭勝與戲曲選本的刊刻

從明初到中葉,南曲與北曲這兩大戲曲聲腔並行發展了百餘年,雖是南曲日漸興盛,北曲漸趨衰微,但兩大聲腔依舊是不分伯仲,各有各的受衆。大約從成化年間開始,南曲迎來了新一輪發展的契機,在東南沿海幾個省份內,陸陸續續衍化出一批新的聲腔,到嘉靖年間時,這些新的聲腔更可謂是層出間現、各領風

---

① 都穆《都公談纂》,《草木子(外三種)》本,上海古籍出版社 2012 年版,第 186 頁。
② 潘之恒撰《潘之恒曲話》,汪效倚輯注,中國戲劇出版社 1988 年版,第 51 頁。
③ 路工認爲,《改定元賢傳奇》編刻於嘉靖三十四年至隆慶元年(1555—1567)之間。參見《李開先集》卷首路工《李開先的生平及其著作》,中華書局 1959 年版,第 1035 頁。

騷。據陸容（正統弘治間人）《菽園雜記》卷十記載："嘉興之海鹽，紹興之餘姚，寧波之慈溪，臺州之黃巖，溫州之永嘉，皆有習爲優者，名曰'戲文子弟'，雖良家子不恥爲之。"①可見，這些新的聲腔剛一誕生，就呈現出迅猛的發展勢頭，在當地擁有了廣泛的受衆。不僅如此，這些新生聲腔還流播各地，足跡遍佈南北，南曲的諸腔爭勝進入了黃金時代，使已經進入衰落期的北曲只能望其項背。另一方面，由於南曲與生俱來的俚俗特質，所以即便是興盛，也多是鄉野村夫所爲，對於一般的文人士大夫而言，還難入他們的法眼，加之刻本形式的品鑒此時也還未流行，所以這一時期並未出現南曲新聲腔曲本刊刻異常火爆的場面。

　　成化以後，南曲各聲腔呈現出諸腔爭勝的局面，經常在某一地區呈現出"你方唱罷我登場"的態勢，可謂各領風騷數十年。根據廖奔和劉彥君的統計，我們"今天能夠從明人文獻中勾稽出來的南戲變體，一共有十五種，即：餘姚腔、海鹽腔、弋陽腔、崑山腔、杭州腔、樂平腔、徽州腔、青陽腔（池州調）、太平腔、義烏腔、潮腔、泉腔、四平腔、石臺腔、調腔……上述諸種腔調（潮、泉腔除外）的分佈，崑山腔產生於蘇南；弋陽腔、樂平腔兩種產地爲江西東北，緊鄰吳語區；徽州腔、青陽腔、太平腔、石臺腔四種都出自安徽南部；剩餘兩種產地不明，但從流行地看，調腔亦出自浙江，四平腔也應屬這一地區的腔調。"（《中國戲曲發展史》，第38頁）由此可見，南戲諸腔大抵都是建立南方地域方言的基礎上，更確切地說，是局限在吳方言和閩方言範圍之内。

　　從上文引述陸容《菽園雜記》和祝允明《猥談》的記載中，我們大致可以推出，成化、正德年間時，"餘姚腔、海鹽腔、弋陽腔、崑山腔"這四大聲腔已經出現，並且已經擁有了一定的市場。到嘉靖、隆慶年間時，其他南戲聲腔逐漸興起，在形成崑腔的"正聲"崇拜之前，南戲諸腔呈現出群腔蜂起、並爭天下的局面。關於四大聲腔的流行地域，徐渭曾有精闢論述，《南詞叙錄》中言："今唱家稱'弋陽腔'，則出於江西，兩京、湖南、閩、廣用之；稱'餘姚腔'者，出於會稽，常、潤、池、太、揚、徐用之；稱'海鹽腔'者，嘉、湖、溫、臺用之。惟'崑山腔'止行於吳中，流麗悠遠，出乎三腔之上，聽之最足蕩人。"（《南詞叙錄》，第242頁）在衆多南戲聲腔中，弋陽腔和海鹽腔是較早風靡的兩大聲腔，弋陽腔通俗淺顯，且"錯用鄉語"，所以廣受民間底層觀衆的歡迎；海鹽腔講究唱法和吐氣，"音如細髮，響徹雲際，每度一字，

---

① 陸容《菽園雜記》卷十，中華書局1985年版，第112—113頁。

幾盡一刻,不背於永言之義",①所以廣受文人士大夫的青睞。《四友齋叢説》記載:"近日多尚海鹽南曲,士大夫禀心房之精,從婉孌之習者,風靡如一。甚至北土亦移而耽之。更數世後,北曲亦失傳矣。"②顧起元《客座贅語》中載:"弋陽則錯用鄉語,四方士客喜聞之。海鹽多官話,兩京人用之。"③從何良俊到顧起元的記載,我們可以清晰地發現海鹽腔由盛而衰的歷程。正德、嘉靖年間時,士大夫多尚海鹽南曲,但從嘉靖後期到隆慶、萬曆年間時,海鹽腔則急轉直下,僅兩京人用之。從嘉靖年間出版的戲曲選本來看,《風月錦囊》中多"合""合唱"的舞臺提示,正是弋陽腔合唱、幫腔的特色,而非海鹽腔,説明書商選擇了擁有更廣闊市場的弋陽腔,此時的海鹽腔因受衆面小,無法射利而被書商冷落。

湯顯祖曾言:"南則昆山之次爲海鹽,吴、浙音也,其體局靜好,以拍爲之節;江以西,弋陽;其節以鼓,其調喧。至嘉靖而弋陽之調絶,變爲樂平,爲徽、青陽"④。對於"至嘉靖而弋陽之調絶"的看法,學界多有爭論,青木正兒認爲"弋陽之調絶"可能"僅止於宜黃一地,弋陽地方其腔依然存在"⑤。蘇子裕則認爲:"明嘉靖以來,弋陽腔已被弋陽腔演變而成的樂平腔、徽州腔、青陽腔取而代之。"⑥筆者認爲,到萬曆時,雖然海鹽腔和餘姚腔已漸趨衰落,但弋陽腔還依然活躍。從現存戲曲選本來看,從嘉靖年間的戲曲選本開始,一直到崇禎年間,都有弋陽腔的選本出現,直到清代内廷演劇中,都還是"昆弋同臺"的狀態。也就是説,弋陽腔並未消亡,而是一直擁有自己的受衆和市場。根據筆者的統計,現存嘉靖至崇禎年間刊行的弋陽腔選本有《新刊耀目冠場擢奇風月錦囊正雜兩科全集》《方來館合選古今傳奇萬錦清音》《新鐫出像點板怡春錦》(亦名《纏頭百練》)、《新刻群音類選》《精刻彙編新聲雅雜樂府大明天下春》等五種。《風月錦囊》中有弋陽腔傳奇二十三種二百一十出,《大明天下春》中有二十三種六十出⑦,《怡春錦》第六卷"弋陽雅調數集"收録有《琵琶記》《荆釵記》等折子戲,《萬錦清音》《群音類選》都是兼收昆山腔和弋陽腔的。從刊刻地域來看,《風月錦囊》爲福建書商刊

---

① 姚旅《露書》卷八"風俗"條,轉引自胡忌《海鹽腔研究論文集·有關海鹽的筆記(整理稿)》,學林出版社 2004 年版,第 352 頁。
② 何良俊《四友齋叢説》,《明代筆記小説大觀》本,上海古籍出版社 2005 年版,第 1168 頁。
③ 顧起元《客座贅語》卷九"戲劇"條,中華書局 1987 年版,第 303 頁。
④ 湯顯祖《玉茗堂文集》卷七《宜黃縣戲神清源師廟記》,《續修四庫全書》(1362 册),上海古籍出版社 2002 年版,第 457 頁。
⑤ 青木正兒撰、王古魯譯《中國近世戲曲史》,作家出版社 1958 年版,第 172 頁。
⑥ 蘇子裕《弋陽腔新論·江西弋陽腔真的"調絶"了嗎》,中國戲劇出版社 2006 年版,第 8 頁。
⑦ 參見馬華祥《明代弋陽腔傳奇考》,中國社會科學出版社 2009 年版,第 1 頁。

行,《群音類選》爲浙江胡文煥刊行,其他幾本雖不明刊刻地,但從具體版式來看,大抵也是出自福建、浙江等省份,足見當時弋陽腔流行地域的廣闊。由此可見,弋陽腔選本折子戲一直是書商射利的工具,而這也正是弋陽腔擁有廣闊市場的最好證明。

另一方面而言,弋陽腔的衰落也是不爭的事實,雖然到明末清初時都還擁有一定的受衆,但畢竟已大不如前。樂平腔、徽州腔和青陽腔等出現之後,迅速代替了弋陽腔在當地的位置,特別是徽州腔和青陽腔流播影響較大,成爲萬曆朝時除昆山腔外影響最大的兩大南戲聲腔。這兩種聲腔憑藉其輔以滾調的演唱方式而迅速風靡天下,並且使"滾調"成爲當時的重要賣點之一,如《鼎刻時興滾調歌令玉谷新簧》和《新鍥精選古今樂府滾調新詞玉樹英》這兩本曲選都是以"滾調"作爲特色的。

徽州腔產生於安徽歙縣一帶,後逐漸流傳到江西、福建等省份。就戲曲選本而言,已經出現了專門的徽州腔選本,《新刊徽板合像滾調樂府官腔摘錦奇音》是安徽敦睦堂萬曆三十九年刊行的,足見徽州腔在當地是比較受歡迎的。此外,還有徽州腔與青陽腔合刊的選本,如《鼎鍥徽池雅調南北官腔樂府點板曲響大明春》和《新鋟天下時尚南北徽池雅調》是徽州腔與青陽腔(亦名池州調)合刊的選本,從"時尚""雅調"和"官腔"等字眼,不難看出當時這兩大的聲腔的地位和影響。從刊刻地域看,兩本曲選都是由福建書商刊行,可見當時這兩大聲腔在福建是極爲流行的。因青陽腔的產地青陽隸屬於池州府,所以青陽腔亦名池州調。青陽腔與徽州腔一樣,也流傳範圍較廣,很早就已傳入到江西、福建等地。青陽腔也有專門的曲選,福建書商葉志元萬曆新歲刊行了《新刻京板青陽時調詞林一枝》,說明青陽腔此時在福建已佔有一定的市場。此外,還有青陽腔與昆山腔的合刊本,如《新選南北樂府時調青昆》《鼎鐫昆池新調樂府八能奏錦》,清代還有《新鐫南北時尚青昆合選樂府歌舞臺》,說明青陽腔的影響力一直存在。《時調青昆》由安徽書商刊行,《八能奏錦》由福建書商刊行,《樂府歌舞臺》產生於南京,亦可見出青陽腔流傳地域的廣泛。

除了上述幾大南戲聲腔之外,還有在福建和廣東一帶流行泉腔和潮腔。這兩大聲腔產生於閩南方言區,很早就已在當地開始傳唱。福建余上材於嘉靖四十五年刊行的《重刊五色潮泉插科增入詩詞北曲勾欄荔鏡記戲文全集》就明確標明了"潮泉插科",說明當時已經有潮腔和泉腔兩種不同的《荔枝記》了。此後,還有明末刊行的《重補摘錦潮調金花女》,也是以"潮腔"作爲賣點,不難見出這兩大聲腔在當地號召力。

　　就在南曲諸腔爭勝、相互流轉時，社會上已悄然興起了懷念北曲的暗流。李開先於嘉靖年間編刊《改定元賢傳奇》時就慨歎"元詞鮮有見之者"，《陽春奏·凡例》中亦言"刻世遠年湮，煙火灰燼之餘，所存無幾"。從編撰者的感歎中，我們不難看出他們對於北曲的肯定。《古雜劇·玉陽仙史序》表達的更爲直接："夫元之曲，以摹繪神理，殫極才情，足抉宇壤之秘"。臧懋循更是從源頭上肯定了北曲的作用，《元曲選·後集序》中云："予故選雜劇百種，以盡元曲之妙，且使今之爲南者，知有所取則云爾。"在這種風氣的影響下，明代後期時出現了不少的北曲選本，如陳與郊選刊的《古名家雜劇》、息機子編選的《元人雜劇選》、黃正位選刊的《陽春奏》、顧曲齋《元人雜劇選》以及臧懋循《元曲選》等，此外，還有很多雜劇、戲文、傳奇合選的選本。衆多的選本説明，雖然南曲的興盛取代了原先唯北曲是尊的格局，但是北曲並未因此而徹底絕跡，正所謂"百足之蟲，死而不僵"，在"經歷了百年來率尚南之傳奇，業已視爲芻狗"①之後，重新正視了它的價值。從某種程度上而言，戲曲界這股懷念北曲的思潮實與明代中葉詩文領域的復古運動是相表裏的，同是這股復古思潮在不同領域裏的具體呈現。

三　昆腔的"正聲"崇拜與戲曲選本的刊刻

　　顧起元《客座贅語》中載："南都萬曆以前，公侯與縉紳及富家，凡有宴會、小集，多用散樂……大會則用南戲，其始止二腔，一爲弋陽，一爲海鹽。弋陽則錯用鄉語，四方之客喜聞之；海鹽多官語，兩京人用之。後則有四平，乃稍變弋陽而令人可通者。今又有昆山，較海鹽又爲輕柔而婉轉，一字之長延至數息，士大夫稟心房之精，靡然從好，見海鹽等腔，已白日欲睡，至院本北曲，不啻吹篪擊缶，甚且厭而唾之矣。"（《客座贅語》，第303頁）此段記載形象地寫出了明代戲曲聲腔的演變過程。在南曲諸腔爭勝的過程中，昆腔最終拔得頭籌，續寫了一段行世六百年的傳奇。

　　魏良輔在《南詞引正》中指出："元朝有顧堅者，雖離昆山三十里，居千墩，精於南辭，善作古賦……善發南曲之奧，故國初有'昆山腔'之稱。"②可知昆山腔起

---

① 玉陽仙史《古雜劇》序，見吳毓華《中國古代戲曲序跋集》，中國戲劇出版社1990年版，137頁。
② 魏良輔《南詞引正》，見錢南揚《漢上宦文存·魏良輔南詞引正校注》，上海文藝出版社1980年版，第94—95頁。

源很早,明初已有之,只不過此時主要是散曲清唱,還未真正與戲曲表演聯繫起來。一直到嘉靖年間,昆山腔都未有大的發展,直到魏良輔出現,才把昆山腔的演唱技巧推到極致。王驥德在《曲律》中論道:"'昆山'之派,以太倉魏良輔爲祖,今自蘇州而太倉、松江,以及浙之杭、嘉、湖,聲各小變,腔調略同。"① 經過改良的昆山腔,"調用水磨,拍捱冷板,聲則平上去入之婉協,字則頭腹尾音畢勻,功深熔琢,氣無煙火,啓口輕圓,收音純細……要皆別有唱法,絕非戲場聲口,腔曰'昆腔',曲名'時曲'"②。這種改良使昆山腔具有了文人化的氣質,加之梁辰魚爲其量身打造的《浣紗記》,使兩者相得益彰,不僅開創了文人爲昆山腔創作劇本的先河,而且使昆山腔聲譽大振。

昆山腔經過改良之後,逐漸流播開來,並且廣受文人的歡迎,"舊凡唱南曲者,皆曰海鹽。今海鹽不振,而曰昆山"。吳新雷曾言:"萬曆以後,昆曲流行的地域逐漸廣闊,在全國形成了以蘇州、南京、杭州和北京爲據點的四大中心。南京是僅次於蘇州的昆曲根據地,因它作爲明代南都特殊的政治地位,其昆曲演唱之盛,在某些方面甚至超過了蘇州。"③ 昆腔的盛行使其已不再單純只是南戲諸聲腔中的一種,而是迅速取代海鹽腔在士大夫心中的地位,與弋陽腔爭勝,進而定於一尊,冠絶群腔,最終成就了昆腔的"正聲"崇拜。如《群音類選》中將編選的内容分爲四類,其中"官腔"即指昆腔,"諸腔"指昆腔之外的其他聲腔,足可見出昆腔作爲"正聲"的地位。對此,王驥德《曲律》也言:"古四方之音不同,而爲聲亦異,於是有秦聲、有趙曲、有燕歌、有吳歈、有越唱、有楚調、有蜀音、有蔡謳。在南曲,則但當以吳音爲正。"(《曲律》,第 102 頁)也正因如此,臧懋循才曾以鄙夷的口吻,指斥湯顯祖"生不踏吳門"。

昆腔的"正聲"崇拜亦可在曲選的刊刻中得到印證。在現存明刊曲選中,昆腔選本占了不小的比重,既有合選本,又有專選本。與其他聲腔的選本相比,不管是合選本還是專選本,昆腔都是高出一籌的,足以見出當時人們喜愛昆腔的程度。就合選本而言,有昆腔和青陽腔合選的曲本,如《新選南北樂府時調青昆四卷》《鼎鐫昆池新調樂府八能奏錦》,以及明選清印的《新鐫南北時尚青昆合選樂府歌舞臺》;也有昆腔和弋陽腔合選的曲本,如《方來館合選古今傳奇萬錦清音》

---

① 王驥德撰《王驥德曲律》,陳多、葉長海注釋,湖南人民出版社 1983 年版,第 103 頁。
② 沈寵綏《度曲須知·曲運隆衰》,《中國古典戲曲論著集成》本第五册,中國戲劇出版社 1959 年版,第 198 頁。
③ 吳新雷《南京劇壇昆曲史略》,《藝術百家》1996 年第 3 期,第 76 頁。

《新鐫出像點板怡春錦》,還有清初選刻的《新刻精選南北時尚崑弋雅調》。就崑腔的專選本的而言,主要有《詞林逸響》《新刻出像點板時尚崑腔雜出醉怡情》《精繪出像點評新鐫匯選崑調歌林拾翠》《吳歈萃雅》《吳騷合編》《吳騷集》《精選點板崑調十部集樂府先春》等。

  從選本的刊刻地域來看,《時調青崑》出自安徽,《八能奏錦》源自福建,《怡春錦》和《萬錦清音》均未明刊刻地,但從版式特徵和選本內容來看,大抵也是出於弋陽腔和崑山腔都流行的區域。由此説明,在青陽腔、弋陽腔流行的安徽、福建以及其他地區,崑山腔的介入與此前在當地盛行的聲腔有一番角逐市場的過程,雖然崑腔在後期時逐漸佔據上風,並形成定於一尊的地位,但從清初的合選本來看,青陽腔和弋陽腔還是在小範圍內擁有不少自己的受眾。就崑腔的專選本而言,《詞林逸響》有三種刻本,兩種出自於蘇州,一種未明刊刻地;《歌林拾翠》出自南京;《吳歈萃雅》源自蘇州;《吳騷合編》有四種刻本,三種出自於嘉興、杭州和蘇州,一種未明刊刻地;《吳騷集》出自杭州;《醉怡情》和《樂府先春》均未明刊刻地,但《醉怡情》有清乾隆間古吳致和堂重刻本。

  根據上述統計,我們不難看出,江蘇、浙江、福建和安徽等四省份都刊行過崑腔選本,南京、杭州、建陽、徽州、蘇州等幾大刻書重鎮也都有崑腔選本的身影,説明崑腔在當時傳播的地域較廣,已經從"止行於吳中"開始流播全國。從刊刻時間來看,從萬曆元年的《八能奏錦》開始①到崇禎年間,一直到清代前中期都有崑腔的選本,説明持續的時間很長;或者説,在很長一段時間內,崑腔都是作為當時的主流聲腔出現在戲曲舞臺上的。就崑腔選本出版的具體時間而言,多數選本集中於萬曆中後期到崇禎年間,説明此時是崑腔盛行的高峰時段,選本的需求量大,各種不同形式的崑腔選本層出不窮,呈現出百花爭春的局面。當然,這並不代表崑腔選本在清代前中期就不受歡迎,而是因為進入清代以後,選本的編選格局在經過社會的汰選之後大體固定下來,編選者的編選理念較之前更加成熟,選本的精品意識也更加強烈,選本市場在經歷了明末的眾聲喧嘩之後漸漸歸於平靜,所以當《綴白裘》這樣的經典選本出現以後,其他的很多選本也就無法再適應市場的需求了。從崑腔選本的刊刻次數來看,《詞林逸響》有三種刻本,《吳騷合編》有四種刻本,這種現象在其他聲腔的選本中幾乎是沒有的,不同地域刊刻同一種選本,正是崑腔受歡迎的最好證明。

---

① 郭英德、王麗娟認為《八能奏錦》大約刊刻於萬曆三十五年(1607)或三十六年(1608),參見郭英德、王麗娟《〈詞林一枝〉〈八能奏錦〉編纂年代考》,《文藝研究》2006年第8期,第55頁。

王驥德《曲律》曰:"世之腔調,每三十年一變,由元迄今,不知幾經變更矣。大都創始之音,初變腔調,定自渾樸,漸變而之婉媚,而今之婉媚,極矣。"(《曲律》,第103頁)這種說法雖不完全準確,却也大抵道出了元明時期戲曲聲腔的演變規律。從戲曲選本的刊刻中,我們亦可找出這條規律,從南北曲的興替到北曲的漸趨衰落,再到南曲興盛、諸腔爭勝,最後到昆腔的"正聲"崇拜,大抵都是與戲曲選本的刊刻"音聲相合"的。

令規與輯釋

《舉賢良文學對策》輯釋

[漢] 公孫弘[1]撰　趙長傑輯釋*

臣聞上古堯舜[2]之時，不貴爵賞而民勸善[3]，不重刑罰而民不犯[4]，躬率以正而遇民信也[5]；末世貴爵厚賞而民不勸[6]，深刑重罰而奸不止[7]，其上不正[8]，遇民不信也。夫厚賞重刑未足以勸善而禁非[9]，必信而已矣[10]。是故因能任官[11]，則分職治[12]；去無用之言[13]，則事情得[14]；不作無用之器[15]，即賦斂省[16]；不奪民時[17]，不妨民力[18]，則百姓富；有德者進，無德者退，則朝廷尊[19]；有功者上，無功者下，則群臣逡[20]；罰當罪，則奸邪止；賞當賢，則臣下勸[21]：凡此八者，治民之本也[22]。故民者，業之即不爭[23]，理得則不怨[24]，有禮則不暴[25]，愛之則親上[26]，此有天下之急者也[27]。故法不遠義[28]，則民服而不離[29]；和不遠禮[30]，則民親而不暴[31]。故法之所罰，義之所去也[32]；和之所賞，禮之所取也[33]。禮義者，民之所服也，而賞罰順之[34]，則民不犯禁矣。故畫衣冠[35]，異章服[36]，而民不犯者，此道素行也[37]。

臣聞之，氣同則從[38]，聲比則應[39]。今人主和德於上[40]，百姓和合於下[41]，故心和則氣和[42]，氣和則形和[43]，形和則聲和[44]，聲和則天地之和應矣[45]。故陰陽和[46]，風雨時[47]，甘露降[48]，五穀登[49]，六畜蕃[50]，嘉禾興[51]，朱草生[52]，山不童[53]，澤不涸[54]，此和之至也[55]。故形和則無疾[56]，無疾則不夭[57]，故父不喪子[58]，兄不哭弟[59]。德配天地[60]，明並日月[61]，則麟鳳至，龜龍在郊[62]，河出圖，洛出書[63]，遠方之君莫不說義[64]，奉幣而來朝[65]，此和之極也[66]。

臣聞之，仁者愛也[67]，義者宜也[68]，禮者所履也[69]，智者術之原也[70]。致利除害[71]，兼愛無私[72]，謂之仁；明是非[73]，立可否[74]，謂之義；進退有度[75]，尊卑有分[76]，謂之禮；擅殺生之柄[77]，通壅塞之塗[78]，權輕重之數[79]，論得失之道[80]，使遠近情僞必見於上[81]，謂之術[82]：凡此四者，治之本，道之用也[83]，皆

---

*　作者簡介：趙長傑，上海大學博士研究生，發表《道統的衰落與復歸——以四篇〈原道〉爲中心》。
　　基金項目：本文爲國家社會科學基金重大項目"中國古代文學制度研究"（17ZDA238）階段性成果。

當設施[84]，不可廢也[85]。得其要[86]，則天下安樂，法設而不用[87]；不得其術[88]，則主蔽於上[89]，官亂於下[90]。此事之情，屬統垂業之本也[91]。

臣聞堯遭鴻水[92]，使禹治之[93]，未聞禹之有水也[94]。若湯之旱[95]，則桀之餘烈也[96]。桀紂行惡[97]，受天之罰；禹湯積德[98]，以王天下[99]。因此觀之，天德無私親[100]，順之和起，逆之害生[101]。此天文地理人事之紀[102]。臣弘愚戇[103]，不足以奉大對[104]。（以中華書局 1962 年版《漢書》卷五十八《公孫弘卜式兒寬傳》爲底本，校以中華書局 1958 年版《全上古三代秦漢三國六朝文》之《全漢文》卷二十四《公孫弘文》、中華書局 1960 年影印明崇禎刻本《册府元龜》卷六四六《貢舉部·對策一》）

解題：

《舉賢良文學對策》題名，疑爲後世選編者添加。嚴可均《全上古三代秦漢三國六朝文·全漢文·公孫弘文》收錄此文，題爲《元光五年舉賢良對策》。《漢書》卷五十八《公孫弘卜式兒寬傳》記載：元光五年，（武帝）復徵賢良文學，菑川國復推上弘。弘謝曰："前已嘗西，用不能罷，願更選。"國人固推弘，弘至太常。公孫弘應武帝詔制而屬對策。作爲選舉制度的産物，對策文在兩漢隆盛，經唐宋，歷明清，成爲中國選舉制度史上歷久彌新的應試文體。北宋官修大型類書《文苑英華》卷四七七至卷五〇二、《册府元龜》卷六四六至卷六四九收錄"對策"文體。引人注目的是，當前公務員選拔考試設置"申論"一科，要求考生閱讀指定材料，提出對策並進行論證，顯然借鑒了古代策論的立意和形式，讓沉睡的對策文體煥發出時代的生機與活力。

在《文心雕龍·議對》篇中，劉勰從文章學角度探討策文的文體屬性、評析代表作品、總結寫作綱要。劉勰認爲："對策者，應詔而陳政也……言中理準，譬射侯中的。"揭示了對策文的創生緣由和文體特徵。他評析了漢代與魏晉的對策文，高度評價了晁錯、董仲舒、公孫弘、杜欽、魯丕等人作品，認爲"凡此五家，並前代之明範也"。魏晉以降，文風逐麗，對策文創作"所失已多"。劉勰歸納對策文的創作綱要："對策揄揚，大明治道。使事深於政術，理密於時務，酌三五以鎔世，而非迂緩之高談；馭權變以拯俗，而非刻薄之僞論。"對策文在思想內容上須切合時務、闡明治道，洞曉三皇五帝的賢君治世，融攝當代的治國需求，體現時代性、現實性、針對性；在語言風格上主張風清骨峻，力戒虛僞高談。如何創作出"風恢恢而能遠，流洋洋而不溢"的上乘對策之文，劉勰認爲"對策所選，實屬通才"，而士人"或練治而寡文,或工文而疏治",治道文辭,二難兼備,因此"志足文遠"的對策文愈發寥若晨星。

《說文解字》:"對,譍無方也,從丵、口,從寸。"段注:"聘禮注曰:'對,答問也。'按:對、答古通用。云'譍無方'者,所謂善待問者如撞鐘,叩以大者則大鳴,叩以小者則小鳴也。無方,故從丵口。寸,法度也。丵口而一歸於法度也。"可見對者,答問也。《說文解字》:"策,馬箠也,從竹朿聲。"段注:"以策擊馬曰敇,經傳多假策爲冊,又計謀曰籌策者,策猶籌,籌猶筭,筭所以計曆數,謀而得之,猶用筭而得之也,故曰筭、曰籌、曰策,一也。"由是,策者,經歷了馬箠之策到謀議之策的演進。合而察之,對策文就是應答帝王的議政文體。

近年,吳承學、陳文新等學者主張從中國早期文字形態出發,探原策文的文體特徵及生成路徑。《文章辨體序說·冊》:"《說文》云:'冊者,符命也。諸侯進受於王,象其札一長一短,中有二編之形。'當作冊,古文作笧。蓋冊、策二字通用。至唐宋後不用竹簡,以金玉爲冊,故專謂之冊也,若其文辭體制,則相祖述云。"吳承學着力從文字載體考述文體之名的生成與沿襲,抉發"策"文由物質形制到觀念形態的變衍(吳承學《中國早期文字與文體觀念》《文學評論》2016 年第 6 期)。陳文新等從《周禮》《禮記》《左傳》傳世文獻和戰國銘文、楚簡等出土文獻中廣泛考察,在西周"冊命制度"的儀式和規範中,追溯"策"字的創製及字義的擴大;從《尚書》謨文議政和戰國謀士獻書,考原策文文體的兩種形態,即口頭謨議和書寫文本,《戰國策》匯聚了具有成熟文體形態的策文(陳文新、潘志剛《策文體的生成路徑及其與考試制度的互動關係》《廈門大學學報》2019 年第 3 期)。

公孫弘寫作《舉賢良文學對策》有特定的政治思想文化背景。西漢前期,選官制度從吏多軍功轉變爲賢良取士,爲對策文產生提供了直接的政治土壤。史載賢良對策取士始於漢文帝。《漢書·文帝紀》:"二年(前 178),朕下不能治育群生,上以累三光之明,其不德大矣。令至,其悉思朕之過失,及知見之所不及,匄以啓告朕。及舉賢良方正能直言極諫者,以匡朕之不逮。"選拔對象是賢良方正,目的是"直言極諫者,以匡朕之不逮"。文帝十五年(前 165),再次詔舉賢良,明確士子針對詔書中的問題"著之於篇,朕親覽焉"。《漢書·爰盎晁錯傳》:"時賈誼已死,對策者百餘人,唯(晁)錯爲高第。"晁錯《賢良文學對策》列爲上乘之作。從選舉制度來看,此次選士活動標志着對策文正式成爲官方應試文體,承載着以文取士的重要功能。逮及武帝,文治武功,黜百家,尊儒術,伐四夷,置邊郡,詔曰"蓋有非常之功,必待非常之人",據漢書記載,武帝朝至少組織三次征詔賢良之舉，分別是建元元年（前140）、元光元年（前134）、元光五年（前130），並且對賢良才能、薦舉名額、舉主身份有明確規定，如"建元元年冬十月，詔丞相、御史、列侯、中二千石、二千石、諸侯相舉賢良方正直言極諫之士"，又如"元光元年冬十一月，初令郡國舉孝廉各一人"。漢朝規定太常作爲選士活動的組織機構，並負責初審對策文，再呈送皇帝親覽，確定等第。如元光五年詔賢良文學之士，"時對者百餘人，太常奏弘第居下。策奏，天子擢弘對爲第一。"據《史記》《漢書》公孫弘本傳記載，公孫弘少爲獄吏，四十歲始學《春秋》、雜説，孝謹侍奉後母，卒後服喪三年，以孝廉、文學聞名鄉邦；武帝建元元年（前140）征詔賢良，公孫弘以花甲之年舉而對策，征爲博士，因匯報匈奴事，觸怒武帝，後稱病免歸。元光五年（前130），武帝復徵賢良文學，公孫弘的策文經歷了"下第"到"舉首"的戲劇性轉變，《漢書》本傳全文收錄，兹爲《舉賢良文學對策》。公孫弘時隔十年之後，復舉賢良，認真總結此前失敗教訓，悉心揣摩聖意，結合當時治國理政的現實需求，高度重視儒家倫理，強調"待民以信""君民和合""八事治民""四端體道"，創造性提出"法融於儒""墨融於儒""釋術爲智"，將儒學義理與律法、權術巧妙融合，不僅契合了武帝禮法兼施、王霸雜糅的政治心態，而且爲鞏固皇權貢獻了嶄新的治國方略。

　　漢代選舉制度前承遠古、先秦選賢授能之嗣響，後啓九品中正制、科舉制之端緒，在中國政治制度史上具有樞紐地位。據研究者分析，漢代選舉制度經歷了"以德取人""以能取人""以文取人""以名取人""以族取人"等幾個階段（閻步克《察舉制度變遷史稿》遼寧大學出版社1997年版，第8—92頁）。作爲漢代選舉制度草創期的賢良選舉發揮着舉足輕重的作用，"漢世諸科以賢良方正爲至重"（《文獻通考》卷三十四《選舉七》），兩漢帝王先後發佈詔令舉賢良達四十次，選舉出一大批德才兼備的賢良人才，改變了漢初"吏多軍功"的單一官吏結構。據現存史料記載，兩漢賢良文學共計三十人，西漢如晁錯、董仲舒、公孫弘、杜欽等，東漢如魯丕、申屠剛、蘇章、李法等（《文獻通考》卷三十三《選舉六》）。鑒於漢代選舉賢良的詔令過於散亂，而公孫弘憑藉對策獲得武帝擢拔，封侯拜相，功勳彪炳，天下學士靡然向風矣。緣此，通過《舉賢良文學對策》，探析公孫弘的政治智慧與學術思想，透視漢代選舉制度對文人心態的影響，以及觀照此項制度設施下，士人群體的變遷帶來文學創作的新變。唯有深刻理解文本的政治功能及其隱藏的制度張力，方能明確該文的官方令規屬性。

　　策文寫作兼具闡明治道與展示才華的雙重功效。銜着皇帝詔制的金鑰匙誕生,它區分於其他文體,而獨具公共屬性與令規質素。公孫弘能從百餘人中脫穎而出,策文被武帝擢爲"舉首",無論其思想基調抑或行文風格,皆可視爲策林之準的、文苑之奇葩,劉勰盛讚其"總要以約文,事切而情舉"。此外,遵循文學制度層位理論,選官制度屬外層制度,係間接作用於文學的社會建置,其各項設施自成演進綫索。對策文屬漢代察舉制度施動於文學創作的產物,選士活動經常發生,君王若有所詔,士子必有所對,由是促成策文創作的常態化、規範化、普及化,發揮了文學對政治制度的策應功能。隋唐以降,科舉考試勃興,皇帝"試策"傳統沿襲甚久,策文寫作方興未艾:唐代白居易《策林》七十五篇,係白樂天擬作策文應制舉;南宋陸游《老學庵筆記》有"蘇文熟,吃羊肉;蘇文生,吃菜羹"之語,實乃時人稱頌蘇軾深諳策文寫作,並競相研讀、仿寫;明清時期,士人爲了應考需要,一方面編選《歷科廷試狀元策》,另一方面總結殿試策文的篇章體制和書寫形式,讓策文寫作矩鑊從容。然而一味鑽營形式和揣摩上意,策文寫作陳陳相因、落入俗套,却不能直陳時弊、提供方略,就失去了"大明治道"的自身規定性,從而喪失應有的文體品格。

校注:

　　[1] 公孫弘(前 200—前 121):字季功,齊菑川國薛縣人(今山東省淄博市淄川區),早年擔任薛縣獄吏,因罪免職,牧豕海上(今渤海地區),熟悉律令條法,備嘗生活艱辛;文帝後元二年(前 161),中年始學《春秋》,兼治儒、墨、名、法諸學,問學齊地宗師胡毋生,從遊董仲舒、夏無且。孝謹侍奉後母,卒後服喪三年,以孝廉、文學聞名鄉邦;晚年厠身仕途,建功立言。建元元年(前 140)初舉賢良,使匈奴,還報,不合上意,稱病乃歸。元光五年(前 130)再舉賢良,太常判爲下第,武帝擢爲舉首,拜爲博士,待詔金馬門。元朔元年(前 128)升左内史,元朔三年(前 126)任御史大夫,元朔五年(前 124)任丞相,元狩二年(前 121)薨於相位。《漢書·藝文志·諸子略》儒家類載《公孫弘》十篇,《全漢文》卷二十四輯入九篇;《西京雜記》卷三載:公孫弘著《公孫子》,言刑名事,亦謂字直百金,亡佚不存。據《史記》《漢書》本傳及《史記·儒林列傳》《漢書·儒林傳》記載,公孫弘的主要成就表現在如下幾個方面:第一,鑒於齊地刑名之術契合朝堂治國理政需要,他形成了"習文法吏事,而又緣飾以儒術"的政治立場;第二,賡續儒學,培養人才,提出了勸學興禮、崇化勵賢、置博士弟子、舉孝廉受業等舉措;第三,反對開邊,偃武修文,以《春秋》權衡學統與政統的尊儒改制,促成學政一統的經學格局,對漢

代乃至後世影響深遠。

〔2〕堯舜：古史傳說中的兩位聖明君主，遠古部落聯盟首領，出自《易·繫辭下》："黃帝、堯、舜垂衣裳而天下治，蓋取諸《乾》《坤》。"韓康伯注："垂衣裳以辨貴賤，乾尊坤卑之義也。"堯舜事跡詳見《史記·五帝本紀》。

〔3〕爵賞：爵祿和賞賜。《荀子·君子》："刑罰不怒罪，爵賞不踰德，分然各以其誠通。"勸善：勉勵爲善。《韓非子·守道》："聖王之立法也，其賞足以勸善，其威足以勝暴，其備足以完法。"

〔4〕刑：肉刑、死刑；罰：以金錢贖罪。《尚書·呂刑》："刑罰世輕世重，惟齊非齊，有倫有要。"現代意義上的刑罰是刑事處罰的簡稱，指行爲人因爲違反刑法規範而受到國家機關實行的法定強制處分。不犯：不觸犯法律。

〔5〕躬：身體力行。躬率：親自率領。正：正直，正派。遇：對待。《史記·魏公子列傳》："公子遇臣厚。"信：誠實，不欺騙。

〔6〕末世：後世，後代，與前文"上古"相對。"末世"語出《易·繫辭下》："《易》之興也，其當殷之末世，周之盛德邪。"指一個朝代的衰亡時期。

〔7〕奸：作亂、狡詐。《說文解字》："奸，犯婬也。從女，干聲。"段注："此字謂犯姦淫之罪……引申爲凡有所犯之稱，《左傳》多用此字。如二君有事、臣奸旗鼓之類。"由男女發生不正當性行爲，引申爲侵犯、作亂、狡詐。《九嘆·惜賢》："蕩渨溰之姦咎兮，夷蠢蠢之溷濁。"王逸注："亂在內曰姦。"止：停止、禁止。

〔8〕上：地位高，主持、領導某項事務的人，此處特指君主、帝王。

〔9〕禁非：禁止錯誤的行爲。傅玄《傅子·法刑》："立善防惡謂之禮，禁非立是謂之法。"

〔10〕以上十句，對比上古與後世爵賞刑罰與社會風氣之相悖相生，指出若要勸善禁非，君王必須待民以信。

〔11〕因能任官：根據才能授予官職。《韓非子·定法》："術者，因任而授官，循名而責實。"

〔12〕分職：各司其職，各授其職。《尚書·周官》："六卿分職，各率其屬，以倡九牧，阜成兆民。"治：治理。治原爲河川名，後引申爲治理、管理、懲辦、醫療、從事研究等意，又指稱地方政府所在地，如府治、治所等。

〔13〕去：除去，除掉。無用之言：浮華虛無之言。《莊子·駢拇》："駢於辯者，纍瓦結繩，竄句棰辭，遊心於堅白同異之間，而敝跬譽無用之言非乎？而楊墨

是已。"

　　[14] 事情：事理人情。《漢紀·成帝紀一》："朕承先帝盛緒，涉道未深，不明事情，是以陰陽錯繆，日色無光，赤黃之氣充塞天下，咎在朕躬。"得：得到、實現、成功，與"失"相對。

　　[15] 無用之器：沒有用處的器物。陸賈《新語·本行》："不損其行，以增其容，不虧其德，以飾其身，國不興無事之功，家不藏無用之器，所以稀力役而省貢獻也。"

　　[16] 即：同"則"，那麼。賦斂：田賦，稅收。柳宗元《捕蛇者説》："孰知賦斂之毒，有甚是蛇者乎！"省：減省，減少。

　　[17] 奪：強行改變、奪取、耽誤。《孟子·齊桓晉文之事》："百畝之田，無奪其時。"民時：農業耕種的時令。《管子·巨乘馬》："彼王者不奪民時，故五穀興豐。"

　　[18] 妨：損害，妨礙。《韓非子·難二》："不以小功妨大務，不以私慾害人事，丈夫盡於耕農，婦人力於織紝。"民力：民衆的人力、物力、財力。

　　[19] 進：出仕、做官。退：離開朝廷，不再任職。范仲淹《岳陽樓記》："是進亦憂，退亦憂。然則何時而樂耶？"全句是説任用有德之人，罷黜無德之人，君王就會受到人們尊敬。

　　[20] 逡(qūn)：退讓，而不是競相爭奪權位。全句是指提拔有功之人，貶謫無功之人，群臣就會知道退讓。

　　[21] 當：相稱、相配。《荀子·正論》："夫德不稱位，能不稱官，賞不當功，罰不當罪，不祥莫大焉。"

　　[22] 總括上述八條，是治理國家的根本方略。

　　[23] 業：職業，名詞作動詞，各司其業。爭：因利害關係而衝突、對抗。

　　[24] 理得：各申其理。怨：怨恨，抱怨。賈誼《新書·道術》："施行得理謂之德，反德爲怨。"

　　[25] 禮：禮是先民祭祀的器皿和儀式，隨着社會發展，禮由祭祀鬼神擴展到社會各個領域，形成了吉、凶、賓、軍、嘉五類禮儀規範。《周禮》《儀禮》《禮記》合稱"三禮"，是古代禮樂文化的理論形態和權威記載，也是儒家重要典籍。儒家高度重視"禮治"，"禮"被納入治國之綱，禮是一切言行的準則和規範。《論語·季氏》："不學禮，無以立。"有禮：使民衆符合禮的規範。暴：欺凌，損害。《莊子·盜跖》："自是以後，以強凌弱，以衆暴寡。"

〔26〕愛：喜愛,恩惠。親：與人親近、和睦。

〔27〕有天下：擁有天下的君王。《詩經·小雅·北山》："溥天之下,莫非王土;率土之濱,莫非王臣。"急：迫切,要緊。以上四句説老百姓各司其業、各申其理、遵循禮樂制度、得到君王體恤,是執政者的當務之急。

〔28〕法：體現統治階級的意志,是由國家製定或認可,並强制執行的行爲規範的總稱,包括法律、法令。《吕氏春秋·察今》："故治國無法則亂,守法而弗變則悖,悖亂不可以持國。"遠：空間上的距離大,引申爲違背、離開、避開。義：儒家五常之一,做人的基本倫理準則,後來引申爲"道義""正義""義氣"。《釋名·言語》："義,宜也,裁製事物使合宜也。"義者,宜也,因時制宜、因地制宜、因人制宜之意也。

〔29〕服：服從,歸順。《論語·季氏》："故遠人不服,則修文德以來之。"離：分散、離散。法不遠義,則民服而不離：如果法治不違背道義,民衆歸順而不叛離。

〔30〕和：本義是聲音相應,後來抽象爲和諧、和平、和睦。《尚書·堯典》："律和聲,八音克諧,無相奪倫,神人以和。"

〔31〕親：親密、親近。暴：欺凌。

〔32〕所：助詞,與後面的動詞結合,構成名詞性結構。《孟子·告子上》："生,亦我所欲也;義,亦我所欲也。"法之所罰,義之所去：法律懲罰的,是道義所擯棄的。

〔33〕取：擇取,選用。和之所賞,禮之所取：社會和諧,君王賞賜的行爲,是禮儀規範可取之處。以上四句,可與"禮之所去,刑之所取,失禮則入刑,相爲表裏者也。"(《後漢書·陳寵傳》)參照理解。

〔34〕順：遵循。《國語·晉語八》："宜其德行,順其憲則,使越於諸侯。"

〔35〕畫衣冠：傳説上古有象刑,即以異常的衣着象徵五刑,表示懲戒。犯人穿着特殊標志的衣冠代替刑罰,稱爲"畫衣冠"。《慎子·逸文》："斬人肢體,鑿其肌膚,謂之刑;畫衣冠,異章服,謂之戮。上世用戮而民不犯也,當世用刑而民不從。"

〔36〕異：差別,不同。亦有形容詞意動用法,以……爲異。章：花紋。章服：古代以日、月、星、龍、蟒、鳥、獸等圖文作爲等級標志的禮服,具有符號識別系統。異章服：給罪犯穿異於常人的衣服。另有"章甫",是指古代的一種禮帽。

〔37〕道：最初含意是道路,後來引申爲本源、本體、途徑、方法、規律、原理。

《道德經》:"道可道,非常道;名可名,非常名。無名天地之始,有名萬物之母。"素:向來,平素,一貫。行:作爲,運行。第一段回答了策問之"何道臻乎此?"對比上古與後世世風的不同面貌,公孫弘主張"爲政以正,待民以信"的核心觀點,進而提出治民之本的八種措施,才能出現"服而不離,親而不暴"的和諧社會,兹社會願景源於"出禮入刑,相爲表裏"法治與德治相結合的治國理念,最後肯定了"禮""義"是民心所向、賞罰所順的根本原則。

[38] 氣:精神。"氣"最初指雲氣,亦指饋贈别人食物。戰國時期發展爲具有哲學内涵的範疇,如孟子"養氣"説,管子"精氣"説,指物質、精神、人倫之構成,宇宙萬物運行皆由氣之聚散離合推動。魏晉時期,"氣"由哲學範疇演變爲文學理論範疇,如曹丕"文氣"説,劉勰"養氣"説。從:順從,依從。

[39] 聲:本義指敲擊懸磬發出聲音,後來泛指各種聲音,作動詞引申爲發聲、宣佈。比:併列、親近。應:隨聲相和。氣同則和,聲比則應:氣味相同就和諧,聲音相近會互相感應。

[40] 人主:君主、帝王。和德:惠及百姓之恩德。《逸周書·大聚解》:"商不乏其資,百工不失其時,無愚不教,無窮乏則。此謂和德。"

[41] 和合:先秦典籍中經常出現的哲學命題,"和睦同心"之意。出自《國語》卷十六,周太史公史伯對鄭桓公問,曰"商契能和合五教,以保於百姓者也。"是指協調衆族,確保百姓團結安定。《荀子·禮論》:"故人之歡欣和合之時,則夫忠臣孝子亦愊詭而有所至矣。"後來發展爲中國傳統文化的重要思想,滲透在社會制度與道德倫理諸多層面,其内涵包括天人合一的宇宙觀、協和萬邦的天下觀、和而不同的國家觀、琴瑟和諧的家庭觀、人心和善的道德觀。

[42] 心:心不僅指身體器官,同時承載着人類主體對宇宙萬物認識活動的思維功能。先秦時期,諸子各派都對"心"作出相應詮解,如《尚書·大禹謨》:"人心惟危,道心惟微;惟精惟一,允執厥中。"《莊子·人間世》:"無聽之以耳而聽之以心,無聽之以心而聽之以氣。耳止於聽,心止於符。"《韓非子·有度》:"順上之爲,從主之法,虛心以待令而無是非也。"秦漢時期,"心"的哲學範疇有了新發展,尤以董仲舒的貢獻最大,他將天和心聯繫起來,創立了"天人感應"學說。魏晉南北朝時期,"心"的内涵融攝了玄學思想,王弼《道德經注》:"天地雖廣,以無爲心。聖王雖大,以虛爲主。"心和:君臣上下同心同德。氣和:志氣、志向統一。

[43] 形:形體。形和:人的形體和心靈協調,身心和諧。

[44] 聲和:發佈的政令和諧。

［45］天地之和：天地和諧。應：應和、響應。

［46］陰陽：中國古代哲學中的一對範疇，樸素唯物主義哲學家取類比象，把矛盾運動中的萬事萬物概括爲"陰""陽"兩個對立的範疇，如天地、日月、晝夜、寒暑、男女、上下等，並以雙方變化的原理來説明物質世界的運動、發展。《易·繫辭上》："一陰一陽之謂道。繼之者善也，成之者性也。仁者見之謂之仁，知者見之謂之知，百姓日用不知，故君子之道鮮矣。"陰陽範疇具有三個特點：對立、統一和互化，這種樸素的辯證思維廣泛應用在易學、哲學、數學、中醫學、軍事學、人工智能等領域。和：調和、和諧。陰陽和：天地調和。

［47］風雨：名詞作動詞，意爲颳風、下雨。時：時節、時令。風雨時：在適宜的時節颳風下雨，即風調雨順。

［48］甘露：甜美的雨露。《爾雅·釋詁》：降，落也。古人認爲甘露降，是吉祥的徵兆。

［49］五穀：古代五種穀物，所指不一，主要有兩種説法：一種是麻、黍、稷、麥、菽，如《周禮·天官·冢宰下》："以五味、五穀、五藥養其病。"鄭玄注："五穀，麻、黍、稷、麥、豆也。"另一種是稻、黍、稷、麥、菽，如《孟子·滕文公上》："樹藝五穀，五穀熟而民人育。"趙岐注："五穀謂稻、黍、稷、麥、菽也。"兩種説法代表了中國古代北方與南方的主要糧食作物。登：（穀物）成熟、豐收。五穀登：五穀成熟，糧食豐收。

［50］六畜：泛指家畜。《左傳》昭公二十五年："爲六畜、五牲、三犧，以奉五味。"杜預注："六畜：馬、牛、羊、雞、犬、豕。"蕃（fán）：生息，繁殖。

［51］《爾雅·釋詁》：嘉，美也。嘉禾：生長奇異的禾苗，古人把一禾兩穗、兩苗共秀、三苗共穗等生長異常的禾苗稱爲"嘉禾"，認爲是政治清明、天下太平的徵兆。興：興盛。

［52］朱草：傳説中的一種紅色瑞草，祥瑞之物，王者德盛則朱草生，又稱"朱英""赤草""頳莖"。生：生長、滋生。

［53］童：山嶺、土地無草木。

［54］澤：本義爲沼澤、湖澤，後引申爲恩澤、潤澤。《風俗通義·山澤》："水草交厝，名之爲澤。"《爾雅·釋詁》："涸，竭也。"失去水而乾枯之意。

［55］至：達到極點。《國語·越語下》："陽至而陰，陰至而陽；日困而還，月盈而匡。"

［56］形和：同校注［43］。疾：疾病。王國維《觀堂集林·毛公鼎銘考釋》：

"像人腋下箸矢形。古多戰事,人箸矢則疾矣。"古代戰爭很多,而弓箭是常用武器之一,在戰爭中人們經常被箭射傷,所以古人以爲"疾"的初始意義是"箭傷"或"外傷",由此引申爲"疾病"。"疾"字從疒(nè)矢聲,"矢"離弦後,給人以迅速之感,所以"疾"又引申出"快""急速"的意思。此處指疾病。

[57] 夭:短命,早死,亦寫作"殀"。《釋名·釋喪制》:"少壯而死曰夭,如取物中夭折也。"

[58] 喪(sàng):失去,丟掉。《説文解字》:"喪,亡也。"又有喪(sāng),與人死有關,如喪事、喪禮、弔喪等。

[59] 哭:哭泣,哀傷。《左傳》僖公三十三年:"秦伯素服郊次,鄉師而哭。"

[60] 德:品德。德的本義指人不斷提升、努力向上,即品德高尚、操行完美,《易·乾卦》:"君子進德修業,欲及時也,故無咎。"後來引申爲品德高尚的賢人。中國古代歷來重德,司馬光根據才、德兩個標準把人分爲四類:"才德全盡謂之聖人,才德兼亡謂之愚人,德勝才謂之君子,才勝德謂之小人。"配:匹敵,相當。《莊子·天道》:"故曰帝王之德配天地。"

[61] 明:日月交輝,大放光明之意,引申爲天亮、照亮、點燃、公開等意。《孟子·盡心上》:"日月有明,容光必照焉。"並:相等,匹敵。《禮記·經解》:"天子者,與天地參,故德配天地,兼利萬物,與日月並明,明照四海,而不遺微小。"後以"明並日月"指品德高尚,與日月同輝,多稱譽帝王英明。

[62] 麟鳳:麒麟和鳳凰。龜龍:烏龜和蛟龍。此四種神靈動物,象徵吉兆,是中國古代的瑞獸,亦比喻品德高尚、才智出衆的人才。《禮記·禮運》:"麟鳳龜龍,謂之四靈。"古人認爲天子廣佈德行,天下就會風調雨順、政治清明、物阜民豐,此時就會出現瑞獸,彰顯上天的滿意和鼓勵。《公羊傳·哀公十四年》:"麟者,仁獸也,有王者則至,無王者則不至,有以告者曰:'有麕而角者。'孔子曰:'孰爲來哉?孰爲來哉?'反袂拭面,涕沾袍。"孔子感嘆周室將盡,泣麟絕筆,後世文人常以此感慨天下動亂,生不逢時,志向抱負無法施展,形成了泣麟憫道傳統,以李商隱、羅隱、張孝祥、汪元量、元好問、陳子龍、龔自珍等人作品爲代表。

[63] 《易·繫辭上》:"天垂象,見吉凶,聖人像之。河出圖,洛出書,聖人則之。"劉歆以爲伏羲氏繼天而王,受"河圖",則而畫之,八卦是也;禹治洪水,賜"洛書",法而陳之,《洪範》是也。"河圖""洛書"最早是指河水、洛水所成的神秘圖像,後來演化成太平盛世的一種祥瑞,再後來成爲一種預測吉凶禍福的預言書。

[64] 遠方之君:渠搜、交阯等遠夷之國的國君。莫:沒有誰。《荀子·天

論》:"在天者莫明於日月,在地者莫明於水火,在物者莫明於珠玉,在人者莫明於禮義。"說:通"悦"。說義:以漢武大帝的德義爲悦。

[65] 奉幣:進貢。朝:朝見、朝拜。

[66] 極:最高境地。第二段回答了策問之"天人之道,何所本始?"論述了人和而政通的重要性,描述了從"和之至"到"和之極"社會風貌的種種表現,祥瑞紛出,民生康樂,遠夷之地紛紛歸順中央集權。

[67] 仁:仁愛。《論語·顔淵》:"樊遲問仁。子曰:愛人。"仁即全心全意愛別人,但孔子的愛人是有親疏貴賤之分的。孟子把"愛親"推廣到"愛衆",才能真正實現"愛人"。《孟子·盡心上》:"親親而仁民,仁民而愛物。"董仲舒拓展了仁的内涵,褪去人倫、政治因素,具有哲學層面的功能。《春秋繁露·必仁且知》:"故仁者所以愛人類也,智者所以除其害也。"韓愈將"仁"定義爲"博愛",《原道》:"夫所謂先王之教也,何也?博愛之謂仁,行而宜之之謂義,由是而之焉之謂道,足乎己,無待於外之謂德。"

[68] 義:正義。宜:適宜,合適。《中庸》:"仁者,人也,親親爲大。義者,宜也,尊賢爲大。"可見,義指舉止合宜,有所節制。又《墨子·天志下》:"義者,正也。何以知義爲正也?天下有義則治,無義則亂,我以此知義爲正也。"義謂正義,事關天下治亂。

[69] 禮:見校注[25]。《荀子·大略》:"禮者,人之所履也,失所履,必顛蹶陷溺。"引申之,凡所依,皆曰履。禮是人類生活需要依靠的範式、規則、制度。

[70] 智者術之原:智慧是法術的本原、根本。智:智慧、聰敏。本義爲動詞,談論打獵和戰事,後來引申爲名詞,指用兵作戰的謀略。《孫子兵法·始計》:"將者,智、信、仁、勇、嚴也。"《論語·子罕》:"知者不惑,仁者不憂,勇者不懼。""知"同"智"。荀子從認識論的角度界定了"智"的内涵,《荀子·正名》:"知有所合謂之智。智所以能之在人者謂之能。"董仲舒把"智"理解爲趨利避害的經世之智,《春秋繁露·必仁且知》:"智者見禍福遠,其知利害蚤,物動而知其化,事興而知其歸,見始而知其終。"術:方法、技藝。《説文解字》:"術,邑中道也。"本義爲道路,引申爲技術、方法、權謀、學説等。先秦文獻中,尤以法家談"術"爲盛,《韓非子·定法》:"術者,因任而授官,循名而責實,操殺生之柄,課群臣之能者也,此人主之所執也。"原:本原、根本。原的本義是指水流的起始處,後用"源"表此意。由水源引申爲最初的、起源的,又表示本原、根本、諒解、寬容。

[71] 致:給予、帶來。致利除害:給予天下人有利的事,清除對天下人有害

的事,天下人民都歸順於他們。《管子·君臣》:"爲民興利除害,正民之德,而民師之。"

[72] "兼愛"思想,最初見於《墨子》。墨家站在當時社會底層民衆的立場,針對儒家"愛有等差",宣揚"兼相愛,交相利",主張愛無差別等級,不分厚薄親疏。兼愛無私:泛愛大衆,對人没有私心。

[73] 明:分辨、區分。《孟子·公孫丑上》:"是非之心,智之端也。"

[74] 立:確立,制訂。可否:可以不可以。

[75] 進退有度:前進後退均合法度。《禮記·曲禮》:"進退有度,左右有局,各司其局。"

[76] 尊卑:地位的高低貴賤之别。《易·繫辭上》:"天尊地卑,乾坤定矣;卑高以陳,貴賤位矣。"分:區分、辨别。

[77] 擅:擅自、專權,善於、長於。殺:殺戮。生:生存。柄:權力。擅殺生之柄:獨攬生死大權。《册府元龜》本"殺生"爲"生殺"。

[78] 通:疏通、通達。壅塞:堵塞不通。塗:同"途",道路。通壅塞之塗:疏通堵塞的道路。

[79] 權:權衡、考慮。權輕重之數:權衡輕重緩急的數術。《鬼谷子·捭闔篇》:"見其權衡輕重,乃爲之度數,聖人因而爲之慮。"

[80] 論:分析闡明事物的道理。論得失之道:分析談論各種得失的道理。

[81] 僞:有意掩蓋本來面貌,弄虛作假,跟"真"相對。見:同"現",顯露,出現。使遠近情僞必見於上:使遠方及周遭的真實、僞詐之事都顯露出來。

[82] 術:同校注[70]。術的特點是隱而未現,法的特點是昭而未隱。韓非子將法與術進行了區分,《韓非子·難三》:"人主之大物,非法則術也。法者,編著之圖籍,設之於官府,而布之於百姓者也。術者,藏之於胸中,以偶衆端而潛御群臣者也。故法莫如顯,而術不欲見。是以明主言法,則境内卑賤莫不聞之也,不獨滿於堂;用術,則親愛近習莫之得聞也,不得滿室。"

[83] 以上所論,仁義禮智四個方面是治國理政的根本、聖人之道的運用。

[84] 設施:制定實施。《淮南子·兵略訓》:"晝則多旌,夜則多火,暝冥多鼓,此善爲設施者也。"

[85] 廢:廢除、廢棄。賈誼《過秦論》:"於是廢先王之道,焚百家之言,以愚黔首。"

[86] 得其要:得到治國理政的要領,即上文所述"仁義禮智"四個方面。

[87]法設而不用：天下太平，井然有序，儘管官府頒佈了法律，但無需使用。

[88]術：治術。

[89]主：君主。蔽：遮蔽，蒙蔽。

[90]官：官吏。亂：混亂，名詞作動詞，引申爲製造混亂。這三句的意思是，倘若統治者不善治術，君主在上受到蒙蔽，官吏在下制造混亂。《韓非子·定法》："君無術則弊於上，臣無法則亂於下，此不可一無，皆帝王之具也。"

[91]屬統：繼承帝統。垂業：流傳功業。本：根本。第三段回答了策問之"仁義禮智四者之宜，當安設施？"詮釋了外儒內法視野下"仁義禮智"治術之道，是屬統垂業的根本，並從正反兩方面論述君王是否運用治術，帶來的積極功效與消極影響。

[92]堯：帝堯時代。遭：遭遇。鴻：大也。《史記·夏本紀》："當帝堯之時，鴻水滔天，浩浩懷山襄陵，下民其憂。"

[93]禹：五帝之一黃帝的玄孫。帝堯時代，洪水滔天，鯀治水九年未竟。堯崩，舜攝政，禹廣續父業，從父親治水失敗中汲取教訓，變"堵"爲"疏"，勞身焦思，櫛風沐雨，三過家門而不入，歷經十三載寒暑，開鑿九道，疏浚九川，遂完成治水大業。帝舜薦禹於天，爲嗣。事跡詳見《史記·夏本紀》。

[94]未聞禹之有水：沒有聽説禹的時代有水患。

[95]若：至於。湯：商湯，商朝開國君主。旱：旱災。

[96]桀：夏朝暴君，被商族首領湯起兵攻伐，出奔南方而死，夏亡。事跡詳見《史記·殷本紀》。餘：遺留。烈：烈毒、凶殘。《册府元龜》本"餘烈"爲"餘孽"。

[97]紂：商朝末代君王，荒婬暴虐，牧野之戰中，周武王率領四方諸侯討伐商軍，紂王赴火自焚，商滅。事跡詳見《史記·殷本紀》。行惡：作惡。

[98]積德：積累仁政或善行。《尚書·盤庚上》："汝克黜乃心，施實德於民，至於婚友，丕乃敢大言，汝有積德！"《册府元龜》本"禹湯"爲"禹王"。

[99]王：古代最高統治者的稱號，此處作動詞，稱王。

[100]天德：天的德性。《春秋繁露·人副天數》："天德施，地德化，人德義。"私親：指與自己關係親密的人。《禮記·內則》："婦若有私親兄弟，將與之，則必復請其故，賜而後與之。"

[101]順之和起，逆之害生：順應天德，社會便和諧興旺；倒行逆施，災害就

會降臨。順、逆是儒家政治哲學的一對範疇，主張君王施行仁政，克己復禮，重視教化，風行草偃，順應民意就是順乎天意，國家就能和諧興盛；反之，必將失去民心，國家走向滅亡。《孟子·離婁上》："順天者存，逆天者亡。"

[102] 天文：日月星辰等天體在宇宙間分佈、運行等跡象。地理：土地山川的環境、形勢。《易·繫辭上》："仰以觀於天文，俯以察於地理，是故知幽明之故。"《論衡》："天有日月星辰謂之文，地有山川陵谷謂之理。"人事：人情事理。天文、地理、人事，源自《周易》"天地人三才"思想，後來指古代王道之治的三個方面，亦指某人學識淵博、智慧過人。《淮南子·要略》："夫作為書論者，所以紀綱道德，經緯人事，上考之天，下揆之地，中通諸理。"紀：綱紀、準則。《韓非子·主道》："道者，萬物之始，是非之紀也。"

[103] 愚戇（zhuàng）：愚笨戇直。《大戴禮記·文王官人》："困而不知其止，無辨而自慎，曰愚戇者也。"

[104] 奉：進獻。大對：對答天子之策問。顏師古注："大對，大問之對也。"第四段回應策問"禹湯水旱，厥咎何如？"從禹湯積德、桀紂行惡的歷史對比中論述順逆之道，回歸文中的"尚和"主旨，方可政權穩固國泰民安。

闡義：

從思想內容和行文意脉來看，《舉賢良文學對策》分為四段。第一段，探究上古與後世世風迥異之緣由，提出"法不遠義，和不遠禮"法治與德治相結合的治國理念；第二段論述人和政通的重要性，描述祥瑞紛出、遠夷來朝的盛國氣象；第三段，詮解"仁義禮智"新義，會通儒、墨、法、縱橫之術，斯乃屬統垂業之根本；第四段，從水旱之災透視王道順逆，回應德治法治並行的治國方略。此中要義，略有四點。

（一）在思想文化上，援法入儒、釋術為智，為鞏固皇權提供了適宜的理論資源

高祖十一年（前196）下達求賢詔："賢士大夫有肯從我遊者，吾能尊顯之。佈告天下，使明知朕意。"文帝二年（前178）下詔舉賢良，亦未明確選士的思想標準。直到武帝建元元年（前140）詔舉賢良，武帝同意丞相衛綰的建議，"所舉賢良，或治申、商、韓非、蘇秦、張儀之言，亂國政，請皆罷"（《漢書·武帝紀》），所舉賢良多從法、刑名、縱橫等學派立論，有擾亂國政之嫌，不合聖意，皆罷免，從官方層面摒棄了法家、縱橫之術。武帝後來議立明堂，立五經博士，皆為昌明儒學，元

光元年(前134)五月舉賢良,董仲舒《天人三策》從春秋公羊學中總結治亂興廢,漸次闡明制禮作樂、符命災異、令德教化、更化善治、選賢授官、天人之道、君權神授、抑黜百家、獨尊儒學等具體問題,董仲舒借鑒道家、陰陽家理論,實現了儒學的經學化、神學化、政治化,使儒學由民間升入廟堂,爲實現大漢帝王"大一統"奠定了理論基石。

考察公孫弘的學術背景,元光五年(前130)以前,他的活動範圍主要在菑川國,深受齊文化的滋養與沾溉。齊桓公創建稷下學宫,開莊衢之第,尊俊乂之才,儒、道、墨、法、名、兵、陰陽、縱橫等各家學術流派,薈萃於兹,辨難爭鳴,呈現出"雜學"地域文化特徵,形成了禮法結合、義利並重、忠君愛民相互耦合的政治思想。公孫弘治學不偏一隅,兼采雜説。《漢書》本傳記載"年四十餘,乃學《春秋》雜説",雜説乃雜家之説也。《漢書·藝文志》儒家類著録《公孫弘》十篇。《西京雜記》卷三載:"公孫弘著《公孫子》,言刑名事,亦謂字值百金。"由是可見,公孫弘融合儒法、陶冶諸學的齊地學術傾向。《舉賢良文學對策》立足於上述文化基因,開篇論述"爵賞"與"刑罰""禮"與"法"之辯證統一關係,祇有"法不遠義"和"不遠禮",才能實現"畫衣冠、異章服,而民不犯"的上古治世局面。法家重"利",商鞅把"利"看作"義"之根本,"兼愛"是墨家的核心觀點,公孫弘用"致利""兼愛"來解釋"仁",顯然是沾溉了法家和墨家思想。"智"作爲孟子四端之一,"術"爲法家、縱橫家秉持的學術理念,公孫弘巧妙地將二者勾連,提出"智者術之原"的鮮活命題,並對術的內涵進行闡釋,不動聲色地將刑名、縱橫、法、墨諸家思想融入儒學義理,以仁愛、和合、禮義來包裝刑名法術。公孫弘這一創見具有雙重思想意藴:學術思想一端,既沿襲漢初以來諸子思想融合流變的學術來路,又助推儒術獨尊的經典化進程;政治思想一端,既恪守漢初以法治國的政治策略,又迎合當時外儒内法的現實需求,體現出深邃的歷史考量和精準的現實施策。

(二)在政治制度上,揣摩聖意、回應現實,爲察舉選士貢獻了高明的運思策略

察舉制度是爲漢代重要的政治制度,而舉賢良文學乃漢代察舉制度的重要內容。第二次參加賢良文學對策,公孫弘的心態是複雜而糾結的。據《史記》本傳記載:"建元元年,天子初即位,招賢良文學之士。是時弘年六十,徵以賢良爲博士。使匈奴,還報,不合上意,上怒,以爲不能,弘乃病免歸。"顯然,公孫弘初入仕途,經歷了先崇後黜的尷尬境遇,元光五年(前130),菑川國復推公孫弘舉賢良,弘揖謝辭讓,因爲先前匯報匈奴事,被武帝認定無能,恐此次參加對策,前途

未卜。但他年逾古稀，功成名就的機會轉瞬即逝，他需要破釜沉舟的魄力放手一搏。首次對策，文不存史，無從考證内容所寫，但却獲得武帝首肯，任職博士，推測其巧妙捕捉到武帝意圖。公孫弘審時度勢，捨棄雜家之學，從儒學立論，與其他賢良涇渭分明，於是首策告捷。相隔十年，公孫弘再舉賢良，儒學治國的政治思想早已確立，他一方面高度認可堯舜時代的禮義教化，另一方面突破原始儒學義理，援法入儒，釋術爲智，主張德主刑輔的治國理念，既爲解决錯綜複雜的内外矛盾、鞏固中央集權提出理論創見，又敏鋭洞察到統治者對權、法、智、術的政治需求。然而太常立足傳統儒學，認爲公孫弘消解了儒學内涵，將其判爲下第就不足爲奇。"下第"到"舉首"的升降沉浮，見證了公孫弘的智謀膽略、政治研判與理論創新。

　　武帝朝的酷吏政治以及他早年的獄吏生涯，讓公孫弘對法治問題格外關注。《漢書·刑法志》記載了漢初"蕭規曹隨、刑罰用稀"到武帝時"酷吏擊斷，姦軌不勝"的變化，"招進張湯、趙禹之屬，條定法令，作見知故縱、監臨部主之法，緩深故之罪，急縱出之誅。"《史記·酷吏列傳》記載了張湯、趙禹參與立法的相對時間、身份、内容。《史記·酷吏列傳·張湯傳》："治陳皇后蠱獄，深竟黨與。於是上以爲能，稍遷至太中大夫。與趙禹共定諸律令，務在深文，拘守職之吏。"《史記·酷吏列傳·趙禹傳》："上以爲能，至太中大夫。與張湯論定諸律令，作見知，吏傳得相監司。"《漢書·張湯傳》《漢書·酷吏傳·趙禹》沿襲《史記·酷吏列傳》相關記載，據此推斷，張湯、趙禹論定編次律令時均官太中大夫。又《漢書·武帝紀》："元光五年七月乙巳，皇后陳氏廢。捕爲巫蠱者，皆梟首。"《漢書·百官公卿表下》："元光六年，中大夫趙禹爲中尉。"由此推斷，張湯、趙禹同爲太中大夫的時間是元光五年到元光六年。據楊振紅考證，張湯、趙禹修訂法令之事在元光五年秋七月至元光六年（楊振紅《出土簡牘與秦漢社會》，廣西師範大學出版社 2009 年版，第 70 頁）。

　　元光五年武帝舉賢良文學的背景，《漢書·武帝紀》："(光五年)月，螟。徵吏民有明當時之務、習先聖之術者，縣次續食，令與計偕。"明當時之務、習先聖之術者是對賢良人才的要求。公孫弘精研《春秋》奥義，自然深諳先聖之術，而參與對策活動之時，恰逢張湯、趙禹編次律令，他必然要在對策文中呼應時政，明當時之務，闡發以法治國的立場和態度。此外，公孫弘有良好的獄吏職業素養，通曉律法、善用律令。武帝朝抨擊貴族宗室、制裁豪强兼併社會，需要嚴刑峻法維護統治秩序。他又提出"遇民以信""法不遠義"等命題，給嚴刑峻法的殘酷本質披上温情脉脉的面纱。由是,公孙弘《举贤良文学对策》的政治立场、行文邏辑、理论观点甚合君心,於是博得龍顔大悦。在某種程度上,公孙弘在政治制度上爲察舉選士貢献了高明的運思策略。

(三)在士人結構上,旁求俊乂,擢拔賢良,爲社會階層升降提供了充足的官吏來源

劉邦集團憑藉武力軍功建立了大漢帝國。即位伊始,就對戰時的士兵、軍吏封賞賜爵,史稱"高帝五年詔"(《漢書·高帝紀》)。高祖進一步約定:"非劉氏不得王,非有功不得侯。不如約,天下共擊之。"(《史記》卷五十七《絳侯周勃世家》,中華書局2014年版,第2523頁)"非劉氏不王"確保了劉氏家族的政統地位,而"非有功不得侯"則壟斷了軍功階層的官爵。據《漢書·百官公卿表》記載,高祖一朝封侯的功臣達一百四十三人之多,漢初丞相多爲軍功大臣及其子嗣。當西漢政權趨於穩定之後,鮮有戰事,垂拱而治,這些貴族子弟逐漸忘却先輩創業之艱辛,開始變得驕奢淫逸。"子孫驕逸,忘其先祖之艱難,多陷法禁,殞命亡國,或亡子孫。"(《漢書》卷十六《高惠高后文功臣表·序》中華書局1962年版,第528頁)軍功階層及其子弟與皇權出現了種種衝突,加之謀求社會穩定發展的時代課題,漢代統治者開啓了賢良取士的選舉制度。正如錢穆先生所説,政治制度是現實的,每一制度,必須針對現實,時時刻刻求其能變動適應。(錢穆《中國歷代政治得失》,生活·讀書·新知三聯書店2001年,第53頁)

漢代選舉制度實施以來,打破了軍功壟斷局面,呈現出多元化的官吏結構。研究者對漢代官僚進行分類、統計,通過圖表的形式,勾勒出漢初各社會階層在政治舞台上的起伏升降。(李開元《漢帝國的建立與劉邦集團:軍功受益階層研究》生活·讀書·新知三聯書店2000年版,第59—72頁)據統計,從高祖到武帝,軍層擔任三公九卿的人數、比例逐漸降低,高祖時期全部由軍層擔任,佔比百分之百;惠帝、吕后時期,佔比百分之九十;文帝時期,佔比百分之六十二;景帝時期,佔比百分之四十六;武帝初期,佔比百分之二十七;武帝中期,佔比百分之二十六;武帝後期,佔比百分之二十一。與此同時,法吏、儒吏、士吏等階層,受到統治者青睞,擢拔到三公九卿的中央官制體系。至於王國相、郡太守等地方官吏結構,人群結構變動大抵類似。賢良選舉往往發生在日食、地震、星隕等自然災異以後,鼓勵賢良人才爲朝廷建言獻策,確保國家長治久安。而選拔出來的賢良,政府通常授予六百石及以上官職。公孫弘正是憑藉《舉賢良文學對策》一文,被武帝拜爲博士,待詔金馬門,先後擔任左内史、御史大夫、丞相等職。這篇策文,

是公孫弘仕途的光輝起點,亦見證了漢代選舉制度對士人結構的調控作用。鑒於賢良對策在考察被舉者學識、能力方面的積極作用,延及東漢,實現了向眾科的拓展、推進,秀才、孝廉、有道、敦樸等常、制科,皆可試策。(韋春喜《漢代對策文芻議》,《文學遺產》,2012年第6期)由此可見,由文帝開創的賢良選士制度,具有相當的時長和面廣,爲平民和底層官吏仕途升遷提供了科學的選拔機制,選拔出來的大批人才,積極發揮作用,推動了兩漢的政治、經濟、法律、文化建設。

(四)在文學體式上,言約理准,醇雅舒緩,爲政論散文注入了靈動的審美氣韻

鍾惺《兩漢文歸·論略》:"漢去周不遠,有《左》《國》之遺,且君臣相與,文本經術,非後世慢憑浮靡者比。"包蘊政治、依經立義乃漢代散文的特徵,允實不謬。西漢初年尚黄老之學,文景、孝武經術頗興,此期政論文作家引經據典,談古論今,學問道德氣象漸宏,文章辭采繁博轉縟。譬如晁錯《賢良文學對策》,約一千七百字的篇幅,次第回答文帝的七個問題,以古鑒今,悉陳其對。董仲舒《舉賢良對策》增廣形制,三策字數凡五千餘字,圍繞仁義禮樂、天命符瑞、政治太平等問題漸次推進,文風繁富、豐贍博通。晁、董二人皆援引上古治亂的豐富史料,回應漢世時弊,彰顯了歷史的厚度與現實的溫度。比較而言,公孫弘《舉賢良文學對策》六百多字,篇幅短小精悍,既不肆意徵聖宗經,又不無端高蹈空談,言必己出,析辭尚簡,却能切中要害,大明治道,在兩漢對策文中呈現出鮮明的藝術風貌。上述三人的對策文創作,劉勰如是評價:"觀晁氏之對,驗古明今,辭裁以辨,事通而贍,超升高第,信有徵矣。仲舒之對,祖述《秋》,本陰陽之化,究列代之變,煩而不慁者,事理明也。公孫之對,簡而未博,然總要以約文,事切而情舉。"(劉勰著范文瀾注《文心雕龍·議對》人民文學出版社1962年版,439頁)

在内容題材上,漢初政論散文由"批判歷史"向"直面現實"轉向,賈山、賈誼、晁錯、枚乘、鄒陽等人關注"過秦""削藩""貴粟""勸諫"諸端,體現出心繫社稷蒼生的憂患意識與激越情感,流淌着鋪排渲染、酣暢淋漓的戰國縱橫遺風。武帝即位以後,強調禮樂教化,詳延天下方聞之士,要求文學發德明功,裨補政治。他以帝王之尊在詔令中要求文學發揮政教功能,促進了文學向着典雅醇正的進路發展,一改漢初筆鋒凌厲之氣象,公卿大夫士吏彬彬多文學之士。公孫弘《舉賢良文學對策》並未悉數回答全部策問,而是作了一番取捨增删,主要圍繞"今何道而臻乎此""仁義禮知""禹湯水旱"三個問題,從世風丕變引入儒學禮義,提出爲政的"八事""四本",並創造性地援法入儒、釋術爲智,全文浸潤着儒術潤飾吏事的

政治空氣,閃爍着儒學獨尊背景下政論散文醇正典雅的熠熠光輝。在文字表達上,大量使用短句,比如三、四、五言,如"明是非,立可否";"進退有度,尊卑有分";"擅殺生之柄,通壅塞之塗",長短參差,錯落有致,並且大量使用對偶筆法,如"罰當罪,則姦邪止;賞當賢,則臣下勸""順之和起,逆之害生",正反相對,作者的立場、態度、觀點昭晰明辨;"法不遠義,則民服而不離;和不遠禮,則民親而不暴""德配天地,明並日月",上下連貫,意脉相承,文章涵容擴充,行文省淨簡約。總之,長短併用、韻散結合,文氣舒緩靈動,形成了參差與整飭交融的審美範式。

辨疑:

公孫弘貶黜遭遇考辨

兼容並包的學術積淀、熟稔律令的職業生涯、飽經霜露的人生歷練,促使公孫弘備加珍視遲來的入仕機緣,提出了與漢武帝"王霸雜之"高度契合的治國方略,獲得人主青睞,由是官運亨通,位及人丞,改變了"漢常以列侯爲丞相"的選拔慣例。某種程度上説,公孫弘是一位大器晚成的治國良相,爲推動西漢政治、思想、文化、軍事建設作出了卓越功勛。但面於《史記》《漢書》相關記載,歷代學者多持貶抑之辭。抖落古籍的風塵,思入歷史的深處,理應對公孫弘的思想、事功、性情作一番考辨。

漢初子學呈融合之勢,並且受到齊地雜學沾溉,滋養了公孫弘海納百川的學術氣象,具體涵括儒家、墨家、法家、縱橫家,及易學、齊學思想,正是秉持"仰山鑄銅、煮海爲鹽"的精神,成就了他爐火純青的政治技藝。《史記·董仲舒列傳》:"公孫弘治《春秋》不如董仲舒,而弘希世用事,位至公卿。董仲舒以弘爲從諛。"誠然,董仲舒《天人三策》在宏闊的歷史背景中,會通先秦諸學,以陰陽五行學説爲基礎,提出了"天人感應""君權神授""獨尊儒術"等一系列理論命題,使西漢政權的統治方略由黄老無爲而治向儒家思想轉變,在促進儒學的政治化、經學化方面作出了重要貢獻,但這祇是學理層面的探索與建構。公孫弘憑藉政治力量,提出幾條建議:爲博士官置弟子、太常擇民補博士弟子、二千石舉賢良詣太常受業;然後根據通經修藝的水平,擔任不同級別的官吏(《漢書·儒林傳》)。此舉得到了漢武帝認可,嗣後,公卿大夫士吏彬彬多文學之士也。要言之,這些舉措壯大了儒學隊伍,擢拔儒家學者擔任各級官吏,一方面保障了儒學的思想傳承,另一方面改善了官吏的知識結構,從制度化和利禄化的角度,鞏固了儒家政治的連續性。另外,公孫弘在平息儒學內部紛爭上厥功至偉。漢初儒學,齊、魯爲盛,攜手併肩推翻黃老之學。但是當儒學作爲學派被官方納入意識形態之後,兩派必然會爭名奪利。《漢書·儒林傳》:"武帝時,江公與董仲舒並。仲舒通《五經》,能持論,善屬文。江公吶於口,上使與仲舒議,不如仲舒。而丞相公孫弘本爲《公羊》學,比輯其議,卒用董生。於是上因尊《公羊》家,詔太子受《公羊春秋》,由是《公羊》大興。"公孫弘的齊學學術修養,曾受業於齊地大儒胡毋生,其學術傾向毋庸置疑,儘管他對《公羊》齊學的偏袒並未最終壓服《穀梁》魯學,但犧牲儒學内部派别的利益,換取儒學至尊的穩定性,在儒學發展史上仍是有戰略意義的。(馬勇《公孫弘:儒學中興的健將》,《孔子研究》1993年第1期)明人于愼行《讀史漫録》:"漢武表章儒術,公孫弘之力也。弘奏請博士弟子,第其高下,以補郎中文學掌故。又吏通一藝以上者,皆得選擇,以補右職。由是勸學古文之典,遂爲歷代所祖。其實自弘發之,可謂有功於經術者矣。"

心繫蒼生,反對擴張的軍事思想。據《史記·平津侯主父列傳》記載,公孫弘曾三次就邊疆問題,與漢武帝發生衝突。"建元元年,天子初即位,招賢良文學之士。是時弘年六十,徵以賢良爲博士。使匈奴,還報,不合上意,上怒,以爲不能,弘乃病免歸。"公孫弘胸懷兼濟之志,却在仕途的初階蒙受創傷。匯報匈奴的文獻,於史無徵。據《漢書·武帝紀》可知,武帝多次對匈奴作戰。在邊疆政策方面,公孫弘與漢武帝意見相左,而且態度堅定,反對開邊,可見公孫弘在原則性問題上有自己的立場,並非阿諛諂媚之臣。倘若公孫弘果真"多詐無情""曲學阿世",古稀之年的他在第二次舉賢良之後,斷然不會"盛毁西南夷無所用,上不聽"。早年獄吏生涯,讓他目睹了底層民衆的艱辛,加上視察西南夷的過程中,看到了"巴蜀民苦之",情繫民瘼,盛毁開邊無用,而當年的漢武帝正值壯年,好大喜功野心勃勃,豈能理會公孫弘的意見。元朔三年(前126),漢武帝打算同時開拓三地:通西南夷、東置滄海、北築朔方郡。公孫弘數次力諫,以爲疲敝中國以奉無用之地,願罷之。武帝派遣朱買臣等人發難,公孫弘不予回應,最後謙稱"山東鄙人,不知其便若是,願罷西南夷、滄海而專奉朔方"。公孫弘三次就邊疆問題與武帝展開衝突,在第三次進行了部分妥協,既能看出公孫弘體恤民力、反對戰爭,一定程度上緩和了社會矛盾;又能看出武帝對公孫弘皇恩浩蕩,原因在於公孫弘"其行慎厚,辯論有餘,習文法吏事,緣飾以儒術"。

比較《史記》《漢書》公孫弘本傳,不難發現班固的書寫態度比司馬遷更爲冷靜客觀。凡是"多詐""不忠""爲人意忌,外寬内深"等負面評價,班固皆因襲司馬遷的按斷。頗能展示公孫弘政治才華的《舉賢良文學對策》,以及武帝封公孫弘爲平津侯的詔書,《漢書》存録,《史記》闕如。相比而言,司馬遷距離公孫弘的時代更近,理應對其有充分的認識。然而鑒於以下幾點原因,《史記》未能客觀公允地反映公孫弘的功業、性情。首先,二人性格迥異。司馬遷直言敢諫,因李陵之禍罹難宫刑;公孫弘練達人情,"使人主自擇,不肯面折庭爭"。其次,政治命運不同。司馬氏世代修史,理應比平民出身的公孫弘有更高的平臺,然而造化弄人,慘遇戕害。公孫弘雖出身寒微,却枯木逢春,得到武帝寵信,善始善終。再次,輿論影響。據《資治通鑒》記載,淮南王劉安謀反叛變前對近臣説:"漢廷大臣,獨汲黯好直諫,守節死義,難惑以非;至如説丞相公孫弘等,如發蒙振落耳!"安對公孫弘不屑的態度,亦能看出公孫弘高明的政治策略不爲常人洞察,但却代表了同僚、諸侯王對公孫弘的基本判斷。司馬遷"罔羅天下放失舊聞"而修史,必然會影響他對公孫弘人生經歷的"變異"書寫。值得注意的是,西漢元始年間,漢平帝對公孫弘褒獎有嘉,並賞賜子孫,詔書云:"漢興以來,股肱在位,身行儉約,輕財重義,未有若公孫弘者也……夫表德章義,所以率世厲俗,聖王之制也。"有了這樣的官方評價,加之班固以正統儒家身份修史,對公孫弘的記録必然比司馬遷客觀公正。至於對其性格描寫的微詞,理應納入君主集權的時代背景進行考量,深入分析史料,對其作出正確的價值判斷,而不能被正史偏頗之辭所遮蔽。

綜上所述,公孫弘的性情事功概括爲:孝廉儉約、重義輕財、熟稔治術、憂國恤民。因太史公的主觀色彩太濃,導致將其缺點放大,令公孫弘"曲學阿世"的形象遭到後世詬病。"行義雖修,然亦遇時"的論讚,亦可折射司馬遷對其人品的公允評價,引發讀者對公孫弘形象的審慎思考與重新論定。

《論選舉疏》輯釋

[唐]薛登[1]撰，曹淵輯釋*

臣聞國以得賢爲寶，臣以舉士爲忠[2]。是以子皮之讓國僑，鮑叔之推管仲[3]，燕昭委兵於樂毅[4]，苻堅托政於王猛[5]。子産受國人之謗[6]，夷吾貪共賈之財[7]，昭王錫輅馬以止讒[8]，永固戮樊世以除譖[9]。處猜嫌而益信，行間毀而無疑，此由默而識之，委而察之深也[10]。至若宰我見愚於宣尼[11]，逢萌被知於文叔[12]，韓信無聞於項氏[13]，毛遂不齒於平原[14]，此失士之故也。是以人主受不肖之士則政乖，得賢良之佐則時泰，故堯資八元而庶績其理，周任十亂而天下和平[15]。由是言之，則士不可不察[16]，而官不可妄授也。何者？比來舉薦[17]，多不以才，假譽馳聲，互相推獎，希潤身之小計，忘臣子之大猷[18]，非所以報國求賢，副陛下翹翹之望者也。

臣竊窺古之取士，實異於今[19]。先觀名行之源，考其鄉邑之譽[20]，崇禮讓以勵己，明節義以標信，以敦樸爲先最[21]，以雕蟲爲後科[22]。故人崇勸讓之風[23]，士去輕浮之行。希仕者必修貞確不拔之操[24]，行難進易退之規。衆議以定其高下，郡將難誣於曲直[25]。故計貢之賢愚[26]，即州將之榮辱[27]；穢行之彰露，亦鄉人之厚顔[28]。是以李陵降而隴西慚[29]，干木隱而西河美[30]。故名勝於利，則小人之道消[31]；利勝於名，則貪暴之風扇[32]。是以化俗之本，須擯輕浮[33]。昔冀缺以禮讓升朝，則晉人知禮[34]；文翁以儒林獎俗，則蜀士多儒[35]。燕昭好馬，則駿馬來庭[36]；葉公好龍，則真龍入室[37]。由是言之，未有上之所好而下不從其化者也[38]。

自七國之季[39]，雖雜縱橫[40]，而漢代求才，猶徵百行[41]。是以禮節之士，敏德自修[42]，閭里推高，然後爲府寺所辟[43]。魏氏取人，尤愛放達[44]；晉、宋之後，祇重門資[45]。獎爲人求官之風，乖授職惟賢之義。有梁薦士，雅愛屬詞[46]；陳氏

---

* 作者簡介：曹淵，浙江農林大學文法學院講師，發表《論李商隱詩歌的用事與叙事》。
　基金項目：本文爲國家社會科學基金重大項目"中國古代文學制度研究"（17ZDA238）階段性成果。

簡賢，特珍賦咏[47]。故其俗以詩酒爲重，不以修身爲務。逮至隋室，餘風尚在[48]，開皇中，李諤論之於文帝曰："魏之三祖，更好文詞，忽君人之大道，好雕蟲之小藝。連篇累牘，不出月露之形；積案盈箱，唯是風雲之狀。代俗以此相高，朝廷以兹擢士，故文筆日煩，其政日亂。"帝納李諤之策，由是下制，禁斷文筆浮詞。其年，泗州刺史司馬幼之以表不典實得罪。於是風俗改勵，政化大行[49]。煬帝嗣興，又變前法，置進士等科[50]。於是後生之徒，復相放效[51]，因陋就寡，赴速邀時[52]，緝綴小文，名之策學[53]，不以指實爲本，而以浮虛爲貴[54]。

有唐纂曆，雖漸革於故非[55]；陛下君臨，思察才於共理[56]。樹本崇化，惟在旌賢[57]。今之舉人[58]，有乖事實。鄉議決小人之筆[59]，行修無長者之論[60]。策第喧競於州府[61]，祈恩不勝於拜伏[62]。或明制纔出[63]，試遣搜揚[64]，驅馳府寺之門，出入王公之第。上啓陳詩，唯希咳唾之澤[65]；摩頂至足，冀荷提攜之恩[66]。故俗號舉人，皆稱覓舉。覓爲自求之稱，未是人知之辭[67]。察其行而度其材，則人品於兹見矣[68]。徇己之心切，則至公之理乖[69]；貪仕之性彰，則廉潔之風薄。是知府命雖高，異叔度勤勤之讓[70]；黃門已貴，無秦嘉耿耿之辭[71]。縱不能抑己推賢，亦不肯待於三命[72]。豈與夫白駒皎皎，不雜風塵[73]，束帛戔戔，榮高物表[74]，校量其廣狹也[75]！是以耿介之士，羞自拔而致其辭[76]；循常之人，捨其疏而取其附[77]。故選司補署[78]，諠然於禮闈[79]；州貢賓王[80]，爭訟於階闥[81]。謗議紛合，浸以成風[82]。夫競榮者必有競利之心，謙遜者亦無貪賄之累。自非上智，焉能不移；在於中人，理由習俗[83]。若重謹厚之士，則懷祿者必崇德以修名；若開趨競之門，邀仕者皆戚施而附會[84]。附會則百姓罹其弊，潔己則兆庶蒙其福[85]。故風化之漸，靡不由兹。今訪鄉閭之談，唯衹歸於里正[86]。縱使名虧禮則，罪挂刑章[87]，或冒籍以偷資[88]，或邀勳而竊級[89]，假其不義之賂，則是無犯鄉閭[90]。豈得比郭有道之銓量，茅容望重[91]，裴逸人之賞拔，夏少名高[92]，語其優劣也！

祗如才應經邦之流，唯令試策[93]；武能制敵之例，只驗彎弧[94]。若其文擅清奇，便充甲第，藻思微減，便即告歸[95]。以此收人，恐乖事實[96]。何者？樂廣假筆於潘岳[97]，靈運詞高於穆之[98]，平津文劣於長卿[99]，子建筆麗於荀彧[100]。若以射策爲最，則潘、謝、曹、馬必居孫、樂之右[101]；若使協贊機猷[102]，則安仁、靈運亦無裨附之益。由此言之，不可一概而取也。至如武藝，則趙雲雖勇，資諸葛之指撝[103]；周勃雖雄[104]，乏陳平之計略[105]。若使樊噲居蕭何之任[106]，必失指縱之機；使蕭何入戲下之軍，亦無免主之效[107]。鬥將長於摧鋒，謀將審於料事。

是以文泉聚米,知隗嚚之可圖[108];陳湯屈指,識烏孫之自解[109]。八難之謀設,高祖追慚於酈生[110];九拒之計窮,公輸息心於伐宋[111]。謀將不長於弓馬,良相寧資於射策[112]。豈與夫元長自表[113],妄飾詞鋒,曹植題章,虛飛麗藻,校量其可否也!

伏願陛下降明制,頒峻科[114]。千里一賢,尚不爲少,僥倖冒進,須立堤防[115]。斷浮虛之飾詞,收實用之良策,不取無稽之說,必求忠告之言[116]。文則試以效官,武則令其守禦[117],始既察言觀行,終亦循名責實,自然僥倖濫吹之伍[118],無所藏其妄庸。故晏嬰云:"舉之以語,考之以事;寡其言而多其行,拙於文而工於事。"[119]此取人得賢之道也。其有武藝超絕,文鋒挺秀,有效伎之偏用[120],無經國之大才,爲軍鋒之爪牙[121],作詞賦之標準[122]。自可試凌雲之策[123],練穿札之工[124],承上命而賦《甘泉》[125],稟中軍而令赴敵[126],既有隨才之任[127],必無負乘之憂[128]。臣謹案吳起臨戰,左右進劍,吳子曰:"夫提鼓揮桴,臨難決疑,此將事也。一劍之任,非將事也。"[129]謹案諸葛亮臨戎,不親戎服,頓蜀兵於渭南,宣王持劍,卒不敢當。此豈弓矢之用也[130]!謹案楊得意誦長卿之文,武帝曰:"恨不得與此人同時。"及相如至,終於文園令,不以公卿之位處之者,蓋非其所任故也[131]。

謹案漢法,所舉之主,終身保任[132]。揚雄之坐田儀,責其冒薦;成子之居魏相,酬於得賢[133]。賞罰之令行,則請謁之心絕;退讓之義著,則貪競之路消[134]。自然朝廷無爭祿之人,選司有謙撝之士[135]。仍請寬立年限,容其採訪簡汰,堪用者令其試守[136],以觀能否,參驗行事,以別是非。不實免王丹之官[137],得人加翟璜之賞[138],自然見賢不隱,食祿自專[139]。荀彧進鍾繇、郭嘉[140],劉陶薦李膺、朱穆[141],勢不云遠。有稱職者受薦賢之賞,濫舉者抵欺罔之罪,自然舉得賢行[142],則君子之道長矣。(以中華書局 1973 年版《舊唐書·薛登傳》爲底本,校以中華書局 1983 年版《全唐文·論選舉疏》及四庫本《冊府元龜·薛登文》《文苑英華·論選舉疏》《歷代名臣奏議·薛登文》。中華書局 1983 年版《全唐文·論選舉疏》簡稱《全唐文》本,四庫本《冊府元龜·薛登文》《文苑英華·論選舉疏》《歷代名臣奏議·薛登文》簡稱《冊府元龜》本、《文苑英華》本、《歷代名臣奏議》本。)

解題:

天授三年(692),即武則天稱帝的第三年,薛登奏上此疏,目的在於建議朝廷在人才的選拔上嚴格把關，杜絕私利，建立有效的人才選拔制度，將真正的人才選拔上來爲國所用。關於此疏的寫作緣起，史書上有明確的交待，《舊唐書·薛登傳》稱，當時人才"選舉頗濫"。杜佑《通典》所叙更爲詳細具體："天授三年，右補缺薛謙光以其時雖有學校之設、禁防之制，而風俗流弊皆背本而趨末，矯飾行能，以請托奔馳爲務。"這説明，"頗濫"的選舉制度與日趨敗壞的社會風氣已經形成了共振關係。

薛登此疏，新舊《唐書》皆有著録。以《舊唐書》所録最爲完備，《新唐書》爲節選，從第一段最後一句起始："比觀舉薦，類不以才，馳聲假譽，互相推引，非所謂報國求賢者也"，終於最後一段倒數第三句："自然見賢不隱，食禄不專矣"，中間多所删汰，文字亦出入較大。杜佑《通典》亦爲節録。以上三書，以及《歷代名臣奏議》《册府元龜》等所録皆無篇名。《唐文粹》所載，題爲《請選舉擇賢才疏》。《文苑英華》及《全唐文》則題爲《論選舉疏》。

選舉，即選拔舉薦人才。隋唐時期在人才的選拔上實行科舉制度。所謂科舉，即設科取士，指國家根據不同的行政管理需求，規定考核的内容，設立相應的科目，以考試的形式選取人才。考核通過者即可進入所謂的仕途。《新唐書·選舉志》對此有一番概括："唐制，取士各科，多因隋舊，然其大要有三。由學館者曰生徒，由州縣者曰鄉貢，皆升於有司而進退之。其科之目，有秀才，有明經，有俊士，有進士，有明法，有明字，有明算，有一史，有三史，有開元禮，有道舉，有童子。而明經之别，有五經，有三經，有二經，有學究一經，有三禮，有三傳，有史料。此歲舉之常也。其天子自詔者曰制舉，所以待非常之才焉。"

關於《新唐書·選舉志》所謂的"大要有三"，前人曾指出不夠確切。如清人王鳴盛在《十七史商榷》卷十八《取士大要有三》中對這段話分析後認爲："《新選舉志》：唐制，取士大要有三……愚謂雖大要有三，其實惟二，以其地言，學館、州縣異，以其人言，生徒、鄉貢異，然皆是科目，皆是歲舉常選，與制舉非常相對。"傅璇琮對此段分析後亦提出："《新唐書·選舉志》説的'大要有三'可能指的是生徒、鄉貢和制舉"，並認爲："這三者實際上不是同一類别，因而也是不能相比而言的。"（見《唐代科舉與文學》第二章《總論唐代取士各科》，第 24 頁，陝西人民出版社 2007 年版）

《新唐書·選舉志》的這段概括，如果不膠着於科目的分類，而只看它的三大要點，其實還是清楚的。第一個要點是關於考生來源的，有兩種，一是通過學館這個途徑參加考試的，叫生徒；一個是從州縣通過一定的方式選拔上來參加考試的，叫鄉貢。第二個要點是關於考試科目的，有秀才、明經、俊士、進士、明法、明字等；而明經中又分出子科目。第三個要點是天子親自下詔選舉人才，這種方式叫"制舉"，可以隨時舉行的，不受上述條件的限制。這樣選舉就分成了天子的非常之選，與前面所述的常選。薛登上疏所叙當時選舉的種種弊端和醜惡現象，如"鄉議決小人之筆，行修無長者之論""上啓陳詩，唯希咳唾之澤；摩頂至足，冀荷提攜之恩"等等，主要針對的就是常選，矛頭直指鄉貢。

唐代的科舉制度，施行之初，確實爲封建王朝選拔人才、籠絡人心、打擊世族勢力起到了積極的作用，但隨着時代和社會的發展，漸漸地顯露出不少弊病，如薛登所指出的問題："策第喧競於州府，祈恩不勝於拜伏。或明制纔出，試遣搜揚，驅馳府寺之門，出入王公之第。上啓陳詩，唯希咳唾之澤；摩頂至足，冀荷提攜之恩"，到武則天時期已經成了一種醜陋的社會風氣。

唐初，科舉考試主要還是看考生的文才。早在唐太宗時期，即已有官員對此進行過矯正。《唐會要》卷七十六《貢舉中·進士》載："（貞觀）二十年九月，考功員外郎王師旦知舉。時進士張昌齡、王公瑾並有俊才，聲振京邑，而師旦考其文策全下，舉朝不知所以。及奏等第，太宗怪無昌齡等名，因召師旦問之。對曰：'此輩誠有文章，然其體性輕薄，文章浮艷，必不成令器。臣若擢之，恐後生相效，有變陛下風雅。'帝以爲名言。後並如其言。"

師旦不録取張昌齡、王公瑾，引起社會上下的不解，甚至引來皇帝敕問，可見當時的選舉制度對文才的重視程度，也可見追求文學美已然成爲當時朝野上下的共識和潮流。這是文學自身發展的結果，是文學制度顯現爲外在的社會制度的一個例證。

唐代施行科舉制度以來，以帝王爲首的統治階級和社會風氣仍然承襲齊梁餘風，論人看重文才，反映在選舉上，即傾向於選拔文士。武周時期，武則天爲了鞏固和擴大自身的統治、打擊李唐勢力，將這一傾向更强化了，導致選舉過濫的情況出現，暴露出封建王朝行政管理的客觀需求與選舉制度的擇人標準之間的固有矛盾。沈既濟《詞科論》云："初國家自顯慶以來，高宗聖躬多不康，而武太后任事，參決大政，與天子並。太后頗涉文史，好雕蟲之藝，永隆中始以文章選士。及永淳之後，太后君天下二十餘年，當時公卿百辟，無不以文章，因循遐久，浸以成風。"從永淳元年（682）到武則天稱帝的第三年，即天授三年（692），"以文章選士"的政策已經導致出現了朝廷官員都是文士的現象。這是選舉制度造成的直接結果。薛登在天授三年上疏論選舉，正是以這種"以文章選士"的政策及其導致的社會問題爲背景的。

校注：

　　[1]薛登(647—719)：本名謙光，常州義興(今江蘇宜興)人，少與徐堅、劉子玄齊名友善。爲人博涉文史，跟人談論起前代故事，常常引經據典、娓娓道來。初任閬中主簿，天授年間，任左補闕，當時薛登有鑒於國家在選拔人才方面失之於濫，故上疏武則天提出了若干條措施和建議。不久轉任水部員外郎，累遷給事中、檢校常州刺史，轉刑部侍郎，加銀青光大夫，再遷尚書左丞。景雲中，擢拜御史大夫。因彈劾僧人惠範得罪太平公主，遭到報復，出爲岐州刺史。惠範被誅，遷太子賓客，轉刑部尚書，加金紫光禄大夫、昭文館學士。開元初，爲東都留守，又轉太子賓客。後因受其子連累，被放歸田里，終年七十三。

　　[2]《文苑英華》本，士作"賢"。

　　[3]子皮：鄭國大夫，名罕虎。國僑：即鄭子產，春秋時鄭國著名的政治家，公孫氏，名僑，字子產，又稱"公孫僑""國僑"等。罕虎在鄭國當政期間，見鄭子產很有能力，便主動把國政交託給他。《左傳》襄公三十年：鄭子皮授子產政，辭曰："國小而逼，族大寵多，不可爲也。"子皮曰："虎帥以聽，誰敢犯子？子善相之，國無小，小能事大，國乃寬。"鮑叔：即鮑叔牙，春秋時期齊國大夫，以知人善任聞名於世。齊桓公當政後，欲以鮑叔牙爲相，鮑叔牙遂舉薦管仲。管仲：名夷吾，字仲，春秋時期著名的政治家。

　　[4]燕昭：即燕昭王，他當政後，勵精圖治，"卑身厚幣以招賢者"。不久，他籠絡人才的政策取得了效果，出現了"士爭趨燕"的局面，乐毅就是其中最有名的一個。樂毅：乐氏，名毅，字永霸，戰國後期傑出的軍事家，魏將樂羊後裔，本在魏國爲臣，投燕後，燕昭王拜爲上將軍。公元前284年，他帥軍攻打齊國，連下70餘城，取得了重大的軍事勝利。後因受燕惠王猜忌，投奔了趙國。《歷代名臣奏議》本，燕昭後有"王"字。

　　[5]苻堅：氐族人，字永固，小字文玉，十六國時期前秦國君，357—385年在位。苻堅在位期間，重用寒門出身的漢人王猛，統一了中國北方。王猛：字景略，十六國時期著名的政治家、軍事家。王猛出身貧寒，苻堅慧眼識人，委以相位，成爲苻堅最重要的謀臣。

　　[6]子產：即鄭子產，他執政期間，推動各項事業的改革，一度不被人們理解，遭到激烈的批評和反對。《韓非子·顯學》："昔禹決江濬河而民聚瓦石，子產

開畝樹桑,鄭人謗訾。"《全唐文》本句前有"及"字。

[7] 夷吾:即管仲。賈:商賈,商人。管仲貧賤時,曾和鮑叔牙一起做生意,賺到錢後,他就給自己多分點。司馬遷《史記·管晏列傳》:"管仲曰:'吾始困時,嘗與鮑叔賈,分財利多自與,鮑叔不以我爲貪,知我貧也。'"

[8] 司馬光《資治通鑒》卷四載,樂毅率軍攻打齊國,佔領了齊國幾乎全部國土,只剩下莒和即墨兩座城池沒能拿下,一直圍困了三年。有人就向燕昭王進讒言説:"樂毅這個人智謀過人,本領很大的,呼吸之間就佔領了齊國七十餘城,現在單單就剩下兩城,這不是他沒力量攻下來,他是想利用軍隊威服齊人,好在齊國稱王。如今齊人都已服他了,之所以還沒有暴露出來,是因爲他的妻兒還在燕國。況且齊國多美女,他又要忘掉他妻兒了。希望大王您設法對付他!"燕昭王聽後,非但沒有對樂毅起疑心,反而"賜樂毅妻以後服,賜其子以公子之服;輅車乘馬,後屬百兩,遣國相奉而致之樂毅,立樂毅爲齊王。"徹底打消了樂毅心中的顧慮,也止住了讒言。

[9] 永固:即苻堅。樊世是前秦氐族豪帥,有戰功,因藐視王猛,多次發生衝突,苻堅爲整頓朝綱,也爲支持王猛,將之斬首。

[10] 全唐文本作:"處猜嫌而益信,行間毀而無疑,此由識之至而察之深也。"《文苑英華》本,"間毀"作"毁謗",後同。《册府元龜》本,"由"作"繇",下同。

[11] 宰我:字子我,名予,春秋末期魯國人,思想家、孔子弟子。宰我思想活躍,好學多問,但不被孔子看好。《論語·公冶長》載,有一天,宰我大白天的在睡覺,被孔子看到了,孔夫子就板起臉來,很不高興地説:"朽木不可雕也,糞土之墙不可朽也;於予與何誅?"宣尼:即孔子。西漢平帝元始元年追謚孔子爲褒成宣尼公,後因稱孔子爲宣尼。《歷代名臣奏議》本,"愚"作"惡"。

[12] 逢萌:字子康,西漢末年的隱士,他在王莽當政時避禍於遼東,光武帝即位后,在琅琊勞山養志修道。文叔:光武帝劉秀,字文叔。按:逢萌並未受知於光武帝,疑此處文字有誤。

[13] 韓信:西漢初期著名的軍事家,因功封淮陰侯。項氏:指項梁、項羽。韓信先從項梁,後跟項羽,但都不被重用。《史記·淮陰侯列傳》:"及項梁渡淮,信杖劍從之,居戲下,無所知名。項梁敗,又屬項羽,羽以爲郎中。數以策干項羽,羽不用。"

[14] 平原:即戰國時期的平原君趙勝,趙武靈王之子,趙惠文王之弟,封於東武城,號平原君。他以賢聞名,好禮賢下士,門客多時達數千人。毛遂就是他

的門客,三年來默默無聞,没什麼作爲。後來秦國攻打趙國,圍困邯鄲,平原君受命去楚國求救,要二十人一起同行,當時挑選了文武兼備的門客十九人,還差一人,怎麼也找不到合適的了。正在躊躇之際,毛遂出來自薦。平原君看不上他,就問:"先生處勝之門下幾年於此矣?"毛遂答道:"三年於此矣。"平原君説:"夫賢士之處世也,譬若錐之處囊中,其末立見,今先生處勝之門下三年於此矣,左右未有所稱誦,勝未有所聞,是先生無所有也。先生不能,先生留。"

〔15〕堯:傳説中的古代帝王。《史記‧五帝本紀》:"帝堯者,放勳。其仁如天,其知如神。就之如日,望之如雲。富而不驕,貴而不舒。"八元:傳説中的八位賢人。《史記‧五帝本紀》:"昔高陽氏有才子八人,世得其利,謂之'八愷'。高辛氏有才子八人,世謂之'八元'。此十六族者,世濟其利,不隕其名。至於堯,堯未能舉。舜舉八愷,使主后土,以揆百事,莫不時序。舉八元,使布教於四方,父義,母慈,兄友,弟恭,子孝,内平外成。"據此,"舉八元"的是舜,而非堯,疑此處"堯"當作"舜"。庶績:各項事業。《尚書‧堯典》:"允釐百工,庶績咸熙。"十亂:周武王時期十個有才能的大臣。《尚書‧泰誓》:"予(周武王)有亂臣十人,同心同德。"亂:治理。《歷代名臣奏議》,賢良之佐作"賢良之士"。《文苑英華》本,周任十亂下接"則"字。

〔16〕《全唐文》本多一"知"字,作"則知"。

〔17〕比來:近來。《歷代名臣奏議》本"舉薦"作"取士"。

〔18〕潤身:使自身獲益。《禮記‧大學》:"富潤屋,德潤身。"大猷:治國大道,重大使命。《尚書‧周官》:"王曰:'若昔大猷,制治於未亂,保邦於未危。'"《歷代名臣奏議》本"假譽馳聲"作"馳聲假譽"。

〔19〕《文苑英華》本,"古"前有"自"字。

〔20〕名行:名聲和行止。鄉邑:鄉里。

〔21〕敦樸:指品質敦厚樸實。《册府元龜》本"明"作"顯"。

〔22〕雕蟲:對文人寫作的譏語。揚雄《法言‧吾子》:"或問:'吾子少而好賦。'曰:'然。童子雕蟲篆刻。'俄而曰:'壯夫不爲也。'"

〔23〕勸讓:勉勵謙讓。

〔24〕貞確:堅貞剛強。《周易‧乾》:"樂則行之,憂則違之,確乎其不可拔,潛龍也。"

〔25〕郡將:指兼領武事有軍權的郡守。《漢書‧酷吏傳‧嚴延年》:"繡見延年新將,心内懼。"唐顏師古注:"新爲郡將也,謂郡守爲郡將者,以其兼領武

事也。"

[26]計貢：隨計上貢。古代州郡計吏每年向朝廷送賬本和進獻方物時，會把本地的人才一起帶上進獻給朝廷。杜佑《通典·選舉三》："大唐貢士之法，多循隋制。上郡歲三人，中郡二人，下郡一人，有才能者無常數。其常貢之科，有秀才，有明經，有進士，有明法，有書，有算。自京師郡縣皆有學焉。每歲仲冬，郡縣館監課試其成者，長吏會屬僚，設賓主，陳俎豆，備管弦，牲用少牢，行鄉飲酒禮，歌《鹿鳴》之詩，徵耆艾，叙少長而觀焉。既饗，而與計偕。其不在館學而舉者，謂之鄉貢。舊令諸郡雖一、二、三人之限，而實無常數。到尚書省，始由戶部集閱，而關於考功課試，可者爲第。"

[27]州將：一州的行政長官，即刺史，因有軍權，故稱將。

[28]鄉人：同鄉之人。鄉爲行政區域單位，一般指縣以下。唐代選舉人才，出自館學的，叫"生徒"，出自州縣的叫"鄉貢"，由天子直接下詔的叫"制舉"。州縣或落實在鄉一級地方選拔人才，故而稱"鄉貢"。由此則人才的選舉與優劣便與鄉人關係密切。

[29]李陵：字少卿，隴西成紀（今甘肅秦安縣）人，漢武帝時期著名將領，李廣之孫。在一次與匈奴的戰鬥中，因寡不敵衆，兵敗後，投降匈奴。

[30]干木：段干木，名克，封於段，爲干木大夫，故稱段干木，春秋末年魏國人，著名隱士，早年曾在西河學於子夏。西河：在今陝西省澄城縣以西。司馬遷《史記·儒林列傳》："自孔子卒後……子夏居西河，子貢終於齊。如田子方、段干木、吳起、禽滑釐之屬，皆受業於子夏之倫，爲王者師。"班固《漢書·公孫劉田王楊蔡陳鄭傳》："夫西河魏土，文侯所興，有段干木、田子方之遺風，漂然皆有節概，知去就之分。"

[31]名勝於利：指重名節，不重利益。此句《全唐文》本、《文苑英華》本，作"名勝於利，故小人之道消。"《冊府元龜》本，消作"銷"。

[32]扇：熾盛，通"煽"。

[33]擯：排除。輕浮：指輕浮不實的風氣。《全唐文》本、《歷代名臣奏議》本、《冊府元龜》本、《文苑英華》本"是以"作"是知"。《文苑英華》本，"浮"作"誣"。

[34]冀缺：春秋時晉國人，亦叫郤缺，因食邑在冀故稱冀缺。有賢能，本爲農夫，因臼季在出使路上偶然發現，遂舉薦入朝。《左傳》僖公三十三年："初，臼季使過冀，見冀缺耨，其妻饁之。敬，相待如賓。與之歸，言諸文公曰：'敬，德之聚也。能敬必有德，德以治民，君請用之。臣聞之，出門如賓，承事如祭，仁之則

也。'"禮讓，《全唐文》本、《文苑英華》本作"蹈禮"。

[35] 文翁：名党，字仲翁，廬江舒縣（今安徽舒城縣）人，西漢時期著名的官員，史稱"循吏"。《漢書·循吏傳》："文翁，廬江舒人也。少好學，通《春秋》，以郡縣吏察舉。景帝末，爲蜀郡守，仁愛好教化。見蜀地辟陋有蠻夷風，文翁欲誘進之，乃選郡縣小吏開敏有材者張叔等十餘人親自飭厲，遣詣京師……文翁終於蜀，吏民爲立祠堂，歲時祭祀不絕。至今巴蜀好文雅，文翁之化也。"《全唐文》本作"文翁以儒術化俗，則蜀士崇儒"。《文苑英華》本"士"作"土"。《歷代名臣奏議》本"林"作"材"。《册府元龜》本"多"作"崇"。

[36] 燕昭：燕昭王。燕昭王即位後，亟欲增強燕國國力，決定首先從招納人才開始，但不知怎樣才能把人才吸引過來，這時他的謀士郭隗給他講了個千金買馬骨的故事。《戰國策·燕一》卷二十九："郭隗先生曰：'臣聞古之君人有以千金求千里馬者，三年不能得。涓人言於君曰：請求之。'君遣之。三月得千里馬，馬已死。買其首五百金，反以報君。君大怒曰：'所求者生馬，安事死馬而捐五百金？'涓人對曰：'死馬且買之五百金，況生馬乎？天下必以王爲能市馬，馬今至矣。'於是不能期年，千里之馬至者三。今王誠欲致士，先從隗始。隗且見事，況賢於隗者乎？豈遠千里哉？'"

[37] 葉公：即沈諸梁，名諸梁，字子高，春秋時期楚國人。劉向《新序·雜事》卷五："葉公子高好龍，鉤以寫龍，鑿以寫龍，屋室雕文以寫龍，於是夫龍聞而下之，窺頭於牖，拖尾於堂，葉公見之，棄而還走，失其魂魄，五色無主。是葉公非好龍也，好夫似龍而非龍者也。"

[38] 《孟子·滕文公上》卷五："上有好者，下必有甚焉者矣。君子之德，風也；小人之德，草也。草尚之風，必偃。"

[39] 七國之季：指戰國末期。季：兄弟排行最小者，引申爲末。《册府元龜》等本"七國"作"亡國"，誤。

[40] 縱橫：合縱連橫的縮語。戰國末期，張儀、蘇秦等縱橫家根據當時諸侯國形勢采取的一種鬥爭方略。連橫，指以秦國爲中心與其他國家聯合起來，孤立打擊楚國，合縱則正好相反。《淮南子·覽冥訓》："縱橫間之，舉兵而相角。"高誘注："蘇秦約縱，張儀連橫。南與北合爲縱，西與東合爲橫，故曰縱成則楚王，橫成則秦帝也。"

[41] 徵：求。百行：各方面的品行。這句指漢代選舉人才，注重考察各方面的品行。班固《漢書·東方朔傳》："明有所不見，聰有所不聞，舉大德，赦小過，

無求備於一人之義也。"師古曰:"《論語》仲弓問政於孔子,孔子曰:'赦小過,舉賢才。'周公謂魯公曰:'故舊無大故,則不棄也,毋求備於一人。'故朔引此言也。士有百行,功過相除,不可求備也。"《册府元龜》本、《文苑英華》本"才"作"材"。

[42] 敏德:仁義之德。杜佑《通典·禮十三》卷五十三:"一曰至德,以爲道本;二曰敏德,以爲行本;敏德,仁義順時者也。"《册府元龜》本"禮節"作"禮義"。《文苑英華》本"敏"作"毓"。

[43] 閭里:鄉里。府寺:古代公卿的官舍,泛指官署。《左傳》隱公七年:"初,戎朝於周,發幣於公卿,凡伯弗賓。"杜預注:"朝而發幣於公卿,如今計獻詣公府卿寺。"孔穎達正義曰:"朝於天子,獻國之所有,亦發陳財幣於公卿之府寺……然自漢以來,三公所居謂之府,九卿所居謂之寺。"

[44] 魏氏:指三國曹魏。曹操及其繼承者在用人上不重品德,唯才是舉,持比較開放的態度。曹操《求賢令》:"今天下得無有被褐懷玉而釣於渭濱者乎?又得無有盜嫂受金而未遇無知者乎?二三子其佐我明揚仄陋,唯才是舉,吾得而用之。"

[45] 晉:東晉。宋:南朝第一個朝代,劉裕所建。門資:門第。魏國曹丕首立九品中正制,意在利用一些有名望有地位的官員去發現、提拔地方上的人才,這種制度執行到後來演變爲以門第的高低決定人才的選棄,結果造成了祇重門第不重真才實學的社會風氣。

[46] 有梁:指梁朝,南朝第三個王朝,蕭衍所建。梁朝的幾個帝王愛好文學,選拔人才以有文才爲標準。《歷代名臣奏議》本"詞"作"辭",下同。《文苑英華》本"愛"作"好"。

[47] 陳氏:指南朝最後一個王朝陳,爲陳霸先所建。陳繼承了前朝的各項制度,在簡擇人才上也是特別看重詩賦之才。

[48] 隋室:即隋朝(581—619),爲隋文帝楊堅所建。隋初猶因襲齊梁餘風。《全唐文》本、《册府元龜》本"在"作"存"。《册府元龜》本"逮"作"迨"。

[49] 以上所引李諤上書,參見饒龍隼主編《文學制度(第一輯)·〈上隋高祖革文華書〉輯釋》,第184至194頁。《全唐文》本"擢"作"擇"。

[50] 煬帝:即隋煬帝楊廣,隋朝第二個皇帝,亡國之君。他設立"進士科",以詩賦爲考試科目,尤重文學技巧。

[51] 仿效:效仿。

[52] 赴速:赴召。速:召。

[53] 緝綴：編輯綴合。策學：有關科舉考試的學問。《文苑英華》本"策學"作"秀孝"。

[54] 浮虛：指浮而不實的風氣。

[55] 有唐纂曆：指唐朝建立。纂曆：嗣位。《全唐文》"故"作"前"。

[56] 察才：考察（諸方面的）才能。

[57] 旌賢：表彰有賢德的人。

[58] 舉人：選拔人才。

[59] 鄉議：猶鄉舉，指在鄉里這一級議舉人才。《文苑英華》本"事"作"茂"。

[60] 行修：行爲與修養。

[61] 策第：指科舉考試。策：對策，科舉考試的一種方式。自漢代起，爲選擇人才而舉行考試，出題者將問題寫在竹簡上，叫"策"，回答"策"上的問題就叫對策。第：次序，等級。參加科舉考試，合格的稱及第，不合格的稱落第。《舊唐書·選舉志上》卷四十四："凡秀才，試方略策五道，以文理通粗爲上上、上中、上下、中上，凡四等爲及第。凡明經，先帖文，然後口試，經問大義十條，答時務策三道，亦爲四等。"

[62] 祈恩：祈求恩典，指士子們爲了及第求托權貴。

[63] 明制：清明的法制。《漢書·刑法志》卷二十三："有司無仲山父將明之材，不能因時廣宣主恩，建立明制，爲一代之法，而徒鉤摭微細，毛舉數事，以塞詔而已。"

[64] 搜揚：搜揚，訪求舉拔。曹植《文帝誄》："搜揚側陋，舉湯代禹。拔才岩穴，取士蓬戶。"

[65] 向權貴獻詩，一心想望人家賞識，説幾句好話。咳唾：喻人的言談，這裏指評價，褒獎。

[66] 摩頂至足：猶摩頂放踵，從頭到脚都摩傷，形容身體損傷嚴重，這裏是諷刺那些士子們爲了功名"奮不顧身"求人提攜的醜態。

[67] 覓舉：鑽營門路以求中舉，猶今之所謂"跑官"。《全唐文》本、《文苑英華》本"稱"作"意"。《文苑英華》本"覓爲"作"乃爲"。

[68] 《全唐文》本"兹"作"此"。

[69] 徇己：徇己之私。徇：順從，曲從。

[70] 府命：公府任命，亦指官職，官位。叔度：廉范，字叔度，東漢時人，以

爲百姓謀利益聞名於史。《後漢書·廉范傳》："建中初,遷蜀郡太守,其俗尚文辯,好相持短長,范每厲以淳厚,不受偷薄之説。成都民物豐盛,邑宇逼側,舊制禁民夜作,以防火災,而更相隱蔽,燒者日屬。范乃毁削先令,但嚴使儲水而已。百姓爲便,乃歌之曰:'廉叔度,來何暮?不禁火,民安作。平生無襦今五絝'。"

[71] 秦嘉,字士會,東漢詩人,曾任黄門郎。秦嘉有《贈婦詩三首》,情感真摯,内容平實,表達了堅守忠貞(即耿耿意)的氣節。黄門:爲皇帝近侍之臣,始建於秦。《後漢書·百官志三》:"黄門侍郎,六百石。本注曰:無員。掌侍從左右,給事中,關通中外。及諸王朝見於殿上,引王就座。"

[72] 三命:多次辟命,這裏指州府正式的任命。顔延之《陶徵士誄序》:"初辭州府三命,後爲彭澤令,道不偶物,棄官從好。"《全唐文》本,肯作"冒"。《歷代名臣奏議》本、《册府元龜》本"抑己"作"挹己",《文苑英華》本作"挹以"。

[73] 白駒:詩名。詩以皎皎白駒比喻有高潔情操的人。《詩經·小雅·白駒》:"皎皎白駒,在彼空谷。生芻一束,其人如玉。毋金玉爾音,而有遐心。"

[74] 《周易·賁》:"《彖》曰:'賁亨,柔來而文剛,故亨。分,剛上而文柔,故小利有攸往。剛柔交錯,天文也。文明以止,人文也。觀乎天文,以察時變;觀乎人文,以化成天下。'"又,"六五,賁於丘園,束帛戔戔,吝,終吉。"

[75] 校量:較量,比較。廣狹:猶高下優劣。

[76] 自拔:即前言"自求"。

[77] 尋常之人趨炎附勢,所謂"驅馳府寺之門,出入王公之第"。

[78] 選司:指禮部尚書,負責官員任免者。補署:補選官職。《全唐文》本、《册府元龜》本"署"作"授"。

[79] 禮闈:指尚書省。蕭統《文選·任昉〈王文憲集序〉》:"出入禮闈,朝夕舊館。"李善注引《十洲記》:"崇禮闈,即尚書上省門;崇禮東建禮門,即尚書下舍門,然尚書省二門名禮,故曰'禮闈'也。"《全唐文》本"誼"作"喧"。

[80] 賓王:輔佐帝王的大臣,這裏指舉薦的人才。《周易·觀》:"觀國之光,利用賓于王。"王弼注:"居近得位,明習國儀者也,故曰利用賓于王也。"

[81] 爭訟:爭辯是非。《歷代名臣奏議》本"訟"作"雜"。《册府元龜》本、《文苑英華》本"爭"作"諍"。

[82] 浸:漸進。

[83] 《論語·陽貨》:"子曰:'唯上知與下愚不移。'"《文苑英華》本"在於"作"既在"。

［84］戚施：駝背，喻低頭哈腰的諂媚者。《詩經·邶風·新台》："燕婉之求，得此戚施。"毛傳："戚施，不能仰者。"附會：指趨炎附勢。《全唐文》本"修名"作"潔己"，"邀仕者"前有"則"字。

［85］兆庶：黎民百姓。《册府元龜》本"潔己"作"修名"，《文苑英華》本作"潔名"。

［86］里正：鄉里的小吏。《周禮·地官·遂人》："五家爲鄰，五鄰爲里。"古時一里究竟含多少户，往往因時而異。

［87］刑章：刑法。《歷代名臣奏議》本"禮則"作"禮法"。

［88］冒充某地户籍以偷取舉薦資格。《文苑英華》本"或"作"則"。

［89］虛報功勞以竊取資歷。《文苑英華》本"而"作"與"。

［90］《全唐文》本、《册府元龜》本"則是"作"即是"。

［91］郭有道：名泰（太），字林宗，人稱有道先生，東漢末年人，以不慕高爵知名當世。他因見東漢政治腐敗，不應徵召，歸鄉執教，弟子達數千人。范曄《後漢書·郭太傳》："郭太字林宗，太原界休人也。家世貧賤。早孤，母欲使給事縣廷。林宗曰：'大丈夫焉能處斗筲之役乎？'遂辭。就成皋屈伯彥學，三年業畢，博通墳籍。善談論，美音制。乃游於洛陽。始見河南尹李膺，膺大奇之，遂相友善，於是名震京師。後歸鄉里，衣冠諸儒送至河上，車數千輛。林宗唯與李膺同舟而濟，衆賓望之，以爲神仙焉。"銓量：考量。茅容：字季偉，東漢末年人，以賢德聞名於世。范曄《後漢書·茅容傳》："茅容字季偉，陳留人也。年四十餘，耕於野，時與等輩避雨樹下，衆皆夷踞相對，容獨危坐愈恭。林宗行見之而奇其異，遂與共言，因請寓宿。旦日，容殺雞爲饌，林宗謂爲己設，既而以供其母，自以草蔬與客同飯。林宗起拜之曰：'卿賢乎哉！'因勸令學，卒以成德。"

［92］裴逸人：人名，不詳，《歷代名臣奏議》本"人"作"民"。"夏少"《全唐文》本、《文苑英華》本作"夏統"，是。夏統，字仲御，西晉人，性格剛直，不樂仕進，以氣節自重。《晉書·夏統傳》："夏統，字仲御，會稽永興人也。幼孤貧，養親以孝聞，睦於兄弟……宗族勸之仕……統悖然作色曰：'諸君待我乃至此乎！使統屬太平之時，當與元凱評議出處；遇濁代，念與屈生同污共泥；若污隆之間，自當耦耕沮溺，豈有辱身曲意於郡府之間乎！聞君之談，不覺寒毛盡戴，白汗四匝，顔如渥丹，心熱如炭，舌縮口張，兩耳壁塞也。'"按前文，郭有道賞識茅容，此處裴逸人亦應爲獎拔夏統者。《文苑英華》本"賞"作"獎"。

［93］才應經邦之流：有治國才能者。《尚書·周書》："立太師、太傅、太保，

兹惟三公。論道經邦,燮理陰陽。"《文苑英華》本"令"作"能"。

[94] 彎弧:拉弓。《歷代名臣奏議》本"只"作"祗"。

[95] 甲第:科考第一名。《新唐書·選舉志上》:"凡進士,試時務策五道、帖一大經,經、策全通,爲甲第;策通四、帖過四以上,爲乙第。"《文苑英華》本"便即"作"旋即"。

[96]《全唐文》本"收"作"取"。

[97] 樂廣:字彥輔,西晉時期名士。潘岳:字安仁,西晉文學家。《晉書·樂廣傳》:"(樂廣)出補元城令,遷中書侍郎,轉太子中庶子,累遷侍中、河南尹。廣善清言而不長於筆,將讓尹,請潘岳爲表。岳曰:'當得君意。'廣乃作二百句語,述己之志。岳因取次比,便成名筆。時人咸云:'若廣不假岳之筆,岳不取廣之旨,無以成斯美也。'"

[98] 靈運:謝靈運,東晉時期著名的山水詩人。穆之:劉穆之,字道和,小字道民,東晉末年輔佐劉裕建國的重要謀士,與謝靈運爲同時人。《宋書·劉穆之傳》:"從征廣固,還拒盧循,常居幙中畫策,決斷衆事。"

[99] 平津:公孫弘,西漢名臣,漢武帝時丞相,封平津侯,故稱平津。長卿:司馬相如,字長卿,西漢武帝時期著名的文學家,以辭賦見長。

[100] 子建:曹植,字子建,三國時期著名的文學家、詩人,與父曹操、兄曹丕合稱"三曹"。荀彧:字文若,东漢末年政治家,曹操身邊重要的謀士,爲其統一北方作出了貢獻。《册府元龜》本"筆"作"華"。

[101] 右:勝過,超過。

[102] 協贊機猷:參與籌劃治國的方針政策。

[103] 趙雲:字子龍,三國時期蜀漢名將。諸葛:指諸葛亮,三國時期蜀漢丞相,中國歷史上著名的政治家、軍事家。《歷代名臣奏議》本"至如"作"至於"。

[104] 周勃:西漢開國將領,宰相,爲人樸實無文,不似陳平有謀略。

[105] 陳平:西漢開國功臣,宰相,劉邦身邊重要的謀士,在戰爭年代,多次爲劉邦出謀劃策,令其化險爲夷。

[106] 樊噲:西漢開國功臣,武將,以勇猛聞名。

[107] 蕭何:西漢開國功臣,宰相,劉邦身邊重要的謀士,與張良、韓信並稱爲"漢初三傑"。戲下之軍:指項羽駐紮在戲西的軍隊,就在這裏,項羽擺下鴻門宴邀請劉邦,意欲謀害之,當時樊噲瞭解到情況緊急,遂趕赴鴻門救駕。劉邦的這次脫險,樊噲發揮了不可替代的作用。《歷代名臣奏議》本"必失"作"必無"。

[108] 文泉：馬援，東漢名將，字文淵。改作文泉，避唐高祖諱，《歷代名臣奏議》本"泉"作"淵"。范曄《後漢書·馬援傳》："援因説隗囂將帥有土崩之勢，兵進有必破之狀。又於帝前聚米爲山谷，指畫形勢，開示衆軍所從道徑往來，分析曲折，昭然可曉。"

[109] 陳湯：字子公，西漢時有功於西域的名臣。漢成帝時，西域都護段會宗遭到烏孫圍攻，段會宗向朝廷求救。漢成帝召見陳湯問退烏孫兵的計策，陳湯屈指陳言，以爲烏孫兵定會自解。班固《漢書·陳湯傳》："湯知烏孫瓦合，不能久攻，故事不過數日。因對曰：'已解矣！'屈指計其日，曰：'不出五日，當有吉語聞。'居四日，軍書到，言已解。"

[110] 高祖：指漢高祖劉邦。酈生：即酈食其，西漢時期著名的説客。楚漢相爭時，劉邦爲壯大己方陣營採用了酈食其分封六國後人的建議，後問張良。張良堅決反對，並提出了八大條不利因素，即"八難"。班固《漢書·高帝紀》："項羽數侵奪漢甬道，漢軍乏食，與酈食其謀橈楚權。食其欲立六國後以樹党，漢王刻印，將遣食其立之。以問張良，良發八難。漢王輟飯吐哺，曰：'豎儒幾敗乃公事！'"《文苑英華》本"追"作"退"。

[111] 公輸：指公輸班，即魯班，亦稱公輸盤，春秋時期魯國人。《墨子·公輸》："於是見公輸盤。子墨子解帶爲城，以牒爲械，公輸盤九設攻城之機變，子墨子九距之。公輸盤之攻械盡，子墨子之守圉有餘。公輸盤詘，而曰：'吾知所以距子矣，吾不言。'子墨子亦曰：'吾知子之所以距我，吾不言。'楚王問其故，子墨子曰：'公輸子之意，不過欲殺臣。殺臣，宋莫能守，可攻也。然臣之弟子禽滑厘等三百人，已持臣守圉之器，在宋城上而待楚寇矣。雖殺臣，不能絶也。'楚王曰：'善哉！吾請無攻宋矣。'"《册府元龜》本"宋"作"木"，誤。

[112]《全唐文》本"弓馬"作"弓矢"。

[113] 王融：字元長，南齊文學家，早年曾上書皇帝自薦，文辭寫得很華美。蕭子顯《南齊書·王融傳》："融以父官不通，弱年便欲紹興家業，啓世祖求自試曰：'臣聞春庚秋蟀，集候相悲，露木風榮，臨年共悦。夫唯動植且或有心，況在生靈而能無感……竊景前修，敢蹈輕節，以冒不媒之鄙，式馨奉公之誠。抑又唐堯在上，不參二八，管夷吾恥之，臣亦恥之。願陛下裁覽。'"

[114] 峻科：嚴厲的科舉制度。

[115] 堤防：指防範措施。《文苑英華》本"爲"作"能"，"僥倖冒進"作"僥冒進取"。

［116］《全唐文》本、《歷代名臣奏議》本"忠告"作"忠讜"。

［117］效官：驗之以官。效，通"効"，檢驗。《莊子·逍遙遊》："故夫知效一官，行比一鄉，德合一君，而徵一國者，其自視也，亦若此矣。"守禦：防守。

［118］伍：集體名詞，軍隊每五個人爲伍，這裏指團體，群體。

［119］《晏子春秋·內篇·問上》第二十七："景公問晏子曰：'取人得賢之道何如？'晏子對曰：'舉之以語，考之以事，能論則尚而親之，近而勿辱，以取人，則得賢之道也。是以明君居上，寡其官而多其行，拙於文而工於事，言不中不言，行不法不爲也。'"按作者引文與原文有異，讀者詳察。

［120］有效伎之偏用：在某方面有一定的特長。

［121］軍鋒之爪牙：指"武藝超絕"者可令其軍前效力。

［122］詞賦之標準：指"文鋒挺秀"可作爲文學的標杆。

［123］指參加科舉考試。

［124］穿札：射穿札甲，這裏指射箭。《文苑英華》本"工"作"功"。

［125］甘泉：指漢代文學家揚雄的《甘泉賦》。該賦是秉承皇帝的旨意而作，觀賦前小序可知："孝成帝時，客有薦雄文似相如者，上方郊祀甘泉泰畤、汾陰后土，以求繼嗣，召雄待詔承明之庭。正月，從上甘泉，還奏甘泉賦以風。"

［126］中軍：指主帥。春秋時期行軍作戰分左、右、中或上、中、下三軍，主帥在中軍指揮，故後世以中軍代指主帥。

［127］隨才之人：根據不同的才能給予相應的崗位。

［128］負乘之憂：指不堪其任。負乘：負載。

［129］《尉繚子·武議》："吳起臨戰，左右進劍。起曰：'將專主旗鼓爾，臨難決疑，揮兵指刃，此將事也。一劍之任，非將事也。'"《文苑英華》本"事"作"軍"。

［130］宣王：即司馬懿，因其子司馬昭追諡他爲宣王，故稱。建興十二年（234）二月諸葛亮兵出斜谷，在五丈原駐兵屯田，與司馬懿對峙於渭南。陳壽《三國志·蜀書·諸葛亮傳》："十二年春，亮悉大衆由斜谷出，以流馬運，據武功五丈原，與司馬宣王對於渭南。亮每患糧不繼，使己志不申，是以分兵屯田，爲久駐之基。耕者雜於渭濱居民之間，而百姓安堵，軍無私焉。相持百餘日。其年八月，亮疾病，卒於軍，時年五十四。及軍退，宣王案行其營壘處所，曰：'天下奇才也！'"《全唐文》本"頓"作"領"。《全唐文》本、《歷代名臣奏議》本、《文苑英華》本"宣王持劍"作"宣王持勁"。

［131］楊得意：爲漢武帝掌管獵狗的官，即"狗監"。據《史記·司馬相如

傳》載，有一天，漢武帝讀《子虛賦》，覺得文章寫得好，就歎道："朕獨不得與此人同時哉？"楊得意正好在一旁侍候，就回道："臣的家鄉一個叫司馬相如的人説這賦是他寫的。"漢武帝於是把司馬相如召進宫，任命他爲郎、孝文園令等官職，後因病免官。

〔132〕漢代在人才的選拔與任用上實行察舉制，這是一種自下而上推選人才爲官的制度，由朝廷大臣或地方官員考察地方上的輿論評價，將人才推薦上來、加以考察；主要考察德行和才學兩方面，合格者就委以官職。此外，舉薦者對所舉薦之人負責，若被舉薦者犯法，舉薦者也要被追責的。

〔133〕成子：即魏成子，戰國時期魏國的政治人物，魏文侯之弟，以善舉賢聞名。司馬遷《史記·魏世家》："克對曰：'君不察故也……魏成子以食禄千鍾，什九在外，什一在内，是以東得卜子夏、田子方、段干木。此三人者，君皆師之。子之所進五人者，君皆臣之。子惡得與魏成子比也？'"

〔134〕請謁：干求。《歷代名臣奏議》本"請謁之心"作"請謁之私"。《全唐文》本、《歷代名臣奏議》本、《文苑英華》本"消"作"銷"。《册府元龜》本"路"作"習"。

〔135〕選司：指吏部。謙撝：謙遜，《全唐文》本、《歷代名臣奏議》本作"撝謙"。

〔136〕《全唐文》本、《册府元龜》本"令其試守"作"試令職守"。《歷代名臣奏議》本"仍請"作"仍取"。

〔137〕王丹：字仲回，東漢初年人。范曄《後漢書·王丹傳》："客初有薦士於丹者，因選舉之，而後所舉者陷罪，丹坐以免。"

〔138〕翟璜：戰國初期魏國相。翟璜善舉士，吴起、西門豹、樂羊、李悝都是他舉薦的。《全唐文》本"加"作"如"。

〔139〕《全唐文》本、《歷代名臣奏議》本"自專"作"不專"。

〔140〕陳壽《三國志·魏書·荀彧傳》："太祖問或：'誰能代卿爲我謀者？'或言荀攸、鍾繇。先是，或言策謀士，進戲志才。志才卒，又進郭嘉。太祖以或爲知人，諸所進達皆稱職，唯嚴象爲揚州，韋康爲涼州，後敗亡。"

〔141〕劉陶：字子奇，一名偉，東漢末年人。范曄《後漢書·劉陶傳》："陶時游太學，乃上疏陳事曰：'臣聞人非天地無以爲生，天地非人無以爲靈，是故帝非人不立，人非帝不寧……竊見故冀州刺史南陽朱穆，前烏桓校尉臣同郡李膺，皆履正清平，貞高絶俗。'"《歷代名臣奏議》本、《册府元龜》本"陶"作"隱"，誤。

[142] 賢行：賢良的德行，代指賢才，《全唐文》本、《文苑英華》本作"才行"。

闡義：

薛登此疏是一篇政論文，針對的是當時的選舉制度缺陷及其導致的選舉過濫的問題。全文旁徵博引、以古證今，首先指出國家治亂的關鍵在於人才的選用是否得當，批判了魏晉以來以性情（放達）、門資、文才等作為選拔標準的錯誤做法，肯定了"授職以賢"的任人標準，即所謂"古之取士"法，具體內容是："先觀名行之源，考其鄉邑之譽，崇禮讓以勵己，明節義以標信，以敦樸為先最，以雕蟲為後科。"可見，薛登的以"賢"論人，是將儒家倫理思想指導下的人的道德品行視為選人任人的第一標準，而將文才放在次等的位置。但他也並不完全排斥文才，認為"文鋒挺秀，有效伎之偏用"，可勝任一定的職位。在選舉人才的具體方法上，薛登亦取法於古，將朝廷的"取士"寄托在部分官員的"舉士"上，要求按照漢代的做法，實行"所舉之主，終身保任"的連坐制度。全文大致可分為六個層次。

（一）從國家治亂的高度指出人才的重要性。用人對不對，關係到一個王朝的興衰成敗："是以人主受不肖之士則政乖，得賢良之佐則時泰，故堯資八元而庶績其理，周任十亂而天下和平。由是言之，則士不可不察，而官不可妄授也。"並強調，把真正有治國之才的人選拔上來，並能給予足夠的信任，是極不容易的。正因此，作為一個臣子，就應當高度重視舉薦人才的工作，將"舉士"作為忠誠於國家的標志.

（二）揭舉"古之取士"任人唯賢的原則和標準，以為效法的對象，即"先觀名行之源，考其鄉邑之譽，崇禮讓以勵己，明節義以標信，以敦樸為先最，以雕蟲為後科"，即把一個人的道德品行置於文才（雕蟲）之上。一個人的道德品行是為人的根本，不像文才那樣是一種個人能拿來自炫的技能。如果以此作為論人的準繩，就會在社會上教化出"人崇勸讓""士去輕浮"的淳樸風氣。一個人的道德品行不是某一個人說了算的，也不是自我認定的，而是由"衆議以定其高下"，即便是"郡將"也"難誣於曲直"，也就是說，這個人到底能否被選拔為國之"寶"，由衆議（一定範圍內的社會評價）來定。於是，衆議與舉薦的人才在道德品行上就形成一種榮辱與共的關係，即"計貢之賢愚，即州將之榮辱；穢行之彰露，亦鄉人之厚顏"。與此同時，舉薦上來的賢者又能起到移風易俗的表率作用，如"冀缺以禮讓升朝，則晉人知禮；文翁以儒林獎俗，則蜀士多儒"，即是實例。上之所好，通過舉薦上來的賢者來化下。這是進一步闡述賢德之人在國家社會治理上的承上啟下的作用,以及不可替代的重要性。

（三）批判了魏晉以來在取士上的種種錯誤做法,抨擊和否定進士科。按照薛登的見解,魏晉以前的"取士"之法是正確的,大體遵循"禮節之士,敏德自修,閭里推高,然後爲府寺所辟"的路綫。魏晉以後則反其道而行之:"魏氏取人,尤愛放達;晉、宋之後,祇重門資。獎爲人求官之風,乖授職惟賢之義。有梁薦士,雅愛屬詞;陳氏簡賢,特珍賦咏。故其俗以詩酒爲重,不以修身爲務。逮至隋室,餘風尚在……煬帝嗣興,又變前法,置進士等科。於是後生之徒,復相放效,因陋就寡,赴速邀時,緝綴小文,名之策學,不以指實爲本,而以浮虛爲貴。"薛登對魏氏以來的批判,主要是認爲上述各朝在取士的政策上出現了根本的錯誤,無論是注重性情（放達）,還是注重文才（屬詞、賦咏）,都屬於背本逐末,有"乖授職惟賢之義";但這還不是重點,他真正要否定的是隋朝以來施行的進士科,即所謂"煬帝嗣興,又變前法,置進士等科"。在薛登看來,進士等科的設立影響極其惡劣,後生之徒從此"因陋就寡,赴速邀時,緝綴小文,名之策學,不以指實爲本,而以浮虛爲貴",導致社會風氣爲之大壞。

（四）具體揭露和列舉施行進士科導致的醜陋現象以及種種社會問題。首先,這種舉人方式,不能反映人才的客觀情況。像"鄉議"這樣的基層社會評價已被小人們所把持,致使"行修無長者之論"。這是惡性循環的結果。主持鄉議的人顯然正是這種舉人方式的受益者,他因文才上位自然傾向於舉薦文士。其次,以這種舉人方式選舉上來的人品行堪憂。因爲他們趨炎附勢,奔走請托,"策第喧競於州府,祈恩不勝於拜伏。或明制纔出,試遣搜揚,驅馳府寺之門,出入王公之第。上啓陳詩,唯希咳唾之澤;摩頂至足,冀荷提攜之恩。"進士科不但可以自己報名,而且需要向一些能影響或決定自己能否中舉的人獻上自己的文學作品。總之,他們是主動地追求中舉,即所謂的"覓舉",這樣自求自炫的行爲反映出的人品,薛登以爲是不行的:"察其行而度其材,則人品於茲見矣。"再次,這種舉人方式開了"趨競之門",導致人心爭競,社會風氣大大敗壞了。從基層的選拔開始,每個環節都充滿了爭競與喧鬧:"選司補署,誼然於禮闈;州貢賓王,爭訟於階闥。謗議紛合,浸以成風。"

（五）反對取士只重文才的選舉制度,認爲選拔人才不能一概而取,應當根據實際的需要選拔相應才能的人,而文才亦只是衆多才能中的一種而已。薛登首先指出目前在取人上不切實際的問題:"才應經邦之流,唯令試策;武能制敵,只驗彎弧。"也就是考核的項目與其實際的才能不相匹配,這是問題的一個方面;

另一方面是,祗要"文擅清奇,便充甲第",即祗要文章寫得妙,文采飛揚者就能高中,而那些不善於寫華美文章的就祗有落第的份了。在這個層面上,薛登將文才作爲攻擊的主要對象,所謂"元長自表,妄飾詞鋒,曹植題章,虛飛麗藻",就是指責文學的才能並無實際的大用處。

(六)對當前的選舉制度提出建議和具體措施。一是建議皇帝"降明制,頒峻科",即制定立場鮮明的規章制度,採取嚴格的措施防範選舉過寬、過濫的弊病。二是"斷浮虛之飾詞,收實用之良策",即變革當前以文才作爲錄取標準的選舉規則,而代之以對實際才幹的考察,所謂"文則試以效官,武則令其守禦,始既察言觀行,終亦循名責實",即是他提出的一套取士程序。三是實行漢代的保任連坐制度。薛登把發現人才舉薦人才的重任寄託在一些有官職、有名望的特殊群體上,由他們來舉薦人才,並對所舉薦者終身負責。這一點,他在文章的開頭即已表露:"國以得賢爲寶,臣以舉士爲忠。"他認爲通過這種連坐的方式就能使"請謁之心絕""退讓之義著",而"自然朝廷無爭祿之人,選司有謙撝之士"了。

辨疑:

(一)關於薛登反對進士科的兩個理由

在唐代,進士科影響巨大,特別爲人看重。王定保《唐摭言》云:"進士科始於隋大業中,盛於貞觀、永徽之際;搢紳雖位極人臣,不由進士者,終不爲美。"薛元超就是一個典型的例子,他是高宗時期的宰相,有一次曾對人講:"吾不才,富貴過分,然生平有三恨:始不以進士擢第,不得娶王姓女,不得修國史。"(劉餗《隋唐嘉話》卷中)進士科之所以被唐人看重,是由於該科主要以詩賦爲科目,以文才爲考察對象,切合了當時社會的發展潮流,由此而造成了巨大的社會影響,當然,其中也帶來了一些消極的因素。

薛登正是着眼於進士科帶來的某些消極因素而提出了反對的意見。他首先站在儒家倫理道德的立場上,認爲進士科的推行導致人的道德下滑,社會風氣因此大大敗壞了。由此出發,他便把文學的美斥爲"妄飾詞鋒""虛飛麗藻",也就是沒有實際的功用,堅決予以否定。可見,他的文學觀看重的只是文學的社會功能。其次,他站在國家行政管理的角度,認爲進士科並沒有選拔出真正有治國才能的人。他通過列舉歷史上一些有治國之才者與有文才者,如將樂廣與潘岳、謝靈運與劉穆之、公孫弘與司馬相如等人進行對比,並得出結論:文學之士實無助於"協贊機猷"。不過,客觀地說,他也並沒有完全否定文才的價值,而是認爲不應誇大文才的實際作用,更不能在取士上以文才作爲最高的唯一的標準。祇因他所認爲的文才的實際作用是文學的社會功能,故而他把文才的價值定格於"有效伎之偏用,無經國之大才"。所謂的"偏用",他亦有所指,即"作詞賦之標準","承上命而賦甘泉",也就是要文學以潤色鴻業爲己任,完全地爲政治教化服務。

(二) 關於薛登的文學觀

薛登在疏文中引用李諤的《上隋高祖革文華書》來佐證自己的觀點,是將後者引爲同調的。事實也是如此。他們都把文學的審美視爲"尋虛逐微""虛飛麗藻"。他們都崇尚一種以儒家倫理爲旨歸的樸實的文風,認爲這樣可以在社會上起到移風易俗的教化作用,反之則會導致世風敗壞。文學自身的發展,在他們的眼裏顯示出的是一種巨大的破壞性作用。這顯然是消極的、保守的。

相對來說,薛登對文學的態度似較溫和些,或許是迫於當時文學自身發展的蓬勃態勢,他並沒有像李諤那樣把國家政治的混亂與文學的繁榮直接對立起來,提出所謂"文筆日煩,其政日亂"的偏激言論。故此,他在否定進士科的同時,仍在國家社會的治理上給予了文才一定的位置,以爲儘管不是什麼經國的大才,但還是有一定的"偏用"的,從而也就給予了文學一定的價值。當然,這個價值是有限的,僅局限於發揮它的實用功能,即爲政治教化服務。

總體而言,薛登與李諤都是在儒家道德倫理的根本立場上看待文學及其現象的,對魏晉以來的文學發展都持一種否定的態度。文學自身的發展,他們覺得是一種對社會既定秩序的衝擊與破壞,而文學通過自身的發展向社會制度層面進行滲透時,他們就更加憂心忡忡。由於薛登疏文的重點在於反對進士科,其對文學本身的批判相對就不那麼嚴厲了。

奏定大學堂章程(節選)

光緒二十九年十一月二十六日(1904年1月13日)

張之洞等[1]撰　何榮譽輯釋*

各分科大學科目章第二·
第三節文學科大學·中國文學門

		第一年 每星期鐘點	第二年 每星期鐘點	第三年 每星期鐘點
主課	文學研究法	2	3	3
	説文學	2	1	0
	音韻學	2	1	0
	歷代文章流別	1	1	0
	古人論文要言	2	3	3
	周秦至今文章名家	0	1	1
	周秦傳記雜史·周秦諸子	2	1	0
補助課	四庫集部提要	1	0	0
	漢書藝文志補注 隋書經籍志考證	1	0	0
	御批歷代通鑒輯覽	2	2	2
	各種紀事本末	1	0	0
	世界史	0	1	2

---

* 作者簡介：何榮譽，文學博士，湖北民族大學副教授，出版專著《王闓運與光宣詩壇研究》。
基金項目：本文爲國家社會科學基金重大項目"中國古代文學制度研究"(17ZDA238)階段性成果。

续 表

		第一年 每星期鐘點	第二年 每星期鐘點	第三年 每星期鐘點
補助課	西國文學史	1	1	2
	外國科學史	1	1	2
	外國語文(英法俄德日選習其一)	6	6	6
合計		24	24	24

第三年末畢業時,呈出畢業課藝及自著論說。

中國文學研究法略解如下:

研究文學之要義:一古文籀文[2]、小篆[3]、八分[4]、草書[5]、隸書[6]、北朝書[7]、唐以後正書[8]之變遷;一古今音韻之變遷;一古今名義訓詁之變遷;一古以治化爲文、今以詞章爲文關於世運之升降;一"修辭立誠"[9]"辭達而已"[10]二語爲文章之本;一古今"言有物""言有序"[11]"言有章"[12]三語爲作文之法;一群經[13]文體;一周秦傳記、雜史文體;一周秦諸子文體;一史漢三國四史[14]文體;一諸史文體;一漢魏文體;一南北朝至隋文體;一唐宋至今文體;一駢散古合今分之漸;一駢文又分漢魏六朝唐宋四體之別;一秦以前文皆有用、漢以後文半有用半無用之變遷;一文章出於經傳古子四史者能名家、文章出於文集者不能名家之區別;一駢散各體文之名義施用;一古今名家論文之異同;一讀專集、讀總集不可偏廢之故;一辭賦文體、制舉文體、公牘文體、語錄文體、釋道藏文體、小説文體,皆與古文不同之處;一記事、記行、記地、記山水、記草木、記器物、記禮儀文體,表譜文體,目錄文體,圖説文體,專門藝術文體,皆文章家所需用;一東文文法;一泰西各國文法;一西人專門之學皆有專門之文字,與漢藝文志學出於官同意;一文學與人事世道之關係;一文學與國家之關係;一文學與地理之關係;一文學與世界考古之關係;一文學與外交之關係;一文學與學習新理、新法、製造新器之關係(通漢學者筆述較易);一文章名家必先通曉世事之關係;一開國與末造之文有別(如隋勝陳、唐勝隋、北宋勝晚唐、元初勝宋末之類,宜多讀盛世之文以正體格);一有德與無德之文有別(忠厚正直者爲有德,宜多讀有德之文以養德性);一有實與無實之別(經濟有效者爲有實,宜多讀有實之文以增才識);一有學之文與無學之文有別(根柢經史、博識多聞者爲有學,宜多讀有學之文以厚氣力);一文章險怪[15]者、纖佻[16]者、虛誕[17]者、狂放[18]者、駁雜[19]者,皆有妨世運人心之故;一文章習爲空疏[20]，必致人才不振之害；一六朝南宋溺於好文之害；一翻譯外國書籍、函牘文字，中文不深之害。

集部日多，必歸湮滅，研究文學者務當於有關今日實用之文學加意考求。

以上各科目外，尚有隨意科目如下：

第一年應以心理學、辨學、交涉學爲隨意科目；

第二年應以西國法制史、公益學、教育學等爲隨意科目；

第三年應以拉丁語、希臘語爲隨意科目。

各科學書講習法略解如下：

說文學（與經學門同）。（傳《說文》統系，六書之名義區別，六書之次第，古籀篆之變，引經異同之故，《說文》例，汗簡證《說文》，鐘鼎款識證《說文》，外國古碑證《說文》，《字林》證《說文》，《玉篇》證《說文》，《廣韻》[21]證《說文》，《集韻》[22]證《說文》，唐以後各家音義書證《說文》，《說文》有逸漏字，大小徐《說文》[23]之學，唐以前《說文》之學，宋元明《說文》之學，近人嚴可均[24]、孫星衍[25]、段玉裁[26]、王筠[27]、朱駿聲[28]諸家《說文》之學）（筆者按：本段據經學門補錄）。

音韻學：群經音韻，周秦諸子音韻，漢魏音韻，六朝音韻，經典釋文音韻，《唐韻》[29]《廣韻》《集韻》，宋禮部韻[30]，平水韻[31]，翻切[32]，字母，雙聲[33]，六朝反語[34]，三合音[35]，東西各國字母，宋元明諸家音韻之學，國朝顧炎武[36]、江永[37]、戴震[38]、段玉裁、王引之[39]諸家音韻之學。

歷代文章流別（日本有《中國文學史》，可仿其意自行編纂講授）。

歷代名家論文要言（如《文心雕龍》之類，凡散見子史集部者，由教員搜集編爲講義）。

周秦至今文章名家：文集浩如煙海，古來最著名者大約一百餘家，有專集者覽其專集，無專集者取諸總集；爲教員者就此名家百餘人，每家標舉其文之專長及其人有關文章之事實，編成講義，爲學生說之，則文章之流別利病已足了然。其如何致力之處，聽之學者可也。近年來歷朝總集之詳博而大雅者（如《文紀》[40]《漢魏百三名家集》[41]《唐文粹》[42]《宋文鑒》[43]《南宋文範》[44]《金文雅》[45]《元文類》[46]《明文衡》[47]《皇清文穎》[48]、姚椿所編《國朝文錄》[49]之類）、精粹者（如《昭明文選》[50]《御選唐宋文醇》[51]《詩醇》[52]《古文苑》[53]《續古文苑》[54]《古文辭類纂》[55]《駢體文鈔》[56]《湖海文傳》[57]之類），皆有刻本。名家專集有單行本者居多，欲以文章名家者，除多看總集外，其專集尤須多讀。

凡習文學專科者，除研究講讀外，須時常練習自作，教員斟酌行之，猶工、醫之實習也,但不宜太數。願習散體、駢體可聽其便。

博學而知文章源流者,必能工詩賦,聽學者自爲之,學堂勿庸課習。

周秦傳記、雜史(若《逸周書》[58]《左傳》《國語》《戰國策》之類;漢以後史部除四史必應研究外,漢以後有名雜史若《吳越春秋》[59]《東觀漢記》[60]《水經注》[61]《洛陽伽藍記》[62]之類亦當博綜),周秦諸子(文學家於周秦諸子當論其文,非宗其學術也,漢魏諸子亦可流覽)。其餘各注均見前。(湖北教務處《奏定學堂章程大學堂附通儒院章程》刻本,載舒新城編《中國近代教育史料》中册,人民教育出版社1981年3月第2版,第587—590頁)

解題:

庚子國變後,清政府爲擺脱民族危機,大力興辦教育,急於培養人才,加速啓動了學制改革。三年内,清政府先後進行了兩次學制改革:第一次是光緒二十八年的"壬寅學制",第二次是光緒二十九年的"癸卯學制"。本篇即是第二次學制改革中關於高等教育的章程節選。

光緒二十七年十二月一日(1902年1月10日),清政府委派張百熙爲管學大臣,籌劃再次開辦京師大學堂。光緒二十八年七月十二日(1902年8月15日),清政府頒佈了由張百熙主持擬定的《欽定學堂章程》,確立了全國性的系統教育制度。因本年爲壬寅年,故史稱"壬寅學制"。"壬寅學制"以"上溯古制,參考列邦"爲指導思想,貫徹了"端正趨向,造就通才,明體達用"的旨意,是近代首次頒佈的系統規定學制的文件。其中《欽定京師大學堂章程》確定了我國高等教育及學科體制。然而《欽定學堂章程》頒佈後不久即被廢止,實際上並未執行。

光緒二十九年(1903),清政府又委派張百熙、張之洞、榮慶等人重新擬定學堂章程。他們仿效日本學制,綜合多方意見,數易其稿,擬成《奏定學堂章程》,並於該年十一月二十六日(1904年1月13日)由清政府向全國頒佈。這是近代首次在國內推行的系統學制。因此年爲癸卯年,故史稱"癸卯學制"。在張之洞等人上奏的一系列文件中,《奏定大學堂章程》對高等教育分科、科目、課程、教法等作了明確的規定,也是我國歷史上第一次實際施行的高等教育及學科體制。

就高等教育而言,《欽定大學堂章程》與《奏定大學堂章程》無疑是最系統的兩個文件。兩者相較,在分科上還是有差異的。最引人關注的是,《奏定大學堂章程》分科基本沿襲了《欽定大學堂章程》的模式;最大的不同,是把原來的京師大學堂的"大學專門分科"改稱爲"分科大學堂",並將"經學"從"文學科"中獨立出來,成爲"經學科大學",以突出經學的地位。《欽定大學堂章程》將大學分爲七科,具體如下:"政治科第一,文學科第二,格致科第三,農業科第四,工藝科第五,商務科第六,醫術科第七。"而文學科又包括經學、史學、理學、諸子學、掌故學、詞章學、外國語言文字學。《奏定大學堂章程》則將大學堂分爲八科,排在首位的,就是"經學科大學",並將"理學"列爲經學的一門。其他七科依次分別爲:政法科大學、文學科大學、醫科大學、格致科大學、農科大學、工科大學、商科大學。凸顯經學科大學的地位,實則是對《奏定大學堂章程》總體指導思想的踐行。該章程曰:"以忠孝爲本,以中國經史文學爲基,俾學生心術壹歸於純正,而後以西學瀹其知識,練其藝能,務期他日成才,各適實用。"不僅如此,該章程還在《立學總義章》第四節中批評當時以經史爲陳腐的説法,並引用日本大學參用學海堂經解、《資政通鑒》以爲證據。這都體現了張之洞等人"中學爲體"的思想。

雖如此,張之洞等人仍十分重視西學之用。政、醫、格致、農、工、商等科的開設,就是培養致用之才。其所用教材以"擇譯外國善本"爲準,所學科目也多效仿日本。

《奏定大學堂章程》還重視學問之貫通。張之洞等將"大學院"改爲"通儒院",並作爲高等教育的最高階段,其目的就是培養通才。所謂"通",有兩個層面,一是中西貫通,二是各門科目貫通。就前者而言,姑且不論農商醫等科大學堂,僅拿經學科大學來講,該章程要求兼習的"隨意科目"中就包含若干西學科目,如西國史、西國法制史、公益學、西國文學史等。至於後者,則更爲明顯。如經學科各門"補助課"相同,包含文字學、史學、法學、教育學、地理學等,"隨意科目"又統一要求學習中國文學。由此可見,不僅同科各門的科目有相通,不同科各門的科目之間也有交叉。

應該説,《奏定大學堂章程》在學科分立以及科目設置上,對當今高等教育學科、專業的格局產生了深遠的影響,也培養了大批優秀人才,進而影響了中國近代歷史的走向。在實際運行數年後,該章程隨着清政府的瓦解也被廢除,被民國政府頒佈的《學校系統令》等代替。

校注:

[1] 本章程主要由張之洞、張百熙、榮慶等人擬定。張之洞(1837—1909):字孝達,號香濤,別號壺公,又稱廣雅,卒謚文襄。祖籍直隸南皮(今屬河北),出生於貴州興義府。同治二年(1863)進士。屢督學典試,所至提倡經史實學。官

四川學政、山西巡撫、湖廣總督、兩江總督、體仁閣大學士、軍機大臣。是後期洋務派的代表人物,提倡"中學爲體、西學爲用"的主張。其興辦工業,創辦學校,爲中國近代工業、高等教育的發展作出了重要貢獻。著有《廣雅堂集》等。今人編有《張文襄公全集》。《清史稿》列傳二百二十四有傳。張百熙(1847—1907):字野秋,一作冶秋,號潛齋,謚文達。湖南長沙人。主張變法自强、抗敵禦侮。充管學大臣,擬定《欽定學堂章程》,後又參與《奏定學堂章程》的制定,爲中國教育作出了重大貢獻。其遺著有《退思軒詩集》六卷、《補遺》一卷,《張百熙奏議》四卷。今人編有《張百熙集》。《清史稿》列傳二百三十有傳。榮慶(1859—1916):字華卿,號實夫,蒙古正黄旗人,鄂卓爾氏。曾擔任刑、禮、户諸部尚書,軍機大臣、協辦大學士,管學大臣。留意引薦人才。有《榮慶日記》《蜀遊草》《師友淵源録》《茜園同人集》。

〔2〕古文籀文:《説文解字·叙》曰:"今叙篆文,合以古籀","篆文"指的是小篆,"古"指的是古文,"籀"指的是籀文。而《説文》中的古籀,多爲漢人所能見到的戰國文字。關於籀文的具體含義至今還没有定論,一般是指《史籀篇》裏的文字。《史籀篇》相傳是周宣王的史官籀所編的一部字書,主要是教學童啓蒙識字,故字體多繁複且整齊端莊。

〔3〕小篆:小篆是大篆的對稱,亦稱"秦篆"。秦統一天下後,命李斯等所製,以統一天下文字。字體較籀文簡化,形體匀圓整齊,對漢字的規範化起了很大作用。漢許慎《説文解字·叙》云:"秦始皇帝初兼天下,丞相李斯乃奏同之,罷其不與秦文合者。斯作《倉頡篇》,中車府令趙高作《爰曆篇》,太史令胡毋敬作《博學篇》,皆取史籀大篆,或頗省改,所謂'小篆'者也。"

〔4〕八分:是隸書的一體,也稱"分書"。字體似隸而多波磔。清劉熙載以爲魏晉時因楷書亦稱隸書,爲示區别,故稱有波磔之隸書爲"八分"。劉氏《藝概·書概》云:"未有正書,以'八分'但名爲隸。既有正書以後,隸不得不名'八分'。名'八分'者,所以別於今隸也。"

〔5〕草書:一種特定的字體。形成於漢代,是爲了書寫簡便而在隸書基礎上演變出來的。特點是結構簡省、筆畫連綿。草書分章草和今草,今草又分大草(也稱狂草)和小草。

〔6〕隸書:隸書爲秦書八體之一,是漢字中常見的一種莊重的字體風格,書寫效果略微寬扁,横畫長而直畫短,呈長方形狀,講究"蠶頭雁尾""一波三折"。隸書起源於秦朝,相傳由程邈整理而成,在東漢時期達到頂峰,書法界有"漢隸唐

楷"之稱。

［7］北朝書：即北朝碑刻，屬於楷書的範疇。南北朝時期碑中以北碑數量最多，南碑數量較少。北碑又稱爲"魏碑"，是包括北魏、東魏、西魏、北齊、北周時期書法碑刻藝術的總稱。

［8］正書：亦稱"楷書""正楷""真書"。字體名。明代張紳《書法通釋》云："古無'真書'之稱，後人謂之正書、楷書者，蓋即隸書也（即隸楷）。但自鍾繇以後，二王變體，世人謂之'真書'。"是爲了端正草書的漫無準則和減省漢隸的波磔，由隸書發展演變而成。始於漢末，爲魏晉通用至今的一種字體。筆畫平整，形體方正，故名。

［9］修辭立誠：原指整頓文教，樹立誠信，後多用以指撰文要表達作者的真實意圖，不可作虛飾浮文。語出《易·乾》："修辭立其誠，所以居業也。"孔穎達疏："辭謂文教，誠謂誠實也。外則修理文教，内則立其誠實，内外相成，則有功業可居。"

［10］辭達：謂文辭或言辭的表述明白暢達。主要是指文學作品能用準確的語言表達作品的内容，不必徒事與内容無關的文飾。出自《論語·衛靈公》："子曰：'辭達而已矣。'"何晏《論語集解》引孔安國曰："凡事莫過於實，辭達則足矣，不煩文艷之辭。"

［11］"言有物""言有序"：源出於《易》，桐城派文人姚永樸在《文學研究法·綱領》中解釋"義法"時說："《易·家人卦》大象曰：'言有物'。《艮》六五又曰：'言有序'。物，即義也；序，即法也。"提出做文章所要遵循的"義法"理論第一人乃屬桐城派鼻祖方苞。他倡"道""文"統一，在《史記評語》裏說："義即《易》之所謂'言有物'也，法即《易》之所謂'言有序'也。以義爲經，而法緯之，然後爲成體之文"。

［12］"言有章"：源出《詩經·小雅·都人士》，曰："彼都人士，狐裘黃黃，其容不改，出言有章。行歸於周，萬民所望。"即謂行文有條理。

［13］群經：總言經籍。常指儒家經典。

［14］史漢三國四史：即《史記》《漢書》《後漢書》《三國志》四部史書。

［15］險怪：指文字艱澀怪異。

［16］纖佻：指文風纖巧輕浮。

［17］虛誕：指内容荒誕無稽。

［18］狂放：指性情任性放蕩。

［19］駁雜：指思想、内容混雜不純，不純淨。

[20] 空疏：空洞淺薄，没有實在的内容。

[21]《廣韻》：北宋陳彭年、邱雍等人奉旨編撰，成書於大中祥符元年(1008)，一説成書於景德四年(1007)。書成後皇帝賜名爲《大宋重修廣韻》，簡稱《廣韻》。《廣韻》是宋代的官韻，也是我國第一部官修的韻書。《廣韻》是在《切韻》《唐韻》基礎上增廣而成的。

[22]《集韻》：是古代音韻學著作，共十卷。屬於中國宋代編纂的按照漢字字音分韻編排的書籍。宋仁宗景祐四年(1037)，宋祁、鄭戩給皇帝上書批評宋真宗年間編纂的《廣韻》多用舊文；與此同時，賈昌朝也上書批評宋真宗景德年間編的《韻略》"多無訓釋，疑混聲、重疊字，舉人誤用"。宋仁宗令丁度等人重修這兩部韻書。《集韻》在仁宗寶元二年(1039)完稿。

[23] 大小徐《説文》：是徐鉉校定的《校定説文解字》與徐鍇的《説文解字繫傳》，俗稱"大小徐本"。徐鉉(916—991)，字鼎臣，廣陵(今江蘇揚州)人。五代末宋初文學家、書法家。與弟徐鍇皆有文名，精於文字學，號稱"二徐"。入宋後，徐鉉奉旨與句中正、葛湍、王惟恭等同校《説文解字》，於 986 年(宋太宗雍熙三年)完成並雕版流佈，世稱"大徐本"。另著有《騎省集》《稽神録》《質疑論》等。徐鍇(920—974)，字楚金，徐鉉弟，南唐文字學家。著有《説文解字繫傳》40 卷、《通釋五音》《方輿記》《古今國典》等。南唐滅，其著作多散佚。

[24] 嚴可均(1762—1843)：字景文，號鐵橋。浙江烏程(今湖州)人。清代文字音韻學家。嘉慶舉人，官建德縣教諭，旋引疾歸，潛心著述。專攻東漢許慎《説文解字》，精訓詁考據之學。與姚文田同撰《説文長編》，分天文、算術、地理類、草木、鳥獸、蟲魚類、聲類，説文引群書、群書引説文類等，其中爲其所著並已刊者有《説文聲類》《説文翼》《説文校議》。又輯《全上古三代秦漢三國六朝文》，彙集唐以前文三千多家，並各附作者小傳。此外還校輯諸經佚文及佚子書等數十種，合經史子集爲《四録堂類集》。

[25] 孫星衍(1753—1818)：字伯淵，一字淵如，號季逑。江蘇陽湖人(今江蘇常州)。清代著名經史學家、考據學者、金石學家。生平鑽研經史文學音訓之學，旁及諸子百家。精於金石碑版，工篆隸書，尤精校勘，輯刊《平津館叢書》《岱南閣叢書》，堪稱善本。他勤於著述，積三十多年之功，集古今各經學家成就，刊成《尚書古今文注疏》。又有《金石萃編》《環宇訪碑録》《倉頡篇》《爾雅廣雅訓詁韻編》《周易集解》《夏小正傳校正》《史記天官書考正》《孫淵如全集》等。

[26] 段玉裁(1735—1815)：字若膺，號茂堂，晚年又號硯北居士、長塘湖居

士、僑吴老人。江蘇金壇人。清代著名語言學家,訓詁家、經學家。師事戴震,講求古義,尤精小學。著有《説文解字注》《六書音韻表》《周禮漢讀考》《儀禮漢讀考》《古文尚書選異》《毛詩詁訓傳》《經韻樓集》等書。

[27] 王筠(1784—1854):字貫山,一字箓友。山東安丘人。清文字學家。道光舉人,官山西鄉寧知縣。博涉經史,尤精《説文》之學。著《説文釋例》,專訂許慎、段玉裁之誤。又著《説文句讀》,疏解許説,貫以己意,爲治《説文》之名著,與其《説文補正》《句讀補正》《説文繫傳校録》合稱爲《王氏説文五種》。另有《禹貢正字》《毛詩重言》《四書説略》等。

[28] 朱駿聲(1788—1885):清文字訓詁學家。字豐芑,號允倩,江蘇吴縣(今江蘇蘇州市)人。嘉慶六年(1801)中郡試,次年補博士弟子員,咸豐元年(1851)賞加國子監博士銜。曾官黟縣訓導。早年從學於錢大昕,博通群經,尤以治音韻蜚聲學林。所撰《説文通訓定聲》學術成就尤卓著,以聲、訓相通之理闡發《説文》之旨,至爲詳盡周密,與段玉裁《説文解字注》同爲《説文》研究巨著,備受後人推重。

[29] 《唐韻》:由唐人孫愐著,時間約在唐玄宗開元二十年(732)之後,是《切韻》的一個增修本,但原書已佚失。據清代卞永譽《式古堂書畫匯考》所録唐元和年間《唐韻》寫本的序文和各卷韻數的記載,全書五卷,共一百九十五韻,與稍早的王仁昫的《刊謬補缺切韻》同,其上、去二聲都比陸法言《切韻》多一韻。主要是爲分辨、規定文字的正確讀音而作,屬於音韻學材料的範圍。同時它有字義的解釋和字體的記載,也能起辭書、字典的作用。

[30] 宋禮部韻:指《禮部韻略》。宋代初年,與審定《切韻》改撰《廣韻》差不多同時,爲適應科舉應試的需要,主持科舉考試的禮部頒行了比《廣韻》較爲簡略的《韻略》。由於《韻略》撰於宋景德年間,一般稱之爲《景德韻略》。到了景祐四年(1037),即在《集韻》成書當年,宋仁宗命《集韻》的編纂者丁度等人"刊定窄韻十三處",對《景德韻略》再加刊定,改名爲《禮部韻略》。

[31] 平水韻:宋淳祐壬子年(1252),南宋原籍山西平水(今山西省臨汾市堯都區)人劉淵著《壬子新刊禮部韻略》,把同用的韻合併成一百零七韻。清代康熙年間編的《佩文韻府》把《壬子新刊禮部韻略》又並爲一百零六個韻部。這就是後來廣爲流傳的《平水韻》。今人所説的《平水韻》,實際多指清朝的《佩文韻府》。

[32] 翻切:即反切,漢語的一種傳統注音方法。其法以兩字相切合,取上一字的聲母與下一字的韻母和聲調,拼合成一個字的音,即上字取聲,下字取韻

和調。

　　[33] 雙聲：是指兩個漢字的聲母相同。常常與疊韻連説。較早爲雙聲疊韻下定義的是清代李汝珍，他在《音鑒》中説："雙聲者，兩字同歸一母，疊韻者，兩字同歸一韻也。"而雙聲疊韻的實際運用早在南北朝時期就開始了。

　　[34] 反語：即反切，是古來的一種漢字注音方法。反切最早在漢朝稱爲"反語"。有人以爲其受到外來佛教的影響，但也有人反對。如北齊顔之推《顔氏家訓·音辭篇》云："孫叔然創《爾雅音義》，是漢末人獨知反語，至於魏世，此事大行。"孫炎，字叔然，名炎。陸德明《經典釋文》也説："孫炎始爲反語，魏朝以降漸繁。"事實上，孫炎以前已有人使用反切了，如東漢服虔注《漢書》"惴，音章瑞反"。孫炎對反切進行了整理，並編成了《爾雅音義》。

　　[35] 三合音：明代沈寵綏的《度曲須知·字母堪删》一書中提出"三音合切"之説，即用反切三字來吟唱一字，從而通過聲調的變化達到抑揚頓挫的效果。

　　[36] 顧炎武(1613—1682)：明末南直隸蘇州府崑山(今江蘇省崑山市)人，南都敗後，因爲仰慕文天祥學生王炎午的爲人，改名炎武。因故居旁有亭林湖，學者尊爲亭林先生。明末清初傑出的思想家、經學家、史地學家和音韻學家，與黄宗羲、王夫之並稱爲明末清初"三大儒"。其著述頗豐，僅音韻學著作就有《音學五書》三十八卷、《古音表》三卷、《易音》三卷、《詩本音》十卷、《唐韻正》二十卷、《音論》三卷、《金石文字記》六卷。

　　[37] 江永(1681—1762)：清代經學家、音韻學家。字慎修，安徽婺源(今屬江西)人。貢生。生平未仕，以教授生徒，困居鄉里。戴震、金榜、程瑶田等經學家皆出其門。其學以考據見長，以鄭玄爲宗，是皖派經學研究的開創者，尤以治"三禮"、音韻著稱，亦通易學。著述甚富，其中音韻學方面主要有《古音標準》《音學辨駁》《四聲切韻表》等。

　　[38] 戴震(1724—1777)：字東原，又字慎修，號杲溪，休寧隆阜(今安徽黄山屯溪區)人，清代著名語言文字學家、哲學家、思想家。乾隆二十七年(1762)舉人，三十八年(1773)被召爲《四庫全書》纂修官，四十年(1775)第六次會試下第，因學術成就顯著，特命參加殿試，賜同進士出身。語言學方面的著作有《孟子字義疏證》《聲類表》《方言疏證》《聲韻考》等。

　　[39] 王引之(1766—1834)：字伯申，號曼卿，江蘇高郵人。清代著名訓詁學家。念孫之子，與父合稱"高郵二王"。嘉慶四年(1799)進士，授編修。曾任河南、山東學政，侍講學士。累官至禮部尚書。傳父音韻訓詁學，且推而廣之，撰

《經義述聞》十五卷、《經傳釋詞》十卷,凡古人誤解者,獨能旁徵曲引,得其本原。其他著作有《廣雅疏正》《王文簡公文集》《王文簡公遺文集》《王伯申文集補編》等。

[40]《文紀》:總集,明梅鼎祚編。有明張煊、周維新刻本和明末刻本。凡一百五十八卷。收錄陳、隋以前之文,以配馮惟訥《詩紀》。計《皇霸文紀》十三卷(上起上古,下迄於秦,以配《詩紀》中的古逸詩),《西漢文紀》二十四卷,《東漢文紀》三十二卷,《西晉文紀》二十卷,《宋文紀》十八卷,《南齊文紀》十卷,《梁文紀》十四卷,《陳文紀》八卷,《北齊文紀》三卷,《後周文紀》八卷,《隋文紀》八卷。

[41]《漢魏百三名家集》:總集名,明代張溥編。共一百一十八卷。編者以張燮《七十二家集》爲底本,又取明代馮惟訥《古詩紀》、梅鼎祚《歷代文紀》中作品存留較多的作家的詩、文(包括賦)合爲一編,並有所增益而成。計選取一百零三家作品,實際即爲自西漢至隋各名家文集的總匯。該書於各集前皆撰有簡要題解,評述作家的生平與創作,頗有獨到之見。該書編成,唐以前作者遺篇,皆可略見梗概,使用集中方便。唯編者貪多務得,考訂未精,時有駁雜不明或論辨無據之處,是其不足。

[42]《唐文粹》:一名《文粹》,總集名。宋姚鉉編。一百卷。選錄唐代詩文,以古雅爲標準,反對雕琢,近體詩、律賦和四六文皆不錄,對韓、柳古文備加推崇,表明編者對晚唐、五代詩文風尚的不滿。有《四部叢刊》影印明嘉靖徐焴刻本。清王士禎有《唐文粹詩選》輯入《十種唐詩選》。又有清郭麐《唐文粹補遺》二十六卷。有清光緒十一年(1885)江蘇書局刻本。

[43]《宋文鑒》:北宋詩文總集。原名《皇朝文鑒》,南宋呂祖謙奉孝宗之命編纂。一百五十卷,又目錄三卷。仿蕭統《文選》體例,分爲六十一類。一至十一卷,收賦八十餘篇;十二至三十卷,收各體詩約一千二十篇;三十一至一百五十卷,收奏疏、雜著等文章一千四百多篇。選錄的均爲北宋時期的詩文。陳振孫《書錄解題》記朱熹晚年語學者曰:"此書編次,篇篇有意,其所載奏議,亦係當時政治大節,祖宗二百年規模,與後來申變之意盡在其間,非《選》《粹》比也。"有影印宋刊本及清光緒間江蘇書局刊本。

[44]《南宋文範》:清代莊仲方編選。七十卷,外編四卷,作者考二卷。所選南宋詩文三百零六家,各記其姓氏里居,所引採詩文集三百餘部,並列其目。分五十五類。內容以說理文爲主。詩只選古體。不少作品反映了南宋的政治情況,有史料價值。

［45］《金文雅》：金代文章總集，共十六卷。清莊仲方(1780—1857)編。該書據《拙軒集》《滏水集》《滹南遺老集》《遺山集》《莊靖集》《大金集禮》《大金國志》《松漠紀聞》《金史》《元文類》《祖庭廣記》等書選輯而成。因所選皆金代君臣八十餘人所作之詔令、奏疏、書、記、議、論等較爲雅正之文，故名《金文雅》。有光緒十七年(1891)刊本。

［46］《元文類》：元朝詩文總集，元代蘇天爵編纂。共七十卷。因元人選元代詩文，分爲四十三類，依類編次，故名《國朝文類》，而後人則稱《元文類》。所收自元初迄於延祐，正當元文極盛之時，英華採擷，略備於斯。元中書省認爲所收諸篇"有裨治道"，足以"觸敲太平"。書中保存了許多篇作者原集已佚的詩文，有很高的文獻價值。後人將其與姚鉉《唐文粹》、吕祖謙《宋文鑒》並稱。有《四庫全書》本、光緒間江蘇書局刻本、《國學基本叢書》本。

［47］《明文衡》：原名《皇明文衡》，明代程敏政編選。九十八卷，補缺二卷。是編所錄，皆洪武以後、成化以前之文。仿《玉臺新咏》的體例，分代言、賦、騷、樂府、琴操、表箋、奏議、論、説等三十八類，無古體、近體詩，内容較爲蕪雜，亦間有闕文，且多臺閣體作品，反映了明初的文風。有明正德五年(1510)張鵬校刻本，通行有《四部叢刊》本。

［48］《皇清文穎》：清代前期的文章總集，又名《清文穎》。一百二十四卷。清陳廷敬等奉敕編纂。是集於康熙中開始編録，雍正中增修，至乾隆十二年(1747)編成。凡收御制文二十四卷，諸臣之作一百卷。自順治元年(1644)至乾隆九年(1744)以前整整一百年間的鴻篇巨制，盡收其中。

［49］姚椿所編《國朝文録》：清代文章總集，八十二卷。是集收文一千三百八十篇，分爲十七類，首論，終祭文哀誄，大略依姚鼐《古文辭類纂》例而小變之。其甄録之旨，亦以桐城派古文爲圭臬。所選以陸隴其、汪琬、朱可亭、方苞、劉大櫆、朱止泉、姚鼐、張鱸江、朱梅崖、王昶、管同諸家之文最多，别派如胡稚威亦選入數十首，其中頗有他人不甚經見之作，並非堅守門户。張温和爲此書作序，言至道光三十年，録稿始成，足見用力畢生，搜羅非易。另有清人李祖陶輯《國朝文録》，書名、卷數皆同，而編排體例各異。李書分集編排，姚書分類排列；李書尚可列入叢書，姚書則純爲總集。故不得以書名、卷數、内容相同而渾同之。有咸豐元年張祥河刊本。

［50］《昭明文選》：又稱《文選》。是中國現存最早的一部詩文總集，由南朝梁武帝的長子蕭統組織編選。蕭統死後謚"昭明"，所以他主編的這部文選稱作

《昭明文選》。共六十卷,分爲賦、詩、騷、七、詔、册、令、教、文、表、上書、啓、彈事、箋、奏記、書、檄、對問、設論、辭、序、頌、贊、符命、史論、史述贊、論、連珠、箴、銘、誄、哀、碑文、墓志、行狀、吊文、祭文等類別。共收錄周代至梁初七八百年間一百三十位作者的七百餘篇名作(以"不錄存者"的原則没有收入當時尚健在的作家)。蕭統在序文中把經典史和文學區别開來,衹對史書中"綜輯辭采""錯比文華"的論文,因係"事出於沉思,義歸乎翰藻",作爲他的選編標準,因此《文選》中辭藻華麗、聲律和諧的楚辭、漢賦和六朝駢文比重很大。自隋唐以來的一千多年,《文選》一直廣受重視,以至於對《文選》的注釋和研究發展成"文選學"。

[51]《御選唐宋文醇》:五十八卷,乾隆三年(1738)御定。明代茅坤曾選韓愈、柳宗元等唐宋八位文學家的散文編輯《唐宋八大家文鈔》,清朝初年儲欣在此基礎上又增補唐朝李翱、孫樵的散文,編爲《唐宋十大家全集錄》,乾隆帝認爲儲欣的取捨標準和觀點都需要推敲,所以下令對此書重新編輯。允禄主持編輯事務,張照、朱良裘、董邦達等儒臣參與編輯。該書編成後定名爲《唐宋文醇》。全書共錄唐宋十大家散文四百七十四篇。各家文章書、序、論、記等分類編輯,衹有蘇軾的上書、奏狀、對策等篇目以撰寫時間編次。書中還採錄了各家評語,並引用正史或雜説加以考訂,内容完備、權威,是清代最有影響的唐宋散文選本。此書正文用墨色,康熙帝御評文字用黄色書於篇首,乾隆帝御評用朱筆寫於篇後,前人評跋、相關人物的姓名事蹟各用紫色、緑色分别印在篇末。全書色彩斑斕,爲乾隆時期殿版套印書籍中的佳品。

[52]《詩醇》:指《御選唐宋詩醇》。四十七卷,清弘曆(清高宗)編。此書是清乾隆皇帝選編的唐宋兩代詩歌及其評贊的代表作,其中唐代有李白詩三百六十餘首,杜甫詩六百五十餘首,白居易詩三百九十餘首,韓愈詩一百零四首;宋代蘇軾詩五百三十餘首,陸遊詩五百二十餘首。共收著名詩人六位,詩作二千五百餘首,並附有歷代詩評、詩集跋語。此書清代極爲流行,影響甚大。此書有乾隆十五年(1750)御定本。

[53]《古文苑》:古詩文總集,編者不詳。相傳爲唐人舊藏本,北宋孫洙得於佛寺經龕中。所錄詩文,均爲史傳與《文選》所不載。南宋淳熙六年(1179),韓元吉加以整理,分爲九卷;紹定五年(1232)章樵又加增訂,並爲注釋,重分爲二十一卷。錄周代至南朝齊代詩文二百六十餘篇,分爲二十類。雖編錄未爲精核,然而唐以前散佚之文,間或賴此書流傳。現行刻本分兩個系統,宋淳熙本九卷,有清嘉慶十四年(1809)孫氏仿刻本等;章樵本二十一卷,有明成化十八年(1482)張

世用刻本等。近代有《四部叢刊》影印宋刻本,《萬有文庫》影印清道光間錢熙祚《守山閣叢書》本(附校勘記一卷)。

［54］《續古文苑》：總集,清孫星衍編。孫星衍繼錢熙祚之後,又輯金石、傳記、地志和類書中的遺文,自周至元,以續《古文苑》,書名就叫《續古文苑》,共二十卷。孫氏自序曰:"《續古文苑》者,續唐人《古文苑》而作也。家巨源得之於佛龕,今星衍搜之於秘笈,皆選家所不載、別集所未傳,足以備正史之舊聞,爲經學之輔翼。"引文均注出處,輯佚有校訂,並有按語疏通隱奧。有嘉慶十二年(1807)原刻本、《平津館叢書》本、《萬有文庫》影印原刻本。

［55］《古文辭類纂》：姚鼐編選是代表桐城派古文觀點的一部選本。全書共七十四卷。卷首《序目》略述各類文體的特點和源流,從先秦屈原、宋玉至清代方苞、劉大櫆,精選六十四位作家的作品約七百篇,分爲論辨、序跋、奏議、書説、贈序、詔令、傳狀、碑志、雜記、箴銘、頌贊、辭賦、哀祭等十三種文類。書成於乾隆四十四年(1779),嘉慶時康紹庸刊刻初稿本。

［56］《駢體文鈔》：是清代李兆洛編的駢文總集,輯入先秦至隋的作品共三十一卷。上編十八卷,包括銘刻、頌、詔書、檄移等各體,是李氏所謂"廟堂之制,奏進之篇";中篇八卷,包括論、序、碑記、志狀等各體,屬於指事述意之作;下編五卷,包括連珠、箋、雜文等各體,多屬於緣情托興之作。李兆洛認爲文之起源不分駢散,而主張駢散合一,所以此書也選入了《報任安書》《出師表》等文。書成於嘉慶末年,有嘉慶末唐氏原刻本、《四部備要》譚獻評點本。

［57］《湖海文傳》：清代前期文章總集,七十五卷。清王昶編。此書入選作品的時間,自康熙中葉至乾隆間,所選大體上都是編者直接交往之人,凡一百餘家、共選七百餘篇文章。《凡例》中説入選標準是:論經説史之文,必取"學有本原,辭無枝葉"者;詩文集序,必取"於源流派別與其人之性情學問有所發明"者;書牘必取"皆於經史事物,推闡精義,足爲後學津梁"者,故所選多康乾間的著名文人、學者。其體例分爲賦、頌文、講義、論釋、解、答問、對、考、考證、辨、議、説、原、序、記、書、碑、墓表、墓碣、墓志、塔銘、行狀、述、傳、書事、祭文、哀詞、誄、贊、銘、書後、跋、雜著等數十體,未能擺脱傳統總集分類冗雜、繁碎之弊。此書於嘉慶十年(1805)編成,有清同治五年(1866)刻本。

［58］《逸周書》：又名《周書》《周志》《汲冢周書》,中國先秦史籍。《漢書・藝文志》將之列於六藝,在《四庫全書》之中爲史部別史類。關於其來歷,東漢蔡邕認爲《逸周書》的作者是周公。有人認爲是在晉武帝咸寧五年(279)發自汲冢,

但《漢書·藝文志》中已提到《逸周書》，現代學者推斷今本《逸周書》是由晉人將漢代流傳的《逸周書》同汲塚中出土的《周書》彙編而成。今本十卷，正文七十篇，十一篇有目無文。該書記錄了周文王、周武王、周公、成王、康王、穆王、厲王和景王時代的歷史事件。

　　[59]《吴越春秋》：東漢趙曄撰，是一部記述春秋戰國時期吴、越兩國史事爲主的史學著作。著錄於《隋書·經籍志》和《唐書·經籍志》，皆云趙曄撰，十二卷，然而今本衹有十卷。主要記述春秋末期，吴越二國（包括一部分楚國）之事的雜史。前五篇爲吴事，起於吴太伯，迄於夫差；後五篇爲越事，記越國自無餘以至勾踐稱霸及其後人，注重吴越爭霸的史實。

　　[60]《東觀漢記》《東觀漢記》是一部記載東漢歷史的紀傳體斷代史巨著，記錄了東漢從光武帝至靈帝一百餘年的歷史。該書由班固、劉珍、蔡邕、楊彪等人編撰，歷經自漢明帝至漢獻帝時尚未最終完成。《隋書·經籍志》所錄《東觀漢記》有一百四十三卷，經唐宋至元朝逐漸散佚。後清人姚之駰輯佚八卷，四庫館臣增輯至二十四卷，民國吴樹平等又有校注本。《東觀漢記》今天所見爲清代及現代人輯本。

　　[61]《水經注》：古代中國地理名著，北魏晚期的酈道元撰，共四十卷。《水經注》因注《水經》而得名，《水經》一書約一萬餘字，《唐六典·注》説其"引天下之水，百三十七"。《水經注》看似爲《水經》之注，實則以《水經》爲綱，詳細記載了一千多條大小河流及有關的歷史遺跡、人物掌故、神話傳説等，是中國古代最全面、最系統的綜合性地理著作。該書還記錄了不少碑刻墨跡和漁歌民謡，文筆絢爛，語言清麗，具有較高的文學價值。由於書中所引用的大量文獻中很多在後世散失了，所以保存了許多資料。

　　[62]《洛陽伽藍記》：是一部集歷史、地理、佛教、文學於一身的筆記，《四庫全書》將其列入史部地理類，簡稱《伽藍記》，爲北魏人楊衒之所撰，成書於東魏孝靜帝時（534—552）。書中歷數北魏洛陽城的伽藍（佛寺），分城内、城東、城西、城南、城北五卷叙述，對寺院的緣起變遷、廟宇的建制規模及與之有關的名人軼事、奇談異聞都記載詳核。與酈道元《水經注》一同，歷來被認爲是北朝文學的雙璧。

闡義：

　　《奏定大學堂章程》（後簡稱《奏定章程》）共七章，分别爲：立學總義章第一、各分科大學科目章第二、考錄入學章第三、物産圖書器具章第四、教員管理員章

第五、通儒院章第六、京師大學堂現在辦法第七。章程末另附大學堂學科統系總圖。本篇完整節選了章程第二章第三節"文學科大學"的第四至第九門的内容，其意旨主要有三個方面。

（一）狹義"文學"學科的分立

本章程將"文學科大學"分爲九門，從今天的學科分類來看，由三個學科構成：一是歷史學，二是理學，三是文學。前三門分屬前兩個學科，具體爲：中國史學門、萬國史學門、中外地理學門；第四門至九門屬於第三個學科，具體爲：中國文學門、英國文學門、法國文學門、俄國文學門、德國文學門、日本國文學門。由此不難看出，"文學科大學"之"文學"囊括了中外之文學、歷史、地理。

相較《欽定大學堂章程》（後簡稱《欽定章程》）的"文學科"，這一設置讓狹義"文學"的規格顯得更爲突出。本章程將《欽定章程》"文學科"科目中的"經學""理學"二門歸於"經學門"；"諸子學"變成"理學門"下的一科；"掌故學"取消；"詞章學"改爲"中國文學門"；"外國語言文字學"分列成英、法、俄、德、日五國"文學門"。由於"經學門"獨立，實質上，本章程之"文學科大學"的核心就祇有歷史和語言文學，另附上"地理學"一門。如此，"文學科大學"九門之中，語言文學科目佔據三分之二，分量最大。

（二）中國文學學科課程體系初步確立

中國文學門科目與其他門科目一樣，由主課、補助課、隨意課三部分組成，類似於今日之主幹課、輔修課與公選課。

中國文學門主課有七門，依次爲：文學研究法、説文學、音韻學、歷代文章流別、古人論文要言、周秦至今文章名家、周秦傳記雜史・周秦諸子。其中，文學研究法的地位最爲重要，排位居首，課時最多，且對整個中國文學門的課程體系做了系統的説明，在課程定位上，可視爲中國文學門之總綱。

文學研究法的"研究要義"有四十一則，然排列不太謹嚴。略加梳理，可以發現其主要包含以下内容：第一，文字的形、音、義，具體爲前三則，與"主課"之"説文學""音韻學"對應。第二，提出爲文之總體原則，具體爲第四至六則。倡導"文"爲治政教化之用，修辭以"辭達"爲本，行文以言之有物、有序、有章爲法，體現出了黜華崇實、經世致用的思想。第三，區別文體，共有十三則。其從四個層次來區別文體：經、史、子三部不同類型著述文體、不同時代文體，從駢散文之分合發展的角度來討論文體，從應用、内容等角度來辨別文體。雖然分類標準駁雜，但仍體現出了傳統的"辨體"意識。第四，在爲文總體原則的指導下評價總結歷史上各種文學現象。其以爲秦以前之文有用，文出經、史、子三部能名家，並推尊開國之文、有德有實有學之文，進而批判妨礙世運人心、不重教化的文風。具體表現在第十七、十八、三十三至四十則。第三、四兩部分與"主課"之"歷代文章流別""周秦至今文章名家""周秦傳記雜史·周秦諸子"相關。第五，文學批評，具體爲第二十、二十一條。辨別古今名家論文之不同、兼顧專集與總集。第六，文學與外部環境的關係，具體爲第二十七至三十二則。主要關注了人事世運、國運升降、地理、世界考古、外交、科技等方面與文學的關係。這部分可與"補助課"中的"歷代通鑒""紀事本末""歷代法制考""世界史""外國科學史"等科目對應。第七，與外國語言文學的對比，具體爲第二十四至二十六條、四十一條。主要有日本文法、歐美各國文法、外文譯介等。這部分可與"補助課"中的"西國文學史""外國語文"對應。

除對"文學研究法"做出細解外，《奏定章程》還對剩餘其他主課的內涵和外延也都做了進一步說明。從當下中文學科的課程設置來看，與文字學、音韻學對應者爲"說文學""音韻學"兩科目。與中國文學史相涉者有以下三科：一是"歷代文章流別"，在課程略解中說明可仿日本的《中國文學史》自行編纂講授，也就是說，該科目就是教授中國文學史；二是"周秦至今文章名家"，略解以爲需標舉百餘名家"其文之專長及其人有關文章之事實"，讓學生明白"文章之流別利病"，且課時與"文學研究法"一樣，足見其地位；三是"周秦傳記雜史·周秦諸子"，略解明確規定"文學家於周秦諸子當論其文，非宗其學術也"。以上三個科目內涵是有差異的，"文章流別"側重講解文學發展的脈絡，后兩個則以作家、作品爲中心，這些均統括於當今中國文學史課程中。還有類同中國文學批評史的是"古人論文要言"。當然，文章的流別、作家作品的評鑒本身也是批評史的重要組成部分。

由此可見，《奏定章程》建立了以文學史、語言文字、文學理論爲中心，以外國語言、文學爲參照，以歷史、文獻、科技爲輔助的課程體系，具有了現代大學專業課程的規模，對當今中國語言文學學科的建設仍有借鑒意義。

（三）致用的文學觀念

《奏定章程》所表現出來的文學觀念不是近代狹義的審美的文學觀念，而是傳統致用的觀念。這表現在以下幾個方面：

第一、設置中國文學門的初衷就是致用的。開設大學堂的目的是培養實用或通用人才，中國文學門也不例外。中國文學所爲何用？即保存國粹的需要。

張之洞、張百熙等在1904年的《奏定學務綱要》中以爲,學堂不能廢棄中國文辭,就是爲了方便閱讀歷來經籍,而經籍傳述聖賢精理,爲"五大洲之精華",是"國粹"。若不通文辭,則經籍無所通,聖賢精神無所傳,"國粹"也不能保存。其還以爲中國文學各體有各自用途,以爲古文"闡理紀事,述德達情",駢文則備"國家典禮制誥",詩詞歌賦則可"涵養性情,發抒懷抱",樂學則可"存古人樂教遺意"。

第二、重視文學的實用功能。《奏定學務綱要》對於當時文人"專習文藻,不講實學"而導致"於時勢經濟,茫然無知"的情形提出批評,雖然承認"詩詞歌賦"有審美價值,但其用心仍在修身養性,故而提倡"誦讀有益德性風化之古詩歌"。其更重視文章之致用,這與《奏定章程》是一致的。在"研究文學之要義"中有"六朝、南宋溺於好文之害"一條,此後又強調"集部日多,必歸湮滅,研究文學者務當於有關今日實用之文學加意考求";在"周秦至今文章名家"略解后,也強調應重視文章的訓練,"願習散體、駢體可聽其便",然於"詩賦",則以爲"博學而知文章源流者,必能工詩賦,聽學者自爲之,學堂勿庸課習"。其反對詩賦之娛,而重文章之用,也正體現了致用的文學觀念。

第三、強化文學的政治教化功能。這是對中國傳統儒家文學傳統的繼承和發揚。《奏定章程》尤其重視文風對世風的影響,推崇質實的文風。《奏定學務綱要》規定高等學堂於中國文辭以"清真雅正爲宗",不可過求其古,更不可追求浮華。這一原則也落實在了《奏定章程》中。在"研究文學之要義"中,其強調有實有學之文,以振興人才;並反對妨礙世運人心的文章,如險怪者、纖佻者、虛誕者、狂放者、駁雜者。究其旨意,皆爲國運世風。

歸而言之,《奏定章程》所設立的"中國文學研究"已經具備了現代中國語言文學專業學科的規模,尤其是"中國文學研究法"之略解"研究文學之要義",對中國文學有關知識範疇內涵與外延之界定、知識生產之價值取向皆做了規劃,對當今中文專業學科的發展影響深遠。

辨疑:
《奏定大學堂章程》在晚清民國的影響

《奏定章程》所產生的實際效果至少有以下幾個方面:第一、催生了一批《中國文學史》教材。林傳甲、黃人各自編撰的文學史,是中國最早的兩部文學史,其影響也最大。從其體例來看,皆與"文學研究之要義"所列條目高度吻合。很顯然,他們是遵循並落實了《奏定章程》之精神實質。第二、文學觀念的更新。雖然《奏定章程》的文學觀念是致用的、保守的;但是也部分吸納了西學的觀念,如"文學研究之要義"把小説列爲文學諸體之一,且要求研究"與古文不同之處",對於小説的創作與譯介都起到了推波助瀾的作用,也改變了人們對小説文體的認識。

古典與英譯

莊子・齊物論
Identified as One

趙彥春[*]

"以詩譯詩、以經譯經、風格如之",這是我所堅守的剛性原則。譯文應最大限度地逼近原文——既譯意指也譯意蘊,同時保持思想的自由與超拔,必要時靈活變通以辯證地表徵原文,確保最大程度的意義對等、體裁和諧、效果一致。我譯《莊子》,爲其博大、宏闊而又細緻入微的境界和文采所震撼,多次情不自禁地感歎:這是一部偉大的書!理想的譯文是原著的投胎轉世,抑或是另一種語言的原著,此譯力爭行文流暢,一氣呵成,以展示莊子的超然與大智。譯者題記。

南郭子綦隱机而坐,仰天而嘘,苔焉似喪其耦。顏成子游立侍乎前,曰:"何居乎?形固可使如槁木,而心固可使如死灰乎?今之隱机者,非昔之隱机者也。"子綦曰:"偃,不亦善乎,而問之也!今者吾喪我,汝知之乎!女聞人籟,而未聞地籟;女聞地籟,而未聞天籟夫!"

Sir Black Southend sat by a table, breathing air to the sky, looking hollow as if having lost himself. Sir Tour Goodlook, standing in front for company, said: "What's the matter? A body can be made like a rotten log, but can a mind be made like ash? You are different from what you were, sitting by the same table." Sir Black replied: "What a good question to ask! I've forgotten myself today, you know? You may have heard the sound of man but not the

---

[*] 譯者簡介:趙彥春,上海大學外國語學院教授,博士生導師,兼任國際漢學與教育研究會會長、國學雙語研究會執行會長、中國語言教育研究會副會長,致力於《詩經》《道德經》以及唐宋詩詞的研究和英譯,主持國家社會科學基金重點項目"李白詩歌全集英譯及譯本對比研究"(17AZD040),出版《英韻三字經》。

sound of earth; you may have heard the sound of earth but not the sound of Heaven!"

子游曰:"敢問其方。"子綦曰:"夫大塊噫氣,其名爲風。是唯無作,作則萬竅怒呺。而獨不聞之翏翏乎?山林(陵)之畏佳,大木百圍之竅穴,似鼻,似口,似耳,似枅,似圈,似臼,似洼者,似污者;激者,謞者,叱者,吸者,叫者,譹者,宎者,咬者。前者唱于,而隨者唱喁。泠風則小和,飄風則大和,厲風濟則衆竅爲虛。而獨不見之調調之刁刁乎?"子游曰:"地籟則衆竅是已,人籟則比竹是已。敢問天籟。"子綦曰:"夫天籟者,吹萬不同,而使其自己也,咸其自取,怒者其誰邪?"

Sir Tour requested: "Please tell me the import." Sir Black continued: "What the earth exhales is called wind. Wind may be quiet, but when it blows, countless crevices on the earth begin to howl. Haven't you heard the whirs? The peaks and crags of hills and the orifices of giant trees look like a nose, a mouth, or an ear, like a cavity, a fence, a mortar, a pool or a pond, some gurgling, some darting, some shouting, some murmuring, some crying, some cawing, some echoing, some chirping, that in the front conducting, and that before him performing. A gentle air has mild concord; a high wind has great concord. When a gale stops suddenly, all things are hushed. Haven't you seen that everything sways when a wind blows?" And Sir Tour asked again: "The sound of earth is what is exhaled from myriads of crevices, and the sound of man is what is blown out from various flutes, may I ask you what the sound of Heaven is?" Sir Black replied: "The blowing may be vastly diverse, but it starts or stops all by itself. Who else can set it off?"

大知閑閑,小知間間;大言炎炎,小言詹詹。其寐也魂交,其覺也形開。與接爲搆,日以心鬭。縵者,窖者,密者。小恐惴惴,大恐縵縵。其發若機括,其司是非之謂也;其留若詛盟,其守勝之謂也;其殺若秋冬,以言其日消也;其溺之所爲之,不可使復之也;其厭也如緘,以言其老洫也;近死之心,莫使復陽也。喜怒哀樂,慮嘆變慹,姚佚啓態。樂出虛,蒸成菌。日夜相代乎前,而莫知其所萌。已乎,已乎!旦暮得此,其所由以生乎!

Those of gifts wander free; those with wits but bits see. The words from the Word glare; the words from the tongue flare. When they sleep, their spirit meets their soul; when they awake, their limbs spread apart; when dealing with the world, they intrigue and complicate. Some are tardy, some are mystic, and some are circumspect. The short is shocked; the big is shaken. When they speak, their words are like arrows, good or evil; what they keep is kept like vows, to be set off when it is advantageous; when they wither like autumn grass, they shrivel day by day; they indulge in what they do, unable to come out; they are shut as if bound with a rope, they are left to age fast; on the verge of death, they can't be rejuvenated. They are glad, angry, sad, and gleeful; they muse, they sigh, they fidget, and they fear; they are rash, flashy, crazy and artificial; they are like notes blown out, like fungi mushrooming. Produced and reproduced, they don't know how it happens. Forget it, forget it! If they know how it happens, they know the cause and effect of it!

非彼無我,非我無所取。是亦近矣,而不知其所爲使。若有真宰,而特不得其朕。可行己信,而不見其形,有情而無形。

There's no subject without object; there's no object without subject. It is close to things as they are, but we don't know what makes them what they are. There seems to be a real lord, but we can't even find his trace. We can try to prove his existence but we can't see his figure, a soul without form.

百骸、九竅、六藏,賅而存焉,吾誰與爲親?汝皆説之乎?其有私焉?如是皆有爲臣妾乎?其臣妾不足以相治乎?其遞相爲君臣乎?其有真君存焉?如求得其情與不得,無益損乎其真。

Hundreds of condyles, nine cavities, and six viscera all exist in me. Which is my favorite? Do you like all those of yours or are your partial to some of them? Are they all your concubines? Can they rule each other or can they each be a ruler in turn? Is there really a ruler among them? Whether you can find it or not, there will be no harm or good done to it.

一受其成形，不忘以待盡。與物相刃相靡，其行進如馳，而莫之能止，不亦悲乎！終身役役，而不見其成功，苶然疲役而不知其所歸，可不哀邪！人謂之不死，奚益？其形化，其心與之然，可不謂大哀乎！人之生也，固若是芒乎？其我獨芒，而人亦有不芒者乎？

Once formed, one cannot wait to die without doing something. For or against the world, he runs or gallops as if none can stop him. Isn't it a tragedy? He labors all his life without seeing a success; he toils and moils all day without knowing his end. Isn't it so sad? Someone may say such a person will not die, but what's the use of that? His body declines, so does his mind. Isn't it a great curse? Is human life such a puzzle? Am I puzzled alone while others are not?

夫隨其成心而師之，誰獨且無師乎？奚必知代而心自取者有之？愚者與有焉。未成乎心而有是非，是今日適越而昔至也。是以無有爲有。無有爲有，雖有神禹且不能知，吾獨且奈何哉！

If one follows his bias and regards it as his teacher, who does not have a teacher? Why only those who learn and acquire something have a teacher? Even a fool may have one. If one is not able to make judgment but can tell right from wrong, it is just like leaving for the State of Yue today, one arrived there yesterday. It is just the case that non-being is regarded as being. If non-being is regarded as being, even a person as saintly as Worm cannot understand it. What on earth can I do?

夫言非吹也。言者有言，其所言者特未定也。果有言邪，其未嘗有言邪？其以爲異於鷇音，亦有辯乎，其無辯乎？

A talk is not a blow. A talker talks on, and what he talks about remains unproven. Is there anything talked about or is there nothing talked about? One may regard his speech different from chirps of fledglings. Is there any difference or no difference at all?

道惡乎隱而有真偽？言惡乎隱而有是非？道惡乎往而不存？言惡乎存而不

可？道隱於小成，言隱於榮華。故有儒墨之是非，以是其所非而非其所是。欲是其所非而非其所是，則莫若以明。

How does the word hide, hence truth and falsity? How does a talk hide, hence sense and nonsense? How does the Word appear and then disappear? How does a talk exist and then perish? The Word is covered with trivial merits; the talk is veiled with flashy words. Therefore, there arise disputes between Confucianism and Inkism. One affirms what the other negates and negates what the other affirms. If one takes the trouble to affirm what the other negates, he may as well look at things as they are.

物無非彼，物無非是。自彼則不見，自是則知之。故曰彼出於是，是亦因彼。彼是方生之說也。雖然，方生方死，方死方生；方可方不可，方不可方可；因是因非，因非因是。是以聖人不由而照之於天，亦因是也。是亦彼也，彼亦是也。彼亦一是非，此亦一是非。果且有彼是乎哉，果且無彼是乎哉？彼是莫得其偶，謂之道樞。樞始得其環中，以應無窮。是亦一無窮，非亦一無窮也。故曰莫若以明。

Each contains that side; each contains this side. If one can't see this side, he can't see that side, either; if he knows this side, he knows that side as well. Therefore, that is begotten from this, and this is traced to that. This and that live on each other. On the other hand, one is born the moment he dies; one dies the moment he is born. He agrees and then disagrees; he disagrees and then agrees. Abiding by what is right is abiding by what is wrong; abiding by what is wrong is abiding by what is right. Therefore, a sage does not take sides but relies on Heaven and sees things as they are. This is also that; that is also this. That is both right and wrong; this is both right and wrong. Do there really exist that and this? Don't there really exist that and this? What does not have a mate is called a central hub. A central hub is the point leading to infinitude. What is right is infinitude; what is wrong is infinitude. Therefore, it is best to look at things as they are.

以指喻指之非指，不若以非指喻指之非指也；以馬喻馬之非馬，不若以非馬喻馬之非馬也。天地一指也，萬物一馬也。

Using a thumb to prove a thumb is not a thumb is not as good as using a non-thumb to prove a thumb is not a thumb; using a horse to prove a horse is not a horse is not as good as using a non-horse to prove a horse is not a horse. The universe is a thumb; everything is a horse.

可乎可，不可乎不可。道行之而成，物謂之而然。惡乎然？然於然。惡乎不然？不然於不然。物固有所然，物固有所可。無物不然，無物不可。故為是舉莛與楹，厲與西施，恢恑憰怪，道通為一。

You agree because you're willing to; you don't agree because you aren't willing to. A pass comes into being because people pass here; something is so called because people call it so. Is it right? It is right because it is right in itself. Is it not right? It is not right because it is not right in itself. Everything has something inherent to it; everything has something agreeable to it; nothing hasn't something inherent to it; nothing hasn't something agreeable to it. Therefore, a stem and a column, a hag and a belle, what is large or queer and what is crafty or monstrous, are all unified in the Word.

其分也，成也；其成也，毀也。凡物無成與毀，復通為一。唯達者知通為一，為是不用，而寓諸庸。庸也者，用也；用也者，通也；通也者，得也。適得而幾矣。因是已，已而不知其然，謂之道。勞神明為一，而不知其同也，謂之"朝三"。何謂"朝三"？狙公賦芧，曰："朝三而暮四。"衆狙皆怒。曰："然則朝四而暮三。"衆狙皆悅。名實未虧，而喜怒為用，亦因是也。是以聖人和之以是非，而休乎天鈞，是之謂兩行。

Something's complete the moment it's divided; something's destroyed the moment it's complete. Nothing is complete or destroyed; all return to one. Only the perspicacious know the identification of one, therefore he's not bigoted as if owning all. Owning is using; using is moving; moving is getting. It's enough to get enough. Following the course and not knowing the cause is called the Word. Trying to know the One without knowing everything is the same one is called "three in the morning". What's it? A monkey keeper fed his monkeys with acorns, saying: "Three in the morning and four in the evening." The monkeys got angry. And the keeper said: "Then you have four in the morning and three in the evening." All the monkeys were pleased. Nothing was changed in name or in fact, but the monkeys felt affected due to their own understanding. Therefore, a sage identifies rights with wrongs and rests assured with the balance of Heaven, which is called Felicity of the Two.

古之人，其知有所至矣。惡乎至？有以爲未始有物者，至矣，盡矣，不可以加矣。其次以爲有物矣，而未始有封也。其次以爲有封焉，而未始有是非也。是非之彰也，道之所以虧也。道之所以虧，愛之所以成。果且有成與虧乎哉，果且無成與虧乎哉？有成與虧，故昭氏之鼓琴也；無成與虧，故昭氏之不鼓琴也。昭文之鼓琴也，師曠之枝策也，惠子之據梧也，三子之知，幾乎皆其盛者也，故載之末年。唯其好之也，以異於彼；其好之也，欲以明之。彼非所明而明之，故以堅白之昧終。而其子又以文之綸終，終身無成。若是而可謂成乎？雖我亦成也。若是而不可謂成乎？物與我無成也。是故滑疑之耀，聖人之所圖也。爲是不用而寓諸庸，此之謂以明。

The ancients consummated their wisdom. What's that? Some believed that in the beginning there was nothing. How pithy, how perfect! It can't be better! And some with less acumen believed that there was something but it was undivided. And the next believed that there was something, divided but not distinguished as right or wrong. The revelation of right and wrong causes the inadequacy of the Word. The inadequacy is due to our prejudices. Is there really such a thing as perfection or inadequacy? Is there really such a thing as imperfection or inadequacy? With such things as perfection and inadequacy, Mr. Bright could play the lute; without, he couldn't. Mr. Bright's performance, Master Broad's prosody and Sir Good's monologue by a Chinese parasol tree were all consummate because of their topmost talents, hence recorded in history books. Just because of their aptitude, they were distinguished from others, and because of their aptitude, they would display it. If one displays what he shouldn't, he'll end up with such folly as "Hard-or-white". Bright's son succeeded him but didn't succeed at all. Can this case be called a success? If so, I can also be seen as successful. Can this case not be called a success? The world and I have no success to speak of. Therefore, the display of mesmerizing plausibility is what sages disregard. Therefore, nonuse is embodied in use, as is called Brightness.

今且有言於此，不知其與是類乎，其與是不類乎？類與不類，相與爲類，則與彼無以異矣。雖然，請嘗言之：有始也者，有未始有始也者，有未始有夫未始有始也者。有有也者，有無也者，有未始有無也者，有未始有夫未始有無也者。俄而有無矣，而未知有無之果孰有孰無也。今我則已有謂矣，而未知吾所謂之其果有謂乎？其果無謂乎？

天下莫大於秋豪之末，而太山爲小；莫壽於殤子，而彭祖爲夭。天地與我並生，而萬物與我爲一。既已爲一矣，且得有言乎？既已謂之一矣，且得無言乎？一與言爲二，二與一爲三。自此以往，巧曆不能得，而況其凡乎！故自無適有，以至於三，而況自有適有乎！無適焉，因是已。

So far, I have talked like this. I don't know whether it is the same kind with, or a different kind from, others' talks. The same kind or different kinds? As we all talk, we are the same kind, hence no difference from other talks. Nevertheless, please allow me to talk a little more. Suppose a beginning there, a beginning of what's not yet begun, and a beginning of what's not yet begun of what's not yet begun. A being of what's a being, a being of what's a non-being, a being of what's a non-being of what's not yet begun, and a being of what's a non-being of what's not yet begun of what's not yet begun. Suddenly there prop up being and non-being, but I don't know which of them is really being or non-being. Now I have talked, but I don't know whether I have talked at all or haven't talked at all.

Nothing under the sun is as large as a tiny bit; a high mountain is small; none is as long lived as a child who dies prematurely; none is as short lived as Sire Peng, the immortal. Heaven and earth live with me; all things are identified with me. Since we are one, is there anything as a talk? Since we are called one, is there anything as a non-talk? One and I make two; two and one make three. In a similar fashion, even the wisest calculator cannot have a final sum, let alone an ordinary person. From non-being to being, then three, let alone from being to being. It's unnecessary to go on, leave it as it is.

夫道未始有封,言未始有常,爲是而有畛也。請言其畛:有左,有右,有倫,有義,有分,有辯,有競,有爭,此之謂八德。六合之外,聖人存而不論;六合之內,聖人論而不議。《春秋》經世先王之志,聖人議而不辯。故分也者,有不分也;辯也者,有不辯也。曰:何也?聖人懷之,衆人辯之,以相示也。故曰辯也者,有不見也。

The Word has no sections, nor has speech criteria. Self-assertion results in boundaries. Please allow me to talk about boundaries. Left, right, sequence, altitude, argument, refutation, emulation, and contention are called eight categories. What is beyond the universe a saint beholds but does not talk about; what is within he studies but does not remark on. The annals of early kings a saint studies but does not argue about. Therefore, there's something divided and there's something undivided; there's something argued about and there's something not argued about. You may ask why. A saint keeps them in mind while the masses argue about them and display them. Therefore, it's said one argues because there's something he fails to see.

夫大道不稱,大辯不言,大仁不仁,大廉不嗛,大勇不忮。道昭而不道,言辯而不及,仁常而不成,廉清而不信,勇忮而不成。五者圓而幾向方矣。故知止其所不知,至矣。孰知不言之辯,不道之道?若有能知,此之謂天府。注焉而不滿,酌焉而不竭,而不知其所由來,此之謂葆光。

The great Word is not named; a great speech is not uttered; great humanity is not shown; great integrity is not modest; great courage is not assuming. The Word, if evident, is not the Word; a speech, if uttered, is not inclusive; humanity, if revealed, is not enduring; integrity, if obvious, is not trustable; courage, if assuming, is not real courage. If one fully considers these five, he is in the right direction. Therefore, if one stops at what he doesn't know, he is the wisest. Who knows the unuttered speech and the unspoken Word? If one knows, he is back to what's called a Heavenly hoard.

Fill it, and it's not filled; take it, and it's not exhausted. However, we don't know its source. This can be called reserved light.

故昔者堯問於舜曰："我欲伐宗、膾、胥敖，南面而不釋然，其故何也？"

舜曰："夫三子者，猶存乎蓬艾之間。若不釋然，何哉？昔者十日並出，萬物皆照，而況德之進乎日者乎？"

Of yore, Mound asked Hibiscus: "I would send forces to punish Root, Mince, and Roam. When at court, I don't feel released. Why?"

Hibiscus answered: "The three states are small ones like those in bushes. Why don't you feel released? Of yore, ten suns came out to shine upon all. Now, the light of your virtue is even stronger than sunlight."

齧缺問乎王倪曰："子知物之所同是乎？"曰："吾惡乎知之！""子知子之所不知邪？"曰："吾惡乎知之！"

"然則物無知邪？"曰："吾惡乎知之！雖然，嘗試言之：庸詎知吾所謂知之非不知邪？庸詎知吾所謂不知之非知邪？且吾嘗試問乎女：民濕寢則腰疾偏死，鰌然乎哉？木處則惴慄恂懼，猨猴然乎哉？三者孰知正處？民食芻豢，麋鹿食薦，蝍蛆甘帶，鴟鴉耆鼠，四者孰知正味？猨猵狙以爲雌，麋與鹿交，鰌與魚游。毛嬙麗姬，人之所美也；魚見之深入，鳥見之高飛，麋鹿見之決驟，四者孰知天下之正色哉？自我觀之，仁義之端，是非之途，樊然淆亂，吾惡能知其辯！"

Teethmissing asked Kingsign: "Do you know all things are the same?" Kingsign answered: "How can I know that?" "Do you know what you don't know?" "How do I know that?"

"Then, is there no way to know things?" "How can I know that? All the same, let me talk about it. How do you know the 'knowing' I say is not 'not knowing'? How do you know the 'not knowing' I say is not 'knowing'? And let me ask you: Sleeping in dampness, one will suffer from a backache or hemislegia. Is it the same case with loaches? Having climbed up a tall tree, one trembles with fear. Is it the same case with monkeys? Men, loaches, monkeys, which of the three know what good dwelling is? Men eat meat, deer eat grass, millipedes eat small snakes, and owls eat mice. Which of the four know what good taste is? Monkeys take baboons to wife; elks go mates with deer; loaches swim with fish. Lady Wool and Courtesan Belle are regarded as rare beauties, but when fish see them they sink deep, when birds see them they fly high, and when deer see them they flee fast. Which of the four know what real beauty is? As far as I can see, humanity or righteousness leads to disputes and chaos. How can I know their differences?"

齧缺曰："子不知利害，則至人固不知利害乎？"王倪曰："至人神矣！大澤焚而不能熱，河漢冱而不能寒，疾雷破山而不能傷，飄風振海而不能驚。若然者，乘雲氣，騎日月，而游乎四海之外，死生無變於己，而況利害之端乎！"

Teethmissing asked: "If you don't know what good or harm is, don't saints know that?" Kingsign answered: "A saint is mysterious! A forest on fire, he doesn't feel hot; a river frozen, he doesn't feel cold; a thunder breaking a hill, a gale shaking the sea, he is not frightened. So at ease, he rides a cloud, cruising the sun and the moon and touring the four seas. Death or life does not affect him, let alone the notion of good or harm!"

瞿鵲子問乎長梧子曰："吾聞諸夫子：'聖人不從事於務，不就利，不違害，不喜求，不緣道，無謂有謂，有謂無謂，而遊乎塵垢之外。'夫子以爲孟浪之言，而我以爲妙道之行也。吾子以爲奚若？"

Sir Magpie Halberd asked Sir Tall Tree: "I once heard Confucius say saints do not deal with worldly affairs, not caring for interests, not evading harms, not seeking felicity and not sticking to the Word, saying though not saying, not saying though saying, strolling out of dust. What Confucius regarded as rash I regard as subtle. What do you think?"

長梧子曰："是黃帝之所聽熒也，而丘也何足以知之！且女亦大早計，見卵而求時夜，見彈而求鴞炙。予嘗爲女妄言之，女以妄聽之奚？旁日月，挾宇宙，爲其吻合，置其滑涽，以隷相尊。衆人役役，聖人愚芚，參萬歲而一成純。萬物盡然，而以是相蘊。予惡乎知説生之非惑邪！予惡乎知惡死之非弱喪而不知歸者邪！麗之姬，艾封人之子也，晉國之始得之也，涕泣沾襟；及其至於王所，與王同筐床，食芻豢,而後悔其泣也。予惡乎知夫死者不悔其始之蘄生乎！夢飲酒者,旦而哭泣；夢哭泣者,旦而田獵。方其夢也,不知其夢也。夢之中又占其夢焉,覺而後知其夢也。且有大覺而後知此其大夢也。而愚者自以爲覺,竊竊然知之。君乎,牧乎,固哉！丘也與女,皆夢也；予謂女夢,亦夢也。是其言也,其名爲吊詭。萬世之後而一遇大聖,知其解者,是旦暮遇之也。"

Sir Tall Tree replied: "Even Yellow Emperor would feel puzzled when hearing this. How could Confucius understand that? You are a little bit too hasty. Seeing an egg, you expect a rooster; seeing a pill, you expect a roast. Now, may I just say it and you just listen? Why not lean on the moon or the sun and hug the universe? Merge with all, leave troubles alone and be identified with all those low or high. The masses contend much while the saints look foolish, simplifying the havoc of all ages. Everything is like this, contained in pure chastity. How do I know yearning to live is not an illusion? How do I know hating to die is not like wandering in an alien land and not knowing coming back home? Belle, a daughter of Wormwood's guarding general, when captured by Chin's army, cried all her lappet wet. When she lived in a palace in Chin, sleeping in the same bed with the king and eating delicacies, she regretted that she had cried. How do I not know those dead do not regret that they have yearned to live? The one who dreams of drinking liquor cries in the morning; the one who dreams of crying goes hunting in the morning. When one is dreaming, he does not know that he is dreaming. In a dream he may divine for a dream and knows it's a dream when he wakes up. He finds it's a big dream when he's widely awake. A fool thinks he's awake and thinks he knows everything. Lord or subject, how shallow it is! Confucius and you are both having a dream. When I say you are having a dream, I am also having a dream. What I have said now can be called a paradox. In an aeon from now, if one can come across a great saint, who can solve the puzzle, he's the one you meet once in a blue moon."

既使我與若辯矣,若勝我,我不若勝,若果是也,我果非也邪？我勝若,若不吾勝,我果是也,而果非也邪？其或是也,其或非也邪？其俱是也,其俱非也邪？

我與若不能相知也，則人固受其黮闇，吾誰使正之？使同乎若者正之，既與若同矣，惡能正之！使同乎我者正之？既同乎我矣，惡能正之！使異乎我與若者正之？既異乎我與若矣，惡能正之！使同乎我與若者正之？既同乎我與若矣，惡能正之！然則我與若與人俱不能相知也，而待彼也邪？化聲之相待，若其不相待，和之以天倪，因之以曼衍，所以窮年也。何謂和之以天倪？曰：是不是，然不然。是若果是也，則是之異乎不是也，亦無辯；然若果然也，則然之異乎不然也，亦無辯。忘年忘義，振於無竟，故寓諸無竟。

If you win and I lose when I debate with you, does it really mean that you are right and I am wrong? If I win and you lose, does it really mean that I am right and you are wrong? Is it that one is right and the other is wrong? Is it that we are both right or both wrong? Neither you nor I know, and all people are actually bound to ignorance. Who can we ask to make sound judgment? Ask the one who's similar to you? If he's similar to you, he can't make it! Ask the one who's similar to me? If he's similar to me, he can't make it! Ask the one who's different from you and me? If he's different from you and me, he can't make it! Ask the one who's similar to you and me? If he's similar to you and me, he can't make it. In that case, you, I and all others have no way to know, who else can we expect? A debate is like the opposition of forces in the change of sound, as if there's no opposition. It can but be attuned with natural forces to last until the end of life. What does it mean by attuned with natural forces? Aye goes with nay; truth goes with falsity. If aye is really aye, it is different from nay, then there's no room for debate; if truth is really truth, it is different from falsity, then there's no room for debate. Forget life or death, forget right or wrong, merge with infinitude, so all exist in infinitude.

罔兩問景曰："曩子行，今子止；曩子坐，今子起。何其無特操與？"

景曰："吾有待而然者邪？吾所待又有待而然者邪？吾待蛇蚹蜩翼邪？惡識所以然？惡識所以不然？"

The shade asked the shadow: "Now you walk, then you sit; now you sit, then you rise. Why are you so capricious?"

The shadow replied: "Am I like that because I rely on something? Is what

I rely on like that because it relies on something? Is what I rely on like the abdomen of a snake or the wings of a cicada? How can I know why I am like that? How can I know why I am not like that?"

　　昔者莊周夢爲蝴蝶，栩栩然蝴蝶也。自喻適志與，不知周也。俄然覺，則蘧蘧然周也。不知周之夢爲蝴蝶與？蝴蝶之夢爲周與？周與蝴蝶，則必有分矣。此之謂物化。

　　Once, Sir Lush dreamed that he transformed into a butterfly, a butterfly that flied so free, so carefree! It didn't know it was Lush. Suddenly, he woke up and, in a surprise, realized that he was Lush. Did Lush dream of being a butterfly or a butterfly of being Lush? There must be a demarcation between Lush and the butterfly. This is what is called metamorphosis.

梁書·武帝紀（上）

［唐］姚思廉　撰　王春　王威*　譯

《梁書》是二十四史之一種，也是唐初八史之一，是研究南朝蕭齊末年及蕭梁朝（502—557）五十余年史事的重要資料，其中也蘊藏着豐富的文學價值。它成書於唐貞觀十年（636），包含本紀六卷、列傳五十卷，無表和志。《梁書》迄今尚無英本版刊行，爲滿足海内外中國史研究者的需求，兹先試將《武帝本紀》譯出，以就正於國際漢學界的專家同好。

《梁書·武帝紀》（上）之英譯，在收集、比較流傳至今的《梁書》各文本基礎上，選定中華書局點校本二十四史修訂本《梁書》（全 3 册，2020 年版）爲翻譯底本；爲夯實翻譯對象的文本基礎，譯者還借鑒了《梁書》其他點校本的辨正成果，如楊忠《二十四史全譯·梁書》、熊清元《今注本二十四史·梁書》等人的論説；此外還參考了趙以武《梁武帝及其時代》、柏俊才《梁武帝蕭衍考略》、莊輝明《蕭衍評傳》等研究梁武帝的論著。

武帝　上
The Biography of the Emperor of Wu: Book I

［1］高祖武皇帝諱衍，字叔達，小字練兒，南蘭陵中都里人，漢相國何之後也。何生鄭定侯延，延生侍中彪，彪生公府掾章，章生皓，皓生仰，仰生太子太傅望之，望之生光禄大夫育，育生御史中丞紹，紹生光禄勳閎，閎生濟陰太守闡，闡生吴郡太守冰，冰生中山相苞，苞生博士周，周生蛇丘長矯，矯生州從事逵，逵生孝廉休，

---

* 譯者簡介：王春，大連外國語大學英語學院教授，中國翻譯協會會員，長期從事翻譯學、比較文學等領域的研究，出版專著《李文俊文學翻譯研究》；王威，大連外國語大學英語學院副教授，從事英國 19 世紀文學思想史研究，發表論文《設計理想共同體：卡萊爾的社會批評》等。
基金項目：本譯文是 2017 年遼寧省高等學校基本科研項目"《梁書》英譯與研究"的主要成果之一。

休生廣陵郡丞豹,豹生太中大夫裔,裔生淮陰令整,整生濟陰太守鎡,鎡生州治中副子,副子生南臺治書道賜,道賜生皇考諱順之,齊高帝族弟也。參預佐命,封臨湘縣侯。歷官侍中、衛尉、太子詹事、領軍將軍、丹陽尹,贈鎮北將軍。

[1] The Great Ancestor, the Emperor of Wu, surname Yan（衍）, alias Shu Da, called by a nickname Lian'er in his childhood, was a native in Zhongduli, the County of South Lanling, the offspring of Xiao He, the chief minister of the state during the Han Dynasty. Xiao He begot Xiao Yan, the Marquis of Fengding; Xiao Yan begot Xiao Biao, promoted to Palace Attendant; Xiao Biao begot Xiao Zhang, elevated to the assistant officer; Xiao Zhang begot Xiao Hao; Xiao Hao begot Xiao Yang; Xiao Yang begot Wangzhi, the master tutor of the Crown Prince; Wangzhi begot Xiao Yu, a Grand Master of the Palace; Xiaoyu begot Xiao Shao, a Censorate Chancellor; Xiao Shao begot Xiao Rong, Grand Master of the Palace; Xiao Rong begot Xiao Chan, the governor of the State of Jiyin; Xiao Chan begot Xiao Bing, the governor of the County of Wu; Xiao Bing begot Xiao Bao, the governor of Zhongshan; Xiao Bao begot Xiao Zhou, a Hierophant; Xiao Zhou begot Xiao Jiao, the governor of the County of Sheqiu; Xiao Jiao begot Xiao Kui, officer attendant; Xiao Kui begot Xiao Xiu, a provincial scholar; Xiao Xiu begot Xiao Bao, the administer of the County of Guangling; Xiao Bao begot Xiao Yi, a Taizhong Dafu; Xiao Yi begot Xiao Zheng, the governor of the County of Huaiyin; Xiao Zheng begot Xiao Xia, the governor of the County of Ji Yang; Xiao Xia begot Fuzi, officer attendant; Fuzi begot Daoci, a Nantai Censorate. Daoci begot Shunzhi, name of the diseased father of the Great Ancestor, a paternal kinsman of the Great Emperor（高帝）of the Qi dynasty. He was awarded as the Marquis in the County of Linxiang, and appointed Palace Attendant, serving in the House of Crown Prince, Commander-in-troops, the governor of Danyang, and favored as Zhenbei General.

[2] 高祖以宋孝武大明八年甲辰歲生於秣陵縣同夏里三橋宅。生而有奇異,兩胯駢骨,頂上隆起,有文在右手曰"武"。帝及長,博學多通,好籌略,有文武才幹,時流名輩咸推許焉。所居室常若雲氣,人或過者,體輒肅然。

[2] The Great Ancestor was born in the eighth Daming year (464) during the reign of Xiaowu Emperor of the Song Dynasty, in the abode in Sanqiao, the County of Tongxia, the County of Moling. He was born conspicuously uncommon, with such inbred remarkable signs as the two bones connected with each other in the two hips, protruded in the skull, a stripe in the right palm naturally presenting the character "martial." In the process of growth, he achieved comprehensiveness in studies and was quick in mastery, fond of strategation and gifted with civil and military capacities. He therefore was respected and admired by commoners and nobility alike. Cloud and mist used to circle around the room in which he lived, to be wondered at by any of the occasional passers-by.

[3] 起家巴陵王南中郎法曹行參軍,遷衛將軍王儉東閣祭酒。儉一見,深相器異,謂廬江何憲曰:"此蕭郎三十內當作侍中,出此則貴不可言。"竟陵王子良開西邸,招文學,高祖與沈約、謝朓、王融、蕭琛、范雲、任昉、陸倕等並遊焉,號曰八友。融俊爽,識鑒過人,尤敬異高祖,每謂所親曰:"宰制天下,必在此人。"累遷隨王鎮西咨議參軍,尋以皇考艱去職。隆昌初,明帝輔政,起高祖爲寧朔將軍,鎮壽春。服闋,除太子庶子、給事黃門侍郎,入直殿省。預蕭諶等定策勳,封建陽縣男,邑三百戶。

[3] In the beginning of his imperial career, he initiated as the Consultant in Troops of Nanzhonglang, the Duke of Baling, and was soon promoted as Dongge Counsellor Jijiu of Wang Jian, the Commander in Chief in Defending Force. Wang Jian was greatly impressed by his uniqueness at the first sight of him, saying to He Xian, a native of Lujiang, "This young man of the Xiao family shall be appointed a Palace Attendant before he is 30 years old, and it is impossible to estimate his achievements after that age." When Ziliang, the Duke of Jingling, was building the Western Abode, to recruit those accomplished in literature and scholarships, the Great Ancestor was traveling there together with Shen Yue, Xie Tiao, Wang Rong, Xiao Chen, Fan Yun, Ren Fang and Lu Chui, eulogized as "the Eight Friends." Among them, Wang Rong, handsome, straightforward, and far more advanced than others for his

knowledge and discrimination, still venerated the Great Ancestor, took him as different, and frequently intimated to those closely related, "It relies upon this one to reign the world." Finally appointed as Consultant in Troops of Zhenxi, the Duke of Sui, after a series of promotions, he, however, was forced to leave his position on the occasion of paternal death. In the first Longchang year (494), when the Emperor Ming was reigning, the Great Ancestor was appointed as Ningshuo General, to be stationed in the fortress of Shouchun. After the expiration of mourning, he was appointed as Executive Secretary-General of the House of Crown Prince, and then Assistant Minister in Court, to officiate in the royal palace and the ministries. For his participation in Xiao Chen's plot for the royal crown, he was awarded as the Baron of the County of Jianyang, ruling over 300 families.

[4] 建武二年，魏遣將劉昶、王肅帥眾寇司州，以高祖爲冠軍將軍、軍主，隸江州刺史王廣爲援。距義陽百餘里，眾以魏軍盛，趑趄莫敢前。高祖請爲先啓，廣即分麾下精兵配高祖。爾夜便進，去魏軍數里，徑上賢首山。魏軍不測多少，未敢逼。黎明，城內見援至，因出軍攻魏柵。高祖帥所領自外進戰。魏軍表裏受敵，乃棄重圍退走。軍罷，以高祖爲右軍晉安王司馬、淮陵太守。還爲太子中庶子，領羽林監。頃之，出鎮石頭。

[4] In the second Jianwu year (495), when the North Wei sent Liu Chang and Wang Su, both generals, to troop against the State of Si, he was appointed Guanjun General and Supreme Commander, Wang Guang, the governor of the State of Lijiang, as auxiliary. A few hundreds miles from Yiyang, of the mass, for fear of the troops from the North Wei in strength and number, no one dared to make any advancement, terrified and hesitating. There and then, the Great Ancestor volunteered to proceed as the pioneer, and Wang Guang, accordingly, selected those well-trained soldiers out of his own troop to be placed in his command. The Great Ancestor marched his new troop right in the same night, and, a few miles distant from the troop from the North Wei, ascended to the top of Xianshou Mountain. For the lack of knowledge of the exact multitude of the enemy, approach was not attempted. At dawn, at the

observation of the entrance of a reinforcement into the city, assault was consequently ordered and the garrison of the North Wei attacked. The troop in the command of the Great Ancestor advanced from outside. The troop of the North Wei, faced, thus, with both external and internal attacks, escaped the thick encirclement, and retreated. At the termination of the battlement, the Great Ancestor was appointed the governor of the County of Huailing, and the Right Chancellor of Wars to the Duke of Jin'an. At his return, he was further appointed as Secretary-General of the House of Crown Prince and Commander of Armed Escort. Soon after, he was ordered to march out to garrison the Citadel of Shitou.

[5] 四年,魏帝自率大衆寇雍州,明帝令高祖赴援。十月,至襄陽。詔又遣左民尚書崔慧景總督諸軍,高祖及雍州刺史曹虎等並受節度。明年三月,慧景與高祖進行鄧城,魏主帥十萬餘騎奄至。慧景失色,欲引退,高祖固止之,不從,乃狼狽自拔。魏騎乘之,於是大敗。高祖獨帥衆距戰,殺數十百人,魏騎稍却,因得結陣斷後,至夕得下船。慧景軍死傷略盡,惟高祖全師而歸。俄以高祖行雍州府事。

[5] In the fourth year (497), when the Emperor of the North Wei, in his own person, launched an offensive to the State of Yong, a massive army in his command, the Great Ancestor, at the order from the Emperor Ming of the Qi Dynasty, headed there for reinforcement. When, in October of the year, the army from the North Wei arrived at the County of Xiangyang, an imperial edict was dispatched to send Cui Huijing, the head of Ministry of Revenue, to command all the troops, and to appoint the Great Ancestor and Cao Hu, the governor of the Province Yong, as his subordinates. In March the next year (498), when Cui Huijing and the Great Ancestor advanced to the City of Deng, the Emperor of the North Wei, in command of more than one hundred thousand well-equipped cavalrymen, arrived there also, almost all of a sudden. Cui Huijing, anxious and frightened, conceived the idea of retreat, and, regardless of the consistent disagreement from the Great Ancestor, relinquished his garrison in great panic. The troops from the North Wei took

use of the chance, and Cui Huijing suffered a mortal defeat. In command of his troops, only the Great Ancestor counterattacked, and killed a few hundreds enemies. As the troops from the North Wei were forced to make some slight retreat, a chance issued for the Great Ancestor to rearrange his troops and protect the rear, and, thus, was able to lead his troops away by warships at evening. The troops in the command of Cui Huijing were almost annihilated for death and injuries while those of the Great Ancestor returned almost intact. Soon, the Great Ancestor was appointed to govern the State of Yong.

[6] 七月，仍授持節、都督雍梁南北秦四州郢州之竟陵司州之隨郡諸軍事、輔國將軍、雍州刺史。其月，明帝崩，東昏即位，揚州刺史始安王遙光、尚書令徐孝嗣、尚書右僕射江祏、右將軍蕭坦之、侍中江祀、衛尉劉暄更直内省，分日帖敕。高祖聞之，謂從舅張弘策曰："政出多門，亂其階矣。《詩》云：'一國三公，吾誰適從？'況今有六，而可得乎！嫌隙若成，方相誅滅，當今避禍，惟有此地。勤行仁義，可坐作西伯。但諸弟在都，恐罹世患，須與益州圖之耳。"

[6] In July of the year (498), the Great Ancestor officiated as the Commander in Chief, governing the four States of Yong, Liang, South and North Qin, was responsible for the military affairs in the City of Jingling in the State of Ying and the County of Sui in the State of Si, and was appointed as the Major Adjuvant General and the prefectural governor of the State of Yong. In the same month, when the Emperor Ming of the Qi Dynasty died, the Donghun Duke succeeded to the throne while Yao Guang, the Duke of Shi'an, the governor of the State of Yang, and Xu Xiaosi, the Chief of Secretariat, Jiang Shi, the Chancellor in Court, Xiao Tanzhi, the Right General, Jiang Si, the Palace Attendant, and Liu Xuan, the Minister of Defense acted as the regent in turn, issuing an imperial edict each day. Hearing of such situation, the Great Ancestor said to Zhang Hongce, his maternal uncle, "The national order has been disturbed by so many regencies. According to *The Book of Songs*, 'To which one shall I obey when there are three kings?' How can it be when, now, there are six regents! They are to destroy each other once suspicions and gaps occur, and the catastrophe is inescapable but here, where

you are. One could be raised up to be a wise king only when benevolence and righteousness is practiced. Now, in consideration of a few of my brothers' presence in the capital city, it is possible for them to suffer the evils of anarchy. It is necessary to make a plan with the Duke in the State of Yi."

[7] 時高祖長兄懿罷益州還,仍行郢州事,乃使弘策詣郢,陳計於懿曰:"昔晉惠庸主,諸王爭權,遂內難九興,外寇三作。今六貴爭權,人握王憲,制主畫敕,各欲專威,睚眦成憾,理相屠滅。且嗣主在東宮本無令譽,媟近左右,蜂目忍人,一總萬機,恣其所欲,豈肯虛坐主諾,委政朝臣。積相嫌貳,必大誅戮。始安欲爲趙倫,形跡已見,蹇人上天,信無此理。且性甚猜狹,徒取亂機。所可當軸,惟有江、劉而已。祐怯而無斷,暄弱而不才,折鼎覆餗,翹足可待。蕭坦之胸懷猜忌,動言相傷,徐孝嗣才非柱石,聽人穿鼻,若隙開釁起,必中外土崩。今得守外藩,幸圖身計,智者見機,不俟終日。及今猜防未生,宜召諸弟以時聚集。後相防疑,拔足無路。郢州控帶荊、湘,西注漢、沔;雍州士馬,呼吸數萬,虎視其間,以觀天下。世治則竭誠本朝,時亂則爲國剪暴,可得與時進退,此蓋萬全之策。如不早圖,悔無及也。"懿聞之變色,心弗之許。弘策還,高祖乃啓迎弟偉及憺。是歲至襄陽。於是潛造器械,多伐竹木,沉於檀溪,密爲舟裝之備。時所住齋常有五色回轉,狀若蟠龍,其上紫氣騰起,形如傘蓋,望者莫不異焉。

[7] Right at this period, as Xiao Yi, one of the eldest paternal brothers of the Great Ancestor, resigned his position in the State of Yi to officiate as the State Governor in the State of Ying, the Great Ancestor sent Zhang Hongce to make the plot understood to Yi: "As the Emperor Hui of the Jin Dynasty was fatuous and decadent, and all the dukes took the chance to strive for supremacy, domestic upheaval happened frequently while foreign enemies trespassed the borders from time to time, in consequence. Now, at present, six powers are fighting for control, all the national fortune in the hand of each of them, wishing to issue the imperial edicts in the name of the Emperor, willing to monopolize the scepter in despotism. Hatred is doomed to arise out of detestation, and it is inevitable that they shall massacre each other. In addition, the newly enthroned Emperor, even in his Crown Prince Residence, had no good fame to boast of, fierce and cruel to those close to him, as

ferocious as a wasp, taking victimization as pleasure. How could such a one, after enthronement, be voluntary to be a mere puppet, to relinquish his own imperial power to those royal officials? Harbor of suspicions and infidelity must germinate slaughter. The Duke of Shi'an, dreams of becoming another Zhao Lun, an ambitious usurper, and has already shown traces of his ambition. It is in the same way as one crippled in legs is wishing to ascend to the heaven, only to be considered as ridiculous and out of question. Besides, he, suspicious in temper and limited in scope, is only taking the chance to make troubles. It lies upon no one else but Jiang Chan and Liu Xuan, those two, the former timid and hesitant, the latter weak in will and short of capacity, only fit for the fall of the empire in a short time. Xiao Tan, suspicious and envious in nature, opens his moth only to hurt others while Xu Xiaosi, unable to shoulder the pillars of the state, is led around in the nostrils by others. So, if the suspicions are intensifying and the gaps widening, the empire will inevitably collapse both internally and externally. Now, you have the chance to be established and settled in a vassal state, lucky enough to make a living out of it. It is the practice of an enlightened one to make the best out of a favorable chance and never to wait for the doomsday without an attempt at change. It is better to take the present opportunity when there is neither suspicion nor precaution, and to summon all the brothers to gather together. There will be no retreat to which to turn when suspicion and precaution is flourishing. The State of Ying borders upon, and is well positioned to control over, the area of Han and Mian while the State of Yong is rich in the supplies of the soldiers and horses, both of which are to be recruited in hundreds and in thousands. In a such favorable geographical location, it is wise to circumspect and to wait for the opportunity to arrive. It is the rule to be loyal to the royal government when the empire is in peace and to attempt regicide when the empire is in anarchy. It is a never-failing strategy to advance or to retreat as demanded by occasions. It will be too late to regret if no early project is made." Xiao Yi, having listened to all those, was changed in the color of his face, failing to consent to him deep in his mind. When Zhang Hongce returned, the Great Ancestor received Xiao Wei and Xiao Dan, two of his younger brothers. The Great Ancestor came to Rangyang this year. There, in secret, weapons were being produced, and a great amount of bamboo felled and submerged to the bottom of the River of Tan, for the future construction of warships. Cloud, colorful and similar in shape to a dragon, used to hover over the abode that accommodated him then, and, over his head, air, purple in color, resembling a canopy, was rising and transpiring, to be greatly amazed and wondered by all those witnesses.

[8] 永元二年冬，懿被害。信至，高祖密召長史王茂、中兵呂僧珍、別駕柳慶遠、功曹史吉士瞻等謀之。既定，以十一月乙巳召僚佐集於廳事，謂曰："昔武王會孟津，皆曰'紂可伐'。今昏主惡稔，窮虐極暴，誅戮朝賢，罕有遺育，生民塗炭，天命殛之。卿等同心疾惡，共興義舉，公侯將相，良在茲日，各盡勳效，我不食言。"是日建牙。於是收集得甲士萬餘人，馬千餘匹，船三千艘，出檀溪竹木裝艦。

[8] In the winter of the second Yongyuan year (500), Xiao Yi was victimized. The Great Ancestor, at the arrival of the news, summoned, in secret, Wang Mao, a Consultant in Force, Lv Sengzhen, a Commander in Troops of Capital, Liu Qingyuan, a Prime Minister and Ji Shizhan, a Chief of the County, to plot rebellion. When a decision was made, on the 9th day, November, he, after all of his aids and staffs had been summoned to the assembly hall, said to them, "When the Emperor Wu of the Zhou Dynasty met other sovereigns or their deputies to form alliances at the Pier Meng, everyone claimed 'the Emperor Zhou of the Shang Dynasty is punishable.' Now, when the present benighted Emperor, abominable, ferocious and cruel, massacres the royal officials and even extinguishes their offspring, plunging all the subjected into misery and suffering, it counts upon us to punish him in the name of the heavenly will. All of you have the common volition to deracinate the evils, to promote the righteousness. A new generation of nobility is forming now and here. You are to try the best that you can while I shall keep my promise to all of you." Right in the same day, a banner was raised. Then, more than ten thousands soldiers were recruited, more than one thousand

horses collected, and three thousands warships constructed out of the salvaged bamboo lying at the bottom of the River of Tan.

[9] 先是，東昏以劉山陽爲巴西太守，配精兵三千，使過荊州就行事蕭穎冑以襲襄陽。高祖知其謀，乃遣參軍王天虎、龐慶國詣江陵，遍與州府書。及山陽西上，高祖謂諸將曰：“荊州本畏襄陽人，加唇亡齒寒，自有傷弦之急，寧不暗同邪？我若總荊、雍之兵，掃定東夏，韓、白重出，不能爲計。況以無算之昏主，役御刀應敕之徒哉？我能使山陽至荊，便即授首，諸君試觀何如。”及山陽至巴陵，高祖復令天虎齎書與穎冑兄弟。去後，高祖謂張弘策曰：“夫用兵之道，攻心爲上，攻城次之；心戰爲上，兵戰次之，今日是也。近遣天虎往州府，人皆有書。今段乘驛甚急，止有兩封與行事兄弟，云‘天虎口具’；及問天虎而口無所説，行事不得相聞，不容妄有所道。天虎是行事心膂，彼聞必謂行事與天虎共隱其事，則人人生疑。山陽惑於衆口，判相嫌貳，則行事進退無以自明，必漏吾謀内。是馳兩空函定一州矣。”山陽至江安，聞之，果疑不上。穎冑大懼，乃斬天虎，送首山陽。山陽信之，將數十人馳入，穎冑伏甲斬之，送首高祖。仍以南康王尊號之議來告，且曰：“時月未利，當須來年二月；遽便進兵，恐非廟算。”高祖答曰：“今坐甲十萬，糧用自竭，況所藉義心，一時驍鋭，事事相接，猶恐疑怠；若頓兵十旬，必生悔吝。童兒立異，便大事不成。今太白出西方，仗義而動，天時人謀，有何不利？處分已定，安可中息？昔武王伐紂，行逆太歲，復須待年月乎？”竟陵太守曹景宗遣杜思沖勸高祖迎南康王都襄陽，待正尊號，然後進軍。高祖不從。王茂又私於張弘策曰：“我奉事節下，義無進退，然今者以南康置人手中，彼便挾天子以令諸侯，而節下前去爲人所使，此豈歲寒之計？”弘策言之，高祖曰：“若使前途大事不捷，故自蘭艾同焚；若功業克建，威譽四海，號令天下，誰敢不從！豈是碌碌受人處分？待至石城，當面曉王茂、曹景宗也。”於沔南立新野郡，以集新附。

[9] In priority to all those, Liu Shanyang was appointed by the Donghun Duke as the governor of the County of Baxi, and was ordered by him to come to the State of Jing to attack, in command of three thousands well trained soldiers, Rangyang together with Xiao Yingzhou. The Great Ancestor, at the knowledge of the plot, sent Wang Tianhu and Pang Qingguo, both Consultants in Force, to proceed to Jingling, in order to dispatch letters and epistles to all the officials there. As Liu Shanyang was heading northwest, the

Great Ancestor announced to all the generals, "It is natural for a Jingzhou-er to nourish fear of those Rangyang-ers, and to be in great anxiety, for the share of a common lot. How can they not make conspiracy together? If I can conquer the East Xia in command and by means of the troops from the States of Jing and Yong, which one shall plot against me even if the great generals Han Xin and Bai Qi were still alive, not to mention those indecisive, benighted princes in command only of a mass forced into recruitment by swords? It only remains for you to brighten your eyes to witness how I, at the immediate arrival of Liu Shanyang in the State of Jing, shall make him give up his own head to me myself." The Great Ancestor, at the arrival of Liu Shanyang in Baling, dispatched Wang Tianhu to bring a letter to Xiao Yingzhou. The Great Ancestor, at the departure of Wang Tianhu, said to Zhang Hongce, "In concern with the use of military force, it is the best way to attack the mind while the worst to attack the fortress of the adversary, and it is a primary strategy to assault by the disturbance of the thoughts while a secondary one by the employment of the army. So is it with the present situation. I have, recently, sent Wang Tianhu to place a letter or an epistle in the hand of the officials of all ranks there. When, during this period, dispatch and exchange of letters is being frequent and urgent, there are only two letters that have been send to Xiao Yingzhou, the deputy governor, saying, 'Wait for Wang Tianhu to reveal the details in his own person.' Xiao Yingzhou, the deputy governor, shall, however, obtain no information at the inquiry of Wang Tisanhu, who had been forbidden the betrayal of anything. Suspicion, in consequence, is sure to prevail universally when it is commonly known that, since, for Xiao Yingzhou, Wang Tianhu is the most reliable and favorable, there must have been some conspiracy hidden in concealment by both of them together. My plot shall be effective when it is inevitable for Liu Shanyang, lost in confusion by all the rumour and hearsay, to consider Xiao Yingzhou as ready for betrayal while Xiao Yingzhou, himself, will be totally bewildered in the choice of either advance or of retreat. It is why the dispatch of two blank letters may make conquest of one State." When he had arrived at Jiang'an, Liu Shanyang, at the knowledge of the present situation, was lost, as it was presumed, in confusion as to what step to take next. Xiao yingzhou, tremendously terrified, beheaded Wang Tianhu and sent the head to Liu Shanyang as a token of obedience. Liu Shanyang, consequently, at the resumption of his confidence in Xiao Yingzhou, made entrance into the fortress of the State of Jing with dozens of escorts, only to be killed by the troops in ambush placed by Xiao Yingzhou, his head sent to the Great Ancestor as, again, a token of submission. Also sent was a proposal in the name of the Nankang Duke, in which it was said, "It is necessary to wait for the arrival of February the next year when it is improper to make advance at present. It must lead to catastrophe when a hasty and unprepared advance is attempted." The Great Ancestor responded, "It is inevitable for my provisions to be exhausted in consideration of my troops as amounting to tens of thousands in number. My great anxiety lies in the consistent maintenance of the sense of righteousness, by which my troops, valiant and brave for the freshness of it, are overcoming one obstacle after another. In the same troops, if settled in suspension for the duration of ten months, regret and retrospect shall certainly breed. It is impossible for a capricious child to achieve the grand. How can there be any traces of impropriety when human will coincides with heavenly opportunity, a time co-instantaneous with the appearance of the Vesper in the western celestial sphere, when it is the right time to act for and by the sense of righteousness. How is my career terminable in the process of culmination, when a new rank of positions and status has already been determined? The Emperor Wu of the Zhou Dynasty, in the process of the suppression of the Emperor Zhou of the Shang Dynasty, how is it possible for him to wait for the arrival of the proper opportunity, for the evasion of the impropriety in the time being?" Cao Jingzong, the governor of Jingling, gave his advice to the Great Ancestor that the Nankang Prince be established in Rangyang as the capital, for the obtainment of a formal name as the occasion of military advance. To it, the Great Ancestor, however, made no consent. Wang Mao, then, wrote, in privacy, to Zhang Hongce, "It is an obligation for me, attendant upon the

General Xiao Yan, to proceed without hesitation. Now at present, however, it is possible for one, with the Nankang Prince in his own control, to command the princes by the monopolization of the heavenly son. How can it be an ideal plan for this winter when you, the General, is placed in the danger of subordination?" The Great Ancestor, at the mention of it by Zhang Hongce, said, "With no guarantee of success in prospect, the good and the bad is to be consumed altogether. If, then again, I, with the culmination of my career and the establishment of my authority, give my orders to all directions, there will be no one that dares disobedience! Docile subordination is simply incredible. I, at my arrival at the City of Shi, shall give a thorough explication to Wang Mao and Cao Jingzong." The County of Xinye, south of the State of Mian, was, in accordance, founded, for the recruitment of those who had recently come in submission.

[10] 三年二月，南康王爲相國，以高祖爲征東將軍，給鼓吹一部。戊申，高祖發襄陽。留弟偉守襄陽城，總州府事，弟憺守壘城，府司馬莊丘黑守樊城，功曹史吉士詢兼長史，白馬戍主黄嗣祖兼司馬，都令杜永兼別駕，小府錄事郭儼知轉漕。移檄京邑曰：

夫道不常夷，時無永化，險泰相沿，晦明非一，皆屯困而後亨，資多難以啓聖。故昌邑悖德，孝宣聿興，海西亂政，簡文升歷，並拓緒開基，紹隆寶命，理驗前經，事昭往策。

[10] In February the third year (501), the Great Ancestor, at the appointment of the Prince Nankang as the premier, was commissioned as the General Dongzheng, and given a set of correspondent musical instruments. 23rd February, the Great Ancestor marched from Rangyang, with Xiao Wei, one of his brothers, stationed in the Fortress of Rangyang as the guard, to govern all the official affairs there, with Xiao Dan, another of his brothers, to defense the garrisons, with Zhang Qiumo, the county leader, to protect the Fortress of Fan, with Ji Shixun, to officiate as the County Magistrate

concurrently, with Du Yongqian, the County Magistrate, to function as Prime Governor and Guo Yi, the Minor Attendant in Charge, to be responsible for water transport. The Great Ancestor, then, made an official denunciation to those in the capital, saying,

"The world is not always peaceful, and the opportunity not always favorable. Peril and security interlace with each other, while gloominess and sobriety are interchangeable. It is common and universal with one to experience difficulties and hardships in the beginning and then to enjoy smoothness and prosperity, to become sagacious and intelligent after the torment of dilemma and catastrophe. It is only when the Changyi Emperor went against the heavenly virtues that Xiaoxuan began to rise in his power, and only when the Xihai Duke began to disturb the royal governance that the Jianwen Emperor had the chance to ascend to the throne. It is a general law that the amelioration of chaos proceeds the foundation of an imperial career, the arrival of a flourishing age and the fulfillment of the heavenly missions. Those principles have been verified by past experiences, and by relevant examples recorded in previous histories.

[11] 獨夫擾亂天常，毀棄君德，姦回淫縱，歲月滋甚。挺虐於髫剪之年，植險於髦卯之日。猜忌凶毒，觸途而著，暴戾昏荒，與事而發。自大行告漸，喜容前見，梓宮在殯，覗無哀色，歡娛遊宴，有過平常，奇服異衣，更極誇麗。至於選采妃嬪，姊妹無別，招侍巾櫛，姑侄莫辨，掖庭有稗販之名，姬姜被干戈之服。至乃形體宣露，褻衣顛倒，斬斮其間，以爲歡笑。騁肆淫放，驅屏郊邑。老弱波流，士女塗炭。行產盈路，輿屍竟道，母不及抱，子不遑哭。劫掠剽虜，以日繼夜。晝伏宵遊，曾無休息。淫酗酖肆，酣歌壚邸。寵恣愚豎，亂惑妖孽。梅蟲兒、茹法珍臧獲廝小，專制威柄，誅剪忠良，屠滅卿宰。劉鎮軍舅氏之尊，盡忠奉國；江僕射外戚之重，竭誠事上；蕭領軍葭莩之宗，志存柱石；徐司空、沈僕射搢紳冠冕，人望攸歸。或《渭陽》餘感，或勳庸允穆，或誠著艱難，或劬勞王室，並受遺托，同參顧命，送往事居，俱竭心力。宜其慶溢當年，祚隆後裔；而一朝齏粉，孩稚無遺。人神怨

結，行路嗟憤。蕭令君忠公幹伐，誠貫幽顯。往年寇賊遊魂，南鄭危逼，拔刀飛泉，孤城獨振。及中流逆命，憑陵京邑，謀猷禁省，指授群帥，克剪鯨鯢，清我王度。崔慧景奇鋒迅駭，兵交象魏，武力喪魂，義夫奪膽，投名送款，比屋交馳，負糧影從，愚智競赴。復誓旅江甸，奮不顧身，獎厲義徒，電掩強敵，克殲大憝，以固皇基。功出桓、文，勳超伊、呂；而勞謙省己，事昭心跡，功遂身退，不祈榮滿。敦賞未聞，禍酷遄及，預稟精靈，孰不冤痛！而群孽放命，蜂蠆懷毒，乃遣劉山陽驅扇遄逃，招逼亡命，潛圖密構，規見掩襲。蕭右軍、夏侯征虜忠斷夙舉，義形於色，奇謀宏振，應手梟懸，天道禍淫，罪不容戮。至於悖禮違教，傷化虐人，射天彈路，比之猶善，剖胎斮脛，方之非酷，盡寓縣之竹，未足紀其過，窮山澤之兔，不能書其罪。自草昧以來，圖牒所記，昏君暴后，未有若斯之甚者也。

[11] "Xiao Baojuan, a tyrant, disturbs the proceedings of the heavenly governance, relinquishes the royal virtues, and practices nothing but wickedness and adultery, to a greater degree day after day. He, in his infancy, was embedded with brutality, and, in his childhood, inbred with ferocity. Around him, suspicion and viciousness happens frequently, and, by him, ruthlessness and confusion occurs unconditionally. When the Emperor Ming of the Dynasty Qi was laid in the coffin in precedence to burial, a smiling look appeared in his face, and, when the coffin was still lying in the mortuary palace, no deploring hue dwelt there. Then, activities of entertainment and amusement were being held in higher frequency than usually, and bizarre clothes and outlandish garments were being worn for celebration and display. When it came to the selection of concubines, no discrimination was made even among his sisters, younger or older, and, when it concerned the recruitment of servants, no differentiation was applied to either his aunts or his nieces. The chambers that accommodate those concubines are notorious for the profits obtained out of cheap imports and dear exports, and those palace women are ridiculous enough to put on armors as if for battlement. It is easy for them to expose parts of their bodies, and usual to wear the underwear in a wrong way, and they, thus attired, killed each other incessantly, simply for a laugh from him. His adultery and self-indulgence, such it is, has its effects in the areas both rural and urban. Vagabond, old or young, is seen everywhere, and

people, men or women, suffer suppression. Women under labor are observable along any roads, and wagons overloaded with dead bodies block the streets. Mothers embrace no children, and children's cries are heard by no mothers. Plunder and pillage follows, and are followed by, capture and ransack, by day and at night. By Xiao Baojuan, diurnal repose and nocturnal amusement are never to terminate. He, in the taverns, are even promiscuous in practice and excessive in drinking, singing in a loud voice to no melody in an intoxicated state. Confidence and indulgence is so freely placed in those amoral and untalented that evils easily arise. Mei Chong'er and Ru Fazhen, tyrant and arbitrary, put those villains in important positions, killed those loyal and extinguished those high officials. Liu Lingjun Xuan, extinguished for his maternal lineage, tries all means to realize his patriotism; Jiang 'E, the Chancellor in Court, important as a royal relative, does his service sincerely; Xiao Lingjun, royally close, is determined to shoulder the national burden; Xu Sikong and Shen Wenji, proper for the service of a canopy for scholar-officials, enjoy popular fame. Of them, some are royally related on the maternal side while others are notable for their accomplishments; some overcome the obstacles in a loyal spirit while others are willing to make sacrifice for the throne, all entrusted by the late Emperor in his deathbed, and all determined to assist the newly enthroned one. All of them, since the disease of the late Emperor, have been in service of the present Emperor, diligent and royal. It is necessary to award them for their officiosity at present and to appoint their offspring to high officials in latter times. It should happen that they, inclusive of their children and grandchildren, are all massacred. It is a cruelty to the exasperation of humans and divinities alike, and even to the regret of those unfamiliar with them. Xiao Yi, loyal to the throne, is famous, among the alive and the dead equally, for his fidelity. At the most critical moment of the County of Nanzheng under the frequent attack from the North Wei, he defensed the besieged fortress at the drawing of sword. At the crucial moment of Chen Yingda's betrayal, when the capital was nearly under his command and a new dynasty was almost sharping, he, ordering various generals and armies, secured the integrity of our territory by a deadly attack to the rebel forces. Cui Huijing was distinguished by his bravery and quickness at the battlement outside of the entrance to the royal palace, to the extent that a great number of the enemies, thoroughly shocked and discouraged, came to surrender ceaselessly to his patronage, some of whom, laden with food, followed him like a shadow. In addition, regardless of his own benefit and keen on the coordination of the alliances, he, having made an loyal oath at Jiangdian, gave, at the speed of light, a fatal blow to the archenemy and secured the foundation of the throne. With such an achievement to outlast that of the Huan Duke of Qi and the Wen Duke of Jin, and with such a merit to tower over that of Yi Yinand Lv Wang, he, still in constant scrutiny of his own diligence and sincerity, shew his inner loyalty with outer practice, by resigning into retirement, in search of neither honor nor award. How can a sense of injustice and wrongness be inevitable when to a man of such loyal integrity, however, should befall, rather soon enough, disaster instead of reward? When the disobedient, as poisonous in intention as the wasps and scorpions, assembled into rebellion, Liu Shanyang was dispatched to recruit those criminals and to take in those desperado into conspiracy, to the end of a sneak attack. Xiao Yingzhou and Xiahou Xiang, men of loyalty and fidelity, defeated, by a subtle strategy and daring endeavor, such a villain of unpardonable guilt and irredeemable evil. Such as the Wuyi and Zhou Emperors of the Shang Dynasty and the Kang Duke of the Song State to have admonished the divinities by shooting an arrow dipped with blood into the heaven, such as the Ling Duke of the Jin State to have made fun out of shooting at the passengers, and such as the Zhou Emperor of the Shang Dynasty to have made observation of the embryo in the up-cut womb of a pregnant and of the bone marrow out of a wrecked thigh of a random passer-by—all of those, in combination, are no comparison to him whose violation of the traditional codes of ethics, injury of the morals and victimization of the populace are innumerable for all the volumes out of the bamboo slips, and inexhaustible by all the parchments out of the skins of hares. In fatuity and ferocity, no emperor or empress, recorded in history since the genesis of the world, is comparable to him, the one in power at present.

[12] 既人神乏主，宗稷阽危，海內沸騰，氓庶板蕩，百姓懍懍，如崩厥角，蒼生喁喁，投足無地。幕府荷眷前朝，義均休戚，上懷委付之重，下惟在原之痛，豈可卧薪引火，坐觀傾覆！至尊體自高宗，特鍾慈寵，明並日月，粹昭靈神，祥啓元龜，符驗當璧，作鎮陝藩，化流西夏，謳歌攸奉，萬有樂推。右軍蕭穎冑、征虜將軍夏侯詳並同心翼戴，即宮舊楚，三靈再朗，九縣更新，升平之運，此焉復始，康哉之盛，在乎茲日。然帝德雖彰，區宇未定，元惡未黜，天邑猶梗。仰稟宸規，率前啓路。即日遣冠軍、竟陵內史曹景宗等二十軍主，長槊五萬，驍騠爲群，鶚視爭先，龍驤並驅，步出橫江，直指朱雀。長史、冠軍將軍、襄陽太守王茂等三十軍主，戈船七萬，乘流電激，推鋒扼險，斜趣白城。南中郎諮議參軍、軍主蕭偉等三十九軍主，巨艦迅楫，衝波噎水，旗鼓八萬，焱集石頭。南中郎諮議參軍、軍主蕭憺等四十二軍主，熊羆之士，甲楯十萬，沿波馳艓，掩據新亭。益州刺史劉季連、梁州刺史柳惔、司州刺史王僧景、魏興太守裴帥仁、上庸太守韋睿、新城太守崔僧季，並肅奉明詔，龔行天罰。蜀、漢果銳，沿流而下；淮、汝勁勇，望波迤鶩。幕府總率貔貅，驍勇百萬，繕甲燕弧，屯兵冀馬，摐金沸地，鳴鞞聒天，霜鋒曜日，朱旗絳寓，方舟千里，駱驛係進。蕭右軍訏謨上才，兼資文武，英略峻遠，執鈞匡世。擁荆南之衆，督四方之師，宣贊中權，奉衛輿輦，旂麾所指，威棱無外，龍驤虎步，並集建業。黜放愚狡，均禮海昏，廓清神甸，掃定京宇。譬猶崩泰山而壓蟻壤，決懸河而注熛燵，豈有不殄滅者哉！

[12] "It is a time when there is no power to govern the people and to revere the divinities, a time when the nation has fallen into a perilous state, a time when all under heaven are left in disturbance, all living men in discomfort, always apprehensive of advent hazards and bodily damages, discordant with each other and appertaining nowhere. The General in Shogunate responsible for the national security, Xiao Yan, entrusted by the diseased emperor and revered by those close relatives, can neither sit in idleness to witness the overthrow of the empire, nor endure the rampant conflagration among combustible timbers. The offspring of the Gao Emperor, Xiao Baorong, pure and innocent as the solar and lunar light, fit to summon

the auspicious turtle and suitable for the crown, is held in reverence and respect for his fame in the State of Jing and his virtue among the Westerners, worshiped and lauded ceaselessly by hundreds of thousands. As Xiao Yingzhou and Xiahou Xiang, both in concordance and agreement, are now accommodated right at the place where the palace of the Chu Empire used to be located, with the sun, the moon and the stars resplendent and radiant, it is a new beginning for the whole world to experience a rebirth and a rise in fortune, for a time of national peace and order to issue and embody itself right now. Even if their imperial aura, however, has become obvious and discernible, the territory has not been all conquered in entirety, the head evils not eradicated, and, especially, the road to Jiankang, the capital city, still not unimpeded and transportable. In accordance with the divine will, I shall act as the pioneer to probe the road. Now, Wang Mao, General in Chief and the Secretariat of the State of Jing, together with other twenty generals, you shall cross the Heng River and head for the Suzaku Gate with 50,000 cavalrymen under your command, all speedy and brave, longing for the front and frowning at the rear. Wang Mao, Consultant in Force, General in Chief and the Governor of Rangyang, in company with other thirty generals, you shall, in command of 70,000 warships, pursue downstream to demolish the crack forces of the enemy, to overcome all the obstacles, and to attack Baixia City from the flank. Xiao Wei, Consultant in Troops and Supreme Commander in Nanzhonglang shogunate, with the auxiliary of other thirty-nine generals, you shall brave the winds and waves by battleships, in order to assemble the 80,000 forces at the Citadel of Shitou. Xiao Dan, Consultant in Troops and Supreme Commander in Nanzhonglang hogunate, for the assistance of other forty-two generals, you shall, in command of 100,000 invincible shieldmen, pursue upstream to make conquest in Xinting. Liu Jilian, the Governor of the State of Yi, Liu Mu, the Governor of the State of Liang, Wang Sengjing, the Governor of the State of Si, Pei Shiren, the Governor of Weixing, Wei Rui, the Governor of Shang Yong, Cui Sengji, the Governor of Xin Cheng—all of you are obeying to the right commandments in seriousness and operating the divine punishments in reverence. Thus far, all the assembled troops from the Shu and Han District are heading downstream while those from the districts around Huai and Ru River are breaking through the billows for the attack of enemies. Now, The General in shogunate has about one million brave and strong forces in his command, with prepared all the bows from the State of Yan and assembled all the horses from Zhao, able to shock the earth and the heaven with the bit of the battle drum, to outshine the sun with the sharp blades and to dye the sky red with the flags, to block the traffic of the rivers by the numerous battleships, attached with and to each other. Xiao Yingzhou is capable of strategy and plan, of arts both martial and literary, of foresight and prospect, and of impartial and universal benefit. The people in the south of the Jing District are under his government, the forces from the four directions in his command, the imperial edicts for him to announce and the royal carriage for him to protect. No adversary is unconquered when it is pointed at by his flags and he is now heading for the capital, Jiankang, with all his troops. He, the equal of the Haihun Duke, will set into exile those incompetent and designing officials when the capital is pacified, the countryside resettled into peace. He to his adversaries is the compressing Mountain Tai to an anthill, and a high-bedded river to break the dike to a sparkle of fire. Such is the contrast of the two sides as to leave no doubt as to the preservation and the destruction.

[13] 今資斧所加，止梅蟲兒、茹法珍而已。諸君咸世胄羽儀，書勳王府，皆俯眉姦黨，受制凶威。若能因變立功，轉禍爲福，並誓河、嶽，永紆青紫。若執迷不悟，距逆王師，大衆一臨，刑茲罔赦，所謂火烈高原，芝蘭同泯。勉求多福，無貽後悔。賞罰之科，有如白水。

[13] "Those who are to be put to the edge of the axes, at present, are more than Mei Chong'er and Ru Fazhen. All of you present here, the offspring of either the revered nobles or the well learned, should, however, bow down before and be threatened by such a band of conspirators. You shall, then again, be enjoying yourselves as high officials in the future if you may, as the time is changing, make a contribution and change the ominous into the

auspicious, just by an oath to the Huang River and the Five Mountains. If you are so obstinate as to consider resistance, you will, nevertheless, be put into extermination at the arrival of the main body of the troops, to be consumed in the same manner as it is in a plain where weeds and orchids, alike, are to be burned together in a coming fire. My advice for you all, thus, is to strive for the good fortune and to turn away from regret. The boundary between reward and punishment shall be as clear as a pool of water."

[14] 高祖至竟陵，命長史王茂與太守曹景宗爲前軍，中兵參軍張法安守竟陵城。茂等至漢口，輕兵濟江，逼郢城。其刺史張沖置陣據石橋浦，義師與戰不利，軍主朱僧起死之。諸將議欲併軍圍郢，分兵以襲西陽、武昌。高祖曰："漢口不闊一里，箭道交至，房僧寄以重兵固守，爲郢城人掎角。若悉衆前進，賊必絕我軍後，一朝爲阻，則悔無所及。今欲遣王、曹諸軍濟江，與荊州軍相會，以逼賊壘；吾自後圍魯山，以通沔、漢。郳城、竟陵間粟，方舟而下；江陵、湘中之兵，連旗繼至。糧食既足，士衆稍多，圍守兩城，不攻自拔，天下之事，臥取之耳。"諸將皆曰"善"。乃命王茂、曹景宗帥衆濟岸，進頓九里。其日，張沖出軍迎戰，茂等邀擊，大破之，皆棄甲奔走。荊州遣冠軍將軍鄧元起、軍主王世興、田安等數千人，會大軍於夏首。高祖築漢口城以守魯山，命水軍主張惠紹、朱思遠等遊遏江中，絕郢、魯二城信使。

[14] The Great Ancestor, upon arriving at Jingling, gave the command that Wang Mao, the County Magistrate, and Cao Jingzong, the Prefectural-Level Governor, advance as the vanguard while Zhang Fa'an, the Consultant in Troops of Capital, be stationed at the Citadel of Jingling for defense. In command of his troops, Wang Mao, when he reached Hankou, ordered a small army to cross the river and come to affront the Citadel of Ying. Zhang Chong, the Governor of the Citadel of Ying, entrenched within Shiqiaopu, arrayed his troops for the coming confront, only to be defeated by the righteous army in the battlement, with Zhu Sengqi, the Supreme Commander, diseased upon the spot. All the generals, then, gave the consul that the troops, for one part, be assembled to besiege the Citadel of Ying and, for the other, divided to attack Xiyang and Wuchang. To their consul, the Great Ancestor replied, "as the

Han River is less than one mile in breadth, it is possible for the defenders to attack, by shooting arrows from the two flanks, whatever ships that come downstream in the middle channel. In addition, Fang Sengji defends Lushan with a massive force, further reinforced as a double defense by the Citadel of Ying. If advance is made at the full force from our side, it will certainly happen that the adversaries shut off completely the only retreat, a situation that it is never too early to regret and evade. My plan of operations is that Wang Mao and Cao Jingzong lead their troops to cross the river, unite with the troops in Jingzhou, and close in upon the citadel of the adversaries. At that time, I shall besiege Lushan, in order to make serviceable to our troops the water carriages in the Rivers of Mian and Han. In that situation, it will be possible for the provisions from Yuncheng and Jingling to be transported downstream by ships in combination with one another, and for the troops from Jiangling and Xiangzhong to reinforce ours incessantly. The sufficiency in both provisions and forces, for certain, ensures the bloodless conquest of the two besieged citadels. The achievement of the imperial career is easy in that light." The generals said in unison, "great!" In accordance, the Great Ancestor gave order to Wang Mao and Cao Jingzong to lead their troops across the river and to be stationed at Jiulicheng. Right that day, Zhang Chong led his troops out to confront the attack, only to be fatally defeated by Wang Mao, and to take an armorless flight. A large troop is dispatched from Jingzhou, with Deng Yuanqi as the General in Chief, Wang Shixing and Tian'An as the Supreme Commander, to be united with that from Yongzhou at Xiashou. Upon that spot, the Great Ancestor commenced the construction of the Citadel of Hankou to isolate Lushan, and gave order to Zhang Huishao and Zhu Siyuan, both commanders of the navy, to patrol along the river, in order to cut off the communications by messengers between the two Citadels of Ying and Lu.

[15] 三月，乃命元起進據南堂西隄，田安之頓城北，王世興頓曲水故城。是時張沖死，其衆復推軍主薛元嗣及沖長史程茂爲主。乙巳，南康王即帝位於江陵，改永元三年爲中興元年，遙廢東昏爲涪陵王。以高祖爲尚書左僕射，加征東

大將軍、都督征討諸軍事,假黃鉞。西臺又遣冠軍將軍蕭穎達領兵會於軍。是日,元嗣軍主沈難當率輕舸數千,亂流來戰,張惠紹等擊破,盡擒之。

[15] In March of the year (501), the Great Ancestor gave the order to Deng Yuanqi to advance to and be stationed in the western marshland in Nantang, to Tian Anzhi to be stationed in the northern part of Jingling, and to Wang Shixing to be stationed in the ancient Citadel of Qushui. At this moment, when Zhang Chong had already been dead, Xue Yuansi, the Supreme Commander, and Cheng Mao, the Consultant in Force, were both elected by Zhang's subordinated as the Commander in Chief. In the 10th day of March, the Nankang Emperor, enthroned at Jiangling, with the third year of Yongyuan changed into the first year of Zhongxing, degraded the Duke of Donghun to the Fuling Prince. The Great Ancestor was appointed as the Chancellor in Court, promoted to Commander in Chief for the supervision of expeditionary affairs, and entrusted to the privilege of the employment of the imperial golden axe, as a token of royal favor. In addition, Xiao Yingda, the General in Chief, was commissioned by the Xitai to be united with him. Upon the same day, Shen Nandang, the general of Xue Yuansi's troops, in command of thousands of boats, crossed the river for battle with Zhang Huishao, only to result in a thorough defeat and a complete capture.

[16] 四月,高祖出沔,命王茂、蕭穎達等進軍逼郢城。元嗣戰頗疲,因不敢出。諸將欲攻之,高祖不許。

五月,東昏遣寧朔將軍吳子陽、軍主光子衿等十三軍救郢州,進據巴口。

[16] In April of the year (501), the Great Ancestor, in the campaign against the Citadel of Mian, gave the order to Wang Mao and Xiao Yingda to confront the Citadel of Ying. Xue Yuansi, however, fatigued by recent battlements, showed no audacity to encounter such an attack. Though all the generals were only too willing to carry out the attack, the Great Ancestor gave no assent.

In May of the year (501), Wu Ziyang, the Ningsu General, and Guang Zijin, the General, were commissioned by the Donghun Duke to come, at the head of thirteen troops, to the rescue of the Citadel of Ying and to be stationed in Bakou.

［17］六月，西臺遣衛尉席闡文勞軍，齎蕭穎冑等議，謂高祖曰："今頓兵兩岸，不併軍圍郢，定西陽、武昌，取江州，此機已失；莫若請救於魏，與北連和，猶爲上策。"高祖謂闡文曰："漢口路通荊、雍，控引秦、梁，糧運資儲，聽此氣息，所以兵壓漢口，連絡數州。今若併軍圍城，又分兵前進，魯山必阻沔路，所謂扼喉。若糧運不通，自然離散，何謂持久？鄧元起近欲以三千兵往定尋陽，彼若歡然悟機，一酈生亦足；脫距王師，故非三千能下。進退無據，未見其可。西陽、武昌，取便得耳，得便應鎮守。守兩城不減萬人，糧儲稱是，卒無所出。脫賊軍有上者，萬人攻一城，兩城勢不得相救。若我分軍應援，則首尾俱弱；如其不遣，孤城必陷。一城既沒，諸城相次土崩，天下大事於是去矣。若郢州既拔，席捲沿流，西陽、武昌，自然風靡，何遽分兵散衆，自貽其憂！且丈夫舉動，言靜天步；況擁數州之兵以誅羣豎，懸河注火，奚有不滅？豈容北面請救，以自示弱！彼未必能信，徒貽我醜聲。此之下計，何謂上策？卿爲我白鎮軍：前途攻取，但以見付，事在目中，無患不捷，恃鎮軍靖鎮之耳。"

[17] In June of the year (501), dispatched by the Xitai to show recognition for the valor of the troops, Shan Wen said, in accordance to the consuls given by Xiao Yingzhou, to the Great Ancestor, "the opportunity for combat has already been lost when our troops, stationed along the two banks of the river, fail to be united for the besiege of the Citadel of Ying, for the conquest of Xiyang and Wuchang, and for the overthrow of the powers in the State of Jiang. Now, the supplication to those northern powers for reinforcement and union is the most timely strategy." To Shan Wen, the Great Ancestor replied, "the regularity in the transportation and reservation of provisions, in every way, depends upon the situations around Hankou, the thoroughfare to connect the Citadels of Jing with Yong, the strategic area to take control of the area of Qin and Liang. It is, therefore, necessary to cause a series of consequential reactions among those citadels when Hankou feels the compression from our troops. The defending troops in Lushan will definitely come to shut off the passage to Mian, a situation similar in seriousness to the

obstruction of a man's throat, if, now, our troops need, on the one side, to be united for the besiege of the citadels and, on the other, to be separated for several advances. How can a troop, in stead of coming into a natural dispersion, last for long when the transportation of the provisions is fatally threatened? Such a persuasive talker as Li Sheng suffices to realize the grand plan recently made by Deng Yuanqi to conquer Xunyang by a troop of three thousands men if he, all of a sudden, may happen to intuit our present advantage. If, then again, a complete defence is maintained, conquest is incredible just with three thousands men. I give no assent to a strategy that is apt, if fully realized, to culminate in the embarrassing situation in which it will be pointless either to retreat or to advance. The two Citadels of Xiyang and Wuchang, however conquerable under attack, still needs stationed troops for defence. It is impossible, within the limit of such a short time, to make provisions for the maintenance of a troop of no less than ten thousands men, needed for the defence of the citadel. It will be impractical for the troops in the two citadels to rescue each other if there happens to be some farsighted strategists in the enemy troop that give the advice to make an attack against just one citadel by ten thousands men. Our troop will be weakened both in the front and in the rear if it needs to be divided for the rescue. An isolated citadel will be considered as lost to the enemy if no troop comes for rescue. The imperial career will come into abolition with the catastrophic submergence of all the citadels caused initially by the loss of the first one. When, upon the conquest of the Citadel of Ying, all the citadels along the river shall be endangered, and Xiyang and Wuchang naturally threatened in that situation, how can there be any necessity in bringing crisis and trouble to ourselves by dispersing the troops into different directions. A great man's career is to reverse the national destiny. In the same way as no conflagration is unquenchable by the current from the water reserved in a dam, no enemy is unconquerable by the attack from the forces kept within our numerous citadels. Supplication to the northern powers for reinforcement is nothing but a sign of our own military weakness. Confidence in the North Wei, vulnerable as it is, serves as no less than a blemish to our reputation. How can a strategy of such an ominous quality be termed as a timely one? Please make my plan clear to Xiao yingzhou, the Zhenjun General; for the future attack and conquest, he needs only to trust me, who have comprehended and prearranged the whole campaign; and he, the better not distracted by the apprehension of failure, needs only to maintain the regular operations of the stationed troops."

[18] 吳子陽等進軍武口，高祖乃命軍主梁天惠、蔡道祐據漁湖城，唐修期、劉道曼屯白陽壘，夾兩岸而待之。子陽又進據加湖，去郢三十里，傍山帶水，築壘柵以自固。魯山城主房僧寄死，衆復推助防孫樂祖代之。七月，高祖命王茂帥軍主曹仲宗、康絢、武會超等潛師襲加湖，將逼子陽。水涸不通艦，其夜暴長，衆軍乘流齊進，鼓噪攻之，賊俄而大潰，子陽等竄走，衆盡溺於江。王茂虜其餘而旋。於是郢、魯二城相視奪氣。

[18] The Great Ancestor, upon the attack of Wukou from a troop in command of Wu Ziyang, gave order to Liang Tianhui and Cai Daoyou, both generals, to defense the Citadel of Yuhu, to Tang Xiuqi and Liu Daoman to be stationed at the fort of Baiyang, for a future attack against the enemy troop from both banks of the river. Then, after the conquest of the Lake of Jia, distant from the Citadel of Ying by thirty miles, Wu Ziyang commenced the construction of the fortification for defence, backed by the mountains and fronted with the waters. Sun Lezu, the General in Borderland, was elected as the Commander in Chief, at the death of Fang Sengji, the previous Chief of the Citadel of Lushan. In July of the year, the Great Ancestor gave order to Wang Mao to make a sneak attack against Jiahu, in command of the troops of Cao Zhongzong, Kang Xuan and Wu Huichao, as the preparation for the combat with Wu Ziyang. The river, usually completely dried up of water and impossible for passage, happened, however, to flood right upon the night to enable the troops, excited by the beating of the drums and the shouts of the warriors, to make an assembled attack, from which the enemy suffered a fatal blow, with Wu Ziyang fleeing away and the soldiers drowned to death in great numbers. After the capture of the rest of the enemies, Wang Mao returned

with a glorious victory. It was a dead shock to the Citadels of Ying and Lu.

[19] 先是，東昏遣冠軍將軍陳伯之鎮江州，爲子陽等聲援。高祖乃謂諸將曰："夫征討未必須實力，所聽威聲耳。今加湖之敗，誰不弭服。陳虎牙即伯之子，狼狽奔歸，彼間人情，理當恟懼，我謂九江傳檄可定也。"因命搜所獲俘囚，得伯之幢主蘇隆之，厚加賞賜，使致命焉。魯山城主孫樂祖、郢城主程茂、薛元嗣相繼請降。初，郢城之閉，將佐文武男女口十餘萬人，疾疫流腫死者十七八，及城開，高祖並加隱恤，其死者命給棺槥。

[19] Earlier on, Chen Bozhi, the General in Chief, was dispatched by the Donghun Duke to be stationed in the State of Jiang, to serve as the reinforcements to Wu Ziyang. With such a situation within mind, the Great Ancestor announced to the generals, "it is in virtue of renown and grandeur, rather than by means of force and strength, that a battle is won. Who is now audacious enough to refuse subjection in face of the complete defeat of Wu Ziyang at the battle of Jihu? It is my calculation that a mere sheet of officious accusation suffices for the peaceful conquest of Jiujiang, at a time when terror, the natural offspring of Chen Huya's flight, son of Chen Bozi, must be the mental state of the people around there." Identified after a search among the captives, affected by the Great Ancestor, Su Longzhi, a Master of Ceremonies of Chen Bozhi, was, munificently bribed, dispatched to deliver the message. Sun Lezhu, the Commander in Chief of the Citadel of Lu, Cheng Mao, that of Ying, and Xue Yuansi pleaded for surrender one after another. At the conquest of the Citadel of Ying, the Great Ancestor gave the order to bury the dead with the coffins, and to make compensations for the alive, the survivors of the more than hundred thousand inhabitants at the close of the entrance earlier on, of whom seven, or eight, out of ten perished of famine or pestilence.

[20] 先是，汝南人胡文超起義於灄陽，求討義陽、安陸等郡以自效，高祖又遣軍主唐修期攻隨郡，並克之。司州刺史王僧景遣子貞孫入質。司部悉平。

[20] Earlier on, Hu Wenchao, from Ruyang, after an insurrection in Sheyang, asked for attacks against the Counties of Yiyang and Anlu, as a

token of his service for the Great Ancestor. Dispatched by the Great Ancestor, in accordance, to attack the County of Sui, Tang Xiuqi, a Supreme Commander, made the conquest and returned with triumph. The bloodless conquest of the State of Si followed the voluntary hostage of Wang Zhensun, son of Wang Sengjing, the Governor of the state.

[21] 陳伯之遣蘇隆之反命，求未便進軍。高祖曰："伯之此言，意懷首鼠，及其猶豫，急往逼之，計無所出，勢不得暴。"乃命鄧元起率衆，即日沿流。八月，天子遣黄門郎蘇回勞軍。高祖登舟，命諸將以次進路，留上庸太守韋叡守郢城，行州事。鄧元起將至尋陽，陳伯之猶猜懼，乃收兵退保湖口，留其子虎牙守盆城。及高祖至，乃束甲請罪。九月，天子詔高祖平定東夏，並以便宜從事。是月，留少府、長史鄭紹叔守江州城。前軍次蕪湖，南豫州刺史申胄棄姑孰走，至是時大軍進據之，仍遣曹景宗、蕭穎達領馬步進頓江寧。東昏遣征虜將軍李居士率步軍迎戰，景宗擊走之。於是王茂、鄧元起、吕僧珍進據赤鼻邏，曹景宗、陳伯之爲遊兵。是日，新亭城主江道林率兵出戰，衆軍擒之於陣。大軍次新林，命王茂進據越城，曹景宗據皂莢橋，鄧元起據道士墩，陳伯之據籬門。道林餘衆退屯航南，義軍迫之，因復散走，退保朱爵，憑淮以自固。時李居士猶據新亭壘，請東昏燒南岸邑屋以開戰場。自大航以西、新亭以北，蕩然矣。

[21] Su Longzhi was dispatched by Chen Bozhi to ask for a delay of the advance of the troops. The Great Ancestor said, "the supplication of Chen Bozhi is an embodiment of his hesitation, of which it is profitable to make use by an instantaneous attack, in order to drain all his sources." Right at the same day, Deng Yuanqi was ordered to head downstream, in command of a large army. In August of the year (501), Xiao Baorong, the He Emperor of the Qi Dynasty, dispatched Su Hui, an Assistant Minister, to make recognition of the achievements of the troops. The Great Ancestor, aboard a battleship, gave the order to the generals to advance in an arranged sequence, with Wei Rui, the Prefectural-Level Governor, left to defense the Citadel of Ying, and to deal with all the officious affairs. When Deng Yuanqi had almost advanced to Xunyang, Chen Bozhi, still in doubt and terror, make retreat for a defence of Hukou, with Chen Huya, his son, stationed for the protect of the Citadel of

Pen. At the arrival of the Great Ancestor, Chen Boshi, bound up, gave up defence and pleaded for guilt and punishment. In September, the Emperor gave the imperial edict to the Great Ancestor to conquer Dongxia, and to make the best of the opportunities as appear. In the same month, Zheng Shaoshu, the County Magistrate and Consultant in Force, was left to be stationed in the Citadel of Jiangzhou. By the time when the troops had advanced to be stationed in the Citadel of Gushu, deserted by Jia Zhou, the general of the South State of Yu, who had already fled at the arrival of the vanguard at Wuhu, the Great Ancestor dispatched Cao Jingzong and Xiao Yingda to advance, in command of the cavalry, to Jiangning for station. Li Jushi, the Zhenglu General, disptached by the Donghun Duke to confront the attack with infantry, was thoroughly defeated by Cao Jingzong. Then, as a consequence, Wang Mao, Deng Yuanqi and Lv Sengzhen advanced to be stationed in Chibiluo while the troops in the command of Cao Jingzong and Chen Bozhi marched as mobile forces. In the same day, Jiang Daolin, the commander of the Citadel of Xinting, was captivated alive by the warriors in the combat against the attack. The Great Ancestor, soon after the arrival of the troops in Xinlin, gave order to Wang Mao to advance to the Citadel of Yue, to Cao Jingzong to be stationed in Zhaojiaqiao for defence, to Deng Yuanqi to defense Daoshidun, and to Chen Bozhi to protect Limen. The remnants of the troop in the command of Jiang Daolin that had retreated to defense Hangnan, after another defeat and flight at the attack from the righteous troops, finally retreated to defense Zhujue and endeavored to make fortification by means of the Huai River. Right at that time, Li Jushi, still in control of the Citadel of Xinting, made the supplication to the Donghun Duke to ignite the cottages in the towns along the southern bank of the river, in order to make a new field for battlement. All the architectures west of Dahang and north of Xiting were thus burned into ash and dust.

［22］十月，東昏石頭軍主朱僧勇率水軍二千人歸降。東昏又遣征虜將軍王珍國率軍主胡虎牙等列陣於航南大路，悉配精手利器，尚十餘萬人。閹人王㑏子

持白虎幡督率諸軍,又開航背水,以絕歸路。王茂、曹景宗等掎角奔之,將士皆殊死戰,無不一當百,鼓噪震天地。珍國之衆,一時土崩,投淮死者,積屍與航等,後至者乘之以濟,於是朱爵諸軍望之皆潰。義軍追至宣陽門,李居士以新亭壘、徐元瑜以東府城降,石頭、白下諸軍並宵潰。壬午,高祖鎮石頭,命衆軍圍六門,東昏悉焚燒門內,驅逼營署、官府並入城,有衆二十萬。青州刺史桓和紿東昏出戰,因以其衆來降。高祖命諸軍築長圍。

[22] In October of the year (501), Zhu Sengyong, the Supreme Commander in the Citadel of Shitou in the control of the Donghun Duke, surrendered in command of a navy of two thousands men. Then, the Donghun Duke disptched Wang Guozhen, Zhenglu General, at the head of Hu Huya and other supreme commanders, to array the troops of more than ten thousands men at Hangnan Dalu, all equipped with strong armory and exquisite provisions. In hand a command flag with a white tiger in it, Wang Zhangzi, an eunuch, in command of all the troops, gave the order to destroy all the bridges so as to nullify the hope for retreat, ready to fight to win or die. The Troops of Wang Mao and Cao Jingzong came into the battlement from both sides for a double attack, of which both the soldiers and commanders, one worth a hundred in force, carried out a most brave fight, encouraged by the beating of the drums and the clamour of the warriors. The troops of Wang Guozhen suffered an immediate defeat, and, of those who were drowned to death in the Huai river, the accumulated bodies reached the height of the pontoon bridge, only to serve as a passage to cross for those who fled at a later time. Then, the troops at Suzaku Bridge took flight. At the arrival of the righteous army at Xuanyang Gate, Li Jushi surrendered the Citadel of Xinting and Yu Yuanyu that of Dongfu, and, in addition, the troops at Shitou, Baixia and so on all flew into flight. On the 21st day, when the Great Ancestor, in the attack against the Citadel of Shitou in person, gave the order to the troops to besiege the six entrances, the Duke of Donghun, after having burned down everything in the outer city, forced all the forces and officers into the inner, two million in number. Huan He, the governor of the State of Qing, pretending to the Duke of Donghun to attack, took the opportunity to surrender with his own troop.

The Great Ancestor gave the order for the construction of a long closure.

[23] 初，義師之逼，東昏遣軍主左僧慶鎮京口，常僧景鎮廣陵，李叔獻屯瓜步，及申胄自姑孰奔歸，又使屯破墩以爲東北聲援。至是，高祖遣使曉喻，並率衆降。乃遣弟輔國將軍秀鎮京口，輔國將軍恢屯破墩，從弟寧朔將軍景鎮廣陵。吳郡太守蔡夤棄郡赴義師。

[23] Earlier one, the Donghun Duke, at the approach of the righteous army, had dispatched Zuo Sengqing, the Supreme Commander, to be stationed in Jingkou, to Chang Sengjing to be stationed in Guangling, to Li Shuxian to be stationed in Guabu, and to Shen Zhou, after the flight from Gushu, to be stationed in Podun as a reinforcement to the north and to the east. Now, all of them surrendered with their troops when messengers were dispatched by the Great Ancestor to them for the clarification of contemporary state. Thereafter, Xiao Xiu, his brother and the Major Adjuvant General, were dispatched to be stationed in Jingkou, Xiao Hui, the Major Adjuvant General, to be stationed in Podun, and Xiao Jing, his cousin and Ningsu General, to be stationed in Guangling. Cai Yin, the Governor of the County of Wu, gave up defence and surrendered to the righteous army.

[24] 十二月丙寅旦，兼衛尉張稷、北徐州刺史王珍國斬東昏，送首義師。高祖命呂僧珍勒兵封府庫及圖籍，收嬖妾潘妃及凶黨王咺之以下四十一人屬吏，誅之。宣德皇后令廢涪陵王爲東昏侯，依漢海昏侯故事。授高祖中書監、都督揚、南徐二州諸軍事、大司馬、錄尚書、驃騎大將軍、揚州刺史，封建安郡公，食邑萬戶，給班劍四十人，黃鉞、侍中、征討諸軍事並如故，依晉武陵王遵承制故事。

[24] On the very early morning of the 6th day in December of the year (501), the Donghun Duke was assassinated by Zhang Ji, the Minister of Defense, and Wang Zhenguo, the Governor of the North State of Xu, whose head was cut off as trophy for the righteous army. The Ancestor gave the order to Lv Sengzhen to lead the troops to block the treasury and the archives, to arrest Pan, the concubine in the favor of the Donghun Duke, Wang Xuanzhi, her conspirator, and forty one others, and to put them all to death.

The Xuande Empress gave the edict to degrade the Peiling Prince to the Donghun Duke, in accordance with the previous example of the Duke Haihun in the Han dynasty. The Great Ancestor was appointed as Supervising Secretary, the Governor and Commandery of the two States of Yang and South Xu, Great Minister of War, Chief of Secretariat, the General of Paladin, the Governor of the State of Yang, knighted as the Duke of the County of Jian'an, in control of a populace of ten thousands, and favored with the employment of forty decorated swords, with preserved those offices of Golden Battleax, Palace Attendants and Zhengtao, in accordance with the previous example of Zun, the Wuling Prince in the Jin Dynasty.

［25］己卯，高祖入屯閱武堂。下令曰："皇家不造，遘此昏凶，禍挺動植，虐被人鬼，社廟之危，蠢焉如綴。吾身籍皇宗，曲荷先顧，受任邊疆，推轂萬里，眷言瞻烏，痛心在目，故率其尊主之情，屬其忘生之志。雖寶曆重升，明命有紹，而獨夫醜縱，方煽京邑。投袂援戈，克弭多難。虐政橫流，爲日既久，同惡相濟，諒非一族。仰稟朝命，任在專征，思播皇澤，被之率土。凡厥負贔，咸與惟新。可大赦天下，唯王咺之等四十一人不在赦例。"

[25] In the 19th day in December, the Great Ancestor entered into the Hall of Yuewu. There, he ordered, "rarity of achievements is the cause of universal ferocity and benightedness, of which, the disasters even threaten the prosperity of the animal and the vegetal world, and the catastrophes influence the alive and the dead, when the imperial career is fatally compromised, always in an inclination to fall all of a sudden. A member of the imperial blood, entrusted by the former emperor for the defence of the border of the territory, I have, formerly, served as a supplement for others to achieve great careers while, now, at the remembering of the last words of the former emperor, I cannot help refraining from sadness at the sight of the present condition. Therefore, it is necessary for me to fortify the will to striving regardless of life or death in accordance with the admonition and advice from the former emperor. In spite of the rebirth of a new dynasty and the continuance of the imperial career, I still started a resurrection in the capital at

the dominance and tyranny of the new emperor. I took up the weapons resolutely to get rid of all the disasters. However, the practice of the tyrannical governance must have lasted a long time and it is more than one family that is involved in those contemporary evils. In accordance with the imperial will, I was especially commissioned to make conquest of those evils, and to disseminate the royal favor to every corner of the world within the boundaries. All the committed evils are pardonable. An acquittal is universally applicable. Excepted are Wang Xuanzhi and forty-one others."

[26] 又令曰:"夫樹以司牧,非役物以養生;視人如傷,豈肆上以縱虐? 廢主棄常,自絶宗廟。窮凶極悖,書契未有。征賦不一,苛酷滋章。緹繡土木,菽粟犬馬,征發閻左,以充繕築。流離寒暑,繼以疫癘,轉死溝渠,曾莫救恤,朽肉枯骸,烏鳶是厭。加以天災人火,屢焚宫掖,官府臺寺,尺椽無遺,悲甚《黍離》,痛兼《麥秀》。遂使億兆離心,疆埸侵弱,斯人何辜,離此塗炭! 今明昏遞運,大道公行,思治之氓,來蘇兹日。猥以寡薄,屬當大寵,雖運距中興,艱同草昧,思闡皇休,與之更始。凡昏制、謬賦、淫刑、濫役,外可詳檢前源,悉皆除蕩。其主守散失,諸所損耗,精立科條,咸從原例。"

[26] He ordered furthermore, "the aim of the establishment of civil offices lies not in the pillage of popular riches, and when civil governance is operated in the same way as tenderly as the hailing of the wounds, it is impossible to indulge in the practice of cruelty. The Donghun Duke, defeated, has been expelled by those regular principles and ended up in a self-destruction. No example is detectable in recorded history as more ferocious and cruel than he used to be. The plundering taxation occurs whimsically and harshness is felt universally. While everywhere in the royal palace decoration is made out of silk and embroidery and cattle feed upon beans and millet, the people are summoned with no restriction for architectural reparations and constructions. The people are in constant vagabond from winter to summer and in great danger of pestilence, some of whom are only doomed to perish in ditches, hopeless of help, leaving nothing but rotten flesh and dried bones, detestable even to the vultures. The wretchedness as described in 'Shuli' and

in 'Maixiu' from the *Book of the Songs* is even inferior to such heavenly retributions and such universal sufferings in the present days, when the destruction of the palaces and officious residences happen so frequently and so violently that even a rafter is untraceable of more than one Chi in length. At a time when the mighty is domineering the weak, it is natural for the people to feel excommunicated, who, innocent of those evils, should happen to experience those sufferings. Now, however, when those benighted are surpassed by those righteous, and when the great way is dully followed, more and more people are thinking of return and submission. Weak in virtue and thin in intelligence, I should be entrusted with such imperial confidence. Though the imperial career is beginning to flourish, the condition is still as hard as it was in the beginning. It is my intention to embody the imperial virtues and to aid the Emperor to renovate all those obsolete administrations. It is necessary now to eliminate all those chaotic institutions, groundless taxes, cruel punishments and unrestricted forced labors, in accordance with former examples. A detailed categorization of the losses and wastes is needed."

[27] 又曰:"永元之季,乾維落紐。政實多門,有殊衛文之代;權移於下,事等曹恭之時。遂使閽尹有翁媼之稱,高安有法堯之旨。鬻獄販官,錮山護澤,開塞之機,奏成小醜。直道正義,擁抑彌年,懷冤抱理,莫知誰訴。姦吏因之,筆削自己。豈直賈生流涕,許伯哭時而已哉!今理運惟新,政刑得所,矯革流弊,實在茲日。可通檢尚書眾曹,東昏時諸諍訟失理及主者淹停不時施行者,精加訊辨,依事議奏。"

[27] He, furthermore, made it clear that "in the first year of Yongyuan (499), the imperial court was lost in complete disorder. Governmental decrees came out of contradictory sources, in a worse way even than those from the Weiwen Duke in the Spring and Autumn Period. Administrative powers were transited to those inferior subordinates, to a similar extent to that in the time of the Caogong Duke. The consequence was that those eunuchs should happen to enjoy the title of the head in a patriarch, and such a favored courtier as Gao 'An should nourish the aspiration for the accomplishments of the ancient Yao

Emperor. Official positions became purchasable, acquittals saleable, and mountains were occupied privately, rivers seized without permission. The chances for promotion only belonged to those infamous and those contemptible. Suppressed for long years, those upright, wronged but justifiable for their causes, had no means of either complaints or protects. Those contemptible courtiers took the opportunity to present false appearances of themselves. The condition was even more lamentable than that in which Jia Yi deplored the contemporary situation, and Xu Bo bemoaned his present time. The modification of previous errors and absolution of former evils is dependent upon the present days, in which a new government had already been established, with administration efficient and punishment appropriate. It is high time to make a thorough search into, and report to the imperial court the actual conditions of, those unreasonable lawsuits and those prolonged, postponed cases during the reign of the Donghun Duke, in strict accordance with those officious records."

[28] 又下令，以義師臨陣致命及疾病死亡者，並加葬斂，收恤遺孤。又令曰："朱爵之捷，逆徒送死者，特許家人殯葬；若無親屬，或有貧苦，二縣長尉即爲埋掩。建康城内，不達天命，自取淪滅，亦同此科。"

[28] He gave a further order that, of those participants in the righteous army who lost their lives either in the battlements or of illness, the bodies needed to be buried within the coffins, and the families had to be nurtured. Another order followed that "of those in the enemy troops that died in the battle at the bridge of Suzaku, the bodies can be collected and buried by their families, and interred by those envoys from the magistrates in those two counties, if there are no relatives to do that, or the relatives are too poor to afford it. The same method is also applied to those that died, ignorant of the divine will, their own inevitable death in the citadel of Jiankang."

[29] 二年正月，天子遣兼侍中席闡文、兼黃門侍郎樂法才慰勞京邑。追贈高祖祖散騎常侍左光禄大夫，考侍中丞相。

[29] In the first month of the second year (502), Xi Shanwen, the Palace Attendant together with Yue Facai, the Huangmen Assistant Minister, were dispatched by the Emperor to make recognition of those generals and soldiers in the capital. The grandfather of the Great Ancestor was ratified retroactively as Grand Master of the Palace, and the father as Palace Chancellor.

[30] 高祖下令曰：“夫在上化下，草偃風從，世之澆淳，恒由此作。自永元失德，書契未紀，窮凶極悖，焉可勝言。既而璇室外構，傾宮內積，奇技異服，殫所未見。上慢下暴，淫侈競馳。國命朝權，盡移近習。販官鬻爵，賄貨公行。並甲第康衢，漸臺廣室。長袖低昂，等和戎之賜；珍羞百品，同伐冰之家。愚人因之，浸以成俗。驕艷競爽，誇麗相高。至乃市井之家，貂狐在御；工商之子，緹繡是襲。日入之次，夜分未反，昧爽之朝，期之清旦。聖明肇運，厲精惟始，雖曰纘戎，殆同創革。且淫費之後，繼以興師，巨橋、鹿臺，凋罄不一。孤忝荷大寵，務在澄清，思所以仰述皇朝大帛之旨，俯厲微躬鹿裘之義，解而更張，斵雕爲樸。自非可以奉粢盛，修絿冕，習禮樂之容，繕甲兵之備，此外衆費，一皆禁絕。御府中署，量宜罷省。掖庭備御妾之數，大予絕鄭衛之音。其中有可以率先卿士，准的氓庶，菲食薄衣，請自孤始。加群才並軌，九官咸事，若能人務退食，競存約己，移風易俗，庶期月有成。昔毛玠在朝，士大夫不敢靡衣偷食。魏武歎曰：‘孤之法不如毛尚書。’孤雖德謝往賢，任重先達，實望多士得其此心。外可詳爲條格。”

[30] It was decreed by the Great Ancestor that "a virtuous rule over the ruled is something like the natural lowering of the grasses under the blow of the breezes, the morality of which is the cause of universal well-beings and prosperity. The loss of the virtuous rule since the time of Yongyuan, the like of which has never been recorded in history, leads only to extreme and inexpressible cruelties. The constructions of the chambers decorated with jades, the increase of the palaces built in extreme extravagance, together with the numerous appearances of outlandish crafts and exotic attires, had never been witnessed ever before. The falsehood of the superiors was rife with the ferocity of the subordinates, one surpassing the other only in licentiousness and luxuriousness. Imperial prospect and political power was only entrusted to those favored courtiers. Bribery and purchase of the positions and the titles

were operated in open. Cottages and thoroughfares were annexed, and grand villas build up, by the nobles. The performances of the dancers never ceased, rewarded with presents no different from those to the foreigners for peaceful settlements. All kinds of delicacies were required for each dinner. Those benighted masses, who followed theirs examples, ended up in being contaminated with the same habits, competing with each other for triumph in luxuriance and extravagance. Ordinary people should have put on mantles made of mint or fox furs just for a drive, while businessmen would have nothing for wearing except silk. When the sun has set, it is expected to arise again neither in the middle of the night, nor before the advent of the dawn, but right at the time when morning comes. It is the same with a great man that begins to make exertions for the prosperity of an empire, who rather finds himself at the initial stage than is given a legacy to inherit. In addition, the imperial accumulations have already dwindled away in different degrees, after such a long time of exhaustive consumption, followed by a time as long of wars and battles. Since it is I that should happen to be elected as the one to be confided with such a career, it is my vocation to resettle in peace the chaotic condition at present, by means of coming up with a way to make clear to the ruling classes the imperial wills and to implant a sense of justice to the ruled, in order to realize the change from extravagance to simplicity. All costs are to be avoided except those for the purpose of sacrifice and those mantles and crowns for it, for the purpose of the instruction of rites and music, and for the purpose of the reparation of armors and swords. It is necessary to reduce the numbers of some of the offices in the government. The chambers in the imperial palace need to be as many as for the accommodation of the servants and the concubines, and the performance of the music of the States of Zheng and Wei is forbidden in celebration. I would like to set myself as an example for the officials and the people to follow, a standard for them to reach, in terms of saving and simplicity. If all the people, as if in unison, try their best to live a simple, restrictive life, the change of the habit is to be expected within one year. In the past at a time when Mao Jie served in the court, no scholar-officials dared either to wear extravagant clothes or to enjoy delicious food. The Emperor Wu of the Wei Dynasty said in exclamation, 'I am not as good as Mao in being sufficient in governance.' I am no parallel to those previous sages in virtue, but am entrusted with more serious responsibilities to shoulder. I hope for understanding from every minister in my government. All the regulations need to be made of those affairs."

[31] 戊戌，宣德皇后臨朝，入居內殿。拜帝大司馬，解承制，百僚致敬如前。詔進高祖都督中外諸軍事，劍履上殿，入朝不趨，贊拜不名。加前後部羽葆鼓吹。置左右長史、司馬、從事中郎、掾、屬各四人，並依舊辟士，餘並如故。詔曰：

夫日月麗天，高明所以表德；山嶽題地，柔博所以成功。故能庶物出而資始，河海振而不泄。二象貞觀，代之者人。是以七輔、四叔，致無爲於軒、昊；韋、彭、齊、晉，靖衰亂於殷、周。

[31] In the Wuxu day (?), the Xuande Empress presided over the court for the administration of the affairs of the states, and came into the inner palace for habitation. The system of obedience to the Emperor's will was abolished, with the Great Ancestor appointed as Imperial Great Minister of War, and all the officials shew their consent and respect as they used to do. The Great Ancestor was then promoted to command military affairs, granted with the privilege to enter the palace in shoes and with sword, acquitted the need to hurry into the court, and given the favor not to be addressed by the name from the roll-callers. He was further bestowed the honor of Yubao and Guchui in front and behind. Two governors were appointed, and the county magistrate, court gentleman, assistant and secretary, four in total. The recruitment of the scholar-officials was to be conducted in accordance with previous examples, and all the official positions were preserved. The edict went as followed,

"The sun and the moon illuminate the heaven, a token of the natural morality; the mountains and and the hills tower over the land, a sign of triumphant comprehensiveness. Consequently, every living thing is born and originated, and every water, the rivers and the seas, hollows with endless bellows. The solar and lunar governance is then taken over by humans. The seven sagacious assistants carried out the system of inaction under the reign of the Huang Emperor, and the four virtuous ministers glorified it in the government of Shaohao. In the transition from the dynasty of Yin to that of Zhou, the states of Wei, Peng, Qi and Jin realized a peaceful rule in a time of chaos.

[32] 大司馬攸縱自天,體茲齊聖,文洽九功,武苞七德。欽惟厥始,徽猷早樹,誠著艱難,功參帷幄。錫賚開壤,式表厥庸。建武升歷,邊隙屢啓,公釋書報講,經營四方。司、豫懸切,樊、漢危殆,覆強寇於沔濱,僵胡馬於鄧汭。永元肇號,難結群醜,專威擅虐,毒被含靈,溥天怊怊,命懸晷刻。否終有期,神謨載挺,首建大策,惟新鼎祚。投袂勤王,沿流電舉,魯城雲撤,夏汭霧披,加湖群盜,一鼓殄拔,姑孰連旆,倏焉冰泮。取新壘其如拾芥,撲朱爵其猶掃塵。霆電外駭,省闈內傾,餘醜纖蠹,蚍蜉必盡。援彼已溺,解此倒懸,塗歡里抃,自近及遠。畿甸夷穆,方外肅寧,解茲虐網,被以寬政。積弊窮昏,一朝載廓,聲教遐漸,無思不被。雖伊尹之執茲壹德,姬旦之光於四海,方斯蔑如也。

[32] "Great Minister of War is chosen in accordance to the divine will, corporeally similar to the ancient sages, capable of the nine civil administrations and able to achieve the seven military careers. The initiation of the righteous insurrection, the overcome of all kinds of difficulties, the realizations of great accomplishments, the enlargement of the territories, and the increase of imperial incomes are all his own, a model to be followed universally. In the first a few years of the reign of Jianwu, confronts happen frequently upon the borderlines. With the books shelved and the altar deserted, he came to be stationed upon the borders of the four directions. When the States of Si and Yu were endangered, Fan and Han nearly lost in submission, he conquered the harsh enemy at the Mian River, and besieged the troops from northern barbarians at the Deng River. When, with the

establishment of the reign of Yongyuan, the people endured great sufferance from the prevalence of evils and tyrannous rules, the imperial career was imperiled, and all living creatures lost in disturbance. At a time when chaos can last but only for a short time, powerless for resistance in front of the divine prophecy, it is certain that a great career is to be achieved, and a new emperor to be enthroned. Always loyal to the righteous ruler, Great Minister of War annihilated the enemy troops along the river in a high speed, with immediately conquered the citadel of Lu and the area of Xia, with instantly won the battle at the Lake of Jia and the Citadel of Gushu. To make conquest of a citadel seem to him as easy as to pick up a leave of grass, and to triumph over the enemies costs him only the strength for dusting. When the stronger enemies are all swept away as if defeated by thundering, those weaker are only destined for complete beat. With the reversal of the imperial destiny at the disappearance of the adversaries, the people applauded their welcome for him, far or near. Peace is maintained within the boundary of the capital, and tranquility is witnessed outside. That evil governance is abandoned and beneficial measures carried out. All the accumulated malpractices are corrected for the gradual spread of enlightenment. The integrity of Yi Yin and the brilliance of Ji Dan are inadequate in comparison with all the above achievements.

[33] 昔呂望翼佐聖君,猶享四履之命;文侯立功平后,尚荷二弓之錫,況於盛德元勳,超邁自古。黔首慄慄,待以爲命,救其已然,拯其方斯,式閭表墓,未或能比;而大輅渠門,輒而莫授,眷言前訓,無忘終食。便宜敬升大典,式允群望。其進位相國,總百揆,揚州刺史;封十郡爲梁公,備九錫之禮,加璽綬遠遊冠,位在諸王上,加相國綠綟綬。其驃騎大將軍如故。依舊置梁百司。

[33] "In consideration that Lv Wang, in his assistance of a sagacious emperor for efficient government, should have the privilege to make conquest within the four borders, and that the Wen Duke of the State of Jin, for his auxiliary to the rule of the Ping Emperor of the Zhou Dynasty, should receive two royal bows as a token of recognition, it is natural for one to be rewarded

who have already surpassed all those ancient sages in terms of virtue and achievement. The common people, lost in terror, long in wait for the solution to the means of their survival and for the reversal of their destiny of destruction, give the testimony of their gratitude either in private or by inscriptions. The ceremonious carriages previously used by the nobles in ancient times and the festive flags in the middle of the military camps are no longer in current uses. Those sagacious mottoes are be respected and practised. It is time, however, not to be restricted by those previous standards and to hold a grander festival for cerebration, for the satisfaction of popular wishes. Great Minister of War is now promoted to Chancellor in charge of state affairs, appointed the Governor of the State of Yang. He is further knighted the Liang Duke, ruler over ten counties, and bestowed with the imperial seal and the crown of honor, superior to all the princes, and of Chancellor of Green Ribbin as well. His position as the General of Paladin remains. The establishment of the officials of all ranks and descriptions is kept the same as before.

[34] 策曰：

二儀寂寞，由寒暑而代行，三才並用，資立人以爲寳，故能流形品物，仰代天工。允兹元輔，應期挺秀，裁成天地之功，幽協神明之德。撥亂反正，濟俗寧人，盛烈光於有道，大勳振於無外，雖伊陟之保乂王家，姬公之有此丕訓，方之蔑如也。今將授公典策，其敬聽朕命：

[34] "Here is the official decision that

The independent functions of the heaven and the earth are reflected in the circulation of the summers and the winters. It is as important to unify the heaven, the earth and humanities as to select the talents, so as to give nourishment to all the living creatures and give them the chance to evolve naturally in accordance with the divine designs. Only an important, respectable minister, in accordance to the operation of the chance, can achieve an imperial career and realize the divine will. Such contributions as the eradication of the evils, the pacification of civil orders, the glorification of the righteous governance, and the diffusion of imperial accomplishment to the borders, are even not to be matched, either by Yin She for his peaceful rule of the royal families, or by Jigong for his sagacious teachings. Now, it is time for you to receive from me your order:

[35] 上天不造,難鍾皇室,元帝以休明早崩,簡文以仁弱不嗣,高宗襲統,宸居弗永,雖夙夜劬勞,而隆平不洽。嗣君昏暴,書契弗睹。朝權國柄,委之群孽。剿戮忠賢,誅殘台輔,含冤抱痛,噍類靡餘。實繁非一,並專國命。嚬笑致災,眄眦及禍。嚴科毒賦,載離比屋,溥天熬熬,置身無所。冤頸引決,道樹相望,無近無遠,號天靡告。公藉昏明之期,因兆民之願,援帥群后,翊成中興。宗社之危已固,天人之望允塞,此實公紐我絕綱,大造皇家者也。

[35] "It is a divine curse that the imperial families suffer from misfortunes. It should have happened that the Wu Emperor of the Qi Dynasty, though farsighted, died at a young age, that the Wenhui Prince, though virtuous, passed away before coronation, and that the Ming Emperor, in his short emperorship, failed to realize universal prosperity even if he worked hard day and night. The fatuity and the ferocity of the successor has never been recorded in all histories. All the imperial powers were entrusted to those traitors. The loyal and the competent ministers were all massacred cruelly, the three prime ministers sentenced faultlessly, and all living population left to perish. While those scandals were innumerable, the imperial rule was abandoned to tyranny. A sneer was enough for punishment and a complaint led to disaster. Cruel penalties and heavy taxation resulted in a vast up-breaking of families. Everywhere lamentation and bemoaning were audible and nowhere was there a place for habitation. Those guiltless people, who were ready to end up their lives by hanging themselves, saw each other from either side of the road, only to be compounded by louder cries far and near. You acted in a time of universal corruption, according to the popular will, and at the head of the officials and the people. You reversed the direction of the imperial career and saved it from utter destruction. You satisfied the wills, both earthly and divine. It is you that have renovated the imperial rule, a merit gracefully

acknowledged by the imperial families.

[36] 永明季年，邊隙大啓，荆河連率，招引戎荒，江、淮擾逼，勢同履虎。公受言本朝，輕兵赴襲，縻以長算，制之環中。排危冒險，強柔遞用，坦然一方，還成藩服。此又公之功也。在昔隆昌，洪基已謝，高宗慮深社稷，將行權道。公定策帷帳，激揚大節，廢帝立王，謀猷深著。此又公之功也。建武闡業，厥猷雖遠，戎狄內侵，憑陵關塞，司部危逼，淪陷指期。公治兵外討，卷甲長騖，接距交綏，電激風掃，摧堅覆銳，咽水塗原，執俘象魏，獻馘海渚，焚廬毀帳，號哭言歸。此又公之功也。樊、漢岾切，羽書續至。公星言鞠旅，稟命徂征，而軍機戎統，事非己出，善策嘉謀，抑而莫允。鄧城之役，胡馬卒至，元帥潛及，不相告報，棄甲捐師，餌之虎口。公南收散卒，北禦雕騎，全衆方軌，案路徐歸，拯我邊危，重獲安堵。此又公之功也。漢南迴弱，咫尺勍寇，兵糧蓋闕，器甲靡遺。公作藩爰始，因資靡托，整兵訓卒，蒐狩有序，俾我危城，翻爲強鎮。此又公之功也。永元紀號，瞻烏已及，雖廢昏有典，而伊、霍稱難。公首建大策，爰立明聖，義踰邑綸，勳高代入，易亂以化，俾昏作明。此又公之功也。文王之風，雖被江、漢，京邑蠢動，涇爲洪流，句吳、於越，巢幕匪喻。公投袂萬里，事惟拯溺，義聲所覃，無思不蹕。此又公之功也。魯城、夏汭，梗據中流，乘山置壘，縈川自固。公御此烏集，陵玆地險，頓兵坐甲，寒往暑移，我行永久，士忘歸願，經以遠圖，御以長策，費無遺矢，戰未窮兵，踐華之固，相望俱拔。此又公之功也。惟此群凶，同惡相濟，緣江負險，蟻聚加湖。水陸盤據，規援夏首，桴檣一臨，應時褫潰。此又公之功也。姦嬖震皇，復懷舉斧，蓄兵九派，用擬勤王。公稜威直指，勢踰風電，旌旆未臨，全州稽服。此又公之功也。姑孰衝要，密邇京畿，凶徒熾聚，斷塞津路。公偏師啓塗，排方繼及，兵威所震，望旗自駭，焚舟委壁，卷甲宵遁。此又公之功也。群豎猖狂，志在借一，豕突淮涘，武騎如雲。公爰命英勇，因機騁銳，氣冠版泉，勢踰洹水，追奔逐北，奄有通津，熊耳比峻，未足云擬，睢水不流，曷其能及。此又公之功也。琅邪、石首，襟帶岨固，新壘、東埔，金湯是埒。憑險作守，兵食兼資，風激電駭，莫不震疊，城復於隍，於是乎在。此又公之功也。獨夫昏很，憑城靡懼，鼓鐘鞺鞳，儆若有餘。狎是邪嬖，忌斯冠冕，凶狡因之，將逞孥戮。公奇謀密運，盛略潛通，忠勇之徒，得申厥效，白旗宣室，未之或比。此又公之功也。

[36] "In the beginning of the years of Yongming (483), when great threats happened at the four borders, the officials at the area of Jinghe suffered

from attacks from the western barbarians while the land along the Yangtze and Huai River were exploited by the adversaries, a situation as critical as if the tail of a tiger is stepped upon. Then, it is you that made the strategy to the imperial court that soldiers in small troops were to be sent for attack and a long-term defence were needed for the pinning down of the enemies, so that an overall control was to be realized. You braved the hazards and risks, made strategies both rigid and flexible, and pacified a area by the establishment of dependent states. It is one of your meritorious achievements. Years ago, at the years of Longchang, when the imperial career was beginning to witness the signs of withering, the Ming Emperor of the Qi Dynasty, for his worry about the royal destiny, was actually considering the possibilities of reformation. You then carried out the plan to enthrone the new Emperor in place of the old right in the middle of the military camps and to display the morality of obedience and submission. It is another of your meritorious achievements. During the reign of Jianwu, when it was a time for the operation of the imperial career, it happened, however, that the State of Si was being invaded by the northern and western barbarians, to be conquered only within days. After a recruitment of the troops, you, in the crusade against barbarian invasion, made a complete crush of the crack forces in the enemy troops, in the same way as thunderbolt eliminates the weeds by ignition, to the extent that the rivers were blocked by, and the plains dispersed with, the bodies of the enemy soldiers. The barbarian chieftains were captivated in their palaces and imprisoned far away in the distant islands. All the enemies, at the destruction of their camps, asked for the favor of the acceptance of their surrender in tearful regret. It is another of your meritorious achievements. In the crisis of the endangerment of the citadels of Fan and Hanzhong, the delivery of the military reports were made as instantly as by a feathered wing. You, in the shortest time, held up an oath-taking rally and, after the reception of the order, set off for defensive attack. As, however, the decision of military command and rule was not entrusted to you, those timely strategies were either postponed or refused. In the campaign in the citadel of Deng, the

General in Chief, in face of the attacks from the enemy cavalrymen, should surrender his command with no notice, leaving his troops in abandonment, only to be devoured by the enemies. You, then, recruited the skirmishers from the southern frontier and deterred the intrusion of the barbarians from the northern border. With guaranteed the smoothness of the marching of the troops and the vehicles, you made a gradual return and restored peace by appeasing the crisis in the borders. It is difficult to defense the southern territory, far and weak in fortification, in want of both forces and provisions when a foreign invasion was inventing itself. Wholly dependent upon available resources, you made a strong frontier out of such a frail citadel by being stationed there, exercising the troops and hunting for sustenance. It is another of your meritorious achievements. In the years of Yongyuan, a chaotic time when the people were doomed to homelessness, all the important ministers were frequently causing troubles though it was perfectly decorous to dethrone the Donghun Duke. It was you, supreme in morality and achievements, again, that substituted chaos with peace and replaced darkness with light, by enthroning the new Emperor, in the only righteous way. It is another of your meritorious achievements. Even though the areas along the Yangtze and Han Rivers are nourished by the cultivation from the Wen Emperor, the capital, Jiankang, however, was always in the danger of a violent submergence, similar in every way to a castle built upon a veil of thin air. You, then, always intent upon the dissolution of the crises, made a battle against all the evils, and dispersed humanity and morality everywhere along the way, to be praised universally as the paragon of virtue. It is another of your meritorious achievements. The citadel of Lu, right in the middle passage of the Xia River, is a fortress built upon the summit of the mountain and fortified by the circulating waters all around. In your campaign against those disorderly crowds, in your endeavor to win the hard battle, the troops were always ready for attacks. In one of the longest campaign, the soldiers had never thought about returning, with the running of the reasons. Such farsighted strategies and such efficient rules, together with the absence of the waste of the forces and the abuse of powers, sufficed to make the conquest of such a strong citadel as built upon the summit of the Hua Mountain. It is another of your meritorious achievements. All the conspirators, like evils attracted to evils, assembled along the steep passages on both sides of the Yangtze River to the brink of the Jia Lake. They blocked the land and water route and planned to reinforce the citadel of Xiashou, only to be dispersed into flight at the advent of your battleships. It is another of your meritorious achievements. When the adversaries, shocked greatly, were planning another wielding of the violence, you, in your consideration of the imperial fate, were recruiting the forces in the areas along the Yangtze River. You directed the troops with such efficiency that all the states appealed for subordination right at the arrival of the vanguards. It is another of your meritorious achievements. The Citadel of Gushu, a strategic position close to the capital, was being threatened by a band of bandits that assembled there together to cut off the passages by rivers. The bandits, however, burned theirs ships, abandoned their fortifications and took flight during the night, frightened right at the sight of the flags of your troops, a token of your military power and a sign of your personal campaign, when the large battleships were still to come. It is another of your meritorious achievements. Those ambitious enemies, determined for a final battle, made a sudden strike in the areas long the Huai River, with a cavalry troop of a large number. You then gave the order to those brave soldiers to deal one last blow to those fleeing defeated enemies around the area of Banquan and Hengshui and to occupy all the thoroughfare ports, an order never matched in wisdom and efficiency. It is another of your meritorious achievements. The citadels of Langya and Shishou were fortified with the natural defence of the circling mountains and the steep vales, and Xinlei and Dongyong strengthened into invincible fortresses. Those citadels, however, even defensed by the natural circumstances and provided with sufficient forces, was conquered by your powerful and sudden attacks, destroyed and reduced into mud, visible among the ruins even nowadays. It is another of your meritorious achievements. Benighted and cruel, the tyrant ruler, protected in his fortress, rang the bells to announce his pride and vain dignity. His confidence in the traitor and suspicion of the loyal ministers was taken advantage of by those ferocious and tricky courtiers as a guarantee for their evil enterprise. Those loyal and brave ministers depended upon your efficient strategies and grand plans for their final deliverance, which, as a matter of fact, is the most glorious accomplishment. It is another of your meritorious achievements.

[37] 公有拯億兆之勳，重之以明德，爰初屬志，服道儒門，濯纓來仕，清猷映代。時運艱難，宗社危殆，昆崗已燎，玉石同焚。驅率貔貅，抑揚霆電，義等南巢，功齊牧野。若夫禹功寂寞，微管誰嗣，拯其將魚，驅其被髮，解茲亂網，理此棼絲，復禮衽席，反樂河海。永平故事，聞之者歎息；司隸舊章，見之者隕涕。請我民命，還之斗極。憫憫搢紳，重荷戴天之慶；哀哀黔首，復蒙履地之恩。德踰嵩、岱，功鄰造物，超哉邈矣，越無得而言焉。

[37] "In addition to the possession of virtues, you have made the universal salvation for the people. From the very beginning, you made the cultivation of volition and the study of Taoist and Confucian classics. You began your official career for your merits and your projects always contributed to the prosperity of the age. In a hard time, when the imperial destiny was endangered, even the Kulun Mountain could have been burnt down into dust, with everything good lost in destruction. At the head of troops of valorous warriors, you made, in a thundering speed, the achievements as great as the defeat of the Jie Emperor of the Xia Dynasty by Tang of Shang at Nanchao and the conquest of Zou of Shang by Wu of Zhou at Muye. After the oblivion of the merits of the Grand Yu, it is upon Guanzhong, his successor, that such careers depend as the salvation of the people from exploitation and the expulsion of the barbarians out of the border of the territory, the ordination of the chaos and the pacification of the crises, the reorganization of the rituals and the peaceful operation of civil life. The wrongs done in the Year of Yongming always causes a pathetic sigh and the model set by the governors suffices for a burst of nostalgic tears. On behalf of the people, I make the appeal to you that the conduction of the imperial career be participated by you, so that all the officials

be graced by divine blessings and the people bathed in imperial virtues. With the intensity of virtues even superior to the height of the Song and Tai Mountain, you have the merits similar to the primitive creator, supreme and insurmountable.

[38] 朕又聞之：疇庸命德，建侯作屏，咸用克固四維，永隆萬葉。是以《二南》流化，九伯斯征，王道淳洽，刑措罔用。覆政弗興，歷茲永久，如毀既及，晉、鄭靡依。惟公經綸天地，寧濟區夏，道冠乎伊、稷，賞薄於桓、文，豈所以憲章齊、魯，長轡宇宙。敬惟前烈，朕甚懼焉。今進授相國，改揚州刺史為牧，以豫州之梁郡歷陽、南徐州之義興、揚州之淮南宣城吳吳興會稽新安東陽十郡，封公為梁公。錫茲白土，苴以白茅，爰定爾邦，用建冢社。在昔旦、奭，入居保佑，逮於畢、毛，亦作卿士，任兼內外，禮實宜之。今命使持節兼太尉王亮授相國揚州牧印綬，梁公璽綬；使持節兼司空王志授梁公茅土，金虎符第一至第五左，竹使符第一至第十左。相國位冠群后，任總百司，恒典彝數，宜與事革。其以相國總百揆，去錄尚書之號，上所假節、侍中貂蟬、中書監印、中外都督大司馬印綬，建安公印策，驃騎大將軍如故。又加公九錫，其敬聽後命：以公禮律兼修，刑德備舉，哀矜折獄，罔不用情，是用錫公大輅、戎輅各一，玄牡二駟。公勞心稼穡，念在民天，丕崇本務，惟穀是寶，是用錫公袞冕之服，赤舄副焉。公鎔鈞所被，變風以雅，易俗陶民，載和邦國，是用錫公軒懸之樂，六佾之舞。公文德廣覃，義聲遠洽，椎髻鑿首，夷歌請吏，是用錫公朱戶以居。公揚清抑濁，官方有序，多士聿興，《棫樸》流詠，是用錫公納陛以登。公正色御下，以身軌物，式過不虞，折衝惟遠，是用錫公虎賁之士三百人。公威同夏日，志清姦宄，放命圮族，刑茲罔赦，是用錫公鈇、鉞各一。公跨躡嵩溟，陵屬區宇，譬諸日月，容光必至，是用錫公彤弓一，彤矢百；盧弓十，盧矢千。公永言惟孝，至感通神，恭嚴祀典，祭有餘敬，是用錫公秬鬯一卣，圭瓚副焉。梁國置丞相以下，一遵舊式。欽哉！其敬循往策，祗服大禮，對揚天眷，用膺多福，以弘我太祖之休命！

[38] "It is always profitable, as I am enlightened, to confide in those virtuous officials, to knight them as the parapets of the Emperor, and to entrust them with the rule of rite, justice, honesty and shame, so as to ensure a eternal prosperity to last generations after generations. It is the same with the case as described in the poems "Zhounan" and "Shaonan", in which culture

is widespread and the whole territory unified, the imperial rule is universally applied and punishment abandoned in disuse. Since such meritorious political governance no longer existed, long expired like the extinction of a fire, it was natural for those southern states not to place themselves in subordination. In terms of the management of civil affairs and the pacification of the whole empire, you are unsurpassed in virtue by either Yi Yin or Hou Ji, though you are rewarded in a lesser manner than the Huan Duke of Qi and Wen of Jin. An efficient rule of the empire is less the result of an imitation of the rules in the States of Qi and Lu. It always gives me great awe to think about those previous meritorious rules. Now you are promoted to Chancellor, with the Governor of the State of Yang, elevated to Minister, and knighted as the Liang Duke, with in your direct control the Counties of Liang and Liyang in the State of Yu, Yixing in the southern State of Xu, and Huainan, Xuancheng, Wujun, Wuxing, Kuaiji, Xin'an and Dongyang in the State of Yang, ten counties in total. White clay, packaged with white cogongrass, is bestowed to you for the construction of your future tomb, to ensure prosperity in your own state. The regency of the Dan Duke and Shi in the Zhou Dynasty, and the appointment of the Bi and Mao Duke as officials to serve for the imperial court, are both allowable in accordance with the regulation of the rites. Now the print of the Minister of the State of Yang and the seal of the Liang Duke are to be presented to you by Wang Liang, the Commander in Chief and the Minister of Defense, the sign of the Liang Duke, the golden-tiger symbols one to five form the left and the bamboo-envoy symbols one to ten from the left, presented to you by Wang Zhi, the Commander in Chief and Chancellor of Constructions. The head of the courtiers, in charge of the civil management, you are responsible for legislation, and participate in the governmental reformations. On account of the rule over all the other officials, you are to have, in addition to the title of Chief of Secretariat, all other signs of ranks retained for your employment, such as all the pseudoknots, the Palace Attendant, the seal of Supervising Secretary, the seal of Great Minister of War, and the symbol of the Duke of Jian'an, together with the General of Paladin. Besides the nine utensils of rite, please listen to other decisions of promotion: one grand chariot and one warrior chariot, together with two oxen in black, are to be bestowed to you for your cultivation of both ritual principles and legislative regulations, for your promotion of both punitive procedures and moral persuasions, and for your justice and balance in the judgment of rights and wrongs. You are to be bestowed the rite mantles embroidered with a dragon for the emperors and dukes, together with the shoes in red for the princes and high officials, for your care for the production of agricultural outcomes and the increase of rice, for your concentration upon the accumulation of grains, and for your respect for the fundamental department in the government. You are to be bestowed the suspended musical instruments and the right to the dance of 36 dancers, for your efficiency in the governance of local areas, for the purification of social conventions, and for the renovation of the popular habits, on which the imperial unity depends to a large extent. You are to be bestowed the instalment of a red gate, for your effort in the dissemination of the culture of rite and music and the promotion of the rule of morality and virtue, by which even the ethnic minorities are so civilized as to ask for subordination with the singing of their outlandish songs. You are to receive the honor to enter into the court through the palace steps for your promotion of benevolence and the suppression of evils, and especially your establishment of the official hierarchy to which a great number of the competent candidates owe for their political development, and for which "Xiepu", a Daya Song in *the Book of Song*, an eulogy for the allegiance of talents, begins to gain popularity everywhere. You are to enjoy the safeguarding of 300 brave warriors for your strict regulations, farsighted prevention and precaution against potential enemies. To your possession are added one chopper and one Battleax as a reward for your formidable insistence and your determination to rid of the crimes, treason and internecine in such a consistent way. A red bow and one hundred a red arrow, together with a black bow and one hundred black arrows, go for your service in your voyage among the mountains and the seas, and in your aspiration towards the heights for the solar and lunar illuminations, bright and brilliant beyond comparison. A bottle of wine brewed from Indian millet and tulip herb, coupled with a set of utensils, is made for the sake of your use for your maintenance of piety, your communion to the divinities, your reverence and respect in the ritual of sacrifice. All the officials below the rank of the Chancellor as established in the Liang Dynasty are still the same, in accordance with previous systems. What reverence you are commanding! As a token to promote the will of the Gao Emperor of the Qi Dynsaty, the above are bestowed to you in consideration of your adherence, obedience and return for the imperial favor."

[39] 高祖固辭。府僚勸進曰:"伏承嘉命,顯至佇策。明公逡巡盛禮,斯實謙尊之旨,未窮遠大之致。何者？嗣君棄常,自絕宗社,國命民生,剪爲仇讎,折棟崩榱,壓焉自及,卿士懷脯胾之痛,黔首懼比屋之誅。明公亮格天之功,拯水火之切,再躔日月,重綴參辰,反龜玉於塗泥,濟斯民於坑岸,使夫匹婦童兒,羞言伊、呂,鄉校里塾,恥談五霸。而位卑乎阿衡,地狹於曲阜,慶賞之道,尚其未洽。夫大寶公器,非要非距,至公至平,當仁誰讓？明公宜祗奉天人,允膺大禮。無使後予之歌,同彼胥怨,兼濟之人,翻爲獨善。"公不許。

[39] The great ancestor refused, in a determined way, to accept those rewards. In order to persuade him, the other officials said, "It is necessary to obey to the imperial edict for promotion and to act according to the royal will. Your refusal to accept those favors, though a token of modesty, is a sign of your ignorance of the supreme principle. Why is it so? In a time when the newly-enthroned emperor gave up his imperial responsibility, unaware of his imperial career, and the officials, though the head of the people, should become adversaries to each other, when the imperial pillars were broken and everyone was endangered, it was left for those ambitious only to lament and for the commoners to anticipate fatal disaster. It is for you, who, with the communion to the divine will, have saved all from such a catastrophe, that the solar and lunar orbits are restored, the constellation installed in the former position, the turtle shell and the precious jade rediscovered from the mud, the commoners salved, and the husbands returned to their wives and children—an

achievement to surpass those of Yi Yin and Lv Shang, one for the schools to set as an example in parallel with that of Huan Duke of Qi, Wen Duke of Jin, Mu Duke of Qin, Xiang Duke of Song, and Zhuang Emperor of Chu during the Spring and Autumn Period. However, your position is lower than the primary minister, and your manor smaller than that of Qufu, and you receive far less reward than you deserve. Those imperial favors as bestowed upon you, after all, are given to you in strict accordance with your achievements. It is necessary for you to act in obedience to the popular will and to accept the favors. Do act as one that consul his own comforts at the first while he is able to benefit everyone and everything under heaven, and give no chance only to be recorded as worthless in the popular lyrics and the ballads of complaints." The Great Ancestor still insisted upon his disagreement.

[40] 二月辛酉,府僚重請曰:"近以朝命蘊策,冒奏丹誠,奉被還令,未蒙虛受,搢紳顒顒,深所未達。蓋聞受金於府,通人弘致,高蹈海隅,匹夫小節,是以履乘石而周公不以爲疑,贈玉瑸而太公不以爲讓。況世哲繼軌,先德在民,經綸草昧,歎深微管。加以朱方之役,荆河是依,班師振旅,大造王室。雖復累繭救宋,重胝存楚,居今觀古,曾何足云。而惑甚盜鐘,功疑不賞,皇天后土,不勝其酷。是以玉馬駿奔,表微子之去;金板出地,告龍逢之冤。明公據鞍輟哭,屬三軍之志,獨居掩涕,激義士之心,故能使海若登祇,罄圖效祉,山戎、孤竹,束馬影從,伐罪吊民,一匡靜亂。匪叨天功,實勤濡足。且明公本自諸生,取樂名教,道風素論,坐鎮雅俗,不習孫、吳,遘兹神武。驅盡誅之氓,濟必封之俗,龜玉不毀,誰之功與?獨爲君子,將使伊、周何地?"於是始受相國梁公之命。

[40] In the 2nd day of February, the other officials made a second pleading, saying "since last time when we failed to accomplish the imperial mission by persuading you to accept the bestowed favors, even if our entreats were most sincere, there have been private discourses prevailing among the officials, that justice is not well maintained. On the pretext that to accept the official rewards is the natural behavior of an understanding gentleman while to hide oneself in a corner is the habit of the common people, no suspicion applied to Zhougong even when he had under his feet the stepping stone for the

emperor to mount a horse, and no modesty was required of Lv Shang at the acceptance of an imperial jade. The rule is that, in every age, there are some successors to the careers of those former sages, the ones to inherit the virtues of the ancestors. It is natural to give extravagant rewards to one as virtuous as Guan Zhong, an eminent minister, at a time when the regulation of the imperial career is being started. You have made more contributions to the imperial career by the successful defence for the capital at Zhufang and the triumphant conquest of the area around the Jing River. The present achievements are to belittle such ancient attainments as Modi's protection of the Song State at the sacrifice of his callused feet and Shen Baoxu's effort to save the State of Chu by coming to Qin. Such unrewarded achievements as yours are no better than the stealing of a bell with covered ears, a case not to be tolerated within the boundary of our empire. If the situation stays the same, the worthy officials shall flee away in the same way as Weizi escaped from the Zhou Emperor of the Shang Dynasty, and leaves printed from the golden plates shall come out to announce the injustice done to Longfeng by the Jie Emperor of the Xia Dynasty. The restoration of the sacrificial rituals for the divinities comes only as a result of the bravery of the warriors at the encouragement from you at the horseback and the volition of the soldiers at the excitation from you at the stop of tears in solitude. It is not only a divine favor but also an individual effort to suppress the guilty emperor, to solace the victimized people, and to set right to the wrongs in the whole world. In addition, you have a distinguishable birth, a favorable education, an uncommon appearance, a supreme eloquence, and an ability to subordinate both the refined and the vulgar by means of morality and reverence—you make those achievements though you are no disciple to Sun Wu or Wu Qi. To whom does such achievement go as to save the people from utter destruction, to restore the customs already buried in disuse, and to keep intact the turtle shell and the precious jade? How shall Yi Yin and Chancellor Zhou be evaluated if you still choose to stay unrewarded?" Then, the Great Ancestor agreed to accept the imperial favors from the primary Chancellor Liang.

[41] 是日,焚東昏淫奢異服六十二種於都街。湘東王寶晊謀反,賜死。詔追贈梁公故夫人爲梁妃。乙丑,南兗州隊主陳文興於桓城內鑿井,得玉鏤騏驎、金鏤玉璧、水精環各二枚。又建康令羊瞻解稱鳳凰見縣之桐下里。宣德皇后稱美符瑞,歸於相國府。

[41] In the same day, sixty-two of the exotic vestments in the possession of the Duke of Donghun were burned into ashes in the open streets. Bao Zhi, the Prince of Eastern Xiang, was favored with suicide for conspiracy. Chi Hui, the diseased wife of Xiao Yan, was endorsed retroactively as the imperial concubine of Liang. In the 6th day, Chen Wenxing, the headmaster in the South State of Yan, obtained accidentally, in the process of the digging of a well, a pair of black-horse sculpture in jade, a pair of jade sculpture engraved with gold, and a pair of crystal bracelets. In addition, the appearance of a phoenix was observed by the Mayor of Jiankang at the district of Tongxia, which was announced by the Xuande Empress as auspicious, and was attributed to the merits of the Mansion of the prime minister.

[42] 丙寅,詔:"梁國初建,宜須綜理,可依舊選諸要職,悉依天朝之制。"高祖上表曰:

臣聞以言取士,士飾其言;以行取人,人竭其行。所謂才生於世,窮達惟時;而風流遞往,馳騖成俗,媒孽誇衒,利盡錐刀,遂使官人之門,肩摩轂擊。豈直暴蓋露冠,不避寒暑,遂乃戢屨杖策,風雨必至。良由鄉舉里選,不師古始,稱肉度骨,遺之管庫。加以山河梁畢,關輿徵之恩;金、張、許、史,忘舊業之替。吁,可傷哉!且夫譜牒訛誤,詐偽多緒,人物雅俗,莫肯留心。是以冒襲良家,即成冠族;妄修邊幅,便爲雅士;負俗深累,遽遭寵擢;墓木已拱,方被徽榮。故前代選官,皆立選簿,應在貫魚,自有銓次。胄籍升降,行能臧否,或素定懷抱,或得之餘論,故得簡通賓客,無事掃門。頃代陵夷,九流乖失。其有勇退忘進,懷質抱真者,選部或以未經朝謁,難於進用。或有晦善藏聲,自埋衡華,又以名不素著,絕其階緒。必須畫刺投狀,然後彈冠,則是驅迫廉撝,獎成澆競。愚謂自今選曹宜精隱括,依舊立簿,使冠屨無爽,名實不違,庶人識崖涘,造請自息。

[42] In the 8th day, an edict was given, that "at the initial establishment of the Liang Dynasty, when a whole-scale regulation is urgently needed, it is still possible to make an election of the officials by those ancient systems, in accordance with the imperial institutions." A memorial was submitted by the Great Ancestor:

"It is said, as far as my insight goes, that the candidates shall be concerned with their wordings when the success of election depends upon the rhetorical merits while they shall make the most of their actions when it is actions that account for their official fortunes. As all human being were born into a certain age, they have to depend upon the different aspects of the time for confinement or accessibility. When those habits inherited from the ancient times develops into custom, as when marriage is reduced to the means of achieving mutual benefits, it is to be observed that in the entrance to the mansions of the officials, there shall gather a whole ocean of people, carriage against carriage, wheels against wheels, shoulders against shoulders. Some of them even go to the extreme of coming with neither canopy nor hat, regardless of summer or winter, with the shoes tailing and the the crane supporting, in all kinds of weathers, either windy or rainy. It is necessary to carry out the election within the district and the county, instead of following the ancient methods, and to measure the capacity of the candidates in accordance with the demands. In addition, the scarcity of the elites has already led to the distrust in imperial favors and the fall of the prosperous families have by now forgotten the bankruptcy of the previous careers. Oh, what a sad situation! Forgery of nobility is ripe due to the mistakes and the loss of the records of genealogical trees, and no attention is paid to either aristocracy or commonness. It then follows that pretension to aristocracy may become an eminent noble family, and carelessness about one's dresses may be taken as signs of sagacity, while those who are abused for their incompatibility with the secular people only receive a too late promotion as a favor, and the trees have to grow into a height to reach the sky before they are given a title of honor. Therefore, before the candidates were elected in the previous dynasty, a kind of records was first made for the selection of the truly suitable ones according to the order established. The dependence of both the prosperity of the families and the praise of the actions upon either the previous judgment or upon the former views, thus, leads to the independence of the candidates and non-interference of the dignitaries. In a time of transformation, however, the previous hierarchies have already been overturned. Those who never give a thought to self-promotion but pursue after truths and have a upright character, then, may miss the chance to be elected for their unwillingness or inactivates. Those shall have no hope of recognition for lack of records of their beneficence and good deeds who live hidden among the common people. It is imperative to be enlisted in the records before the election to officialdom, in order to encourage those modest people and to form the competition for capacities. I consider it as necessary for those departments responsible of elections to carry out a stricter examination and to continue the recording in the former way.

[43] 且聞中間立格，甲族以二十登仕，後門以過立試吏，求之愚懷，抑有未達。何者？設官分職，惟才是務。若八元立年，居皂隸而見抑；四凶弱冠，處鼎族而宜甄。是則世祿之家，無意爲善；布衣之士，肆心爲惡。豈所以弘獎風流，希向後進？此實巨蠹，尤宜刊革。不然，將使周人有路傍之泣，晉臣興漁獵之歎。且俗長浮競，人寡退情，若限歲登朝，必增年就宦，故貌實昏童，籍已踰立，浑秽名教，於斯爲甚。

[43] "In addition, it is said that it is fixed in the imperial court that one born in a noble family may start to officiate from the age of 20 while one in a common family from 30, a request that is, in my opinion, for beyond reasonable. Why is it so then? The official positions are made only for those who are suitable. If so, then the eight talents in the ancient legend shall be suppressed in their low positions at the age of 30 while the four monstrous be

elected at about 20 for their noble birth. In that situation, it will be usual for the noble families to give no consideration of beneficence, and for those common people to have the freedom to do evils. It is one of the most urgent problems, one to be solved most properly, to reward those eminent persons and to attract other suitable candidates. Otherwise, there will be someone to shed tears for his unrecognized merits or to sigh on account of exhaustion. In a time when modesty and concession is both rare and scarce as a result of ostentation and pretension, those false reports of the ages shall increase considerably if election to officialdom is restricted by ages. Then, it will be possible for one to appear who has passed the age of 30 while in fact he looks only like a child in face. Such a violation of formality as that is beyond endurance.

[44] 臣總司內外，憂責是任，朝政得失，義不容隱。伏願陛下垂聖淑之姿，降聽覽之末，則彝倫自穆，憲章惟允。

詔依高祖表施行。

[44] "It is my responsibility to remedy those political evils as one to manage all the imperial affairs. May your Emperor condescend to have a look at the situations, in order to regulate the moral orders and to smooth the executive administration."

The edict went as it was proposed by the Great Ancestor.

[45] 丙戌，詔曰：

嵩高惟嶽，配天所以流稱；大啓南陽，霸德所以光闡。忠誠簡帝，番君膺上爵之尊；勤勞王室，姬公增附庸之地。前王令典，布諸方策，長祚字甿，罔不由此。

[45] In the 27th day, the imperial edict goes,

"The Song Mountain is entitled as the central mountain for its geographical position, and the district of Nanyang is famous for the insurrection of the Wen Duke of Jin who later achieves a forceful dictatorship. Wu Rui is conferred a high title for his loyalty to Liu Bang, the Great Ancestor of the Han Dynasty while the Chancellor Zhou witnesses the enlargement of his manor for his efficacy for the imperial family. The rule is that the longevity of the imperial destiny and the prosperity of the people all depend upon the laws of the emperor and the policies to be followed.

[46] 相國梁公，體茲上哲，齊聖廣淵。文教內洽，武功外暢。推轂作藩，則咸懷被於殊俗；治兵教戰，則霆雷赫於萬里。道喪時昏，讒邪孔熾。豈徒宗社如綴、神器莫主而已哉！至於兆庶殲亡，衣冠殄滅，餘類殘喘，指命崇朝，含生業業，投足無所，遂乃山川反覆，草木塗地。與夫仁被行葦之時，信及豚魚之日，何其遼夐相去之遠歟！公命師鞠旅，指景長騖。而本朝危切，樊、鄧迢遠，凶徒盤據，水陸相望，爰自姑孰，屆於夏首，嚴城勁卒，憑川爲固。公沿漢浮江，電激風掃，舟徒水覆，地險雲傾，藉茲義勇，前無強陣，拯危京邑，清我帝畿，撲既燎於原火，免將誅於比屋。悠悠兆庶，命不在天；茫茫六合，咸受其賜。匡俗正本，民不失職。仁信並行，禮樂同暢。伊、周未足方軌，桓、文遠有慚德。而爵後藩牧，地終秦、楚，非所以式酬光烈，允答元勳。實由公履謙爲本，形於造次，嘉數未申，晦朔增佇。便宜崇斯禮秩，允副遐邇之望。可進梁公爵爲王。以豫州之南譙、廬江，江州之尋陽，郢州之武昌、西陽，南徐州之南琅邪、南東海、晉陵，揚州之臨海、永嘉十郡，益梁國，並前爲二十郡。其相國、揚州牧、驃騎大將軍如故。

公固辭。有詔斷表。相國左長史王瑩等率百僚敦請。

[46] "The prime minister of the Liang Dynasty, successor to the previous sages, is blessed with the four virtues of comprehensiveness, sagacity, profundity and perspicuity. He is nurtured with culture internally and famed with martial accomplishments externally. He, when appointed as vassal, is able to disseminate morality among different ethnic areas and, when charged with the exercises of the armies, always carries military glories far beyond the borders. When the great way is abandoned and chaos reigns in the world, slander and flattery, wickedness and evil are rife and rampant. It is worse than the loss of national independence and the fight for political domination. It should have resulted in the death of innumerable commoners and the massacres of the officials. The survivors only have the chance to guarantee the continuation of their breaths. As there are no efficient rules, the lives of the people are always in the danger of destruction and ordinary life is completely

beyond imagination. In consequence, the empire is endangered and the lives imperiled. What a distance imposes itself between the present time and the previous one in which charity is applied even to a grass of reed by the side of the road and philanthropy conducted to the pigs and the fishes. You became the head of a crusade, making a far-sighted and prospective schedule. As the imperial destiny was threatened and the citadels of Fan and Deng were located far away, those bandits stationed themselves in steep entrenchments, with the mountains as shield and rivers as screen. From Gushu to Xiashou, all the citadels were firmly fortified with ferocious enemies, taking geographical advantages. Through the Han River to the Yangtze River, you made a sudden conquest of the enemies as fiercely as the lightening strike and as violently as the storms blow. By such invincible valor, you brought security to the capital, quenched the fire that had already been spreading far, and prevented the massacres soon to prevail everywhere. The fate of the people does not depend upon the divine will and all under heaven benefited from your benevolence. With the customs improved and the principles obeyed to, the people are able to work for their livings. Now, philanthropy is being conducted together with belief while rite maintained side by side with music. Yi Yin and the Chancellor Zhou have few achievements to parallel yours while the Huan Duke of Qi and the Wen Duke of Jin may have shortcomings to regret in comparison. The manor for your reward, however, is only limited within the borderlines of the districts of Qin and Chu, insufficient for the achievements of a founding father. Modesty, the root of you moral behaviors, is embodied in every moment of your life. A deserved reward is the object of universal expectations. It is necessary to follow the order of ritual regulation and to meet the popular demands. You are to be coronated a king. Nanjiao and Lujiang in the State of Yu, Xunyang in Jiang, Wuchang and Xiyang in Ying, South Langya, South Donghai and Jinlingin South Xu, Linhai and Yongjia in Yang, ten counties in total, are to be annexed to the manor of Liang, to make twenty counties in all with those previous ones. His positions as the Chancellor, the President of the State of Yang, the General of Paladin and all others are still maintained."

To it, the Great Ancestor gave a firm refusal. An edict was made to demand his acceptance. Wang Ying, the Chancellor Assistant, came, at the head of all the officials, to plead of his acceptance.

[47] 三月辛卯,延陵縣華陽邏主戴車牒稱云:"十二月乙酉,甘露降茅山,彌漫數里。正月己酉,邏將潘道蓋於山石穴中得毛龜一。二月辛酉,邏將徐靈符又於山東見白獐一。丙寅平旦,山上雲霧四合,須臾有玄黄之色,狀如龍形,長十餘丈,乍隱乍顯,久乃從西北升天。"丁卯,兖州刺史馬元和籤:"所領東平郡壽張縣見騶虞一。"

[47] March the 3rd, Dai Che, the Magistrate of Huayang in the County of Yanling, sent in a memoriam, that "December the 24th, a rain of sweet dew descended upon the Mao Mountain, spreading the nourishment many miles away. January the 3rd, Pan Daogai, one of the officials, caught in the mountains a turtle covered with long grasses. February the 2nd, Xu Lingfu, another of the officials saw from the eastern summit a roe deer in the color of white. The 7th in the same month, right at the dawning of the day, a thick mist was observed to circle around the mountains, and, in a while, a belt of yellow cloud was seen to appear and disappear alternatively, at the length of many miles and in the form of a dragon, only to ascend into the heaven from the north and the west after a long time." March the 8th, Ma Yuanhe, the Prefectural Governor of the State of Yan, said, in a divination of those phenomena, that "an unicorn was discovered in the territory of the Shouzhang County, the Prefecture of Dongping."

[48] 癸巳,受梁王之命。令曰:"孤以虚昧,任執國鈞,雖夙夜勤止,念在興治,而育德振民,邈然尚遠。聖朝永言舊式,隆此眷命。侯伯盛典,方軌前烈,嘉錫隆被,禮數昭崇。徒守願節,終隔體諒。群后百司,重兹敦獎,勉兹厚顏,當此休祚。望昆、彭以長想,欽桓、文而歎息,思弘政塗,莫知津濟。邦甸初啓,藩宇惟新,思覃嘉慶,被之下國。國內殊死以下,今月十五日昧爽以前,一皆原赦。鰥寡孤獨不能自存者,賜穀五斛。府州所統,亦同蠲蕩。"

[48] March the 5th, the Great Ancestor accepted to be crowned as the

Emperor of Liang. An edict was given, that "though incompetent and unlearned, I am entrusted with the governance of the imperial career, and, though, determined to realize prosperity despite fatigue and care, I am still far away from the end of popular virtuousness. Ever mindful of the ancient principles and regulations, I am extravagantly favored and nobly commissioned. In terms of the rites for the nobles, I am second to none of the predecessors; as for imperial praises and rewards, my case must surpass the most supreme. Even if I stick strictly to the limit of modesty, no respect is taken of my consideration. I have finally come to accept, as far as I can within the scope of my capacity, the crown of the emperor only after the entreaties and pleadings from all the officials. I am lost in contemplation at the thought of Kun Wu and Peng Zu, and I am prone to a sigh in my admiration of the Huan Duke of Qi and the Wen Duke of Jin. In my pursuit after the great way to political perfection, I am always bewildered as to the location of the harbor. At a time when the scope of governance is settled and the states newly established, it is necessary to benefit all under heaven by finding the ways towards universal prosperity. All the criminals, except those who are sentenced to death penalty, shall be given acquittal before the 15th this month. Those who are widowed, orphaned or childless, and who have no means to making a living, shall be rewarded five dendrobia of grains. The same is applicable to the counties, the prefectures and the states."

[49] 丙午,命王冕十有二旒,建天子旌旗,出警入蹕,乘金根車,駕六馬,備五時副車,置旄頭雲罕,樂舞八佾,設鐘虡宮縣。王妃王子王女爵命之號,一依舊儀。

[49] March the 18th, it is ordered that twenty-four chains of jade pearls, twelve in front and twelve behind, suspend from the crown, that a banner of the heavenly prince be erected, that no entrance to the road be permitted at the excursion of the emperor, that the carriage be decorated with gold, that five attendant carriages be provided to accompany the imperial carriage, that banners to announce the imperial excursion be fabricated, that imperial music

and dance be rehearsed, and that the scaffold to hold a set of chimes be placed in the palace. The titles of the queen, the princes and the princesses are to go with the previous establishments.

[50] 丙辰,齊帝禪位於梁王。詔曰:

夫五德更始,三正迭興,馭物資賢,登庸啓聖,故帝跡所以代昌,王度所以改耀,革晦以明,由來尚矣。齊德淪微,危亡荐襲。隆昌凶虐,實違天地;永元昏暴,取紊人神。三光再沉,七廟如綴。鼎業幾移,含識知泯。我高、明之祚,眇焉將墜。永惟屯難,冰谷載懷。

[50] March the 28th, the emperor of the Qi Dynasty abdicated his throne to the Emperor of Liang. The edict goes that,

"The dynasties of Xia, Yin and Zhou followed each other in prosperity and diminution in the same way as the five elements of metal, wood, water, fire, and earth circulate for domination. The rule of the people depends upon the discovery, selection and appointment of the sagacious. Therefore, the careers of the emperors circulate with each other and the virtues of the rulers become brilliant one after another. It is always the law that wisdom shall replace benightedness. Peril follows extinction in the Qi Destiny because of the corrupted morality. The ferocity of Xiao Zhaoye goes against the divine volition and the violence of Xiao Baojuan disturbs the human principles. The solar, lunar and stellar lights are all bedimmed and the ancient temples stand but in suspension. The imperial career is almost lost and the populous consciousness nearly extinct. The imperial heritage from the Gao and Ming Emperor of the Qi Dynasty is so weakened as to fall into nothingness. The situation is so perilous that the whole empire is on the brink of fall.

[51] 相國梁王,天誕睿哲,神縱靈武,德格玄祇,功均造物。止宗社之橫流,反

生民之塗炭。扶傾頹構之下，拯溺逝川之中。九區重緝，四維更紐。絕禮還紀，崩樂復張。文館盈紳，戎亭息警。浹海宇以馳風，罄輪裳而稟朔。八表呈祥，五靈效祉。豈止鱗羽禎奇，雲星瑞色而已哉！勳茂於百王，道昭乎萬代，固以明配上天，光華日月者也。河嶽表革命之符，圖讖紀代終之運。樂推之心，幽顯共積；歌頌之誠，華裔同著。昔水政既微，木德升緒，天之曆數，實有所歸，握鏡璇樞，允集明哲。

[51] "The morality of the Prime Minister and the Liang Prince, instinctively sagacious and divinely mighty, moves the divinities, and his achievement is universally beneficial. The imperial chaos is stopped by him and the lives of the people are saved for him. For the sake of him, the crisis is retrieved and the peril prevented. The nine states are united again and the four areas fortified anew. Those abandoned principles are reestablished and relinquished music reperformed. While there are abundant supplies of candidates for official selections, no bell of alarm is herd on the borderline within the territories. Cultivation is disseminated within the four seas and subordination shown as far as the carriages reach. The signs of auspice is caught even in the farthest place and the appearance of unicorn, phoenix, turtle, dragon and white tiger is observed to show prosperity. Those signs are witnessed only at times of prosperity and corroborated by the combination of the constellations. His accomplishments surpass the one hundred previous emperors, and his moralities set as a model for those future generations. Therefore, his sagacity is equal to the divine wisdom, as brilliant as the sun and the moon. The Huang River and the Tai Mountain represent a sign of revolution while the change in imperial career is recorded in the books of prediction. The will to subjection to the able is common in both the human and the nether world, and the sincerity in the eulogy for accomplishments is shared either in the central or in the marginal areas. As the element of water is in decrease and the element of wood in increase, it is in the same circulation that the emperors come to rule the people for the sake of the heaven. It is the duty of an emperor to obey to the divine will, to bosom the illustrious virtues, and to hold in his hands the power to rule and to have in his command the able and smart worthies.

[52] 朕雖庸蔽，闇於大道，永鑒崇替，爲日已久，敢忘列代之高義，人祇之至願乎！今便敬禪於梁，即安姑孰，依唐虞、晉宋故事。

[52] "Backward and benighted as I am, ignorant of the Great Way, I am long, however, conscious of the changes of the dynasties in prosperity and decline, in rise and fall. It is impossible for me to forget the principle of justice, the object of the universal volition. I am ready to abdicate the throne to the Liang Prince and then to move to take abode in Gushu, in accordance with the practice of Tangyao to Yushun, of the East Jin to the Liu Song."

[53] 四月辛酉，宣德皇后令曰："西詔至，帝憲章前代，敬禪神器於梁。明可臨軒遣使，恭授璽紱，未亡人便歸於別宮。"壬戌，策曰：

咨爾梁王：惟昔遼古之載，肇有生民，皇雄、大庭之辟，赫胥、尊盧之後，斯並龍圖鳥跡以前，慌惚杳冥之世，固無得而詳焉。洎乎農、軒、炎、皞之代，放勳、重華之主，莫不以大道君萬姓，公器御八紘。居之如執朽索，去之若捐重負。一駕汾陽，便有窅然之志；暫適箕嶺，即動讓王之心。故知戴黃屋，服玉璽，非所以示貴稱尊；乘大輅，建旂旌，蓋欲令歸趣有地。是故忘己而字兆民，殉物而君四海。及於精華內竭，春橇外勞，則撫茲歸運，惟能是與。況兼乎笙管革文，威圖啓瑞，攝提夜朗，熒光晝發者哉！四百告終，有漢所以高揖；黃德既謝，魏氏所以樂推。爰及晉、宋，亦弘斯典。我太祖握《河》受曆，應符啓運，二葉重光，三聖係軌。嗣君喪德，昏棄紀度，毀棄天綱，凋絕地紐。茫茫九域，剪爲仇讎，溥天相顧，命懸晷刻。斬涉刳孕，於事已輕；求難徵杖，曾何足譬。是以谷滿川枯，山飛鬼哭，七廟已危，人神無主。

[53] The 4th day of April, the Empress Xuande gave the announcement, that "the edict from the He Emperor of the Qi Dynasty says that the present emperor is willing to abdicate his throne in favor of the Liang Prince in accordance to those previous practices and principles. He may come to the front court to accept the imperial seal tomorrow, and I shall return to my own abode." The 8th day, it is ordered, that

"To the Liang Prince: In the ancient times, when there first appeared human beings, the emperors of Huang Xiong, Da Ting, He Xu and Zun Lu came to rule the people. As the time was still primitive, before the dawn of civilization, it is impossible to know the details. When it came to the time for the emperors of Shen Nong, Xuan Yuan, Yan, Tai Hao, Yao and Shun to rule, the Great Way is followed to rule the people, and the worthies are found to officiate within the borders of the territory. I am lost in anxiety and terror when seated in the throne, and relieved and released when free from it. A far-reaching plan came to me when I arrived at Fenyang, and the will to abdication touched my heart when I came to Qiling. I know that the habitation of the imperial palace and the use of the imperial seal mean more than the sign of nobility, and employment of the imperial carriages and the position of the imperial flags tends only to a prosperous government. Therefore, I came to govern the people in unawareness of my own well-being, and devoted myself to the rule of the empire. At the time when I feel exhausted of inner wisdom and outer vigor, I am willing to trust the change of the divine fortune, and decide to abdicate my throne, to those who are worthy of it. Besides, even the performance of the music calls for alteration, the picture depicts new scenes, the constellation gives a token of renovation, and the appearance of the colorful clouds means auspice. At the end of four hundreds years, the Xian Emperor of the Han Dynasty abdicated his throne to the Wen Emperor of the Wei Dynasty. At the expiration of the rule of the element of earth, the Wei Dynasty chose abdication again. The same tradition was followed in the time of the East Jin and the Liu Song. Xiao Daocheng, the Gao Emperor of the Qi Dynasty, with the Painting of the River in his hand, started the imperial career. The Wu and Ming Emperors passed the throne one after another, and the Gao, Wu and Ming Emperors inherited the rule in their times. The latest successor, however, devoid of moralities, ignorant of the principles both divine and earthly, came to treat the nine states as if they were adversaries. Then, all the people lost their countenances and felt their life endangered. Under his rule, the extirpation of an embryo out of the womb of a pregnant woman was no serious crime, and the practice of promiscuity was rife. It came to that the dead bodies were lain everywhere, the rivers all dried up, and the bemoaning cries heard across the plains and mountains. As both humans and divines had no positions to hold themselves, the imperial career was imperiled.

[54] 惟王體茲上哲，明聖在躬，稟靈五緯，明並日月。彝倫攸序，則端冕而協邕熙；時難孔棘，則推鋒而拯塗炭。功踰造物，德濟蒼生，澤無不漸，仁無不被，上達蒼昊，下及川泉。文教與鵬翼齊舉，武功與日車並運。固以幽顯宅心，謳訟斯屬；豈徒桴鼓播地，卿雲叢天而已哉！至如晝睹爭明，夜飛枉矢，土淪彗刺，日既星亡，除舊之徵必顯，更姓之符允集。是以義師初踐，芳露凝甘，仁風既被，素文自擾，北闕薰街之使，風車火徹之民，膜拜稽首，願為臣妾。鍾石畢變，事表於遷虞；蛟魚並出，義彰於事夏。若夫長民御衆，為之司牧，本同己於萬物，乃因心於百姓。寶命無常主，帝王非一族。今仰祇乾象，俯藉人願，敬禪神器，授帝位於爾躬。大祚告窮，天祿永終。於戲！王允執其中，式遵前典，以副昊天之望。禋上帝而臨億兆，格文祖而膺大業，以傳無疆之祚，豈不盛歟！

[54] "A successor to the previous sages in possession of both the wisdom and the virtues, the Liang Prince, bestowed with the blessings of five elements of gold, wood, water, fire and earth, is as divine as the sun and the moon. As it is in times of prosperity and rise, it is fit to govern and rule in ceremonial robe and grand crown. As it is in times of decline and hardship, it is proper to be the head of the troops for the salvation of the people. Your achievements surpass those of the creators, and your moral and philanthropic virtues are beneficial to all, to the highest of the skies and to the lowest of the springs. Cultivation arises with the wings of the largest birds, and valiance circles around in the same solar orbit. It is rather the fact that when subordination is wished both in the nether and human worlds, those eulogists and slanderers both come under your dominance, than the sign that after the thundering and the raining, the auspicious clouds in different colors are gathered together in

the sky. In addition, there are even some other tokens for the change of the imperial career, such as the appearance of the stellar lustre in the day, the flight of the meteors at night, the submergence of Saturn, the emergence of the comet, the eclipse of the sun and the descending of the meteors. Therefore, when the righteous troops were first assembled, sweet dew appeared in accumulation, and the breeze of magnanimity was blown everywhere. Those previous principles came into expiration when the ethnic people should worship, bow to and wish to be subjected to those foreign emissaries in the northern part of the capital or from the street of Gao. Change in the music of the bells and the chimes indicates the succession of the throne, while the simultaneous appearance of the dragon and the fish means the abdication of the imperial crown. To rule over the people and to be a sovereign over them means to be in unity with everything and to obey to the universal will. Neither is it ever the same individual that comes to be entrusted with the divine commission, nor is it from the same family that emperors are chosen to rule. Now that both the celestial phenomena and the popular will are observed, it is high time to abdicate my throne in your favor. As my imperial fortune has come into the finale, my imperial career shall be terminated accordingly. Oh! It behooves you to obey to the middle righteous way and to adopt those previous sufficient principles, in order to meet the demands of the divine will. It is high time for you to make sacrifice to the heaven, to rule over the people, to come to the temple for the succession to the imperial career, and to pass the throne to posterity."

[55] 又璽書曰：

夫生者天地之大德，人者含生之通稱，並首同本，未知所以異也。而禀靈造化，賢愚之情不一；托性五常，强柔之分或殊。群后靡一，爭犯交興，是故建君立長，用相司牧。非謂尊驕在上，以天下爲私者也。兼以三正迭改，五運相遷，綠文赤字，徵《河》表《洛》。在昔勳、華，深達兹義，眷求明哲，授以蒸民。遷虞事夏，本因心於百姓；化殷爲周，實受命於蒼昊。爰自漢、魏，周不率由;降及晉、宋,亦遵斯典。我高皇所以格文祖而撫歸運,畏上天而恭寶曆者也。至於季世,禍亂荐臻,王度紛糾,姦回熾積。億兆夷人,刀俎爲命,已然之逼,若綫之危,蹋天蹐地,逃形無所。群凶挾煽,志逞殘戮,將欲先殄衣冠,次移龜鼎。衡、保、周、召,並列宵人。巢幕累卵,方此非切。自非英聖遠圖,仁爲己任,則鴟梟屬吻,剪焉已及。

[55] Further, an edict was given:

"As generation is one of the grandest natural virtues and human beings are an appellation common to all, there is no difference to people of the same origin and from the same spring. However, as people are differently blessed by nature, they are wise or ignorant to different degrees, and, as the five virtues are not to be matched with one another, staunchness are represented in different ways from fragility. As strife arises out of the dukes in different states due to disunity, the throne of an emperor is erected to rule over and govern them. It is far from being supreme and dignified, assuming superiority, and taking the whole empire as private possession. It is natural for the three dynasties to thrive one after another, and for the five elements to circulate in an ordered way. The inscribes in green and the characters in crimson are predicted both in the Painting of the River and the *Books of the Universal Designs*. Yao and Shun in antiquity well immersed in that principle, entrusted the rule over the people to those who were worthy of it. It is in conformity to the popular will that Yu was succeeded by Xia, and it was divinely ordained that Yin metamorphosed into Zhou. There is no exception to that rule even in the time of Han and Wei, and the same practice is followed still in the transition from Jin to Song. Therefore, Xiao Daocheng, the Gao Emperor of the Qi Dynasty, came to respect the ordination of the divine will and accept the imperial career. At the time of doomsday, however, when chaos was rife everywhere, the imperial principles were violated and treachery got into unison with evils. The commoners were reduced to the flesh upon the chopping blocks, and violence had already set human lives upon the brink of distinction. Sheltered in no way, the people were lost in fear and uneasiness. The evil groups, in their determination to kill and massacre, planned to exterminate the officials at the first, and then to strive of the throne. Eheng, Taibao, Zhougong and Shaogong were all considered as infamous. It is really one of the most catastrophic times. If there is no sage with a far-reach plan in his heart to appear to commission himself as the promoter of virtues and philanthropy, then the evils shall have their aim realized and universal destruction arrive much earlier.

[56] 惟王崇高則天，博厚儀地，鎔鑄六合，陶甄萬有。鋒馳交馳，振靈武以遏略；雲雷方扇，鞠義旅以勤王。揚旍旆於遠路，戮姦宄於魏闕。德冠往初，功無與二。弘濟艱難，緝熙王道。懷柔萬姓，經營四方。舉直措枉，較如畫一。待旦同乎殷后，日昃過於周文。風化肅穆，禮樂交暢。加以赦過宥罪，神武不殺，盛德昭於景緯，至義感於鬼神。若夫納彼大麓，膺此歸運，烈風不迷，樂推攸在。治五趾於已亂，重九鼎於既輕。自聲教所及，車書所至，革面回首，謳吟德澤。九山滅浸，四瀆安流。祥風扇起，淫雨靜息。玄甲遊於芳荃，素文馴於郊苑。躍九川於清漢，鳴六象於高崗。靈瑞雜沓，玄符昭著。至於星孛紫宮，水效孟月，飛鴻滿野，長彗橫天，取新之應既昭，革故之徵必顯。加以天表秀特，軒狀堯姿；君臨之符，諒非一揆。《書》云：「天鑒厥德，用集大命。」《詩》云：「文王在上，於昭于天。」所以二儀乃眷，幽明允叶，豈惟宅是萬邦，緝茲謳訟而已哉！

[56] "The Liang Prince, in a thorough and intensive imitation of the principles both divine and human, set cultivation to the people and regulation to everything. The carriages with military documents came and went incessantly, in order to secure success with strategies. When the evils first arose, a righteous army of troops was assembled in the service of the emperor. The triumphant flags were planted far and wide, and the rebellions put off within the walls of the palace. Such an achievement as never witnessed in ancient times is but to be estimated as of first rate, second to none. All crises are retrieved and the imperial principles strengthened. The people are cared and comforted, and the governance conducted in a regular sufficient way. The

uprights are employed and the treacherous expunged. He works to the dawning of the day in the same manner as the Tang Emperor of the Yin Dynasty, and in heedlessness of food and drink like the Wen Emperor of the Zhou Dynasty. Popular instruction is carried out in perfect order, and the rites conducted in unison with the music. With acquittal added to toleration, the prediction of weal and woe, instead of the threat of torture and death, is used for rule and governance. Such political virtuousness is as brilliant as the stars, admired by both the nether and divine beings. It is necessary for him to be entrusted with the control of the imperial career, and it is natural for the people to wish for subjection to his rule. The five principles have already been reset into regular conduction, and the once weakened imperial rule tremendously fortified. Where the moral cultivation prevails, and where the imperial governance applies, conversion goes together with praise. The great mountains in the nine states are freed from the evil spirits, and the four rivers of Yangtze, Huang, Huai and Ji flow in peaceful bellows. An auspicious wind arises to disperse the long prevalent mist. The divine turtles swim among the fragrant meadows, and the explanations of the implications in the classics are heard in those suburban pavilions. The rivers are as clear as the sky and auspicious signs are witnessed in the summits. The tokens of prosperity become observable both in the heaven and on the earth. As to the appearance of the comet in the Ziwei constellation, the occurrence of the flood in the first month of each season, the destruction of the heath by the swarms of the grasshoppers, and the covering of the nocturnal sky by the light of the comet, those are no less than the signs of transition, nothing but tokens of revolution. Besides, the Liang Prince has the special countenance of an emperor, the face of Xuanyuan, and comportment of Shun. His enthronement is corroborated by more than one support. It is said in the *Shangshu*, that "his virtues are judged by the heaven and thus he is ordained favorably." It is said in *The Book of Songs*, that "Wen is the emperor and it is divinely willed." Such combination of the heavenly and earthly favors, such unison of divine and human preferences, are more than what those slanderers and eulogists give to a patron.

[57]朕是用擁璇沉首,屬懷聖哲。昔水行告厭,我太祖既受命代終;在日天祿云謝,亦以木德而傳於梁。遠尋前典,降惟近代,百辟遐邇,莫違朕心。今遣使持節、兼太保、侍中、中書監、兼尚書令汝南縣開國侯亮、兼太尉、散騎常侍、中書令新吳縣開國侯志,奉皇帝璽紱。受終之禮,一依唐虞故事。王其陟茲元后,君臨萬方,式傳洪烈,以答上天之休命!

高祖抗表陳讓,表不獲通。於是,齊百官豫章王元琳等八百一十九人,及梁臺侍中臣雲等一百一十七人,並上表勸進,高祖謙讓不受。是日,太史令蔣道秀陳天文符讖六十四條,事並明著。群臣重表固請,乃從之。

[57] "Therefore, I am lost in a deep contemplation of those previous sages, with the imperial career in my control. When prosperity of the element of water expires, the Gao Emperor of the Qi Dynasty accepted the determination of the divine will and succeeded to the former throne. When the heyday of my rule sets, it is high time for me to help to transit to the rule of the element of wood. I search into the ancient classics and deliberate upon those recent happenings. I consult with all the officials and am contradicted by none as to my decision. Now I give order to Wang Liang, the Commander in Chief, Grand Guard, Palace Attendant, Supervising Secretary, Chief of Secretariat, and the Duke of the County of Runan, and Wang Zhi, Supreme official, Sanqi Attendant, Secretariat Director, and the Kaiguo Duke of the County of Xinwu, to transmit the imperial seal. The rite of the transition of the throne is to be conducted in the same manner as that of Yao to Shun. It is my pleading that he shall accept the enthronement, rule the people, pass the great career to posterity, and to gratify the divine favor."

The Great Ancestor made a report to announce his unwillingness, but was refused. Then, Yuan Lin, the Prince of Yuzhang and head of the officials in the Qi Dynasty, together with eight hundreds and nineteen other officials, submitted a memorial of persuasion, but to be refused by the Great Ancestor. In the same day, Jiang Daoxiu, Imperial Astronomer, gave sixty-four astronomical signs, all the officials insisted upon his acceptance, and finally the Great ancestor gave his agreement.

葛瑞漢[①]道家典籍英譯本中的政治思想探微

劉　傑[*]

内容摘要　葛瑞漢是英國著名的漢學家。他對道家典籍如《莊子》《列子》《鶡冠子》等有系統的翻譯和研究，在學界獲得佳評。政治思想在道家典籍中本不是表達重點，但葛瑞漢對其表現出濃厚的關切意識。他將老莊思想中的小國寡民、烏托邦思想與西方的無政府主義進行比附，對比中展示了中西方價值（真理）體系的差別；其對道家政治思想的研究路徑，由中向西過渡，由古向今牽引，最終把研究興趣聚焦於西方近代道德倫理哲學的價值困境。這獨特的研究路徑折射出漢學家進入道家文獻之前既定的理論預設與文化制約。原典與譯文對比闡釋，在彰顯葛氏新穎解讀的同時，亦力圖匡正其不足之處。

關鍵詞　葛瑞漢　《莊子》《列子》《鶡冠子》　政治思想

　　政治思想在道家原始文本中並不重要，甚至很少涉及，但却是英國漢學家葛瑞漢道家文獻研究的重要關切點。就國内的道家思想研究而言，很少有學者從政治角度對道家思想進行研究解讀。但葛瑞漢對道家典籍的政治思想表現出關切意識，尤其是對道家政治思想中的道德倫理意識非常感興趣。如他將老莊思想中的小國寡民、烏托邦思想與西方的無政府主義進行比較，對比中展示了中西方的價值（真理）體系的差別，研究視點最終落到西方近代道德倫理哲學的價值困境上，獨特的研究路徑背後折射出研究者獨特的知識文化結構和文化需求，與他的漢學研究方法論和哲學關懷有一定關係，值得一探。

---

[*]　作者簡介：劉傑，上海大學文學院博士後。
　　基金項目：本文爲上海大學"地高"特別資助項目"中國古典英譯書目提要研究"階段性成果。
[①]　葛瑞漢（Angus Charles Graham, 1919—1990），英國漢學家，畢生致力於中國哲學、古漢語、先秦及宋代典籍的研究，翻譯《莊子》《列子》《晚唐詩選》《西湖詩選》等，代表作《中國兩位哲學家——二程哲學研究》《論道者》等成爲西方學者進入這一領域的權威參考著作。

一 葛瑞漢《列子》英譯中的政治觀

《列子》的作者及成書時間在歷史上存在很大爭議,加之内容主題與老、莊有重合之處,一度被認爲是僞書而否定其歷史價值。這種觀點同樣影響到國外的道家典籍翻譯研究。在老、莊被大量西譯的狀況下,國内外的《列子》英譯本寥寥可數。葛瑞漢《列子》譯本,以其嚴謹的學術態度考證其歷史版本和思想源流,在學界獲得良好口碑。但其對《列子》政治思想的關注和解讀,不自覺地夾入西方的哲學命題,表現出新的面向。

(一)《列子》原典中的政治理想

《列子》吸收老莊"道法自然""無爲"的政治思想,把"無爲"作爲治國理論,主張統治者"治内",克服一己私利。文中的列姑射山、華胥國、終北國,没有君主、没有統治者、没有等級壓迫,自由、平等、和平,寄托着作者的政治主張,具體來説表現爲以下三個方面:

1. 表達了對有爲政治統治的批判,對太古社會的讚美。《黄帝》篇:"夏桀、殷紂、魯桓、楚穆,狀貌七竅,皆同於人,而有禽獸之心。"[1]透露着對暴君行有爲之政的厭棄。"牝牡相偶,母子相親;避平依險,違寒就温;居則有群,行則有列;小者居内,壯者居外;飲則相攜,食則鳴群。太古之時,則與人同處,與人並行。"(《列子》,第 71 頁)反映了在君王的政權統治時期,天下大亂,禽獸藏之山野以避人之禍亂的狀況。這段話表面上是在描寫獸類的表現,實則暗指漢魏清流名士爲避政治禍患隱居山野、不問世事,文中借古諷今,感懷太古時期的美好生活。"從心而動,不違自然所好;當身之娱,非所去也,故不爲名所勸。從性而遊,不逆萬物所好。"(《列子》,第 190 頁)實則寄寓着對當權者行有爲之治引發政治禍亂的批判。

2. 反對禪讓制,批判政治制度的虚僞性。《楊朱》篇云:"昔者堯舜僞以天下讓許由、善卷,而不失天下,享祚百年。伯夷叔齊實以孤竹君讓,而終亡其國,餓死於首陽之山。實、僞之辯,如此其省也。"這段話是楊朱批評堯、舜把天下讓給許由、善卷的行爲並非真心,認爲他們利用虚僞的行爲獲得了千古盛名,而伯夷、

---

[1] 張湛《列子》,上海古籍出版社 2015 年版,第 71 頁。

叔齊真心禪讓却被餓死在首陽山上。春秋時的《竹書紀年》有載："堯之末年,德衰,爲舜所囚。舜囚堯,復偃塞丹朱,使不得與父相見。"楊朱認爲堯、舜的行爲大體類似,他批評堯、舜的行爲可能是借古諷今,對曹丕逼漢獻帝禪讓和司馬炎逼曹奐禪讓的社會現實不滿,只能借曲而幽的方式來表達自己的反感。

3. 勾勒出華胥國、終北國、列姑射山等理想國與現實進行對照。《黃帝》篇虛構了黃帝夢遊華胥國的故事:華胥國是一個順應自然、無爲而治的理想國,國家無君臣綱常束縛,國民清心寡欲,不樂生惡死,順任天性,國內一切井井有條。《湯問》篇虛構的終北國:四境平坦,國中間有一座山,泉水從中涌出,澤被國民,人民餓了就飲水度日,性情溫和,不好爭鬥;國中無君臣貴賤之分,百姓與世無爭,生活惬意美好,一派寧靜詳和之氣。《列子》搬來了《莊子》中藐姑射山,把它描述爲一個神人餐風飲露、不食五穀,百姓甘心爲使、生活富足、各取所需的社會,它同樣是一個没有君臣之别和禮教束縛、天人合一的理想國度。幻想有多美好,現實就有多煎熬,《列子》通過對寧靜詳和、純真質樸的美好樂園的勾勒,反映出對現實黑暗政治環境的失望和批判。

總體説來,《列子》繼承了老子"無爲"的政治思想,但在具體的理想國的構建上,受到《莊子》"山木""繕性"等篇目的影響,勾勒了一個無君無臣、人與自然和社會和諧相處的原始社會圖景。

(二) 葛瑞漢《列子》英譯中的政治觀點

葛瑞漢翻譯《列子》的過程保持着一貫的嚴謹作風,很少在注釋及譯文中表達與原文本不相關的思想。但在譯文的前言和章前導讀部分,葛瑞漢對《列子》的政治思想作了整體性的概述,表現在以下兩個方面:

1. 《列子》中構築理想國

葛瑞漢認爲《列子》書中描繪了具有無政府主義特色的理想國,如終北國、華胥國、太古社會。其政治特點是,從時間上看,這些國家均在一個遥遠的時代;從疆域上看,理想國設在一個罕見的地方。國中没有政權的存在,無君臣關係,人與人平等而和睦,人與自然和諧相處,百姓少思寡欲,生活自足而閒適。葛瑞漢認爲這些理想社會是處於帝制出現之前的人類初始階段。隨着農耕文明的發展,這種蒙昧時期的平靜和諧畫面最終會被打破,人類終將走向運用智力尋求秩序的文明政權時代,帶有顯著的歷史進化論的痕跡。簡而言之,葛瑞漢認爲《列子》中構建的理想國太過虛幻,不具有現實性,它們的出現與魏晉時代清流文人對黑暗社會現實失望至極後產生的逃避心態有關,如葛瑞漢特別提到的鮑敬言①。鮑敬言是東晉時人,好老莊書,在與葛洪的論戰中提出了"無君論"的思想,將先秦道家的烏托邦思想發揮到極致。葛瑞漢對《列子》理想國的理解結合了中國特定的思想背景,而不是簡單地作翻譯或拿西方相似的思想文化進行平行比較,顯示出研究態度的嚴謹。但他認爲道家理想國的基礎是人類文明蒙昧期的少思寡欲,而非西方工業文明階段提出的在人與人平等基礎上的倫理價值選擇,他對中國先秦理想社會的認同一定程度上表達了他對西方政治倫理秩序的懷疑與反抗。

2.《楊朱》篇建構了"我不爲人人"的理想社會

葛瑞漢認爲《楊朱》篇中出現的"重身""爲我""去名""去功"和享樂主義思想,反映的是對理想社會的構想。葛瑞漢考察楊朱篇的詞彙和思想後提出,《列子》的《楊朱》篇當爲公元三世紀的作者在歷史上的《楊朱》殘篇基礎上混入"縱欲""貴智"的時代思想寫作而成,此篇前三個部分當爲古楊朱思想,後兩個部分是公元三世紀的作者新加入的,帶有享樂主義的特徵。《列子》中的《楊朱》篇因爲宣揚"人生苦短,及時享樂"的思想而爲後世詬病,但是葛瑞漢認爲《楊朱》篇的作者借楊朱之口表達了建立一種無政府主義社會的主張。"享樂主義這一章明確推薦了一種社會,在這個社會中,每個人都追求自己的快樂而不干涉他人,君臣之道自然就消失了"。②《楊朱》篇提出:"古之人損一毫利天下,不與也;悉天下奉一身,不取也。人人不損一毫,人人不利天下,天下大治矣。"(《列子》,第201頁)葛瑞漢認爲這一段的本意指我不爲人人,人人不爲我,互不干涉,天下井然有序,實爲表達一種無君無臣的理想社會狀態,並非是宣揚利己的做法。除此之外,《楊朱》篇又曰:"太古之人,知生之暫來,知死之暫往,故從心而動,不違自然所好,當身之娛非所去也,故不爲名所勸。從性而遊,不逆萬物所好,死後之名非所取也,故不爲刑所及。"(《列子》,第192頁)葛瑞漢認爲這裏的太古之人對待生死的看法有點佛教生死輪回思想的影子,放在這裏顯得很奇怪,與《楊朱》作者的思想格格不入。因爲《楊朱》作者縱情聲色、及時享樂的思想背後潛藏着公元三世紀的知識階層對死亡作爲最終歸屬的恐懼。這裏的太古之人知"生之暫來,知死之暫往"在張湛看來是"自以爲存亡往復,形氣轉續,生死變化,未始絕滅也"(《列子》,第193頁),與《天瑞》篇的大化流行、生命循環往復的文旨相符,而後文

---

① A. C. Graham. *The Book of Lieh-tzǔ*. New York: Columbia University Press, 1990: 10.
② A. C. Graham. *The Book of Lieh-tzǔ*. New York: Columbia University Press, 1990: 11.

的"不違自然所好""從性而遊""不逆萬物所好"也與道家的無爲自然的中心思想一致。根據葛瑞漢的提示可以推測,這裏的太古之人與莊子構想的原始社會的生存狀態類同,《列子》受《莊子》的影響,構建了一個與《莊子》類似的理想社會。葛瑞漢認爲的這種理想社會背後的價值追求是"不爲名所勸,從性而遊",而他對於這裏的"性"的理解用的是來自西方哲學的"自發性"(在譯文中葛氏有時會把"性"譯爲 spontaneity)一詞,正如他在翻譯中所言:

> The whole range of Chinese sensibility associated with Confucianism is thoroughly sensible, sceptical, contemptuous of fantasy; the ascendency of Confucianism indeed obliterated most of the ancient mythology of China. The Taoist delight in the extraordinary is a protest against the imaginative poverty of Confucianism, a recovery of numinous wonder, a reversion to a primitive and child-like vision. Taoism cultivates naivety as it cultivates spontaneity. …… A second theme, which falls out of sight early in the chapter, is the relativity of judgments. ①

葛氏比較了儒道思想的異同之處,認爲儒家理性、懷疑、蔑視幻想遏制了中國古代神話傳説的發展。道家浪漫天真,是對儒學的反駁,道家在培養"自發性"的同時,也在培養天真,並指出這一章的另一個主題是判斷的相對性。這一段話背後,隱藏着他對"自發性"問題的深層思考。現代西方"理性"遭遇危機後,西方哲學興起了一股短暫的復古主義,一群具有憂患意識的人文知識分子,將目光投向本民族文化傳統内部去尋求解脱的辦法。他們返回西方文化的軸心時代,發現西方文明自古希臘時代開始,在重理性的主旋律外,還激蕩着重直覺、感性的酒神精神。西方浪漫的酒神精神與道家身上的"自發性"特徵有極其相似的地方。引文提到了《湯問》篇的主題"價值判斷的相對性"。"自發性"和價值判斷有關係嗎?答案是肯定的。葛瑞漢正是基於對價值問題的關注,才發現了道家思想中表現出的"自發性"特徵。西方的"理性"危機,本質上是倫理價值的危機。正是基於對本民族框架内價值困境的關注,葛瑞漢發現了道家哲學中的價值中立原則,如葛瑞漢在《列子·力命》篇導讀中談到的:

---

① A. C. Graham. *The Book of Lieh-tzŭ*. New York: Columbia University Press, 1990: 92.

His point is rather that we ought not to choose. The true Taoist empties his mind of all subjective principles, attends to the external situation with perfect concentration, and responds to it without conceiving alternatives.①

這裏的"選擇"即暗示了"價值"的存在,道家拒絕"選擇",本質是因爲他對價值判斷標準的懷疑。莊子常談的"莫若以明""道樞"的達道方式和境界,旨在表明拒絕外物、前識對心的干擾。排除是非、善惡、利害等價值判斷標準,使心呈現一種虛空的狀態,用心專一於當下,自然無爲,人纔能最終抵達"以明"的境界。《列子》也多次談論價值判斷的相對性,他認爲不同的立場和視角帶來不同的價值判斷標準,不同的價值判斷標準帶來價值的相對性。葛瑞漢認爲道家的"自發性"的視角對修正西方以"理性"爲核心的價值判斷標準有啓發意義。

二 葛瑞漢《莊子內七篇與其他》的政治思想

相較於《列子》的翻譯,葛瑞漢對《莊子》的翻譯可以説是進行了一次從形式到内容的創造性重構。形式上,葛瑞漢打亂了原典的章節分類,根據《莊子》的思想派別對内容進行分章翻譯。内容上,作者通過對譯入語詞彙的選擇、對内容詮釋性的總述來表達自己對《莊子》思想的理解。但是由於不同的民族、地域等文化、歷史存在着差異,翻譯必然造成視域的融合,葛瑞漢針對《莊子》的政治思想解讀透露出作者别樣的文化視域。

(一)《莊子》的政治思想

有人在《莊子》中看到了一種冷眼旁觀的熱心腸,也有人看到了寄哀思於逍遥的不得已,其根源皆在於莊子對政治的不能徹底忘情。《莊子》創作的時代是一個土地兼併紛繁、攻伐爭戰不斷、統治者暴虐無常的戰國中後期,百姓生活苦不堪言,士大夫等知識階層也處於憂患當中。因而《莊子》對社會現實的描寫表現出强烈的社會批判意識,表達了對統治階層的不滿和"無爲"的政治主張。具體表現如下:

① A. C. Graham. *The Book of Lieh-tzŭ*. New York: Columbia University Press, 1990: 119.

1. 《莊子》的治國理念：無爲而治。《莊子》繼承了老子的"道"爲宇宙本源的思想，把道作爲最高哲學範疇和思想核心，認爲萬物循道而行，以應天命；在政治思想方面，人同樣需要遵循"道"的規則，順應自然之"道"，無爲而治。但《莊子》並未直接提出他的政治主張，而是通過批判"有爲"政治和讚揚明王之政的方式，來表達自己無爲的政治理念，如《在宥》篇言："亂天之經，逆物之情，玄天弗成。解獸之群，而鳥皆夜鳴，災及草木，禍及昆蟲。噫！治人之過也。"①；《天地》篇云："治，亂之率也，北面之禍也，南面之賊也。"（《莊子》，第 356 頁）②均表達了對君主施有爲之政、禍亂天下蒼生的否定態度，從反面反映出他希望爲政者順應天道、無爲而治的政治主張。

2. 《莊子》的治國措施：修己、御臣、治民。首先，《莊子》雖然厭惡統治者，但並不完全否定統治者的存在，只是強調了"故君子不得已而臨位天下，莫若無爲"（《莊子·在宥》，第 320 頁），以應天道。作爲統治者，首先應當修己、治内、心養，"正而後行"，如《應帝王》所云："夫聖人之治也，治外乎？正而後行，確乎能其事者而已矣。"（《莊子·在宥》，第 249 頁）即聖人治理天下並非是用法度繩之以外，而是修己正身，自己先做出表率，感召他人各盡所能罷了。其次，御臣方面，要求下屬"爲人臣子者固有所不得已，行事之情而忘其身""不擇事而安之""知其不可奈何而安之若命"（《莊子·人间世》，第 145 頁）。即莊子認爲君王可以行無爲之政，但臣子要欣然領命、忠於職守，平和地接受改變不了的事情，順其自然，努力地爲君王分憂解難。最後，治民應當體察民情，順應民情，法道自然。《馬蹄》云："彼民有常性，織而衣，耕而食，是謂同德；一而不黨，命曰天放。"（《莊子》，第 290 頁）即：會治理天人的君主應當順應人民的天性，放任自然，成就至德之世。

3. 《莊子》的理想國：至德之世。統治者通過内修於己、外達於人，最終實現無爲而治、建立至德之世的政治理想。《胠篋》篇云："子獨不知至德之世乎？……當是時也，民結繩而用之，甘其食，美其服，樂其俗，安其居，鄰國相望，雞狗之音相聞，民至老死而不相往來。若此之時，則至治已。"（《莊子》，第 308 頁）這裏的至德之世與《老子》第八十章描述的原始社會小國寡民思想類似，展現了百姓無知無欲、安居樂業、民風淳樸的理想國畫卷。《老子》云："小國寡民，使有什伯之器而不同，使民重死而不遠徙。雖有舟輿，無所乘之；雖有甲兵，無所陳之。使民復結繩而用之。甘其食，美其服，安其居，樂其俗。鄰國相望，雞犬之聲

---

① 陳鼓應《莊子今注今譯》，商務印書館 2016 年版，第 334 頁。
② 陳鼓應《莊子今注今譯》，商務印書館 2016 年版，第 356 頁。

相聞。民至老死不相往來。"馮友蘭認爲:"此即《老子》之理想社會也。此非祇是原始社會之野蠻境界,此乃包含有野蠻之文明境界也。非無舟輿也,有而無所乘之而已。"①他認爲老子的理想社會相當深刻,老子理想國的構建似乎認識到了"一民族若祇僅有文明而無野蠻,則即爲其衰亡之先兆"(《莊子》,第 206 頁)。莊子繼承了老子的這一理想國構建,但却去除了文明的危機意識,勾勒了一個純粹的原始社會和諧畫卷。除此之外,莊子還勾畫了至德之世的美好藍圖。《馬蹄》篇云:"故至德之世,其行填填,其視顛顛……夫至德之世,同與禽獸居,族與萬物並,惡乎君子小人哉!"(《莊子》,第 290 頁)這裏描繪了一幅没有機巧算計、百姓自由安適、萬物與人齊一共生的和諧畫卷,是莊子後學基於"無爲而治"的政治理想之基對政治和倫理的一次糅合,賦予了《莊子》理想的政治色彩和自然的倫理色彩。

(二)葛瑞漢《莊子内七篇與其他》的政治思想

《莊子》的政治思想集中於外篇的《駢拇》《馬蹄》《胠篋》《天地》《繕性》等篇中。葛瑞漢在編譯中對《莊子》的結構做了較大的調整,將原本外篇的内容放到了譯文中的第四個部分"原始主義和相關的散篇",並在章前小結對這部分内容的年代和思想内容做了整體介紹。葛瑞漢在第三部分的"莊子學派"中的第六小節"烏托邦與政府的衰落"一節的導讀中對莊子的政治思想進行了解析。具體説來,葛瑞漢對莊子政治思想的解讀包括以下幾個方面:

1. 葛瑞漢對《莊子》整體政治觀的解讀

葛瑞漢認爲"自從《老子》自十九世紀被西方知道以來,西方的無政府主義者就宣稱老子是他們中的一員"。② 甚至于後來的孔子也被加入這一行列,但事實上,莊子更接近西方的無政府主義。因爲《老子》的理想國尚存有君王的統治術,且假定臣子認同君王的統治術。而《莊子·繕性》篇勾畫的烏托邦被設置在過去一個絶對的初始時代,彼時是一個無君、無臣、無聖人的人類初始階段。除此之外,《馬蹄》《胠篋》《在宥》篇中也提出了無君無臣、無綱常道德束縛的原始烏托邦政治理想國。葛瑞漢分析《莊子》的這四篇内容認爲,它們創作於公元前 209 年到公元前 202 年秦亡漢興之間的政治真空期。在秦代的暴政下受壓抑而保持沉

---

① 馮友蘭《中國哲學史》,商務印書館 2011 年版,第 206 頁。
② A. C. Graham. *Disputers of the Tao: Philosophical Argument in Ancient China*. La Salle, Illionois: Open Court Publishing Company, 1989:299.

默的哲人們此時開始競相爭勝,博取話語權,原始主義者擔心秦代的暴政被儒墨的道德主義暴政取代,因而提出了一個取消政權存在的理想國,如《莊子》偏愛的赫胥氏社會。彼時的百姓少私寡欲,民風淳樸;彼時的社會無君無臣,無壓迫無奴役;人與自然和諧相處;但自從黃帝"以仁義攖人之心",用暴力手段強化秩序之後,帶來了更多的災難和混亂的秩序。葛瑞漢認識到《莊子》中的"這位原始主義者對於聖賢、智慧和知識的猛烈搏擊似乎把自己排除在外,表明道家看重的不是自然本身,而是對客體有着清醒洞察的反映能力"①。葛氏的關注點不自覺地由無政府主義轉入到道家對理知、知識的排斥及對"道家"式洞若觀火的認知模式的思考中來。究其原因,還是因爲他對道家思想中的"自發性"認知傾向與實踐傾向的關心。葛氏認爲道家宣揚的無政府主義根基是百姓聽從個人的"自發性"意識驅遣,從性而遊。

2.《繕性》中的原始烏托邦

葛瑞漢在翻譯《繕性》的過程中發現了一個與《鶡冠子》相似的原始烏托邦的存在。它假設了一個不存在聖人和君王的原始社會,這個社會不追求智慧和賢能,人們處於蒙昧狀態,一切生老病死、衣食住行、休養和勞作皆出於自然,沒有人爲的外力干涉,沒有私心私慾。"古之治道者,以恬養知;知生而無以知爲也,謂之以知養恬。知與恬交相養,而和理出其性。夫德,和也;道,理也。德無不容,仁也;道無不理,義也……當是時也,陰陽和靜,鬼神不擾,四時得節,萬物不傷,群生不夭,人雖有知,無所用之,此之謂至一。當是時也,莫之爲而常自然。"(《莊子》,第466頁)葛瑞漢認爲這種原始社會的美好生活最終還是會被打破,"頗似當代理論所認爲的狩獵採集時代的人與環境的平衡被農業發明所打破"②,社會的發展中爲了防止鬧出亂子,還是需要道德的存在。但是《莊子》的"德"與儒家的"德"有區別,《莊子》的"德"直接來源於"性"(葛瑞漢稱爲"自發性"),追求"以靜養知"的治理之道,和"以知養恬"的無爲和諧狀態。顯然,葛瑞漢對《莊子》中的原始烏托邦有着清醒的認識,他認爲"如果我們結合這篇文章創作時的社會危機背景,就會發現他的烏托邦與其說是一個懷舊夢,不如說是一個

---

① A. C. Graham. *Disputers of the Tao: Philosophical Argument in Ancient China*. La Salle, Illionois: Open Court Publishing Company, 1989: 308.

② A. C. Graham. *Disputers of the Tao: Philosophical Argument in Ancient China*. La Salle, Illionois: Open Court Publishing Company, 1989: 305.

政治神話，它可能有效地把注意力集中在對當前政府進行簡化的趨勢上。"①葛瑞漢認爲《莊子》的原始烏托邦是一種空想的政治神話，與現代的無政府主義相似；但是不同之處在於，西方的無政府主義建立在信仰個人自由的絕對價值基礎上，而莊子的理想社會拒絶作爲主體的知覺意識，在這裏葛瑞漢没有再往下論述。

如果把這一問題深挖下去，就會發現葛瑞漢一直關心的一個重要問題，即中西方道德哲學的價值分歧在於，西方以理性或真理作爲價值依據，而中國並不關心真理或理性的問題。中國道德哲學的依據是"命名"，但是"命名"的標準又是極其不確定的，它依據個人的立場以及與他者的關係而定。而《莊子》一書多次對這種"命名"式價值判斷標準進行批判，並在道家對"道"的把握方式中發現了"自發性"，認爲它對西方近代科學思維造成的"理性與情感""事實與價值"的割裂具有"糾偏"作用，一定程度上反映出他漢學研究的方法論背後的哲學問題意識及文化制約。西方的"理性主義"把"理性"推舉爲審判一切的標準，帶來了一系列危害，這促使休謨對"理性宰制一切"提出質疑。休謨認爲，對道德原則的認知並不能直接產生出道德行爲的動機，道德行爲的動機應當是人日常生活中普遍存在的情感或激情。基於此，休謨進一步提出了"be"（是）與"ought"（應該），"事實"與"價值"的區分。休謨認爲，由"是"推出"應當"是理性違背自身原則的一種"僭越"，即理性無法根據客觀事實推出道德規範。"葛氏基於動機對理性主義道德論證提出質疑的同時，也對休謨主義本身進行反思。由此出發，其漢學研究的首要工作就是：帶著同樣的問題意識進入中國傳統思想内部，以獲得超出西方倫理困境的外部參照。"②葛氏基於早年對西方倫理哲學中"理性"困境的關注，在道家的政治倫理道德思想中發現了道家蔑視秩序、理性、價值、是非等問題，且道家聖人身上體現出的"自發性"（自發的道德意識傾向與自發的道德實踐傾向），很好地彌合了近代西方倫理哲學中存在的"理性與情感""事實與價值"的鴻溝。因此他會在自己的道家典籍英譯與研究中不厭其煩地論述道家原始烏托邦的政治思想，一定程度上說，這是他對西方在"理性"統治下建立森嚴的等級秩序體系的一次文化反思。

---

① A. C. Graham. *Chuang-tzu: The Seven Inner Chapters and other writings*. London: George Allen & Unwin, 1981: 200.
② 張昊臣《自發性與道德行動：葛瑞漢漢學研究的倫理面向》，《孔子研究》，2018 年第 2 期，第 140—142 頁。

3. 神農氏、老子、莊子理想社會比較

葛瑞漢比較了神農、老子與莊子的理想社會的異同提出了一些自己的觀點。葛氏認爲神農、老、莊三者都是遠古時期人們對和諧理想社會的美好想象，不同在於：葛瑞漢認爲神農的烏托邦社會中已經可以看到具有農業領導人特徵的君王，與不追求智巧的子民的存在。"神農烏托邦表現爲一種基於小社會的相互信任的無政府狀態的秩序"。① 神農作爲"小領地的鬆散帝國的首領，親自耕種，天下太平，没有大臣、法律或刑罰。"(《論道者——中國古代哲學論辯》，第 81 頁)《老子》以"無爲"爲中心思想，勾畫的理想社會圖景"一方面需要非常簡樸的生活方式，另一方面需要一個聖人，使百姓對使文明變的日益複雜的多重欲望追求變的無知無識"。② 葛瑞漢認爲老子的理想社會類似於"家長式的無政府主義"，實質上還是一種君王統治術，只是這種統治術得到了臣下的認同。由此可知，老子的理想社會中有君有臣有聖人，並没有放棄制度統治，只是百姓被提倡過一種簡樸的生活。葛瑞漢還強調老子的理想社會與道德哲學的傳統保持一致性，而這種道德哲學傳統的價值基礎是"自發性"，即在知覺的充分觀照下自發地進行選擇。葛瑞漢把"自發性"作爲道家哲學家的基礎思想，在老、莊、列、鶡冠子等四部著作中同時進行關注和發掘，勾畫了一個無君無臣無聖人，無機巧算計，百姓少思寡欲，生活自由安適，萬物與人齊一、人與自然共生的原始主義的理想國，無疑這個理想國是在西方倫理道德價值體系之外，並可以補其不足。

4.《莊子》的無政府主義根植於《莊子》的"性"論

葛瑞漢在《莊子內七篇及其他》的副文本部分反思了《莊子》政治思想的深層原因，發現其無政府主義思想根植於《莊子》的"性"論思想。

> This anarchism is rooted in what looks like a Taoistic variation on the doctrine of the goodness of human nature preached by the Confucian Mencius. The author surprises us by recommending the Confucian moral virtues, which like Mencius he sees as inherent in human nature. He holds that if we still the passions and achieve the equilibrium in which tranquillity and awareness support and enhance each other, Goodwill and

---

① 葛瑞漢撰、張海燕譯《論道者——中國古代哲學論辯》，中國社會科學出版社 2002 年版，第 84 頁。
② A. C. Graham. *Disputers of the Tao: Philosophical Argument in Ancient China*. La Salle, Illionois: Open Court Publishing Company, 1989: 303.

Duty become natural to us, and so do Music (which otherwise excites the passions) and Rites (which otherwise are empty formalities).①

在這段話中葛瑞漢提出，《莊子》的這種無政府主義根源於孟子所宣揚的人性本善的道家變體。葛氏説：莊子向我們推薦了儒家的道德美德，讓我們感到驚訝的是他的觀點與孟子類似，認爲美德是"性"固有的；莊子認爲，如果我們仍然能在激情中保持平靜，實現意識、知覺的平衡和相互支持和提升，"仁"和"義"將成爲自發的行爲，正如儒家的"樂"和"禮"所做的那樣，使人的情緒避免興奮和激動，使人的行動符合規定而具有儀式感。事實上，莊子的人性觀，並非建立在善惡的價值判斷的基礎上的，他只是假定人性是好的，聖人的天性是優於常人的善，認爲道德根植於天賦的"性"中。莊子雖然批判儒家用道德觀念作爲工具扭曲、束縛人性，但他並不反對倫理，《莊子》中有大量倫理理想的倡議，同樣也是基於人性觀，如他的"至德之世"流露出對不織不衣、男女平等、尊老愛幼、無君無臣、人與自然和平共處的自然倫理思想的推崇。

客觀地説，葛瑞漢對《莊子》的政治主張的理解相對準確但不夠全面。葛瑞漢結合《莊子》的創作時代背景，把它放回它所在的歷史文化中，與同時期的神農氏的烏托邦社會和老子的理想社會進行比較，肯定了《莊子》的無君無臣的無政府主義更加徹底，社會批判意識更加明確。同時，葛瑞漢還將中國道家的無政府主義與西方的無政府主義進行比較，對比中展示了中西方的倫理道德價值體系的差別，研究視角比較新穎，發人深思。但是葛瑞漢對《莊子》政治思想的理解是基於整個道家政治思想整體的，對莊子提出的具體的治國理念、治國方針缺乏細緻的體察。反觀葛瑞漢的研究路徑，由中向西過渡，由古入今牽引，最終的視點還是落實到了西方近代道德倫理哲學的價值焦點上來，其良苦用心不可謂不顯著。

三　葛瑞漢《鶡冠子》的政治思想重構

1973年，長沙馬王堆漢墓出土的帛書本《老子》證明了《鶡冠子》並非僞書，進而《鶡冠子》成爲先秦另一部道家重要代表文獻進入大衆視野。《鶡冠子》是戰

---

① A. C. Graham. *Chuang-tzu: The Seven Inner Chapters and other writings*. London: George Allen & Unwin, 1981: 168.

國晚期作品,主黃老道學思想,雜陳儒、兵、法、名、陰陽各家學説,真實地反映了戰國末期黃老學派相容並包的思想特徵以及"内聖外王"的價值追求。葛瑞漢在《鶡冠子:一部被忽視的前漢著作》考證版本先後優劣,從語言和思想的統一性來推斷《鶡冠子》的成書年代、考察思想主旨,但他對《鶡冠子》的政治思想的解讀與原文本存在差異,這種差異凸顯了一定的學術旨歸。

(一)《鶡冠子》的政治思想

《鶡冠子》以道統法,以自然之道統籌治理方法,規避了韓非子等法家思想的嚴苛,也克服了儒家思想簡單教化帶來的弊端。具體來説,《鶡冠子》的政治思想體現在《近迭第七》《度萬第八》《王鈇第九》三篇之中,表現爲三個方面:

1. 體現了由人治到法治的思想。《鶡冠子》體現了黃老學政治思想中的以道生法的思想。但這裏的"法"不僅僅是君主制度下的"法",同樣也指自然的"法",是根據道所生的天地人的規則法度。《近迭第七》曰:"鶡冠子曰:'法度無以,嚫意爲摸,聖人按數循法尚有不全,是故人不百其法者,不能爲天下主。今無數而自因,無法而自備循,無上聖之檢而斷於己明,人事雖備,將尚何以復百己之身乎? 主知不明,以貴爲道,以意爲法,牽時誑世,遏下蔽上,使事兩乖。養非長失,以靜爲擾,以安爲危,百姓家困人怨,禍孰大焉? 若此者,北走之日,後知命亡。'"①這裏的"法度"即是依道而生的規則制度,聖人遵循法度尚且無法窮盡世界的奥妙,況且是普通人。人君不明,一意孤行,必然導致災禍;面臨危機,人君唯有正視"法度"才能富國强民。這一段體現了由人治到法治的思想轉變。

2. 體現了尚賢使能的吏治思想。鶡冠子基於社會現實的反思,在選賢、用賢方面提出了自己的觀點,成爲《鶡冠子》吏治思想的重要方面。首先,它提出了用賢的重要性。如《鶡冠子·度萬》提出:"賢人不用,弗能使國利,此其要也。"(《鶡冠子彙校集注》,第 161 頁)即在一個以人治爲主要方式的社會中,選賢任能是實現統治秩序的前提,是國家大治、社會穩定的關鍵因素。《鶡冠子·道端》提出:"明主之治世也,急於求人,弗獨爲也。"(《鶡冠子彙校集注》,第 92 頁)同樣强調了明主治世首要條件是選賢任能而共爲之。其次,在選賢方面,主張"博選",即擴大選賢的範圍,並按照德操高低,把人才分爲五個等級,如《鶡冠子·博選》:"權人有五至:一曰伯己,二曰什己,亙曰若己,四曰廝役,五曰徒隸。"(《鶡冠子

---

① 黄懷信《鶡冠子彙校集注》,中華書局 2004 年版,第 127—128 頁。

彙校集注》,第 2—3 頁)"五至"即才能百倍於自己的人,才能十倍於自己的人,才能與自己相仿的,處理雜物的僕人、工匠和飽受冷眼的奴隸、犯人。不同的人才在國家治理中發揮不同的功用,君王應量才而用,對於不同的人才採取不同的禮遇態度,如《鶡冠子·博選》:"北面而事之,則伯己者至……樂嗟苦咄,則徒隸之人至矣。"(《鶡冠子彙校集注》,第 7 頁)

3. 體現了建立嚴密的行政管理體系。《王鈇》篇給出了具體的行政分化:"其制邑理都,使瞳習者五家爲伍,伍爲之長;十伍爲里,里置有司;四里爲扁,扁爲之長;十扁爲鄉,鄉置師;五鄉爲縣,縣有嗇夫治焉;十縣爲郡,有大夫守焉。"(《鶡冠子彙校集注》,第 178—180 頁)五家爲"伍",管理者爲"伍長",組成最基層的管理單元;十個伍組成"里",管理者叫"有司";四個里組成"扁",設"扁長"組織日常管理;十個扁再構成一個"鄉",設"鄉師"爲管理者;五個鄉組成一個"縣",管理者爲"縣嗇夫";十個縣組成一個"郡",設"郡大夫"管理日常工作。以此類推,後面還設有柱國和令尹,統一受天子管轄。通過這種嚴密的行政管理體系,輔以嚴格的監察、賞罰制度,加強統治管理。但鶡冠子的最終目的是希望"刑設而不用,不爭而權重;車甲不陳,而天下無敵矣。"(《鶡冠子彙校集注》,第 201 頁)即通過"治"而達到"不治"的目的,借助法家的規範和儒家的倫理而達到道家的無爲,體現了歷史轉型時期諸子百家思想大融合的趨勢。

(二)葛瑞漢《鶡冠子》研究中的政治思想

葛瑞漢在《〈鶡冠子〉:一部被忽略的漢前哲學著作》的第五部分"三個理想國"中提出,《鶡冠子》對理想政府的描述存在三組互相矛盾的政治思想。

1. 法家的理想國

A 組是《博選》《著希》和《王鈇》篇提出的推崇法家的理想國。葛瑞漢推論《博選》《著希》可能是同一篇文章,後來被一分爲二,因爲二篇文章同時出現了避秦諱的現象,大約在秦代或秦二世時期被謄抄過,因而寫作時間應當在秦之前的楚國時期,最晚不會晚於秦二世。《王鈇》篇没有避秦諱,而用楚國的官名"柱國"和"令尹",大概寫成於公元前 233 年的楚亡之前。在思想上,這三篇的内容反映了從人治轉變爲法治的思想傾向,主張建立森嚴的等級管理制度,代表爲成鳩氏的統治。成鳩氏家族統治達一萬八千歲,其本人被描述爲吸取前人失敗經驗教訓而鋭意改革的人,他效法天地之法則的"一"而實現國家大治,建立自上而下的金字塔式的統治體系,層層監察管理,賞罰分明,任人唯才,並主張針對不同才能的人採用不同的態度對待。葛瑞漢留意了《著希》篇中賢才自身與社會政治環境的關係,同時也關注到了 A 組中不同於法家的思想之處,如 A 組認爲社會秩序被設想爲由道德維繫、由武力強迫接受,社會秩序應效法天道,根據自然秩序建立社會秩序,這是"人法天,天法道,道法自然"思想的延續。

2. 反法家制度的理想國

B 組是《度萬》《泰鴻》《泰錄》《天則》和《夜行》五篇,表達了反對法家政治制度的思想,理想國的代表是九皇政體。葛瑞漢認爲《泰鴻》篇中出現了"用法不正,玄德不成",具有反秦動機,且這幾篇都不避秦諱,寫作時間當爲秦亡之前,略晚於 A 組。第八篇《度萬》中提出了治理社會的五種方法:神化、官治、教治、因治和事治,分別對應氣皇、神明、賢聖、后王、公伯五個名權。"神化者於未有",對應出現於宇宙生化階段。"官治者道於本",是有組織的政權的開端,對應的是九皇政體的出現。"教治者修諸己",即有道之人的統治時期,對應堯舜時代。"因治者不變俗",對應的是天子和諸侯時代。"事治者矯於末",對應春秋時代。這時,法家的地位由九皇的理想國所取代。九皇通五官進行統治,五官管理五行。五官是作爲五行系統中的各要素在各自的規範內的自行發展。與成鳩氏的統治不同,九皇的統治權由美德來決定,而不是靠世襲,世襲是政權開始腐敗的標志。在《夜行》篇出現的"强爲之説曰,芴乎芒乎,中有象乎"已經流露出與《老子》接軌的道家化的思想動態。

3. 原始社會理想國

C 組是《世兵》和《備知》篇,葛瑞漢認爲這兩篇是爲政權更替和戰亂再起而唱的挽歌,描述了失去理想國後,鶡冠子對戰亂現實的失望之情,希望回到原始社會時期,主張道家的無爲而治。第十三篇中的"德之盛,山無徑跡,澤無橋梁,不相往來,舟車不通。何者? 其民猶赤子也。有知者不以相欺役也,有力者不以相臣主也。是以鳥鵲之巢可俯而窺也,麋鹿群居可從而係也。"(《鶡冠子彙校集注》,第 304 頁)這一段的"自然無爲"思想與《莊子》相似。《鶡冠子》第十二篇認爲:"五帝在前,三皇在後,上德已衰矣。兵知俱起,黄帝百戰,蚩尤七十二,堯伐有唐,禹服有苗。"(《鶡冠子彙校集注》,第 272 頁)這裏的五帝、三皇、黄帝等人被看成是導致上古理想衰亡的不善之人,因爲他們以兵革之力破壞了上古社會的安寧。葛瑞漢認爲在 C 階段,鶡冠子並没有規劃理想政權,反映了鶡冠子在幻想破滅後對有組織的政權統治的失望之情,進而轉向了道家和楊朱學派的無政府主義。

葛瑞漢認爲《鶡冠子》之所以會呈現出三組矛盾的烏托邦政治思想,是因爲作者經歷了楚、秦、漢歷史鼎革時期的風雲變幻,思想發生變化,因此在不同的階段提出不同的政治理想。但是葛瑞漢對《鶡冠子》的三組烏托邦思想的分析是否客觀合理是值得商榷的。《鶡冠子》研究專家楊兆貴認爲,首先,葛瑞漢沒有全面把握《鶡冠子》的内容,僅僅論述了其中的十篇内容,有點以偏概全。其次,葛瑞漢對其中的三組分類的標準值得商榷。A 組中把《博選》和《王鈇》放在一起,是因爲這兩篇同時提到了"王鈇";把《博選》和《著希》放在一起,是因爲它們分别提到"四稽"和"道有稽",且兩篇同時避秦諱。但事實上,《博選》和《著希》的主體思想存在矛盾之處,思想歸屬不同的學派。《博選》和《王鈇》篇中有相同詞彙,《博選》和《度萬》篇在"日信出信入""月信死信生""列星不亂"等句子也有相同的詞彙。因而葛瑞漢的分類標準不值得信任。再次,葛瑞漢對 B、C 兩組的寫作時間的認定存在問題,如 B 組中就一些詞彙來確定篇目的寫作時間,立論不夠充分,難以使人信服。C 組的《世兵》篇,葛瑞漢的學生戴卡琳認爲前半部是用兵之道,後半部分論人生哲理,當爲後人加入,楊兆貴認爲很有道理。① 雖然掛一漏萬,但葛瑞漢作爲海外研究《鶡冠子》的先驅,篳路藍縷,功不可没。

葛瑞漢對老、莊、鶡、列四部道家文獻的政治思想的把握,總體上與中國學者的看法一致,並能提出新穎的學術觀點,可見其治學的專業嚴謹。首先,葛瑞漢認爲《老子》的理想社會是一個有君有臣、君王依靠無爲之治而實現天下大治的政治理想,與《道德經》的政治思想原貌比較接近。其次,對比老子,葛瑞漢認爲《莊子》構建的理想社會放棄了政權制度統治,其理想國被放在一個原始的社會初級階段,彼時無君無臣無聖人,表達了莊子對王權和制度的深惡痛絶,並將《莊子》和《老子》的政治思想與西方的無政府主義進行對比,發現三者存在一定的相似性,但是背後的倫理價值體系存在根本性的差異,這是葛瑞漢對道家哲學研究的貢獻之一,爲中國學者提供了一個可供參考的面嚮。

但葛瑞漢對道家典籍政治思想的理解,在具體的細節方面存在不足,理解也不夠全面,如:葛瑞漢認爲《鶡冠子》中呈現出三組矛盾的烏托邦政治思想,並依據自己對《鶡冠子》篇章内容的研究得出《鶡冠子》係一人所作;全文思想統一,作者歷經楚、秦、漢的三國歷史變革,思想發生了變化,因而在不同的階段提出不同的政治主張。不得不説葛瑞漢對《鶡冠子》的三個烏托邦政治思想的分析大膽而

---

① 楊兆貴《與葛瑞漢商榷〈鶡冠子〉書》,《陝西理工學院學報》2015 年第 4 期,第 49—52 頁。

新穎,但也存在以偏概全和立論不足的問題,其中假想的成分太多,且三組烏托邦篇目分類没有遵循古書的分類體例標準。

除此之外,莊子提出了無君無臣的理想國的存在,諸如邈姑射山、至德之世,但《莊子》中也提到了統治者"不得已而臨位天下"之時當怎樣治國的狀況,而葛瑞漢顯然並不關心這方面的内容。他衹關注莊子對是非、價值、真理問題的無視問題,而他研究這一問題的旨歸是借道家思想中的"自發性",來根治西方文明的現代痼疾,即解決現代道德倫理哲學的價值無根基問題。這一問題又被稱爲"休謨難題",是困惑西方現代哲學很久的問題。西方現代倫理哲學中理性主義所面臨的理性對共同情感、習俗、信仰等原則的剔除所造成的道德行動的無根基問題[1]。葛瑞漢受休謨的啓發,發現中國哲學尤其是道家哲學中的"道""德""性"等思想,很好地中和了西方現代哲學中"理性宰制一切"和"理性淪爲激情的奴隸"的不足,儘量彌合西方倫理哲學中"理性"與"行動"之間的裂痕。但葛瑞漢基於對本民族文化框架内問題的關注,借道中國來尋求解決之策,並直言解決危機的辦法還在西方文化内部,已經表露了他在進入道家文化之前的文化預設和文化制約因素。

---

[1] A. C. Graham. *Reason and Spontaneity*. London & Dublin: Curzon Press Ltd, 1985: 1-3,11.

編後記

《文學制度》集刊自2019年創刊以來,爲該領域研究提供了一個發表園地。它引起國内外學術同行的關注和熱切期待,學界同仁跟我們一樣都希望該刊能辦下去。原計劃每年能編出一至二期,但2020年因受新冠疫情的影響,編輯出版工作受到多方阻礙,因使第二輯交稿延遲到年底。這是我們要抱歉的,祈請學界朋友諒解。

本輯編撰的宗旨,與第一輯保持一致:堅信文學制度是一個新興的學術領域,致力於推動中國古代文學制度之研究,吸引當下及未來各年齡段的學者來參與研治,以與文學史、文學批評史、文學思想史並驅,創設特定的文學制度觀念、理論與規範,並最終形成中國文學制度這個分支學科。

本輯保留第一輯所設立的四個主要欄目,即理論與觀念、制度與文學、創新與實驗、令規與輯釋,另增設古典與英譯欄目,每欄刊文三篇,總十五篇文章。其中劉暢《"立言不朽"與"立言爲公"——基於文學與制度潛在聯繫視角的分析》、蔡樹才《文學如何可能——對文學制度觀念及其研究範式的理解》、李德輝《侍御制度與中古文學》三篇長文,對文學制度的思想觀念和理論實踐作出了深入探討,爲本輯增色不少;李會康《楚地辭賦制度的創建》、石超《明代戲曲聲腔流變中的曲本刊刻》、劉傑《葛瑞漢道家典籍英譯本中的政治思想探微》三篇專文,是頗有開拓性的論述,此特予標出,冀引起重視。另本刊注重發現和扶持青年學俊,爲此刊發本科生、碩士研究生、博士研究生的優秀習作,分別是連捷《中國上古神話碎片化探原》、王子瑞《明融之漸——劉勰的賦體發展觀》、黄曉娟《劉咸炘的諸子散文觀》、吕帥棟《中古文學窮形盡相的藝術表徵》。還有三篇"令規與輯釋"則仍是試筆之作,意在爲《中國歷代文學令規輯釋》做演練。

我們期待該刊能獲得更多優秀學者的支持,在後續的各輯中能刊出更多高品質的論文。

2020年12月20日

徵稿啓事

《文學制度》是上海大學中國古代文學制度研究中心創辦的學術集刊，致力於推動促進中國文學制度學術領域的研究，吸引國内外相關門類的學者來協同開展工作，主要發表有關中國文學制度研究方面的論文，所發論文以基礎性、前沿性、創新性、實驗性爲旨趣。擬開設五個欄目，即理論與觀念、制度與文學、創新與實驗、令規與輯釋、古典與英譯。現第一、二輯已面世，以後仍確保每年推出一輯，逐年連續編輯，一般在上半年出版。

兹向海内外同行學者徵稿，特别歡迎文獻厚實、學理清通、行文雅馴並有原創性、前沿性、實驗性的學術論文投稿。文稿一經採用，即付薄酬，並贈樣書。來稿以10 000字至30 000字爲宜，格式同《文學遺産》雜志要求。

來稿請寄：上海市寶山區南陳路333號上海大學東區5號樓文學院413室中國古代文學制度研究中心《文學制度》編輯部；郵編：200444；電子郵箱：18021052265@126.com。